ZHEJIANG SAN WEN
JING XUAN

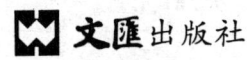

# 2017 浙江散文精选

陆春祥 主编

文汇出版社

图书在版编目(CIP)数据

2017浙江散文精选/陆春祥主编.—上海：文汇出版社，2018.4

ISBN 978-7-5496-2554-3

Ⅰ.①2… Ⅱ.①陆… Ⅲ.①散文集-中国-当代 Ⅳ.①I267

中国版本图书馆CIP数据核字(2018)第074398号

## 2017浙江散文精选

主　　编 / 陆春祥
责任编辑 / 熊　勇
出版策划 / 力扬文化

出版发行 / 文汇出版社
　　　　　上海市威海路755号
　　　　　（邮政编码200041）
印刷装订 / 成都勤德印务有限公司
版　　次 / 2018年4月第1版
印　　次 / 2018年4月第1次印刷
开　　本 / 787×1092　1/16
字　　数 / 640千
印　　张 / 32印

ISBN 978-7-5496-2554-3
定　　价 / 58.00元

# 序言

## 守。破..离...

陆春祥

日本著名的茶道宗师千利休，写有《千利百首》茶道诗集，其中第一百二十首，只有极简单的几句：

规则需严守；

虽有破有离；

但不可忘本。

千利休讲了学习茶道的三个境界：守，破，离。

守，就是守型，初学者从型开始；

破，破型，视情况随机应变；

离，离型，继往开来展现自我风格。

先说型。

茶起源于中国，却被日本发展成茶道，茶道是日本传统文化中很重要的一个部分，日本茶道的课程十分严谨，这个型，应该是指茶道学习的基础和规范，就如我们的某种传统工艺，一步一步，哪一步做什么，孰先孰后，都有严格的规定。

所以，第一个阶段，守，就必须严格按照茶道的基础规范，犹如习字描红。

如果第二阶段，你还是守，那就是墨守成规。不同的环境，不同的对象，不同的品种，不同的水质，等等，诸多因素，都会告诉你，硬搬硬套原有的型肯定不行，而需要根据"不同"来灵活应对，这就是"破"，唯有"破"，才会使人感觉自然合适。

如果没有"离"，即便你随机应变，依然是在别人制订的规则和程序上亦步亦趋，而要达到"离"的境界，既要对茶道文化有深入透彻的理解，更要根据不同的环境和对象，有所创新，建立起自己独特的茶道，这个过程很难，一般的茶艺师极难达到。

有天，我闲翻日本茶艺师森下典子的《日日是好日》，里面详细记叙了她如何用二十五年的时间，去学习茶道的体验，从好玩、好奇，到不解，甚至厌倦、排斥，再到熏染、奉行、创新，身体力行，感悟良多。

放下书，转念一想，写作，似乎和茶道的学习极其相像。

守，文学的各个门类，都有其大致规范，每个门类里，也有基本章法，这些都是文学的"型"，初学者，除极少数悟性高无师自通者外，大都在"守"型。

破，写熟了，写多了，甚至著作等身了，大多也能达到这个状态。

相信一些名家，都在追求"离"的境界。

只是，现实往往不尽如人意，大部分能"破"已经不错了，能继往开来的，达到"离"的境界，文学史上实在屈指可数。

有人认为自己绝对跨入"离"这个级别了，作品一部接一部，一篇接一篇，很霸道地占据大刊大社的头条及重要书目单上，但仔细研究一下，其人三十年前和三十年后的作品，并没有大的不同，读者读这些作品的感觉，也没有很大的区别，基本只是自我的复制，或者复制别人（尤其复制国外作家）。还有些人，自以为是猴山上的武林盟主，经常炮制一些新概念吓吓人，绕了又绕，目的就是将人绕晕，弄得好多写作者很自卑，以为那人真是孙猴子呢。又有些人，甚至以为自己就是那谁谁谁了，谁谁谁，你不知道吗？就是文学史上最牛的那个，独一份。其实，局外人明白得很，不管自吹还是他擂，所有这些人，离"离"仍然有好大的距离，因为"离"没有终点。

有一种现象，文学史上也常见，就是有心栽花和无意插柳。唐代的段成式，写诗，也写文，文才和李商隐、温庭筠齐名，但李的诗、温的词，名气要远远大于段，可是，段无意插柳的笔记《酉阳杂俎》，却成为历代笔记中的佼佼者，名气并不比另两位小，段根本不会想到这部书影响力以后会这么大。

所以，"离"的境界，很神奇，很玄妙，不可强求。"离"也不是那种神神秘秘的故弄玄虚，它需要时间的长久检验，自己说了没用。

这就敲响了警钟。

千利休的茶道，对写作者，仿佛断喝。

笨伯这样傻想，既然"离"遥不可及，不如，实实在在守和破。守和破，至少能让人喝一口好茶。

再啰嗦一句：其实，所有的艺术门类，比如绘画，书法，等等，几乎都遵循着这三个字的规律，或者铁律。

（原载《浙江散文》2017年第4期卷首）

# 目 录

守。破..离...　　　　　　　陆春祥　1

从前慢　　　　　　　　　　阿　强　1

走进瓯江的时光深处　　　　曹凌云　6
入雁山的若干种方式　　　　草　白　9
苍茫二记　　　　　　　　　柴　薪　16
长兴的色彩　　　　　　　　陈博君　21
思想的光辉　　　　　　　　陈大新　29
对门坡　　　　　　　　　　陈德根（布依族）31
命运多舛，诗树长青　　　　陈德荣　35
少年时光一支箭　　　　　　陈　峰　38
春秋列国之大越　　　　　　陈富强　44
再忆淳安"蜀道之难"　　　陈　刚　49
长忆馨歆思无尽　　　　　　陈利群　52
点点生病　　　　　　　　　陈荣力　58
禅意袅袅万佛山　　　　　　陈于晓　63

| | |
|---|---|
| 设置与体制 | 戴柏葱 69 |
| 鱼群去哪了 | 复 达 75 |
| 汤显祖：一个知县的万历二十一年 | 范 军 82 |
| 陪床日记 | 方向明 88 |
| 空 缺 | 干亚群 95 |
| 在巴金家做客 | 顾志坤 102 |
| 鸡声南洞月 | 郭 梅 107 |
| 笠翁一梦月升辉 | 古兰月 110 |
| 鸟雀与微风在我身边来去 | 黄亚洲 115 |
| 乡愁是被大风吹散的月光 | 海 飞 119 |
| 光 阴 | 简 儿 125 |
| 草 忆 | 蒋静波 134 |
| 父亲的田野 | 金小林 139 |
| 夏冬闲笔 | 孔戈碧 144 |
| 海水荡漾 | 赖赛飞 149 |
| 秋的絮语 | 李俏红 154 |
| 忆许师宗斌君 | 李永鑫 159 |
| 洋山作证 | 厉 敏 162 |
| 葬 蜂 | 连中福 167 |
| 心 | 林漱砚 171 |
| 荒芜与存在 | 刘从进 179 |

# 目 录

| | |
|---|---|
| 穿越海明威的古巴 | 刘文起 186 |
| 后　溪 | 楼海霞 191 |
| 横樟，包氏遗风今犹在 | 鲁晓敏 196 |
| 病房记事 | 卢　浩 199 |
| 大地的果实 | 陆桂云 203 |
| 虚静湖记 | 陆建立 206 |
| 我心在此悠然 | 陆　原 209 |
| 苦涩的空气里仍有着谜一样的事物 | 马　叙 214 |
| 心　灯 | 宁　白 222 |
| 大梁坡再系列 | 帕蒂古丽（维吾尔族）225 |
| 梦里乡愁一碗米 | 潘江涛 235 |
| 所有的相遇都是久别重逢 | 潘丽萍 241 |
| 娘　姨 | 钱爱康 248 |
| 写在湖上的名字 | 裘山山 253 |
| 冰与火之歌 | 裘小桦 259 |
| 1988：一段青春的旅程 | 瞿　炜 262 |
| 桃　凝 | 沈潇潇 272 |
| 碧水蓝天寒山湖 | 沈晔冰 275 |
| 把油灯点亮 | 苏沧桑 280 |
| 我那把吹奏过骊歌的小号 | 苏　敏 285 |
| "斜"的美丽 | 孙银标 293 |
| "幸福列车"通鲁家 | 汪　群 296 |

| | |
|---|---|
| 被遗忘的赛金花 | 王楚健 300 |
| 六月，六月 | 王　丰 305 |
| 文　旦 | 王　寒 308 |
| 月亮是村庄的眼 | 王加兵 311 |
| 一兜靰鞡花 | 王秋珍 315 |
| 窗外的世界 | 王微微 318 |
| 心灵的呼唤 | 王向阳 323 |
| 笋煮干菜 | 王征宇 327 |
| 李白的月亮 | 蔚　蓝 333 |
| 岭上多白云 | 吴建明 338 |
| 母亲，点亮一盏爱的心灯 | 吴　芸 342 |
| | |
| 木头人自述 | 谢宝光 346 |
| 秀山语境 | 谢鲁渤 353 |
| 老木匠桑伯 | 徐惠林 360 |
| 京　腔 | 徐贤林 363 |
| | |
| 尚田的七彩时光 | 袁　敏 368 |
| 寻找采茶姑娘 | 杨静龙 374 |
| 去了一趟岱山 | 杨　邪 380 |
| 袁鹰来信 | 杨新元 386 |
| 岩画有味贺兰山 | 杨菊三 390 |
| 外婆的澎湖湾 | 叶龙虎 393 |
| 心中的乌镇 | 叶文玲 396 |
| 母亲的婚事 | 尤慧莲 401 |
| 遂昌的春 | 俞宸亭 406 |
| 答案在风中飘荡 | 余晓叶 411 |

| | |
|---|---|
| 松阳探秘 | 张抗抗 414 |
| 拓碑记 | 张巧慧 421 |
| 如何有教养地应对怀疑 | 张林华 428 |
| 匍匐的生命 | 张嘉丽 431 |
| 剑桥的诗韵书香 | 张绍光 434 |
| 赫德的中国岁月 | 赵柏田 439 |
| 糕老虎 | 赵　霞 444 |
| 悲歌为谁而吟唱 | 赵宗彪 447 |
| 雪子敲打着瓦片 | 郑春霞 451 |
| 八月之光在蜀地 | 郑亚洪 456 |
| 稻田里的等待 | 周华诚 463 |
| 伫立古轩亭口 | 周　飞 466 |
| 梅花织带 | 周吉敏 470 |
| 岁暮天寒忆烤鸭 | 周维强 474 |
| 富阳这张纸 | 邹　园 477 |

**我见青山多妩媚**（编后记）　　　　　　　484

# 从前慢

阿 强

喜欢"慢"这个字。木心在诗歌《从前慢》中写道:"从前的日色变得慢/车,马,邮件都慢/一生只够爱一个人",寥寥三句,却道出了"慢"里透着的朴素、浪漫的精致哲学。慢,一个有耐性的字,一个与快节奏生活相对抗却透着诗意的字。

怀念写信的年代。

因为要写给心爱的人儿,信封要挑选带着花色图案,最好有着艺术气息的信封,封面上要用一首诗或者一句歌词来点缀。信纸则要带着芬芳,素色的信笺也要呈现思念的意味。打了腹稿还要打草稿,草稿纸写了一张又一张,以至于落笔在信纸上的文字,每一句都能触摸到我的灵魂。苍劲的笔迹,干净的文字,每一笔每一划都透着认真。不敢走神,生怕写错了字或者说错了话。

信写的慢,慢成了一个电影的镜头。

头伏在案上,身子坐在屋中,心却飞向了远方。也许,心中有千言万语,但落在纸上的却只有简单地几句。真正应了那句:想好了再说。那时,我在南方的大学求学,她在故乡的小学教书,写信的时候,我仿佛就坐在她的面前。她站在黑板上,写下白色的粉笔字，我坐在课堂下，诉说我的思念。相隔两地，一封信，就似一座桥，让两个人的心连在了一起。以至于她来信说，你写的信让我感觉你就坐在我的课堂，让我紧张起来。

从前慢，从前的确很慢啊。寄一封信，短则三五日，长则一个星期。邮递员身上的那一抹绿色是我钟爱的颜色，老远，我就能看到他骑着墨绿色的自行车向我驶来。信是昨天才发出的，第二天就盼着远方来信。简直是有点神经质了。我想象着那一封信，该是搭乘着邮车上了飞机或者上了汽车，再落到故乡邮局邮递员的邮车上，飞向她那里。

天空湛蓝，从前的天，那一抹湛蓝，蓝的耀眼啊。阳光也透着芳香，我写的那封信早已按耐不住思念的浓烈，在邮车里蠢蠢欲动，急着要飞到她的手里。慢，让思念在岁月里，如酒，发酵起来。

我记得她说过接到我信时的欢喜。她一般会把信先揣在怀里，强压住内心的激动，先去上课或者去做别的事。等心绪平静了，找到一个无人的角落或者就在宿舍里，关上门，小心翼翼的撕开信封，抽出信纸。那个动作，也是慢的。读信，更是一字一句的慢。仿佛我就站在她的面前，和她诉说着我在校园里的生活以及我想念她时为她写的诗和歌。

读完信，她总是有着莫名地失落。她，想念我们在一起的日日夜夜了。

我还记得刚写作时，给报纸、杂志邮寄稿件的情形。那份慢，简直就是单相思的告白。在绿色的有时是蓝色的方格稿纸上，把写好的诗歌和散文字迹工整的誊写清楚。看了一遍又一遍，确定没有错别字或者不通顺的语句后，才安然的放入信封。信封不能太花哨，得是牛皮纸的，显得厚重。

在没有电脑、没有电邮、没有QQ和微信的时代，那一封封手写的稿件，被墨绿色的邮车载着，走进了报社或者杂志社的邮筒。一封稿件要沉睡多久才能得到回应，那份慢，是一个未知。就如同向你心中的女神告白，她把头扭向了另一侧，向远方跑去。你的心中，惟有等待。

我的第一封稿件是幸运的，和那些初写者石沉大海的稿件相比，一张散发着墨香的样报，让我激动地一个星期都没睡好觉。但这份样报在来到我面前时也是慢的。从我稿件发出之日，到收到样报，这条路也足足走了两个多月。编辑老师架着眼镜，认真阅读着我的稿件，他是我的第一个读者，我写的认真，他也读的仔细。我想，他读完这篇稿件心情是愉悦的，要不然，他也不会把这篇文章作为头条在报纸副刊版面上登出来。而他也认为其中的几句话读起来不是很通顺，需要做一些调整，这些，从样文中就可以看出来。多年以后，编辑老师和我成了忘年交，他找出我当年投寄给他的稿件，想不到他还悉心保存着。那个用铅笔写的"发"字，和用红笔修改的标点以及调整的段落，最后变成铅字的文章，成了一个文学青年起航的码头。

那时的编辑和作者之间的感情是慢的，需要耐得住时间的熬煮。慢，让心静下来，让灵魂安宁。

在乡下，在"慢"的打磨中，慢慢形成了一种"匠心"。那时，村子里随处可见的手艺人都有个"匠"字做修饰。木匠、瓦匠、石匠，就连教书都被称为"教书匠"。胸怀匠心的手艺人，性子是慢的，打起家具、凿起石头、盖起房子来，是慢的。刘震云的《一句顶一万句》在获得茅盾文学奖后曾说向他的舅舅学习，他的舅舅是村子里的木匠，大家都叫他刘麻子。刘震云说："刘麻子的木工活在方圆几十里最好，并不是因为他手艺比别人好，而是因为他精雕细刻。别人打一个柜子要用两个时辰，他干同样的活儿要用五个时辰，做出来的家具当然比别人好。"刘震云解释道，他知道自己笨，但他相信，重复的事情不停地做是专家，而非常专注地去做就是大家。而这份专注就是：匠心。而要具备匠心，慢起来则需要一份诚意。

我们村也有一个优秀的木匠，他就是我的三叔。三叔打的家具，不仅外形美观,而且还很实用。三叔总是说,我要把我最好的手艺,最认真的态度献给这些木头,要不,这么好的桑树、榆树、槐树和楝树岂不是所托非人嘛!三叔用心打磨着他的技艺,他的刨子、凿子、锯子,慢吞吞的在木头上刨出木头花花,凿出木头屑屑,锯出木头沫沫。他的慢,是用心在提炼精湛手艺的智慧。

以前,小区门口,有一家早餐店生意特别红火,有的食客为了喝上他的一碗粥,宁愿从城东坐公交车赶到城西。店主经营的早餐和其他店的样品并无不同,同样是包子、油条、粥和拌面,但他家的吃起来就是比别人家的要好吃。而且,那粥里还能吃出乡愁来。我并没有夸大其词。为此,我专门找老板聊了起来。我说,你家的早餐做起来有什么秘诀吗,为什么别人家的赶不上你呢?

老板回答了我两个字:匠心。老板说,别人熬粥为了图快,直接加开水去煮,而他夫妻俩却慢下来,一桶粥,非要熬上两个小时。别人的包子随便捏几个褶就可以了,而他们的包子却一定要捏满十八个褶。别人的拌面在开水里滚一下就可以出锅,而他们的拌面却要煮到刚刚好,不仅如此,他们还要在拌面里多加上一勺猪油,这样吃起来更有味。而做这一切,都要慢下来,都需要时间的催化作用,为此,他们夫妻俩比别人都要起得早。说起这一切,老板嘿嘿一笑,你们愿意来吃,值得!

我想起了种地的父亲,他在乡下种地,简直就是土地的保姆,他是在伺候着土地。别人锄地,都是图快图省事,他却不愿意糊弄土地,他锄地锄的仔细,拔草也极富有耐性。所以,他种的庄稼长势都要比别人的好看,也比别人的收的要多。父亲的慢,是一份情怀,是一种态度。

从前慢,慢工出细活。那时的锁和钥匙,就像精美的艺术品,木心说:从前的锁也很好看/钥匙精美的样子/你锁了,人家就懂了。那时的房屋、建筑、石桥,都凝聚着先人的智慧和汗水,能工巧匠们把审美做到了极致。那时的作家、诗人们喜欢在自己的文学世界里苦吟。为了一个字能表达的更加贴切，更加出色，他们捻断了胡须，耗尽了头发。记得一个作家说过这样一段话：从前，作家用毛笔写作，文字既洗练又好看；后来用钢笔来写，文字就有些唠叨了；发展到用圆珠笔，作家们就是废话连篇；现在电脑普及了，字里行间谁都能找到相同软件的味道。

从前慢，月光像诗意的镜子，照亮人间的贫寒。从前慢，马车行驶在村道上，载着一个人许久的思念，那份思念，在快节奏的今天，是多么浪漫和温暖。

*（原载《青年作家》2017 年第 6 期）*

## 走进瓯江的时光深处

曹凌云

写《走读瓯江》这本书，是一个意外。

2014年春的某一天，我突然接到《温州日报》"文化周刊"编辑的来电，她向我约稿，要求写一篇关于瓯江的文章。当时，我的长篇纪实散文《舅舅的半世纪》出版不久，被北京一家影视公司看上，准备改编成电视剧，我就想推掉关于瓯江的写作。编辑说：你最近忙的话，迟几个星期写也行。

拖拖拉拉过了两三个星期，我提笔写温州龙湾状元老街，它位于瓯江口区，沿江村落大多是渔民、商人、作坊主和手工业者。可是，编辑又约我写同在龙湾的蒲州老街，那些老旧的门台和店铺，富有文化内涵和生动细节。稿子写起来相当顺手。而后，我又写了鹿城的江滨路和江心屿。这些稿子很快发表了，欲罢不能，我竟然写出了味道，心中升腾起一个强烈的愿望：我要走读瓯江，从源头开始，一直走到入海口。

瓯江，位于浙江南部，干流长388公里，流域面积17859平方公里，是浙江省第二大河。风光秀丽的瓯江流域，高山重重，限制了陆路运输，促进了水路交通，瓯江成为商贸的大动脉。舴艋船（瓯江帆船）是瓯江流域最重要的交通工具，源源不断地向外地输运木料、瓷器、药材、食用菌和农产品，也带回全国各地和海外的大量物品，成就了三千年的水运文明和船帮文化。

瓯江对于我来说是多么的熟悉。我的童年和少年时期，就在楠溪江畔度过。楠溪江是瓯江的第二大支流，它孕育于括苍、雁荡山脉间，千回万转，自北而南，流经永嘉中心腹地注入瓯江。水滋养万物，也滋养着我年少的心灵。我从小就与水亲近，常常挽高裤管，踏行水中，捉鱼捉虾，就是冬天冷月，也不间断。有时，我会在溪里掬一捧水，细细端详，它清澈透明，没有秘密。

瓯江对我来说又是那么陌生。2014年春天，我背着肩包，逆江而上，来到了三江源头的百山祖。这"三江"，为瓯江、闽江、福安江。在走读之前，我虽然做了功课，但走读一开始，我就发现了自己的肤浅。我不甚了解瓯江的人文与历史，不甚明白瓯江的资源与环境，更不甚清楚瓯江的治理与开发。

我一路行走，一路访问，一路学习，一路记录。我虚心好学，充满激情，一鼓作气。从2014年春天到2015年冬天，将近两年的时间里，我利用了所有的双休日和节假日把瓯江的干流走完，又把瓯江支流小溪、松荫溪、好溪、戍浦江、菇溪、西溪、乌牛溪等走完。在这两年里，我选点、联系采访对象、做功课、出发、到达、访问（少时一两天，多时七八天）、回来、工作、再出发……如此循环。走读瓯江，令我魂牵，令我迷醉。

这一路走来，瓯江总是以不同的容姿迎接我。当我行走在丽水的庆元与龙泉，它总是潺潺地穿越在峡谷和沟壑之间，充满激情和欢快。当我行走在丽水的云和与莲都，总见一些江段筑坝成库。水满时是碧波荡漾的湖面。水蓝蓝，山青青，天朗朗，地盈盈。水浅时会露出白晃晃的河滩。"蔚蓝色"本来是瓯江的原色，可是，从上世纪七八十年代开始，居住在瓯江下游的民众无法看到，也无法享用了。这当然是人为造成的。我在丽水松阳、青田等地行走，见一条条支流汇入瓯江，小溪汇成了大江。大海是江流的天堂，东海是瓯江完美的归宿。

这一路走来，我采访的专家、学者、当地文化人和群众不少于600人，并且结交了许多朋友。比如在横山村，我两次走访当地退休教师张定辉，和他成了朋友，他有时来我工作的单位与我聊天，都是聊村里的事情，青山白化、吃水问题等，要我向上级反映。我三上青田月山，鸟瞰大溪与小溪的交汇点，从这交汇点开始，这条江才称瓯江。月山上梵宗寺里有一位驼背杂工，与我相熟起来，他是个和善的人。我想起《巴黎圣母院》里那个敲钟的卡西莫多。晚上，月山很是幽静，连风声与鸟声都没有，梵宗寺里，只有我与驼背杂工。在飘忽的灯光下，我问驼背杂工知道不知道卡西莫多，他说不知道，但他知道上天把所有的不幸都降临在他的身上，他受尽了世间的嘲弄，尊重他的人屈指可数，其中就包括我。走读瓯江，我遇到了各种各样的人，结交的朋友中，就有卡西莫多这样外表丑陋、内心丰富的驼背杂工。

这一路走来，瓯江对于我来说，已经不再陌生。虽然是一次意外的开始，又仿佛注定就要这么去走。这也许就是命运，这是一次幸运而美好的邂逅。现在，我把我的走读笔记整理出来，呈现给大家，是一种表达和传递。作为作者，我用最认真最真诚最感恩的心，对待每一个敲下来的文字。

时序演进，沧海桑田，瓯江流域，是人类最适合生存和生活的"宜居之地"。我们唯有珍爱我们的母亲河——瓯江。

（原载《中国艺术报》2017年2月13日）

# 入雁山的若干种方式

草 白

## 1

玛丽·奥斯汀在《少雨的土地》一书中说:"有一些山峰、河流与明亮的草地完全是词语所不能及的,它们的声望高尚而伟大,我们无法赋予它们熟悉的名字。"

或许,玛丽·奥斯汀真正想说的是,对于一座山峰、一条河流,它仅仅与某个具体的人保持甜蜜、孤单的关系——只有那些少数的身体力行者,精神健全者,才能抵达它的内核与心。

而走马观花如我们,不在此列。

关于雁山,有一天,从那里传来的消息是,有一名写作者在山上创立现代私塾,开班授课;另有一位温婉端淑的女子,在深山酒庐里喝得酩酊大醉。

更多的人在山上来来往往,看浮云、飞瀑,流水与烟岚,此后,这些匆忙的身影也将成为流水与烟云的组成部分,并随之消逝。

我等待从那里传来更多的消息,就像扎在深壤里的根系等待一场缓慢形成的雨。通常，我什么也等不到。从唐宋的怀素、沈括，明清的徐霞客、袁枚，到近现代的林纾、康有为、周瘦鹃、郁达夫等人，有那么多人不约而同地深入她，赞美她。

雁山，作为一座被无数华彩乐章所供奉的山脉，它在文字里越具体，在我的想象里越虚无。我无法看清一座山的真正面目，正如我们无法保留万物在湖水里的投影。在一座山里，留有许多人类难以企及和深入的区域，不是法律而是峰峦本身设置了界限。那些山峦，圆的，锋利的，钝的，烧过的，从混乱或齐整中挤出，升起，披覆绿衣，或者裸露着，它们试图触碰天际，或渴望着什么。

雁山是变幻的山，也是恒定的山。那些试图描绘它的文字既像岩石一样言简意赅，也如流水一样语焉不详。在雁山上，人们常常迷路。徐霞客为了寻找雁湖，差点丢了性命。当年，郁达夫夜宿雁山寺院，梦里梦外，不辨秋月踪迹。"人迷不得路，独见明月，宛宛如故人"，这是乐清人李孝光隐居雁山时写下的句子。

而当我在文字的丛林中漫步，试图深入雁山腹地，远望峰峦间飞泻的瀑布，浮云下高耸的岩峰，以及灰烬般的山体表面，可我望见的只是一片流水与荒芜。所有妄图描摹自然的文字，所有暗示劝慰与讽喻意义的文本，都给人一种深度的迷失感，它们前后抵触、自相矛盾，根本不给人看清的机会。时常，浮现于我眼前的并不是一座有具体样貌的山，而是文字背后的人，那些心猿意马的异乡客，三心二意的看山者，行色匆匆的探险家，他们往复来去，而雁山如故，亦如梦幻。

雁山，可以是任何是一座山，也可以什么都不是。

## 2

那个冬天的上午，我进入雁山。时令已过小雪，雁荡的冬天虽没有北方那么硬朗、鲜明，丝丝缕缕浸入的寒意却也在向着季节的尽头冲刺而去。

在山中,我并不感到冷。相反,那种只有在冬天才能呼吸到的冷冽之气,慢慢汇聚到我身边,将我簇拥,裹住,让我身心愉悦。任何于山中缓慢行走的人都能发现自己喜欢的事物,而我只喜欢行走本身。往一座山的内部走去,好似回到某个期盼已久的故人身边,也似靠近一个根本并不存在的事物。群山相连,哪怕登至峰顶,你想要寻找的那一座依然在远处。

在雁山,我与树一起呼吸,世上最纯净的空气都在这里了。在雁山的高处与僻静地,我感到有一种远离尘壤所产生的孤绝之气;几乎所有的山里都有类似的气息,在高耸的树木与低矮的植物之间,逐年累月地培育起一种完美和自足。

因为孤绝,而产生的完美与自足。

植物的世界是封闭的,而一座山大抵也如此。尽管上山与下山的路有无数条,而人们只选择那条走惯了的,被无数人踩踏过的路。相对于山的芜杂与丰富,人们所能占据的地方是那么单调,只剩下那条唯一的游览步道。

曾有那么多人走在那里,并留下痕迹。道畔的树身上被刻上名字,还有誓言。丑陋的闯入者所遗留的涂鸦,让树身显得狰狞。大自然无法言语,却将污损与伤害视为犒赏,在那个阔大的、根须密布的天地里,弥漫着一种现代社会早已失传的古希腊精神。

远远地,在低处,那条几近干涸的溪床上,裸露的卵石边,有一丛水菖蒲。那触须般的绿,在满眼枯索的冬日河床上,几近神迹。

不得不说,雁荡的山与别处是不同的。那些刀削斧劈般的山石,裸露着,山成半片,钢片般凌厉,直立千仞;以致,悬崖处处,是天然的流纹岩博物馆。

它们位于高远处,陡峭,瘦削,孤独,一览无余,宛如遗世独立的巨人,踪迹难觅的侠客。来自四面八方的风,那平静而凉爽的气流,轻盈地刮过它,却绝不会扰乱到它巨大空间内的寂静。

入雁山，宛如进入那些灰色、粉色、砖红色的流纹岩内部，一个凝固的空间。在灵峰，在合掌峰的两掌之间的狭小区域，藏匿了一座千年古刹——观音寺。

当夜幕降临，古寺的钟声飘逸在灵峰山间，幽渺淡远，宛如琴箱内部发出的鸣响。

## 3

第一次进入灵峰景区，恰是在天色暗淡、夜幕初降之时。黑暗将山林与岩石推开，将植物草木藏匿，将白日里的一切都移到暗处去了。

雁山成了一座黑色的山，而游人纷至沓来，在那条唯一的道路上汹涌。前仆后继。陌生人之间以影子和行动相连，逐渐形成恒固的节奏和旋律，流成浩荡的人河，成了黑夜山体内部的组成部分，好似去赶赴什么重大邀约。

黑暗里的行走者，有一种匆忙，一份神秘。在此，人与人之间的差距逐渐消弭，成了遥远山脉上模糊的云翳。

川端康成在《雪国》里有一段话：出场人物与背景没有任何联系。而且人物是一种透明的幻象，景物则是夜霭中的朦胧暗流，两者消融在一起，描绘出一个超脱人世的象征的世界。

此刻的雁山，也是如此。它只以少数事物凸显，如山峰，岩影，流动的人形。微弱的、从低处游览步道上散溢出的光，照在人脸上，还不及辨认，就一晃而过。移步换景，而景与人都成了变幻中的物象了。

即使如此，在黑暗的山林里漫走，仰望，闻嗅，聆听，仍给人一种巨大的满足和期待。模糊、流动、即刻与不可辨认性，本是山林的本性。

风在林间发出强烈而模糊的声响，还有晃动的影，那不知是什么物发出的声，绘出的影。可以断定的是，自然之物在奔走，徘徊，追逐，游移，只有岩石与峰峦静默不动，如情侣如仙侠如怪兽，如此刻头脑中所能涌现的任何事物。

我感到自己不在雁山，而回到童年露天电影散场时的某一刻，也想起成年时偶尔去电影院，灯一黑，周遭便寂静下来。

当夜幕初降，黑暗莅临，雁山也寂静下来。

这一种看山的仪式感，我在别处没有领略过，唯独雁山给了我，以致回去后长久地难以忘怀。

那个夜晚，我既在雁山深处，也在这世上任何一个地方，一个我未来旅程中可能抵达的地方。黑暗中的雁山取消了时间性，和她固有的地理属性，成了一个悬浮于时间与记忆之河上的空间，一个幻象。

对执拗的看山者而言，这是一种消解。在这个世界上，人不能看尽一座山脉，他们能看到的或许只是自己。我们的所见所感，无不源于自我。

## 4

二十年前，我还是一个容易快乐的人。我身边的人都还活着，他们年轻而充满活力，就像那些矗立在我们居住地后面的山脉。彼时，我还不知道雁山，可在我的故乡，有一座括苍山；那是一座高耸而寒冷的山脉，盛夏的峰顶上，满是积雪。

我没有登过括苍山，我的案头却有一张来自那里的明信片。

寄信的人，从括苍山上下来，将信封与山顶上的白雪，一起投入尘世的大海。从此，在我心里，括苍山成了这世上最古老的山脉，是巨人和那些消失之物的化身，也是一座不可接近的山；人们一旦进入，便无法走出。晋人王质进入烂柯山看仙人下棋，回家后，物换人非，沧海桑田。

或许，晋人王质进入的就是像括苍山那样的山脉，它不是村夫打柴砍树的地方，也非造物主赐人山珍的场所，它根本就不是尘世之人所能够抵达的。那是一座由烟云所滋养的山，也是一座被山花所渲染的山。或许，所有的藏宝图都藏在这样的山上，永远被埋，暗无天日。

后来，离家渐远，括苍山成了一座恍如隔世的山脉，连梦里也不再出现了。

没想到，雁山却是括苍山的余脉。虽是余脉，在雁山，我仍无法想象括苍山的样子。

在雁山，我没有看见大雁；冬天的雁山，溪流干涸，飞瀑幻变成水雾，山林渐趋消瘦下去。

冬日的雁山是简静的。

雁山的峰顶不见雪，一条大水，从天而降，经三处悬崖倾泻而成，是为三折瀑景区。

让我惊叹的是中折瀑，尽管冬日，水的珠帘已稀，可那个半圆形、高约二十米的洞穴黝黑深邃，暗淡无光，宛如人世修行的道场。

缓步下山，在暮色抵临之前，返回人群中。

雁山之夜，我看见能仁寺上空的繁星，孤独，闪烁，如白色的梦境。

## 5

雁山回来的当晚，我便做梦了。梦里，我成了雁荡中学的一名学生，静坐窗前聆听师长教诲，那是胡兰成当年避难处，如今尘壤飞扬，正面临拆迁。梦里的我坐在一间位于高处的教室里听读英语课，我的座位就在窗边，我背对窗户而坐。那个人，我在少年时代绝不可能认识的人，正从窗外走过。他向我打手势，告诉我窗边墙上粘贴着信。我伸出手，轻易地将它们取下，信封里装着一些香烟壳和糖纸，当然，还有糖果和信。

那人向我招手，示意我起身前往，似只需轻轻一跃，我便能轻盈如鹿，从雁荡的悬崖峭壁跳入一个花团锦簇的世界。

就在我犹疑踌躇之际，他已作出飞翔的动作，向着山的那边迅疾而去。那姿势，好似雁湖之上已成绝迹的孤雁，以决绝的方式隐入群山内部。

我梦见雁山，又梦见故人西辞。梦醒后，我想起灵岩飞渡的表演者，雁山崖壁上的"飞人"。出神之际，我似成了崖壁上的表演者，耳边风声呼呼，底下深渊万丈。峭壁千仞，他们却说不害怕，其实是不能害怕，那些拥有红彤彤脸颊的汉子，长年累月"飞行"的人，也不过是肉身做的。

佛说，水到绝境是飞瀑。在雁山，最著名的就是那些称之为瀑布的水。它们从悬崖峭壁之上飞泻而下，把自己摔得粉碎，摔成一帘帘出尘的梦境。

在雁山，有寺院也有庵堂，普明禅寺，能仁寺，观音寺，白云庵。雁山是秘境，是隐居地，修炼场，还是某些人的走马观花之地。

在雁山，我见识了峰峦的神奇，岩石的嶙峋以及飞瀑的传说，那都是我在别处见识过的。真正的雁山，到底有何不为人知之处？我的抵达，似为了证明我从未去过雁山，我根本不可能到达那样的地方。

那位于高处的峭壁，与天比肩的群峰，还有各色流纹岩，地老天荒似的原始浑朴，和地球的古纪元相交融，皆存于雁山绵延的山脉群中。亘古如斯。

我梦里的雁山，峰峦叠嶂，迷雾重锁；深渊之下，有奔跑的水声。

（原载《解放军文艺》2017 年第 4 期）

# 苍茫二记

柴 薪

## 1. 小镇记

或许因为年代久远，走在故乡小镇的老街上，已经很少能找到一条清晰的脉络了。老街的两边原本都是木质砖瓦结构房子，大都是两层，下面一层都是那种门板可以卸掉的店面房，木质的店门板大都被风雨冲洗得沟壑纵横，历经沧桑，像一幅幅陈旧的版画，可以想象当年的繁华景象。如今，老街两边木质结构的老房子差不多拆完了，代之而起的是一幢幢钢筋水泥结构的新楼房，门也换成了铁门、铜门或卷闸门。旧时的江遂古道随着一辈一辈人的消失而渐渐湮灭在岁月的缝隙中，或者被岁月的尘埃永远淹没。

我的前半生似乎也随风而去，不见了踪迹。我在这里出生生活长大，直到18岁时离开。就像我现在走在小镇的老街上，我已找不到自己往日的影子，闻不到往日的气息，见不到旧时见过的人，故乡的风景一切是如此忧郁，如此忧伤，如此熟悉，如此陌生，如此疼痛，如此安慰，仿佛那些被诗歌擦亮的词语。

有一天，我突发奇想，如果登上高处看我的故乡会怎样？当然，我不会登上飞机，即使登上飞机，飞机也不会从我故乡头顶飞过，我说的高处是相对的。那天是雨天，我登上了故乡小镇对面的象鼻山，我站在山顶草木郁郁的最高处，透过浓密的树枝俯视着在雨幕中渐渐变浓的一字排开的故乡小镇。

我似乎第一次这样看我的故乡小镇，小镇在我脚下的不远处，这就是我出生的地方，我18岁以前的一切遭遇都发生在这里。虽然，我18岁以后就离开这里，可是不知为什么？我似乎觉得一直没有离开过它。或者说，我离开以后发生的一切仍然和它有关。无论我离开多久，无论我到哪里，我都是发生在小镇漫长岁月故事中的一个个体，一个影子，一声呼喊，一声鸟鸣，一枚叶子，一缕风，一盏灯，甚至是一粒尘土。我也知道，我的故事也还远远没有走进结尾，前路未知，后路茫茫。

我站在象鼻山的最高处，但还是看不见镇中蜿蜒的老街，老街被一幢幢连着的楼房遮住了，也不见了屋顶上的白烟（因为现在的楼房都不盖黑瓦了）。傍依着故乡小镇的嵩溪河似乎抬高了，河水似乎溢出了河床，漫进了眼前安静的小镇。山下的田野上，油菜花已凋谢了，油菜的枝条上已结出一排排鼓鼓的碧绿的果荚，饱满而丰腴，河水似乎也漫进田野里，油菜荚子一排排一簇簇仿佛摇曳在水面上。

河边的一株株柳树，在雨中显得分外碧绿，而嵩溪河水在雨中像一面镜子一样反射着白光，整个小镇似乎一片寂静。我试图找出小镇上老房子的位子，可眼前却一片恍惚，似乎连我自己都淹没在一片恍惚的寂静之中。

想起有一次，我从喀什坐飞机飞乌鲁木齐。飞机飞越天山山脉，虽有云层阻隔，但我还是看到机翼下的天山山脉白雪皑皑云雾缭绕自西向东倾斜。飞机每侧转一下机身，我似乎感觉到雄伟的高原山脉正向东俯冲而下。多么有力的一种俯冲啊！可我知道，那是一种幻觉，飞机飞得十分平稳，就像我现在站在故乡的象鼻山上，远远看着故乡小镇，似乎也有一种俯冲而下的感觉。

我说过，这是一种幻觉。而且我不止一次感觉到这样的幻觉。直到想像阳光落在山顶，云雾散开，大地安安静静地呈现出它真实的面貌。雨中的小镇呈东西向一字排开，和嵩溪河呈平行状，一排排楼房之间耸立着高大茂盛的树木，有榆树、梧桐、苦楝、香椿等等。由于没有人烧柴了，因此也不见了炊烟，小镇在雨幕中晶莹中透着无声的庄严。

这似乎是一个悖论：许多熟悉的老人走了，从此再也不会回来；许多陌生的小孩诞生了，像草木一样蓬勃生长。小镇上似乎只剩下老人和小孩了，老的太老，小的太小，年轻人都外出打工了，连以前田间地头屋檐瓦下成群结队的麻雀也不见了，小镇似乎更加寂静了，嵩溪河似乎也没了方向。

每次从城市回到小镇，每次走在小镇的老街上感觉小镇都在无形中从熟悉渐渐走向陌生。登上象鼻山后，那寂静与陌生，仿佛是一声柔软的叹息。从象鼻山上下来，穿过田野，走到嵩溪河边，回首看山上的草木和野花，田野上油菜和庄稼，嵩溪河边的柳树，芦苇，水草以及淙淙流淌的嵩溪河水，像是一声疲惫而又满足的长叹。

而我更多的经历和故事，无论我走到哪里，都将深藏在这个寂静的小镇上，那些渐渐湮没的老街的皱褶之间。

## 2. 苍茫记

苍茫。很喜欢这个词。可以让人感叹人世茫茫，陡增万丈豪情。李白的《关山月》："明月出天山，苍茫云海间。长风几万里，吹度玉门关。"

苍茫，是一种意境。它就在那儿，无处不在的样子，不远也不近，似乎看得见，却又无法触摸。也许正因为无法触及，才如此美好。年轻时，无拘无束，总想着逃离藩篱，现在意识到受制约也是一种美好。坐而论道，或许更能看清事物的本源。

去年六月份，我去南疆，来到乌什。乌什这个小城位于阿克苏地区西部的边陲，北靠天山山脉，与吉尔吉斯斯坦接壤。有着"半城山色半城泉"绝美的自然风光，而在风景之外，回荡在这个小城的历史之音，同样让人感怀和激荡。它是古丝绸之路中道串连起的重镇之一，小城内有着与伊犁惠远钟楼同一形制的钟鼓楼，它也曾经是南疆主要的铸币局所在，小城至今依然留下许多冷兵器时代用作军事防御的烽燧。

在距离吉尔吉斯斯坦边境小城伊什提克大约25公里处的乌什县亚曼苏乡，伫立着一座沧桑却坚韧厚重的烽燧，它的名字叫别迭里烽燧。历经风雨的它就像一位战士，依然伫立在前往别迭里山的路边戈壁滩上。站在别迭里烽燧上，但见天山在远处盘桓，四周一片空旷，一片苍茫。我不由想起陈子昂的"负剑空叹息，苍茫登古城"的诗句，一股沉重与苍凉感油然而生。这里是离李白出生地（碎叶城）最近的地方，也是我在地理上最接近李白出生地的地方。

李白是有唐一代的天才诗人，站在黄鹤楼上，面对一片苍茫的长江，面对崔颢的题诗，居然废笔无言。还有那些善写苍茫的诗人呢？陈子昂、王昌龄、高适、岑参、王之焕、王瀚、王维等等。王维是唐代最有悟性的诗人之一，其"诗中有画，画中有诗"堪称一绝。但也能写出"大漠孤烟直，长河落日圆"这样极致的苍茫苍凉之句。而托马斯·艾略特的《荒原》，是那种有着宗教般的渗入到骨子里的人性的恍惚与苍茫。

面对苍茫，青山依旧，几度夕阳，独不见伊人之容颜。面对苍茫，绿肥红瘦，佳人倚门，桃花依旧笑春风，只是人面不知何处去？面对苍茫，睡莲冰清，弱水三千，我只取一瓢饮。面对苍茫，烟柳长堤，斜阳古道，大漠雪山，我为你筑起千年古刹，还有楼兰亭阁，小桥流水。

夜色阑珊，流年似水。苍茫间，一个熟悉的身影划过心间，那一瞬间的记忆，飘然定格成一个永恒的底片。想伸手去揽，才发现已恍惚的无影无踪。忧伤再起，洒落一地的细碎记忆，是泪水的一抹碎影，漂洗了一生的怨恨，留下旧时斑驳的落寞与苍茫。

一弯残月，一盏孤灯，摇曳的烛光，是一抹淡淡的忧愁与忧伤。影影绰绰的恍惚着的一杯浊酒，本以为借酒可消愁，可曾想，酒入愁肠，却化作相思泪，泪涌腮愁；可曾想，酒入心间，似抽刀断水，剑斩情丝，情丝未断，青丝如雪。可谓是千年化情缘，三生不离殇。

或许只有沧桑与苍茫的感觉最现实，也最真实。躬身掬一汉赋唐诗、宋词元曲，坐下抚一琴弦古曲，高山流水，在苍茫间，在红尘阡陌中，在滚滚渡口边，看那白衣飘飘，风度翩翩，遗世独立。把满腹的才华，一腔豪情与痴情化作一缕清风，把浑浊涤荡，把红尘中的记忆捻成一串佛珠，只为清尘如故的夕阳，把缠绵千年的忧伤回眸成殇，只为"视天日兮苍茫，面邑里兮萧散。"

往事悠悠，往事苍茫，一点一滴碾碎在时光的飞轮下，一点一滴模糊在飞梭的时光隧道里。

（原载《山东文学》2017年第10期，有删节）

## 长兴的色彩

陈博君

色彩,一个多么美妙的事物!有了它,世界才变得如此鲜活,如此丰满,如此让人心醉神迷。所以每时每刻,我们都在有意无意地追逐着色彩、享受着色彩,用我们的眼睛,还有我们的心灵。

每到一处,我总是会下意识地去抚摸当地的色彩。这种色彩,也许像一层独特的肤色,铺洒在目之所及的角角落落;又或似无形却又异常真实的能量,浸透在每个地方的血脉之中。这种色彩,也许你能用眼睛看得见,又或许并不能直接看见;但是只要你用心去感受,就一定能够真真切切地捕捉得到。

那么长兴的色彩又是怎样的呢?这个扼守于浙江北大门,位居浙苏皖三省和沪、杭、宁、苏、锡等长三角大都市中心的通衢之地,距离我所居住的城市虽然很近,而且在若干年前也是曾经去过的,但时光如梭,一晃竟也有二三十年了,依稀的印象仍不自觉地定格在已然逝去的曾经之中。所以提及长兴,我脑海里首先映射出来的,每每总是黑色。因为关于煤矿的记忆,在我的印象中实在是太深刻了。

那时候的长兴,因一座长广煤矿而饮誉全国。这座埋藏在牛头山下的超大型煤矿，曾是浙江工业的重要引擎，亦是区域经济发展的强大动力。为了把宝贵的煤炭资源挖掘出来，支援国家的建设与发展，从杭州到牛头山还专门兴修了一条铁路。那时的铁路可了不得了啦，代表的是先进交通，是致富之路，是诗和远方。"火车一响，黄金万两"，当时的长兴，就是以这么牛气冲天的形象，霸气地伫立在人们心目当中的。

那曾是一座多么响亮的煤城啊！因为一种黑色的能源矿产，数以万计的职工和家属从四面八方聚集到了矿区，在那里挥洒青春、开创事业，安家落户、繁衍生息。那里不仅拥有相当于县级司法和行政机关职能的公检法、人武部、工商行政管理等专门机构，还有各种各样的商店、医院、邮政所、幼儿园、学校……，俨然就是一座功能齐全的小型城市。

那黑黝黝、亮晶晶的煤炭，就这样为长兴涂上了一层特别厚重的色彩，这种乌黑的色彩深深地烙刻在了多少人的心里呀。

随着时光的变迁和时代的发展，如今，赫赫有名的长广煤矿早已关停有快四年，但煤山镇这个带有浓重色彩的地名，仍然将我对长兴的印象滞留在了黑色的记忆之中。很多早已悄然发生的变化，也总是要待到身临其境之后，才有真切的体悟。

值得庆幸的是，在2017年这个暑气刚至的仲夏时节，因为《中国作家》杂志社开展的"两富·两美"看长兴采风活动，我终于对今天的长兴有了全新的认识。

审视一个人，总会有各种角度；审视一个地方，当然也有不同的方式。而我，依旧是习惯于用我所喜欢的方式，去体会和捕捉这个地方的色彩。

今天的长兴，已然不是我们记忆中的那座煤城，那么她的色彩，必然也不再是那闪着金属光泽的乌黑了吧？

确实是这样。当我重新踏上阔别已久的长兴，来到曾经因煤炭而享誉全国的煤山镇时，竟一丁点儿也找不到那镌刻在记忆深处的黑黝黝的厚重色彩了，无论是我们双眼可以摄取到的，还是心灵能够抚摸到的，都是那漫山遍野的、无边无际的、令人心旷神怡的绿色。

高达80%的森林覆盖率，早已将昔日的矿山重新染成了一片片绿色的汪洋，在植被葱郁的群山之间，金钉子地质公园仿佛一颗熠熠生辉的明珠，向世人骄傲地展示着封存在层层秘岩之中的远古地球史和生物演化奥秘。据说，正是因为当年的采矿，才让人们如获至宝地发现了埋藏在煤山镇葆青山下的两枚"金钉子"。当然，这里的"金钉子"，并非你想象中那种用黄金打制的钉子，而是地质界对全球年代地层单位界线层型剖面和点位的一种俗称。葆青山下的其中一枚"金钉子"，正是当今全球最完整的二叠系与三叠系界线，真实地记录着2.5亿年前那场堪称地球史上最大的生物灭绝事件发生之际，毫不知情的远古生物们在绿色植被的怀抱中繁衍生息的鲜活信息。长兴"金钉子"的发现，使不断遭受开发的矿山瞬间实现了华丽转身，成为受到严格保护的世界地质遗址，这个地方的色彩，也从煤黑重新回归到了葱绿。

耐人寻味的是，这座意义非凡的山麓，世代都被称作"葆青山"，莫非这里的人们，冥冥之中早已洞晓了这座青山承载着一段关于绿色与生命的悠远历史？

长兴的绿色，染遍的当然不只是煤山镇。随着"绿水青山就是金山银山"指导思想在浙江的确立和生动实践，绿色就像一个美丽的精灵，飞遍浙江的山山水水，为浙江的新农村建设缀上了一道清新的标识；而整个长兴，无疑就是"绿水青山"的杰出典范，到处可见的葱茏青山、清澈绿水，还有遍布城乡的成荫绿树，无不让人沉浸在绿色的遐想之中。

这里的村镇，绿得恬静纯净。往长兴县城以北驱车五六公里，我们随机走访了归属于龙山街道的两个村庄，看到的都是让都市人既羡慕又向往的绿色家园。渚山村的民居白墙黛瓦，错落有致，全都掩映在绿色森林之间，难怪浙江省林业厅毫不犹豫地把首批"浙江森林人家"的桂冠授予了这个村庄。经过中国美院建筑专家巧手规划的渚山村文化大礼堂，静静地坐落在一树树挂满了粉嫩鲜果的杨梅树旁，散发着一种独特的品位。这座集文化活动、党建展示、老年照料和社区医卫于一体的多功能文化大礼堂，是这座森林村庄的地标中心、绿色心脏。与渚山村毗邻的川步村，更是一个远离尘嚣的绿色世界，树蛙、金钱松等百余种珍贵的动植物，在青山绿水间与村民们和谐相处，受到了最好的呵护；东方梅园、四季花园、月季花园、兰花基地、有机茶厂……，四季飘香的花草果木，吸引着一批批慕名而来的八方游客，前来追寻那份传递着自然气息的绿色美景，感受那青山绿水孕育出来的浓郁而又淳朴的原生态芥里风情和长寿文化。

再往西去，还有一座民风淳朴、历史悠久的上泗安村，这儿古时便是一个繁华之地，曾有"十里荷花古板道"之称。十里荷花，那是一幅多么让人心旷神怡的绿色画卷啊！漫步村中，果然绿水川流而过、两岸绿树成荫，恬静的绿意是那么地纯净，而保存完好的古石板桥、古运码头、航运驿站、商贸古道，以及新建的徽派风格牌坊、陈列馆、广安亭等，则无声地诉说着这个古村庄与众不同的历史文化。

这里的乡野，绿得令人沉醉。青翠绵延的山峦，就像披上了浓绿的盛装，勃发的生机在无边无垠的植被中呼之欲出；纵横交错的阡陌，仿佛镶嵌着翠绿的裙边，清新的气息在肆意生长的草丛里氤氲飘荡。一座座生态农庄，像一粒粒耀眼的水晶，在漫山遍野的绿色中闪闪发光。其中最为夺目的，当属"绿野仙踪"。

绿野仙踪，光听这个名字，就已经让人心驰神往、遐想联翩了。及至身临其境，果然名不虚传。这个农庄坐落在一条幽雅的山谷之中，极目眺望，但见层层叠叠的林木在绿色的山谷中有序铺陈；一条泛着绿波的清澈小溪，在林间蜿蜒而下，叮叮咚咚地贯穿了整座山谷；座座童话般的小木屋散落在山谷绿道的两旁，让人恍然步入了世外桃源。当得知我们晚上即将下榻在这个如诗如画般的乡间农庄时，大家的兴奋之情刹那间溢于言表，淌得比那条绿色的小溪还要欢快了。

入夜时分，山谷里的水塘边，此起彼伏的蛙鸣声訇然作响，那极富弹性的鸣叫声，在寂静的山谷里显得分外摄人心魄。尽管四下早已一片漆黑，但这一刻，聆听着这样的蛙鸣声，你分明能够感受到那池塘是绿的，池塘边欢唱的青蛙也是绿的，甚至连青蛙的鸣唱声和若即若离地漂浮在池塘周围的气息，更是绿盈盈的。沉醉在这种只能靠心去体会的绿色之中，就连见多识广的大编辑大作家们，也都情不自禁地在池塘边的台阶上齐唰唰地静坐下来，用心灵倾听着这独特而又美妙的生命欢歌，甚至还纷纷打开手机的录音键，将这令人沉醉的声音永久地珍藏起来。

这里的湿地，绿得宛若仙境。作为河网交错的江南水乡，湖泊、河流、荡漾、池塘，各种形态、不计其数的湿地，就像一面面大大小小的澄澈明镜，在日新月异的城乡之间闪着摄人的绿光。被列为国家 4A 级景区的仙山湖国家湿地公园，无疑是这众多明镜中最闪亮的那一面。仙山湖不仅有碧波荡漾的"仙湖"，还有苍翠葱郁、充满灵气的"仙山"。仙山和仙湖如此唇齿相连，如此相得益彰，真可谓是仙湖依山得名，仙山因湖秀美。在仙湖的湖区，上千亩森林沼泽和草本湿地，还有那暗放着幽香的成片荷塘，将湖面染成了缥缈的绿野，景观奇特的水上胡杨森林，更为仙山湖赢得了"中国亚马逊"的美誉；仙山虽然不高，仅 160 多米，但山上的古刹显圣寺却已有 1000 多年的悠远历史，登顶俯视澄澈的湖水，眺望浙苏皖三界，穿过千年、俯仰山水的情怀刹那间扑面而来。

仙山湖的山，是绿色的；仙山湖的水，是绿色的；仙山湖的荷，是绿色的；仙山湖的水上森林，更是绿意盎然的。正是这深深浅浅、浓浓淡淡的绿色，把长兴西部这片人工水库，渲染成了长三角地区最具生物多样性和生态原始性的湖泊湿地，渲染成了一个烟波浩渺、充满灵气的人间仙境。

我记忆中那黑黝黝的长兴啊，原来早已蜕变成了绿油油的新长兴！绿得这么迷人，绿得这么纯粹，绿得这么充满仙气。

但是，假如你这就以为长兴的色彩，仅仅只是无边的绿色，那又大错特错了。

看，如今的长兴，还有那么耀眼的金色！在图影湿地的山图水影之中，到处充盈着静谧的绿色，而我却在这漫天的绿色中欣喜地捕捉到了一抹又一抹耀眼的金黄。图影湿地是长兴众多形态丰富的湿地中的又一大亮点，这片湿地由大荡漾、陈湾漾、周渡漾、鸭兰漾等四大荡漾组成，图画般的青山、幻境般的水影，以及美轮美奂的超大型龙之梦文化旅游休闲综合体，无不令人叹为观止。但在这动人的美景中，更让我无法忽视的，是在图影湿地的田野里、土塍边，金黄的波斯菊在迎风烂漫着，那么自由奔放、那么满怀希望，让人情不自禁地联想到，这该是怎样一片欣欣向荣的热土啊，才会滋养出如此灿烂的花儿！突突作响的机器轰鸣声，把我们的目光引向了荡漾边的大片菜地，地里的油菜花虽然早已不见了那铺天盖地的灿黄，但饱满的菜籽荚又焕发出另一种沉稳的暗黄，仿佛向世人宣告着一份丰收的喜悦，收割拖拉机正在将一畦又一畦老熟的油菜花放到，收进油菜籽的同时，哗哗哗地从后面吐出焦黄的秸秆，满满地铺了一地，将那厚厚的肥力留在了这片希望的大地上；远处的花田中，吸引人们视线的除了那五彩缤纷的鲜花外，还有一尊尊稻草编织起来的硕大动物，大象、水牛、长颈鹿……仿佛正在田野中奔走撒欢，浑身漫射着饱吸了阳光和山水灵气的迷人光泽。

看，如今的长兴，还有那么醉人的紫色！在大唐贡茶院的漫山翠竹中，一座气势恢弘的仿唐建筑巍然挺立，这座灰褐中泛着暗紫的全木质建筑，选材据说是清一色的优质红松，加上十分特别的型制，无声地透着一种高贵与典雅。在这修篁似海的竹乡，为什么不用能够代表地方特色的竹子来修建贡茶院,而要选用并非产自本地的红松木呢?这个问题,直到我们踏进大唐贡茶院高高的门楼,参观了解了贡茶院内陈列的关于茶圣陆羽的生平和他的千古名作《茶经》之后,才有了一份我所理解的答案。勿需否认,作为来自西湖龙井茶产地的杭州人,我对绿茶的认识,一直有着坐井观天的心态,认为由嫩芽炒制的明前西湖龙井,便是天下第一的绿茶了。这回在大唐贡茶院,重温了中国茶文化的历史渊源后方才明白,早在一千多年前,茶圣陆羽就已隐居在长兴的山野间寻茶品泉,并且作出了"阳崖阴林,紫者上,绿者次,笋者上,芽者次"的生动描述。陪同我们一路采访的县文联主席,一身紫花的旗袍十分得体而有味道,她如数家珍地向我们介绍:产于长兴的紫笋茶,便是陆羽所描述的"紫者、笋者",其茶芽细嫩,色泽带紫,其形如笋,自唐代广德年间至明洪武八年间,就一直被列为皇家贡茶。原来,在长兴的满目绿色中,还蕴藏着如此独特、如此核心的紫色!于是忍不住浮想联翩:难怪大唐贡茶院的建筑没有选用翠绿的毛竹,而是用了泛着暗紫色的红松;难怪这个地方专事意识形态工作的女干部,能将紫色的旗袍驾驭得如此恰到好处,或许,高雅的紫色早已在无形中渗入了这个地方的每一寸肌肤吧。

看,如今的长兴,还有那么沸腾的红色!在槐坎乡温塘村,我们怀着崇敬的心情走进新四军苏浙军区纪念馆。烈日下,中国作协和长兴县委的领导代表大家向开国大将粟裕的塑像敬献了花篮;身着戎装的女讲解员,语调铿锵地为我们详细讲述了新四军在苏浙皖边地区艰苦抗战的光辉历史和根据地群众积极拥军支前的感人故事,红色的记忆如延绵的夏雨,瞬间洗涤了我们的心灵。让我印象更加深刻的是,那一座座红色的丰碑,不仅在中华民族的历史上高高矗立,更深深地融入了这片浙西热土之中。红色的文化已在长兴生根开花、传承弘扬:以"一名书记就是一个榜样、一名党员就是一面旗帜、一个支部就是一座堡垒"为核心的"三个一"主题活动,正在全县上下深入开展；荡气回肠的长篇纪实文学《江南小延安》，于真实再现红色革命历史的同时，高高举起了弘扬主旋律、传播正能量的旗帜，为长兴的文艺创新添上了一道鲜艳的红色；三洲山村、泗安长中村等更是将红色文化融入在了乡村文化之中，通过打造红色文化之旅，他们将长兴的红色魅力传播给了来自五湖四海的游客朋友。

看，如今的长兴，还有充满希望的蓝色！蓝天白云、远山如黛，科学的环境治理，全域范围内的剿劣治水持久战，为长兴营造起了天蓝气清水碧山绿的美好自然环境，蔚蓝的天空不仅给人们带来了美好的心境，更为长兴的未来描绘了美好的蓝图：浙江首家县域国家级开发区长兴经济技术开发区、南太湖产业聚集区长兴分区、长兴现代综合物流园区、太湖图影旅游度假区、龙山新区、太湖新城……在众多有志于投身长兴未来建设发展的创业者面前，一片片充满希望的新蓝海正展现出巨大的潜力，等待着他们前往拼搏、实现抱负。

是啊，如今的长兴，再也不是那座曾经黑黝黝的煤城了，如今的长兴，是一座绿色之城，更是一座彩色之城，在全国各地都如火如荼地打造着"美丽乡村"的时候，长兴早已在此基础上提出了打造"锦绣长兴"的升级版目标，这绝非字面游戏、华丽文章，而是对长兴色彩的精准提炼。

没错，一趟短暂的长兴之行，分明让我看到了一段美丽的七彩霓虹，正灿然地飘扬在苏浙皖之间，那般鲜艳，那般多彩，就像织绣在丝缎上的七彩云霞。

锦绣长兴，提得真好；今日长兴，绝对当得起"锦绣"二字！

（原载《中国作家》纪实刊 2017 年第 9 期）

## 思想的光辉

陈大新

有一位作家,因为读茨威格《世间最美的坟墓》,忽起要访问一下伟大作家们墓地的想法,但他没有直接去俄国拜谒托尔斯泰的墓,而是去了德国,果然有所发现。

在德国魏玛,他发现歌德、席勒墓前总有人伫立凭吊,而魏玛公国的卡尔大公的墓碑前则十分冷清。在柏林多罗顿国家公墓,他发现包括黑格尔在内的许多哲人、作家的墓都十分简朴,反倒是生前并无什么业绩可以夸耀者,坟墓十分讲究,甚至有高大的雕像。这的确让人有些意外。

其实,哲人、作家给后人留下的是思想的财富,而不是纪念碑。正如茨威格所述的托尔斯泰墓的情形,只有一个土堆,没有墓碑,连死者的名字也没有,但却是无人不知无人不晓的景点,是"世间最美的坟墓。"功名尘与土,思想同日月。杜甫《梦李白》诗云:"寂寞身后事,千秋万代名。"感怀李白身世事飘零,恐死后凄凉,但却留得千首可伴日月长明的诗篇。

哲人、作家、诗人,一代又一代大师们逝去了,他们默不做声,却将思索留给了后人,易卜生七十四岁时写下最后的剧本《复活之日》(又译为《死人复活时》),剧中写一位青年雕塑家卢勃克与一名女模特伊里纳的故事。他们共同完成了雕塑作品"复活之日,"当雕塑家卢勃克功成名就,女模特伊里纳却离开了,在卢勃克进入老年,身边的人都离他而去,孤独寂寞之时,已经同样衰老的伊里纳意外出现在雕塑家的面前,他们有一段精彩对话,是关于艺术家必须先是"人",有了爱才创作,还是艺术的工作第一,其次,才轮到"人"?易卜生没有给出回答,评者认为易卜生留给了我们沉默后的思索,易卜生希望后人解答这一问题。这个问题今天看来已有了基本的共识,那就是,人并非为艺术而艺术,实际上总是民族国家的兴衰动荡,红尘人世的爱恨情仇将艺术推向一个又一个高峰。

那位访问伟大作家墓的作家,隔着时光,感受着逝者们永恒的思想,这种精神上的沐浴给他带来了灵感,使他得到了升华。我想:作家的功绩,不在于为生活提供了哪些直接的答案,而在于提供了思想,在于提供了深入人性的问题,在于做出了探索真相的努力。这些思想、问题、真相不断为后人提供着研究的课题。而这些课题都是深刻的,永恒的,伟大作家、哲人、诗人们因此为人们所铭记。这就是他们的"寂寞身后事",这就是他们的"千秋万代名"。帝王们,法老们,富豪们留下了雄伟壮观的墓藏,留下了金字塔,而伟大的作家、哲人、诗人们,他们只将思索留给后人。

(原载《中国纪检监察报》2017年8月4日副刊)

## 对门坡

陈德根（布依族）

隔着一条河，就看见映山红从坡脚一嘟噜一嘟噜地往坡顶怒放。族人的坟地，也从山腰埋到了坡顶，坟头草憋足了力气，使劲地绿，墓碑清一色的白，仿佛一扇扇敲不开的门。

我看了很久，只有零星的几户人家的屋顶冒出炊烟。

只有站在对门坡上，才可以俯瞰越来越辽阔越来越空洞的寨子。

那是我回到家之后迎来的第一个早晨，雾气浓得化不开，肉眼看不清五步之外的物体。寨子南边突然轰隆隆一阵火炮声吵醒了我。侧耳听去，炮声里夹杂着妇孺悲痛的哭泣，我推开窗，一户人家的房顶正徐徐地挂出三面送行白幡。父亲使劲咳出一口浓痰，清了清嗓子说，一准是土林他爹逝去了。

土林是我的童年玩伴，我到浙江打工后，联系渐渐少了。听说他还独身，还听说他整日酗酒，跟他胞兄水火不容，兄弟俩数次持刀抡棍互殴。听到这些传闻，我吃惊不已，是什么改变了曾经胆小怕事的土林？平静的乡村生活，究竟是哪儿出了纰漏，让一对亲兄弟同室操戈？

听我嘀咕，父亲说，土林爱上了他嫂子。对于男女私情，乡下人往往所指不甚明确，说得极其隐晦。我"哦"了一声，像是都明白了，又像是什么都没明白。

为土林爹净身穿衣时，我扫视了两圈，还是没有能够在人群里看到土林的胞兄土万。及至后来整个丧事，都没有看到土万现身。也没有看到任何一个年轻人现身，我顿时想起父亲在电话里对我说过，寨子里难觅年轻人的踪迹，他们都出远门打工去了。

年轻人还会回来吗？他们回得来吗？拉住路过我身边的任何一个叔伯，我给他们敬了香烟，最终还是硬生生地把话咽到肚子里。

权且把这当作又一个秘密吧。我对自己说。

这些秘密还包括老迈得厉害的父辈们，以及寨子里多出来的我不认识，也不认识我的晚辈们，我无从知道，我走之后，村庄究竟又经历了怎样的变故。

但是我必须接受要去面对一些本身就没有答案的秘密。

这些秘密包括突然间消失了的，对于死亡的恐惧。那一天，下了一夜淅淅沥沥的雨之后，沉甸甸的雾气不见了。太阳光从后山直射过来，投在我家门前的晒坝上。晒坝位于向阳的一块地坪，边角乱糟糟地堆放着玉米秸秆、稻草。稻草下露出一层塑料薄膜，薄膜下面是一具棺材，沉重、肃穆、忧郁，我知道，这就是无法回避的死亡的气息。

没等我问，父亲笑着告诉我，棺材是他的。是他利用冬闲央求木匠割好的。父亲骄傲地补充说，那漆产自自家种了多年的漆树。

父亲给自己准备的棺材静静地卧在阳光底下的稻草垛里，几只土狗虚张声势地相互撕咬着，孩童们在拼命地相互追逐。旁边一溜儿坐着几个眯着眼睛，有一搭没一搭闲聊的老人。我顺着父亲的手望去，二大爷、三公、七公……土林的哥哥土万居然戴着棉帽，混迹于一堆老人中间。我揉了揉眼，问父亲那小老头可是土万。父亲苦笑说，千真万确。

父亲犹豫了半晌，嘴唇哆嗦着，像是下了很大的决心，他告诉我，土林哥俩闹翻后，土万的老婆去浙江打工，不料跟人跑了，四处苦寻不得，他整个人就崩溃了，一夜之间白了头发，后来就疯癫了，清醒时，跟在老人后面晒晒日头，到镇上捡垃圾卖；糊涂时，撑着鸡鸭鹅和孩子们满寨子跑，孩子们谈土万而色变，怕得要命。

脚下绿油油的青草温顺地伏向大地，我知道，这是春天到来不久，新长出来的一茬。

山顶上的灌木丛，在风中噗噗噗噗地响个不停。不远处的草丛里躺着半块残缺的墓碑，我隐约想起，小时候老辈子们告诉过我们，那是一个外地客商的坟，客死他乡后，家人曾来访过，修了坟，立了碑。每年清明翻山越岭来给亡人挂青，扫墓。若干年后，不再有人过问，于是牛踩马踏，雨水侵蚀，终究夷为平地。

从坡顶看去，晒坝上的老人和孩子小如蝼蚁，乡亲们新盖的洋房像散落一地的积木。寨子前的河因疏于治理而断流，裸露着犬牙交错的河床。我突然感到无比恐惧与绝望，当若干年后，我回来，该怎么辨认出我的故乡？

在土林爹的葬礼上，唢呐手卖力地吹奏着哀乐，亲朋们从四处赶来，陆续加入送葬的队伍。

我们披麻戴孝，抬着棺柩在晨光中缓缓地爬坡上坎。我知道，若干年后，我最终也会在这里老去，死去。在一个霞光普照的早晨，那些年轻的后人为我举行一场热闹的葬礼。

我要走的前几天，下着无止无休的雨。好不容易雨过天晴，我一个人又爬上了对门坡。土林爹的坟在连日大雨冲刷下，低矮了许多，坟头上的草在狂风中倔强地挺立，微微地绽出了嫩芽。那些花篮、花圈混在泥浆里，那些红，那些白，仿佛大雨的残骸，触目惊心。

我的脚下，父亲豢养多年的土狗阿黑甩着大尾巴"扑哧扑哧"拍打着尘土。它有着健硕的体格和一双充血的大眼睛，它死死咬住我的裤脚。及至听到父亲的脚步声，才不甘心地松口，围着我不安地转圈，我看得出它是害怕从山脚下赶来的父亲的，我从它的眼神里看到了自己当初在父亲面前畏畏缩缩的模样。

它低低地吠,前脚使劲刨着泥土,父亲并不看我,也不看阿黑,只顾垂首喘气。我喊他坐一坐,父亲伸手接过我递给他的香烟,顺从地在我旁边的石头上坐下来,叭叭地吸着。我转眼去看父亲,他隐在缭绕烟圈中的脸疲惫而苍老,岁月在那上面刻下了深深的痕迹,也消泯了他一腔的怒火。阿黑慌慌张张地兜圈子,父亲居然没有像往常那样抬腿就踢,只是低低地吆喝了一声,那狗却懂了,识趣地蹲在我们身边,闭着眼睛,一动也不动。

我们望着山下的寨子出了神。

我和父亲说了很多话,但他总是避着我的视线,说话时眼睛望着别处。我不自觉地抬手,搭在他瘦削的肩头上,他试图挣脱,我暗暗加了点儿劲,父亲不再拒绝。我想起,在我年少时,多少次依偎在父亲身旁,我们坐在对门坡上,看一轮落日慢慢地挣脱悬崖边的树丛,坠到山涧中,不见了。

山上开满了映山红,但深陷夜色中一座山,无疑是孤独无依的。那些默然的坟茔加深了一座山的孤独,并感染了我和父亲。

我们同时起身,拍了拍裤子上的尘土,一前一后向山下走去。

在山腰,我和父亲都听到喜庆的唢呐声,鞭炮声铺天盖地,那是邻近的寨子有人在迎娶新娘。

此时,母亲长眠在下山的路边上,坟上开满了野花,近旁,我们种下的松柏,在簌簌摆动。我想起多年前,年轻的母亲站在门口,对着对门坡大声喊我的名字,她圆润的声音从坡上溜溜地滑下来:吃——饭——了!

喊着喊着,我就长大了。于是,母亲送我去远行。

我们的脚边,坡上一嘟噜一嘟噜的映山红,被风追赶着,跌跌撞撞地朝山下奔去,仿佛急切地要与自己牵肠挂肚的亲人和故交相认。

(原载《民族文学》2017年第1期)

## 命运多舛，诗树长青
——忆方牧先生

陈德荣

光阴荏苒，岁月如梭，方牧先生离开我们已经二十三个年头了，回忆起与他交往的点点滴滴，是这样的清晰、明快和温馨，似饮甘泉，如沐春风，至今仍镌刻在我的记忆深处。

我与方牧先生相识于上世纪七十年代中期。有一天，一位文友说要带我去认识一下四十年代就享誉我国东南诗坛的前辈，我想诗人肯定是风流倜傥，光彩照人的，见一面也好。于是我随这位文友来到一个专为他人代写书信、状纸的摊子上，当我见到方牧先生时，与我想象的反差太大了，不敢相信眼前这个瘦骨嶙峋，脸上写满了沧桑，举止稍有迟钝，不善言辞的老人，竟然就是遐迩闻名的诗人。

当我的文友向方牧先生介绍了我，当他知道我是一个文学爱好者，喜欢写点诗歌、散文，连说"很好，很好"。就这样我们开始讲文学、聊诗歌，本来寡言少语的方牧先生一谈到诗歌，是那样的神采飞扬，口若悬河，像变了一个人一样。从诗歌的起源、变迁，古体诗的韵律及现代诗的意境，话题广泛，条分缕析，有如醍醐灌顶，启我心智大开。通过两个小时的接触，彻底改变了对方牧先生表像带给我的困惑，有了要结交他的冲动。

后来我与方牧先生成了忘年之交，无话不谈。讨论的最多自然是人生的感悟，诗歌的美感，诗词的发展等等。随着深入交往，才了解方牧先生文学功底深厚，阅历丰富，知识广博，才思敏捷，年仅十六岁就出版了十五万字的小说《青春》，尤其在诗歌方面有很高的造诣，不仅写古体诗词，也写现代新诗，既擅长短诗，更工于长诗，他的诗作委婉含蓄，蕴意深邃，清新隽永，超尘拔俗。四十年代方牧先生在上海创办了"文学导报"，与巴金、叶圣陶、臧克家、戈宝权等文坛大咖均有交往。在《文汇报》、《大公报》、《时代日报》、《文坛》、《春秋》等报刊上发表了大量的诗作。曾辗转在《当代日报》、《西湖日报》、《大华日报》、《天行报》等担任编辑工作。

方牧先生虽然才华横溢，卓尔不凡，但是经历坎坷，命运多舛，就连他的作品也是屡遭厄运，难见天日。四十年代中期，方牧先生豪情澎湃，诗如涌泉，进入了创作的鼎盛时代，正当上海《诗时代》编辑了他的三部诗集，准备出版时，不料抗日战争爆发，诗集版本毁于战火，因未留底稿，散失殆尽。他写了一个系列的反映抗日战争生活的长篇小说《收获的季节》，共十部，已完成了六十万字，因长期颠沛流离，携带不便，把手稿放在朋友家保管，朋友妻子目不识丁，把手稿当作点煤炉的引子付之一炬。他把精心写就的一千多首诗作委托其母亲保管，由于其母年迈健忘，一直记不起诗稿藏放在哪里了，泥牛入海，下落不明，精神上的打击接踵而来，更为可怕的是他还被莫名其妙地错划为右派，开始了长达五年的牢狱生活。

方牧先生出狱以后，在家乡西门大队务农，由于身体每况愈下，一段时间意志消沉，生活困顿，封笔不再写作。身体羸弱的他不能参加体力劳动，只得代笔写文糊口。我到过他居住的地方，家徒四壁，一贫如洗，可是到处堆满了各种书籍，连床上也被占去大半，以书为伴，安贫若素，我曾多次提出资助给他，都遭到他的断然拒绝。

后来不少人知道他满腹经伦，博古通今，写得一手好诗，慕名前来拜他为师，龙游籍著名诗人、中华诗词协会副会长兼秘书长林峰曾师从方牧先生。后来他还创办了"后浪诗社"，任诗社社长，并编印《跨世纪诗报》、《后浪诗丛》，对我们这些文学爱好者向其求教，他都来者不拒，诲人不倦，精心为我们修改诗稿，使我们获益良多。他经常教导我们："好的文字是从我们的心里自然流淌出来的，有生命力的。"他还曾送我一本《王力文集》，虽然书页早已泛黄，但我一直珍藏，经常翻阅。

上世纪八十年代至九十年代初期，方牧先生又开始诗歌写作，象沉寂多时的火山迸发一样，笔耕不辍，进入了他创作生涯的第二个高峰期，写下了很多脍炙人口的诗歌。《龙吟》杂志创刊号上发表了他的诗歌"绿色的伞子"，后长篇系列组诗"龙的诞生"发表了，作为一个古稀老人，还是这样热情奔放，充满激情，写出富有时代精神和生活气息的好诗，倾注了对祖国、对家乡爱的情愫。

一九九四年三月三十一日，方牧先生走完了他那充满传奇、历经沧桑、色彩斑斓的一生。他在"生前遗嘱"一诗中写道："祝我安息吧，生前没什么财产留给你，连榻榻咪也是用报废了的书报筑成，上面写满了被扭曲的历史。且莫嘲笑我的寒酸，就连这些破破烂烂，有朝一日，也会当作丢不开的宝贝。"是的，方牧先生是贫寒的，孑然一生，屡受挫折，身无长物，晚景凄凉，但也是富有的，他给我们留下无数的精神财富，一九九九年七月，由世界华文诗库出版的方牧先生诗集《让你啼听》问世了，受到不少名家的好评。

诗是他的生命，生命是他的诗，方牧先生虽然已经离开我们，但他的诗树长青，永远根植在我们的心中。

（原载《章回小说》下旬刊 2017 年第 2 期）

## 少年时光一支箭

陈 峰

有一年夏天,村里来了个卖鸡仔的。挑着筐,筐里的鸡仔"叽叽叽,叽叽叽"叫得真热闹,小小的眼睛滴溜溜的,头从筐里钻出来,打量着外面的世界。看着我,像是在说:"你快点买我吧,我跟你做朋友,还能生蛋给你吃。"小鸡仔明黄黄的颜色,细脚伶仃的,棕色的嘴喙,看上去粉嫩粉嫩的,粉嫩得像天上的一朵云啊。

我想去摸一下毛绒绒的小鸡仔,伸出手去的时候,卖鸡仔的抬起眼睛看着我,吓得我又缩了回来。我央求母亲买几只,赖在筐前不肯走。母亲说,鸡仔买来也不是陪你玩的,是要下蛋的,下蛋给你吃,可是这月份不是养鸡的好月份,会死掉的。

卖鸡仔走到哪里我就跟到哪里,村里人劝母亲,你再不买,你家女儿要做卖鸡仔的女儿了。最后母亲买了5只,家里5个人,一个人管一只鸡,我给鸡也取了个名字,叫小花。

村里去大塘的路上,我带着小狗黄黄和小鸡小花去散步,一边是黄黄一边是小花。村里的老光棍阿三见了,"你要是给我当囡,我买好多鸡给你养,抱好几条狗给你玩。"我"哼"地一声,飞似的往前跑,黄黄和小花在后面气喘吁吁地跟着,它们还小着呢,跑不快。

于是我站在狗尾巴草旁等它们跟上来,狗尾巴草和风捉着迷藏,摇头晃脑,笑得弯了腰,它在笑我什么,笑我不给光棍阿三当囡吗?

每天黄昏,我把嘴唇嘟成一个圆,发出"角角角,角角角"的唤叫声,我的小花飞奔过来,奔向它的房子。它的房子是石头搭起来的鸡笼,里面很宽敞,有一格横档当栖架,它停在栖架上面睡觉,鸡就是这样睡觉的。

尽管鸡与我睡觉的姿势不一样,我用一把把的米喂它,每天对它喊着"角角角,角角角",我们成为了好朋友。在很多鸡仔中我一眼能认出它,它也能在很多孩子中认出我来,跟着我回家。

母亲说,小花长得挺快的,马上会下蛋了,你养的鸡下了蛋归你吃。

我喂得愈加勤快了,有时是一条泥鳅,哥哥用土箕从河里捉来,用剪刀把泥鳅剪成两截,塞进鸡嘴里。小花梗着脖子"喔喔喔,喔喔喔",像要噎死的样子,最后咽下去的时候,叫起来的声音就欢快了,"咕咕嗒,咕咕嗒"。有时是我从田里拣来的几根稻穗,有时是我冒着被骂的风险从米瓮里捞来的一把米。

母亲说鸡吃了泥鳅特别会生蛋,那蛋黄是红颜色的。所以我等哥哥还没放下书包,就催着哥哥快快去河里捉泥鳅,我答应他小花生了蛋,也给哥哥吃几个。可惜属于哥哥养的鸡仔已经死了,没养大。还没完全死的时候,父亲拿着一把刀,拔掉脖子上的细毛,然后用刀"喀嚓"一声,血"咕咕咕"流了出来,最后变成了桌子上的一道菜。吃它的时候,我心里有点难过,但它的味道这么好,红烧鸡肉,这么嫩这么鲜,吃着吃着就忘了难过。

小花的屁股眼绷得紧紧的,母亲要我去摸鸡屁股,"摸摸看,看有没有蛋?""我摸不到,摸不到,我的手伸不进去。"我跺着脚的样子表示很着急,母亲的手为什么能伸进去,我的手怎么就伸不进鸡屁股呢。

"快了快了,这次真是快了,摸到了,摸到了,再半个月肯定要生蛋了，头生蛋最补，吃了它，明年去上学，读书要乖，要拿第一名。"我点点头，鸡啄米似的点点头，先吃了蛋再说，那个算命的小诸葛收了父亲的钱说我以后是女状元，头名女状元，哈，这谁知道呢。

我关注小花的时候，黄黄坐在地上，身子抬得高高的，两只耳朵拉得长长的，就在旁边看着，围着我一声不响。

有一天，我醒来去喂小花，小花耷拉着鸡头，像是没睡醒。走了几步，鸡脚软了一下，它在做梦吗？我上前用两手抱起小花，小花看着我，轻轻地，轻轻地，"咯咯咯，咯咯咯"拖长着声音叫着，拉出长长的一泡鸡屎，稀稀的，灰不溜秋的，把我的手弄脏了，小花的眼睛充满了歉意，挣扎着要下地。我放开它，去洗手，我要去跟母亲告状。

母亲说，又发鸡瘟了，看来要死了。

听到小花要死了，一下子，我就原谅了它，一泡鸡屎算什么，洗一下就干净了。

小花，你要坚持住，你要生蛋给我吃的呀，我对你这么好。

父亲走向厨房，我上前抱住他的大腿，知道父亲要去拿菜刀，那把银晃晃的菜刀，又要去拔鸡脖上的细毛，又要"喀嚓"一声，血又要"咕咕咕"地流。

我大哭，还大喊，"这是我的小花，我不让你们吃它，这是我的小花，我不让你们吃它！"

母亲听见了，用眼神正告父亲，别管这么多快去杀鸡，再不杀，鸡死了身体就硬了就有毒了。但父亲犹豫了，他向来怕我哭，我一哭，父亲就什么事都答应了。我哭得更大声了，眼泪"啪嗒啪嗒"川流不息地掉到地上，邻居也来看热闹，他们从来没见过为一只鸡哭的小孩。

鸡肉多好吃啊，小孩吃了长身体长智慧，大人吃了搞生产搞建设。邻居们交头接耳，笑着在说话。

我不管，我不管，人生了病吃了药睡一觉就好了，这是我的小花，它生了病，给它吃药，给它觉睡，也会好起来的，一定会好起来的。

父亲没去拿菜刀，抱起我，替我把眼泪擦掉。

我醒来的时候，已是黄昏了。小花正对着我笑，母亲把那只头生蛋给我看，小小的，颜色比普通的蛋要深一些，布满了红点点的小针眼，好像在说，"你对我这么好，所以我生蛋给你吃。"

我听见母亲在责怪父亲，"本来可以吃的鸡现在死了只好去扔掉，这么宠女儿，早晚会被你宠坏的。"

父亲说，"第一个女儿没了，现在又有了女儿，我当然要宠她，她是我的老酒甏，是我的小棉袄。"

原来刚刚是做梦，原来小花真的死了。

父亲背着一把锄头，把小花挂在锄柄上，牵着我，我牵着黄黄，我们去葬鸡。

一路上，谁都不说话，眼泪把我的嗓子塞住了，我一下又一下边吸着鼻子边哽咽着。

真是不巧，又碰到了光棍阿三，阿三油嘴滑舌，"放着好好的鸡肉不吃，去葬掉，多可惜，可以唱一出《黛玉葬鸡》了。"

没去理他，连黄黄也没拿正眼看他。阿三怏怏不乐，讨了个没趣。

第二天中午，我在门口玩，突然闻到了鸡肉的气味，我循着气味踅摸过去，原来光棍阿三在喝酒，桌上摆着一盆红烧鸡肉。

我怀疑地望向他，恨恨地瞪了他一眼，光棍阿三的脸像猪肝一样红，恶狠狠地瞪瞪我，"这是你的鸡吗？你问问它，它会答应吗？"

我牵着黄黄去了埋葬的地点，挖过的地湿湿的，像是刚刚哭过。

父亲说，好人死了上天堂。

我看着黄黄，黄黄，那小花去了天堂吧。黄黄看着我，点点头，吠了一声，又吠了一声。

小花离去没多久，家里又添了小鸡，这次买了10只，母亲精心饲养着，算计得很好，这只春节拜菩萨用，这只春节给客人吃，这两只留着生蛋，还留着几只准备发鸡瘟，鸡瘟是可以预计的吗？那年，运气出奇地好，村里一只鸡也没得瘟病，母亲又开始抱怨，这么多鸡，家里的口粮要不够吃了，吃穷了。母亲的眼睛乜斜了一下我的黄黄，吓得我牵了牵黄黄，母亲是嫌黄黄的饭量吗？

不年不节的时候，家里来了一位客人，是我的舅舅。要是以往，母亲会嫌他空着双手，就摆了一个冷脸进进出出。这一次，母亲要父亲动手把鸡杀了，舅舅面对着一碗白斩鸡激动得说不出话来，酒杯也端不稳了。舅舅跟父亲对酌，脸喝得通红通红，父亲说那种红像关公的脸，关公是三国演义中的人物，是庙里的菩萨。

不知母亲跟舅舅说了什么话，舅舅离开我家的时候，母亲给他包了一碗鸡肉，舅舅摸出一张票子给母亲，母亲假意推辞了几下，收下了。那一天，黄黄也很幸福，有鸡骨头好啃啊，"喀辣辣，喀辣辣"，一声又一声，这牙口多厉害。

后来家里有一只鸡在夜里莫名其妙地失踪了，接着村里每天都有鸡莫名其妙地失踪，闹得人心惶惶，最多的说法是得罪了某路神仙。于是母亲每天早早就赶鸡去睡觉，仔细地数数，确定没丢，才舒一口气，把鸡笼门关得砰砰响，再在门外戤了一块腌咸齑的大石头。母亲的眼睛又乜斜了一下我的黄黄，似乎在责怪黄黄，吃着白饭，不出力。黄黄可是来跟我作伴的，不是看门的。但是黄黄低下了头，仿佛也在内疚，哦，我善良的黄黄。

村里的鸡还在失踪着，于是去请小诸葛来说道说道，小诸葛摇着扇子，戴着小圆黑眼镜，吃着东家的香烟，喝着西家的茶，最后他认定是黄鼠狼来过了，是专放臭屁的黄鼠狼把鸡给吃了。

"他娘的，原来是黄鼠狼这畜牲！"

"这黄鼠狼给鸡拜年——没安好心，去它的老窝抓它。"

"黄鼠狼专门住在河谷、土坡、湿地，明天去察看一下，给点颜色瞧瞧。"

"对，对，对，不抓它不知道我们的厉害。"

"坟墓边也别放过，有它的窝，有一年看到过，还闻到过它的臭屁，熏死人了。"

夏天的黄昏，吃过饭的人们原是没什么事情可干，就坐在一起聊聊天，东家长西家短，一说有事，就说干就干。谁家找出一个长方形的木箱，两头吊有闸门，中间放置食饵。谁家提供食饵，在食饵上穿过细绳连接两头闸门吊闸，这样的木箱做了好几只，只要黄鼠狼钻进去，去动那食饵，吊闸一被钩动了，就落了彄。

天上的星星一闪一闪，露水爬上了人们的皮肤，完工后，各自散了，回家睡觉。

我牵着黄黄，黄黄紧紧靠着我。本来嘛，黄黄也有了自己的朋友，只要村里有一只狗先吠一声，接着一只又一只的狗加入了吠叫的行列，那是它们在睡觉前跟朋友的告别仪式，就跟见面时蹭蹭脸嗅嗅嘴一样。这一晚，黄黄心事重重跟着我回家，一言不发。

第二天，正好邻居小芹约我，两个人就跟着大人去看抓捕黄鼠狼的现场。只见大人们抬着木箱，将木箱摆放在黄鼠狼经常出没的地方，大人们摩拳擦掌干着活。过了一夜，又迫不及待地去看，果然有一只落了彄，还真的放了一只臭屁，大家有准备地散开。然后请它出来，人们兴奋极了，最兴奋的要数光棍阿三，他觊觎着黄鼠狼的肉，但人们更想要它的皮毛做狼毫，给家里读书的孩子。

会放臭屁的黄鼠狼，这肉谁敢吃，村里人说，怪不得没有女人看上光棍阿三，真是什么都敢吃，什么都往嘴里塞，这嘴就是茅坑。

光棍阿三可不怕别人说，"我就喜欢吃，这么好吃的肉不吃真是傻瓜，没有女人怎么啦，我还嫌女人啰嗦呢。"

村里的鸡终于太平了，女人们的嘴也不再碎叨了，村里的狗又开始各家各户地串门，走来走去，它们也放下了心事。

（原载《散文选刊》选刊版2017年第9期，有删节）

## 春秋列国之大越

陈富强

2016年的冬天,一条横贯宁夏灵州至浙江绍兴的±800千伏特高压直流输电工程线路建成投运。这条线路始于宁夏回族自治区银川市境内的宁东换流站,途经宁夏、陕西、山西、河南、安徽、浙江6省(自治区),止于浙江省境内的诸暨市浙江绍兴换流站,全长1720公里。该工程是国家"加快推进大气污染防治行动计划12条重点输电通道建设"项目中首个投运的特高压直流输电战略性工程。灵绍特高压工程作为国家"西电东送"战略的重要项目,每年可向浙江输送清洁能源电量达500亿千瓦时,可满足浙江全省六分之一的用电需求,同时,可为浙江年减排二氧化硫18.5万吨、二氧化碳4375万吨。这对于改善浙江环境,其意义和作用不可小觑。

在江南,类似诸暨毫岭这样的小村庄实在过于普通,尽管有绿野遍地,青山叠翠,有小溪潺潺,百鸟争鸣,但素以人文荟萃、山川秀丽著称的诸暨,毫岭,就仿佛一颗散落在山野的珍珠,如果不是因为特高压换流站的建设,她的光芒或许就不为外人所识。如今,她掀开清雅的面纱,虽素面朝天,却秀色可餐。值得一提的是,毫岭所在地的诸暨,在春秋时期,属于越国领地,越王允常曾先后在境内埠中、大部、勾乘建都。直到允常之子勾践迁都会稽。此后，发生吴越争霸，以及卧薪尝胆、黄池会盟、笠泽之战等历史事件。而这一切，都要从夏朝的第一位天子大禹说起。

史载：大禹治水告成，在境内茅山会集诸侯，计功行赏，死后葬于此山，因更名茅山曰"会稽"，是为会稽名称之由来。春秋时期，於越民族以今绍兴一带为中心建立越国，成为春秋列国之一。战国初，越王勾践大败吴国，越国疆域拓展至江淮地区。

这是与绍兴建城有关的最早史记。这段历史，在范文澜先生主编的《中国通史》中略有记述。作为继舜之后颇有建树的大酋长，禹在对异族的战争中战功卓著。因此，禹的武功，为后世所推崇。周公曾告诫成王："整顿你的军队，踏着禹的遗迹，走遍天下，直到海外，没有人不降服。"当然，禹留给中华灿烂文明史最大的功绩，是划定中国国土为九州，建立了中国历史上第一个世袭制国家，即夏朝。夏朝的建立，标志着中国奴隶社会的开始。禹另有一丰功，是世人皆知的大禹治水。春秋时，有人说，如果没有大禹治水，我们这些地方只有鱼，哪里还有人呢？铜器铭文里也有记载，说禹是平水土定九州的人。可见，禹治理洪水是一个非常悠久，并且很普遍的神话。如今，在绍兴境内，与大禹有关的古迹就有三处，分别是禹庙、禹陵、禹祠。在史学家们看来，禹是古帝中最被崇拜的一个人。包括不可一世如秦始皇，历代帝王也都要来禹陵祭祀他。

越国古都建于公元前490年，证明绍兴建城史逾2500年，细数绍兴历代名人，灿若星河。而越王勾践，堪称其中耀眼的一颗。勾践为姒姓，夏禹后裔，是越王允常之子，春秋末年越国国君。公元前496年即位，曾败于吴国，被迫求和。返国后重用范蠡、文种，卧薪尝胆使越国国力渐渐恢复。姒姓后裔，在绍兴也已不多。我就读的绍兴第八中学，曾有一位语文教师，姓姒。我问过他儿子，你们是否勾践后裔？对于自己的姒姓由来，他只略知一二，但说到与勾践的关系，就有些茫然而不知所以然。不过，绍兴城内，纪念勾践的遗迹如越王台，依旧修缮完好。我曾数次去过卧龙山东南麓的府山，那儿的越王台，就是为缅怀越王勾践卧薪尝胆复国雪耻而建。据《越绝书》记载："越王台规模宏大，周六百二十步，柱长三丈五尺三寸，溜高丈六尺。宫有百户，高丈二尺五寸。"1939年3月，自称"我是绍兴人"的周恩来曾回绍兴，并在越王台向各界代表发表抗日演说，还亲笔写下"生聚教训，廿年犹未为晚"的题辞。难得的是，在府山，还保留着一座文种墓。作为越国大夫，兴越灭吴政策的主要操盘手，文种自持灭吴后有功，不听范蠡劝说，仍留在勾践身旁为官，终遭勾践猜忌，被赐剑自刎而亡，葬于龙山。龙山与卧龙山应为同一座山，也就是说，我们现在看到的墓应为当初埋葬文种的原址。从文种的结局可见勾践是一个可以共患难，却不可同安乐的人。反观勾践另一主要谋士范蠡，则深知勾践为人，功成身退，化名姓为鸱夷子皮，西出姑苏，泛一叶扁舟于五湖之中，遨游于七十二峰之间。期间三次经商成巨富，三散家财，自号陶朱公。世人誉之："忠以为国，智以保身，商以致富，成名天下。"

在勾践卧薪尝胆复国大计中，有沉鱼之美的西施忍辱负重，以身救国，为后人赞颂。在绍兴诸暨，浣江依然安静地流淌着2500多年前那段璀璨历史，清澈的江水映照过越女施夷光浣纱的身影。在民间，多知西施美貌无双，在吴越争霸中功高盖世，却鲜有她返国后所面临的境遇之述。在至少六种关于西施结局的传说中，从感情上，我倾向于"被范蠡带走说"。这个传说，既符合范蠡急流勇退的选择，而且在典籍中也有记载，比如东汉人所写的《越绝书》中就曾记述："西施，亡吴后复归范蠡，同泛五湖而去。"而文学戏剧作品也大都这么描绘。苏东坡曾经写过："五湖问道，扁舟归去，仍携西子。"然而，从理智上，我却认同另外一种"被越后沉江说"。传说越国灭吴后，勾践欲将西施收进后宫，但越后认为西施是"祸国之女"、"红颜祸水"，担心西施祸害越国，就令手下将其裹进牛皮袋子中沉入江底了。这个传说，似乎更符合包括勾践在内的历代君王好色、王后妒嫉的心理。《东周列国志》上采用的就是这种说法，原文如此："勾践班师回越，携西施以归。越夫人潜使人引出，负以大石，沉于江中，曰：'此亡国之物，留之何为？'"

在古城闪耀的艺术星空下，《兰亭集序》堪称经典。东晋穆帝永和九年（353年）农历三月初三，"初渡浙江有终焉之志"的书法大家王羲之，曾在会稽山阴的兰亭，即如今绍兴城外的兰渚山下，与一干名流高士如谢安、孙绰等举行风雅集会。据称与会者达四十一人，又一说是四十二人。雅士们临流赋诗，各抒怀抱，抄录成集，最后大家公推聚会召集人，德高望重的王羲之写一序文，记录这次雅集。羲之乘兴挥毫，留下"天下第一行书"，即《兰亭集序》。书法与诗文俱佳之作，纵览历史，《兰亭集序》依旧独一无二。时逾1600年，兰亭还在，羽觞随波泛。我也曾有幸在一个兰花芬芳的季节参与过一次曲水流觞，只不过组织者有心仿效，终归只是仪式而已。

我始终以一个绍兴人为荣。我的先辈，也曾为这座城市传颂风雅无数。比如鲁迅。许多年以前，我去昆明，拜谒西南联大旧址，偶遇一旅人，短暂交流中，获悉我是绍兴人，好奇性大增，连连追问，你姓周？看你这长相，很有些周树人的影子呀。我听后大笑，告诉他，我不姓周，但周先生是我的老乡，周家台门，我也去过多次，那儿的百草园，邻近的三味书屋，屋檐下的乌篷船，都是我年少时最深刻的记忆。

作为"二十世纪东亚文化地图上占最大领土的作家"，鲁迅对于创作者的影响无处不在。后人研究鲁迅的文字，包括传记之类，也算得上浩如烟海。然而，我比较推崇许广平先生的《鲁迅回忆录》。在尘封五十年后，这部手稿终于得以重现并出版。书中《所谓兄弟》一章，专门写到了鲁迅与周作人的关系，并且有一些鲜为人知的往事记录，值得一读。作为鲁迅的敬仰者和读者，我依稀知道周家兄弟曾经不和，虽然，周作人后来写过《鲁迅的故家》、《鲁迅小说中的人物》，字里行间，似乎看不出兄弟间的罅隙，但史实显见，周家兄弟确实有过争执，甚至是很严重的争执。在许广平先生的回忆录中，记录了一段听起来颇有些凄凉的话。鲁迅曾说："在八道湾住的时候，我的工资收入，全行交给二太太（周作人之妇，名信子），连周作人的，不下六百元，而每月还总是不够用。要四处向朋友借，有时借到手连忙回家。又看到汽车从家里开出，我就想，我用黄包车运来，怎敌得过用汽车带走呢？"我想，以鲁迅的性格，要开口向朋友借钱，断不是一件容易的事。可见身为日本人的羽太信子，的确给周家尤其是长兄带来不小的困扰。最后，鲁迅搬出八道湾，用他自己的话，"是被八道湾赶出的"。然而，即便如此，鲁迅对于弟弟的文学成就，也依然予以肯定。他曾说过"周作人的文章是可以读读的。"鲁迅对于周作人创作的评价，也符合文史学家们的判断。显然，鲁迅的"我一个也都不宽恕"针对的是那些不应该宽恕的人。

从新石器时代中期的小黄山文化开始，绍兴的历史，至今已有约9000年。这是一个无比漫长的过程，足以孕育一次伟大的地壳运动。寻访这片江南名士，文化之脉遍地延伸，深深扎根在纵横的河流，广袤的田野和鳞次栉比的粉墙黛瓦。作为最了不起的传说，绍兴安昌古镇镇东的涂山，是大禹娶妻之地。每年的清明或冬至，我都会登上涂山，用一枝蜡烛祭拜我的父母。他们的坟上，摇曳着茂盛的野草。我很庆幸父母选择的墓地，居然与大禹有着如此密切的联系。五月的鲜花，开遍了山野，而山下的安昌古镇，已然成为绍兴文脉最好的传承。在古镇的石桥上、骑楼下，走过我的童年。在我年少的视野中，在大禹、允常、勾践、王充、秋瑾、蔡元培、鲁迅们留下足印的这片土地上，我的乡亲们安静恬淡地生活着，他们的日常生活，从清晨洒进茶馆的第一缕阳光，从灶上温热的第一壶黄酒开始。而初春的雨，也会在檐下淌成一张水帘，远远望去，屋脊上酒幡迷蒙，屋檐下滴水成河。这些河流，与大运河相接，因此，每一滴水，都有可能流向无限的远方。

（原载《国家电网报》2017年1月6日）

## 再忆淳安"蜀道之难"

陈 刚

站在杭黄高铁淳安站这个节点,我去回忆 1985 年淳安与黄山的交通关系,以及淳安与杭州的交通关系,心里觉得有点幽默,讲出当年的故事来,年轻人认为这是搞笑。

1985 年,未满 20 岁的我带着人生地不熟的四个北京小伙伴游玩黄山,下到黄山脚,我开始了一贯的特立独行,对着地图装逼成征战千里的将军,对着淳安方向一指说,东回杭州以及北上南京都是庸俗的,只有取道淳安,才是旅行的真谛。

当年,从黄山到达淳安,我们化了两天时间。

现在,你若淳安坐高铁到达黄山,应该就是半小时的事!

事先打听到深渡往淳安排岭有班船,我们便清晨从黄山坐客车出发,在泥路上颠簸到深渡,已是中午。深渡吃了中饭后,穿过徽派长长的街廊,找到码头。码头上传来惊人的消息,说浙皖交界处,双方船运有了纠纷,"浙江的大船不愿开到深渡来了,只开到浙皖交界处的街口镇。"

"浙江的大船。"是的,深渡的人们当时是这样说的。相比较我如今的优柔寡断,我当时竟敢决定坐当地的小船直取街口镇。

小船行达街口镇已经黄昏。这个号称镇的村子，因新安江水库的建设，与淳安的无数镇子一样，只得逐高迁移，如一只无力的鸟停在山的峭坡上。如此的孤独，不可能有车可以到达。如果没有水运，它就是一种与世隔绝。

窥一斑而见全豹的想象，在我的心里模拟出淳安所有被水淹沉的镇子。站在浙皖交界江面上，东望新安江水库，感受到了更早的时候为了国家，45万淳安人民庞大而悲壮的牺牲。因水而离、因湖而贫是免不了的。淳遂两县5条公路干线，302座桥梁，于1958年全部毁弃水下，全域只剩下12公里的断头路。目睹江面上寥落的船只，知识告诉我这是四千年前盛行的交通工具，于是，无法否认淳安人民的牺牲也包括了经济倒退。

天色已暗，只能下榻唯一的一家旅馆。第二天清晨江面起雾，浙江的"大船"停在水面上不再靠近，我们只得在街口码头雇了一艘小船，划桨到"大船"的停泊处。"大船"启航，然后一路烟波浩渺，此番胜景当是淳安人民的"四分五裂"所换得。坝一拦，水一攀，淳安这块丰饶的土地从此布满了天堑。

这一切还没有完。四个北京人得到杭州去乘火车。那么淳安到杭州的公路呢？

从淳安到杭州，这是相当长途的旅行。路上，除了偶尔出现的手扶拖拉机，几乎没有什么机动车，但客车孤独地奔袭，仍需要6个半小时才能到达杭州。公路是小石子铺成的路，零星的几辆机动车开过后的尾尘，与达喀尔拉力赛掀起几里长的尾尘不相上下，在库区的山腰画出了一道浓霾。但小石子铺的路，在当年是一种比较高级的路，更蹩脚的是直接泥土朝天的那种。养路工的责任就是把汽车压到路旁的小石子重新推到路中间去。所有这些，都成了时间概念里的交通，挥之不去而历历在目。这是淳安人民去外地求学、经商、省亲的必由之路。

从淳安出发，擦边千岛湖（新安江水库）有许多段岭。传说援越时期，这些公路是专门用来训练越南司机走险路的，这些故事现今都还星散在上了年纪的人的闲谈中,倘若遗忘了,这是因为如今交通建设太快了,人们的记忆已无暇顾及。

库区这一段公路,一边是山崖,一边是深水,汽车不得不从五档退到一档,发动机冗长的哼哼声,尾部吐出了滚滚浓烟,无力又无奈,永远无尽头。爬上岭后就是长长的下坡,弯度又急又陡。然后又是一道岭……定格在记忆中的这段公路仿佛是历史的沉重。而冬季雨雪结冰的天气,车胎上捆上大链子是客车货车走出淳安必做之事,极其危险。有时雨季,路有塌方,淳安到杭州的交通断了,淳安的人们象慌乱的蚂蚁一样奔走相告着,仿佛淳安与世界的关系就这样断了。

颠行在这样的路上,四个北京人如惊弓之鸟。

然而,北出淳安之路,可以阅尽"西塞山前白鹭飞"。回忆的审美让我们暂时忽略当年交通的困顿窘迫。直到八十年代后期,出淳安的公路改造成了柏油路,其最大的贡献是降低了山岭的坡度,通过大量填壑拉直了弯度。

接下来的交通变化令人眼花缭乱。

一级公路才建不久。2006年10月,淳安到杭州的高速公路正式通车,车达杭州城西用时1个小时足够了。

紧接着05省道一级公路贯通了,出淳安又多了一个敞亮的方向。

然后,让我们穿越到2018年,刚刚剪彩完毕,杭黄高铁全线贯通的消息就出现在网络媒体上。

交通的变迁让我们切身感受了淳安这块土地的生长,感受到了淳安山区人们的命运的改变。即将到来的高铁更是淳安人民的福祉。

当年四个北京的小伙伴,一个去了澳洲,一个去了美国,两个还在北京。时隔三十年,微信聊天里仍要说起淳安的"原始",2018年我将请他们再来试试看,看我们重走当年路,看我们如何迅速地攀上那曾经遥远的黄山。

(原载《千岛湖》2017年第3期总65期)

## 长忆馨欬思无尽

陈利群

叔叔胡樟海过世快两年了。在这个不断累积的日子里,心头压着的悲伤总是那么的沉重,这种时光深处的伤痛,我们谁也不想去碰它。那段送别的视频,两年了,我们都不忍去打开浏览,似乎都想把所有的思念定格在往前的岁月里。但是,时光的碎片就是这样的残忍与晃眼,在晦暗与麻木的过程中,我们都默默地承受着,只有眉梢眼角的泪,是滚烫的,我们每个人都能感受到。

2015年8月12日,对于我们来说,那是一个注定十分悲伤的日子。这天晚上9时30分,一颗始终关爱着我们这个大家庭的心脏停止了跳动,走完了他八十七岁的人生。当医护人员停止抢救,撤掉戴在脸上的呼吸机时,我们都泣不成声,不相信,怎么也不相信眼前的事实……

但是,一切都无法挽回了。

音容从此隔秋风。

叔叔确确实实已经撒手人寰了,从此与我们阴阳相隔,我们再也不能近闻馨欬,面获亲炙了。这样的损失,我们再也无法弥补,再也寻觅不回来了。

我想，有时候，生命会用失去的方式，让人悚然而惊，憬然而悟，幡然而悔，恍然而思。失去是一种痛，在习惯麻木的枝桠上，"咔嚓"一声折断，痛彻肺腑，让神经清醒，意识到未曾注意的美好，因而珍惜拥有的一切。

有多少可贵的东西，隐藏在时光深处，让人看不到，想不起，以为一切都将继续，一切理所当然。而当"失去"来到，直面毫无掩盖的真实，那种咫尺天涯而无法挽留的被别离，宣告一切已来不及。

叔叔走得太突然。也就是太突然，我们都没有心理准备。因此，我们也就特别感到心疼，疼得不能接受。叔叔走了，我们只有把他当作一次远行，他先走一步，而我们这些活着的，一定要选择坚守与坚强，这也是他老人家所期望的。光阴的流水，会慢慢地冲刷掉我们的哀痛和悲伤。但是，他那敦实的背影；他那如钢针般坚硬的头发；他那浑厚而又带有磁性的说话声音；还有他那非常清晰又亲切的馨欬之声，不时会在我们的面前和梦境里闪现……

2015年7月下旬，本来说好的叔叔阿姨要来新安江小住，我们一家人都等着他们过来。过了25号，还没来，打电话问芬芬，说是在北京文化部上班的陈文锋一家趁暑假来杭州，来不了啦。陈文锋是叔叔最宠爱的胡家第三代子孙辈，走不了也情有可原。后来又说8月初来，后来又说患肺炎要住院。当时大家都觉得叔叔的身体还可以，不会有什么大碍，小病小恙的也一定能扛得过去。

我们也知道叔叔近几年身体有时不好，但都是硬病，总体感觉还是比较结实的。记得2014年春天，叔叔来新安江自己的家里小住，有一天突然咳血，血压升高，我接到电话赶到市府大院后面的家中，背着他下楼，然后送他到医院，检查之后挂盐水，我很紧张，他安慰我说，不要紧的，药吃过就好了。当时因为头脑里少了根弦，没有想到，这是他后来无法绕开的病因的先兆。当时谁也没有想到他肺部会有问题，没有很好做检查和复查，以致埋下祸根。这是多么无法弥补的过失啊！两年来，每每念及于此，我都无法原谅自己，真的愧对叔叔对我们一家的呵护，对我们的期望啊！

2015年这次叔叔住院后，我当时有种不祥的预感，就催妻子给杭州打电话问问，到底情况怎么样，或者赶去医院看看。但是，因为种种原因，我们都没立即成行。

直到8月9日，我在上海松江一个庄园开会，突然接到妻子哭泣的电话，说她赶到医院去看望叔叔，临别时在电梯口，芬芬告诉她，叔叔患肺癌晚期的晚期，医生说最多三个月或半年存活期，要我赶紧回来一起去看望叔叔。那天正好台风登陆，我冒着风雨连夜赶回家，第二天一早就往杭州奔。当我们俩赶到医院叔叔的病床前，只见他鼻子上插着吸氧管子，脸色很是疲倦。见到我们他非常高兴，我扶他半靠起身子，说了会话。这时，芬芬办完事回来了，也到午时吃饭时间了。叔叔要我们先出去吃饭，我们说肚子不饿，让他先吃，他说自己等一会再吃，让芬芬先吃。芬芬捧着碗站在隔帘的后面，饭没入口，已是泣不成声了。那种悲痛和无助、无奈，让我感觉到叔叔病情的严重，也止不住泪水夺眶而出……

中午饭后，叔叔说要起来坐坐。我把他扶到椅子上，让他靠在我的身上。这时他的感觉好多了，他和我聊天，谈起工资改革，我们能加多少，他都了解得很细。说他要比我多加二百块钱一个月，因为照顾老年人，七十岁的多加一百，八十岁的多加二百。谈着谈着，一个多小时过去了，我们怕他累着，就让他躺到床上去。一躺下，他就咳嗽不止，呼吸困难，出现痰阻现象。我们要他尽量把痰吐出来。但是，我发现他把痰都咽回去了。后来我才知道，他咳出来的都是血痰，他不想让大家知道，不想让亲人担心，以自己的毅力掩盖病情。对于他的病情，我们都想瞒着他，不让他知道。但是，老人心里很是亮堂，也很清楚自己的病情。他怕牵累大家，实际上已经放弃延续自己的生命了。这是他在生命的最后日子里，还在为我们着想，不想给大家增添麻烦，这是多好的一位老人啊！

他揽下了自己的痛苦,咽下了自己的窘迫,留给我们的是生命的亮色!我们感激他的高尚和爱护。他不仅给了我们生命的诠释,给我们留下了烛照人生的道理。

叔叔生于1928年,他读书不多,但肯下功夫学习,善于思考,是一位有相当理论水平的干部。1949年5月梅城刚一解放,他就投身到革命的队伍里,干过公安干警,在1955年梅城遭遇百年一遇的大洪灾中,他背着驳壳枪,指挥老百姓撤离,在危急关头,他想的是百姓,近在咫尺的家里他都没有时间踏进一步。后来他到本市的三都区当干部,当过公社的书记和区委的副书记,在那片土地上,一干就是二十年,与那里的百姓同甘共苦,留了很好的声誉。改革开放之后,他调到县城工作,担任过农委副主任,新安江区委书记和县供销合作社主任。直到退下来,被安排到人大常委会工作。他在每一个岗位都尽心尽力尽职,公而忘私,从不计较个人的得失,很好地体现了共产党人的风骨和本色。直到他退休之后,他常住杭州女儿家,但是,每月的党员学习,他都乘公交车赶到新安江,准时参加,一次都不落下。就在他去世的前些年,他还两次被评为优秀共产党员。

最使我们不能忘记的是,临终前,他反复关照我们要做到几条:一是不搞遗体告别和悼念活动;二是不通知亲朋好友;三是不麻烦和通知组织;四是丧事办完之后再发一个讣告,向组织和亲友致谢;五是要交完最后一个月的党费……

叔叔就是这样,平凡而又伟岸。为他人,为亲人,可以燃烧自己,奉献自己。这是叔叔为人、做人的伟大与崇高!

记得1983年初,我和妻子旅行结婚,去江西武宁岳父岳母家,叔叔在家境本不富裕的情况下,给了我们200元盘缠,这笔开销在当时是需要一家人省吃俭用几年才能积攒起的,他给了我们,自己却要过很长一段时间的紧日子。后来,我们有了女儿,夫妻两人都上班,需要亲人从乡下来城里带孩子,当时粮食不够吃,缺口很大,叔叔会在每个月的月初，及时把三五十斤的粮票送来给我们，让我们度过那段艰苦的岁月。特别值得一提的是1969年，富春江库区大移民，世居梅城东门街的妻子一家，要举家移民江西武宁，叔叔在极其困难的情况下，向区里一位家里养母猪的干部家属借了300元钱，送给响应移民号召的兄长一家，后来得知，这笔钱他整整还了10年才还清。叔叔的这份人情今天我们都觉得是沉甸甸的。

叔叔是一座大山，山不言高，毅然挺立天地之间；叔叔是大海，大海深邃，能容纳百川。叔叔是一部无字的大书，读着，能让人厚重与实在。我们都为有他而感到骄傲。

人的生命只有一次，并且十分的短暂，一旦失去，便永远不可挽回。因为人的生命太精微了。在这个世界上，什么都可以重来，什么都可以复制，唯有生命不可以再生。所以，活着，怎么样才有意义？叔叔没有刻意为我们做表率，而是在每时每刻的生活中，教给了我们学习做人的本分。他没有豪言壮语，却如黄钟大吕，警示着我们做人的底线。爱人及爱所有的人，诚实做人，勤勉做事，严以律己，宽以待人，爱护家人，呵护家人，家国天下，这不就是我们今天所缺失的么？

莫洛亚曾经说过，在这个世界上，很少有人敢于宣称自己是真正幸福的人，因为真正幸福的只有例外。叔叔在生命的最后一天，望着自己的亲人围绕在病床前，他用生命最后的力量，写下了"幸福"两个字，所以，我认为，叔叔是这个世界上的例外！在他的呵护下，父慈子孝，兄友弟恭，子女出类拔萃，在大家庭里生活的每个人都感到温暖温馨，这一切，都应该归功于叔叔的言传身教。这是他留给我们大家最珍贵的遗产。如果我们都能把握，我们的路会走得更稳更实更好。

你会有这样的感觉吗？

人的天性是需要一个家庭的，家使我们感觉到生命的温馨和实在，也凝聚了我们的生命岁月。心疼这个家吧，如同心疼一个默默护佑着铭记着我们的生命岁月的善良的亲人。我愿叔叔在天之灵知道我们的牵挂，也祈求他能护佑我们平安和幸福。

叔叔虽然已经远行，但是他还会关注着我们，他如同照天的烛光，洒在我们每个人的面前，让我们受用不尽。尽管他已远去，但他离我们还是很近很近的。

长忆馨欬思无尽。叔叔的咳嗽声，还清晰可辨。这是一种温馨节奏，永远亲切啊！

又一个清明节到了，我们都会相约来到您的坟前，来寄托我们对您的哀思。已经远行的您，请放心，我们一定会努力前行，守护好您留给我们的无边的美好风景。

（原载《今日建德》2017 年 4 月 5 日）

## 点点生病

陈荣力

养狗狗六年，对人到中年且唯一的女儿在外地工作的我们夫妻，其体验和感受恰似心房里突然点了一盏灯一样，除了温暖与柔软，照亮的更有生命之中一些被庸常生活藏掖以至湮盖的角落。

说起来，最初养这条狗狗，只是为了一个承诺。

像所有喜欢小动物的女孩一样，能养一条狗狗是女儿从小的心愿，限于居住条件和妻子的特别爱清洁，女儿要求再三，我们一直没有松口。七年前女儿临近高考，情绪出现波动，一场苦口婆心又软硬兼施的谈话最后，女儿提出了一个条件：若考得好，家里就养一条狗狗。在高考成绩面前，养狗狗在大多家有高考子女的父母看来，相信都是不是条件的条件。

当然也不全是能养狗狗的因素，女儿以全省文科363名的成绩考入上海外国语大学后，虽然妻子有过犹豫，但在我看来这不仅仅是诚信的问题，更关乎会不会在女儿心里留下阴影，尽管我们夫妻俩对如何养狗狗一片茫然。

虽然已养了六年，但对我家狗狗的身份，我至今仍搞不明白，这也与我家狗狗的来历有关。那年朋友家的泰迪生了一雌一雄两条小狗让我们挑选时，妻子一眼就看中了这条雌的。相比那条雄的，这条雌的眼睛特别大，毛色也油亮，加上脚短和一条没有剪去的尾巴，怎么看都像用墨汁点在宣纸上的毛绒绒的逗号，于是"点点"的名字也水到渠成地挂在了嘴边。

俗话说女大十八变，殊不知狗狗也同样，至少我家的点点是如此。狗狗的发育周期一般为八个月，到了六个月点点就变出了有别于一般泰迪的异像：除了头小、脚短以外，泰迪身上特有的密匝卷曲的毛发，在它身上好似烫卷发的师傅只烫了一半就搁挑子走掉一样，只象征性地弯曲了一下。因为头小，眼睛比一般的泰迪更近乎大了一倍。我相信与诸多内行人评判的一样，点点并非纯种的泰迪，而是杂交的"串串"，至于父亲是谁，是可卡？还是北美？诸多的内行人也下不了断论。

然而也正是这个身份问题，点点曾一度让我们为丢与养反复矛盾、纠结过。

与纯种的狗狗相比，杂交的串串，性格大凡有点另类，点点同样未能摆脱这个规律。它性格一个最大的特点是胆小。出门遛狗，凡遇见同类，比它大的不用说了，即使体型比它小一、二轮，点点都远远地退避三舍；有时同类缠着要玩耍，它不是趴在地上瑟瑟发抖，就是急着要我们抱起来。与胆小性格形成强烈反差的是点点常常咬人，咬家里的人。说起来没人信，养了六年，我们夫妻和女儿，每人被点点咬的次数平均已在三次以上。很多旁人见我们一如既往地养着一条常常咬家人的狗狗，很不可思议。即使是我们自己，每每被咬以后难免产生丢了它的念头，但事过境迁之后，丢的念头很快总会被"好在咬的是家里人，没在外面闯祸"、"它胆小，咬人出于自卫"等等开脱替代。如此周而复始，成为我家养狗狗的一道特有的风景。

而让我们彻底释然于丢和养的矛盾、纠结，甚至惭愧于曾有过丢了点点的念头的，是点点遭遇的那场意外的疾病。

那是一年多前的国庆长假,我们全家开车去一个叫海上花田的景区游玩,途中下去加油的时候,与女儿同坐在车子后排的点点,好奇地跳到前排的空椅上。当时点点短促地叫了一声,女儿并没在意。到了景区下车,点点的左前脚突然不会走了,起初还以为是久坐之后腿麻痹之故,于是硬拉着它又走了一圈。见点点始终是跌跌撞撞的样子,我们才想到了是前腿可能骨折,于是赶紧打道回府,去了一家就近的宠物医院。让我们震惊的是,X光拍片结果尚未出来,点点的四条腿一下子全不会走了,它两次想从地上挣扎着站起来,两次又仰面八叉摔在地上,女儿哇的一声哭了出来。见此情景料想不可能是简单的骨折,我们的心也抽紧了。拍片的结果证实了我们的料想,兽医的含混其词、说不出个子丑寅卯,促使我们赶紧将点点送往一家看骨科有点名气的宠物医院。

又一轮拍片、验血出来以后,从武警警犬基地复员的兽医,诊断点点是汽车里的那一跳造成的腰椎脊脱出。"能治吗?"望着刚刚还生龙活虎此刻已近乎瘫痪,不时用可怜巴巴的眼神无助地看看我们的点点,我们的询问已近颤抖。"试试看吧,死马当活马医,针灸、理疗、推拿。"兽医停顿了一下,"过去也有看好的,但我实在不敢保证。费用你们要有思想准备。"女儿要赶去单位上班,临走之前她再三恳求我们一定要坚持给点点针灸、理疗、推拿,怕我们心疼钱,途中她又微信发过来自己攒着的2000块零用钱。其实女儿对我们既了解又不了解,如果说一直在上海、杭州上学、工作,与点点在一起的时间并不多的女儿,对点点的关心和爱更多地是出于女孩子对小动物天性的亲密、怜惜的话,那么对与点点朝夕相处了四年多的我们夫妻,虽然嘴上不说,但内心里我们早已把点点视作家庭不可缺失的成员了。

接下来去宠物医院的针灸、理疗和推拿,包括每天早晚两次在家里给点点腰部、腿部的按摩,成为我们夫妻俩上班以外的头等大事。而点点病中的一些行为和表现,则像记记重锤撞击着我们的心房，有时禁不住让人潸然泪湿。

　　未生病的时候，我每天下班回家，刚出电梯口未打开家门，点点早就在门内一边叫一边刨，我双脚尚未跨进，它已扑上来在手上、腿上又亲又舔了。生病中近乎瘫痪的点点终日趴在窝里，很难动弹，但只要我开门的声音一响，它便连滚带爬地从窝里挣扎出来，一路翻滚、跌爬着到门边接我。从趴着的窝到门口约五、六米距离，平常点点冲出来不用二秒钟，而此刻一路的翻滚、跌爬要整整一、二分钟。我不知道是什么力量驱使着几乎不能动弹的点点不顾自己的痛楚和安危，一路的翻滚、跌爬着来接我的，是习惯？是亲近？还是那股天性的责任？我只知道，每次看见点点跌爬、翻滚着来接我时，除了震撼和感动，我更有一种抽搐般的酸楚和疼痛。

　　兽医说，点点最大的麻烦是自己不能大小便，虽然宠物医院也导过尿，但效果并不明显，如果连续五、六天仍不能大小便，那点点的生命就很难说了。记得是第四天的半夜，患病后睡在我们脚后头的点点，突然挣扎着从床上站起来欲迈步又跌倒，看着它这般极不安稳的异样，我们还以为点点又有新的痛楚，然而几次安抚，点点连续几次如此，我蓦地想到点点是否要撒尿，于是赶紧抱到屋外。一泡淋淋漓漓的大尿，让我们看到了留住点点生命的希望，也让我和妻子感慨、唏嘘不已。从不在家里大小便的点点，在最基本的站立、行走能力都丧失的情况下几次硬挣扎着站起和欲迈步，原来是不想让尿撒在床上、撒在家里啊。

　　也是从那泡淋淋漓漓的大尿开始，点点掀开了康复的帷幕。二十多天后，除了留下不能爬楼梯和左前足有点耷拉的后遗症外，点点基本恢复了正常。如果说养狗狗的六年来，与我们朝夕相处的点点其常态下的一举一动、喜怒哀乐，如一枚生活的开心果，让我们充实、欢愉、平添活力和情趣的话；那么点点在非常态下的动作和行为，则像一盏亮在心里的灯，温暖和照亮着我们生命之中一些被藏掖以至湮盖了的角落。譬如对包括狗狗在内的人类朋友的动物其行为、情感以及生命本性的探解、认知,譬如家的多重含义与分量,又譬如疾病对家庭每一成员携手、担当的凝聚和激发等等。

记得点点康复不久,正逢国家放开二孩政策颁布,一天饭后我们全家出去遛狗狗,我有感写了一首打油诗:

>饭后出去走走,
>出门牵条小狗。
>二孩新政无缘,
>权当一家四口。

诗写得戏谑和蹩脚,但相信家有狗狗和养过狗狗的大多能会意一笑的。

(原载《解放日报》2017年2月12日朝花副刊)

## 禅意袅袅万佛山

陈于晓

云雾、流泉、飞瀑、古木、野花、幽洞、丹霞、佛的流年……

看山的位置不同,读山的角度不同,一千个人的心中,大抵会有一千座万佛山。我心上的万佛山,遍山禅意,俯拾皆是,也许可以叫做禅山吧?

平平仄仄地走着,云雾在我身边,开始平平仄仄地挪动了。没有留意,这云雾,是从山脚下漫上来的,还是从远处的天际卷过来的。如果云雾是一路跟随我登山的,这云雾中应该裹着山下人家的炊烟;如果云雾是从高处和远处,悄悄荡过来的,很有可能,是有仙人在驱云赶雾。

近处是雾,薄薄的,山路本无雨,雾是雨的一种,湿了头发,湿了衣裳;远处是云,浓浓的,是云的广袤的海,万千峰峦,早已在云海中出没了。我的视野,一下子湿漉漉了。

这云涛起伏着,澎湃着,汹涌着,与山峦与峡谷缠绵悱恻。云涛落时峰峦出,云涛起时,则一切都淹没在了涛声中。果然是海吧?那座山峰,被我们唤作"南海神龟"的,就潜伏在万佛山中,神出鬼没的,在我们看过去,就是海深不知处了。

这么着，我似乎真的听到大海的涛声了。身在云里雾里，恍惚间，感觉栈道就像一条水龙，在无声无息地游向山的高处与深处，而我，则是一尾微不足道的无名小鱼，在石头和草木的隐隐约约中，静静晃动。

撩不开雾帘，也就看不清"十莲卧佛"的模样了，但刹那间，心上仿佛亮起了一道光，一盏莲花啪嗒一下开了，一阵清凉，徐徐降落，涟漪轻漾，佛卧在莲上，目光安详。便有粼粼的波光，从心上漾出，又汇入了万佛山的苍茫。千峰万壑在云海中浮动着，一峰就是一佛，这样想着，"万佛朝圣"，就栩栩成画意了。是谁在诵经，是云涛，还是风声？

云雾是风吹聚的，也是风吹开的。风一起，云雾就缓缓地散了。日光从云层边上透出来，溢出来，染着"晕"，镶着"彩"，在万佛山，我就把这叫做佛光了。万佛和万物，沐浴着佛光的样子，都很生动。在枝头一明一暗的，是一枚一枚的阳光；在草叶上一明一暗的，是一粒一粒的露珠。

这个时候，山间那些看不见的溪水，我想把那听得见的叮咚歌唱，比喻作经声了。看得见的溪流是一条小白蛇，时而露出一截身子，时而又被草丛掩去了。隐藏在花草中的虫鸣，分外地清澈与纯净，落在我心上毛茸茸的，像绿油油的诗情，不知道这算不算是经声的一种，但至少它们是天籁。

只有鸟儿的啼鸣，忽然地往我的头顶，扔下一串，宛转悠扬，我似乎这才回过神来，原来万佛山，可以如此地静幽与深远。鸟儿的影子，只在眼前一闪，就迷失了。

风空荡荡地吹着，浮云一散，万佛壁就现出了清晰的容颜。这不生长草木的赤壁，却生长着佛和佛家的故事，像一壁云霞，挂在我们的眼帘中。感觉这红色是阳光流淌而成的，有些，已经不知道是多少年前的阳光了。我这么一感觉，这一崖壁，便全是沧桑了。吹拂在我脸上的风是新一年的，吹拂在赤壁上的风，大约还是旧年的。仿佛万佛山的时光,就老在了这里。是这吹来吹去的风,和隐藏在岁月深处的流水,谱了一曲《赤壁赋》吧?佛,藏身在字里行间,若隐若现。让我们寻觅,刚刚发觉找到了,一眨眼,又似乎丢了影踪。

有时觉得,看得见的佛,其实不过是佛的影子罢了。佛应该是无处不在的,比如,一棵老树中,也会住着一尊佛。老树的根是大地,枝干是河流,被日子弄丢的许多事情,都会保存在树的记忆里。如果有缘,能够走进一棵老树的世界,你也许会发现,一棵老树的内心,无比地辽阔。也会有佛在老树的梦境里,拈花微笑,彼时佛的内心,也藏着一座万佛山。

几棵老树,也许就是从万佛壁中摇曳而出的,这是佛家的树。山道上积了一些落叶,脚步声惊动落叶的时候,裸露出一些石头,石头上结出一些青苔,像湿答答的时间。一些老藤,缠绕着一切可以缠绕的东西,包括枯枝,藤上萌动着新芽。它们,寂寞地横在你走过的路边。有心的人,会俯下身去,听听那老藤的响动,那里面标注着时间的秘密。山上的岁月,真的要比山下长吗?

都说山中岁月长,是因为山中有仙人吗?仙人住的洞穴,叫仙人居。很多时候,我都傻傻地想着,仙人喜欢住在山上,是因为山上远离人间烟火,还是因为山高离天近,便于在天上自在往来?或者草木深,云雾多,家园容易被仙气缭绕?仙人居中,仙人所使用的都是现成的东西,比如现成的石床、石桌和石椅,现成的石头器皿。山洞多半湿气很重,不知仙人为何爱住,但既是仙人,潮湿一点料也无妨,凡人哪里懂得仙家的事?

从小听得最多的故事,便是山间樵夫看仙人下棋,仙人下完一盘,起身走了,樵夫一转身,发现斧子已烂,待回到山下,早已物是人非,人间已过去很多年。这让我感觉,时间也是跟着仙人走的,仙人在的地方,时间就会慢下来。仙人不在,山中时间跟山下一样,一天同样是 24 小时,所谓"山中岁月长",不过是一种感觉罢了。

如今人迹所至处，只空留下"仙迹"了，是我们惊动了仙人？仙人的住处，一旦被凡人打扰，或许就得搬离了，现在的仙人，应该隐居在山的更深处吧？比如，在万佛山，仙人可能住在三十六弯。这三十六弯，集峡谷、峰群、原始次生林于一身，古木参天，古藤攀援，弯弯相连，弯中有弯，九曲迂回。

也许只有仙家，才会把路修得如此峰回路转，九曲十八弯。反正仙家有的是时间，可以一年又一年，慢慢腾腾地行走与欣赏。我们村上的路，总是一横一竖，很少有弯曲的，人生不过百年，谁也不想在路上浪费太多的时间。还有那"天生鹊桥"，鹊鸟是搭不出来的，只有仙人的鬼斧神工，才能雕凿而成，这"桥"，于我们，只能是仰望、惊叹而已。这地儿，如果不是仙家的地盘，又能是谁家的地盘呢？

或者是道家的地盘吗？我想象中的道人，风餐宿露，和仙人一样，过着勤劳、简单、朴素的生活。行走时如一阵风，坐着时像一尊石。他们常年生活在古诗中，时而在云深处采药，时而又在高处看云起。只是，心若空了，云落如何，云起又如何。花开一年，草长一年，花开草长又一年。春来，在野花丛中翩翩起舞的蝶，长的依然是很多年前的模样。

月亮弯也依然是很多年前的模样。初闻"月亮弯"这一名字，以为是"湾"，是泊在山中的一汪清水，像个月亮，在我心中，甚至起了一种水灵灵的感觉。弄清楚了才知这是一处典型的丹霞顺层崖槽，因形似一弯新月而得名。据说是一处天然的地质博物馆，生动地演示了地质地貌的变迁过程，精读月亮弯，也许是可以读懂"沧海桑田"的。

因着"沧海"，这"弯"字又回到了我想象中的"湾"，也许在很多很多年前，这里就是一角海水，鸥鸟在飞，鱼在畅游，天光云影在徘徊。而如今，水光早已不在，只有丹霞还在"潋滟"了。石头依然在风化着，这边"千疮"，那边"百孔"，这"千疮百孔"，充分展示出了时间的魅力,我深深地被时间的力量所折服,有什么经得起时间的打磨呢?多么坚硬的日子,在时间面前,都纷纷化作了风中的飞絮。

是时间成就了现在的月亮弯,多年以后,这月亮弯,又会是什么模样?我说不上来,也想不出来,还是把题目和答案,都留给时间吧?现在,我只想把这月亮弯采下,当做一弯新月,揣在怀中。

孕着老时光的,还有中华水韭。中华水韭是濒危植物,是国家一级保护植物,是水韭属水韭科中现存唯一的孑遗属。自然,水韭是稀有物种,但在万佛山,它并不稀有,我们时常可以见到它那青绿的身影,像长长细细的雨丝,绵绵着,缝补一片又一片潮湿的泥土。清新、亮丽、柔美,在水韭的叶脉上,一点都找不出沧桑的记忆。

沧桑的,有万佛寺。曾经香火缭绕的万佛寺,如今只剩下遗址了。这断壁残垣、片瓦碎砖,还能还原出当年的风貌么?万佛山曾经的36寺、72庵,已经隐在了时光中。脚步声近了,远了,远了,近了。时光依旧从从容容。许愿树上挂着的一树"许愿",在风中热闹着,我该许个什么愿呢?

登上山顶的人开始下山,山下的人,仍在往上登攀着。很多人都行色匆匆。我忽然地感到,若心无尘埃,就不用许愿了。若心无尘埃,天地就是空的,山也是空的。我心也便有足够的空间,来容纳清风、明月、花香和鸟鸣。

行色匆匆的人们,有多少人会留意,石上流着的清泉,依然和月光一样,晶莹剔透着,用手指轻触一下,就有一种清凉的味道,萦绕于心了;行色匆匆的人们,有多少人会蹲下,在一个偏僻的角落,守着一小朵山花,看花瓣如何舞动;行色匆匆的人们,有谁愿意留下来,用月光或者飞瀑,织一身波光粼粼的衣裳,披在身上,在暮色中,轻叩万佛山之门,轻叩出佛家的空旷?

远望,山外山,峰外峰,峰峦似佛,抑或佛似峰峦;近看,某一片"丹霞"中，佛光四溢，佛的举手投足，佛的音容笑貌，正迎面而来。再抬头，天上的云朵，聚集成了佛的模样，落在青山上。

万佛山是一本线装的禅书，合上和打开，都是古色古香的一卷，禅意袅袅。

初看，山是山，佛是佛；再看，山不是山，佛还是佛；又看，万佛山，就是一尊佛了。飞鸟相与还时，我已辨不清，佛在山中，还是在山外？

云雾又开始在山中蒸腾了。如果云雾也有故乡，此刻，云雾的故乡，应在万佛山中。我却想到万佛山脚，那暖暖的似乎有些遥远的炊烟了。

到湖南省通道县，登万佛山。到了山间不问禅，禅意，咣当咣当地，撒了一坡又一坡。

（原载《散文百家》2017年第7期）

## 设置与体制
## ——兼谈王小波

戴柏葱

在没有读到王小波先生的文章之前,"体制"与"设置"这两个词语对于我来说,和"吃饭"、"喝水"一样,都只是一个普通的汉语词汇。而之后,这两个词语却成了我一生中最想逃避和反抗的词。

一

至今,我仍然无法准确表达,我第一次读到王小波先生的《一只特立独行的猪》时,内心激荡澎湃的情绪。对于这只反抗设置的"猪兄"被拿着手枪和火枪的人们围攻,我和王先生的想法是一致:舞起两把杀猪刀冲出去,和它并肩战斗!

我和王先生一样,"见过很多想要设置别人生活的人,还有对被设置的生活安之若素的人",但"除了这只猪,还没见过谁敢于如此无视对生活的设置",因而也怀念这只"跑得潇洒之极",特立独行的"猪兄"。

"对生活做种种设置是人特有的品性。不光是设置动物,也设置自己。"王小波如是说。

只是,很多设置隐遁于无形之中,你我身处其中,却未必察觉。譬如人人都希望的安稳生活,其在本质上都是一样的设置。在这样的设置中,我们自以为充实和安定的生活着。这样的设置从来不会问你对人生怎么看,你的梦想是什么,你希望过怎么的生活……它往往只希望你安分守己,得过且过。人人过的都是这样的生活,从来如此,你为什么要像特立独行的"猪兄"那么不一样呢?

但是,分明有个声音在呐喊:

"从来如此,便对么?"

一年四季,景色不同,特点鲜明。因而我们在每个季节里,心中都有一份对自然迥然不同的感发。春天草长莺飞,吹过的春风就是我们的思念;夏天生机盎然,灿烂的阳光就是我们的热情;秋天丹桂飘香,丰硕的果实就是我们的希望;冬天银装素裹,飞舞的雪花就是我们的欢乐……

倘若大自然中的四季就是一般的设置,这个世界简直无聊透顶!

那么,每个人的人生设置,为何都要趋同呢?

你的理想实现不了,为什么要设置由你的孩子去实现呢?孩子借你而来,却并不属于你,他属于在你之后的未来。

为什么和大众不一样就是另类呢?他们只是生命的不同角度的呈现罢了。

天地何其大,人类何其渺小,为什么不能多一些理解,多一些尊重,多一些宽容呢?

其实,王小波对设置的反抗,存在于对当时话语圈的回避,以及在他的以"作品"为代表的精神世界里。所以,当我看到李银河女士在她的自传《人间采蜜记》中写道:"小波本来是一个XX很正常的人,可是由于我喜欢虐恋,慢慢也把他'掰弯'了……尽管如此,当有一回小波主动买了一根手指头粗细的绳子回家时,我还是感到意外的惊喜……"小波一生反抗设置,却唯独心甘情愿被李银河女士设置。就像鲁迅先生一生扛着反封建的大旗，也唯独对母亲的设置：顶着假辫子娶了朱安，默然接受，就像"母亲送给我的礼物"那样。

而我对设置的反抗，最初是盲目无知的。从前，我一直以为我在设置我自己的生活，如此与众不同。直到后来才发现，生活一直在设置我，它设置我按部就班地生活着，就像千千万万安之若素的人们。

于是便有了灵魂深处的痛悟，决心不再被盲目设置，做一个清醒的反抗设置者，也不做设置别人的人，而只是追求内心的安宁与独行的自在。从此，仿佛是被太上老君炼丹炉炼出了火眼金睛一般，开始看到很多隐藏在人心深处的设置。

在教育教学上，我近乎偏执地反对一切教学模式，认为没有一种模式是能"放之四海而皆准"的。教育不能仅是为了培养社会主义理想的接班人，也是为了每个受教育的个体能更体面地生活在这个世界上。良好的教育，要给予人以尊严和个性，而不是把每个学生都设置成一个所谓理想的样子。

课堂教学也一样，按部就班可能有序，但未必有生命的温度和气度。这个世界，既没有万能的模式，也没有一无所长的模式，每种教学模式背后都有其功能，而最重要的是，有没有生命的温度和气度。

美国摩西奶奶在《人生永远没有太晚的开始》一书中说："你有你的路，我有我的路。至于适当的路，正确的路和唯一的路，这样的路并不存在……你愿意做的那件事，才是你真正的天赋所在。"

老子《道德经》说："天下皆知美之为美，斯恶已。皆知善之为善，斯不善已。故有无相生，难易相成，长短相较，高下相倾，音声相和，前后相随。"

有更多反抗各种有意无意的设置的人出现，并开始追求真正属于他们自己的别样生命历程，这个世界才有了希望。

因此,我三十五岁了,和小波兄一样怀念这只"如此无视对生活的设置"的猪兄,也怀念因为反抗设置而写出了一个汪洋恣肆的世界的小波兄,并将反抗一切设置这条黑胡同走到底。

## 二

渴望灵魂的极度自由,对社会上任何一种体制,都存在着强烈的发自内心深处的排斥,这简直就是我生命的病症。而这根源,最初或许与已经过世了二十多年的祖母有密不可分的关系。

在我还是个牙牙学语的孩子时,我的祖母就教会了我很多流传于楠溪民间的童谣山歌。我跟着她"咿咿呀呀"地唱着,什么地主家的女儿和他家放牛的长工,对着山歌一对对到田埂下……

某位教育家说:"一个人的童年是决定他一生的,世界给我们的最初图像就是在这时候出现的。"而我的一生,也必定深受祖母儿时对我教育的影响。甚至,我有些固执地认为,我现在身上的这种喜好山林,追求心灵自由的渴望,一定是祖母儿时不经意间在我记忆深处根植的。

而体制,指体制制度,是制度形之于外的具体表现和实施形式,是管理经济、政治、文化等社会生活各个方面事务的规范体系。它,代表着规范体系,因而一定是限制心灵自由的。我对于体制的排斥,无关于体制是否合理;我所谓的心灵自由,也不是胡作非为。但,就是这么病态的追求着心灵的自由!

王小波说:"中国要有自由派,就从我辈开始。"于是在1992年,他辞去了中国人民大学的教师岗位,脱离了约束着他的体制,开始了专注于个人写作的人生新生涯。如你所知,他创造了一个万人景仰的新世界!

但我没有勇气像王小波那样,脱离现在的体系,因为我不是王小波。

想起后半生的梦想是离家出走的托尔斯泰（1882 年和 1884 年，托尔斯泰曾一再想离家出走），终于以 82 岁的高龄，决绝地用自己的离家出走，来向世人宣告：他要彻底脱离自己生活着的体制！

那是 1910 年 10 月 28 日凌晨还不到 5 点的时候，82 岁的托尔斯泰就带着私人医生离开了自己的家。但在火车上，托尔斯泰病倒了，再加上寒冷的天气，他不停咳嗽，并开始发高烧。7 天后他就病逝在这个叫做阿斯塔波瓦的荒凉的小车站里，宁死也不回头。

很多人想不明白为什么，我却深深理解和同情他。如果你读过他 51 岁时所写的《忏悔录》，你就知道那时支撑他的宗教信仰几近崩塌，他的灵魂早已经走出了他所生活的体制，并与之保持了距离。这个体制，就是以他的不肯放弃的"托尔斯泰夫人"为核心的贵族生活。托尔斯泰是一个诚实、执着、又身体力行的人。甚至连托尔斯泰的坟墓，也可以从中看到他对体制的排斥。

茨威格在他的《世间最美丽的坟墓》一文中写道："我在俄国所见到的景物再没有比托尔斯泰墓更宏伟、更感人的了。这快将被后代永远怀着敬畏之情朝拜的尊严圣地，远离尘嚣，孤零零地躺在林荫里。顺着一条羊肠小路信步走去，穿过林间空地和灌木丛，便到了墓冢前：这只是一个长方形的土堆而已。无人守护，无人管理……它只是树林中的一个小小长方形土丘，上面开满鲜花，没有十字架没有墓碑，没有墓志铭，连托尔斯泰这个名字也没有。这个比谁都感到受自己的声名所累的伟人，就像偶尔被发现的流浪汉、不为人知的士兵那样不留名姓地被人埋葬了……"

而中国古代反抗体制的人，可能最早的就是那个叫做盗跖的人。这位被秦汉时期伪作的《庄子·杂篇·盗跖第二十九》说成："从卒九千人，横行天下，侵暴诸侯；穴室枢户，驱人牛马，取人妇女；贪得忘亲，不顾父母兄弟，不祭先祖。所过之邑，大国守城，小国入保，万民苦之。"用现在的话概括来说，这个盗跖，简直是奸淫妇女，杀人放火，无恶不作，没有人性的人渣啊！

但是，你信吗？

且不说历史是胜利者的历史，单就《孟子》、《荀子》等著作中把盗跖也说成是那样的不堪，我们大概就明白了。这个所谓盗跖的"事迹"，大概十有八九是后人根据需要而加的，可能真实性只有十之一二。甚至连名字中的"盗"字也是强加给他的，或许真相可能是我更愿意相信的：他是一位春秋时期反抗奴隶制度的人物。

反抗体制，从来需要勇气，也除非这种体制已经腐朽入骨，否则你的反抗就是毫无意义的。聪明的人，可能更愿意远离某些他认为不合理或者限制了他灵魂自由的体制。而对于我来说，发自灵魂深处的排斥，无关体制是否合理，只是一种病态的精神追求，并在灵魂深处与之划清界限，从此井水不犯河水，求得灵魂的安宁！

王小波已经走了二十年，我不仅没有忘记他，反而常常翻起他的《沉默的大多数》和《我的精神家园》，以求得一些慰藉，继续做个低调的自由派，并接着寻找生命的价值与意义。也学着像王小波那样，做个明辨而独立的生命个体。

"假若上帝要我负起灌输的任务"，我也要像王小波那样，"请求他让我在此项任务和下地狱中作一选择"，并坚定不移地"选择后者"。

（原载《温洲日报》2017年8月9日）

# 鱼群去哪了

复 达

## 1

假如我是一名渔民老大，每一水出洋，就会油然抱着一个愿望，期望捕获更多的鱼。

这样的愿望很实在，也甚自然。没有一个渔民老大不拥有这样的愿望。我的渔民兄弟，尤其是老大，当一脚迈向船上时，想往的便是这一水运气好点，最好来个"大网头"，那是一张张几十米至几百米长的网袋被膨胀得沉甸甸、圆鼓鼓的收获情景。现在的渔民驾着钢质渔船，少则十来个小时，多则二十多个钟头，披风斩浪地驶向洋地，忍受着船上枯燥孤寂的生活，为的不就是实现那么一点收获的愿望？靠海吃海，在渔民的身上依旧将这一俗语深刻地演绎。海给予他们生计，赋予他们力量、意志和豪爽的个性，也带给他们殷殷的期望。他们的这一生早已离不开海，就像云朵总是飘浮在天空，像船只总需在海里航行。他们的每次出海，不就是为了捕捞更多的鱼吗？每一次出海，或者渔民们说的出洋，他们无不抱着这样的目的乘风破浪地一往无前。

假如你是一位渔民老大，你不也会抱着这样的向往？

只是，这渔场从家门口早已转移到了外海。海越来越深，越来越辽阔，离家也越来越远。

## 2

曾听老渔民说，每到春夏之交时节，家门前的岱衢洋上，天暗夜静时，成群的大黄鱼会发出"咕咕"的叫声。这些到岱衢洋来放卵产籽的大黄鱼像是不约而同地前来，接踵而至，排山倒海似的捣腾岱衢洋。年年如此，从不错过那个时节。渔民老大们找到那个规律似的，浙江的渔船自不用说，上海、江苏、福建的渔船也纷纷涌进岱衢洋，成千上万的渔船如万马齐喑，一网网地捕捞那金光闪闪的大黄鱼。岱衢洋边上的东沙，这个小小的弹丸之地，因为渔船捕捞上来的大黄鱼得赶紧销售，再回头去捞取更多的鱼货，于是成为集收购、加工、销售的一个渔业集镇，自清末民国起始，便以渔而兴。一条横街，店铺林立，鱼腥飘浮，人群熙攘，热闹非凡。"横街鱼市"成为当时"蓬莱十景"之一。这样的情状一直持续到上世纪七十年代末期。

也曾听说舟山北部的嵊泗渔场每年拥有两大鱼类的聚集。春汛时，乌贼（墨鱼）拥簇在礁石边孵卵。这些椭圆状的乌贼身着黛灰的外衣，白玉般的肚子胀得圆鼓鼓，密密麻麻地相拥一起，像是戏海，又似欢聚，露出即将产卵的喜悦之情。冬汛时，银白的带鱼如潮般涌向渔场，一波又一波，仿佛捕捞不完似的，将银亮的光彩闪耀在一艘艘船只的舱板上。

海里的鱼好像都成群结队地游弋，形成一个个自由游动的部落。船舷边拉上来的网袋大多沉甸甸，舱板上堆叠的多是清一色的鱼货，零散的杂鱼如弃儿似的被搁在一旁。即使这个渔场萎缩，还有那个渔场。近海渔场鱼获不多，还有周边的渔场在等着渔船的耕牧。

市场上就天天摆放有一摊摊的鱼，随季节的变换而轮番地呈现在人们面前，年年循环往复，从不间断。只是鱼的数量似乎越来越少，价格越来越贵。

有时候，我也想海里的鱼怎么有那么多？怎么都集聚一起成为鱼群，而不像人类那样的三三两两？而现在，这样的鱼群又去了哪里？

## 3

想到鱼群，有时我会感觉迷惑，感到有点不可思议。鱼为何总是群聚，像原始的部落？

一天，我在席桌上吃到一盘干蒸的鱼籽。是鲳鱼的籽。褐色，拇指般宽，钢笔般长，扁扁的，硬邦邦。咬断，里面的籽细如针眼，密密匝匝，层层叠叠，挤压得如真空包装一般。这一根鱼籽该是多少尾鲳鱼呀？一盘十几根的鱼籽，又是多少尾鲳鱼？那都是鱼的子民啊。

我便不吃鱼籽。尽管那鱼籽已从鲳鱼肚里取出来，晒干，成为了菜肴，大可美美地品味。那是心里的一种叹惜，一种声讨。别的人喜吃，那是别人的事。我无法劝阻。

我所想到的是，鱼们到一定的时节是需要产籽的。授精，孵卵，产子，传宗接代，鱼们也逃不脱这样的一个自然法则。

渔民老大说，蟹有蟹路，虾有虾路。鱼们自是也各有各的迂回路子。潮汐的变化，水温的冷暖，光照的多少，环境的适宜，这些都构成了鱼们产籽的要素。当这些要素符合产籽的时候，鱼们便成群结队地游向某一海域，畅快如意地放籽。

那是一种奇观，一种波澜壮阔的秀美景象。数不胜数的鱼组成一个庞大的群落，翻江倒海般一群又一群地舞动，侧着身，或者弯着腰,盘旋,或者成块状似的往前,像是去表演,呈现一番整齐的动作,又如一幅幅跃动的画面,精湛奇美。那银白、灰黑或者金黄的鱼身,泛着不同色彩的光,聚集一起,形成白亮抑或黄灿的光耀,在波浪底下闪现,多彩,飘逸。那鼓着圆滚滚肚子的鱼们,看上去兴高采烈,兴致十分高涨,轰轰隆隆般地涌向近海海域,沙质地,泥质地,或者悬崖下的水域。那是每年必到的地域,那般熟悉,那样亲切,就如心中的圣地。鱼群便一齐欢欣,拥簇雀跃,有的发出"咕咕"的欢叫。肚子底下小圆点似的排卵口,于是鼓大起来,一串串微粒般的鱼籽油然喷涌而出,如一道亮丽的彗尾。数不清的彗尾渐而形成烟雾样的,又聚合一起。这又是千万尾的鱼啊。

听一位长期在温哥华做水产生意的朋友说,他目睹过三文鱼产籽的情景。三文鱼产籽多在海水与淡水交汇处,那淡水又必是清澈的溪水。到了产籽季节,气势磅礴的三文鱼鱼群一往无前地冲向溪水,从海边一直循着溪水往山坑上涌动,直至体衰力尽,纷纷倒在溪坑中。鱼籽就在这样的悲情中放生,溪水又将它们带回海中。为了产籽,三文鱼们义无反顾,那样豪情,又那样凄美。

千万尾鱼的母亲,就有千万个群聚的鱼群。一代又一代,生生不息。

聚集一起的鱼籽又在大海里无畏的游弋,直到成熟,它们仿佛都从未分散过。我忽然想到,这鱼群该是兄弟姐妹的聚集吧?至少是一个大家族的。那是一个无比庞大的族群。因为族群的凝聚,它们才群聚在浩淼的海中,抱团畅游。大黄鱼、小黄鱼、马面鱼、鳗鱼、鲫鱼、马鲛鱼、鲳鱼、鲐鱼、乌贼等等,无不都以群聚的形态和部落的意志,遨游海中。

我由此感觉到,不论是近海、浅海,还是外海、深海,鱼们只要循着潮汐的变化,迎着潮流而动,总能找准洄游之路。它们就无忧无虑,用不着提心吊胆,也不用焦虑烦躁。咸滋滋的海水是它们天然的营养元素,浩瀚的大海更是它们自在遨游的广阔空间。只要在海中，它们就能无所顾忌地游弋。它们圆润的小眼珠总是亮晶晶地张扬，目视两旁的兄弟姐妹，透着欢快的光，即使死亡，也永不闭目。

群聚的鱼，就体现了一种强大的向心力、凝聚力，不仅仅是一种随性、一种习惯，更体现了一种团队精神，那样协调、呼应，那样团结、和谐。不论是湍急的洋流，还是敌鱼的攻击，它们总抱团一起，拆不散，分不离，一直群游，向前，向前。这样的结果，要么互为照应，蔚为壮观，形成一种气势，要么被一网打尽，全军覆没。当然，也有像鲸、海豚等鱼类，集体搁浅自杀，或者一不小心被冲上海滩而渴竭至死。

## 4

鱼群终究还是越来越少了。

鱼群去哪了？

鱼群依旧以群聚的形态在汪洋的海里游来游去。或许它们是真的少了，或许它们转移了游弋的海域，躲到更阔大更深水的海中。鱼虽是大脑最不发达的动物，但对年复一年所遭遇到的危殆情景也能日渐感应到，就如傻子也能感受到他人的欺负。它们所拥有的洄游动能，将曾经游弋过、孵卵产籽的地域烙印在脑里，每到某一时节，就不由自主地再次洄游过去，戏玩，或者放籽。除非那个地域遭遇了破坏，面目全非，已让它们认不出来，它们才去寻觅新的舒畅的水域。

倘若渔民们运气不好的话，就越来越难找到它们。

近海已不再是鱼群恣意遨游的场所。比如家门前的海，再往大处说即是东海，"东海无鱼"，报上如是说。

东海的鱼是真真切切的少了。

每逢伏季休渔，只要到各个渔港一看，渔港里停泊着一长溜渔船，像是在养精蓄锐。只要开捕时间一到，船们便雄赳赳气昂昂地冲向大海，开始一水又一水的捕捞。那钢板制作的船只越打越大，网眼也日益细小。许多老大还将机器的马力越搞越大，甚至比规定核发的马力指标超过一两百马力的。马力一大，船只的航行便大大提速，航行的时间也就缩短。老大可不想将时间花费在航行的时光里。网具也总多载几顶，超过规定限带的数量。多一顶网，也就多一份收获。海洋只能默默地忍受，依然潮涨潮落。而鱼群却凄惶畏葸起来，像早先如山头一样成群的情状似已难见。

"千网万网，只能候着一网"，当真是目前渔民捕捞情景的写照。

百川归海，有容乃大。海在以宽广的胸怀接纳百川时，却遭受了它们所带来的浓浓污水。还有沿海边排污的企业，将海当作了巨大的排污口。面对混浊、恶臭的污水，鱼们不纷纷逃离才怪。海这么大，何必要洄游在东海？

一条条的堤坝亮丽地将曲折的海岸线归顺，笔直地横跨在海边，那是海塘。海塘内的土地用来晒盐、养殖，也可用于建工厂、造房子。海塘，便成了抵御海浪侵袭的生命线、幸福线。也有将两座岛间连接起来的堤坝，小岛连接着大岛，以此改善小岛的生活条件，这是小岛民众的呼声。远远看去，岛与岛之间呈现出一种哑铃状，非常醒目。岛与岛之间的水域就是潮汐流动的一道门，那是千万年来所自然形成，潮涨潮落，进出自如。一俟它被迎面截断，就像被截断了一条路，潮汐的流向自是改道，鱼群的洄游也莫不如此。

鱼群感觉到曾经休养生息、孵卵产籽的海域已不复存在，或者以为走错了地方，便再也不再光临，洄游的线路自然改道，远离曾经欢聚的海域。这是不是鱼群的一种骨气？人往往会有如此的尊严，比人脑虽简单千倍万倍的鱼群，难说就没有这种志气。

东海无鱼，是东海之痛，也是我这样的海岛之子的痛。

## 5

鱼群去哪了?

我抽烟,喝着咖啡,搜索枯肠般地思考着。

渔民老大驾控大马力的机器,操着罗盘,望望浩荡的海,又盯盯驾驶台上的仪器,皱着眉,忧戚地寻觅着渔群。

鱼还是有的。鱼哪会没有?鱼群总会在海中飞扬,群舞的影子总在波涛涌动间一幕幕地呈现。只是,离我的岛越来越远,也越来越摸不透鱼们的底线。

或许是老想着鱼群吧,我眼前的海中总会浮现鱼群游弋的情景。数百艘的渔船飘扬着红旗,一网网地将鲜活的鱼拉上舱板。鱼们活蹦乱跳,银光闪耀。是一幅幅丰收的图景,那样诱惑,那样欢畅。

我就怀念鱼群游到家门口海中的情景。

(原载《福建文学》2017 年第 4 期)

## 汤显祖：一个知县的万历二十一年

范 军

公元 1593 年是怎样的一个年头呢？

它是明神宗万历二十一年。这一年，有两个名人去世了，李时珍和徐渭。另一些名人不约而同地出世——洪承畴、孙传庭、周延儒等等，他们注定要在大明王朝未来的舞台上，演绎一曲曲悲欢离合的戏码。这从一个侧面说明，明帝国在起承转合的历史规律下，还在循规蹈矩地行进着，虽然前途未卜。这一年，意大利人伽利略发明了气温表。而在英国，"只懂得一点点拉丁文和很少的希腊文"的 29 岁屌丝青年莎士比亚写下两部作品：《泰特斯·安德罗尼克斯》和《驯悍记》。他更为知名的作品《罗密欧与茱丽叶》，要在第二年才开写。

众声喧哗中，明帝国一个失意的中下层官员在这一年遭遇了遂昌。他便是汤显祖，43 岁，刚从广东雷州半岛南端徐闻县调任浙江遂昌县知县一职。汤显祖在徐闻做典史已经差不多两年时间了，典史又叫添注，是个编制以外的官员，并不分管具体事宜，可谓体制外临时工。而在两年前的万历十九年，汤显祖还是一个官居六品的南京礼部祠祭司主事。如果不上那篇著名的《论辅臣科臣疏》的话，此人极可能被首辅申时行、次辅张四维等保举参选庶吉士而入选翰林院，日后成为一名内阁大学士也不是不可能的。

但是，汤显祖注定要在万历二十一年遭遇遂昌。因为他此前在两千多字的《论辅臣科臣疏》中说："首辅申时行执政，柔而多欲，任用私人，靡然坏政。请陛下……严诫申时行反省悔过。"又说："言官中亦有无耻之徒，只知自结于内阁执政之人，得到申时行保护，居然重用。"关键是汤显祖认为"皇上执政二十年，前十年张居正把持朝政，后十年申时行专权误国，二人虽性情不同，但结果一样，都以个人的意志结党营私。"这实在是惊世骇俗之言，它不仅得罪了首辅申时行和科臣杨文举、胡汝宁，也让万历皇帝龙颜大怒。汤显祖对万历皇帝登基二十年的政治都作了抨击——前十年被张居正所误，后十年被申时行所误，果真如此的话，皇帝的英明、伟大、正确到哪里去了？由此，一道圣旨将汤显祖放逐到雷州半岛徐闻县为典史。一年之后，汤虽然遇赦，调回浙江遂昌任知县，可情形却好不到哪里去。当时的遂昌虽然是个县，却是处州府下 GDP 差不多最弱的一个县。面积小得可怜，"斗大小县"，地理位置偏僻，处于"万山溪壑中"。由于"学舍、仓庾、城垣等作俱废"（《汤显祖诗文集》)，以至于这个地方"赋寡民稀"，老虎和盗贼竟相出入民舍，其蛮荒程度，与徐闻县差不了多少。

这其实还是一种变相的流放。从一处偏僻移至另一处偏僻，从地理蛮荒到心灵蛮荒，皇帝仿佛在报复汤显祖，试图从肉体到心灵都摧毁他。毫无疑问，汤显祖面临着一场挑战。这个出身于书香门第的仕途中人早在 21 岁时就中了举人，如果他是蝇营狗苟之辈的话，本可以在 1577 年（万历五年）、1580 年（万历八年）有两次机会得以高中进士，条件是和当朝首辅张居正合作，掩护他几个不学无术的儿子取中进士。因为在当时，海内最有名望的举人一个是汤显祖，另一个是沈懋学。张居正的想法是让汤显祖和沈懋学等人与他儿子同时上榜，成为进士科的同年，以遮人耳目。沈懋学照这个法子做了，得以高中，但是汤显祖没有。虽然张居正的叔父在这场交易展开之前曾经屈尊到汤显祖家中，与他商谈合作细节，但汤显祖却拒绝了这场看上去可以取得双赢的合作。他说："吾不敢从处女子失身也。"汤显祖这句话事实上泄露了他性格或者说命运的密码。性格即命运。如果不肯同流合污，那命运大抵是要形单影只的。汤显祖最后之所以以半隐居的方式从官场后撤，以文学滋养自身，以为其心灵转场的支撑点，这背后的逻辑关系其实是一目了然的。

拒绝跟张居正合作，自然也会拒绝跟张四维、申时行合作，只要这种合作有违程序正义。张居正死后，坐上了相位的张四维、申时行也曾尝试诱以翰林的地位与汤显祖展开交易，汤显祖都不愿意走捷径。直到34岁之时，汤才以一个非常低的名次中了进士，从而展开其无人喝彩的仕途之旅。从举人到进士，汤显祖拒绝诱惑，孤孤单单地走了13年，最后才勉强以一个七品官的身份到南京任太常寺博士。南京的文化气场确实是很强大的。作为帝国的留都，南京的官员们多无实权，他们或放浪形骸，或曲径通幽，试图以另一种隐秘的方式挤进北京权力场，以体味权力带来的实惠与荣光。但汤显祖走的是第三条道路，他与当时南京的徐霖、姚大声、何良俊、金在衡、臧懋循等戏曲名家展开切磋，或行诗词唱和，活得不亦乐乎。如果我们从这个角度看汤显祖为什么会在万历十九年上《论辅臣科臣疏》，或许能读出其背后的性格基础与逻辑基础——书生论政，是不屑于在人情世故上做什么文章的。

所以，在个人命运的曲线图上，汤显祖注定要在万历二十一年遭遇遂昌。而当时的遂昌，显然没有做好拥抱汤显祖的准备。她事实上也不可能拥抱任何人。在浙西南崇山峻岭之间的遂昌，历来不是权力中心所关注的一个县域。遂昌只是浙江处州府下若干个偏远小县之一，即便是处州府，也远不如当时的婺州（金华）府、温州府在政治版图上来得重要。所以汤显祖在万历二十一年目击遂昌时，所看到的"学舍、仓庾、城垣等作俱废"场景，实在是帝国疏于治理的一个证明。帝国版图太大了，需要重点治理的地方又来得多。或许在皇帝眼里，像徐闻、遂昌之类的地方，本来就是作为被贬官员流放的场所，越荒凉越好，遑论治理。

万历二十一年，汤显祖43岁，如果以人生七十古来稀衡量，他的人生早已过半。在不惑之年与知天命之年的夹缝中上下不靠地晃荡，汤显祖似乎依然不愿意世故。在发现了遂昌的山水之美后，汤开始了他的心灵放逐。妙高山、含晖洞、青城山、小洞峰（大峰岭）、东梅岭、唐山寺等，汤显祖一一体会山水的静美无言。当然，独乐乐不如众乐乐。汤显祖不敢将大自然的静美专属于自己。在来到遂昌后的第三年也就是万历二十三年，明末五子之一、戏剧家、诗人屠隆前来拜访，汤显祖便带着他游青城山、白马山、飞鹤山、三台寺、妙高山等遂昌美景，一一为其指点精妙之处，俩人共同陶醉于山水之乐。汤显祖不仅将这份简单而纯粹的快乐带给屠隆，另外也将这快乐带给了云游至此的一代高僧达观禅师（释真可）。汤显祖与其同游遂昌境内的唐山寺、赤津岭等地，禅师赞叹说："天台深处觅高人，几度登临无一身。却上唐山寺里看，池清影现妙通神。"对于汤显祖寄情山水之间，忘却人间烦恼，这位一代高僧显然是羡慕嫉妒恨的。他在口占《题留汤临川谣》时云："汤遂昌，汤遂昌，不住平川住山乡。赚我千岩万壑来，几回热汗沾衣裳。"汤显祖听了，哈哈大笑，颇有拈花微笑的意思。

汤显祖在遂昌的心灵转场，不仅体现在寄情山水间，也在于他将人生着力的重心点从仕途转至文学上。于无人喝彩时，汤显祖实现了自我救赎。他在遂昌时，不仅改完了完成于万历十五年（1587年）的《紫钗记》初稿，同时还开始了《牡丹亭》的构思和创作。汤显祖写《牡丹亭》，当是其绝意仕途，笔耕以终老的一种证明吧。当一个仕途中人，不再关心权力场上的风吹草动，而是关心子虚乌有一对男女青年的爱情故事，为人间至情至爱牵肠挂肚、呕心沥血时，汤显祖显然与万历二十一年帝国官场上其他同僚自觉拉开了距离。他在该剧《题词》中有言:"如杜丽娘者,乃可谓之有情人耳。情不知所起,一往而深。生者可以死,死可以生。生而不可与死,死而不可复生者,皆非情之至也。"表面上看,汤显祖是在研究爱情,其实质则是反程朱理学,肯定人欲,追求个性自由。这实在是一个官员的思想异动,是其"官非官,终去官"的心理基础。因为在当时的大明帝国,程朱理学是官场中人处事为人的思想和行动根基,但汤显祖在遂昌却开始了静悄悄的蜕变:从官员的队伍中后撤,从世俗的评价体系中后撤,终于将自己后撤成一个品格独立之人。当然独立的代价是巨大的。汤显祖在四十九岁时弃官回家,而遂昌终成其心灵转场的最后驿站。

万历二十一年,婚龄已有 11 年的莎士比亚婚姻生活并不幸福。他的农民出身的妻子安·哈瑟维对他所谓的事业一直嗤之以鼻。儿子哈姆内特·莎士比亚 8 岁,对这个世界有着无限好奇。而莎士比亚来到伦敦也有六七年时间,在剧院做了一段时间的马夫、杂役后,直到三年前才有机会拿起笔,尝试为伦敦一家顶级剧团——詹姆斯·伯比奇经营的"内务大臣供奉剧团"写作剧本。此时的莎士比亚根本没有什么代表作,写出来的东西经常被那些有着牛津、剑桥背景的"大学才子"们嘲笑。莎士比亚得到的评价通常是"混迹于白鸽群中的乌鸦"。

毫无疑问,这个时候的莎士比亚也面临着他的人生转场。汤显祖遭遇遂昌,莎士比亚遭遇伦敦。同在人生低谷,他们都需要一场挑战,面向自己的挑战。就是在这一年,莎士比亚写出了他一生中最著名的喜剧《驯悍记》,这部作品探索了两性关系以及爱情和金钱的价值等主题,在热闹的故事情节背后,那些带有浓厚的文艺复兴时期关怀人的命运以及人与人之间关系的主题震撼了有着牛津、剑桥背景的"大学才子"们。从这一年开始,他们的嘴里再也没有冒出"混迹于白鸽群中的乌鸦"这样的字眼。莎士比亚在伦敦完成了自我救赎,一如汤显祖在中国遂昌所做的那样,他们都在人生困境中发现了另一个新鲜而不可能的自己。

五年之后的万历二十六年,汤显祖在无限的心灵安宁中离开遂昌,离开仕途,开始居家潜心写作《牡丹亭》。在这个世界,他其实是不寂寞的,也是不孤独的,虽然他不知道,在地球的另一边,一个叫莎士比亚的年轻人与他不约而同地开始了心灵起舞。

(原载《浙江散文》2017年第1期)

## 陪床日记

方向明

爸住院。我在旁陪着。病房三张病床。床旁有一个柜子，柜子旁是一把椅子，钢管骨架，人造革做的面子。白天叠起来是椅子，晚上拉开放平是一张小床。陪护就睡这个小床。

十一前一天晚上，八点不到，我照例给爸妈打电话，商量长假里的日程。爸接的，声音里有一丝慌张。尿血了。不过不痛。妻上网查尿血怎么回事。回答：肿瘤的可能性较大。过一晚上不会有事，等明天吧。九点多，来电话，是妈的声音，在慈林医院检查，阿君陪去的。一会儿又来电话，片子出来了，膀胱内长有软组织，阿君已经约了解放军 113 医院的豪医生，明天他门诊值班。我说好，明早 6 点半我到老家。

十一清晨，8 点不到，我们到了豪医生的办公室。进去时他在打电话。阿君跟他说了情况。他把我们陪到 11 楼泌尿科，一位年轻医生接待我们，看了片子，说可能是良性的，不过要进一步检查，约我们 5 日或者 6 日来，先全面检查，8 日手术。反复叮嘱，阿司匹林药要停吃，否则不能手术。年龄较大，心脏也要查，看手术吃得消否。

爸坐着阿君的车回家了。还只有 8 点多。我还不想马上回去。书城很近，我想去转一下。我记起，今天是国庆节。在书城里走动，一种从来没有过的感觉涌上来，觉得什么书都没有意义。突然觉得有一种更宝贵的东西，是那么重要。现在一下要面对某种可能，虽然不能说出，但心里是忐忑的。

这个长假被一种气氛笼罩了。要让爸妈尽量从这种气氛里出来透透气。我把他们接到浒山家里来。妻烧了满桌菜，爸夸味道不错。爸没喝酒。医生好像说了不要喝酒，又好像没说。妻和吟儿，陪二老打牌，我出去一趟，洗了头。

约定住院的日子是 6 日。妻从单位借来值班室的简易床。带上一条小被子。牙刷。保温杯。苏打饼干。也不忘带书。妈刚才电话里说，她已为爸准备了该带的东西，还说她也要去，在医院陪爸。妈前阵子一直头晕，晕得很厉害。妈好思虑，爸这次的情形，不知她心里想象成怎样了。十一从医院回来那日下午，妈的状态很不好。脸都有些变形了。后来竟呜咽起来，说以后该怎么办，这些年这些日子都是爸在照顾她，买药，买菜，烧菜，都靠他，现在怎么办。爸毕竟是爸，说，我又没事，你先担心上了，船到桥门自会直，顺其自然。

考虑到妈的身体和心理承受力，我坚决不让她去陪床。有我们呢，两儿子干什么用的？妈见我很坚决，只好将属于她的一些用具再从打包的行李里取出来。妈的头晕病不是三年两载了，每天要吃一把药。最近吃中药有点见效。我和阿君拿起行李准备出发，爸从里屋走出来，妈从我身边挤过，径直朝爸走去，仰脸望着爸，说了一句，没事的，噢，还拉了一下爸的手。我的心一片湿润。爸这些年是我家最不容易的人。妈身体不好，就心情不好，心情不好就给脸色看。我和弟弟都不远不近地住在异地，老爸却无法躲开。他有时也会懊恼，叹气，甚至向别的人诉说（极偶尔），但绝不会告诉两个儿子，更不会在儿媳和孙辈面前表露。但老夫妻的感情是别人包括儿女都无法完全体知的。我们陪着爸走出墙门，留下妈一个人和她的影子。

第一天晚上，很早我便睡着了。酒精作用。我带了家里存了多年的进口葡萄酒，晚饭时与医生阿豪一家一起喝酒。阿君和弟弟都要开车，不能喝酒，我陪阿豪喝。阿豪酒量过人，他喝了一瓶半，我半瓶，已是过量了。忆起小时候的事，他有过两次婚姻，与前妻生的儿子日本早稻田大学毕业后留在日本工作。与现任妻子生的儿子有些自闭。阿豪看上去很开心，很豁达，但内心的感受我们无法窥知。他的好酒，也许是一种宣泄。他即使一个人，每天也要喝一瓶葡萄酒。不喝，他睡不着。酒真是好东西，也让我头一个晚上在别人的病床上睡了一个好觉。那张可拉开当床的椅子实在太窄了，邻床的病人天天回家，正好可以占用他的床。头一夜，爸却没睡好，上半夜一直睡不着，他说吵，我说什么声音，他说好像是空调的声音，很响。我真不是个称职的陪护，自己睡得香，没照顾好爸。

第二天，7日。一早，空腹抽血，空腹做B超。想到爸做完B超可以早些吃东西，我吃了早餐后顺便给爸带了早饭。是一碗米粥，还特意要了榨菜。我说给你备点早餐，做了检查后吃。爸问是什么，我说，粥。爸说，不能喝粥，血糖要高的。我一时语塞。我是个好儿子么？爸糖尿病好多年了，不喝粥的，我连这都不知。

在下雨。我给爸打着伞。我扶着爸的手臂。扶他肩也可，但我个子比他矮，还是扶着手臂自然些。我曾这么与爸一起行走过么？想不起来。爸一定扶着我和弟弟这么走过。妻问我，你们爷俩在一起，都说些什么？也没说什么，但似乎都知道对方心里想的。爸不喜欢多讲话。我也是。

B超检查好了。9点半了。终于可以吃东西了。我们在门诊楼外寻到了一个小摊，什么都有，馄饨，面条，年糕，包子，等等。爸说，弄碗馄饨吧。在屋檐下的半张桌，爸吃了一碗馄饨。他说挺好吃。

爸躺在病床给妈打电话。一天要打好几个。体温好的。血糖不高。血压好的。睡得还好。今天检查什么，明天检查什么。看爸的神情，可以知道电话那头妈的神情。自从爸那晚尿血，妈的头痛病不治而愈。妈的语调变得温和，甚至带着柔情。妈总是很刚，这时候的妈妈变得柔了。爸这几天躺在这里，尽管心里忐忑，但也在享受着，享受着温情。

晚上，轮到我睡不着了。没喝酒。躺在别人空着的病床上，脑子不闲着。一旁传来爸的呼噜。爸一定是累了。带来的书可以派上用场了。

8日爸做的是盆腔增强CT。预约单上写了些注意事项。有一条，带两瓶矿泉水。做什么呢？一定是要憋尿，要喝水。想到爸好像不喝矿泉水的，凉，胃不适应。给爸准备些温水吧。灌好热水瓶，爸的保温杯里装满一杯，再从车里拿来我的保温杯，也装满。我的保温杯保温性能超好，不会凉，就又调些矿泉水，到时喝凉热正好。这是在陪护中学习照顾人。

约定10日星期一手术。四伯坐阿君车，一早赶来。四伯比爸大四岁，长得很像。性情各样，四伯爱说话，开口骂娘的话。其实不是骂，口头禅，强调语气。79岁的人还闲不住，还骑自行车下地种菜。今天四伯进到病房还没骂过。看了一眼四伯，发现他的背比以前弯很多。四伯坐在病床边，不说话。有时，言语是多余的。

一会儿，爸的三个表弟一起赶来。都穿着深色夹克衫，病床边站了一排。他们的母亲，爸的舅妈，亲戚中年岁最高的老人，一早嚷嚷着也要过来，被儿子们劝住了。老人家说了一句话，说我爸做人好，不会有事的。爸的表弟还传来一个消息，昨天退休党员开会推选支部委员，57人到会，52票投给了我爸。

手术很快。从推进手术室，到出来，1小时零5分。手术前半小时爸刚给妈打了电话。推进手术室前，他要我告诉妈，手术了。从手术室出来，弟又立即给妈电话。

手术台上的爸有些虚弱。我过去摸了一下爸的手。爸手上插着输液针。医院护工推着平板车，让我在前面拉。进到病房里，说要有两个人，力气大些的，站在病床上，将爸的身体从平板床抱到病床上。我是长子，也算壮实，自然该上去。我脱了鞋站上去。弟弟紧接着也站上来了。护工指挥我们，让我一只手放在爸的肩下，一只手托背，教弟托住爸的臀部，护工在对面，三人一起发力，将爸的身体移在了病床上。然后，一位戴眼镜的很斯文的护士，麻利地做术后的有关工作，接上冲洗膀胱的液体，鼻子插上输氧管子，连接好监测氧饱和度、血压、脉搏的仪器。一切都有条不紊。专注，准确，专业。做好这些，护士对着众人问：你们谁陪夜？就是24小时陪护的。我说，我。我还让表叔把弟也叫来。我和弟开始接受护士给我们的培训。6小时内，她抬腕看表，现在10点，到下午4点前，头不能往上抬起来。不能喝水。不能吃东西。6小时后可以喝点水，吃点流质。要有人不停按摩两腿。腿自己能动可以多动动。清晰地交代好这些，她走到监测仪器旁，指着中间数字说，要特别注意这个数字，氧饱和度，低于95了叫我们。再走到床后，指着冲洗液说，这个每袋4公斤，吊5袋。指着导尿管说，管子要保持畅通，不滴水了要看一下管子有没有折起来。临走又说了，要多揉按腿。

我们就不停揉腿。手术前听邻床病人说，半麻手术最怕腿部血流不畅，会有后遗症。先揉小腿，后来觉得大腿也要揉。从来没有这么亲密接触爸的身体。揉一会儿，重些按下，问爸，有感觉吗？爸说，有。指头动一下。爸就动一下。这么快就有知觉了。继续按，继续揉。手酸了，歇一歇。一会儿再按。爸，腿抬起来试试。爸抬起腿来。看来麻劲渐渐过了。还是有点不放心，再揉。直到爸说，腿好像不麻了。爸安静地躺着。坐在床边看着爸。爸舌头舔了一下嘴。邻床买来的棉签没用上，给了我们。嘴干的话可以拿棉签蘸水，润一润唇。护士说了，6小时内不喝水。爸，忍一忍。给你蘸些水，下嘴唇润一下，上嘴唇润一下。爸好像觉得不错。换一条棉签，再润。爸说好了，就停下。

手术后的几天，爸不能坐起来，不能自己吃饭，只能喂他吃。爸还记着手术前吃过的馄饨，要馄饨吃。不确定给谁喂过，可以确定的是，从来没有给爸喂过。拿着调羹，有点晃。凑近自己的嘴，吹一吹，嘴唇轻轻碰一下，不烫了，再凑近爸的嘴。爸一口吞下一个，嚼几下，味道还不错。第二个还是这样。吃了大概六七个，爸说好了。拿餐巾纸给爸擦嘴角，这时候，我才感到，老人是多么无力。嘴角上几根白胡须，稀稀疏疏的，执拗地长着。老爸！等会儿给你剃一下胡须。爸抿了一下嘴。这时候，是该有一把热水毛巾洗个脸的。把毛巾在热水里烫，越热越好，把水拧掉一些，烫得不停地放手，端到爸面前，把毛巾摊开，这个时候毛巾的温度敷一把脸，是会很舒服的。看爸的神色，爸认可了这样的热毛巾，满意地望着窗外，脸上放着淡淡的光芒。

一直插着导尿管，4公斤重的液体，共5袋，20公斤的液体要进入爸的身体，然后通过导尿管排出。爸于是要不停地躺着，躺得骨头都麻了。导尿管排出的液体总是红红的，带着血丝。导尿管插口会有渗漏，皮肤上会有血渍，要每天清洗。护士职责里有一条，便是清洗。用消毒棉球，擦洗身体上的血渍。三张床之间有帘子。着白大褂的年轻护士风一样地进来，拉上帘子，就是要用棉球擦洗了。掀开被子，镊子夹着棉球，按护士条例处理身体上的血渍。在护士眼里，病人身体的每一个部位都是一样的。但在亲人眼里，却不一样的。爸接下去还享受了儿子用热毛巾为他擦洗的待遇，就像50年前他为儿子擦洗屁屁一样。

当班累了，弟弟总会及时替我，让我回家睡一个囫囵觉。那天，弟弟准点替我。我在暮色中离开医院，开车回家。那天走的是国道。我现在想不起来为什么不走高速，却走了普通的国道，那么费时的路线。唯一的理由是可以经过老家，顺道可以去看一下我的母亲，牵挂着老爸牵挂着我们独自一人在家留守的母亲。可是等我开到家门附近,又犹豫了,已是晚上八点多了,母亲应该睡下了。可还是下车,走到家门口,听听动静,看看有没有灯光。夜色里的老屋,像一座安静的城堡。

(原载《浙江散文》2017 年第 4 期)

# 空　缺
干亚群

## 1

　　棉花长到一寸时，父母又开始频繁出门，腰间系只筱笼，拎一把茶壶，有时挑一付簸箕。那时我刚看了连环画的《西游记》，觉得父母的模样像修行，只是出门前与进门后的神情大不一样，似乎修了一天的行，把父母的力气都修没了。

　　父母整天蹲在麦田里，像只猴子。母亲蹲久了，腿麻得不行，用手把腿掰一下，再帮腿挪到前面，实在不济，拖着腰慢慢站起来，一时三刻还站不直，人僵硬在那儿，待深呼吸几次，身上的肌肉与筋络放松下来，人才站得周正起来。

　　这是给棉花间苗。父母一手拿小扳锹，一手不停地在散乱又密集的棉花秧里揪，然后慢慢揪出二垄棉花来，中间躺着歪歪扭扭的脚印。

　　江南种棉花类似于套种，两边是麦子，中间是棉花。麦子既像篱笆，守护着棉花秧，又好像给棉花做榜样。麦子青青时，父母整理出一块块地,给泥土翻身,把上面的泥土匀细,用两只铁齿的铁耙(像两枚兔牙),在还散发着睡觉气息的泥上拉出一条浅浅的沟来,一颗颗棉花籽洒下去。麦子灌浆时,棉花挤挤挨挨长到了一起,头上顶着棉籽壳。

有时,遇到长得好,但又不在队伍里的棉花秧,父母会用小扳锹把这棵秧移到适当的位置,暂时种起来。待棉花有一柞来长时,父母会一脚一脚走在棉地的岭沟里,目光炯炯。棉花地里的脚印已经非常浅,如果不仔细瞧,根本看不出来。这十天来,那些脚印像替父母照管棉花秧,现在值班日期结束,它们便跑向了大地深处,还顺带走了几株棉花秧。

棉花岭里出现了死株,父母的目光就像太阳光突然遇到凹陷处塌了下来。父亲俯下身子,仔细地检查死株的叶子,还用手去翻旁边的棉秧,像一位老中医的望闻问切。母亲早已迫不及待地改变了脚步,朝另一块庄稼地走去。那儿种着一些棉花秧。

母亲利索地把死株清理干净,还挖出二寸深的坑,一棵棵长得很壮实的棉花秧挤进队伍,这使得棉花地里再次焕发出生长的力量。父亲还在研究那些死株的原因。母亲从不屑于这些思考与研究。出现空缺,不是庄稼的错。不补空缺,是农民的错。这是我至今能总结到母亲智慧的一句话。虽然并不见得很哲学,但至少听起来还有点文艺气息。

农民在播洒种子的时候,已经替空缺留下了一份念想和力气。像父亲这样还化心思琢磨空缺,套用母亲的话是马桶底雕花,仔细过头。认真补上空缺,才是庄稼人的正经。一块屁股大的土地上让庄稼空缺,会被人惊呼好大一块"荒田"。农民的败业不是收成差,而是有没有让成片的空缺留在庄稼地上。

有经验的老农民爱绕地头,背着双手,沿田埂踱过去,不说话。庄稼无不挺直了身子,齐刷刷地站在大地上。一个来,一个回,这畦庄稼地有多少个空缺,心里清清楚楚,也替接下来的日子余留了一些内容。那些年轻的农民，他们只会勾着头，脚高脚低走着垄上，一眼一眼瞅过去，默默记着空缺数。第二天，他们提着一篮子的秧苗过来，勾头弓背地补空缺。远远望去，他们像是一个个句号，正努力给大地断句。

村庄，是人间烟火的另一个代名词，既迎接新生，也接纳死亡。人，包括所有动物，栖息于村庄，用不同的情绪，向村庄陈述自己存于此的理由。

狗是有情绪的，看到陌生人进门，一阵狂吠，不连续吐出几声"汪汪"，不足以表达它对忠诚的理解。麻雀是有情绪的，看到插在庄稼地里的稻草人，它们一边叽叽喳喳，一边扑棱着翅膀，与稻草人保持着一定的距离，偶尔停下来，闪动着小脑袋，蹦跳几步，马上又飞上电线杆。麻雀蹦跳的姿势，闪动的脑袋，传递着它们惊觉的情绪。人的情绪更丰富，如屋前的仙婶婶面对瘟死的母鸡，一边拍大腿，一边哭："我的鸡哎，我的鸡，罪过啊，罪过，我是刚刚养出山啊……"那哭词既像悼词，又像唱词，尤其她一唱三叹，忍不住联想到她如丧考妣。庄稼地也是有情绪的，如果你不用心经营它，它就会使性子。比如，那些空缺，不及时地去填补，荒草就会急吼吼地长出来，还有昆虫，它们喜欢扎堆过来，在空缺处安营扎寨。更要命的是，空缺周围的庄稼，它们慢慢开始变蔫，打不起精神，似乎那处空缺一天到晚在向它们露出狰狞的面孔，随时蔓延过去。

从这点上，我觉得母亲的说法是对的。就像一个急症病人，医生肯定先处理治表的事，待安稳病情后再考虑治本的事儿。救急如救火，有些空缺真无法解释得清。如果父亲把棉花地里空缺研究透了，估计移植过来的棉花已经没办法适应空缺。庄稼跟人一样，也需要一个适应的过程。所以，每次调单位，我感到自己既缺在新单位，又空在老单位，我想，可能小时候经历过的空缺，包括庄稼地里的空缺，影响到我的情感，渗透到我的思维。

村里人匍匐一样在大地上讨生活，既是对泥土的敬畏，又是劳作的态度，可空缺依然会出现在每茬庄稼地里，像是大地上突然出现的休止符号。冯伯说，种下去的秧苗，长着长着，给你留下几个空缺，就像一个人活着活着，缺点会一点点多起来。

勤劳是农民与生俱来的品质，也是舞文弄墨之人喜欢用的定语。但，我总觉得这些人给出的这个定语充满了机械气息，类似于鉴定语。正如说农民很苦时，仅仅是一种内心体验，或是来自居高临下的同情，农民的真实生活于说话者是空缺的。所以，我每次看到类似于这样的语言，我就跳过，给那句话留下一个空缺。那个空缺，并没有影响到我对整篇文章的理解。

这是不是很奇怪？

## 2

大白天，村庄里空荡荡的，像一间敞开着大门的老屋。农具坐在角落里，五谷睡在大木柜里，燕子筑巢，母鸡寻窠，一切显得井然有序。我们游荡在村庄的各个角落，有时驱赶一群麻雀，在它们洒落的叽叽喳喳声里我们一脸坏笑，但笑得比阳光还灿烂。我们有时改变一群蚂蚁的走向，把蚁们埋头前进的步伐打乱。我们有时也去偷摘地里的瓜，偷我家的，也偷你家的，大家在偷字面前居然做到脸不红心不狂跳。

我们坐在石桥上愉快地把偷来的瓜进行瓜分，如果偷我家的，我得大头，偷她家的，她得大头，这样的规矩大家居然年年遵守了下来。我们津津有味把你家的，或她家的，他家的瓜吃进了肚子。我们把吃剩的瓜皮扔到池塘里，并不是我们很慷慨，而是让鸭们帮我们销毁证据。

鸭们当然不负我们众望，像干一件大事一样把漂浮在水面上的瓜皮吞进了肚子。鸭们的眼睛太小，而且又分得开，否则我有义务描写一下鸭们的眼睛，因为我联想到自己，看到好吃的，眼睛里的光芒一道道的出来，足以感染到周围的一切事物。

　　我们饿了，自己捞一团冷饭，渴了，水缸里舀一杯水喝。我们似乎没有时间感觉无聊，感觉每天有许多事情等着我们去做。如果我们哪天不出来游荡，村庄会因此显得空缺，似乎会有很多事物莫名其妙地去向不明。我们觉得自己有责任去担当大人留下来的空缺。我们看上去很健康，像一群散养的家禽，激情无限地填补着村庄上的各个留白。这里踩一脚，那里挖个坑，或插枝柳，种棵树，我们以童年的名义修改着村庄。

　　我们唯一的念想是过年，掐着指头算年的到来。我们恨不得把太阳拽下来，让一天很快结束，至于月亮与星星，忽略不计。它们可以有，也可以没有。我们在过年的憧憬里慢慢长着，对憧憬之外的一切，我们像富翁一样慷慨。似乎我们生来就是为了过年。后来，我从书上读到年是一头怪兽，过年就是跟年这头怪兽作斗争，觉得这个民间故事过于荒诞。年，对我们而言是一个童话，我们在过年的时候才能深刻理解"王子与公主从此以后过上了幸福的生活"。过年让整个村庄显得饱满。

　　过年，会有一些仪式，比如祭祀。除了信基督教的（他们心里只有上帝，没有祖宗），村里人都会在过年的时候做祭祀，敬天地，拜祖宗。一张八仙桌摆在堂屋中央，条凳依桌而放，上面是六碗素菜，外加酒盅六只，米饭六碗，一对蜡烛燃起，三支清香插在炉中，这是敬菩萨。大人拜过，我们小孩拜，学大人的模样，合掌，叩头。菩萨敬过，母亲与父亲把八仙桌转一个方向，再祭祖宗。桌上的素菜换成荤菜，是一碗碗刚烧好的热菜，让作古的祖宗们享受一顿人间烟火。母亲习惯会在旁边念叨几句，无非是向菩萨、祖宗讨保佑。

　　母亲从小告诫我，不能向别人讨要东西，更不可以盯着别人吃东西。但母亲喜欢向菩萨、祖宗讨福，包括奶奶、外婆，她们似乎在菩萨和祖宗面前堂而皇之地讨，理直气壮地讨，当着我的面讨，而我也可以盯着菩萨、祖宗吃东西。假如菩萨、祖宗正在吃东西的话。

奶奶嘴里的阿太阿爷，于我是陌生的，根本没有见过，可过年的时候，他们与我们相逢。在大人的授意下，我认真地跪在蒲团上，向祖宗们叩下三个响头。奶奶在一旁絮絮叨叨，既像是提醒祖宗不要忘记保护子孙们的安康，又像是跟祖宗拉家常，今年谁又出生了，谁订婚了，家里的收成比往年好多了。一时间觉得家里人头攒动，祖宗们都回来了，正坐在八仙桌边享用着母亲跟奶奶忙乎了半天的酒菜。

我自有记忆起，菩萨一直伴随着我们家的生活，第一碗蚕豆煮熟后，必先献给菩萨，只有菩萨吃过了，才轮得我们吃。蚕豆如此，大豆亦如此，连南瓜、葫芦、芋艿都这样。菩萨可以是灶敬菩萨，也可以是观音菩萨。我有时看着馋，可菩萨没动过，我就是不可以，我只能眼巴巴地盯着那碗活色生香的果蔬冒着淡淡的热气，一会儿婀娜，一会儿袅袅，充满了诱惑与悸动。而母亲总能在我谗痨发作时把碗取下来。

于是，我的快活瞬间填补了我刚才由谗痨引起的空缺。

我曾经问过奶奶，为什么地里的果蔬开摘时必须首先让菩萨吃？奶奶先帮我纠正了一个"吃"字，说，菩萨不是吃的，是贡的。奶奶给我启蒙，说是每个季节的果蔬有每个季节的菩萨护佑着的，谁先长，谁后生，都有规矩的。地里的作物如此，做人也是如此。我问哪个贡？公？弓？恭？那时我已经念过了几年书，知道了不少音同字不同的字。奶奶用手推推鼻子，眨了几下眼睛，实在不知道是哪个贡。奶奶耷拉着眼皮，羞愧的脸红在皱纹堆里挤来挤去。

我从小到大，一直缠着奶奶问东问西，以为奶奶什么都懂。我的长大，却让奶奶在书本知识方面的空缺暴露无遗。奶奶可能不知道，我至今为菩萨该用哪个"ta"（他、她、它）颇费神。有的说菩萨是男的，也有的说菩萨是女的，或者是男身女貌。我一直替菩萨纠结，到底是男还是女。

菩萨，从来没有人见过，但并不妨碍人们对菩萨的虔诚。村民间的纠纷，邻里的争执，家庭的不和，习惯于以"菩萨看得最清爽"（看得最清）来平衡内心的委屈。假如家里遭遇不幸，也往往朝菩萨那儿寻找力量。

阿花姑姑是方圆十里的"名人"，她身上入了"龙王菩萨"。阿花姑姑曾经像一个传奇，十八岁的时候喜欢上了一个同村的后生，可没办法主动追后生，暗恋了数年，后生找了邻村的一个姑娘。阿花姑姑一夜之间疯了，脱光了衣服满村跑，嘴里喊着那后生的名字，吓得后生差点也疯掉，害怕别人诬陷他睡了阿花姑姑。阿花姑姑治疗了一段时间，总算平静下来，虽然不脱光衣服往外跑，但从此人变得有些痴呆。后来，她嫁给了一个腿有残疾的中年人，嫁过去后疯了二次，被婆家人捆绑着去医院。大概有一年，她刚好三十岁，她突然不吃不喝，在床上躺了一个多月，人是形销骨立，轻得像一张纸，家里人总以为她得了不治之症，把她娘家人叫来准备后事，不想，她从床上起来，跟她当初不吃不喝一样的突然。她的声音变了，眼神也变了，一会儿模仿她公公的父亲说话，一会儿陈述村里某个人家的一件往事。这些人，这些事，都是她嫁过来之前并不知晓的。很快，阿花姑姑被人传是"龙王菩萨"附了身。她在家里设了佛堂，专门给村民看"疑难杂症"，从替人看病一直管到失窃物的寻找，她成了村民的现实版的"菩萨"。

我从来没有见过这个传奇的姑姑，可她的传奇在村里一直没有消失过。人们谈论她的时候，对她充满了敬畏，包管她曾经脱光衣服满村跑的经历。

（原载《青年文学》2017 年第 2 期，有删节）

## 在巴金家做客

顾志坤

这是一扇普通的门,里面却住着一位不普通的人——中国当代文豪巴金老先生。我举起手,轻轻地按响了门铃……

这是1986年夏日的一个午后,在徐汇区武康路113号巴金先生的家门口。我与县府办主任蔡德亿同志,在北京拜访了叶圣陶、夏衍、俞平伯、朱光潜、唐弢、冰心、楼适夷、陈明(丁玲爱人)吴觉农、金近等文化艺术界的前辈后,转程来到上海,拜访我们仰慕已久的巴金先生。

拜访巴老的具体日程是柯灵先生安排的。

1985年11月,巴金、周谷城、柯灵三位先生联名起草了一封给浙江省文联并转浙江省人民政府的信,建议在著名教育家、文学家夏丏尊先生诞辰100周年之际,在夏先生的家乡上虞,举行一个纪念活动。在信拟定后的1个多月时间里,北京的胡愈之、叶圣陶、夏衍、俞平伯、丁玲、朱光潜、冰心、唐弢、王力、吴觉农、楼适夷、金近及杭州的黄源等15位文化艺术界的泰斗级人物也纷纷在信上签名,表示支持举办这一个活动。浙江省委、省府及有关方面的领导在收到这封来信后,十分重视,当即作了批示。上虞县委、县府的领导在接到省委领导的批示后，更是立即行动起来。我与蔡德亿主任就是在这个时候，受县委、县府和上虞 70 万人民的重托，踏上了赴北京、上海、杭州等地拜访这些文坛前辈的行程。

或许是看出了我的心情有些紧张，陪同我们的柯灵先生在朝着我亲切地微笑。这位著名的绍兴籍老作家，在得知我们是为纪念夏丏尊先生百年诞辰的事而专程来上海时，非常高兴。在淮海路上一套老式的有点昏暗的公寓里，柯灵先生专门谈起了他与夏丏尊先生的交往，他说：我的真正的文学生涯，是从在 1926 年由开明书店创办的《妇女杂志》上发表了一首叙事诗《织布的妇人》开始的，那时候在开明主持事务的就是夏先生，后来因为交往得多了，就常常往开明书店跑。看见那些老先生们安贫乐道的样子，实在不能不从心底感动，那时候刚胜利后不久，重庆来的大员们正在上海乱哄哄地闹"接收"，而那些文艺界的前辈们还在拿着大饼用开水泡了当中饭。丏尊先生是很老的一辈了，也一样的吃着苦，最初我常在电车的拖车里看见他，老态龙钟，毫无抵抗地被人挤来挤去。后来据说连电车也坐不起，只好经常跑路……丏尊先生进过一次日本宪兵队，出来以后，我跟朋友去看他，他约略说了些经过，连连笑着说"没有吃什么苦……"

其实我们知道柯灵先生在上海沦陷期间也被日本宪兵队拘捕过，敌伪对他滥施毒刑，给他坐老虎凳，灌辣椒水，但柯灵先生始终不肯低头，保持了一个中国文人真正的气节。说起这件事，柯灵先生笑着说："我那时候还年轻，比起夏先生，身体上还挺得住。"关于举办纪念夏丏尊先生诞辰 100 周年的事，柯灵先生说，夏先生是一位了不起的教育家和文学家，他写的文章包括他在老家白马湖畔的"平屋"中翻译的《爱的教育》，可以说影响了许多许多的人，当然也包括我自己。直至现在，他的这些文章和翻译的《爱的教育》等作品，仍有着广泛的影响力。因此，现在提出举办一个纪念夏先生百年诞辰的活动不仅有意义，也是十分必要的。

柯灵先生说，从发起这次活动的签名者来看，国内文艺界学术界许多顶尖的人物差不多都在里面了，所以一定要搞好。对于这个纪念会，我是一定要去的，文章我已写了好几篇，一篇是我与杨幼生先生合写的，在2月份，已经发表了。一篇正在写，说着他伸手把书桌上那张已写了半页文字的稿纸拿过来给我看，我这才恍然大悟，原来我们进来时，柯灵先生放下手头正在创作的长篇小说《上海百年》，正在赶写一篇纪念夏丏尊先生的文章，我接过来一看，只见文章的题目是：《欲造平淡难——夏丏尊先生生辰百年祭》。

在拜访了柯灵先生后，我们就在柯灵先生的引领下，来到了武康路上的巴老家。

在按下门铃后不久，那扇漆着绿色油漆的门被轻轻地打开了，我们被引进到巴老的客厅里，客厅并不大，旁边放着一些书橱和旧式的家具。坐下后，我们一边品着巴老的九妹端来的香喷喷的茶，一边向柯灵先生汇报上虞县文艺创作的情况。柯灵先生认真而关注地倾听着，不时地流露出赞许的微笑。

正在这时候，客厅门口出现了一位拄着拐杖的白头发老人。那双大而睿智的眼睛慈祥地看着我们，气色很好的脸上露出动人的微笑。

"巴老！"几乎不用柯灵先生介绍，我就一眼认了出来。

"你们好，欢迎你们来看我。"巴老操着一口浓重的四川口音说。望着他那双充满着爱的眼睛与那一头银丝，我不禁想起了巴老那"生活过，奋斗过，挣扎过，哭过，笑过"的漫长而坎坷的道路。

别看他气色不错，其实身体并不好。医生曾建议他易地休息，多呼吸一下新鲜空气。可他说：出一趟门也不容易，一动就很累；再说，还有许多工作要做。巴老告诉我们，现在他写作很困难，前些年每天尚能写一二千字，现在只能写五六百字。目前他正在为香港"大公报"续写《随想录》第五部。为了完成这最后一部作品，巴老常杜门谢客。但对于我们的来访，巴老却极为欢迎，而且兴致很好，不时地和柯灵先生开着玩笑。当我们提出上虞七十万人民欢迎他去参加夏丏尊先生诞辰100周年的纪念活动时，巴老爽朗地笑起来，说："去不了罗。八三年去过一次绍兴，那时身体还可以，后来摔了一跤，腿断了。又有其他的病，现在连写字手也会发抖。"但巴老对上虞举办纪念夏丏尊先生诞辰100周年的活动极为关心，连声说："好，好，上虞开这样的会很好，我很高兴。"

这时候，柯灵同志趁机把他抄录的巴老发表在香港《大公报》上《随想录》中的一节文字请巴老过目，巴老推起眼镜看了看，然后将那页稿纸递给我，说："这是我写丏尊先生的一段文字，你可以看一下。"我接过稿纸，看到巴老这段话：

"可以说，我的文学生活是从开明书店开始的，我的第一本小说就在开明出版，第二本也由开明刊行……所以在谈到开明时，我想这样说，开明很少向我组稿，但从第一本小说起，我的任何作品只要送到开明去，他们都会给我出版……"

"在开明主持编辑事务的是夏丏尊，他就是当时读者众多的《爱的教育》的译者。他思想'开明'，知道我写过宣传无政府主义的文章，对我却并不歧视。我感谢他。"

巴老接着说："但我很少去书店，同夏先生见面的机会不多，更难得同他交谈。我只记得抗战胜利后我第一次回上海，他来找我，坐了不到一个小时，谈了些文艺界的情况和出版事业的前景。我们对国民党都不抱任何希望。夏先生身体不好，在上海敌占区吃够了苦，脸上还带着病容。这是我最后一次看见他。他同我住在一个弄堂里，可是我不久又去了重庆，第二年四月在那里就得到了他的噩耗……"

在我阅读巴老的这篇文稿时，巴老则一直沉默着，他那双忧郁而充满慈爱的大眼睛深情地凝望着窗外，似乎在回忆，又仿佛在遐想。

交谈进行了一个多小时。我们不忍心再打扰巴老的工作和休息，怀着恋恋不舍的心情向巴老告别。起身的时候,我们希望巴老留步,要知道他已是八十二岁的高龄了,而且腿脚又不便。可他以"我常到院子里散步"为借口,坚持送我们到那扇漆着绿色油漆的大门口。

临别时,我握着巴老那双宽大而温暖的手紧紧不放。这双手已经老了,手背上布满着岁月的皱褶,但它还是那么的有力,热血还在这双手的脉管中奔涌。正是这双手,在六十年的沧桑岁月中,曾写出了多少的人间沧桑和爱恨情仇啊!

(原载《浙江散文》2017年第5期)

## 鸡声南洞月

郭 梅

丙申仲秋的一个清晨,我在鸡鸣声中睁开朦胧的双眼。

慵懒地靠在床头,听鸡鸣一声声,有节奏地敲打门窗和心房。它们互相呼应着,仿佛是士兵听到了集结号,更像是勤劳的农家渔家相互招呼着:起床啦、起床啦。鸣叫声似乎算不上嘹亮,但委实清亮而富活力,特别擅长唤醒梦中人。

我不禁微微地笑了,对自己说,大概有三、四十年不曾在鸡啼声中醒来了吧,这感觉,似熟稔、似陌生,亲切而有趣——陶渊明所谓"鸡鸣桑树巅",或许就是这样吧。就像昨晚的满天星子,也是如今不常见到的了。

陶渊明的诗句,我最喜欢的是《归园田居·其一》中的"暧暧远人村,依依墟里烟"这一联,念着它,眼前便活脱脱呈现清丽、淡雅的江南乡村水墨长卷,或清晰,或朦胧——白墙黑瓦、村落参差,小桥流水、桨声欸乃,衬上薄暮时分的袅袅炊烟,直可以催落母亲的热泪、催动离人的归心,也痛断了羁旅天涯客的肝肠。然后,这位五柳先生接着吟道:"狗吠深巷中,鸡鸣桑树巅。户庭无尘杂,虚室有余闲。久在樊笼里,复得返自然。"每次在课堂上给学生讲到这首著名的作品，我都会故意提一个"刁钻"的问题："鸡为什么能够在桑树之巅鸣叫？"是因为晋代的鸡会飞吗？还是陶大隐士赋予他笔下的鸡特异的功能？……当然，诗无达诂，怎么解释都不会错。不过，我更愿意姑娘小伙们接受这样的观点：出句"狗吠深巷中"是写声音，对句"鸡鸣桑树巅"紧承上句，也诉诸于听觉，乃鸡声高过树巅之意。而鸡鸣之声如此清晰，岂非正好反衬出村庄的幽静宁谧?！——往往讲到这儿，学生们莞尔，我亦微笑以应。

不过，这样的文本解读，在我这次夜宿舟山南洞艺谷之前，其实只停留于理性的分析和合理的想象，并不曾有过哪怕仅仅一次的实际体验。但，就在这个清泠泠的秋日清晨，这番本来一直停留于纸上和逻辑理念的感悟，来的却是那样的突然和真切，一声声奔袭心房，让我始而惊喜，继而欣喜、欣慰，于是，对陶大诗人渊明先生会心地一笑，欣欣然起身盥沐，又急忙忙走出小楼，任自己披散着湿漉漉的长发，惬意地走在石板小路上，恣意迎接晨风和晨曦的洗礼。

这个我记忆里美好之极的秋日清晨，其实很短，不足一节课时间，但也仿佛很长很长，长到让我确信自己已经记住这个只逗留了一个晚上的地方：南洞艺谷。

当然，让我记住南洞艺谷的还有秋夜的月色和星光，还有很文艺范的功勋号绿皮火车，还有，新结识的更文艺范的青海文友。月色、星光、老火车、新朋友……在一声声清亮的鸡鸣声中，深铭心版。

晚唐，大诗人温飞卿久困科场。四十八岁那年，徐商镇襄阳，他被辟为巡官。从长安赴襄阳投奔徐商，要经过商山，他便作七律一首，题为《商山早行》，其颔联"鸡声茅店月，人迹板桥霜"一直为世人所传颂。明人李东阳在其《怀麓堂诗话》中曾这样分析这一名联："'鸡声茅店月，人迹板桥霜'，人但知其能道羁愁野况于言意之表，不知二句中不用一二闲字，止提掇出紧关物色字样，而音韵铿锵，意象具足，始为难得。若强排硬叠，不论其字面之清浊，音韵之谐舛，而云我能写景用事，岂可哉！"——年近半百的温大诗人，用这十个名词的叠加，写尽了羁旅行役之愁和去国怀乡之思，亦有意无意地透露出晚唐末世的些许悲凉。而今秋，夜宿南洞艺谷的笔者恰恰与当年的温庭筠同龄，躬逢盛世，欣欣然用文字记录下来的，除了印象深刻的鸡声南洞月，还有那位比温飞卿不知幸运多少倍的南洞民宿画春园的女主人——习大大曾到过她家，照片高挂在院里院外，是她家最好的广告。她在给我们带路的时候，忙中偷闲说道，其实她的家已搬离南洞，但"我的事业在这里！"语气干练，透着自豪，更透着自信——欣逢盛世的自豪和自信。

（原载《宝鸡日报》2017 年 11 月 29 日）

## 笠翁一梦月升辉

古兰月

暗淡了华灯烛影,远去了鼓瑟琴声,一位长者,两鬓斑白,三声叹息,含笑入梦中……

### 束发读诗书,乱世家国梦

公元1611年,夏李村的一声啼哭,李渔初入人世。此时家贫,却襁褓识字,天赋聪颖,总角之年即可下笔千言。少时即梧桐树题诗为戒:"小时种梧桐,桐本细如艾。针尖刻小诗,字瘦皮不坏。刹那三五年,桐大字亦大。桐字已如许,人长亦奚怪。好将感叹词,刻向前诗外。新字日相催,旧字不相待。顾此新旧痕,而为悠忽戒"。以惜时精进警勉。

李母寄儿厚望,举家迁如皋,然不幸之遇,父亲离世,含泪悲恸,束发苦读,意博取功名,以慰家翁。正逢国运不济,民不聊生,社稷呈将倾之势。读书人,自古以为天地立心,为生民立命,为往圣继绝学,为万世开太平为己任,穷则独善其身,达则兼济天下。国难当头,家道中落,心绪难平;寒舍孤灯,风雨潇潇,书声朗朗,青云志，家国梦。

然天不时，地不利，人不和。首试科举即落第，再争俊髦又落名。叹！神往圣贤数十载，饱读诗书若干年，身负救世之才，臂有挽澜之力，却无匡扶之地。意欲展平生，无处是征程。

铁马冰河入梦，国破家移，仰天长叹，俯首痛哭，清明节，祭先慈，"三迁有教亲何愧，一命无荣子不才。人泪桃花都是血，纸钱心事共成灰"。风冷水寒，多少哀叹；头蓬面垢，多少离愁。俱往矣，封侯事，休提起，身肩几世耀祖期，一决功名大隐去，心中无执念，乱世度余生。

处处烽烟，归隐山间，取号"识字农"，移志筑伊园，自誉比西湖，只少楼台舞。为便乡人，倡建凉亭，亲手题联"名乎利乎道路奔波休碌碌；来者往者溪山清静且停停"，此即为且停亭。时世艰难，可且停下期盼，却难停盘中餐，站在且停亭，回望故土乡邻，无往来时路，何处是归途。

家国梦，已破碎，无法追忆，无力抗拒，心中凄苦谁人知？浊酒一杯祭少时。如今已是而立年，生计仍是头等难，继续那未知的前行，无惧那世事的变幻。

辗转杭州，人地不熟，困苦度日。思谋生之道，常入市井深巷、戏剧茶铺，知上至达官显贵，下至小民贱人，独爱小说与戏剧。恰是自己所长，即可卖赋以糊口，又可隐匿于闹市，不畏旁人讥贱业，只为不负身上才，日照迷路云初开，百色江湖梦由来。

## 秉笔画众生，百色江湖梦

经历了国恨家仇，感受了颠沛流离，世间百态常浮现，笔下不再续旧言。立志求新创意，寻"前人未见之事"，"摹写未尽之情，描画不全之态"。心似天地宽，纵笔起波澜，李渔终究是个奇男子，亘古风流，首创《怜香伴》、《风筝误》、《意中缘》、《玉搔头》六传奇，再造《无声戏》、《十二楼》小说集。故事新颖精巧，言语生动易懂，雅俗兼具，寓教于乐。重劝善惩恶，求自由之爱，真挚之情，批禁锢之规，虚伪之德。湖上笠翁一笔成名，畅销市井争购一空，世称"北里南曲之中，无不知李十郎者"。

集成之作《笠翁十种曲》，重宾白创造与运用，全述才子佳人之情，嬉笑俏皮自成风采，自称"唯我填词不卖愁，一夫不笑是吾忧"，这一境界，那时不诉儿女哭离情，只摹春湖笑鸳鸯，一经问世便洛阳纸贵，时评本朝（清朝）第一。

"填词之设，专为登场"，无舞台，不下笔。觅可塑之人，呈精彩江湖。知命之年游历陕甘，偶遇乔王二姬，豆蔻年华，清新秀丽，聪慧过人，超然脱俗。上天予之，倍加珍惜，亲授调教，粉墨登场，世人惊艳，粉旦青生，戏场双擎。

遂创立李氏家班，自任教习导演，演绎自创剧本，不辞辛劳，全国巡演，乔、王技艺精湛，满堂辉映，色彩斑斓，一枝独秀红耀九州。金陵芥子园、苏州百花巷，汇聚四方宾朋，切磋技艺之精，声誉鹊起，海内蜚声，一时无左右，独占鳌头。

然，天妒英才，乔王二姬因长年在外演出，积劳成疾，相继离世，年仅十九岁。笠翁老泪纵横，悲恸欲绝，写下《断肠诗二十首哭亡姬乔氏》、《重过江州，悼亡姬，呈江念鞠太守》、《后断肠诗十首》、《乔复生王再来二姬合传》等多首诗作哭悼乔、王二姬。其情至深，无以复加。多少次促膝长谈，探讨文心与技艺。多少次红袖舞动，寄托意愿和情志。多少次相依相伴，亦师亦父亦红颜。双璧殒命，难以支撑，李氏家班，归于浮名。

江湖梦，梦正酣。人世即是江湖，笔下众生形色各异，悲欢离合，嬉笑怒骂，剧本中藏天地，小说里含乾坤。世间百态呈现戏场，华灯彩影，鼓瑟琴声，生旦净丑变化无穷，清脆唱腔婉转绵长。一幕幕，一折折，道不尽的人间情仇，说不完的江湖恩怨。三尺舞台，百色人生。

两鬓斑白无新发，忍痛前行待重生。数载风雨路，蓦然回首，多少感叹哀愁。写下多少剧本小说，却写不尽人间苦乐。红颜已逝，知己难求，心有难舍深情，笔下纵横驰骋。岁月如歌，人生如戏，精彩纷呈，留于天地。

## 世事春暖秋凉，一梦浮生如虹

舞台空寂寥，人世更精彩。笠翁以戏剧小说成名，获利颇丰，意欲牟利者更众，仿造"湖上笠翁"之作，欺蒙读者，玷污声誉。版权意识觉醒，坚持维权抗争，为便于交涉，再次迁移至金陵。

寓居期间，购得一屋，因"地止一丘"，故取名为芥子园，取"芥子虽小，能纳须弥"之意。再经精巧设计，别有情趣。有栖云谷、月榭、歌台、浮白轩等诸景，并都题有楹联。如书室联"雨观瀑布晴观月；朝听鸣琴夜听歌"。月榭联"有月即登台，无论春秋冬夏；是风皆入座，不分南北西东"等。其中志趣，可见一斑。

为防他人私刻己作，遂立芥子园书铺，精工价廉，重信重誉，声名远播，影响颇广，日后二百年而不衰。

五十得子，喜宴宾朋，作七绝《五十生男自题小像志喜》，年逾四十便萧条，人说愁多面色凋。欢喜若能回老态，十年霜鬓黑今宵。七律《庚子举第一男，时予五十初度》，五十生男命不孤，重临水镜照头颅。壮怀已冷因人热，白发催爷待子呼。多年夙愿，喜中带怜。

金陵群英荟萃，笠翁以文会友，以戏会友，既有文人墨客，又有达官显贵，借名粉饰门面者亦有之。笠翁深明"君子朋而不党"，曾在《交友箴》中写道："饮酒须饮醇，结交须结真。饮醇代药石，交真类松筠。"再比如，交道戒纷纭，交情忌稠密。神交千里通，面交咫尺隔。宁寡无滥觞，宁淡无胶漆。

秉持此原则，上至宰相尚书，下至三教九流，无不与交，不分贵贱，开阔了见识，了解了世情，提供了素材，笔下众生，皆出于此。

读万卷书，识万千人，行万里路。笠翁不拘于书社戏台，遍游奇山秀水，行域之广无有比肩者，才情者，人心之山水；山水者，天地之才情，自然乃"古今第一才人"。无畏风餐露宿，喜观风土人情，融合于创作之中，诗、词、曲、赋无不升辉，深得世人称颂。垂暮之年，思乡甚切。六十岁回兰溪故里，经严子陵钓台，笠翁写下《多丽·过子陵钓台》。概览一生，过严陵，钓台咫尺难登；为舟师，计程遥发，不容先辈留行；仰高山，形容自愧；俯流水，面目堪憎。同执纶竿，共披蓑笠，君名何重我何轻！不自量，将身高比，才识敬先生；相去远，君辞厚禄，我钓虚名；再批评，一生友道，高卑已隔千层；君全交，未攀衮冕；我累友，不恕簪缨。终日抽风，只愁载月，司天谁奏客为星？羡尔足加帝腹，太史受虚惊。知他日，再过此地，有目羞瞪。花甲痴翁，转身回望，一路奔波偶得闲，一生波折寄深情。康熙十年，笠翁著《闲情偶寄》，汇集艺术之精，生活之趣，休闲之乐，乃中国第一部倡导休闲文化的专著，名列"中国名士八大奇著"之首。康熙十九年，大雪纷飞夜，李渔仙逝，葬于九曜山，碑刻"湖上笠翁之墓"。

如今，郎朗书声犹在，却不见少年来，华灯彩影闪现，却不见二姬面。亦梦亦幻，真假难辨，人生即如此，何必问青天。

历经人世沧桑，尽尝春暖秋凉，一梦浮生，彩色如虹，点滴中见天地，细微处显乾坤。不辱不殆，至乐其中，那便是尊心本性、快意人生罢……

（原载《浙江散文》2017 年第 6 期）

# 鸟雀与微风在我身边来去

黄亚洲

我问,王粮才先生的儿子还愿意继续守墓吗?答曰,不怎么愿意了,外出打工了,当然其父是希望儿子继续守墓的。我问那怎么办呢,答曰,也不知道怎么办,只能走一步看一步了。

我去嵊州采访,文化局的才女副局长在制订两天的行程之时,一直建议我去看看王羲之墓。这位副局长出过散文集,善写诗,中国画的功夫也了得,所以我能理解她的热切建议。

但我这人,不通书法,这些年"被写字"的时候,羊毫下歪歪扭扭画出的其实是一个个的钢笔字、美术字,围观者鼓掌的时候,赞叹声皆逃不出"有个性""文人书法"这些含义颇深的礼貌用语,因此我一向明白自己是南郭先生,也因此,对书圣的膜拜敬畏感远远没有书法家或者书法爱好者那么强烈;但我也想,毕竟,小学时代对着字帖描过红,又在太湖南岸湖笔的诞生地工作多年,一直把那里当作第二故乡看的,所以,对看看王羲之墓的建议,基本上还得用兴趣盎然这四字。

况且,这位书圣的代表作"天下第一行书"《兰亭序》,为我们浙江赚了多少美誉度。那一年我还专门带着一大帮浙江作家去兰亭搞了个"文学曲水流觞"活动，大家蹲在溪流边捞字条赛诗吟诗；还有，要是没有这位书圣的那把功力，我在作文时经常拿来使用的这个"入木三分"成语也就无法现世。

后来我就在那个安安静静古朴苍然的墓前坐了好久，努力想象着这位好说话的书圣当年的潇洒果断，以手抄《黄庭经》换取白鹅的场景。

那天已是黄昏，鸟雀与微风在我身边走来走去。松柏间，针叶簌簌响，像是宣纸翻动的声音。

坐半天，跟王羲之他老人家倒也没有什么特别的感应，这正常，他知道我是南郭先生。

但通过金庭镇当家人的从旁介绍，我脑海里除了走过一大群姿态如少女的白鹅之外，又陆陆续续走过了一些声音与一些画面。这些声音与画面多少有些冲击力，叫我一次一次地感慨。

我知道了每年来自日本的书法家代表团的成员，如何一大排一大排地自动跪在墓前，甚至泣不成声；知道了王氏家规中有"子孙筑室为庐守墓尽孝"这一条，目前的守墓老人王粮才就是王羲之的五十六代孙，其祖父、父亲都是守墓人，现在他也住在祖传的简陋的墓庐里，日夜为祖墓掸尘。

那一刻，我问，王粮才先生的儿子还愿意继续守墓吗？答曰，不怎么愿意了，外出打工了，当然其父是希望儿子继续守墓的。我问那怎么办呢，答曰，也不知道怎么办，只能走一步看一步了。

听罢，感触颇深，后来就在墓前写下一诗，题目就叫《王羲之墓：最后一代守墓人》，内容是这样的：

自晋代以来，后人一直守墓如今，如今已是第五十六代。
一把竹帚，代替木梳。

老人七旬，活的神兽。

每天将蚱蜢从墓道上扫开，这就好比书圣的宣纸必须保持洁净；铁剪一柄，把杂草剪除，这就好比羊毫或者狼毫不能有一丝逸出。

书圣在此，先人在此，职守在此。自出生到终老，安居墓边的这间瓦庐。几十代男女松鼠，都是他的朋友。

一弯月亮，作为帐钩。

只是最近几年有点烦心，他那四十好几的儿子，说是打死也不来承继这份差事。儿子去了远方城市打工，为高楼大厦修草。城里的毛笔字，都是霓虹灯写的。

唯有男女松鼠伴着他，还有，那一弯挽住蚊帐的月牙。

他不敢想以后的事情。以后的事情其实也不可怕，可能像一部失传的字帖。传说中的美丽，美丽中的传说。

书圣最后的一撇一捺，由竹帚完成。

书圣的故事，在当代，可能还有余音缭绕。

写到这里，关于书圣对当代的影响力，又觉得还要再啰唆几句。当然，他的兼善隶、草、楷、行各体的书法艺术，是最主要的，一千七百年来还无人能出其右，这太厉害了。而同样厉害的，还有他在他的王氏家训里所阐发的思想。

他的这一思想，也是我后来才知道的，才女副局长原原本本地向我作了介绍。

王羲之定下家训的缘由，据传是这样的。有一天王羲之与他的好友许玄度外出游览，夜宿小客栈时却遇上了一件心惊肉跳的事情，有两兄弟争吵打架，弟弟竟然出手将哥哥砍死。碰上此事的王羲之心情沉重地对好友说："此二子残忍如此，不知你我后辈如何？"王羲之在回家后就立即将此事讲给儿子们听，并工工整整写下"敦、厚、退、让"四个大字，命儿子们日日临摹，后来又写下《家训》，同样要求儿子们临摹背诵，并代代相传。

后人在乾隆五十七年重修王氏宗谱时,将口耳相传的王氏家训写入《金庭王氏族谱序》中,内容为:"上治下治,敬宗睦族。执事有恪,厥功为懋。"当地王氏后人根据居舍门额、回廊上的题字和治家格言,又加了"敦厚退让,积善余庆"八字。

而我尤感兴趣的,是他的家训最前面的"上治下治"这四字。我想,这位书圣精神世界的思路演绎,显然是有一种民族整体感的。他不仅把道德高地坚决地置于黎民百姓的脚下,也毫不犹豫地置于君王与朝廷的脚下。

也就是说,王氏家训里所强调的"孝敬和睦、遵守规矩、尽职不傲、敦厚退让、与人为善"这一类道德要求,须是"上治下治"的,也就是说,须得上面的君王以身作则,全国的百姓也模范遵守。也就是说,国之不治,不只在一个"匹夫有责"。

也就是说,上上下下都推辞不了责任。

王羲之的书法多好,就如同他卓越的书道,既讲究个性表达,也讲究整体布局。

我们老百姓就按书圣说的"从我做起"来兢兢业业实行吧。所以,王羲之墓的打扫,后人,例如草民王粮才先生,是少不得的,最好还有后来人承继不停。这是个课题。

总之,我们大家都要设法维护、光大这位书圣的书法,以及他在撇撇捺捺间所流露的深邃的思想。

显然,一个好的国家,就是一篇兰亭序。

(原载《解放日报》2017 年 2 月 26 日朝花副刊)

# 乡愁是被大风吹散的月光

海 飞

## 壹杯酒

倒上这第一杯酒的时候，我开始相信，乡愁就是被大风吹散的月光。如此零碎，细微，温暖，凉薄，却又无处不在。月光打湿黑夜中的故乡，看到那些被风吹散的月光，我就想站在丹桂房村的土埂上痛哭。

村庄沉睡。我久未谋面的小伙伴们都已人到中年，他们用单薄而且日渐老去的身体，护卫着妻儿老小。突然之间觉得，人生匆忙，所有经过的码头都不能回头。多少的月光下，我们依稀还只是衣衫单薄的少年。多少的月光下，我们又突然发现双鬓有了零星的白发。在风尘里打滚，我们变得参差不齐的城府和世故，精明，以及些许的狡黠。只有月色是洁白的，像童年时课桌上未曾写下一笔一划的纸张。而面对着沉睡的黑黝黝的村庄，以及那些在月色之中休眠着的各式人生，我大抵是能想见明晨村庄或被大雾封锁，或被阳光披洒，如果天气寒冷，可能还会见到一层玉树临风的白霜。

有人说温一壶月光下酒。那么故乡，白霜也是一种酒。

## 贰杯酒

其实，我的半个故乡在浙江诸暨一座叫丹桂房的村庄，我的另半个故乡在上海市杨浦区龙江路。我是被风吹来荡去的蒲公英。作为一棵普通的植物，曾经有那么一片短暂的光阴里，我的故乡甚至是江苏南通县一个叫环本的地方。我在那儿用我最青涩而美好的年纪服兵役3年，在时隔25年之后，我曾踏进陈旧的人去楼空的营房。辽阔与空旷，会增加你的孤独感，我就是站在营房操场上那个有着强烈孤独感的人。只有军号不灭，军令不灭，脚步声不灭，口号声不灭……所有的记忆，都是不灭的。

我在杭州已经生活了12个年头，我觉得就是杭州的一粒尘土，或者移植成功的蒲公英。在微信和各种通讯技术如此发达的今天，我躲在露台上搭建的玻璃房里，数一寸又一寸的月光。我总是会在一些热闹过后的安静里，突然惦记沉睡在夜色中的丹桂房。我在玻璃房里看见风吹月光，也看见雨打屋瓦，那么激烈与温情，俗世与雅致。我也在玻璃房里写下了大量的文字，我在这狭小的空间里徘徊、喝茶、打电话、吃瓜子。凡人总是会做一些凡人才做的事，我也不例外。我家露台上搭建的玻璃房当然属于违建，在拆违的呼声中，玻璃房结束了她七年半的使命。

我觉得玻璃房的消亡，其实就是一种生命的解体，痛彻我的心肺。现在，当每一个夜晚来临，我可以直接走向一贫如洗的露台，月光可以自由拍打在我身上，但我觉得我长久地站在午夜的露台之上，是对玻璃房的一种怀念与默哀。

有人写下床前明月光的诗篇。那么故乡，请允许我的露台也成为一首长诗。

## 叁杯酒

　　露台之上,握着一杯醇厚绵长的海半仙同山烧,那是故乡的味道。寒意阵阵的午夜,我想到了亲爱的山海。山海兄,这是我的第三杯酒,别来无恙,先干为敬。

　　唐山海是在一九四零年沉闷得要发疯的夏天走下火车的踏板的,他听到知了的声音在上海火车南站此起彼伏地响起来,那响亮的声音在四零年明晃晃的阳光下,恍然是我们的前世所看到的场景和听到的声音。此后并不漫长的岁月里,他无数次站在黄浦江的边上,孤独得像一根木头电线杆一样,站在那个年代的月光下。风吹起黄浦江上潮湿的月光,连那时候的枪声也仿佛是受潮了。

　　2017年整个漫长的夏天里,我都在写一个叫《唐山海》的小说。唐山海的故乡在湖南,这个叫做"湘"的地方对我来说神秘而且遥远。风在城市的上空激荡与盘旋,我是风中拉着一只拉杆箱的匆忙的旅人。风吹起了我日渐稀疏的头发,也吹起一片稀薄的月光。在十分匆忙的人生中,有一个声音说,到故乡去。

　　然后我就出现在丹桂房村的土坪上。于《麻雀》而言,《唐山海》是番外。而于我而言,杭州城是我的番外。

　　都在唱月亮走我也走,那么故乡,走来走去就是各种模式的人生。

## 肆杯酒

　　我曾经在杭州城一个叫叶青苑的小区里虚度过四年的光阴。适当的时候,我会选择沿着运河河水的方向走走。拱宸桥上是有月色的,卖鱼桥上也有,信义坊也有……可见我是如此地热爱着运河。

　　江枫是拱宸桥边一个穿着长衫的书生,无数个夏天,他喜欢泡在运河的河水里摸青壳螺蛳。《内线》的故事开始的时候,他站在拱宸桥上的一堆月色中,和一个叫汪五月的姑娘望着一条条船从桥下经过,前往江苏。然后他带着一个叫小欢的小女孩,来到上海滩寻找小欢的妈妈安娜。而失踪的安娜此刻正在汪伪76号特工总部的监狱里,站在小窗口一小缕瘦骨嶙峋的月光中思念小欢。之前的灵隐寺,曾经被一场白雪覆盖,清秀的钟声里,零星的枪声在某年的冬天响起。江枫作为穿着长衫的行刺者,当过一回比荆轲更失败的刺客。而更早以前的吴山,日本人的炸弹让小欢失去了一只手。失去手就等于失去童年,她同江枫一样犹豫的眼神,在杭州城的民国年间粗糙而简略地掠过了。

这是我的小说《内线》中的情节。我一直在想,有些人文可当得了书生,武也可以成为特务。

李白兄说,举杯邀明月,对影成三人。那么故乡,江枫站在拱宸桥上的月色里,也是对影成三人的。

## 伍杯酒

我喜欢一部叫做《明月几时有》的电影,也喜欢着这部电影的海报。海报做成了通缉令的样子,我们被酒通缉,被欲望通缉,被情感通缉,被家长里短,被凡尘俗世,被所有的灰尘通缉。我们整个的人生,是一场被通缉的人生。

而月光,是这一场场通缉的见证者。她十分平静地看着这一切事件的发生。

我喜欢张国荣的一首歌,叫做《风继续吹》。悠悠海风轻轻吹冷却了野火堆,让我突然觉得,野火堆是如此的在冷中有暖,在暗夜中有光。海风,春风,暖风,寒风,狂风,台风,以有世界上所有的风。我一直都在等待着他们的降临。而被大风吹散的月光,是不是我们人生的一个个停靠站站台上能看到的最忧伤和美丽的风景。

杜甫兄说，露从今夜白，月是故乡明。那么故乡，你到底是照亮了我几分清瘦的乡愁。

## 陆杯酒

如果你站在丹桂房村的土埂上，向南而立，左手是溪水以及溪水发出的声音，当然也有月夜升腾的水汽；右手是一座安静得像一张黑白照片一样的故乡，偶尔有某户人家一盏黄灯昏暗虚弱的亮起，像故乡睁开的一只老花眼。我晓得的，我能听到月色的声音，这声音就像是潮水，一记一记拍打，一记一记让你的头发在这样的声音里被打湿，变白，甚至眼神都在此时老去了。人终归要老去的。

在这样的静夜，可以想一想的是惨淡或美好的人生。那些过往像一场无声的胶片电影，在剧终以前，呈现在各不相同的片断。这其中有美好，鲜花，酒，音乐，爱情和月亮，这其中也有阴谋，残酷，暗夜，叛变和病痛。我晓得有一位朋友，在加官晋爵的路上一路狂奔，他最害怕的是被挤轧与退休。我也记得一位早年故去的朋友，安静地长卧在枫江边的山脚，坟前长草，坟后是猩狂的野花，并且月光普照。那么神秘、诡异，又透着一种阴森的美丽。这时候我们才晓得，我们只是大地上奔忙的蚂蚁，大地提供了一个场地，让各式人等在这个世界上经过并稍作停留，最后不留痕迹。甚至都没有闪烁过流星的光芒……

有人这样唱：天上海上没有路，月亮在偷着哭。那么故乡，让我在丹桂房这条弯弯曲曲如漫长人生的土埂上，为我和我亲爱的兄弟姐妹号啕大哭。就像小说《人生》中被城市抛弃的高加林，在家乡的土地上跪地痛哭：这人生哪……

## 柒杯酒

明月出天山，苍茫云海间。长风几万里，吹度玉门关。

我不是诗中的戍边将士，我只是镇守着人生的边关，我只是面对明月举起我手中的第七杯酒，我只是想说，那么故乡，你若平安静好，就是我寄念于你的思绪与牵绊；我若月光加身，就是你加盖在我身上的不朽商标。

那么故乡，我最后还是要同你讲的。我始终相信，乡愁就是被大风吹散的月光。

（原载《杭州日报》2017年9月29日）

## 光 阴
简 儿

### 1

大约七、八岁，有一天放学回家，口袋里没带钥匙，于是就躺在廊檐下的一个草垛上，天上浮云悠悠，人间岁月安好，便觉得光阴一生一世都会这样安好下去。不知不觉就长大了。长大只是一瞬间的事情，仿佛昨日还是那个坐在草垛上，仰望天空的小女孩。一晃，已经三十多岁，时间的车轮越跑越快。

记得小时候放了学，趴在雪梅家的洗衣板上写作业，写到天色发昏。才收拾作业本，一路飞奔回去。天色暗下来，村子上空星星闪烁。那一条小路，我曾无数次地飞奔过，经过一户门前种木槿花的人家，便有点提心吊胆，那家死了人，是一个四十多岁的男人，听说得了抑郁症，担心屋上的梁会掉下来，于是终日睁大眼睛不敢睡觉。后来，就这样活活地累死了。

那家的女人，拖了儿子，改嫁到镇上。据说那个继父待儿子不错，一直供养到大学。那个男孩子，我仍记得他的名字，祝伟。祝这个姓，在我们村子里只有一家，可是现在已经连根拔除了。祝伟大学毕业以后，在杭州开了一家公司。把母亲和继父接了过去。他们家的宅基地，就一直荒废在那里。每年春天，木槿花仍在开放。

奶奶说，木槿是一种不祥的花，长在坟地上。姓祝的人家，不晓得为什么要栽这一种花。于是我对木槿也生出了恐惧之心。看到英子采了一朵，插在头上，我一把把花扯掉，摔在地上。踩了几脚。英子为此跟我狠狠地打了一架，掐我的胳膊，掐到肉里。我狠狠地咬了她一口，说，狗咬吕洞宾，不识好人心。

后来，英子抱了一盆太阳花，来找我道歉。我这才原谅了她。那一阵，我们迷恋太阳花，在阳台上，开辟了一个小花园。春天时撒了一片花籽，初夏，便赤橙黄绿的一片，格外教人欢喜。尽管英子的书没我念得好，花却比我种的好多了。在学校里，我当小组长，英子背书给我听，我忍不住想敲她的脑袋。一篇课文，她背得支离破碎，还随意篡改。不过，英子的花比我种的好多了。我早就觊觎她的花了，她挑了最好看的一盆送给我。于是，我俩很快就和好了。

十六岁，我去外地念书，回来去英子家，英子拿出一张照片给我看。她穿了白色的纱裙，旁边站了一个满脸青春痘的男孩。唔，他可真丑，我不禁脱口而出，英子捂着嘴笑。我心里便有点难过。英子与我，不复是从前那般亲密了，因为有一个人横亘在了我们中间。以后，这个人会变得比我们更亲密。我心里有点嫉妒。

英子出嫁以后，我见到过她两次。有一次，我回我妈家，她过来玩，彼此很明显地疏远了，不晓得说什么好。英子走的时候，我送她到门口，眼泪不知不觉就掉下来。后来，我见过她女儿。长得几乎就是英子的翻版，我差点喊英子的名字。那个小女孩子，笑嘻嘻地望着我。我说，认识我么？小女孩摇摇头。我说，我是你妈妈的好朋友。小女孩子说，那你为什么不来我家，也不和我妈妈玩啊？是啊，我也不晓得，为什么这么多年，我从没去过英子家，也不再和她一起玩。

我不明白，为什么曾经好的须臾离不开的两个人，有一天，会渐渐走散在时间的荒涯里。

光阴啊，你把一个女孩子扔在了童年的荒野。她茫然四顾，可是已经再回不到亘古的岁月中去了。

## 2

春天，蜜蜂嗡嗡嗡，在油菜花田里飞来飞去。我们拿了芦苇秆，在红家门口前的那一堵泥墙上捣蜜蜂蛋。只有红家里还是砖瓦房，那一堵泥墙又老又破。

红的妈妈生了小弟弟，有一天悬了一根绳子在屋梁上，上吊死了。之前一点征兆也没有，那时候，大家还不知道有产后抑郁症这件事，都说红的妈妈被鬼附身了。那间屋子被关了起来，里面堆满了杂物，结满了蛛网。有时，我们禁不住好奇，偷偷推开一点缝隙朝里看，一只蜘蛛垂下长长的丝，吓了我们一大跳。

红家里是我们的根据地。红的爸爸常年在外面打工，只有红一个人，带着弟弟。红在屋子里放了一块木板，教弟弟认字。我们当小老师。我教语文。在黑板上写了一首诗：春眠不觉晓，处处闻啼鸟，夜来风雨声，花落知多少。当当当，一块砖头敲三下，换音乐课。红的嗓音真好听，唱的是一支《晚霞中的红蜻蜓》，晚霞中的红蜻蜓，请你告诉我，童年时代遇见你，那是哪一天？清脆的童声，从那一堵泥墙边飞出去。

我们把瓦片当碗，摆上菜叶，玩过家家。折了红薯藤，做成项链，一条一条挂在脖子上，手腕上，环佩叮当。小黑子和海冰哥蹲下来，四只手绞在一起，做成一顶轿子。红笑嘻嘻地坐到轿子上。轿子抬着红，转了一圈，红咯咯地笑。

那时不过六、七岁，红比我大一岁，已经会做饭。拿一只小凳，站在灶台上，煮一大锅青菜粥。粥滚起来，红熄了火，在灶里煨了两个地瓜。一会儿,屋子就溢满了香气。红的晚饭,不过就是青菜粥和地瓜。有时,红的爸爸回了家,大家纷纷作鸟兽散。红的爸爸是一个目光阴郁、瘦削的男人。中年丧妻,令他的脸总是紧紧地绷着。我几乎没听见他说过话。后来,我奶奶去世,我看见他在我家的厢房里,给奶奶换寿衣,已经是一个专业的乡村入殓师。

乡村入殓师,一般的人是不愿意当的。与死人打交道的活。红的爸爸,脸色日渐和缓,也许洞悉了生死的秘密,他的心变得平静下来。一个曾经被妻子的死差点摧垮的男人,终于与死亡达成了某种和解。他目光中的阴郁一扫而空,变得柔和、平静。

不过,红的爸爸当了乡村入殓师以后,日子变得更加窘迫。

十四岁,我穿着白裙子,抱着书,穿过香樟树的浓荫,在步云桥畔遇见红,红从口袋里掏出一包餐巾纸送给我。红说,她在镇上的一个小作坊上班,每天折餐巾纸。我打开那包餐巾纸,上面印着卡通图案,闻起来有一股香气。红从我身边走过去,她的身影高挑、美丽。我忽然发现,十五岁的红,已经是一个美丽的女子了。

我与红从此再无交集。

直到有一天,我在城市的马路上遇见红。乍一眼认不出她来了。她腰身粗壮,嗓门很大,不过三十来岁,却已经像个大妈了。红一眼就认出了我,大声喊我的名字。

红说,你怎么一点也没变,还是娃娃脸,身材还是那么消瘦。红紧紧地握着我的手。我对红的热情感到惊异,并且稍稍有一点不自然。红似乎觉察到了,放开了我的手,跟我说了声再见。

她的身影很快消失在滚滚人流中。宛如那一只晚霞中的红蜻蜓。

## 3

夏夜,我们从外婆家回来。有一家子搭我们的船。那一家子,有一个女孩子,与我年纪相仿。她妈妈和我妈妈,小时候是姐妹淘。

结婚以后，回娘家才可以见到一次，彼此亲热得不得了。

那个女孩子，皮肤白白的，眼睛大大的，笑嘻嘻地望着我，我也笑嘻嘻地望着她。彼此眼睛里都有一点试探与好奇。

你叫啥名字？小青。

你呢？小橘子。

两个小女孩，在一艘夜航船里，头抵头，像两只小羔羊。交换着口袋里的宝贝，一颗玻璃弹珠，一个贝壳，一个竹蜻蜓，须臾就变成了分不开的好朋友。等到船靠岸，女孩子上了岸，不停地回首。我的心忽然也变得恋恋怅怅起来。

再去外婆家，我便缠着外公带我去找小青。小青的外婆说，小青没有来呀。那她什么时候来，不晓得。小青的外婆说，下次来，我告诉你好不好？

可是，下次小青去的时候，我不在啊。就这样，我和小青再碰面的那一天，推迟了很久很久。照例是有一天，吃晚饭的时候，小青的妈妈走进外婆家的院子，喊我妈的名字。

小青的妈妈说，爱芳，等下我们搭你们的船回去。

我一听，像箭镞一样飞出去。果然，穿了碎花衣裳的小青，伫立在院子里。

小青说，我来找过你，可是你不在。

我笑了，说，我也是。

上次我给你的花籽，发芽了吗？小青问我。

开花啦，美则美矣。

这一次，久别重逢，彼此已经不再生疏，也不再忸怩。又比从前长大了一两岁，拥有了一些秘密。这些秘密，平日里对最好的朋友也没有说过。可是我咬着小青的耳朵，对她轻轻说了。小青听了，笑嘻嘻的看着我。小橘子，谢谢你信任我。现在，我们是最好的朋友了，对么。

我点点头。繁星从水上漂来，宛如亘古的梦境。

那一艘夜航船,载着两个女孩子,驶向一座流星花园。

## 4

不记得是哪一年了,村公社的河滩上,来了一个做豆腐的女人。穿藕荷色的衣裳,皮肤又细又白,绰号豆腐西施。

黄昏的时候,豆腐西施挑着一担豆腐,走在乡村的小路上。蝴蝶从她身边翩翩起舞,蜻蜓在她的花头巾上飞来飞去。她走起路来,像杨柳一样摇摆。村子里的光棍汉泉明,口水都快要掉下来了。

村长的黄眼珠,也爆突着,我听见村长对泉明说,你看,她的胸脯多大啊,要是趴在上面,一定像个又松又软的大馒头。

泉明听了,哈哈大笑。

我心里忽然觉得无比气愤,替豆腐西施感到羞辱。跺着脚,捧着空碗就回家了。

我妈说,怎么没买豆腐回来?豆腐卖光啦?

我一声不吭,走进屋子就关上了门。

我妈叹了口气,这时,豆腐西施的担子正好停在我家门口,我听见豆腐西施说,小橘子呢,明明刚才还看见她的。

我妈说,不晓得撞到了哪路大仙,一个人在屋子里生闷气呢。别管她。

大人哪里晓得一个孩子的心思呢。

我生的就是豆腐西施的气。她干嘛长了那么大的胸脯,那么细的腰肢。引起男人的邪念。真是太不要脸了。哎,我以后还是不要买她的豆腐了。

我隐约觉得,一个女人长了那么大的胸是可耻的。可是,我的胸,不知怎么也有点硬硬的,涨涨的,像一个小核桃,摸起来有点疼。它以后也会长成一个馒头么。我苦恼着。

它以不可阻挡之势,日滋夜长。念初中时,我走路驼着背,含着胸。

我妈说，要不买个背背佳，不然将来驼背了丑死了，嫁都嫁不出去。我妈哪知道，要是挺起胸，我的胸脯已经像小馒头一样那么大了。羞都羞死人了。

幸好在学校可以穿校服。我天天穿着校服，到了六月，天气很热了，我仍旧穿着宽宽大大的校服，刘海遮在眼睛前面。

有一次，拍证件照，一个男老师说，同学，把眼睛露出来。我把刘海捋起来。照片上的女孩，眼睛水汪汪。一个男同学一把抢过照片，笑嘻嘻地说，美女嘛。我的脸顿时滚烫，像有火焰在燃烧。

我趴在课桌上，呜呜地哭起来。

老师训斥了那个男同学，男同学一脸委屈，我又没欺负她呀。我只是赞美她。

可是，十四岁的我，觉得男同学的赞美，对我而言就是一种侮辱。

就像那些迎面骑着自行车的小流氓，冲我吹着口哨。那口哨声，对我而言，也是一种侮辱。

一个少女的羞耻心，对身体的蒙昧与无知，对美的抵触。也许就起自于那一个春天的黄昏。

直到现在，我的背仍微微有点驼。我有时候仍会觉得，美，是一种罪恶。

## 5

十六岁，有一天我走在步云桥下，遇见一个村子里的姐姐。那个姐姐嫁到别的村子里，大约已经三十来岁。我看到她那张脸，长满了雀斑，并且已经有了妇人相，心里忽然十分难过。那时候，我觉得三十岁的女人已经很老了。

在一个小女孩的眼睛里，三十岁已经是一个女人的极限了。再老下去怎么得了？满头白发，脸上爬满了核桃一样的皱纹，像个老妖怪一样。多么可怕。村子里就有一些这样的老人。老得令人嫌弃，挨媳妇的骂。媳妇白着眼睛骂婆婆，老不死的。

我有时候甚至觉得，一个女人顶好在三十岁之前死掉。那她就永远不会变老、变丑。就像村子里的小曼姐姐。

小曼姐姐皮肤雪白，笑起来，绽开一口贝壳一样的牙齿。她谈过一个恋爱，男的是隔壁村的一个军官，后来转业去南京当了参谋长，娶了一个城里的女孩子。

那个军官，很多年以后一个春节，我回故乡，偶然邂逅他。他已经老了，五十多岁，偕夫人一起回乡。我看见她的夫人，挽着他的手，笑容温婉。他的夫人，面容娟秀，与小曼姐姐有几分神似。我一时有点恍然，以为她是小曼姐姐。

小曼姐姐三十岁了，还是独身一人。我们经常钻进她的小房间，她的房间里有一股雪花膏的香气。窗帘是淡淡的草绿色。

窗前有一个写字台，压着一面大玻璃，玻璃底下，夹着明信片和照片。

照片上的小曼姐姐，披了白色的面纱，半张脸遮在面纱底下，一双狭长的丹凤眼，含情脉脉地望着某个地方。或者是某个人。我猜想是那个军官。

我偷偷地把照片取出来，看见背后写了一段字：赠永新哥，小曼。

桌子上放了一个录音机，放磁带。悠悠唱着邓丽君的歌。有时候戛然而止，光阴仿佛也停顿住了——小曼姐姐托着腮，怔怔地望着窗外，吴江白，越水绿，春光一寸一村，没上河堤。

小曼姐姐的目光，就有点痴了，傻了。

三十岁的小曼姐姐，伫立在淡绿色的窗前，身子一天比一天消瘦下来，渐渐就变成了一个病美人，吃了很多的药，仍旧不见效，身子急剧地衰弱下去。

有人说，小曼姐姐害了相思病。那时，我哪里晓得，什么是相思病，只知道这个病症十分可怕。

一寸相思一寸灰。小曼姐姐一天比一天消瘦。仿佛风一吹就要倒下去。

我去她的房间里看她，她皱着眉头，捂着心口，看起来像西施——病中的小曼姐姐仍旧是好看的。

十来岁的我，忽然惧怕长大。长大是多么可怕的一件事情，弄得不好，还会得相思病。对于童年的我而言，那真是世上最可怕的病症了。

现在想来，三十岁，一生中最好的光阴。可怜的小曼姐姐，为了一个男人，像一朵花一样萎谢了，变成了光阴里，挂在墙上的那一帧美丽的照片。

(原载《散文选刊》选刊版 2017 年第 7 期)

# 草 忆

蒋静波

## 草 蓬

深秋以后,家乡的田野上,总会竖起一个个稻草蓬,像一座座蒙古包,又像一朵朵巨大的蘑菇开在空旷的田野。

草蓬太多,数不过来。人们指指点点,哪一丘田的草蓬搭得好,哪一丘田的草蓬搭得差,好的标准是美观、坚固。美观和坚固是相连的,若是搭得歪歪斜斜、蓬蓬松松,不等风雨来袭,过不了几天,自会倒成一堆乱稻草,惹人笑话。搭得好的,永远只是那几个人;被笑话的,也只是那几个人。

白天,阳光下的草蓬披一身光芒,仿如金色的宫殿;夜晚,草蓬沐一袭清辉,像是童话里的城堡。它们是鸟儿和孩子们的天堂,鸟儿倦了,在上面歇息,饿了,觅几粒稻谷吃;孩子们喜欢在清亮的月光下在草蓬边嬉戏:可以追"特务",捉迷藏,爬"城堡",把老师的作业、父母的责骂和所有的不快,抛之脑后。有一次捉迷藏,我跑向远处的一座草蓬,不意撞见了一男一女,吓得我拔腿就跑。

次日，西房的姐姐红着脸塞给我几粒奶糖。有一天，她和东房的小伙子忽然在村子里消失了。村人议论纷纷，说西房的姐姐真傻，放着金房子不住，去蹲烂草篷。

冬日里，放鹅的爷爷背风靠着草蓬坐下，抽一根金黄的稻草，细细咀嚼，好像在嚼其中之味。鹅们"嘎嘎"叫着，伸着长颈，摇摇晃晃地从这个草篷绕到那个草篷。一只清瘦的稻鸡，领着刚出壳的孩子们，叽叽喳喳地走出草蓬的边缘，看到威武的鹅们，吓得躲在草篷下不肯出来。

放鹅的爷爷用另一根饱满的稻草，吹响了只有自己能懂的曲子。

## 草　场

在小河和村道的夹角地带，有一块大而平整的空地。靠河那边的一棵老樟树，像一个神秘的武士，用粗壮的手臂，擎着一个巨大的绿蓬。太阳下，满地高高低低、大大小小的草闪着绿莹莹光，草香弥漫。

我在私下里叫它草场。大人们却叫它为操场，奇怪的是，我从未见他们在那里做过操，打过球，或集过队。大人们不但自己不去，还编出一些鬼怪故事，吓唬、阻止我们去那里。我对草场有一点欢喜，有一点好奇，还有一点害怕。

草场上的草挤挤挨挨，又长又嫩，一抓就是一大把。有小鸡爱吃的早熟禾，有兔子爱吃的酸均儿草、小金钱草，有猪爱吃的革命草、野萝卜。提篮来到草场，一眨眼工夫，草已满篮。仰躺在草场上，无数次想象着遥远的大草原，除了比草场大很多，也是这番模样吧？

春天的草们，嫩绿了一阵子后，开出一大片花，我将奶奶还剩几粒药的药瓶倒空后，溜到草场，冒着被蜂蜇的危险，将野蜂捉来关进瓶中；夏日里，那酢浆草和覆盆子的花、叶酸甜爽口，不得不让人牵挂,高高地睡在老樟树的树叉上,虽有夏蝉吵个不休,但清风阵阵,凉意渐生;秋季里,野菊花、辣蓼花、蒲公英、火萤团草,五彩缤纷,让人流连忘返,夜晚的秋虫钻在草丛中,奏出或短促或悠扬的乐曲;冬季里,碧草先后枯黄,若下一场雪,披上了白绒毯,别有一番情趣。

听大人们编的鬼怪故事,汗毛会一根根竖起。过后不多久,却又壮着胆子,向草场慢慢靠近。奶奶被我缠不过,说出了实情:许多年前,上面来政策,村里须选出一个人拉出去枪毙,村人选了开当店的钧先生。钧先生兼记族里的帐,有学问,模样好,人和善,只是比别人富裕。不久,他被拉到操场上枪毙,很多村人都跑去看。他倒下后,血流了一地,一只乌鸦飞到他的身边叫个不停。从此,操场成了全村的禁忌,大人们甚至避开操场绕路走。

清早,我扒开一簇草丛,草尖上挂着的一粒粒泪珠纷纷坠落,一大片湿土上开着朵朵暗红色的花。

## 草 包

一年四季,村子各处堆满了草包。草包用稻草编成,里面装上土,抗洪、修桥都少不了它。草包是大人们冬闲时的希望,是一家生计来源的补充,又是我和小伙伴们在弄堂里的柔软小床,是屋檐下的金黄地毯,是敞房前的游戏乐园。

毛糙糙、暖烘烘的草包,一只叠着一叠。小狗来打个滚,小猫来团一团,小鸡来啄一下。小小的孩子,爬出摇篮,在草包上开步,摔倒也不疼。我们在上面翻筋斗、练弹跳、玩摔跌,累了,各占一堆草包,在上面甜甜睡去。

天蒙蒙亮,大孩子已被父母叫醒,走向席机。席机像个宽大的门框,根根草绳串得宛若竖着的琴弦。大人提起箝板,孩子紧握添臂,在"富富富"添臂穿梭和"穷穷穷"箝起箝落间,绳为经,草为纬，编织成草包片。这些草包片还需用草绳缝，才成草包。

做完一只，草包堆升高一点。草包越堆越高，狗窜不上，鸡飞不到，小小的孩子再也爬不上。

十多岁的小琴，堆草包时总绷着脸，不说一句话。

昏黄的屋内，从春到秋，从早到晚，始终忙碌着小琴和继母的身影。

做草包有尽头吗？

只要江河在，只要发大水，只要修桥梁，就要用草包。只要家里穷，就要做草包。

终于到了开学的日子，小琴背起书包，长吐了一口气。继母说，你爸身体不好，女孩子读书没用，还是做草包吧。席机前忽然不见了小琴，学校的教室里也找不到小琴的身影。爸爸和继母着了慌地到处寻找。有一天大清早，继母在柴间看到睡在草包上的小琴，身旁放着旧书包，浑身僵硬冷透。几天后，继母离开了村里。村里人只是叹气，不知是为小琴，还是为那离开的继母。

## 草 扇

纸扇遇水，就糊了；莆扇用力，就破了；绢纸、骨扇，中看却不中用。唯有草扇，耐用又不花钱。

那时候，夏日或初秋，人人离不开扇子。唯有好动的孩子，无暇拿扇。奶奶两手各拿一把草扇，左右轻摇，左为我，右为自己。扇起的风，和着草木的清香，伴着人间的烟火，拂过我的面颊。蚊子来了，草扇去打；苍蝇来了，草扇去赶。晚上，草扇的清风，轻一下，重一下，伴我入眠。

各家的草扇各家编，就如各家的毛衣各家织。奶奶的草扇，像奶奶的穿着，没有一点花色。草扇用席草编制，没种席草的人家，拣田畈上的席草稿，足够让你编。小媳妇、大姑娘喜欢聚在天井或屋檐下,边聊边编,不到半日就可编出一个圆形扇面。巧手的,或镶几根染色草,青绿的扇面有了红绿的图案;或编些繁复的花样,让人啧啧称赞。圆形的扇面上,钉上光滑的竹片,就成了草扇。草扇不愁多,家里人手一两把,几把备用。

  我上小学时,村里搬来了一对外地母女。女儿小汶插到我班,母亲整日呆在屋里,总不外出。怀着好奇,一天中午,我跟着小汶走进她家。家里门窗紧闭,显得幽暗,电灯不点,却点一盏传说中的煤油灯,在桌上跳着幽幽的火苗。穿戏装、化浓妆的女人,手执草扇,轻移莲步,边舞边咿咿呀呀唱着,像煞是画中或台上的戏中人……不久,母女俩不知去往何处。村人说,小汶妈是疯子。我总也不信。

(原载《散文百家》2017年第4期)

## 父亲的田野

金小林

浙西南莽莽苍苍的大山里,有一条清浅的小溪,自北向南穿村而去。几百年来,凛冽的山泉水潺潺流淌——叮叮咚咚,像一支永不停歇的曲。横卧在小溪上拢成便桥的那几根木头,烂了更新,新的又烂了。人们负重过桥时,深一脚浅一脚,吱嘎、吱嘎地发出节奏的响动。

溪岸上的主人,换了一茬又一茬。几年前,小木桥被钢筋水泥替代,村庄却没有了往日喧闹。孩子们都到镇里的寄宿制学校去了,年轻人也大多进了城。余数不多的一些村民——或上了年纪,或不适应城市的打工生活,仍在小溪两岸方圆不过十里的田野上,春耕夏种、秋收冬藏。我的父亲,就是其中的一位。

暮春的傍晚,妹妹打来电话提醒我又到栽秧的时节了,问我休息日能否回乡下帮衬父亲。犹记得今年春节返城时,我再一次叮嘱过父亲,"今年的田就不要种了!"父亲仍像往年一样,不置可否地"嗯"了一声。后来在电话中,我曾让母亲游说并督促他。然而,年届古稀的父亲终究没有听劝,又买回了谷种,撒进了小山岙里的那丘母田。

父亲不肯歇种是有原因的。村里像他这般年纪的老农，早高高兴兴把田地交给儿孙们打理了。而作为父亲唯一的接班人，我离开乡村已二十多年了。他怎舍得那一丘丘的稻田就此荒芜？那可是长出过金灿灿的稻谷，养育了一大家子人的田野……上世纪80年代初责任田分到户后，父亲一直精心伺候着他的每一寸土地，那心思如同母亲待我们兄妹般细腻。

那时初中还没有普及，打工潮也还未到来，乡亲们认定，子孙长大后是要种一辈子田的。所以，我十一二岁甚至更早时，便跟了父亲和祖父下地。

清明过后，蕨菜早已欣欣然松开了拳头，天地间满眼都是萌萌的嫩绿，田野里一片生机盎然。山区海拔高，我们种的是单季稻，这时就要撒谷种育秧了。村上的农户大多育的是水秧，谷种直接撒进蓄水的母田里，然后就等着插田（即插秧）了；而我的父亲，总是先在一长溜田块上，用覆着尼龙膜的弓形棚育好秧苗，然后再移栽到水田里。

秧苗的移栽即栽秧，这是一件极为枯燥而劳累的农活。时节大约在立夏的前两天。栽秧时我整天跟着父亲，弓着背伏在水田中央，左手掌托着一大柄带泥的秧苗，右手拇指和食指小心翼翼拔了秧，然后一根一根逐一插入田泥。

三两天下来，刚搬了家的秧苗，绿油油、颤巍巍，成片成片立在初夏的微风中，煞是惬意。而我却浑身酸痛得直不起腰，走起路来像个老头儿。父亲是不计较栽秧的工夫和辛苦的，他只知道，比起水秧，这种方式育的秧插到田里，长势会更好、谷穗会更饱满。

端午节前后，父亲栽的秧苗，已分蘖得苗苗壮壮了。而此时，祖父与耕牛也早已唤醒了蛰伏了一冬的稻田，正水漾漾、明晃晃地候着。这就到了插田的时节了。

那时的乡村，插田和尝新米是极为重视的两件事，分别代表着希望与丰收。因此，插田那几日，家家户户的饭桌都特别丰盈。农

## 父亲的田野

谚"插田无豆腐，田埂当大路；插田无腌蛋，田埂全踩断"所表达的意思，就是插田时节要额外做豆腐、煮咸鸭蛋。

那些年，我既盼望丰盛的插田饭，又害怕插田。因为我插的秧总是疏疏密密、歪歪扭扭，横秧更是经常上下排错了行。而父亲对插田是非常讲究的，每一株秧都要与前后左右四株秧间隔二十多厘米，竖秧横秧对得笔直，就像参加广播体操表演的队伍那样。

插田时，父亲打头，我在右侧。若是碰到百十米长的大丘田，我总要被父亲训斥几回。这期间，还免不了被他拔掉几排歪扭得太不像话的秧重插。望着父亲三五下就把我的秧行纠得笔直，挨了责的我虽然有些愤愤然，内心却也很是佩服。

村里的农户，也有像我父亲一样把秧插得笔直的，但多数人家只管把竖秧插好，横秧则不作要求。秧插直了，主要为日后耘田时，田刨能顺溜地通过。

一根三五米长、擀面杖般粗细的木柄，以四十五度角斜嵌在紧箍儿那么大的扁铁圈上，这就是耘田用的农具田刨了。耘田是水稻管理过程中重要的一环，目的是除草和松土。秧插下田后大约二十天，便迎来第一次耘田。耘田时，人挽着裤脚站立行走，双手一前一后握住田刨柄，一推一拉间，田刨在竖秧弄里"哗哗哗"地游走，刨去杂草、刨松了淤泥。

而父亲的稻田，是必须隔月再耘第二遍的——让田刨沿横秧弄也走一趟。那时的秧已密密匝匝，长到了齐腰高，秧叶边沿的锯齿锐得刺人。父亲是不允我放下裤脚耘田的，因为长长的裤脚糊着烂泥，会损坏秧叶。只消半天下来，原本光溜的腿肚子就被划得布满了不规则的血痕，细细长长，刺痛难耐。

那时我便觉得在父亲的心里，我是不如他的稻田重要的。

父亲不仅对稻田精耕细作，对田间地头的管理也总是一丝不苟。浙西南山区的稻田，大多是分布在山脊或山岙里的梯田，上下丘间的落差，有三五米到十几米不等。稻田里侧的田坎、外侧的田岸沿甚至田岸路上，丛生的杂草总是蓬蓬勃勃的，似乎时刻在密谋着占领整个田野。于是，在父亲的农活日历中，自然也排上了拔田坎、砍田岸沿、铲田岸这些人工锄草的项目。

经过一番辛苦的劳作，父亲的田野，总是田内郁郁葱葱、田外清清爽爽。几年下来，我们家种过的田地，就像有教养人家的后生一般，清爽而敦实。每次村里重新抓阄分责任田时，乡亲们都希望抓到的是我们家的稻田——因为好种！而父亲，则又开始调教起他新分来的田地来。如此几轮分田后，父亲的汗水和足迹，几乎遍布了村庄里所有的稻田……

父亲的田野是我的另一个课堂，我的童年与少年时期一直都在不停地学习着祖辈传下的农耕技术。然而，我学会了耕田、插秧、耘田、刈谷、打稻，最终并没有子承父业成为一个农民——我破天荒地成了全村第一个考上大学的人，并留在远离家乡两百多里的城市工作。

十二年前祖父去世后，父亲的田野变得更加孤寂了。这两年，他的体力日渐衰退、头发稀疏而霜白。有一回，父亲从田野里挑谷担回家时，脚底打滑摔倒在地，稻谷散落一地。父亲当了一辈子农民、挑了一辈子谷担，这是从未发生过的事情。那一天，他难过极了。

父亲老了，可是他依然不愿离开他的田野。有两回因为膝盖的骨刺让他疼痛难当，我把他接到了城里。去医院做完检查后，我想留他多住几日好好休息两天。然而，在熙熙攘攘的城市里，父亲显得无所适从——他一个人不愿上街，也不敢过马路。儿子上学、我和妻子上班，他就整天窝在家里的沙发上一直迷迷糊糊地睡觉。

两天下来，父亲就仿佛池塘枯水期的鱼、烈日下离了土的葱一般，蔫蔫的没有了生气，整日唠叨着要我送他回去。可是只要他一回到乡下老家，没一会儿，他便又像一位重返沙场的老将军，精神抖擞地扛上农具，巡视他的田野去了。

岁月是一支多情的画笔，在每一个萧瑟的秋冬过后，总能重新画出姹紫嫣红、生机盎然的春天；岁月又是一把无情的刻刀，年复一年地改变着父亲的模样，似乎转眼便让他沟壑满脸、两鬓满霜……只有家乡门前的小溪在不知疲惫地流淌着，叮叮咚咚地唱着永不停歇的乐曲。而父亲的田野，年复一年，青了又黄，黄了又青！

（原载《人民日报》2017年9月9日）

# 夏冬闲笔

孔戈碧

## 夏之幽

《枕草子》写,夏则夜。自然很好。但实话说来,这是个让我紧张的季节:避无可避的热浪,防晒总显得捉襟见肘,驱赶不尽的蚊虫更是只想敬而远之。但这些微的不耐无法阻止它的来势汹涌,不如与它握手言欢。

喝茶,读书,消夏。夏天仿若是一个人的天地,光着脚斜靠在椅子上,捧一本闲书,等待锅里的绿豆汤慢慢地熬。三分软绵,七分慵懒,夏日的况味,尽在其中。欢愉在于细小,在于沉默。而夏日的燥热则在窗帘上呼吸,在午后的梦境中轻柔地摇晃。夏天的午后,总是特别漫长。经常会太阳出过一阵,雨又来下一阵,树叶上还没有湿到要滴水,就停了。两场雨的间隙里,太阳急急穿过云层,漏下光芒,撑开一片透明的光之翼。有时会呆呆地看着阳光的影子在树上移动,想当然认为,阳光都是洒在叶子朝着它的一面,却发现树叶的底部也有光辉,原来是从水面上反射上来的,并且又再照亮了树叶下面的人。我轻轻地从树上折下两片叶子，上面的叶片是墨绿色的，接近于黑色。这黑色有一种深沉而奇怪的饱和，像是一场具有强大力量的梦，不需要任何其它色彩的取悦。若是在夜里下雨，明明雨声正疾，却觉得周遭格外安静。可能是因为单调吧，声音一单调，就容易失去了声响。这和生活是同个道理。

很多时候，身边尽管车水马龙，但于我仿佛不相关。我被牵绊的，总是一些小事物，一棵植物，一缕反射过来的光，或者掠过树梢的一只鸟雀。该有某种天意，让我为它们停下脚步。所有的东西都是一闪而过，只有这些不请自来的东西，才会带来希望。唯有它们才光彩夺目，对此我乐此不疲，不会感觉光阴虚度——人是这样的，如果发乎内心，那么就是滋养，反之就是虚耗。世界原本属于寂静，寂静在喧嚣里低头不语。羞怯的人，一阵愧疚，做不到无所谓，反而会显得可贵。在这个吵得人分不清东南西北的世界里，我们手里所持有的干干净净的初衷，已经不多了。时间是一只藏在黑暗中的温柔的手，在你一出神一恍惚之间，物换星移。时光在奔跑中，越来越轻。所有的渐趋安宁，鸟鸣收口，河流慢行。

始终相信，万物的存在，都带着使命，无论起落，都有其自身的风骨。我们想逃避一些宿命的安排，却会与之狭路相逢。既然世事有定数，我们更应当从容度日，与山水共清欢。一直记得某个夏日，阳光强烈、饱满地照耀在山谷，风景中有天才普桑那种古典、恢弘的笔触。远山苍茫，大地上的事物摇着夏天的丰裕身体，正在被更为庞大的阴影缓慢吸收。夜晚，月色弥漫山谷，独行于山间小路。夜的深处装满了星辰的粉末，以及远处的蛙鸣。假如说夜里藏着什么神秘的话，那么这神秘就藏在寂静与月色之中。而我正深入到夜的神秘怀里，享受到一个自由而空旷的世界。风中有槐花的余香，每一枚细嫩的花萼中都带着斑斑月光。如果在这样有月亮的树下坐到老，该多好。被月色照耀的人是有福的。人一辈子何必做那么多事情呢，荒废也是美。

杜尚说:"最好的作品就是你度过的时光。"总有一些时光,要在过去后,才会发现它已深深刻在记忆中。而唯有美和对美的注视仿佛在一个无限放大的瞬间,让我们凌驾于时间之上。最高贵的美,应该是伴随着宁静而出现的。它是那种渐渐渗透的美,不知不觉就占领了人的心,就如那晚的月色。日常生活是很难看出所谓美的,重复、日复一日,麻木经常袭来。很少有人愿意保持对日常的无意义细节的记忆本能。没有时间背后隐匿着的这些私人细节的记忆,实际上只是遗忘,是对存在的遮掩。尚未看见的东西,在变,而遗忘来得快如闪电。

七月已尽,八月在宇。蝴蝶被露水打湿,如同天堂的眼睛。蝴蝶飞动的深处,像W·S·默温的一句诗:群峰之上正是夏天。

## 冬之曲

日子经不起过,转眼又是一年。而越到年底对于时间的推移越有了一种坦然的放弃,如溪水抵达海洋。诸多话语藏在舌头底下,反而不知道如何诉说,最终照例沉默。与人寡合,于是与物接近。山川与月色,草木与长风,太熟稔,于是不必时时相亲。它们年复一年,面向任何人,无偿地呈现着自己,我总是蒙获着无尽慰藉,却无以为报。

对季节最敏感的是嗅觉,嗅觉总是能轻易地从记忆中提取出春草、夏风、秋桂的味道。唯独冬天,大概是因为太过干燥,什么味道也储存不了,什么也感知不到。冬天的风胜锉刀,树叶、双翅和勇气皆如粉末。天空虚无如锁孔,宽阔的风像进入神秘之门的钥匙。世间的雪越来越少,世间的白在丧失。未雪之雪,远在辽阔的中年之外。诉说雪是不可能的,寂静是必要的债务。

过年时去了一次乡下。一排乡村水杉肋骨般完美。巨大的树冠聚起寒气,把水流和石头留在身后。树叶耗费几个月的时间簇拥一棵树,一座山,只为练习一昔之间千金散尽的艺术。惟麻雀从尘世喧哗中衔来松涛。大地上的事物是爱不够的。正如诗里这样写:"我今天能在林中漫步,是因为很多人为之死去。"树是流水站立的部分。落叶撤掉了两岸,流水依然保持原状,这不畏于堤岸的流动才是流水的本质。流水带走更多的早晨和鸟鸣。我认真观望眼前这条河流,天光借着水面映照过来,是最为通透明亮的。仿佛光在其中轻柔舒缓地流动,像人喝酒喝到刚刚好一样,又像是一个真切的梦。《虫师》中有一种光酒,我真喜欢这个名字。就是那种恨不得想用双手掬起来,但光的液体还是会从指缝间溜走,但你不会惋惜,你满心里是赞叹和喜悦。我看青山弯曲的曲线,在时间手里亦是如此柔软,从自己巨大无边的碗里,缓缓垂下。我见过时间怎样静止不动,悬停在空气里,一如那片后面藏着神明的云,纯粹而空灵,不会过去。

  人生即将过半,可总觉得一切才刚刚开始。风过疏竹,叶片哗哗作响,远处山体起伏,如周梦蝶晚年之孤绝、冷凝,静穆是最宏大的发声。正午的村庄在阳光下热烈而沉静,低飞的麻雀显得格外活跃。若逢到下过一场浓霜,看那院子里铺了满地落叶,太阳将枯树影子映在地上,心中觉得干净而轻松。山间乡村人家屋前屋后的柿子树叶子掉尽,光零零挂着伶仃红柿子,仿佛风一吹,它们便会像树叶一样纷纷下落,只是没有,它们还悬在黑色的枝干上。冬天的野草是美的,青天是美的,原野、河流、晨光、村庄都美得仓促,好似片刻前还是一大筐一大筐的白萝卜,碧绿的叶子还留下一柄茎,转眼就成了萝卜干。田野里只有过冬的油菜和小麦是绿色,还有菜地也是绿色,但是这绿色上头也有灰蒙蒙的一层。至于那些紧贴着地面的、矮小的野草,虽有微微的绿色,却不必去计较它,这也许是明年的春天的信息——如果春天要来,大地就使它一点点地完成。还有那些茅草,虽然一直紧贴着地皮,但它们已经开始充满了飞翔的欲望——如博纳富瓦这句诗:"你的沉寂宛如一场雄伟的事业"。

更多时间是呆在家里晒晒太阳看看书。午后，太阳透过窗帘子照进来，烤得后背暖烘烘，叫我一次又一次想起"负暄"这个词。这一刻，光线都装满了，从房间的容器里溢出，角角落落都在明亮里。阳光温暖地披在我身上，如编织金黄的茧，我的声音也是金黄的。当这种热度渐渐退却，我就知道时间一点点过去，抬头会看到夕阳坠在远处楼间，没什么霞光，也不过近下午五点的光景。一阵鸽群绕着高楼的东北角旋转，转到最低处时我听到簌簌声，像花朵同时开放。

黄昏安慰人心，像雨伞弯曲的手柄。城市刚要被暗夜淹没，世界发出低低的温柔的调子。冬日的黄昏暗得很快，电线杆的电线在最后的光照里显现出一种往事的意境。母亲，此刻，我又想起你了。我有时想，这些安静的时刻，它们是纯洁的，像还没有落下的雪。一生中，终会有那么一次雪，会飘落在我们的梦中。

（原载《西湖》2017年第10期，原题：《四季闲笔》，有删节）

## 海水荡漾

赖赛飞

海洋的深广与动荡，在海边不是看海得出的，而是看网。

休渔期，网衣摊晒在南田岛上的各个网场，搁不下的摊在公路边。这些下过深水的网一旦重回陆地，从此不一样了。

它的部分网眼被鱼——更多的是其他东西勾勒切割，撕开了口子，伤痕累累。原本青翠的蓝绿两色一下子变得黯淡苍老，上面粘附了鱼鳞、虾皮各种海洋生物碎屑，犹如皱纹与斑点。它的体味也出来了，是海腥味。这很另类，与陆上世界完全不相匹配，呈现真实的异域风情。

当一张网以涉险而归坦然于天下的气概，加上宽度和更夸张的长度——总之是无法忽视的特质宣示了存在，海的内里就这样被顺带翻开直接曝光。以至于每次，渔网静静地委身于地面，看在我眼里却像一片阳光照耀下正在往外翻腾的海，附着在每一只网眼每一根纤维中间的气息扑鼻而来，尤其浓郁强烈。

当然，它眼下并不在过滤海水，只能过滤一下空气和人的眼光。很长一段路，每一个发生了兴趣的人都像一条观光的鱼走过上纲、底纲、边纲，走过引绳、网身、网袋，掂掂浮子、坠子。时间过去了,相信能得到好几个惊叹号,仿佛情感像鱼群一样被捕获。

生来如此,生活在海岛上的人,每一个日子里,海水荡漾。

总的来说,不管是客观事实还是主观印象,岛都是一块被放逐的土地,由造物随手扔进大海里面,住在上面的人随身打上了放逐的烙印。世世代代,人们不仅要动手从海水中打捞出一片片土地作为自己安身立命的家园,还要用堤坝像延长自己的胳膊一样将之圈在怀里保护起来。更多时候,动手打造出一片片能漂浮的陆地——船。完全可以视船如同陆地的组成部分,驾船出港的情形是陆地裂变出许多的小块离开母体,岛立刻瘦削一大圈,离开大块撑起小块的渔民则日夜颠簸漂泊在海上。

就岛而言,它的边缘——海岸线是个常见常用的概念,代表着立竿见影的范畴:从面积大小到安全界限到出入口。如果一个岛可以称作一个小世界,最有可能的是人们就沿着世界的边缘居住,哪怕仅仅是便于离开这个世界。

另一种广大世界就在眼前无限展开。每天从海岸线上经过,看着潮水对着人一层层地卷过来,退下去又卷着舌头过来。那种无休无止,同样不仅是形体,还有味道,更有声响有力辅佐。这跟单纯的太阳照着,或雨雪落地总有不同,仿佛是来自那个世界的莫名诉求,宏大与顽强。即使走远了,潮声还会伴随很长一段路。更远了,海风依然跟过来耳提面命,迫使脉动跟着潮水起伏。

终需回应,才能首先平息心海中被引发的潮涌,然而终究未能平息的是一滴海水千重味的想象和事实。

从来不会直接品尝海水,但就是深谙它的味道,清而鲜而咸。因为它,有时候感觉得到巨大的上下区别:头顶的天空明白单纯,脚下的海洋幽昧而复杂。

将刚捞上来的海草塞进嘴里,这种味道特别的刚劲,几乎带来形体之感,完全触碰到了柔软的口腔内壁,清晰得能辨认出质地,脆中带有弹性,爽滑掩饰着粗糙。恍惚之中,已经将海一口含进,正向着身体深处滚滚而下。

沿岛行，看着紫菜、苔皮、浒苔之类就这样将自己一端固定在岩礁、滩涂以及船板、绳索随便什么，其余悠扬地活在海水里，通过自己的吐纳，将海水带给收割走它的人品尝。鱼类、贝壳类，软体类也活在海水里，同样通过吐纳，由捕鱼人将隐身于它身体的海水味道带上岸。这种携带方式非常细腻周密，除了需要灵敏的嗅觉与味蕾，还需要已经建立完善的信息传递通道，才能恍然觉察——海水除了基本的咸、鲜、清，另有甘甜，作为一种回味，藏匿在它们的细胞核心，形成海水灵魂（假设它有）深处的味道。

需要更有力的证据，只要跟踪海边心眼活络的人，便会发现他们很有节制的拿海水来浇灌房前屋后的果树，结出来的果子特别甜，吃过的人都得惦记。此时此地，海水味道的样子就从鱼形、海藻形、贝壳形、软体形改头换面成了果形。复习一下这种秘密入侵，它是以水的形式从渗入土壤开始，伺机进入复杂的植物根须，顺着茎干爬向无数枝头，最后到达每一只果实甜蜜的内部。

当整个岛泡在咸水里，水就始终是咸的，至少在视线内迅速变咸。下雨了，无数雨滴砸进海里，像尘埃落在地面，泡泡都不起，这洗不了大海的咸。少部分砸在岛上，汇入河流，转眼冲入大海，原本的淡水迅速变咸。

有一点不容置疑，对冒着巨大风险的海边人来说，自然的恩赐也是慷慨。如果这是一种回馈，证明需要付出，如果是一番弥补，那里面包含着牺牲，换一个词，也还是伤害二字。

此时若论海水的味道，开始出现浓浓的苦涩味。就像海塘上的村庄，正常情形下，桃花源里有人家，然而咸涩就潜伏在地下并不深远处，等待时机泛起。仅仅是平时并不因为这种威胁而否认甚至放弃它上面丰裕美丽的存在。

具体到每一个渔家，日常本就乐于享受父兄或丈夫亲手捕得的海鲜，烹制得宜，再奉献给出海回来的亲人。而他们在历经苦累艰险之后，端坐于最尊贵的位置上坦然享受美食，连带十分体贴和尊重，作为及时有效的慰藉和鼓励。这里面有多重的心理交集：愿意、自豪、感恩，心照不宣的庆幸与喜悦之情，致密和直接，效用复杂且叠加，并不仅仅是财富转化。

也只有在这种情形下，海水的味道保持住了生活平面以上单纯的鲜美。

从远处说过来，西北人离开牛羊，北方人离开面食，南方人离开了大米，岛上人离开了海鲜，都是大事。

很难拒绝去想象，海水的味道一开始就像海妖的歌声，注定听闻的人，将面临无法摆脱的诱惑，从此五味备尝，历尽风波。

这样的人生始终处在下述境界里：苍茫大海，一个小岛，一艘小船，一个摇晃的世界。眼前没有阻挡，身后不见岸，只有无限的可能性——什么都有可能发生。对于出海在船上的人，心中的岛成为唯一明确的航标。相对于留守岛上的人，不明所向的船一再成为不知所措的牵挂。

用一句话来叙说，这是一方被世代思念的土地，住着一生用来思念的人们。

有时候想，航行中的船若能于海面上留痕，或者是那一道道相望的目光有迹可寻，就能发现指定任何一个时刻，这些沉浮于海水之中的岛屿们，周身都有无数的线条延伸向海天苍茫。每一条虚无缥缈的线索端点都维系着实实在在的一条船，整条船上的人又反过来维系着岛上的一个个家。天涯海角与万家灯火，千百年下来，都是这样对应着、牵挂着。

宁隔千山，不隔一水，古人的感慨里往往藏着消磨不动的东西。至今为止，事实是不仅船无法在海面上留痕，人们的日夜念想、瞭望、最后的呼号、挣扎都无法在上面留下任何痕迹。想要聊以安慰，最多在地图上标出它们的经纬度，再多此一举，在岛和那些点之间划一条直线。某时某刻，由近往远，依次是近海的各大渔场、最远的线可以延伸到太平洋、大西洋深处。那种距离和深度，足够消弭最强大的想象力。

所有这一切，都是为了追寻那股海水的味道或受它所驱使，也只有这种味道，一直给予他们相同的慰藉，历久弥新。这期间的种种努力，千回百转，到最后，无非是为了留住海水之味，经过千难万险捕获的滋味，使之不轻易逃逸和损失。假设将一切投射在承载海水味道的某条鱼身上，这条鱼先是在海里游，接着以其它方式在陆上继续游动，当它侧身而过，沿途润滑了千家万户。

一方水土养一方人，应该是指假以时日，一个地方会动用从空气、温度、风、水、土质……最后和最重要的是食物，终于塑造出一款款与众不同的民风和民性。既然是海鲜——海水味道的各种呈现方式提供了大量优质高效的生命能量，它就是海岛和岛上人的日常气息，同时是固有的生命气息。一岛之民，一生之中，反复的重逢与离别，诸般抗拒与迷恋，都笼罩在这里面。

如果有一天，离开了岛，深入大陆内部，带着口味，这种无法拭去的识别码，这些人的体内依然会海水荡漾。

（原载《散文》2017 年第 3 期）

## 秋的絮语

李俏红

一场雨后,秋的脚步便款款地从老态龙钟的青藤上逸过,悄无声息地潜到窗外的池塘里。

秋天在池塘里原该是这样的:许多草叶都黄了,那高而密的苇荡便翻出一层又一层洁白的飞絮,落在水面上,会流动,会闪光,就像许多白色的小星星。但有时秋还觉得太寂寞,于是有成群的鸟儿停在苇叶上,叽叽喳喳;于是有成片的水蓼花开在水湄,热热闹闹。

秋是从淡泊旷远的山坳中来的,异常清新;是古人写"所谓伊人,在水一方"时幻化出来的,特别深情;是从朱自清平和的《忆跋》中来的,透着青鱼油盏火的微芒;是阿婆搓麻时一下一下搓出来的,带着无言的慈爱和亲情。秋既古老又年轻。

菊香如海的日子总让你产生一些莫名的感觉。那感觉多好啊!可以自个儿陶醉,也可以与人分享。秋菊便在你微喜微嗔中,开了一度又一度。你迷恋那条长满了秋菊的小路,一日不知要走上多少回。日子便在你觉得"可爱,真是可爱极了"的感慨中渐有寒意了。

秋雨的日子,最适于依山傍水。秋雨中看山,山显得很寂寞,很冷清，不闻小鸟啁啾，却有无数荒凉的美，让你出神。秋雨中看水，你可曾试过？那么清浅明澈，各色落叶浮满水面，红的、黄的、微黄的、淡青的，近处多些，远处少些，雨打在上面，发出响亮的"啪啪"声，叶儿像小船般摇晃，泛出五彩的光泽。这时你便觉得离自然很近，离平实很近。每近傍晚，那秋雨就没完没了。隔窗看"疏雨滴黄昏"，看"斜风吹病叶"是绝好的享受。

不懂经过便预知结果，往往在这些日子里，你的直觉、你的敏感让你自己都心惊。

秋的缠绵就像欲别的恋人，总有说不完的絮语，道不完的珍重。从满地的落桂到蓓蕾的山茶，从火红的乌桕到别致的残荷，长宵细雨，冷清中总流落几丝暖意。

落霜之后，秋总在有阳光的午后眷留在山坡上，其依依不舍的脚步踩着满地的落叶和松子，发出轻悄的声响。所以若有人邀你去听"秋的缠绵"，你一定不可以拒绝哦！

终于，冬夜取代了秋日，连星星都显得很冷，许多秋味的旋律、人生的感慨都嵌到石缝里去了，等明年秋天再重新长出来。

下一个秋日一定跟今秋一样美丽、迷人。只是你要善于等待，善于在等待中邂逅所有的善良和诗意，等待地上再次溢满阳光的金黄和秋月的温馨。那时的你，也一定美丽！

## 初秋做朵花

不知何时起，蝉声已销声匿迹了，姥姥也不再每夜坐到屋外的藤椅上去纳凉。

金黄的颜色在眼里渐渐满盈起来，一日来到郊外，惊喜地发现天空变得高而远，那样亮，那样清澈，给人一种久别重逢的感觉。这便是美丽的初秋么？连溪水都终日地为它淙淙歌唱。

初秋的原野原来是这样广阔，这样无垠啊！原野的风带着果实的香味，爽爽地吹拂着。有人说秋风萧瑟，秋风无情，然而，初秋的风给我感觉像许多音符在流泻，吹在脸上像莫扎特的圆舞曲般温馨。如此，我的眼中没有一丝枯萎、颓废的气息。走在秋日田埂上，涌上心头的句子是"且将新火试新茶，诗酒趁年华"。

路过农家，疏篱那边有株柿树，橙红的柿子满枝灿烂，明明灭灭的枝叶间顿时生出许多诱惑。多可爱的小灯笼啊！在明亮的阳光下散射着亮晃晃的光泽，引起人们的种种遐思。成熟一定意味着什么吧？不然初秋的日子怎么会因此而益发甜美呢？

脚边的草已微黄，当你坐在上面时，便能闻到阳光的香味，而且柔柔的，软软的，让你想做梦——你觉得此刻圆满极了，便细细地眯起眼来凝视自己的微笑。这种感觉只有秋日才有，因为春天的阳光太细碎，冬天的阳光太遥远。

偶尔远处有几声清丽的鸟叫，随阳光过滤下来，在林子里回荡，格外悦耳。秋高气爽的意境更浓厚生动了。心灵也不知不觉变得豁达、乐观而坦然。这是一份多么难得的空明澄净啊！

初秋真好，它只给人风花雪月的潇洒，而没有暮秋那种"无边落木萧萧下"的凄凉。

往回走的路上，不知名的野花早已牵住了我的视线。那些花儿野生而不羁，欣然开放在秋日的阳光下，自然无束，生命的意蕴在它那盏形的花瓣上得到了完美的体现。因此，我想人偶尔做做花是好的，能从容地伸展自己，享受自我内心的悲喜，而不要总忙于奔波，连秋日看看天空的时间都没有。

我说的是偶尔，朋友，你愿意偶尔与我一起听风听雨，享受大自然神奇的馈赠吗？

## 深秋情怀

它的到来并不引人注目，许多时候，你都没有在意。

忽有一日,你发觉窗外的草已枯黄,青苔已把整个树干爬满,透过丝丝秋雨,你已能感受那渐渐滴落的寒意……

噢,深秋就这样走近了。

风来,吹落一地黄叶如蝶,树是那样尽情地展示自己最后的美丽!假如明日,不再金黄,不再牵人魂魄,那时,回顾此时的生命一定是无怨无愧——毕竟已恣情美丽过一次!

天空日渐高远,雨在帘间也是一份难得的诗意了。

所有春日的思绪都在秋日结果,仿佛中有一双纤纤细手,把所有积淀在古典诗句里的秋意都牵出来了:"停车坐爱枫林晚,霜叶红于二月花","飒飒西风满院栽,蕊寒香冷蝶难来","黄花漠漠弄秋晖","山红涧碧纷烂漫"……这些如画的氛围,不由你不动心,不由你不沉吟——如此,你也渐渐成古典诗词中的一个轻灵句子,在深秋夜里如星子般闪烁。

有时觉得秋天真可恶,从初秋到深秋,没有一丝借口就让你爱上它,它以万物有灵迷惑你,你是否觉得秋日里所有的花草、树木,甚至空气和埃尘都有着生命力?它们是那样刻意又似乎不经意地让你与它息息相通。

你一定感觉到了,在深秋的夜晚,坐在窗前,你便能以脸拂秋的衣裾;以手挽其飘飞的丝缘——留一窗晚玉兰的芬芳。在这样的夜里,跋涉的心终于能从从容容抒发感慨,体悟方寸之间的浩瀚。这是一份难得的情怀。你的生活中如果有生命不可承受之轻——那一定是在这样的秋夜里,这样的窗前,这样的帘下……

深夜独坐,所有的往日都会扑面而至,那些年代里所有的纯情、爱恋、向往、思念一下子变得如此亲切而真实,只是那种一去不复返的惆怅浸透了你。

深秋的夜里雾重,留一盏灯给夜归的行人,不求华丽,柔情总是长存于最朴实的呼应。深秋给你的总是这样一些欲寒还暖的情绪——如此,你会更珍爱这段稍纵即逝的时光。

远远的山村定有人秉烛夜谈,体味家的温馨;在那一水相隔的对岸,定有人倚窗眺望,想明日的水又涨深了多少;在城市的咖啡屋里,定有人默默拈着石竹花,回忆那自己的故事——当明日花落,一切又是另一个开端吧?

为什么不这样想呢?深秋给你怀旧的气息,同样给你一种期盼,当你觉得冷时,仿佛中便有御寒的衣裳。难道希望不正是其中一件吗?许多时候,你唯有披着它才能度过人生最冷的时光。

我在秋夜渐深、夜雾渐浓之时,用真诚、勤奋、刻苦、从容为自己织一件希望的衣裳。那么,哪怕冬日提前到来,我也不会惊慌。

愿每个人都有一件御寒的"希望之裳"。

(原载《散文百家》2017第1期)

## 忆许师宗斌君

李永鑫

丙申七月初十（2016.8.12），值立秋之期，聆听《许宗斌先生逝世一周年祭》，甚是感佩。

许师系中国作家协会会员、人文学者，小说散文诗歌及文史专著累累，《听蛙楼琐语》《雁荡山笔记》《昨夜风》尤显。

余与许师16年前相识于乐清市文联，仅2000年初由侯山河友作东，与许师、贾丹华师、崔宝珏师小酌一次，可谓淡水之交。

然于原文联那昏暗简陋办公室，许师直指吾一文之弊：长文少段，阅读费力，长句洋洋，缺乏美感。加之贾师指吾文议论过多，极须割爱。由此痛下决心重改，终获《十月》专栏发表。尔后许师编选乐清新世纪十年文学作品时，因选文字数有规，自知文章皆超所限，故未呈报。许师不辞厌烦，两次亲自电话催索。电话之中，殷殷诲语，戒吾大局视之。余心惴惴，即商以《盐湖》一文呈之。日月相长，恒念许师之教也！

后许师笔耕于乐清市社科联二楼北窗，余住紧邻。日日擦肩问候于岸边，常常聚首其案前，论古谈今，所获良多。尤其于乐清文史，前有《雁荡山笔记》，今成《昨夜风》，堪称乐清人文之雁荡山灵岩天柱、展旗两峰，此前人少比肩，此后亦难超越。故与其谈论此类，许师既有高屋建瓴之眼光，亦富爬梳剔抉之功力，尤甚针砭要穴之识见，甚得教益。许师呕心沥血于乐清乃至东瓯地域文化，猝然而去，痛失良师益友，每每思及，黯然神伤，故不愿触碰此痛耳！

乐清市历史学会草创之时，蒙许师信任，同社科联主席项宏志兄力荐余担纲历史学会。余自离岗之日，为免华威先生之讥，除组织委命之外，断然谢绝所有讲课、兼职、评委之邀聘，作散淡之人。且身患重症高血压，眼底血管硬化，早已撤笔养身。更学力不逮，自知难以胜任，即向项兄面辞。许师知余辞意，即相约至其案前再而劝就，足见其情之笃。并言其志促成乐清通史之编。余意坚辞，许师遂当余面，嘱周建友今后凡有新书赠余阅之，令余深为感动。此后虽已谢辞，仍常得教。尤其学会同仁聆其教，听其诲，勃勃然成长而业绩迭出。唯所愧者，余未献谋出力。

许师与余并无共事之历，亦无师生之契，然其小事三桩，尤可记之：

许师上下班，或凝思缓步，或骑车而行。其自行车，按铃无声，反而全身皆作吱呀之响。往往其人未到，破车哐啷之声已闻，余笑道许师到也！果然其沿河边穿柳而来，互致问候。时有驻车而靠，小议文坛……此景难忘，足见其艰朴。故于去岁微信传蓉棣兄、东君友悼文记此车事，大为动容。此其一也。

其二，许师受聘社科联，已属甲龄之上。余晚餐后常散步，每每翘首许师北窗，幽然一灯独明，足见其忘食躬耕之勤，废寝赋笔之辛，敬业如斯，诚为世范。

其三，去年初夏，余常于晚饭后携孙女外孙到社科联大院道坦嬉玩，常见许师刚下班于门口碰面问候。见两娃骑小儿牛牛车笑打喊闹时，许师倚门而立，微笑而观。忘情之时，摸烟之手久久而举，不觉点火。直待余上前催其回家吃饭，方才缓缓而去。踱步十米，听娃儿喊笑，旋又驻步回顾。此情既显其辛劳之隙，偶得愉悦，又见其童心殷殷。

　　许师道德堪表，文章足范，史识尤显。仅其主编煌煌然乐清文献丛书一绩，灼灼然登浙省之佳品。余读许师乐清文明演进专著《昨夜风》，其首创性、系统性、学术性均达显著成就，于东瓯文明研究亦属重大贡献。许师文风前期朴实，甚得文学要旨，既受乐清文界推崇，又掖乡邑后者多多。然其《雁荡山笔记》文风渐变，既有文白简约之语融合平实叙述之中，亦有颇多古籍引文，更兼冷峻之词于旁，深获文史笔记体裁之悟，极富年大老成之辣，余倍感敬佩。其方值大展英才之时，正待开编乐清通史之际，猝然挂剑西去，怎不令人痛惜？岂不教我摔琴？

　　唯余早晚出入社科联之旁，步柳岸而悲听秋风舞落叶，驻河边而愁看夜月照窗帏，恍然今生已成永诀，梦乡方能得晤君颜。君之贤，固无遗憾事；君之才，应惜梦未圆。梦未圆而乐清文史未尽研，业未竟而乐清通史未开编，银溪秋水半河泪，谁为击筑续新篇？吾今惟念三景留，告慰许君有后学。《昨夜风》吹书香浓，骑鹤一秋应仙眠。

　　呜呼哉，忌日众祭兮许师当有知，添香一炷兮余献一小诗：

<blockquote>
寒蝉泣露又悲秋，<br>
柳岸西风骑影留。<br>
陋室谈文鹏举恨，<br>
梅溪话史十朋忱。<br>
常逢晚唱窗前去，<br>
犹见孤灯案上幽。<br>
跃上青云询玉帝，<br>
还君再续《听蛙楼》。
</blockquote>

（原载乐清《萧台》2017年第3期）

# 洋山作证

厉 敏

洋山的名字熟悉而遥远。

以前,舟山各岛的渔民有着十分亲热的交往。鱼汛期,片片白帆不期而至,翻飞在同一片水域,归航时,渔船又成群结队,停泊于同一渔港,避风、修船、加水、买卖,好不热闹。自然也就衍生出了男求女爱,婚娶联姻等许多动人的故事。因此,在我幼小的心灵中,一直以为洋山人是我的亲戚。

如今,这一切都早已离我而去。洋山岛已成为遥远的呼唤。

可是,洋山岛并不是可以被轻易忽略的。精明的上海人早已对它窥视了很久。一个东方大港的梦想已经凸现。到时,洋山港将成为上海航运业的有力手臂。洋山岛的名字一下子在星空中亮了起来。

一位嵊泗的朋友问我想不想去洋山岛看看。

好啊。我的心立即荡漾起来。到蓝天碧海的一角看看我的先人经常锚泊的地方,看看我的亲人曾经付出爱和得到爱的地方,看看那些即将消失的古老的宁静和人们对古老家园的最后一丝眷恋。

浩淼的大海甚至比沙漠更让人绝望。除了海水还是海水。想象已失去方向,只好让心灵空白。当人们感到似乎已久别尘寰,心清气顺的时候，忽然发现一排岛屿断断续续地画在海平线上。

这就是洋山岛。湍急的洋流如一把利剑将它切成两半，这就成了现在的大小洋山。切口的地方，露着白森森的岩石。两岛隔海而峙。仿佛海上的仙境，山不在高，那起伏的姿态，似有各种灵异之物化成；水却很深，碧蓝的洋流盘旋交织，如云霓吞吐，如巨磨转动。奔流蕴藏着万钧之力，却无半点喧哗。

再远看那村舍。灰白的楼房一律面朝大海，依山而筑。高高低低，错落有致，大有海上布达拉宫的气势，又有欧洲古城堡的别致。这里的村舍很难统一在一个平面上。不象平原水乡在一块平地上几十户人家围住一处，村前屋后有树的点缀。这里的邻居很少用"前后""隔壁"的概念，只能用"上下""高低"来指称。路如一条条游蛇，藏头露尾在石屋丛中游动，很难见到它的全身。几乎每户人家的屋前都有石条砌成的石阶。层层叠叠的石阶使高坡上的屋宇俨然增添了几分森严。

我终于注意到了石头的存在。石头挤满了这里每一个空间，统领着这里的所有色调，显示着这个岛屿坚硬的性质。房屋的墙面几乎全用方正的块石垒成，不加任何粉饰装贴，墙体高大、结实，经得起任何风暴的侵袭和岁月长久的剥蚀。

这是个没有凭依的岛屿。岛上该腐朽的东西早就腐朽掉了，只剩下赤裸的岩石。这些坚硬的花岗岩是大自然的造化，它懂得该用何种方式来显示自己的价值。岛民们更懂得维护家园的意义，对石头的理解已经进入他们生命的层次。石头是他们坚强的躯体，更是他们灵魂的寓所。

石头原是没有生命的事物。当人类的情感与石沟通时，石头便有了鲜活的个性。而我们感受到静穆、沉稳的气氛传递于岛上的每一角落时，我们不知道人类何时与石头的心灵达成了默契。

家家户户都敞开着门。人们早早的就带着凳子，三五成群地聚在院落或路边，聊天的聊天，干活的干活，表情都是那样的安闲、自然，没有喧哗，没有惊咋，更没有争吵。见不到行色匆匆的人，也少有串巷吆喝的。虽然，家家院外堆放着沉重的石条，码头上有几十吨重的巨大方石，石宕里更有凿石的人，但是沉重的喘息、铿锵的锤音、车辆的轰鸣却那么轻易地在人们面前飘过去，被人们的感觉无意间忽略了。

留下的是祥和、静谧，还有凉爽的海风。

这是一种田园牧歌式的生活。也许他们的物质享受并不丰富，他们的生存方式在现代社会中正在逐渐地消亡，但他们执着于自己的生存理念，他们拥有自己独特的东西，这种心灵的留存，正是都市人正在丢失的那份弥足珍贵的情感。

我寻找石头里面更深的涵义。我在岛上仅存的几所寺庙中惊奇地发现，这里供奉或传说的大都是来自世俗的女性形象：丢失石箱钥匙，不畏强暴的"三姑"；救人于危难，给航船指路的"圣姑"；救苦救难，解危济困的"娘娘"……，本来，勇毅、刚强、从容是男性的专利，普通女子竟然能临危不惧、挺身赴难、见义勇为，这不更形象地诠释着石头精神内涵的博大和普遍吗？石头是刚性的、锋利的，但它的另一面又不失阴柔和仁厚。这种丰富和圆满只有在女性的身上才能达到完美统一。在丈夫和儿子出海的日子，女人们支撑着这里的天空，生活的磨难，对远方亲人的祝祷和期盼，维护家园的执着信念，丰富着女人的情感，使她们历练成豪爽、侠义、心胸豁达又不失温柔、慈爱的伟大母亲。

我向石头的更高境界翻越。巨大的石头垒成的山峦，像一座座坚固的堡垒。我站在古代守岛将领留下的巨幅摩崖石刻"倚剑"石前，心胸充溢着一股豪气：我与石同在，谁敢犯我！

洋山岛是长江口的门户。想当年，倭寇入侵，海盗猖獗，全岛军民同仇敌忾，以山为城，以石为戈，众志成城，与敌死战。呐喊声、土炮声、撞击声在海湾的上空久久回荡，鲜血染红了山坡，远远望去，漫山遍野仿佛杜鹃的怒放。现在，战争的硝烟已经散去，历史的风雨将那些山石洗得发白，但壮士们的豪迈气概、英雄业绩已经铸入山石，成为历史的永恒。看，那些沟沟坎坎或者岩石罅隙，尽管没有泥土，还是顽强地攀缘着许多绿色的生命。历史总是将丰碑留给坚韧者。

我向更久远的年代走去。在山的那一头，远古时代的面貌敞开着。这就是小洋山高泥沙滩背后的石景。这是亿万年以前造山运动留下的奇迹。大自然神奇之手轻轻的弹拨，就将神奇之美赐予了人间。那围绕沙滩的百丈绝崖，白色的崖面，远看平整光滑，犹如一座巍峨的城墙；近看有道道黑色的水痕自上而下分布，故称"长壁石瀑"，景象煞是壮观。沿着石龙台往上，由西向东，进入石龙景区，千奇百怪的石景，更令人赏心悦目，美不胜收。那些惟妙惟肖的动物造型，确实让你浮想联翩。当地人称之为"石头动物园"，倒也十分贴切。那些象形的石头，或引颈或俯首，或戏水或静卧，或独立或群居，或临断崖绝壁，或贴羊肠小道，或危岸临风，或涧边沐日，各抱地势，随物赋形，神态万状。

而让人叹为观止的是这里的"双龙石"和稍远的"水磨石"。两条百余米长的叠卧双龙石，头西尾东，蜿蜒上岗，龙身呈椭圆形，两边都是绝壁，两龙浮空而出，犹在观海听潮。骑在龙的背上，似乎龙身正在缓缓的摇动，环顾四周，大海更加壮阔，远处的景物正在渐渐缩小，而头上鹰的盘旋越来越近，天空极低，白云不断在我身边流过。此情此景，人的心境顿感豪爽。而另一景"水磨石"，据传状胆形，重260余斤，在一处海蚀沟槽的顶端，因海浪沿内槽侵入，推动水磨石滚动，其音能传数百米远，悦耳动听，有天籁之音。因天色将晚，又值退潮，未及观赏，引为憾事。

那一夜，我们住在小洋的招待所里。招待所建在高高的山坡上，面对着月牙形的海湾。这山村的夜，特别的黑，特别的静。白天所见的一切，已全然融在这夜里了。

世界仿佛一下子消失，时间的步伐也仿佛在这夜里停歇下来。

我和我的朋友坐在井台旁聊天,谈论着没有开头也没有结尾的话题,享受着孤独而自在的夜的温馨。白天因石头而激荡的情感,已深深地存入记忆。

白天我所碰到的那位热情而豪爽的洋山老人,得知我是他老伴的家乡人时,那惊讶而激动的表情,那语无伦次的神态,那挂在眼角的浑浊的泪滴,给人以心灵的震撼。我忘不掉老人送别时的神情。

远处,舒缓的潮声随着夜风阵阵浮来。又是涨潮的时候了。日夜奔流的海水啊,你始终与洋山为伴,你可是洋山历史的见证?抑或洋山是你沉浮的见证?

我忽然想起了白天见过的,不知哪个朝代刻在海边礁石上的四个字:注焉不满。想象那个题词的人,一定久久地伫立海边,眺望着浩瀚无边的大海,陷入了深深的沉思:心胸博大的海啊,尽管四面八方有千万条河流日夜不停地滔滔汇入你的心灵,但你开怀包容,从不自满,始终匍匐于陆地和高山的脚下,你的气度与品格是多么让人景仰啊!

这时我又想到了一位哲人讲过的话:比陆地宽广的是海洋,比海洋宽广的是天空,比天空宽广的是人的心灵。

此时,漆黑的夜,继续向那时间的深处延伸,而我的心分明愈见澄澈了。

(原载《安徽文学》2017年第6期)

## 葬　蜂

连中福

养了近十年中华蜜蜂，记了本十多万字的《蜜蜂有灵——养蜂人手记》，出版后一些乡下蜂农闻讯纷纷上门来要，并时不时和我探讨起养蜂问题。渐渐，在当地乡村，我也成了一位有点名气的养蜂人。

去年秋末，乡下一位守山的老农告诉我：在他建在山上一座守山用的空心砖墙屋的墙洞里，有群中华蜜蜂在筑巢。我去看了，那蜂儿将巢筑在三米多高的空心砖墙的墙体内，从砖与砖垒砌的缝隙当中进进出出，看上去，蜂儿很多，蜂群挺强势。

过了几天，我备好梯子和收蜂工具，准备将蜂群收回家来养，可守山老农说：马上就要过冬，此时收回的蜂群需要饲喂一个冬季的蜜糖和蜂粮，不如过了冬季，等到来年春暖花开再收回家养，既省了饲喂成本又能较快产蜜出效益。

我想也是，即使业余养蜂也得讲究点经济效益，此时收回的蜂群不仅产不了蜜，还要花大力气去料理、饲喂，至少得有三、五斤蜜和十多斤白糖才能度过这个冬季，有些得不偿失。于是，就依了老农的意见，将收蜂之事暂时搁下。

冬去春来，油菜花开始绽放最初的花蕾。那个艳阳高照的中午，气温上升至10℃以上，我想，应该去山上将那群墙洞内的蜜蜂收回来了，让它采些油菜花蜜。我带着备好的梯子和收蜂工具及撬砖块用的钢筋钻头，一路哼着小调，去山里收蜂。半路上，凑巧遇上守山老农，他告诉我，那群蜜蜂春天里没看见有蜂儿进出，是不是去年冬天气候反常被持续的寒冷冻死了？

老农的话让我心里"咯登"一下，心想，这千万别是真的。再说，那么强势的蜂群怎么可能全群覆灭呢？我很快否决了老农的判断。

意外和似乎不幸的消息，没有阻止我收蜂的脚步，也许是因环境不适而飞逃了，也许是缺少蜂粮而暂时饿晕了，也许是暂时冻僵了……我想象着蜂儿还有救的各种可能，去山里的步子更快了。

攀登二十分钟后，终于见到了那座简陋的守山红砖瓦屋。站在屋檐下观察许久，砖缝口真的不见有蜂儿进出，昔日曾经强势的蜂群去了哪儿了呢？难道真的……我不愿相信那个结果是真的。

我架起梯子，带上备好的扁头钢筋钻，小心翼翼上到蜂儿住的位置，轻巧地用钢筋钻清理砖块四周的缝泥，生怕不小心将砖头和泥块推进空心墙体内砸压、惊动里面的蜂群。

经过十多分钟的清理，蜂门口的第一块砖头终于开始松动，并渐渐外移。我盼望奇迹能够出现：有蜂儿聚集在一起蠕动或全群外逃。那样，它们还有生存在大自然中的可能。

第一块切墙的砖头很快被移出墙体，里面呈现出一个黑咕隆咚的口子，我探头瞧瞧洞内，蜂巢筑在被砖块挡住的洞口上方，虽然看不清蜂儿是否会动，但我心里还是涌动起一阵莫明的惊喜，我发现：里面有许多蜂儿依然聚集在巢脾上。

我开始慢慢地拆除第二块、第三块墙体上的砖头，蜂巢终于全部呈现出来，四块巢脾上都有蜂儿聚集，却没有一只蜜蜂能够动弹。这是哪门子事儿？这几千上万只蜜蜂难道真的死去了？我依然不相信这是事实。我希望它们还有救!便小心地用割蜜刀从砖头的粘连处将巢脾轻轻切割下来,带着蜂儿一起放入蜂箱,我希望通过日晒和热气加温,它们能够复活过来,至少有一部分能复活过来。

聚集在巢脾上蜂儿,被放在蜂箱内连同巢脾一起带回家里。选在避风的阳光下,将烧热的水装在大盆中,放入老妈早年雨天烘烤衣服的"火罩"内,上面垫上棉絮和布片,用手试探,暖和适温,再将蜂儿倒在布片上,细细观察着哪只蜂儿能首先缓过神来,那六只长脚、两根长须能有所摆动。对,还有件重要的事情差点忘了,应该尽快找到蜂群中唯一的蜂王,活要见头,死要见身。继续小心地扒开蜂团,细细地一只只辨别,在一团围得最严密的蜂团中终于找到那只比工蜂和雄蜂都要大的蜂王。它的身姿依然保持着众星捧月的样子,棕褐色的油亮和光滑依然显眼,丝毫没有死去后的干瘪状。我将蜂王特别放置于一片棉絮上,裹起放在自己的羽绒衣内的胸口,希望用自己最适宜的体温将其唤醒。我心想,哪怕是像救蛇的农夫,蜂王醒过来蜇我一口,也心甘情愿。

同时,在整个"火罩"上也盖上了一层薄棉絮,以保持聚热恒温。

十分钟过去,我掀开棉絮瞧瞧,未见有能够动弹的蜂儿,胸口的蜂王也依然安静。

此时此刻,我真的希望有蜂儿能飞起来蜇我一口,那样,也许能缓解心里的沮丧。

二十分钟过去,三十分钟过去,依然未见有能够动弹的蜂儿,看看棉絮裹着的蜂王,已经僵硬得没有一丝生命气息。我不得不承认:整个蜂群已经死亡!

再仔细看看那些巢脾,已经干净得没有一丝蜂粮和蜜露,蜂群在持续寒冷恶劣气候下,蜜尽粮绝,只得一起抱团坚守,直至群体冻饿而亡,可以想象那是一种何等艰难的守候和煎熬。而造成这种恶果的原因之一,是由于我的趋利和自私。如果那个秋末,我能够决意收回它们，让它们在这持久的冷冬有一块破棉絮包裹，有一勺糖蜜水饲喂，就不会出现这样悲惨的结果。

我应该为这群人类的良伴厚葬。

我在屋后的胡柚地里挖起一个深深的土坑，将蜂尸倒进坑里，上面盖了层厚厚的旧棉絮，再填埋上厚厚的泥土，祈祷它们在地下不再遭受寒流侵袭，而在胡柚花盛开时，又能见到它们逐蜜的身影。

（原载《浙江散文》2017年第5期）

## 心

林漱砚

一

第一次陪父远行，竟是带他去上海看病。

候动车时，碰到父亲的旧同事。他们问我父亲，去上海做什么？"女儿陪我去旅游。"说完，父亲悠悠地笑起来。阳光很暖，父亲上下唇边各冒着一颗虚火上升引发的大痘痘，上边的长，下边的圆，像竖着一个红色感叹号！似乎当我们开始谈论跟这次就医有关的事项时，"感叹号"就慢慢地长起来了。

父亲患的是心脏升主动脉瘤、主动脉瓣狭窄，要置换一段人工动脉和一个动脉瓣膜。父亲今年虚龄六十四岁，之前，我并不知道这数字有什么奥妙。直到医生叫我去术前谈话，问我要给父亲选择置换机械瓣膜还是生物瓣膜？前者可以长期使用，但需终生服用抗凝药；后者只需服药三至六个月，使用年限为十五年左右。医生一般会建议六十五岁以后的病人置换生物瓣膜，因为长期服用抗凝药本身也存在风险。而父亲的年纪刚好是临界状态，抉择的权利和义务都交给了我。

一个十五年后的未知结果，提前向我扑面而来。来到此地，我已经付出极其不易的抉择，不料抉择总是接踵而至。医生在等我做决定，我知道，躺在病房里的父亲，眼睛也在注视着我。父亲年轻时生性疏朗冲淡，到了晚年，对我有了基于信赖的依赖。父亲给我出了道难题，但我只用了不到一分钟时间，便坚决地对医生说，选生物瓣膜——既然无法得知若干年后的结果，那么就遵从当下内心的选择。

医生开始讲手术风险。手术要在体外循环的状态下进行，即把心脏取出，放在心肌保护液中进行手术，人体就依靠人工心肺系统维持。医生太忙了，也可能他已经将类似的话语说过千百遍，因此省却了引人步步踏入险境的前奏，将两个最可能出现的大风险直接托出：父亲本身就心跳过缓，而长时间的体外循环可能损害心肌，当心脏回归本体时，或许已经不能跳动了；再或者一旦心脏正常搏动，血液可能会瞬间从血管衔接处渗漏而出。

这两个风险的结果，都是病人会死在手术台上！说者语调轻缓，听者鼓膜乱震。我自己也供职于某医院，虽不从医，经过长年耳濡目染，也能深深理解医生的谨慎与医学的局限。但是，一枚心脏离开人体浸泡在化学制剂里的"冷"、永远停跳后的"冷"和鲜血喷射时的"由热而冷"，交替在我脑海回旋。眼前红白交错，我怕父亲冷，怕父亲的心脏冷。父亲在青壮年时，隆冬腊月都站在庭院里洗澡，拉过自来水软管就往身上喷水，浑身冒起一层水雾，那时候我都不怕他冷，现在我怕了。

千辛万苦筑起的心理长堤，刹那间土崩瓦解。握笔的手在颤抖。好不容易签好一个名字，医生皱了皱眉说："你要用正楷写。"只得从头再来，一笔一画写得实在艰辛。签好一个名，医生"哗"一翻纸，又要签一个；再一翻纸，还要签一个。一笔一画，手实在写不动了，笔尖在迅速凝涩。"算了，按你平时的习惯签。"医生都已看不下去了。

　　签完第六个名字,我在后面郑重地画上括号,打上"女儿"这个标记,马上掷了笔冲出谈话室,沿着医院漫长的围墙往外疾走。母亲追出来问:"刚刚医生跟你说什么?起先隔壁床的那个女人跟你说什么?"我突然回过头来,冲她吼道:"我不想说的话,你就别问!"母亲噤了声。

　　夜已深,父亲催促我与母亲回宾馆休息,让小弟在医院陪夜。我问他,要不要让医生开片安定?他说不要,眼皮渐渐合起,呼噜声也随之而起。父亲特爱睡觉,坐在椅子上都能呼噜声震天。可自从来沪之后,这是我第一次听到他打鼾。我没有揭穿他,悄悄与母亲退了出去。三月初的上海,比我居住的浙地东南小城要冷得多,风吹着我的长发跑。母亲说明天还有很多事情要忙,过分劳累而起的轻鼾早早从枕边飘出。她一位朋友的丈夫也做过类似手术,她去咨询过几遍,不知是对方刻意隐瞒,还是她目不识丁认为这个手术并无大碍,何况我们已经舍近求远来到上海,找到了最好的医生。无知者无畏,此言不虚,此刻,我宁愿世间无度娘,自己没有一知半解的医学知识。

## 二

　　手术定在当天第二台,通知单上说中午十二点,护工会来接父亲去手术室。病房已经很整洁了,清洁工还拿着个鬃毛刷子,"吱吱吱"地刷着柜子镂空的横档。走廊里,不时有推床经过,轮子磨擦着地面,"橐橐"声一遍遍碾压过来。父亲向小弟要了小孙女的照片,笑眯眯地看着,似乎在脑海里对比她刚出生的模样。小女孩才四十天大。"长大了。"父亲说。生与死,这一对相伴相随的终极问题,总是在病房里上演。我阻止他再看照片:"等你手术好了,她也学会了说话,天天喊你爷爷。你一定得赶快好起来!"

一条发条紧了又松，松了又紧，当它快拧不动的时候，一辆挂着"+9床"牌子的推床接走了父亲。父亲少白头，才过花甲便已满头银丝，映衬得浅蓝色手术帽刺目惊心。他额前的白发在微微颤抖，我怎么也无法将之抚平。此时此刻，我只能借助看不见的上帝之手，来安慰父亲与自我安慰。那时是下午一点十分，当父亲出手术室之前，我手表的指针都会静止在这一刻。

手术室的大门已经洞开，推床连同父亲只是一颗以毫克计算的滴丸，被裹进了巨大的胶囊里。我站在止步线后，想对父亲挥挥手，伸出去的右手却迅速收了回来。父亲平躺着，努力将头抬离推床，向我挥手。我慌乱地摆手，示意他将手放下。挥手即再见，那么再见到底是见或不见？父亲康复后，我儿子写过一篇有关外公治病的小文，取题目时用了《再见，可恶的胸动脉瘤》。写完全文，他突然怔了一下，跟我讨论：再见到底是见不见？每天外公在我们家吃了饭回去，我都跟外公说"再见"。到底哪里出了差错？或许"再见"是个双义同体词，在不同的语境里，我们赋予它不同的含义，希望见或不见，都是我们真实而浅薄无力的心愿罢了。

推床渐渐远去，手术室的移门缓缓关上，慢镜头格外折磨人心。我自认为人生有过无数次目送，此刻恍悟，这才是一次真正的目送。在沪上半月，每个夜晚我都在半睡半醒之间度过，将手机音量调到最大，担心听不到手机响，又惧怕手机半夜遽然响起。这与我"睡觉必关机"的习惯背道而驰，失眠扰乱了我的生物钟，令我归家之后一个多月还是无法恢复。每到午后便头痛欲裂，之前从来不碰咖啡的我，在头痛发作之前，赶快跑进医院附近的"星巴克"点上一大杯摩卡。温热的咖啡入腹，抽紧的太阳穴就松弛了。在店堂喝半杯、马上站起来叼着余下半杯往医院跑的女子，一定让人感觉很可笑吧。料想今日必定守在医院寸步不敢离，昨日特意把喝咖啡的时间推迟至深夜，只为了在这一刻，我能够借助咖啡因的作用，平静地目送父亲进入手术室。

我与父亲仅一门之隔，而生与死或许只有分毫之差。我想跑过去把父亲拽回来，但理智告诉我，医生说的是对的。我蹲在了手术室门口，把脸深深地埋在双臂之间，小弟无声地将手搭在我肩上。

在手术室门口等了一会儿，全家老小就被保安驱赶到家属等待区。等待区是一个逼仄的小平房，巴掌大的地方挤满了焦虑不安的家属，嘈杂混乱，说句话都像掉入了沸鼎之中。几扇小窗户不通风，人声、热气汹涌而来，室温比外面高出十度。院方是不是也怕我们"冷"，特意让我们抱团取暖？找到个角落位置，我们似几片枯叶轻轻落在了塑料椅子上，双脚悬在满地果皮纸屑矿泉水空瓶的缝隙里。

不断有"某某床手术结束"的电话响起，每一次都会召唤一群笑逐颜开的家属奔向他们的目的地。一听到铃声，我都立即绷紧身子竖起耳朵听，再盯着接线员写在黑板上的粉字，确定不是，身子又轻轻落回了椅子上。不知何时，等待区喧闹的大部队消失了，只剩下四小簇人，都是心外科的家属。我们彼此都猛然发觉了这一点，气氛马上冷却了，房间里静得可怕。日光灯在顶棚上射出惨白的冷光，大家或站或坐，表情凝重，动作呆滞。凌乱的长发或颤抖的双手，遮去了大家的脸。所有人的心脏，都跟随一把看不见的手术刀，苦命游走着。我在门口那排光秃秃的树下徘徊，仰望细长的枝杈和尚有微光的天空。寒风再起，父亲在手术室恒温的环境下，应该不冷吧？

十九点多，终于有个电话响起。四户家属都如同中了魔咒，耳朵竖起，眼睛瞪圆，身体前倾，做好了随时冲刺的准备却不敢近前。是关于我父亲手术结束的消息，通知我们去重症监护室门口接人。我放下电话，很没心没肺地笑出了声，完全忘记了刚刚与他们结成的联盟。一家人拿着父亲进监护室要用的物品，飞奔起来。十九点四十分，我终于见到了戴着氧气面罩的父亲。医生主动说："手术过程很顺利。"这，是我迄今止听到的最动听的一句话。

父亲进出手术室，整整六个半小时。此后，父亲的生命中拥有了空虚混沌的六个半小时——气管插管，没有自主呼吸，心脏也暂时停跳，时间的流逝与他无涉，但它又确切地存在着。在那六个半小时里，他的生命之舟驶进了一条神秘幽黑的隧道，生死交织，喜忧参半。第二天上午，父亲便转入了普通病房，没戴氧气面罩，翕动嘴唇跟我们简单交流，唇边的"感叹号"已经明显缩小，只是胸口多了一道二十厘米长的刀痕。看着心电监护仪上的曲线，之前定医院、找医生时的困扰，扛着行李、买站票往返两地的委屈，甚至还有无法免俗地欲向医生表示"心意"而不得的纠结，统统烟消云散。

## 三

父亲一进普通病房，生活照料成了全家人的唯一重点。看着从引流管里汩汩流出的血水，总会令人无端地想起"心血"一词。医嘱说，加强营养，是促进恢复的关键。当务之急，得去找一间离医院近的日租房，带厨房，以便每天烧个五餐、六餐。

在这之前，上海给我的感觉一向是开放的、洋气的、大气的。且不提外滩租界的洋房，即便在寻常巷陌里，也常常藏着几座颇有民国遗风的旧房，小拱门，露台上挑着几吊鲜花，一位地道的上海女人在窗口晾晒棉被，恍如油画。这座城市，曾经符合我对大都市的一切想像。可是，当我穿着一件水蓝色盘扣长马夹，背一只画风不符的大包，里面塞满各种可能急需也可能根本用不到的物品，在街边跟着大妈去看出租房时，一手捏着名片，一手有接不完的电话，焦虑不安与风尘仆仆，就那么直白地写在了脸上。

出租房屋的，一般也不是真正的房东，充其量是"二房东"，从别人手里包了几套商品房，一个房间一个房间地分割，转租给附近医院的患者和家属。房子外表看看还过得去，在不算太旧的小区里，有门禁、绿化，觉得日租金二百元还能接受。可一打开房门，发黄蜕皮的墙面，破旧的家具，床上不知被几任房客盖过的被子，无法反锁的门锁，心就凉了大半。更难接受的是，左邻右舍基本都是从对面肿瘤医院出来的病人，个个脸色蜡黄，神情寡淡。

看了好几处房子，基本如此。为了让父亲尽快喝上据说蛋白质含量超高的黑鱼汤，我只得勉强租下一间。跟母亲去附近菜市场，买鱼买肉，买碗买油，小到一条擦碗巾都要置办，几乎要铺开一场新生活。我们以为苟且将就的日子，竟也要细碎到这个程度。

最困难的是一套商品房只有一个卫生间，到了晚上，我在洗脸时，隔壁房间那个患了肺癌的男人穿着睡衣，病怏怏地出来上厕所。脚步声拖拖沓沓，我的汗毛越竖越紧，带着还没抹净的洁面乳泡沫逃回了房间。

自然是无眠夜。除了担心父亲，现在更增添了居住环境带来的压抑感。我全副武装，戴帽子，长袖长裤睡衣，围巾包到鼻子下面。即使如此，还是睡不着。好在父亲每天都醒一会儿，睡一会儿，渐渐的，也会真正打起轻微的呼噜。他说话也有了一些气力，说术后醒来时仿佛在一个地下室里，周围很多很多人，足有几十个，说话声、脚步声，很吵很吵。父亲劫后重生，犹如在沉沉黑夜里猛地醒来，会有一瞬间无法适应自然社会里拥有的喧嚣熙攘。他一生没能大富大贵，小福不能算没有，大难只眼下一件，也已经平安度过，身为血肉之躯，或许这已经是不错的历程。

熬了两个晚上，加之父亲术后吃什么都没有胃口，我们也失去了做饭的兴致，便退了日租房，重新住宾馆。二房东原本以为我至少会租半月一月，见我这么快要退房，态度就变差了，马上找来了一对急着租房的姐妹，让我们第二天九点前就要把行李搬离。姐妹俩为了这个貌似能给亲人带来很多益处的房间，当晚就睡在客厅的沙发上等。

人性当中纷繁复杂的情愫，就这样在上海的一套出租房里折叠展现。我可能触及了上海繁华外衣下的里子，有丝丝缕缕的接缝，没能细致地车好边,以至烙痛了我。但我还是那么喜爱上海的高贵与平庸、繁华与无奈,因为在这里,父亲先天性动脉瓣畸形引发的心脏病得以治愈,给了我最坚实的美好回忆。在永动的生命河流里,这将是一段锥心难忘的截流。

(原载《散文》2017年8月)

# 荒芜与存在

刘从进

## 1. 蒋公洞的时间

　　第一次到蒋公洞是在一个午后。头上的云裂开来，一朵变成两朵，悬浮在疲乏的天空上方，微风从午后的深处拂过，泛起并落下一些细碎而灰暗的色彩。扑面而来的几垛老墙像挂在村口像风干了千年的祖先遗像。

　　穿过村庄僵硬的石子路来到西面，终于看到一个人，在老屋的边上搭一个棚子。问了他，才知道蒋公洞不是一个洞，就是这个村庄。山里面确实有一个洞，相传曾有一个得道的人在那里避世修炼。现在洞还在，但路已被柴草封了。

　　我回到村庄里面转。村里的老屋整齐划一，结构、院子、墙瓦，都是一样的，仿佛在某个年代的同一个下午建起来的。很多都还完好，没有太多坍塌的废墟，只是没有人，人仿佛也在某个下午同时走失了。一束阳光，像来不及凋谢的花，搁浅在眼前的院落里。檐下的老风车和一棵墙角的草潜伏在午后阳光的阴影下。一个老婆婆在慢慢地走，静静地坐，时间驻守在她的脸上，风怎么吹都无法让它走形。

我一直十分恍惚，觉得那就是黄昏，一种时间被老墙枯草拖住脚后跟，走不动了的黄昏感觉。穿过村庄，又回到村口。

村口那条水泥路弯起来，弯成了一个半圆，显示着一种常年没有人走的自我宽慰般的优美。路边围出一个操场和一排房子，那原是一所小学。房子很大，如今早已人去楼空。阳光透过玻璃照到里面，留下一些破败的光影。房前有一棵大樟树，边上是一个公交车的候车亭。此刻再没有车也没有别的人来。那棵大樟树成了唯一的候车者，没事干，一年四季都在长叶，又都在落叶，落下来的叶子遛到候车亭下的空椅上玩耍。我站在绿色的候车棚下，与老樟树成了知己。

一条小路通向隐秘的山溪上的桥，走着一头牛，沉默如谜。溪边的芭蕉枯了又绿了。山溪流水声，传遍我身体每一处空旷的地方。我危坐于午后，那是我的黄昏。满山的绿是时光的衣裳，我把时间拉开来，时光在缓缓流淌。

这里的风景静悄悄，如画一般美好，可以做成一张舒适的床。昨天收割的稻田上站起了一排排稻草人。路边一棵梨树，结满了没有人摘的梨，叶子落光了，光秃秃的树枝切割着光与影，依然挂在枝头的梨子，苦等秋风来斩首。落叶在被最后一抹不知来自何处的夕阳镀成金色的水泥地上噗噗地拍打出声音。一只蝴蝶展翅死在了秋天的路中央。

黄昏真的来了。乡村的黄昏本有一种地老天荒的安详，而我在这里却感受到一种晚年气息，一种旧帆布般的微微苦涩涌来。半山腰上的老妇人站在门前看着她的炊烟从暗红色的檐头冒出，飘向无际的天空。

路边，一只草丛中的雉鸡驮着暮色扑腾飞起，隐没在另一块地的尽头，一连串的叫声惊落了无数的叶子，多么无辜荒凉的一种处境。我恍惚看到的是一个坟场，正如鲁迅所说，都是坟，而坟也最终都要湮灭的。我突然想，这个世界，正在消失的是人，是人在消失，而不是别的物种。

## 2. 影子的黄昏

　　山湾里别有洞天，田野、青草、溪流、水库、岩洞……这是一个在不断变色的乡村大地上依然古意丛生的地方。老伯告诉我，这个村庄，解放后，六七十年没有变化了。

　　一只从溪里摇上来的歪斜着眼的鸭；一粒阳光中慵懒的微尘；老屋门前那把抽着懒筋的锄头；那条不时地被人搬动，半老不老，一动不动地瘫着的路……这些都告诉我，村子有着某种近似于凝固的气息。

　　村庄叫前王村，我常来，特别在梅雨季。江南的梅雨总是下不大，迷迷蒙蒙的像情丝，而今年来得有些迟，却来得猛，一下就是连续三天的大雨。

　　那天晚饭后，六点多我来到村庄。雨还在下着，田野一层层绿了，溪里的水哗哗流，蛙声一圈一圈，又稠又厚。天空正在一小溜一小溜地黑下来。

　　黄昏了。黄昏降落在一个旧了的菜园上，在芋叶上打转，从苞谷的叶尖流过，又开在蒲瓜白色的花朵上。夜伏在花生贴地生长的叶丛下，轻柔得，没有重量。菜园边的老屋前，一扇关着的门。

　　蓦然，我看到了一个影子，一个老农坐在门口的餐桌前，一团淡黑的影子。我的心被电了一下——他在等晚饭吗？看上去更像康德在思考。我心惊肉跳，定在原地。

　　他只是一个影子，此刻却充满了神性。他的头有点大，好像落了一些土。黄昏，在他的鼻孔里一呼一吸。

　　要是不下雨，天不会黑得这么快。村庄，没有在这个时候掌灯的习惯。是轻夜前的黄昏提前到了，打乱了他原初的生活。

他在檐下坐着，让老屋有了坚定的家园感。他端坐着，一定在自己的王国里看见了别人看不见的事物。

将黑未黑，尚未掌灯的黄昏，是村庄最安详的片刻，安静得只剩下雨声。有一朵花瓣掉落了，犹如这轻柔无力的黄昏。我浅浅地走了一会，又站了一会。

他端坐着，影子有些模糊了，时间在他的身上格格走过。他不是死囚，而是黑夜的守卫者。他只需要一个身体，此刻却像苏格拉底一样托着沉甸甸的大脑。我分明看到了小时候的父亲，和过去的自己。忧伤，从我下着梅雨的身体里漏出来。他已经老了，每天还要站在田边弯腰捡拾岁月，还要准备灯光和晚餐。他就坐在门外的过道里，坐在幽暗处，一般人看不见的地方，打开他被白天的劳作忽略了的心情。

我缓慢地走在雨中，不带伞，在拐角处转过。墙头的路灯有些惘然地亮了起来，投下树枝弯弯曲曲的阴影，折断了似的落在地上。一切都是时间的迷梦。我或许正是在某个雨季走失的。我不停地奔忙，急匆匆去闯世界，到头来，才发现自己的一生只犯了很多错误，却没干成任何大事。最终连回到村里在黑暗中坐一坐的机会都没有了。

夜遮住了这片山谷。这样的日子要过一个月，餐桌前的那个影子，还坐着，他的脚坚实地踩在大地上，不像离土的农村人，住入楼房，吊在半空中落不了地。他是一个王，打开了农耕时代最初的忧伤。

## 3. 最后的长生者

山区、老区，下湾村。夕阳西下，远山红彤彤的像在举行一场葬礼。黄昏的老屋，鸟雀被锁在门外，只有些炊烟的褴褛，挂上疲惫的树枝，山村的重量消失了。

连绵的群山零落的村。屋圮了，路坏了，地荒了，月光硬了，风又苦又长。没有人住的老房，听不到声音，感受不到体温，闻不到烧菜做饭的油烟味，一赌气就塌了。只有草木没有变，才刚刚死过一遍，这点时间还不够它们进化。

青草斜阳、灯火晚风，都在转角处走得慢。山村除了鸡飞狗跳，零零落落地还有一种劫后余生的动物，那就是斯芬克斯之谜中三条腿的动物——老人。他们在阳光下冷坐，把自己扔在门口、路边，坐在凳上、倚在墙上、盘在石上，东倒西歪，流着口水，像一群发了鸡瘟的鹅。有人就一把椅子，对着日头，也不用转方向，一直从早晨晒到傍晚，坐成了长生者的姿态。团身和抱膝都不是为了取暖，很多时候他们不知道自己的身体还在不在了。

坐在他们中间，我与他们变得一样老，我成了他们中的一员。他们是我的朋友、故人——爷爷奶奶，父亲母亲，也是我本人。我愿意守着他们，在看似贫瘠无物的地方，时时收获一份古老的感动。我常常会流出泪来，他们是乡村的活文物。我既想成为他们的一部分，又怕惊扰他们的好梦，总是带着哀愁离去。

生命所有的焦虑和恐慌都来自于时间，我们总是对时间耿耿于怀。而山村里，时间在旧四合院苍老的石板地上布成了厚厚的青苔，懒得走了。时间被循环利用着，睡一觉醒来，把昨天的日子再过一遍。生很微寒，然而死依然不用急。慢慢地死吧，可以死得很从容。他们死过了一遍又一遍，已经死过几千年了，而早死的人又凭借自己对人世的记忆在某个角落里悄悄地返回了人间。死亡反复发作，然而山村所有的老人都在过去的时光里完好无损。

山村有接近于时间全长的久远，却在蓦然间成了一片废墟，被月光惨照，静如月球。当山村消亡，老人死去，很多古老的传统和技艺都将消失，历史也将不知所终。到那时，摇落的尘埃和耸立的断墙早已若无其事，陪伴我的不再是老人，而是扔在荒野石头上的时间。我忽然大悟——曾经的渔樵之歌，从未被写入史册；甚至高山流水的琴声也是虚构的。几千年的乡村将成为人们脑子里一个虚假恍惚的概念。

我惊恐不已，这一次他们不能死。死了就回不来了，找不着村庄了，死了就没了。他们只有一种选择，那就是长生！即便这种长生是那么的乏味和不划算，也只能苦熬着。当他们脸色红红，想要偷偷地死过去的时候，我就拼命地喊住他们。是的，还有八个人，还有时间！

山村老人是中国传统社会里最后的农民，是乡村最后的景观。这样想着，乡村的打牌声，褐色土路上走着的一个老妇人，弯过九十度的背还在伺弄土地的老农，脸上沟壑一般的皱纹和那些含糊不清的方言土语……都是绝望的风景。

## 4. 早生的秋意

8月2日午后，我在上呑村看见了早生的秋意。

村庄有一个古时候的门楼，剩下一个门洞。

门内一棵大樟树长在祭坛似的平台上打开死亡之路，展示了种种死法，雷劈、刀砍、火烧、枯烂……

树下四面光滑的石条上长了青苔，或发着褪了色的光泽，不再有屁股的温度。

一只猫在大树下独步，一步一步缓慢地走着，肩骨一耸一耸的，像极了山中之王老虎。

它走了一条直线，然后找到一段焦黑的枯树木，用锋利的爪刨开了三层枯死的树皮，还是没有找到东西吃。伏了一会，用甲骨文签下自己的名字。

老墙像在山洞里修行了千年的道士，灰头土脸地分辨不出世间的年月。

一条石子路，弯弯曲曲往墙弄里延伸，像一根用旧了的被随意扔掉的老式皮带，紧紧地抽住我的脚。缝隙里长出了野草，齐膝深，被风深深地吹弯，一窟窿一窟窿地露出下面圆溜褐色的石子。

不为人知的尘埃相互挨着挤着，外面的风吹不进来。

沉重的寂静被一只飞掠而过的蜻蜓锯为两半。有斑斑的锈迹在洒落，落了一些在我沉默的脸上。

菜地叹息着，菜叶子摇出一片风。屋角的一把三角锄刺中了记忆。

老屋门口站着一个人，对着一园子的菜和越过篱笆迎面扑来的瓜藤发呆。

他的身子和嘴巴都被一些古朴的绿缚住，对一个外来者一无表示，欢迎还是拒绝，无从知晓。

我心中有一个不好的感觉，他五六十岁的样子，在农村并不算老，这样的年纪尚没有资格休息。

或许患了重病，他才有资格一个人与老村一起重重地休息。他的一生或许从未触碰过幸福。

那棵树、那条路、那些门，那只猫，那个人我都不认识。在这里我没有朋友，不熟悉，却回荡着熟悉的风和气息。

村里曾经有很多人，走在路上，倚在门口，坐在树下的，都哪里去了呢？剩下的唯有一对伏地的翅膀。

这一天十分稳固，早到的秋天牢牢锁住村庄，搜寻着岁月无法抵达的无边宽度。

（原载《浙江散文》2017年第5期）

## 穿越海明威的古巴

刘文起

在哈瓦那的任何地方,海明威都是一个文化的象征。这是我在哈瓦那几天最强烈的感觉。

海明威是著名的冒险家、记者兼作家。他的足迹遍布美洲、欧洲、非洲和亚洲。他经历了两次世界大战,获得过英雄奖章,身上却有237处伤。他著述甚多,其小说《老人与海》获普利策奖和1954年诺贝尔文学奖。他是个硬汉、战士,可最后却死在自己的枪下。他的人生就是一个传奇!比如说:他是美国人,却在古巴生活了22年。那么,这生活了22年的古巴,对他的传奇人生和文学创作产生过如何的影响呢?这正是我在哈瓦那时常想的问题。

位于老城区中部的"两个世界"旅馆,是一座粉红色的三层楼房。海明威初来,从1932年到1939年,在这旅馆的511房间住了7年。他认为"这个地身很适合写作",遂在这里写下了著名小说《丧钟为谁而鸣》和其他为杂志写的许多文章。我来到"两个世界"旅馆时,这里已有好几个外国旅游团在参观了。海明威当年住的511房间已成为一个小博物馆,进去要买2美元的门票,相当于当年海明威住一天的价格。房里挂满了海明威的黑白照片,几乎没有家具。

最显眼的是一张红木大书桌，说是当年海明威用过的。因此，现在它都张扬地在阳光下发亮着。还说酒店顶楼有着中空大厅的餐厅，餐厅的菜单上有一道"海明威特色菜"非常抢手，价格要15美金。其实只是米饭、鱼，和常见的蔬菜。

我站在511空空的房间前，有了一种游园不值的失落感。心想：难道我还没穿越时空进入海明威的时代？于是快然离开，想能在下个地方遇见海明威。

离开"两个世界"旅馆，我们来到"五分钱小酒店"。这是海明威常来喝酒的地方，现在门庭若市，有许多来自欧美的游客，争先恐后地和店里的海明威铜像合影。我终于看见海明威了，我站在远处，默默地与海明威的铜像对视。在吧台和酒柜的正中央，有海明威的题字："我的莫希托在五分钱酒店，我的达伊基里在小佛罗里达餐馆。"莫希托和达伊基里都是海明威爱喝的鸡尾酒，现在酒店里正热卖着。调酒员在吧台上摆着长长的一串杯子，然后很专业地将每个杯子里倒满朗姆酒，再加上薄荷叶和柠檬，这就是莫希托了。这莫希托现在卖40多元人民币一杯。我要了一杯莫希托，站在满是涂鸦（其中也有名人题字）的墙前喝着，体验着海明威说的"那酒没有酒精的味道，喝的时候好像从高高的冰川上滑雪而下的感觉。"

柯希玛尔小渔村在哈瓦那以东9公里的地方，这里曾经是海明威经常出海钓鱼的地方。海边有座亭子，亭中耸立着海明威的胸像。我和海明威胸像合了一个影，心里想象着他当年出海打渔的情景。在这里，我还看到他的小说《老人与海》中提到的露台饭店。饭店餐厅里的餐桌，全都是白色桌布上罩着一层红桌布。唯有靠窗的一张桌子，却是黄色的桌布上罩着一层红桌布。导游说：这正是海明威常坐的桌子。我走近这桌子，看着窗外的大海，海明威描写这里的句子在心里流淌着："在春季的一个阳光明媚的上午，风从东面吹进敞开的饭店。从露台上我凝望大海，深蓝色的海面上泛着白色的浪花，穿梭的渔船追逐着拉多鱼……"

导游说，这渔村就是海明威《老人与海》的背景。村里有位老人乔治·弗恩特斯，是海明威的朋友，经常和海明威讲自己打渔的故事。海明威就以他为原型，塑造了《老人与海》里主人公圣地亚哥的形象。听了这些，我就想：这老人应该是像海明威那样高大、粗犷、孔武有力的人，应该像海明威一样的是一条"可以被毁灭，但绝不能被打倒"的铮铮硬汉！

从小渔村里出来，我们坐车来到哈瓦那东南郊的维西亚庄园。维西亚庄园占地4公顷，里面有果菜园、牧场和各种奇异的热带植物。绿树掩映中一座带平台的白色建筑物，就是海明威的故居。故居是三个房间，一个书房，一个卧室，一个餐厅。门窗都开着，但有人看守着，不让进去，我们只能朝窗、门往里看。卧室和餐厅与常人的没有区别，只是桌椅零乱点，可能是保持海明威当年住时的的情形。书房是最南端的大房间，旧杂志散乱地扔着，书架上摆满了书。空墙上挂着许多野兽头的标本，大多是牛头、鹿头和羚羊头，都是他从非洲打猎得来的成果。动物头标本的中间有一面空墙，挂着一个圆形的画，画的是一只牛头。这是当年海明威拿400美金向毕加索买的，非常宝贵。朝门这边有一桌一椅，桌上有部打字机，这就是"罗亚尔"牌的吧？机旁还摆着海明威的手稿。一切都保持原样，好像海明威仍在这里，只是刚起身外出取邮件了。我很想进去坐在桌前的椅子上拍个照，但工作人员摆手不让。无奈，只得在门外拍了一张。

故居旁有座三层小塔楼，叫瞭望楼，在楼上可以看到哈瓦那的老城，故这个庄园也叫瞭望庄园。过塔楼，有个游泳池，是海明威为他的爱妻修建的。游泳池旁有四个小土墩，那是海明威爱犬的坟冢。冢前立着四块小石碑，上面刻着狗的名字。狗冢不远处有个敞篷，下面泊着海明威的"皮拉尔"游艇。二战时期，海明威曾把这游艇改装成巡视舰，到海上探测纳粹的潜艇。后来，海明威又以战地记者的身份奔波于西班牙战场，还参加了解放巴黎的战斗。

海明威不仅是个硬汉,还永远是个战士!

对于这个维西亚庄园,海明威非常喜欢。他曾说:"这里有清爽明亮的早晨,有奇异的鸟,有西班牙情调的街道和醇酒,有黑眼珠里蕴满热情的古巴女郎。这真是个好地方。"

站在海明威的故居前,我终于想明白古巴对他的影响了:是这里炎炎的烈日烘烤,是这里烫烫的海风吹拂,催生了海明威的那些天才的文学灵感啊!是这里满园草木的滋润,是这里古巴朗姆酒的醖酿,塑造了海明威古巴硬汉们的魂灵啊!

可是,"绝不被打倒的硬汉",却"毁灭"在他自己的手中。

1961年,古巴和美国关系恶化,美国政府以种种理由召海明威回美国。海美威似乎意识到什么,对妻子说:"如果我出事回不来了,这个庄园就送给卡斯特罗吧。"结果他回美国不久,就用他打猎的双筒猎枪打死了自己。海明威死后,他妻子真的要把这个庄园送给卡斯持罗。可卡斯持罗不需要这庄园,就拨款装修成为海明威纪念馆。

关于海明威的死,也有种种传说。有说这是美国联邦情报局设的阴谋,有说他自己思想压力大,精神分裂自杀的。从实际情况看,海明威得诺贝尔文学奖后精神压力很重,又两次去非洲都遇坠机事故受伤,还因美古关系恶化,曾被逐出古巴,返回美国又两度住进精神病院等等,后者的可能性更大。海明威在自杀的前一天曾有信给乔治·弗恩特斯,说:"人生最大的满足,不是对自己的地位、收入、爱情、婚姻、家庭生活的满足,而是对自己的满足。"可是他对自己不满足啊!他是对自己的身体和文学创作的不满足而自杀的吧?

不管怎么说,海明威对古巴的感情是很深厚的。在得知《老人与海》获诺贝尔文学奖后,他是用西班牙语(古巴用语)接受第一个采访的。他说,作为"一个普通的古巴人",他为获得这项文学的殊荣而自豪。他要把这个殊荣,献给他"不为人知的祖国"。后来,他真的把诺贝尔文学奖的奖章献给古巴的一个教堂,可见他是认古巴为自己祖国的。是的,他在古巴生活了22年,写了《老人与海》《移动的盛宴》等7部小说;他为卡斯特罗颁过钓鱼比赛一等奖的奖章,两人长谈过合影过,还要死后把庄园送给卡斯特罗……

而卡斯特罗在2002年海明威故居博物馆开馆仪式上,却是这样说的:感谢海明威在我的祖国居住、写作。海明威的小说是历史,是文学,是艺术。艺术的魅力会持续几千年,文学的生命将长过我们所有的人!

是的,在哈瓦那城市中穿越,无时无处不感觉到海明威,我觉得这是正常的自然的。反之,如果没有海明威,那我的古巴之行就乏然无味了。就像乐曲缺了主旋律,故事缺了高潮,少女缺了明眸皓齿那样。

穿越时空,海明威与哈瓦那、与古巴,永在!

(原载《浙江作家》2017年第4期)

# 后 溪

楼海霞

泥夯墙上嵌着一扇木质黑窗,像孩子的眸子,天井的光洒下来,眸子就亮了。窗下斑驳的青苔,因着老宅的潮阴和懒洋洋的春风,不断向上蔓延。一株枝繁叶茂的橘树,黛绿的叶子带着玉的质地,把泥墙房衬得绿意盎然。

这是一座建于解放前的宅院。所有的木质组件都被时间染黑。一堵突兀的墙把天井隔成两半,宅子一下子变得拥挤。目力所及都是无声的墙,最后只有仰望。长方形的天空,深邃遥远,无限辽阔。看久了,让人寂寞。

多年过去,老宅里的几户人家都已无人居住。那堵墙却仍然站立。房梁木柱慢慢被尘埃和蛛网包围。一件蓑衣等在门口的墙上。

金华市后溪村的这间老房子,突然被十几位不速之客造访,瞬间人满为患。人群的杂沓打破了寂静,灰尘乱舞。

她一个人走在村中的石子路上。淡紫的泡桐花开了一树,已是仲春时节。沟渠边,石子缝,石阶上:"苔痕上阶绿,草色入帘青。"满眼都是新鲜的光景,胀鼓鼓的。

她看到,后溪的古宅不施粉黛。青砖、石砖层层叠叠能一路看到屋顶。这些房子的主色调是土黄,带着农耕时代的粗砺和拙朴。穿花裙子的女子随便往墙下一站,就会是一张有冲击力的照片。

巷陌交错处,一位老太拄着拐杖一闪而过。花白的齐耳短发,青色的上衣,黑色的长裤,步履匆匆。也不朝她看,只顾往前走,几步就没了影。让她恍惚:大概是一瞬间的闪念,看到了自己的前世。

是啊,这房前屋后,这沟渠河塘,这一树一草,让人无端亲切。生命的轮回里谁又说得清楚自己有没有来过。如果追溯起来,这也许是基因里的记忆。

正如毛姆在《月亮与六便士》里说:"机缘把他们随便抛掷到一个环境中,而他们却一直思念着一处他们自己也不知道坐落在何处的家乡。说不定在他们内心深处仍然隐伏着多少世代前祖先的习性和癖好,叫这些彷徨者再回到他们祖先在远古就已离开的土地。有时候一个人偶然到了一个地方,会神秘地感觉到这正是自己栖身之所,是他一直在寻找的家园。"

后溪的土坯房,它只是一栋房子。黄泥夯起来的土墙,间中有稻草的痕迹。也垒有青砖,在紧要处承受着房屋结构的重量。这样的土房,脱胎于原始的干栏式建筑。屋顶有不知是被风还是鸟送来的植物,在瓦片的缝隙间昂然生长;土房就像头顶扎了朵冲天辫,一下子天真起来。一条长长的裂缝从人字檐蔓延下来消失在前窗上。十字格的小木窗,非常小。窗下那株芭蕉绿得耀眼,健硕的叶片挡住了半个窗子。褐色的木门紧闭,像紧紧抿着的嘴唇,不吐露关于房主的一字一句。春联还像刚贴时那样鲜红:一年好景同春到,四季财源顺时来。隶书体的民间书法,一笔一画中自有行云流水。屋前的晾衣竿充当了南瓜架子,藤蔓沿着衣杆蜿蜒,叶子疯长。

在后溪,随处可见的绿和随处可见的土房相互交融。一切那么自然。她在村子的巷弄间乱走,和一片又一片野生的绿相逢:爬满青苔的蛋子路,被凤仙和杂草占领的墙角,被豆角叶、南瓜叶覆盖

# 后　溪

的篱笆墙，屋后的檫树、桐树、枳椇树，路边的水塘，门口随意生长的地锦，废弃宅院里的芳草和不知名的小树。植物见缝就长，风吹就绿。处处是蓬勃的生命力。

眼前的这座砖房依山势立在高处，被抽芽的凌霄枝叶挡住了一部分视线。和两边粗朴的砖墙相比，门台显得十分考究，有大宅门的气派。门楣高高在上，门额上通过青砖不同的堆砌形成视觉美，但并没有徽派建筑中常见的石刻和砖雕，更没有文字。它素颜朝天，只是用手理了理留海，一派无邪。铜环静默，木门无语，只有凌霄拼了命似的绿。主人外出打工已经好久没回来了。

宅子是老的旧的，植物是青的新的。那个闯进这里的人像是走在梦中。

八百多年前，汤氏祖先一路从武义县翻山越岭想寻个风水宝地安家落户。走到万松岭向下一望：群山之下一片平地，山水哗哗时隐时现。如果把家安在这里，那就枕山，环水，面屏。凭着一双手，汤氏村祖搭屋垦荒，繁衍生息，给这里的山山水水都起了心仪的名字。子孙绵延，房子越造越多，慢慢就形成了村庄。从高空俯瞰，后溪村呈美丽的月牙形。古宅的黑瓦集中在村庄的中心，房子虽然密集，绿树仍然星星点点。万松岭下来的水，通过渠道流入村中七个蓝色的水塘，再流到村口溪中。这样的水系，凝聚着先人的智慧，一直沿用至今。

她穿梭在一条又一条的里弄小径，已经迷路。两座并列的土房间有一条小小的路。她张头探脑地进去，光线变暗，无意中抬头，屋檐把天空隔成了琴键，白的是天，黑的是瓦。此刻，她忽然明白土坯房也不仅仅是挡风遮雨的房子，在力所能及的范围内，村民也有审美的需求。泥墙只有黄泥，但屋檐和门台，通过瓦片的设计和砖块的摆放可以变得美，就像村姑发辫上的那条红头绳。

村中静极，没有遇着村民。只有春风私语，从八百年前说起，告诉她一座村庄的秘密。如果沿着石后线再往北，还有一个福建铺，一个东阳铺,这是两个小村的名字,十几二十户人家。从地名大致也可以知道它们的由来。

古人跋山涉水寻求一个立身之处。垦荒,播种,从无到有,从零到一,让一个完全陌生的地方一点点变成家园。只要手在,脚在,粮食就在,遮风挡雨的房屋就在。古人随便到哪里都能存活。今人不同,城市里混不下去的人同样回不了故乡。新一代农民既种不了田也种不了菜。镰刀和锄头并不比城市里的机械要好使;如果时间不对,土地也不会让你种什么就收获什么。田园生活不是诗意,是首先要弯下腰、俯下身和土地交流的一门技术。

拐弯处,眼前豁然开朗。一爿塘,一棵树,屋舍三两,一条丫路分别通向村庄某处,万松岭冒着黛青的尖站在后面。如果要找村庄的标志性景点,这就是了。砖房高低错落,大小有致,层层青砖清晰可见;墙面斑斑驳驳,岁月的风霜雨雪都刻在那里;漆黑的人字檐就像水墨画中的一撇一捺,完美的弧度让人惊艳。"半亩方塘一鉴开,天光云影共徘徊。"从后溪引来的水泛着光,映着屋檐,对影成画;塘岸的杂草东一蓬西一蓬兀自生长。天、地、人。人呢?不见人。

却有咿咿呀呀的戏曲声传来。那就是婺剧了。仔细听,和她熟悉的越剧好像没什么不同,但分明就是不一样。也有锣鼓,也有镲、二胡,伴奏的乐器分明一样,但调就不是那个调。婺剧也婉转,也柔软,转音处同样美得撕心裂肺。唱的是什么就听不懂了,用的是婺语。婺剧这种地方戏通过对其他剧种的兼容并蓄流传了下来,已经有四百多年了。她倚着砖墙默默地听,不知不觉入了定。

人群的嘈杂声突然传来,她和自己的队伍重新汇合。汤氏宗祠雕梁画栋,和江南所有的古建筑没什么两样,只是倾颓得厉害。潮湿的天井里青草葳蕤。后溪的绿无处不在。她进去转了一圈又出来了。

村里的汤书记正在向人们叙说洪拳。在后溪,不但有婺剧,还有硬气的洪拳。这是一种短手近攻、贴身攻防的武术。福建人洪熙官是洪拳的创始者。后溪为什么会有洪拳流传，这可能也和福建铺这个小小的村庄有关吧。村里至今还有老人会耍洪拳，一招一式中，能看到其中呼啸而过的岁月：拳法不再凌厉，马步不够稳扎，招式不够虎虎生风。但以前的以前，村里练拳是有专门的组织者的，既防范山贼，又自卫防身。现在，六十多岁的老人偶尔会在晚辈问起时打上几拳；一身拳脚已是多年未用。

为了春联上的愿望，古宅基本木门紧锁。人们在劳作，或出乡，或出畈。只有像她这样的城里人才会舟车劳顿来这里寻找某种说不清道不明的东西。

回来后，她看到一张村民挑柴的照片。捆得整整齐齐的两垛柴，用冲杠一穿稳稳地立着。戴着草帽的村妇用朩拄站着正在歇脚，涨红的脸挂满汗水，双臂放在冲杠上，肌肉毕现。她愣愣地看着镜头，像是在说"拍什么呢？有什么好拍的？"

一只公鸡立在草堆上啄食，时而警觉地望望四周。天地无语。

（原载《江南》杂志2017年11月诸暨专号）

## 横樟，包氏遗风今犹在

鲁晓敏

南宋宝庆年间（1225—1227），包拯第五代孙包仁举家自兰溪迁徙到了松阳蟾湖。明朝末年，包仁第十七世孙包继昱再迁到了松阳横樟村。从合肥到兰溪，再到蟾湖，最后到达横樟，这支包氏南迁的脚步停顿了下来，一个宗族从此闭关潜心修养。

横樟村背靠留明尖山，左右两侧九座山脉将村落团团围拢，仅在南方辟出一处狭窄的进口，聚成了一个封闭的洞天谷地。九条山脉齐齐指向村落正中心的包氏祠堂，形成了"九龙抢珠"之势。村落正前方三峰突起，形成案山，如同屏风矗立，阻挡着村落风水外流。两溪在村中交汇，呈现出一个巨大的人字，"天地人和"在这个小山村中齐聚。

在村中行走，只见一路水流潺潺，清澈见底。古村倒影在溪中，建筑物微微地晃动，如同模糊的时间印记。此刻的横樟，安详而美丽。丰腴的林竹从山顶一路浩荡地奔到山脚，将我们淹没在了绿色波涛中。

包氏宗祠就坐落在村落正中央，两水交汇之处，两进三开间，八字门墙如同衙门。让人惊讶的是并不宽阔的宗祠中悬挂着11块古牌匾，明间正中挂着"孝肃遗芳"的匾额，此匾为包氏后人追思远祖龙图阁学士包拯而立。深层次的意义不言而喻，这是包氏治家思想的核心，它如巨镜一般照耀着包氏子孙，简单贴切地教导他们怎么做人。宗祠的柱子上挂着十副抱柱古楹联，遒劲的大字仿佛要挣脱框架的束缚，显得灵动十足。

包氏宗祠除了凝聚家族合力、化解宗族矛盾、关注宗族的发展之外，最重要的是培养宗族人才，通过科举取得功名，为宗族发展搭建更为广阔的舞台。他们建有书院供宗族子弟读书，聘请名师担任塾师，拨出义田支付塾师工资和奖励读书人，还以各种措施鼓励族人笃志攻读。自包仁迁居蟾湖算起，800年来功名加身者比比皆是，历代出了进士4人、举人4人、贡生19人、国学生和秀才59人，加上外迁者更是数不胜数。其中让后人津津乐道的是1193年包仁考中进士之后，到1259年他的曾孙包寿考中进士，66年间，四代进士两代翰林，达到了族人科举最为辉煌的顶点，一时传为佳话。此后，包氏族人好像得到了祖先的佑护，科举和仕途依旧风生水起，时不时有族人步入仕途。据村支书包绍忠说，横樟村在清代曾有一年出现过18顶戴（秀才以上）的记录。我在宗祠看到了他们的画像，满面春风地端坐在墙壁上，接受着后人的瞻仰。

横樟村聚族而居，在传统社会里，必须以严格的族规家训治家。包氏子孙不折不扣地执行着包拯家训："后世子孙仕宦，有犯脏滥者，不得放归本家；亡殁之后，不得葬于大茔之中。不从吾志，非吾子孙。"这是一条牢不可破的铁律，区区37个字世世代代沿袭下来，这些汉字深入他们的骨血，深植灵魂，像指南针一样指示他们的生活，成为包氏子孙的座右铭、处事的法宝和准则。

谨记族规祖训，生者得以进入祠堂拜祭祖先，死后能够获得通往家族墓地的通行证，姓名才可以在族谱上落户，自己才不会成为游荡在宗族之外的孤魂。包氏历代出仕官员95人，一代代包氏秉承包拯的精神，无一贪腐，堪称廉政文化的典范。这些官员职位差距悬殊，任职的地域不同，时间相距遥远，经历也相当驳杂，但是他们一生谨守家规，共同书写出一项800年的清廉记录。

包绍忠告诉我："浙江省包公后裔大多是从这里走出去的，每年都有几百名来自丽水、温州、衢州的包拯后裔回来祭祖。"每年的正月初五或初六，横樟村都会举办一场盛大的祭祖仪式。此外，除夕、清明、冬至也都有祭祖活动，完全按照几百年流传下来的礼制进行祭祀，场面隆重庄严。现在已经很难看到真正意义上的祭祖仪式，横樟为我们保留了一个范本，延续着尊祖敬宗的传统。

明清以来，横樟村成为松阳县城通往龙泉、云和的重要道路，村落渐渐繁荣起来，清末进入兴盛时期，老街上有南货店、旅馆、草药店、染坊、香烛店等店铺，从店的数量和种类可以看出横樟村当年的繁华。更多的族人走出横樟，依靠经商贸易、置地收租积累成殷实富商，他们将所得财富在横樟村建起更多建筑。

横樟虽说是村，但建筑格局如同一座微缩版的城池。横樟人将村落以城池的格局进行布局，群山如同城墙，水口形成城门，两溪在村中交汇，村子被溪流划分成三个区块，道路随着溪流转动，将村落扭结在一起。横樟村除了明清古民居群和一条老街之外，村落中分布着包氏祠堂、14座香火堂、丹阳书院、观音殿、社庙、水碓作坊等公共建筑。村落依山傍水，屋后是山，屋前是水，横樟人享受着山水恩泽，既有山野气象，又有小桥流水，整个村落在稳重中不失灵气，古雅中不乏清秀。据包绍忠介绍，村落周围还保存着包仁墓、古银矿洞、古冶炼遗址、摩崖石刻、古道、古桥、牌坊等建筑和遗址，从宋元明清到民国一应俱全。

我几乎就和400年前的包继昱一样，对横樟村一见钟情，有一种终老于此的冲动。所不同的是他有着清洁精神，借助风景和风水，立志在此誊写纯洁的宗族图腾，延续着宗族的理想，而我顶多只是一个在历史的侧面阅读了这种精神的看客。

（原载《浙江日报》2017年5月14日）

## 病房记事

卢 浩

住院的第三天,施医生被一帮美女帅哥簇拥,前来查房,气场很强大。她一见我,脸上的表情凝固了几秒,随即舒展。四年前,我曾是她的病人,当时因抽烟引发肺感染,高烧不退,本来要住院,但没有床位。我在门诊足足打了二十多天的针,两只手背针孔密布,宛若瘾君子,一见护士,双手便生出条件反射般的颤抖。特别是最后几天,护士艰难地搜索下针的地方,手背的静脉,几乎没有下针的余地了。

"你怎么回事,又是抽烟惹的祸?"她打个手势,要调阅我的CT胸片。

我叹口气,从柜子里拿出胸片给她,脸上的表情很僵硬。

她阅片后说:"两肺都有感染,打针继续,这个剂量也够了,但抽烟不能再继续了。你四年间两次引发肺感染,俗话说,事不过三。"她敲敲我的床栏杆,转向左床。

左床是位二十左右的小青年,乐清白石人。他在杭州读大学,期中考试连过七门,室友用烟酒庆贺,"嗨"了半夜。他因抽烟过度,引发了肺感染,一天也要打五、六小时的针。我当年读大学时,每回过了期中或期末考,同学们也庆贺,班里顺聪和老余、永明这帮小字辈,拎着暖瓶,去学校附近的大士门打点生啤酒,花几角钱。如果口袋里还有节余,再到松台菜场切点猪头肉什么的,然后一帮人在宿舍里山呼海喝。那情景,比孔乙己稍稍强点。那会儿,大家囊中羞涩,花几个钱抖抖索索,宛若田鸡被菜刀砍了似的。倒是我入学前当过工人,每月有二十多元的职工助学金,买包烟什么的,出手也爽快些,班里的小字辈很是羡慕妒忌恨。由于经济条件所宥,他们终不受我的诱惑而染上烟瘾。遥想当年,我把助学金买烟抽了,如今却躺在医院呼吸内科的病房里,百无聊赖地数着天花板的方格。有时候,手头拮据也并非都是坏事。

施医生离开时,我问她一个与烟无关的问题。呼吸内科美女医生众多,难道这个专业女性有优势?她开始没弄明白,我说,大学里外语系女生多,而中文系男生多。她很快明白过来,摊摊双手说,这是个别现象,不是普遍规律。

一位叫和珏的小护士推着小车进入病房,她麻利地给我和左床挂上点滴,再转向右床。右床是位八十多岁的老人,姓方,那高冷的气质仿佛与生俱来。施医生说,他是位高知。我想高知不会像我们那么无知,绝不会因抽烟而住院。

施医生离开后,老方的儿子来了,拎着一饭盒炖得烂烂的老鸭孝敬老爹。他说,他老爹大学毕业后分配到新疆某核爆基地工作,五百公里就一名解放军战士和一头军犬,那叫一个荒凉。所有吃的用的,都是部队配给。他的手机里,躺着老方年轻时的照片,穿着皮上衣,背景是戈壁滩,那叫一个帅气。他还不到四十,是老方四十多岁生的,我心里寻思,高知和晚婚似乎有着某种内在的关联。

和珏要给老方打两种针,下针有难度,需要老方配合。小姑娘阿公阿公地称呼,可惜老方听不见,他的耳朵几乎全背,医生都是与他手书,和珏也与他手书。老方很和蔼,也很配合,小姑娘柔声细气的,很耐心。看着这一老一少的默契配合的身影,我仿佛感到了窗外的春暖花开。那英在歌里唱道：如果你需要一滴水，我向你倾其一片海，如果你要摘一片红叶，我给你整个枫林和云彩……

和珏和施医生是这间病房的医护搭档。她要负责三间病房和走廊的两张床，工作很忙，上班经常是快走和小跑，但一年也只有十来万，挣的是辛苦钱。在一线劳碌奔波的挣的都是辛苦钱，而能挣大钱的，往往都是高高在上的主儿。小姑娘戴着圆圆的眼镜，蓝色的口罩后头隐藏着一张似乎清秀的脸，她脸部轮廓很像我女儿。我住院期间的最大心愿，就是想看看她的脸，但小护士始终不肯取下口罩。医院里有个奇怪现象，医生很少戴口罩，护士则反之。

出院那天，小叶医生来查房，也有一帮美女实习医生簇拥。他是位帅哥，我第一次戒烟一年后复吸，引发支气管炎。情知过不了关，便去了呼吸内科，小叶医生给我开了药，一周后就痊愈了。再次戒烟，戒得不彻底，拖泥带水的。这回，烟毒竟绕过支气管，直接奔肺……当初要是彻底戒断，今天就不会有住院之虞了。

小叶医生用诊听器把我的前胸后背听了个够，结论是，杂音很小，恢复很好，可以出院，但还要在门诊继续挂一周的点滴。

例行公事完了，小叶医生一行出了病房。一会儿，他突然又折了回来，坐在我床前，语气恳切地对我说："抽烟也不能一概而论，有的人适应，活到八、九十岁也有，但有的人就是不适应，经常因抽烟引发这样或那样的疾病，你属于后者，就是马上戒烟，身体里的烟毒清除干净，也要十几年。"他的口气，好像我不是他的病人，而是他的亲友。一股暖意从心底漾起，并迅速向全身扩展开来。

和珏帮我取回了一周的针药，足足有三大袋。她告知了打针的注意事宜，然后字字凿凿地对我说："三个月内绝对不能抽烟，要是再次复发，后果将会很严重。"

小姑娘语气很坚决，表情很凝重，我心里再次涌起一股暖流，就冲她和小叶医生，我也要把烟戒断。其实，抽烟是一种被灌输的观念，只要痛下决心戒烟，身体也会做出配合，专注力就是与烟瘾对抗的力量。有位叫阿富的老邻居，因抽烟过度引发咳嗽，因咳嗽而晕倒，他老婆用水把他浇醒，从此戒烟，已逾一年，如今对烟，已是零依赖。

接下来一周，我每天一早拎着针药去门诊注射室挂点滴，有位叫悦昆的小护士进入我的视线。倒不是她那双黑漆漆的大眼睛和蓝色的口罩后头似乎清秀的脸，而是她的职业操守和礼貌。有位住在康宁巷的老人，八十七岁了，白净，和蔼，每天一早来打针。老人没有陪护，悦昆和颜悦色地给他挂上针，然后把老人在座位上安顿好，要是有空，便陪老人说会儿话，老人的脸上便漾起幸福和满足。有回她给我打上针，我问她，你怎么取了这名字？她竟说，父母负责嘛，名字太大众化，找起来多麻烦。小姑娘不仅礼貌好，一针见血的功夫也到家。最后几天，我手背上的针孔密布，下针很困难。她安慰我，别着急，余地还有。她下针皆一针见血，没让我受二次苦。

其实，人生的打开方式有多种。宛若小叶医生、和珏与悦昆，打开的是乐于助人、积极向上的模式，一生处于生活的阳面，生活很充实也很顺畅。他们帮助了别人，做下了功德，精神上很富裕。反之你打开的是难难过过、斤斤计较、抱怨牢骚的模式，你这辈子就处于生活的阴面，活得很逼仄，因为你的精神很空虚。

两月后，再去拍个胸片，施医生让我在电脑里看了两片的对比。第一次，肺叶上斑斑点点的，那就是感染。而第二次，斑点消失了，肺里清爽干净了，也就是说，彻底痊愈了。

（原载《温州日报》2017年8月4日）

## 大地的果实

陆桂云

　　山，叫江边山。据说过去沿富春江苋浦可以一路撑船从高桥进来，直达唐家坞溪下自然村，沿溪因而有泻湖山、排礅山、江边山等山名。

　　地，是荒地，已十多年不种，长满高而密集的苦竹、各种不知名灌木，还有大量生命力蓬勃的葛藤和杂草。四五月间，先生和我用柴刀、大砍刀，豪情满怀地开荒除草，总算清理出一点眉目。

　　已是6月中旬，小阿嫂问我们要不要番薯藤，说是很好的临安小番薯种，龙春小伯叫她去剪，她可帮我们也剪些来。

　　我被"临安小番薯"诱惑，就说："那少点好了。"

　　40株番薯苗是傍晚送来的，第二天刚好是夏至，我们起个大早，赶到离家一二里路的江边山脚，挥锄开了路边的两行地，将苗如数种下。天公作美，刚要完工下起了小雨，回来路上碰到勤劳的高个子龙春小伯，他刚从地里拔了一大把眼下正时鲜的青毛豆，我为番薯苗向他致谢，他说：

　　"地里很多，再去剪些来种种。"

　　溪下村原王家台门有16个本家弟兄，公公辈的也有10弟兄，而今他们这一辈仅剩我老公公和他两人了。前一阵子,寂静的小山村时不时响起"皮皮皮"的声音,音很响,气却不畅,时不时憋住,让听的人也觉气短。总以为是哪个勤奋好学的小小少年在学小号,一次经过声音飘出的墙院,踮脚一望,竟是个白发老汉——年近70的龙春小伯。

夏天过去,小号的声音终于变得顺畅,似乎一个小村的气也都顺畅,像村头那一片金黄的稻穗,斜倚秋风艳阳下。

寒露百花凋,霜降百草枯。

转眼四个多月过去,霜降一到,老公公就催着我们好挖番薯了。泥土很松,据说是上世纪70年代"农业学大寨"开荒造地、用筛子筛出来的,后来成了公公的承包地。割掉枝蔓缠绕的番薯藤后,用锄头将隆起的两边松土轻轻扒掉,再一锄头下去,露出番薯的鲜红,一拎,一抖,哎哟,大大小小一串,像铃铛一样,真有丰收的喜悦。

大地回报给我们的果实,一窝窝整齐排在地里,给它们立此存照,也上上家庭的网络光荣榜。

大的几个有点像南瓜了,重达几斤,"橘生淮南则为枳",临安小番薯到了唐家坞,变种成了大番薯。

可惜前面已有五六窝被糟蹋,连藤一起被野猪偷挖,狼藉一片。刚好有位专门放"夹"捕获小猎物的老农经过,说还好是小野猪,要不然损失还要大。

先生先将两大捆番薯藤一一背到停车处,再来拎两大篮子的劳动果实。刚还笑他呢,开番薯还用车,被邻人笑话。要是用扁担,还真是吃不消挑回家。

汗水滴落,被山间秋风一吹有点冷了,夕阳在山,我们赶紧把一下显得干净空旷了的泥土翻了一遍,整平后又种下新一轮的庄稼——蚕豆,每行3孔,每孔3颗豆子,事先向公公讨教过的。

不觉间,太阳落山,青灰色的薄暮像网一样轻轻洒落山间,先生背了最后的半袋子番薯,我拿着一应工具,来到停车处,刚做了妈妈的堂侄女抱着小宝宝好奇地过来：

"小伯、小婶，你们干嘛呀？"

开心地打开车门给她看我们的收获，见她疑惑地看着满车的番薯藤，就告诉她：

"带回去，给立飞家的猪吃的……"

立飞是我们外甥，他家养的土猪我们年年吃肉。

站在院子门口的堂哥看见，也过来了，笑着说：

"番薯藤放车里？还不赶快扔掉它……"

先生赶紧发动车子，逃走了。

经过小阿嫂家门口，她家正在整理门前道地，好些人帮忙，小阿嫂抱着她的小孙女，高兴地看我们满载而归，我大声告诉她：

"你给的苗，番薯木佬佬。"

番薯一一搬到门前道地，老公公看了笑嘻嘻，说："这块地，十来年没有收成了"。

咦，今天怎么没有听到龙春小伯的小号？要让他也看看我们的"临安小番薯"。

（原载《富阳日报》2017年11月14日）

## 虚静湖记

陆建立

擎一顶伞，脚下雨水流淌，沿着弯曲的小径，环湖逛了一圈，不大，实在难称湖，只不过是山间一潭泉水罢了。雨中整个大木山茶园，层层叠叠的茶丛，远处淡墨的山白雾弥漫，看似一幅泼墨的山水画卷。

湖的南岸小径，踩的是杉木铺就的踏板，弯弯曲曲，左是以坡而植的茶树，一层一层高了起来；右边临湖，或桃、或松、或篙草，雨中在摇曳，水滴沿枝滑下，也有一段绕满绿藤的篱笆，脚下延伸着细碎的石板路。身穿玫红或湖蓝底白圈雨衣的茶农，三四人一群，低头在不停地采摘着雨水浸透的嫩芽，一双双被水浸泡白了的双手，才知道采茶活非常辛苦，当你坐着喝茶时候，兴许脑际里想起了茶农，那弓着身子，忙着采茶的背影。

西南湖角上有一段小桥，看起来像九曲桥，却只弯了一个弯，极短。一棵桃树在雨中开花争妍，仿佛有开心的模样，斜着树枝，横卧在桥上，路过的赏花者，定会手拉树枝，挡花一笑，留下美的倩影。同行的作家们走了一趟九曲桥，六位美女排成两行，动作各异，笑声一片，我们耳畔听到了相机的多次欢快的快门声。

一步步上桥，踏着层层木纹水泥台阶，湖边隔着一排竹篱笆，远远望见一座木结构的观光阁，四四方方，阁顶盖着一层厚厚的茅草，边上耸立着零星的几棵松树。登上二层的阁楼，走出室外，防腐木的栏杆围着，阁上四周走了一圈，见这是半圆形的岛屿，从湖岸开始，一层层的茶树，一直种植到观光阁下。湖对面一长溜的长廊，面前安置了四座草亭，还有飘动着的多彩的雨伞，这是来来往往的游客。湖边的栏杆上，挂着三、四只救生圈，倒影的长廊，看起来像一艘海上漂泊的轮船。

阴沉沉的雨天，稍一会儿，雨小了，飘忽的雨丝，湖面平静似磨砂的，湖的北边有一排树枝的倒影，其中一棵极高大，整个湖面寂静极了。

往北行，茶园山道依旧是石块铺就的，采茶的茶农还在忙碌，层层叠叠的茶树嫩芽，点点黄色块衬托着碧绿茶树，一问，才知道是防虫的，这一带的茶叶以松阳银猴、乌牛早两个品种为主。松阳银猴是地方名茶，采摘细嫩，加工精细，其条索肥壮、多毫浑直、银绿隐翠、身形卷曲满披银毫，汤色嫩绿清澈，滋味鲜醇甘永，清香持久，有"仙茶"之美誉。两千年的历史，孕育了松阳银猴茶茶道，浓缩源远流长的文化底蕴。

回到长廊下，长长的两根茶桌，坐满了游客，有手捧大碗茶喝茶的，或在聊天的。我将门票联边撕下茶票，交给一位服务生，他递给我一只粗陶碗，碗底里只几片茶叶，自己用开水一泡，茶叶一热，肥壮的茶条，色泽翠润，一股粟香扑鼻，茶汤清澈绿明，叶底嫩绿明亮。那嫩绿清澈的汤色，鲜醇爽口的滋味，和浓郁鲜爽的香味，无一不令品茶人叹服，不愧茶中珍品。

碰到给我们带队的当地导游，忙问："此湖叫什么湖？"她告诉我，这湖是人工挖掘的，没有名字。我一笑："当了几年导游了？"她回答说五、六年了！我肯定告诉她："你这个导游不合格，景区分布图上有，此湖叫……"

原来，此湖有个雅致的名字，叫"虚静湖"。我知道贾平凹先生有个书斋名为静虚村，印象尤其深刻。"虚静"是自然的本质，生命的本质，亦是艺术的本质，成为中国传统艺术创作所需要的一种态度。这大木山茶园，远离喧嚣浮躁、物欲横流的城市，钟情于山中安静平和的自然。于是，筑湖者目的是让蛰居城市的人，寄情他们的虚静湖，清守静笃，追求心灵的那份清静淡泊。邀三五好友，来此喝杯好茶，静下神来，定下心来，开始走进品茗审美的境界，静静领悟茶之色、茶之香、茶之味、茶之形的种种美感，以及赏鉴茶道的文化生活之美。这一切，不正是属于虚静之美的境界么？

回来的车上，导游才告诉我们，她把这个问题发到导游微信群，问叫什么湖？群里没有人知道，再打电话问景区的工作人员，他告诉她说叫虚静湖，她自惭学识之浅，学无止境的，今天长了见识。

说了半天，我还没有告诉大家，虚静湖在何处？

此湖在浙江的一个山区，远离松阳县城的大木山上，近十万亩的生态茶基地，按国家标准化种植的，这里有采茶体验，可骑车兜风，或虚静湖畔品茗，或尝山里农家菜，也可在茶区民宿。

（原载《散文选刊》原创版2017年第12期）

## 我心在此悠然
陆 原

山，渐渐远去。

山顶高耸的古塔，也变得越来越小，隐进蓝天白云里。

坐落在半山腰的古寺，也渐渐朦胧起来，绿树丛中仅显出寺庙外墙的一团黄色。

此山孤立而起，形如"人"字，四周坡缓而顶尖。因此，当地百姓称之为"尖山"。又因山腰常缭绕云雾，美不胜收，人们取了个颇显诗意的名字，叫"浮云山"。山虽然仅一百六十多米高，但站在山顶，据说能看到苏浙皖三省。于是，引起来长兴的游人登顶一览的兴趣。

此山的吸引力不仅如是，佛教历史文化也颇吸引人。史载唐天宝年间建起"空隐教寺"，新罗国（现为朝鲜）僧人金乔觉，法号地藏，曾在此居留，后赴九华山修道，他圆寂后被佛教徒封为地藏王菩萨，成为四大菩萨之列。后来据说这里供奉的地藏王菩萨多次显圣，寺庙便更名为"显圣禅寺"，山也改名为"仙山"。当地人津津乐道"先有仙山，而后有九华山"，说的就是地藏王菩萨曾先居于仙山，而后落脚到九华山的一段历程。

有关仙山的名胜和历史掌故,长兴人耳熟能详,听得耳朵生茧。而我们外地人,则感到无比新鲜,由此对仙山,对长兴,增添了浓浓的游兴。

我想,一千六百多年前的地藏,给今日的仙山带来这么大的名声,并非是机缘巧合,而委实是长兴人自身造化的结果。那时,地藏仅是一个普通僧人而已,并不是什么名声响亮的高僧,但此地寺庙能容留他,并不轻视他,使他心情舒畅地在此长居了一段时期,这足以说明他对此地的环境之美、寺里僧人和香客百姓的淳朴善良,有着极大的好感。正因如此,才有地藏在仙山修道的一段佳话,给仙山的佛教历史和现在仙山的旅游开发,增添了厚重的一笔。这应了一句老话:"厚德载福,荫泽子孙。"

仙山山麓有一座浙北最大的人工湖,即泗安水库,湖面达七平方公里,这是百姓为防洪防旱于一九五九年开始兴建的。当地历史上曾留传这样一首民谣:"泗安广德州,十年九不收,日也愁、夜也愁,一直愁到八月廿四五更头,八月廿五还是没稻头。"泗安水库的建成,确保了周边一万多亩农田的旱涝保收。泗安水库现名"仙湖"。仙山、仙湖,统称为"仙山湖",目前已成为国家湿地公园4A级旅游景区。有人说,到长兴,不游仙山湖,似乎没有到过长兴。

由于游览时间的不济,我们没有登临仙山享受一览三省的眼福,没有去看古寺翘檐叠顶、雕柱画梁建筑的风貌和寺里地藏菩萨的法相,仅能乘画舫游仙山湖。

游仙山湖,最引起我兴趣的是这里号称浙北最大的国家湿地公园。近年来,国家湿地公园声名鹊起,湿地景观具有的独特生态、文化、美学和生物多样性价值,让人们崇尚起另一种亲近自然的亲水趋向。

仙山湖湖面碧波荡漾,水天一色,景象秀丽,人在画舫中,心境怡然。

行不多久,画舫便驶进芦苇荡。高高的芦苇从水里拔节而起,碧绿葱茏，在微风中摇曳着茎杆枝叶，一派茁壮的景象。

　　船只在芦苇荡里，的确有一种神不知鬼不觉的青纱帐独特景观美感。

　　芦苇，又名蒹葭。《诗经》里的一首《蒹葭》，写出多情小伙子对爱情的追求，感人至深。

> 蒹葭苍苍，白露为霜。
> 所谓伊人，在水一方。
> 溯洄从之，道阻且长。
> 溯游从之，宛在水中央。
> ……

　　蒹葭，在百姓眼中最普通不过的芦苇，被诗人赋予了新的内涵和意境，成为与爱情相连的意象。此时，我的耳边回响起根据《蒹葭》一诗演绎改编的电视剧《在水一方》的主题歌，那凄婉、缠绵而优美的旋律与歌词，挑起沧桑背后那些青春岁月的记忆，挑起躁动灵魂下那些宁静的时光。

　　岁月无限亦有限，岁月无痕亦有痕，人生与眼前的芦苇相比，芦苇有根，虽是秋来芦花白了头，但来春又是碧绿苍翠，青春勃发。而人生四季，难以轮回。因此，人生哪一季都是美好的，每一个晨昏都值得珍视和拥有，认认真真生活出精彩和绚烂，才不虚度人生宝贵的年轮。

　　画舫驶出芦苇荡，不久又驶入一片水中森林。一株株粗大的柳树和杨树，它们静静地长在水中，高达数丈，枝繁叶茂，碧绿欲滴。

　　柳树在水里生长不觉稀奇，而杨树在水里生长便不多见。虽然杨树是一个喜湿的树种，适宜在河滩、湖滨和山谷生长，但是其树完全沉浸在水里，当地人也认为不过数月便要烂根而死。但这里的杨树在水库里生长数十年，挺拔依然，长势如初，令百姓惊叹于杨树顽强的生命力。

水中森林,是人工湿地特有的现象,也是人工湿地人文性和观赏性的优美呈现。据说每到秋冬,水中森林的杨树叶子金黄,湖光耀金,很是壮观。

在水中森林里,我看到在水上觅食的许多小鸟。说是小鸟,其实每只也有一斤多重,通身黑色,游动灵敏。船上有人说,可能是红嘴鸡。虽说是鸡,但它能飞。湿地里据说有许多野生的水禽鸟类,可惜我们见之不多,或许是时交午后,它们躲到湿地里的草丛里睡午觉还没有醒来。

白鹭倒是看见不少。当画舫驶出水上森林,我便看到湖上许多白鹭飞来飞去,或在湿地浅滩上停歇觅食。画舫在它们身旁驶过,它们毫无顾忌,悠然自得地觅食或嬉戏,一副这是我的天地我的家的神态。的确,这些湿地是它们的家,是它们的天堂,我们是闯入者,是局外人。

或许有人说,人非鸟类,安知鸟之所思?鸟非人类,安知人之所想?

何时我们人类能与这些大自然的生灵互相沟通,坐下来听听它们的意见和建议,共商大自然生存发展的大计,那么这个地球一定会更加蔚蓝美丽。

仙山湖的湿地真是辽阔,游了半天还没游多少地方。作为湿地,荷花是必然会生长的植物,赏荷也必然是要附庸风雅一下的玩事儿。

在湿地的西北角,专门辟有一个荷博园。我们离开画舫,在田塍上赏荷。

这里生长的不是荷花,而是莲花。虽然荷花也属于莲花,但两者有明显的区别。荷花肥大的叶和花,高离水面,而莲花的叶,平浮在水面,显得纤巧婉约。现在这里莲花的花骨朵还疏疏朗朗的,没开几朵。我知道来早了,还没到莲花盛开的花期。机遇不遇,或多或少有些遗憾。

不过，我在这里高兴地看到许多临湖而建的小木屋。这些小木屋，以干栏式建筑方式而建，古朴而雅致。我坐在小木屋前，看夕阳把湖面染得通红，也把小木屋染得通红。我在红彤彤的夕阳里，听着莲花下、湿地中的蛙鸣、虫鸣，心境如水洗涤，轻松而惬意。

我想，在这个远离城市喧嚣的仙山湖里，就这样静静地坐着，看夕阳慢慢收尽余晖，看夜幕慢慢拉上，然后，走进小木屋，悠悠然的心，枕着一阵阵热烈起来的蛙声虫鸣入梦，那个梦一定是无比碧绿、湿润而柔软。

（原载《中国作家》2017 年第 9 期，有删节）

## 苦涩的空气里仍有着谜一样的事物
——在公望美术馆

马 叙

蒋金乐近年来一直研究富阳地方文化。他站在公望美术馆前面，背对浩荡的富春江，与我们叙述王澍设计公望美术馆时的文化理念。此前，我到过中国美院象山校区，那是王澍的另一个建筑设计群组。站在公望美术馆前，所有人都背对着富春江。我一直对富春江有着一种想象，我一直未真正进入富春江水域，我三次到达富阳——1986年，2005年，2016年，三次都是未进入富春江水域实景，这使我得以保留着一个想象，一个对于富春江的自由想象。富春江上游的新安江与兰江、衢江，以及下游的钱塘江，我都进入过水域实景。虽然在此之前也进入过桐庐境内的一小段富春江水域，但是，我一直还没有真正进入到富春江水域之中，我觉得自己一直处于富春江之外。一共三次到富阳，三次都是车窗外一闪而过的富春江。若是回到元代的富春江，江面比如今更空旷。元代之后，富春山居图之后，富春江是黄公望一个人的江。舒缓的江流，两岸山际线低伏的山景，黄公望的小舟永远漂移于这条大江之上。600多年之后，站在公望美术馆前的蒋金乐说，王澍试图以建筑描述黄公望，以建筑描述黄公望的《富春山居图》。此时我想到了一首未完成的诗：

"清晨的黄公望，睡眼惺忪
看不出江面流水
中餐也似乎遥不可及。
一袭青山等着午后的一壶清酒"

于黄公望而言，面前的富春江每天都是序章，清新，诗意，宁静，舟楫轻划，偶尔一阵江风吹来，一刻能消一生的烦恼事，但这个烦恼刚消去，新一个烦恼随即到来，这是一个永恒之烦恼——时间流逝，生命老去。黄公望江上遇打渔人，不说，只沉默地看着。黄公望着宽大的袍子，风一来，风是媒介，风从山边来，风从江面来，风从天上来，北风中有王希孟的气息，南风中有董源的气息，西风中有巨然的气息，东风中有赵孟頫的气息。当然，风吹过，依稀江山，一切依然，袍子还是宽大的，小舟依然漂荡。【一袭青山等着午后的一壶清酒。】只有站在公望美术馆前的我，被这个时代裹挟着，前后无着。也许我这一生一直等不到一壶清酒。而这个时代的俗世情景是（一首仍未完成的诗的片断）：

"雾霾来了。
一个红肚兜藏得更加深远。
苦涩的空气里仍存着谜一样的事物。
大地有自己的指甲，在时间中一一刻划。"

雾霾消隐着固有的诗意，想象也已经勉为其难。十二月下旬，雾霾到达南方后连日不散，加之南方的湿度，强调着雾霾中的异味。它导致心境幽暗，情绪低下。寻找红肚兜，成为雾霾时代俗世中的诗意部分，成为俗世中有限的诗意存在部分。而山水尚存的诗意，在各地正被一个个地打包出售。午后的清酒，摆午后清酒的小舟，泊午后小舟的空旷之江,江岸的岩石疏林,唯存在富春山居图中。当公望美术馆迎面而立,我看到了一壶清酒,它的一小部分,它其中斟出的一杯或两杯,在当今之溢出的文明中如何成为水泥,而水泥又如何成为一部现代诗篇。【雾霾来了。一个红肚兜藏得更加深远。】这现代文明中的一个红肚兜,一如我正在想着居于别处的一个不存在的女人,她一直隐藏着,几乎找不到,文字中没有叙述,书信中没有影踪,图像里没有出现,也因此成为这个时代的一个诗性隐喻。红肚兜——隐喻——诗性——它们都深藏在这个时代的雾霾深处。而水泥也是这个时代的雾霾之一——它的属性弥漫在整个时代之中,弥漫在我们的生活之中。——时而灰色。笨重。坚硬。粗暴。——时而与钢铁为伍,耸入云天。左右时代与金融。——强大的物质正通过人自身的举措与累积,压抑着人自身。但是,在富阳,这种坚硬的材料被改造成了一座巨大的美术馆。它通过乡村元素,作出向黄公望过渡的努力,努力抵达一壶舟上清酒。这之间,隔着六百六十多年的时间。

进公望美术馆,左转第一个展厅,展出故宫藏画二十八幅。沈周。查士标。王时敏。王鉴。王翚。王原祁。其中沈周、王鉴等明清大画家仿《富春山居图》有六幅之多。这么多画家——沈周。查士标。王时敏。王鉴。王翚。王原祁。他们介在黄公望与王澍之间六百多年时间之中,沈周,黄公望离世63年之后出生。董其昌,沈周离世128年后出生。王鉴,董其昌离世43年后出生。查士标,王鉴离世后17年出生。他们都或仿过《富春山居图》,或别的无名画家冒他们名仿《富春山居图》(其中有一幅冒董其昌名)。他们之中,唯沈周离黄公望最近,在时间与技艺及内心深处的诗意上,在所有的画家中,沈周离黄公望最近。沈周居于苏州吴门,苏州河汊密布,临太湖,太湖浩渺,而苏州的河汊温润流布,因此,我在观其所仿的《富春山居图》中,一眼就看出了既有山树的水墨润泽,又有江面的开阔浩渺气象。我的感觉随之流动,起伏,沈周笔墨是那么的舒适,仿若雨后不久,令我为之迷恋。从元入明,世象迅速世俗化。沈周的长卷多了几分温润之味是有时代迹象的,就是这几分温润,使得这幅长卷离人间生活更近了许多。黄公望居于元末,一个末世时代,不管一个人与那时代那个现实离得多远,但内心是一定萧索的,这不是现实情状带来的,而是时间带来的,时间带来了风,带来了流逝之痛,之悲怆,之悲凉。【清晨的黄公望,睡眼惺忪】。黄公望的《富春山居图》远比沈周的仿长卷萧索许多,同时也宁静许多。墨枯敛,悲凉,苍茫。诗意更为深远。我没在黄公望的笔墨中去试感受其舒适度。而我在其笔墨中是另一个方向的感受,我感受到了其中的时间与人生,我必须安静,在离开富阳许多天后,再观黄公望的《富春山居图》长卷,在剩山图里,在无用师卷里,我的再一次的图上行旅,它带着我进入它的悲凉,宁静,空阔。在无用师卷里,有一木桥,伸向空茫处,而在沈周长卷里被改造成了石桥,坚实,架向岸边另一岩石,桥上加入一行人。沈周是不忍黄公望的苍凉、悲怆,而特意加了这笔墨。黄公望广阔的人生诗意时间诗意被沈周用切近的可靠所削弱了。因此当我身处公望美术馆时,我感受到水泥材料的悲怆,这悲怆与黄公望的悲怆是相对应的,《富春山居图》的山水长卷,其形是外在的,但是其笔墨的内里感受,它的时间性,它的人生境况的悲凉诗意,也正是道家的重要内核之一。痴,瘦,荒寂,苍茫。浅绛又增进了散淡与温度。

在王澍与黄公望之间隔着这么多的大画家。还有一个人不得不提——朱耷。朱耷的山水更加悲凉,萧索,绝望。朱耷是从明入清的文人。在感受一个时代的逝去,时间流逝的痛感,弃于世上的孤绝感受,他是顶峰。而我在看朱耷的山水时,我的感受是那样地深切。我不知自己为什么这么喜欢萧索孤绝的山水。而朱耷的山水,毫无疑问受到了《富春山居图》的影响。我几乎毫不费劲就从朱耷的山水里找到了黄公望晚年笔墨中的萧索元素与空旷诗意。他们都是那么的深远,把笔墨如此推进到时间深处,如此推进到生命荒凉的背面!只是朱耷把其发挥到了极致,此后再也没人超过朱耷也不敢重复朱耷。而当朱耷画鸟时,把这种情绪,把深远的冷诗意,发挥到另一个极致!

六百六十多年以后,我们来到了富春江畔,来到了公望美术馆。

在公望美术馆,我从水泥材料里领略到了其中的一小部分,是的,仅仅是一小部分。在灯光的追踪下,水泥具有了一种冷诗意。有时,水泥它太物质化,太漠视生命的温度。但是,现在这个空间被高品质绘画所进驻之后,绘画所携带的时间过程,所携带的古人气息,使得这个空间具有了一种生命与时间的诗意。这是《富春山居图》上的一条孤舟上的一杯清酒的诗意。同时,也是现时代俗世生活现实里的深藏着的红肚兜的一角。【苦涩的空气里仍存着迷一样的事物】。在公望美术馆,我最愿意留在这么一个厅里,长久在感受古人的将近凝滞的不动的诗意气息。

我想象着,此时美术馆外部,会有一群飞鸟在飞翔。它们不规则地、自由地飞翔着。这是一群有着水泥一样中性颜色的灰色鸟群,时而分散,时而聚拢。时近时远。一年四季,都有鸟群在飞翔着。飞翔,于人类,一个艺术大于描述的词汇,梦想大于行为的词汇。有时,它几乎不存在,仅仅是被感知,被想象。一如从元末到现今六百余年间,由无数个画家、文人来连接时间与艺术史,一幅画,一个人。许多幅画,许多个人。为数不多,却气象庞大。现在,飞鸟连接起了公望美术馆与富春江之间的时间与空间。天空因鸟群而敏感。自由与自在,是居于富春江畔的黄公望的人生状态。

在公望美术馆的更上一层空间,正在举办着一个叫作《山水宣言》的当代大型水墨展。主办方意为在两个空间布置一古一今的两个展览,来宣示公望美术馆在当代的一个存在。这一个空间里有王冬龄、闵学林现代派书法以及同样来自中国美院的大型水墨。这个空间展示出了现代人的时代病，焦虑，虚无，混乱。我对蒋金乐说，我不喜欢这个空间的作品，它们削弱了公望美术馆整体的形式诗意。王冬龄破了中国当代书法窘境，但是立的方法仍用着破的形式。而这破却遭遇了公望美术馆强大的水泥结构出的空间，在这时，艺术的粗暴遭遇了水泥材料的本质的粗暴。包括四幅巨型立轴水墨，这种艺术形式正遭遇了来自更加强大的的水泥结构空间的打击。

"雾霾来了。
一个红肚兜藏得更加深远。
苦涩的空气里仍存着谜一样的事物。
大地有自己的指甲，在时间中一一刻划。"

公望美术馆的谜底是最后上升到屋顶的时刻。我们一个一个地沿着阶梯向上走，走出到光亮处，走到公望美术馆的屋顶上。屋顶充分展示了设计者王澍的艺术与想象才华。背后青山，低伏的山际线对应着眼前的不规则的屋顶折线，同样的起伏、舒展，剩山图的一角，无用师图上的远山轮廓线。有云霞，冷色调里温暖的色泽。我们还在内部空间观画时，它就在这里等待着观展的人上升，然后，散开，回望。观山，观屋脊，观山水。观山水时想黄公望，观山水时想黄公望《富春山居图》。屋顶的一方，正飞着灰色的飞鸟。忽高忽低，忽聚忽散。它印证了我先前在美术馆内部的想象与感知。正前方是看不出流速的富春江，宽阔，宁静。【大地有自己的指甲，在时间中一一刻划。】唯近处快速疾驶的大卡车轰隆隆开过，提示我这是一个快速发展的当下时代，我们离这个时代三十米高，自屋顶下到地面，五分钟。重又汇入火热的当代生活之潮流。在这过程中，蒋金乐向我叙述富阳元书纸的古老手工生产流程，叙述带领王澍到他老家体味村庄里的细节与质感，叙述王澍如何把公望美术馆设计与《富春山居图》进行观念融合。

走出许久，再回望公望美术馆，它已隐没在一座青山背后了。

  *清晨的黄公望，睡眼惺忪*
  *看不出江面流水*
  *中餐也似乎遥不可及*

富春江是属于黄公望的，这几乎是他一个人的江，一个人的苍凉与悲怆。一个人的超然绘画艺术。一个人生命里的旷远诗意。

离开富阳回到乐清已经许多天了。许多年来，我一直在寻找一个女人，她不在现实之中，不在纸上，不在大地上，不在时间之中。她存在于我的苍凉的诗意之中。【苦涩的空气里仍存着迷一样的事物】。她有着一个红肚兜，你们永远看不见，她是一条江，宁静，旷远，连我几乎不见。如果找见她，我要对她说黄公望，对她说富春江，对她说《富春山居图》，说旷远的生命诗意，说一个时代的逝去……此时，天空暗下来，公望美术馆沉入在夜色之中，与周边青山合为一体。包括它的内部，包括那些古人的水墨，在黑暗中，水墨与空间结构无法再分彼此。美术馆与背后的山体，美术与富春江流水，无法再分彼此。古人与今人，时间与历史，无法再分彼此。而每天的从黎明到清晨，是它醒来呼吸的时刻，轮廓逐渐清晰，内部空间也从混沌一团回复到各居其所，显现其明晰的艺术面孔。【清晨的黄公望，睡眼惺忪】。关于富春山水，除了那些被黄公望说出的之外，也部分被沈周说出，部分被查士标说出，部分被王鉴说出。到了这个时代，我们的部分关于山水的言说，几乎消隐于雾霾中不知所踪。但是我们仍固执地寻找着《富春山居图》里的诗意真相。在公望美术馆里寻找，在当代的富春江里寻找，在杂乱的大地上寻找。

在当下，在的富春江畔，我来了，我走了。更多的人来了，又走了。在以后更为漫长的时间里，从黄公望，从《富春山居图》，到公望美术馆,一个隐喻,一个象征,黄公望在元末,《富春山居图》中的《剩山图》在浙江博物馆,《无用师图》在台湾故宫博物院。一个时代的隐者,一幅说不尽的长卷,在富春江畔的一个美术馆里被想象着、感知着……

(原载《浙江散文》2017年第1期)

## 心 灯

宁 白

在我们楼盘收废品、报纸的是一位50岁刚出头的河南农民。不老，却也不年轻了，已经是两个孙儿的爷爷。

几年前，刚见到他时，给我留下了平实、拘谨的印象，薄薄的腰板似乎还挺不直。跟他讨价还价，他也不恼，不愠不火地跟你诉说：东西都卖不出好价喽。嘴角还浅浅地笑着。

有一次，妻子跟他说，你住近郊，三轮车骑过的田头地边，如看见有能种花的土，给我捎个半袋。过了没几天，他专门把半袋子土送到家门外了。妻子看他实诚，送了他一只真空包装的红烧鸭子。

我家订了十几份报刊，他说这个小区里就你家报纸多。于是上我家来收报纸的次数也多。熟了后，每次来收报纸，便聊上几句。知道他是初中生，当过兵。白天收废品，晚上另打一份工：有时去修补房屋，有时在厂房建筑工地当小工。每天多者300元，少则200元。一月有10多天，每天要干到早晨4—5点，回来就直接到收废品的小区打个盹。

我问他，这样白天黑夜连着干，怎么受得了？

他说，没办法啊！老婆在农村老家，身体不好，要用钱。大儿媳妇在你们旁边的万象城商厦打工,看得眼花了,跟人跑了,扔下了一儿一女,要靠我补贴他们。

靠你这点收入,也补贴不了多少啊?

只能省着用啊!天天早晨一碗粥、两根油条,中午在外吃盒饭,最便宜也要十多元,晚上回家炒几个菜,与儿子孙儿一起吃。

那天早上,在地下室门口,见到他睡眼朦胧,手里拿着一本旧杂志,晃悠着走出来,便与他打招呼。

也喜欢看书?

是的。这是收来的杂志,无聊翻翻。

以后我送你几本书看看。

那太谢谢了!

过了有好几个月,不见他来收报。一打听,老婆病倒要动手术了,他回家去服侍老婆。

我把家里的旧报刊杂志,都积攒着,等他回来,卖给他。

今年开春后,在小区路上看见他了,便说,我家里的报纸、纸板,你的三轮车都快装不下啦!

他跟着我上了楼。问他老婆病况,倒没见他揪心。淡淡的说,开了刀,在老家养着。

一大堆报刊、纸板,捆扎、称重后,他把散落在地上的几片树叶子捡起,裹进了报纸堆。我递给他一本武打书。说,你闲着时看看,你还喜欢什么书?

他两眼盯着我,有几秒钟,随后轻轻地、有点不好意思、却也直愣地说,我喜欢看哲学书。

我瞬间一怔。他是为了表白自己的阅读等级?还是哲学书给过他生活的启示?在并不明亮的廊道里,我看到他说这话时,疲惫的眼神中有光的闪亮。

你喜欢读哪些哲学书?

我也看过一些外国哲学书,不大懂,更喜欢看毛主席的哲学书,好懂。

　　一个初中生，在城市的光怪陆离中，干着被人视为最低等的活，却心想着哲学。无论想看哪位哲学家的书，也无论他读哲学书，是为了想在艰难的生活中求方法找出路；还是为了在心静的时候，想人生之奥秘，即便是他想"炫耀"自己知道"哲学"两字，都让我对这位穿着脏衣服的农民，产生了一种亲近；看着他说话时的小心翼翼，也产生出一种同情：一个收废品的农民，他说出"喜欢哲学"，得跨过自己内心深切的自卑。

　　其实，也有人会这样看，有"哲学"两字在心里，一个人便会有道德的准则，他的内心便会有对生命的期许。现在，有谁还会"炫耀"哲学呢？

　　我跟妻子说，一个想看哲学书的人应该不会缺斤少两。即便是我的迂拙，我也这样固执地认为。

　　我住的小区，是杭州的一个新城，周围大厦林立、商厦豪华、高档车飞驰。在这样的环境中，一个农民会面对各种诱惑、矛盾、困难，只有在心里把这些都扛住了，才能打好这份收废品的工，才能不慌不忙地活着。当下，他生活的压力正大，但他面对我的，却是淡然和平静，是因为他心中有"哲学"这盏灯吗？

　　心中有"灯"，眼中便会有光。我想，城里人的那一点点优越感，遇到这样的目光后，会不由自主地淡却。

　　前几天，他又来我书房搬报纸，边搬边随意地说：你们城里人多好，都有一间书房可以看书。

　　从他轻轻的话语中，我感觉到，他深藏着的无奈。

　　如果命运曾经眷顾他，那个"哲学梦"，不知会造就怎样的他。

（原载《解放日报》2017 年 11 月 23 日朝花副刊）

# 大梁坡再系列

帕蒂古丽（维吾尔族）

## 大梁坡上的生活

我们家在老沙湾大梁坡的屋子，盖在高高的土坡上。前些日子，白天装修，夜里，我和弟弟打了地铺，躺在埋着我们胎衣的地方，心里安宁的就像躺在爹娘的怀里。小时候进进出出的庄稼地，长满芦苇的河坝上，那些记忆都回来，一片一片落满院子，栖息在苞米叶子上、棉花杆子上和葵花的盘子上。

花了二十年时间书写，现在，我终于把自己写回大梁坡。这个村庄，对于别人可能只是一个村庄，对于我，却是一本打开的书。我回来，就是向故乡索要一份记忆，一份丢失的记忆。

坐在屋子的门槛上，用父亲的目光看那些荒草。我是在荒草中长大的，却从没有这么长久地凝视它们。孩童时代只顾着在一路奔跑中长大，似乎奔跑的方向，就是长大的方向，奔跑的速度，就是长大的速度。遥不可及的远方，充满了诱惑，成长中的奔跑，不会为谁停留，我甚至不会停下来，等一株荒草长大、追上来。童年的我，像一只惊慌失措的鸟。任何事物，都是匆匆从眼角地掠过。

现在，我用父亲的目光，打量大梁坡，村里的房子沿着一个椭圆形的大坑排列着，似乎从来就是为了我从这一头打量起来一览无余。坑里一直种着棉花，无论地分给了谁家，都种棉花。似乎这块地就属于棉花，从我穿开裆裤到现在，几十年来没有变过。

我大学毕业不久，就当了记者。离开大梁坡的第二年，父亲用嫁我的五百元彩礼钱，开垦了房子西南面，靠着河坝的十几亩地，这块地，用尽了他最后一点力气。等我抱着孩子，带着一架为他买的收录机回来，只赶上为他送埋。

我的婚礼父亲没有来，家里一个人也没有来，父亲本来可以用那五百元钱买车票，到塔城参加我的婚礼，可他把钱用在了开垦荒地上。他想着我还有三个弟弟，一个妹妹在读书，他雄心勃勃，准备把他们都培养成"国家的人"，结果他走了，把他们全部留给了我来负担。

我们个个都像父亲，都留恋大梁坡，都想在年纪大了以后回来。这里养了我们一大家子人。大梁坡有父亲打了一辈子交道的邻居，邻居呼唤孩子的声音，跟他们的父辈一样，邻居吠叫的狗，似乎还是多少年前，我们听着入眠的那一只。

早上起来，看着葵花的脸盘渐渐亮起来，一点点仰起来，转向太阳。雪山在远远的地方，就像画在天幕上。站在房顶，能看到海子湾水库的大坝。二十八年前，这条路扬起黄尘，运送父亲埋体的拖拉机，突突突地驶过。埋葬了父亲后，就是那条路，带着我们迁徙，让我们兄妹六人，朝着六个方向，走了几十年。现在，都该回来了。回到当初，回到没有离开过的大梁坡，回到另一个梦境，等父亲的声音，远远地叫醒我们。

三弟弟每天盘算着，口袋里的钱还能做多少事情。他盘算着盘一个大炕，叫兄弟姐妹们都回来，像小时候一样，大家一起并排睡在大炕上，这是他一辈子的理想，现在快要变成现实了。

三弟弟现在盘算的，父亲在他这个年纪也盘算过，大弟弟想的，跟父亲一模一样。一旦回到这里，日子似乎只有一种单纯的过法。这是真正的重来，地里种的，院子里养的，一样都不多，一样都不少。大地就这么古老，村庄也这么古老，日子还很悠长……还来得及，把过去的时光，再从头过上一遍。

最小的四弟，打算第一个回来。他是六个孩子中，最早离开这个家的。

冬天，我倚在门框上，看着大三弟带着孩子，在雪地里撒欢，我猛然想起，这个院子里，从来没有过四弟弟童年的脚印，他六个月就送给了姨姨家，被姨夫裹在被子里抱走了。

这个夏天，四弟久久地钻进茂密的蒿子里，似乎在寻找什么，我看见淹没过我们童年的蒿草，幸福地淹没了他。

白天种菜拔草，晚上一起睡在大炕上，这些小弟弟没能经历的村庄岁月，我们要为他补回来。我们从小欠了他这样一份日子。谁也无法把过世的爹娘还给他，我们现在只想把大梁坡的生活，原原本本还给他。

## 大梁坡的狗

回到大梁坡后发现，要想在村里来去自由，得先跟村庄里的狗搞好关系。

回大梁坡村的家，路只有一条，必须从邻居家门口过，邻居家的大白狗从来不拴。大白狗刚产了崽子，凶得简直像一头母狼。我不认识大白狗，它也不认识我。只好来去坐车，根本不敢下地。进自己家的门，还要经过邻居家的狗认同，回乡真不容易。

怎么过大白狗这一关，四弟弟的说法是：把它喂熟。大白狗的窝，在我家和邻居家之间，临近我家的大门，所有来我家的客人，都要过它这道关。养熟了，等于咱家养了狗。

要想喂熟，先得从生开始，这狗根本无法近身，每次狭路相逢，即便我是坐在"铁壳子"里，它都要来咬个不停，一直咬到大门口，我没法下车，只好对着邻居家大喊："图拉訇，挡狗！"

图拉訇用维吾尔语骂了一句，大白狗撤退了。图拉訇大喊着："你骂它，用维吾尔语骂它，声音要大，骂得凶一点，他就会怕你。"

我一边发抖，一边用维吾尔语骂狗，狗果然低下头，不叫了，乖乖进了狗窝。

后来我发现行走在大梁坡，你得不断变换语言方式，跟村庄里的狗对话。维吾尔庄子里的狗，维吾尔语和哈萨克语通用。汉族庄子的狗，即便不出狗窝，也可以从来人的武威口音、张掖口音、天水口音分辨得出是谁来了。汉族庄子的狗，对说河南话、陕西话的人十分顺从，庄子里操这两种口音的人居多，当然它也不排斥山东话。狗的器官很灵敏，如果你明明满口的大葱味，却说着一口河南话，它反而会起疑心。

现在到了大梁坡，你千万不要以为大梁坡人养狗是为了看家护院。过去大梁坡人养狗，多半是为了放羊、捕狐狸、追野兔、逮野鸡，现在狗的作用类似于石狮子，是为了迎客和装点门面。

在家里坐着，只要院子里的狗叫了，就是在给主人报信，有客人来了，赶紧出来迎客。

村庄各户人家的院子，根本用不着狗来看，田晓武家的摩托车扔在地边上，从四月扔到了八月，忙完收割，田晓武想起来摩托车还在地头，带了扳手、榔头和起子，敲打了一下，又把摩托车开回来了。

阿布麦提去了县城，家里的母牛扔在河边五六天，等他回来去河边牵牛，母牛下的牛犊都在河边欢蹦乱跳了。

玉努斯家的车没油了，扔在村道边一个礼拜，钥匙插在锁孔里，也没人去动。

村里人太太平平，谁也没空惦记别人家的东西。如果有外人打村庄里任何一家的注意，村庄里的狗就闻得出来。村庄里的人听得出来，迎客的狗叫声和狗的斥责声是不一样的，现在我不管去哪个庄子，都能变换着语言方式，跟狗准确地对话，进进出出再也不会有狗冲我恶吠。

邻居家的那条母狼一样的大白狗一见了我，就侧着身子温柔地躺下去，亮出两排大号黑纽扣一样的乳房。我一开始不明白大白狗何以跟以前"判若两狗"，四弟开玩笑说，狗的意思是你给了它许多好吃的东西，为了表示感恩，它也把身上最好吃的东西亮给你。

说笑归说笑，狗把最柔软的地方亮给我，至少狗表示它认识我、信任我，如果村里的狗都不认你，那你就算不上大梁坡人。

## 爬 犁

她从外婆家走了出来，矮矮的，像外婆家低矮的烟囱。穿着胖嘟嘟的棉衣，脖子缩得像只小狗熊。她呼着哈气，越走越近，朝着这边的沙枣林走过来，她曾经看到给大舅舅送埋的亲人路过那片沙枣林，妈妈站在那里，用头巾捂着脸，肩膀不停地颤动。那是初夏，沙枣花的香味包围的初夏。现在是严冬，四处白茫茫一片，只有雪片寒冷的气味。

她拉着一架小爬犁，一直朝着沙枣林这边的小沙包走过来。雪在她的脚底下嘎吱嘎吱地响。她的嘴上不再有哈气，外面冰冷的空气吃掉了她嘴上的哈气。他拉着爬犁上了很高很高的雪坡，她认得那个大雪坡，夏天是一座沙包，大舅舅的双拐，就被孩子们埋在沙包边缘的沙子里。大舅舅满脸眼泪粘着沙子，眼睛上都是红血丝，他的嘴巴哭得干裂出血。

她希望在雪坡下面看到大舅舅陪着她。夏天大舅舅在这里陪她玩沙子，现在他躺在沙枣林后面的墓地里。

她眼睫毛和眉毛上结满了霜，雪娃娃一样，一次一次的把爬犁拉上雪坡顶峰，怕在爬犁上，呼啦一下子从坡顶俯冲下来。她爬上滑下，滑掉了整整一个上午。

太阳从坡顶滑向沙枣林的时候，她似乎看到大舅舅拄着双拐，立在沙枣林下看着她。除了他，似乎再也没有人陪她在沙坡边玩过。

她那么熟悉大舅舅拄着双拐的站姿。她玩爬犁的时候，他却不能来陪她了。她这样想着的时候，觉得白色的大雪坡，像一座巨大的坟。

她从小被外婆娇惯，大舅舅也总是保护她。可小舅舅不怎么待见她，他喜欢跟她抢东西。小舅舅跟她一起去沙包上滑爬犁，总是让她给他拉爬犁。坐在爬犁上的总是他，他一个人滋溜滋溜的滑下去，让她帮他把爬犁拉上来，然后他坐在爬犁上，滋溜滋溜滑下去。她站在寒风里，看着他一次次像飞一样滑下去，她看呆了，感觉雪中的爬犁像长了一对翅膀，载着小舅舅飞下雪坡。

舅舅不在家的时候，总是把爬犁藏起来。这一天，外婆和小舅舅、外公都出门了，就她一个人在家里。她偷偷把爬犁从仓房里拉出来，拉到了雪坡上。

谁也没看到，她像一个长了翅膀的小雪人一样，从雪坡上飞下。雪在她四周飞溅，她闭上眼睛张大嘴巴，幻想着地上的雪都变成甜甜的白砂糖，飞进她嘴巴里。

小舅舅滑爬犁时，嘴里总是含着从大队商店里买的橘子味水果糖，坐爬犁没有她的份，水果糖更没有她的份。她看着爬犁在雪里飞，水果糖的气息和雪的气息搅和在一起。

她期待小舅舅能给她玩一次爬犁。她期待的事情没有发生，雪地上的雪也没有变成白砂糖，要吃糖只有外婆大铁锅里的糖稀。用糖萝卜煮啊煮啊，从早上煮到晚上，糖萝卜就变成了糖稀。每次，等外婆把糖稀煮好了，她也在外婆的诵经声里睡着了。

熬过糖稀，一连几天，屋子里总是弥漫着一股焦糊气息，她的嘴巴里也是糖稀的焦糊气息。小舅舅不喜欢这种气息，只有小舅舅不在家的时候，外婆才会给她做糖稀。她一直盼着小舅舅出门，外婆好给她煮糖稀，吃了糖稀，再偷着玩小舅舅的小爬犁，让雪坡上散发出糖稀的味道。

她虽然没有吃到糖稀，却拥有了一次滑爬犁的机会。整整一个上午，她很满足地从雪坡顶上，坐着爬犁一次次地往下滑，沙包是她的，爬犁是她的，雪中的整个世界都是她的。尽管那个爬犁，只属于过她那么一个上午。

事隔几十年后的冬天，走过外婆家原来的房子时，我又看到了那排沙枣林、那个大雪坡，看到了她在北风里，冻得像红萝卜一样的小脸蛋。她侧着小小的身体，用冻红的双手紧紧地跩着拴在爬犁上的麻绳，在雪地里吃力地往前走。

我看到她的孤独，一个孩子童年的孤独。

我一下子认出了她，她就是五岁时候的我自己。

## 回家路上的谜

从沙湾县城往大梁坡走，三十公里路，路两边的棉花，显出一场大雪普降的样子，似乎提醒着，天冷了，该摘了棉花做冬衣了。

棉花，以云的轻，围裹出最深重的暖意。高出来的棉花杆子，像从雪地里戳出来的树枝丫，给人一种春天化雪的假象，秋阳悬在半空，懒洋洋的，有种倦意。

摘了棉花后的棉田，像融雪后的大地，露出大面积的棕红，这就像一个反季节的预示，冬天很快就要赶来了。

路边的玉米，像是我长在地里的幼年记忆那么茂盛葱绿。玉米结实的样子，像母亲怀抱着婴儿。童心未泯的秋玉米，像是故意长出那么长的胡须，假扮成老头儿跟人逗乐。

红旗农场的酒葡萄也开始采摘了，搭了架子的葡萄地里，葡萄藤缠绵在架子上，像是一个穿着翠裙的女子，拥吻着挺立在地上的葡萄架，看着让人有一丝醉意。

每次去大梁坡，看到通往海子湾村的那条岔路，我就想象着路尽头，可以看见绿树土房的那个村庄海子湾，我不知道自己似乎有什么东西，遗落在那个与大梁坡毗邻的村庄，那一窝窝树，总是那么充满诱惑地朝我招手。

我曾坐在父亲赶的毛驴车上，从那条路上，那个黑魆魆的树窝子路过，父亲大概累了，一路上一言不发，只有他甩开的鞭子，在我头顶盘旋，那些树像我的头发一样在风里竖起来。毛驴车上拉的是父亲砍来的柴禾，我坐在高高的柴禾垛子上，心绷得紧紧的。风从柴禾垛子上刮过，星星在天幕上一跳一跳的，惊魂不定。

我很想一个人下车，沿着那条土路，进入那个过去经常出没的村子，又担心村里已经没有人认识我，会奇怪我从哪里来，来村里干什么。

小时候，去那个村子，似乎回回都是有理由的，打醋、买盐、买茶叶，我买过的第一块巧克力，就是在那个村里的商店，我第一次看戏，也是在哪个村里，看蒋凤珍在戏台子下，粉白着脸子，跟那台上甩着水袖的花旦学唱戏。

穿过那个村子，就是海子湾水库大坝，上了水库大坝，就可以去很远的地方。对了，那个村子，是一个出口，是通往远方的必经之地，而往老沙湾镇的方向走，似乎是往后退，因为过了镇子，就是古尔班通古特沙漠的边缘了，再也没有什么地方可以去。

有一个冬天，我趁晚上父亲睡了，偷了他口袋里的两块钱，第二天，村里的孩子去海子湾村买东西，路过我家门口，我跟了去，结果到了商店才发现，两块钱不见了，我空手而回。

回来父亲没有问起我，去商店干什么，这倒让我很惊奇，平时我做了错事他会呵斥我，这次却任由我去，也让我很奇怪。我怀疑父亲发现我偷了他的钱，趁我熟睡着的时候，悄悄又把钱重新偷了回去。

我那种说不出来的失落情绪，持续了半个冬天，起初我很懊悔偷了那钱，以为自己在路上把钱弄丢了，替辛辛苦苦的爹爹心疼。后来，我看爹爹从未提起自己丢钱的事，就判定钱一定是被爹爹拿回去了，又不戳穿我，让我自己领悟一个人平白无故丢了钱的感觉。

父亲去世后，这件事成了一个小小的谜，再也找不到答案了。我总是想去海子湾村兜兜，大概就是要寻找丢失在那段路上的谜底吧。

## 语言的弹坑

我喜欢村庄里的宁静，你可以像一个哑巴一样生活，来保持一颗心的敏感。

当语言的区域太宽广的时候，我会追逐语言追逐得很疲累，为省下一点体力，我喜欢保持静默。追逐那些虚无缥缈的声音，漫无边际的话语，太耗费体能，就像挖土和填埋一样，铲平那些语言的土丘，填平语言制造的沟壑会让人筋疲力尽。大大片语言和声音轰炸过后留下的空洞，让我感觉世界的虚空和不真实。

不要用语言和声音填平我们之间的空隙，不要用嘈杂填埋我的空间。当语言抽离，声音消失，那种感觉像是要忍受一切，被你抽离后整个世界的坍塌，让人恐惧。

带着杂音的语言像是一阵急雨，在地面留下小小的浅坑，像天空下了一阵石子，粗暴地打在我铺开的思绪上，思绪从一块完整平滑的丝绸，变成千疮百孔的破网，兜不住任何细密的思想颗粒，那种华丽被撕开肢解，变得支离破碎。

心蜷缩成一团，像被用力揉皱的草纸。你的话说完了，我该把自己扔进垃圾桶里了，因为我有价值的部分已经被喧嚣和嘈杂损耗殆尽。

语言的矿坑，显出过度开采后被废弃的荒凉，残留着无用的残渣,脏污的废水,处处是被肆意践踏过的印记,所有的根系被革除,大地的营养被抽离,一切生命都无从生长。

我不是怕语言和声音,我是怕语言和声音过后,就像弹雨和炮火过后留下满目疮痍,语言的弹孔和声音的坑洞,坠漫满我的全身。

我的世界遍体鳞伤,无法收拾。

(原载《浙江散文》2017年第2期)

# 梦里乡愁一碗米

潘江涛

一

甲骨文中的"米",纵横琐碎,是个象形字。《说文解字》亦说,"米,粟实也",泛指稻米、高粱、玉米、小米、黄米等等。但梦里乡愁那碗米是写实的,只能是当年新出的稻米。

自以为知米、懂米,是新米的知音。却不想,慈母年前来家中小住,听我聊起新米,居然说我的想法似是而非。妈妈说,"新米"约定俗成,即便是当年新出的稻米,也有入仓不入仓之分——新谷归仓,便作休眠。用它碾米,所得之米尽管也叫"新米",却不能用来祭祀。就像进了冰箱的鱼鲜,其味终究没有鲜活的好。

上塘鱼下山笋,讲的就一个字"鲜"。我对新米之"新"一知半解,是因为内心不曾有过父母那份期待与坚守。

## 二

农民种田,犹如妇人怀胎,始于"备田"。

立冬之后,乡村便进入一年当中最为惬意的农闲——孵日头,搓麻将。某一天,绵绵冬雨润湿了刚刚割去晚稻的干燥田畴,就到了"备田"日子。农人起个大早,来到明年还种水稻的田丘,用力撒下一把把紫云英种子。

紫云英,俗称"草子"。乡谚说:"草子种三年,坏田变好田。""草子好,半年稻。"清明春始,牵牛开犁,湮没的紫云英就是最好的绿肥。紧接着,浸种、移栽、定根、追肥、分蘖、薅秧、除杂、去虫病、控水、扬花、稳浆……水稻由水而生,按时而长,琐琐碎碎。但一到秋末,晚稻便进入最美年华——安守内心,养精蓄锐,从青涩到饱满,直到遍体黄透,完成生命的点睛之笔。

稻穗低垂,剑叶高举。"开镰了!"农人纷纷把稻桶、竹席扛进稻田,四人一组,两人割谷,两人打谷。割稻费力,割割打打,轮流替换。劳作间隙,他们会捋下二三颗谷粒,放在掌心,细细端详。或者剥去谷壳,塞一粒口中嚼嚼,有一种粉粉的香甜弥漫开来。之后,湿谷被成担成担地挑回,晒它三五个太阳,再一箩筐一箩筐地倒进风车除尘吹瘪——风叶扇起的嚯嚯声、谷粒翻转的刷刷声,便是记忆深处最美的旋律。

新谷车净,是不能直接入仓的,还得置放在空旷处晾凉。晌午,妈妈会急急地挑一担干透的新谷去加工厂碾米,回家煮一锅香喷喷的新米饭。

只是,碾回的新米多半没有想象中的晶莹剔透,或大或小的米粒朴实无华,周身泛着并不清晰明亮的光泽,有些甚至还略略浑浊,像极了偶尔从农人脸上滑下的汗珠子。所谓的新香也不浓郁,只有用力去嗅,才能感受那种似有若无,仿佛来自遥远国度的暗香。它神人共爱，不容怀疑。

## 三

  乡下人过日子，规矩多，讲究也多，每户人家均有六方神明佑护着，叫"家宅六神"。一粒黄灿灿的谷子，从浸种到收获，再碾成一粒粒新米，历经一个苦夏——暴雨雷电，等待忍耐，孕育蜕变，每一个环节都有一种必不可少的仪式。

  巧妇难为无米之炊。新米煮成熟饭，农家妇女个个满心欢喜。但她们并不急于开饭，而是梳头洗脸，更衣净手，恭恭敬敬地将满满一碗新米饭置放到灶君菩萨前头，点燃香烛，弯腰叩头。

  少不更事。每当家中举行尝新仪式，我便充满好奇：妈妈口中念念有词，到底祷告些什么？及至年长，我才明白妈妈眼中的新米饭，好比谢年时的猪头——既感激大地的赐予，又感恩上苍的保佑。

  以食为祭，先祭后食，此乃通例。祭毕，妈妈转身回到八仙桌旁，先摆好碗筷，舀一壶陈年老酒，一一端出早已备好的大块肉、烤豆腐、小溪鱼、炒丝瓜等等，再为爸爸盛上一碗饭。最后，她才倚着门框招呼孩子们吃饭。

  爸爸是一家之主，在这尝新的日子享受这份特别的敬重，是天经地义的。而在平常，他习惯先喝后吃，一到新米开锅，便喜欢倒着来，总是一个人静静地、慢慢地把第一碗米饭吃完，再开始夹菜喝酒。多年以后，我在老家与爸爸对饮，酒至酣处，悄悄地问他：这是为何？老爸回答说，一年到头，起早摸黑，不就为这碗饭么？只有慢食才有回味。末了，他借着酒劲，自言自语：你们不懂的，新米饭的清香，胜过初恋情人的体香。

  新米烹饭是新香。但年轻时我确实无法理解，直到有一天，搭档了5年的小滕送我一袋新米，闻着久违的新香，我才猛然想起老爸心中的"初恋情人"，不禁莞尔。

新谷登场，新米下锅，何止是人，就连鸡和猪们似乎也闻到了那种淡淡馨香，一下子掉进了幸福的漩涡。

黄鸡麻鸡芦花鸡原本在院子里悠闲觅食，见主人忽然往地上撒了一把又一把新鲜稻谷，兴奋得双足和翅膀迸发出全部力量，齐齐地飞扑过来，喙捣得咯咯有声。

猪是农人的"合家欢"，人一日吃几餐，猪也就喂几顿。今日尝新，猪食是用泔水拌和的新米糠、新米饭，另加一把鲜嫩的番薯藤。3只半大的两头乌听见猪槽的响声，下意识地摇摆着身体走过来。其实，它伫的内心是急迫的，只是摆脱不了肥硕身体的拖累，就这么一摇三晃地蹒跚而行。拱食时，嘴巴吧嗒吧嗒的，喉头那儿哼哼着，很是贪婪满足。一如我在吃了连续多顿六谷糊后，头一餐吃到久违的新米饭……

天大地大，肚子最大。新米煮饭，白须老者、盘髻妇人、垂髫小儿，谁人不喜，哪个不爱？就连化身为一介农夫的苏东坡，不也情不自禁地感叹：当年仕途顺利，吃到嘴里的是官仓里的陈米；如今被贬黄州，反而吃到了这么新鲜美味的米饭。

## 四

新米饭好吃，恐怕连3岁小孩都知道。苏东坡吃不到好的"官饭"，是不是囊中羞涩之故？就像《春阳梦录》所说，满清时京城粮仓储存着大量陈米。一到换库，那些陈米就发给六品以下的官员充当俸禄或给驻军充当粮饷。当然，官员们只要家里还能揭开锅，就不会吃它，而是直接送到米铺折价处理，米铺再批发零售给穷人。陈米精华尽失，不要说营养，就是口感也很差。但对穷苦人来说，有得吃，总比活活饿死好。年复一年，陈米养育了一代又一代贫寒子弟，使他们度过荒年，长大成人。他们有的侥幸升官发财，一出门也前呼后拥，俨然君临天下，但小时候对陈米饭形成的依赖性却再没抹掉，反倒把陈米饭当成不可或缺的美食。想当年，京城"广和居"、"东兴楼"、"砂锅居"等饭店皆以"陈米饭"著名，常常顾客盈门，其中不乏吃陈米饭长大的新贵和暴发户。（王国华《老米饭》）

一担新谷可碾新米七十来斤，出米率比陈谷高。新米不卖，但可礼赠——今天我送你，明日你送我，邻里之情、亲朋之谊就像池中的涟漪般荡漾。而在这一来一去、一去一来的分赠中，尝新的日子被人为拉长，当然无人不喜。

我对大米的记忆，源于童年的乡村。犹记得，上世纪七十年代末，大米奇缺。备战高考前半月，马国刚同学见我餐餐顿顿都吃玉米面、霉干菜，关切地送我 2.5 公斤粮票。国刚是双职工子女，但兄弟姐妹多，这粮票说不定也是从牙缝中挤出来的。因为彼时的大米，即便是国家工作人员也是定量的，有钱也多买不到一两。当天，我怀揣同学情谊，怯生生地去了粮站，卖米职工先看了看粮票，又把目光从镜片上头投射出来，满眼疑惑，似乎在问："哪里来的粮票？"

稻谷经碾制后会发生氧化，香气和味道也都会打折扣。粮站之米鲜度如何？饭盒蒸出的米饭虽说没有新米饭香鲜，却比板结的玉米面好吃多了。在白米饭的补给、诱惑之下，我终于如愿以偿，顺利挤过"独木桥"，实现了人生的首个目标——糠箩跳米箩，草鞋变皮鞋。不难想象，我对粮店之米充满好感，甚至难以忘怀。

安文中学曾是东阳南乡的最高学府。倘从那时算起，我这个农家子弟离乡别土，不事稼穑，已整整四十周年，真快。现如今，依然捧着"铁饭碗"，天天吃着从粮店或者超市买来的"新米"，但这新米不是以收割时间来算的，而是以工厂包装时间为准的。从一袋大米中，我们看不到四季的替换，也闻不着泥巴、雨水和阳光的气味，更不要说静下心来，想一想农夫耕作时的喘息，想一想农妇祭拜时的虔诚。

## 五

城市是现代文明的综合体,繁荣、光鲜、拥挤、喧嚣、幽居……怎么形容都不为过。但即便如此,过不惯城市生活的人依然很多,特别是那些洗脚上田的老人,欣然接纳子女的盛情,怀着老有所依的心态才移居城里,却不想城市环境像坐牢一般让人难受。他们情愿回归老家,按时而吃,依令而食,过一天算一天。

此情此景,既不是城市的过错,也不是老农的固执,更不是子女服侍不周,孝心不到。张爱玲说,因为懂得,所以慈悲。如果仅仅从吃的角度来说,城市远不如农村——无论从食物的颜色还是味道,离土地越远的地方,越不食人间烟火,就越偏离食物的原色。

新米凝结着日月精华,浓缩着乡情、亲情、友情。只是,当"米"演变为"开门"俗事,又被市场抽象成一种消费符号时,记忆深处的新米就只能是梦里乡愁了。

呜呼!

(原载《联谊报》2017 年 7 月 25 日)

## 所有的相遇都是久别重逢

潘丽萍

（一）

我在李白梦游过的天姥山望见故乡。那一个叫儒岙的小镇笼罩在日暮的黄昏，一群燕子飞来飞去，然后歇在一根电线上，排列整齐，像等待检阅的士兵。不远处，一只燕子扇着翅膀无声掠过，穿过屋檐飞进我的家里。

我家的橡梁上筑着一个燕窝，几只雏燕嗷嗷待哺，飞进来的燕子站在窝边，喂雏燕虫子吃。

我站在一边发呆。心想为什么是这只燕子住在我家？它有名字么？如果它飞出家门，我一定认不出来。在我眼里，所有的燕子都是一模一样。

这燕子在我家住了很久，母亲把一个笠帽倒挂在燕窝下，那样燕屎就不会随时落在我们头上了。

母亲说，燕子选择了我家，我们就不能赶它走。在一个屋檐下相处，本来就是一种缘分。

这是我儿时的记忆。时光像流水一样,不知不觉间淹没了我的童年,我的青年,我的中年。来时的路满目苍凉,老母已有80多岁了。

母亲依然康健,记性非常之好,说话中气很足。我为母亲欣慰。闲下来的时候,我喜欢与母亲唠唠家常,说些漫无边际的往事,我童年的许多趣事都根深蒂固地烙印在母亲脑海里,在母亲的碎碎念中闪着光亮;那些年少的掉了魂的旧时光,在有月亮的晚上一一活了过来。

母亲生了四个子女,我是她唯一亲手养大的孩子。我相信我与母亲之间有一种永恒的亲情,那是前世今生注定的缘份。

就像三生石,原以为是一个美丽的爱情故事,其实还系着另一段前缘因果。富家子弟李源,因父亲在变乱中死去,体悟到人世无常,故将所有家产捐给寺庙,在庙里修行。他与主持圆泽禅师心性相投,在一起聚会谈经,两人相约同游四川青城山和峨眉山。李源想走水路,圆泽则想走陆路,后来圆泽依了李源,走水路去四川。

舟行南浦,看到一个妇女在河边取水,圆泽感伤地落下眼泪,叹息道:不愿走水路,是怕遇见她。因为此妇怀孕三年还生不下来,而圆泽注定是要投胎做她的孩子。黄昏之时,圆泽便死去,临死前让李源三天后去妇人家,他将以一笑为证。十三年后的中秋夜,让李源去杭州的天竺寺外,他们一定会见面。

三天后,婴孩见到李源果真微笑。十三年后,李源去杭州天竺寺赴约,在寺外听到葛洪川畔传来牧童拍着牛角的歌声:

> 三生石上旧精魂,赏月吟风不用论。
> 惭愧故人远相访,此身虽异性常存。

这位牧童就是前世的圆泽,梦中的旧人,转世之后得以重逢。

我为这段隔世重逢感动。三生石是安排有缘人相遇的地方,若彼此有缘，来生终会相逢，等待的人，一定会在某个地点某个时间出现。

其实，每个人都拥有自己的三生石，只不过是迷失了自己的旧精魂，无法明白。记得《红楼梦》中宝黛初见的场景，两人互相凝望，总觉得在那里见过一般。"看着面善，心里就算是旧相识了，今日只作远别重逢。"原来，黛玉的前生是三生石边的一株绛珠仙草，宝玉则是赤霞宫神瑛侍者，他每天用甘露灌溉，才使绛珠仙草得以久延岁月。

两人隔世重逢，前世的印记还依稀记得，所谓的"三生石上旧精魂"吧。因而俩人相见便觉似曾相识。

## （二）

仿佛是一个万物生长的清晨，我从被窝里伸出自己的双手，像土地上突然冒起的春笋一样。我简直要为这双手所倾倒。我从未发现过那么富有美感的手，是我身体的一部分。这时，阳光从玻璃纱做的窗帘撒进来，一切恰到好处。

仿佛从那一刻起，我告别了懵懂少年，我那双手，将要为我今后的生活负责。

日子过得凌乱又美好。十八岁，我在一家企业的车间里做轧丸工，右手抓起一把筛得很整齐的胶囊，一颗颗装进模子，被飞快转动的轧车切割下，成品落在盘里，左手抒下一把废料。我把这种枯燥的活干得有滋有味，那双手前后左右舞动，仿佛弹琴一般，胭脂红的明黄的绿色的胶囊脱落在白色瓷盘里，叮咚作响，犹如大珠小珠落玉盘。

两年后，我坐在企业办公室抄抄写写，做一些与文字有关的工作，心思随之灿烂起来。我养成了记日记的习惯，我喜欢在工作之余辛勤爬格子，这些从心里流淌出来的文字成为我的诗歌散文，成为我的新闻报道。当我家门口的广播响亮地播出我名字的时候,我真是满心喜悦一脸幸福相。

谁的青春不迷惘?我承认我很八卦,抽牌算命的游戏也玩过。一次衔鸟门抽了一张纸牌,纸牌上一个女子在缝纫机上干活。那个提着鸟笼叼着香烟的老男人解释说:你以后的路,要靠自己的双手双脚踏实地去走。倒并不是说你要干缝纫这一行,而是所从事职业比较辛劳。

其实我在别处抽到过寓意很好的牌,但我独独记住了这一张。我不知道自己码字谋生的工作,是不是就是他说的这样。

尽管这张牌很现实,但我还是充满幻想,喜欢做一些白日梦。比如突然百万彩票中奖,比如突然金榜题名,比如突然遇见白马王子……当然这只是一瞬间的闪念,不足为凭。

之前倒有一个很渴盼的念想,就是当图书管理员或是杂志社编辑,这不算做梦吧。

说实话,我是一个非常爱做梦的人,简直分不清梦里梦外。有时候我到达某个地方,分明是第一次来,却好似见过,这一川山水竟是如此熟悉,猛然想起曾经做过梦,或者说是梦里来过。有时候梦里见过的人,过几天忽然会在街上碰到,说的事情也与梦里做的一样。

所有的相遇都是久别重逢,人生总是很奇妙,梦境也会成为现实的翻版。

所以早期我取笔名晓梦,一来缘于李商隐的"庄生晓梦迷蝴蝶",二来缘于此类机缘巧合。

> 白天没有实现的
> 我把它移植在梦里
> 尔后真的长成了一片
> 美丽的风景

青葱岁月，我把一个个梦写成一首首诗。为了你啊，我的诗歌，我罄尽毕生心泪，开放成一朵夏荷。

年少轻狂，我把理想比作诗歌，在人生之路上边歌边行。曾经固执地向往一个美好的职业，但几次都擦肩而过。我是信因果的，若不是你的东西，任你信念弥坚，也只能隔岸相望。不过，这样的错过也是一种美丽，有遗憾才会有更多的珍惜。

终于有一天，我还是圆了我的梦，从通讯员成为一名记者，从业余作者成了一名作家。写字也可以养家糊口了，这简直是一件无比美妙的事。左手新闻，右手文学，别人看来费脑筋的活，我觉得很幸福。

虽然过了做梦的年纪，但我还是愿意做温暖的事，写美好的文字。我想我与文字也一定结过缘的。

## （三）

2017 年 4 月，我带着江南湿润的风，穿过棉花一样洁白的云朵，落在一个叫黄果树的地方。从浙江到贵州，从起点到终点，看的无非是山水。

对于山水，我有着宿命般的眷念。尽管我的家乡依山傍水，有峻峭翠绿的山和清澈澄明的水，但抑制不住向往名山大川的冲动。20 多年前去黄山，在云海松涛般的仙境里，假装玉女临风许下誓言。这一生，要登高望远，访遍五大名山。可随着时光的流离，我把自己抛掷在荒芜的日子中，曾经的盟誓随风散去，已然无凭。

虽然未曾攀登高峰走访名山，却一直在行走，行走在明媚山水之间。大大小小的山峰，迂回曲折的流水是我生命历程中明亮的底色。我几乎每年要远行，赶赴一场山水之约。

黄果树景区最著名的是瀑布，随处可见泉水喷涌，飞瀑倾泻，有水皆成瀑，是石总盘根，陡坡塘瀑布气势磅礴，好似银河之水天上来；有亚洲第一大瀑布之称的黄果树瀑布因为是枯水期，水流不大，少些"飞流直下三千尺，疑似银河落九天"之气魄。对了，这里有许多《西游记》取景地，比如水帘洞、流沙河、高老庄等，看到唐僧师徒的逼真造型和那些似曾相识的景观，忍不住心灵激荡，仿佛久别重逢。

去年在九寨沟，也曾见过这样的场景，那是一个叫珍珠滩瀑的景点，也是《西游记》片尾曲的拍摄地。看到席卷而下的瀑布，耳旁就回响起"敢问路在何方"的歌声，那师徒四人的影子顽强地占据我充满幻想的脑袋。

有人说，大同小异的山水看过一处就够了。而我却沉迷其中，觉得这种恍如故的感觉异常奇妙，仿佛唤起我沉睡已久的记忆一般。

黄果树之行，有司马家的四姐妹，叫娟娟、牛牛、薇薇、丽丽，连名带姓叫起来脆生生的，像清泉一样。姐妹当然很像，看到这个姐姐却仿佛觉得是那个妹妹，这一想便似回到《西游记》剧情里去了，觉得特别好玩。

两年前去桂林偶遇潘家两姐妹，她们是北方来的，听到导游叫我的名字，立马过来说：我们是本家，你是我妹妹呢。这位叫潘丽娟的女子年纪分明比我小，只是长得很北方，高我许多，她拉着我与她们两姐妹一起拍了照。我想我们三个人的名字排在一起，貌似一家三姐妹呢。

在半天的游程里，"潘家三姐妹"在美丽的桂林拍了几张合照，还彼此留了微信。她们一路向南，到了海南，潘丽娟还不停地与我语音。

之后各自打道回府，偶尔也微信聊。微信上，她隔三差五在朋友圈刷屏，都是一些高档男鞋款，看得我眼花。原来我那潘家姐妹在北京开一家男鞋店。

有一天朋友圈满屏刷广告，想想烦透，我就把喜欢发广告的人删除，居然也把她删了，至今想起来还一直后悔。恐怕今生再也遇不到她了，世界很大也很小，小到我们一不小心就遇见，大到我们想念一个人，却不知从她身在何处。

　　这世间万物，在冥冥之中或许自有安排。有的人注定擦肩而过，有的人注定一面之缘，有的人注定长相伴随。我与母亲，我与我的爱人、我的朋友，甚至是一面之交的人，是否因为那场前尘往事的约定？

　　《杂阿含经》云：有因有缘世间集，有因有缘集世间。其实，这世间的每一场相遇都是阔别已久的重逢。

（原载《浙江作家》2017 年第 9 期）

## 娘 姨

钱爱康

吴地称呼里有娘姨一词,它的意思有几个:一个是把母亲的妹妹叫娘姨;还有是在大户人家做高级佣人的,比如老李头家的一辈子未嫁的女儿,就在上海大户人家做了几十年娘姨,为一个金融大亨的智障女儿做一日三餐和点心;再有一种是有钱人家没有明媒正娶,但是被老爷收房的,在家里也有半个女主人身份。

老李头的女儿在上海做了近四十年娘姨,人称李娘姨,去上海时十八岁半,回来时已经快六十岁了,一头的银丝,每一根都亮闪闪的,像极了春天太湖里的小银丝鱼,鱼们在脑后绾了髻,如一朵银色的藕花。金融大亨的女儿李芙蓉死了,李娘姨回家乡了。

李娘姨觉得,就像是做了个梦,睡了一觉,醒来都六十岁了。她清楚地记得,去上海时是春天,坐一只小火轮由这个水乡小镇出发,码头上石驳岸缝里钻出一棵棵嫩嫩的蒲公英,开了粉嫩的鹅黄色花,风吹在脸上没有一点点寒意,身上的小袄也解开了,让杨柳风吹进怀里,小袄张开着,板板的两片门襟左右扇着风。她拎一只蓝花土布包袱,这是她的全部家当,跟在荐婆阎婆婆的后面,小心翼翼地走过跳板,上了船。阎婆婆说什么都不用带,只要带身换洗衣衫就够了，到了那边，吃的用的睡的都有，现成的。她母亲也是将信将疑，让她带了一身衣衫，另外将家里一面铜镜给了她，说每天洗好脸照一照，别没洗干净，让人说闲话。帮人做娘姨，清爽第一要紧。这面镜子是李娘姨姆妈的陪嫁，也是她家唯一值钱的东西，让她带出门，同时也有她姆妈的一个心愿，让这件贵重之物保佑她在上海顺顺当当，太太平平，每年多赚点洋钿回来。家里有六七口人要吃饭，日子过得很紧绷。

李娘姨在家里排老四，上面两个哥哥一个姐姐。姐姐出嫁了，两个哥哥还没有成家。她还有两个妹妹。另外还有一个半瞎的奶奶。父亲原先在小镇上的煤球厂做煤球，也帮人送煤球，一年下来也只是勉强糊口，后来孩子多了，又渐渐大起来，生计越发艰难。再后来，父亲在乡下租种了几亩水田，种茨菇和荸荠，也种藕，才勉强有饭吃，但两个哥哥的婚事就像座山压在父母的心上。阎婆婆是专做上海帮佣的荐婆，她看李家的二囡长得清秀，脑子也还活络，做事手脚麻利，关键是听说会烧饭，做几个清爽的小菜和点心。这就走得出去，也不容易被东家回头掉。冲了这，她还实地考察了一回。冬天里，快过年，茨菇、荸荠、藕都收了，阎婆到李家，说是想吃点新鲜水珍果，顺便买几样带回上海，让大主雇们尝尝小镇地道的味道。借这个由头，来到李家，果然就见到了二囡，女孩子见她进门，口齿清楚，脆生生地叫了阎婆婆，然后就让坐上茶，还不忘上了两样水珍果，洗得清清爽爽的荸荠和鲜藕。阎婆看得目不转睛，心里一百个满意，这样伶俐的女孩子去上海是最合适的，话不多，事却做得有条有理。相反倒是二囡的娘，手足无措的样子，见了常往来于上海的阎婆不知如何是好，想自己家的荸荠和生藕怎么拿得出来招待人，她原本还想埋怨二囡，但看到阎婆拿起一只荸荠就咬，吃了直说好吃，水灵、生脆、鲜甜，真正的东乡荸荠。才把要出来的话生生咽回去了。她怯怯地坐下，那把杨树木椅子由于她偏了身只坐一小半而发出吱呀的声音。想阎婆来做什么。阎婆是什么人，眼睛里会说话的,知道女主人局促不安心里在想什么,便说:李家姆妈,我明天要回上海了,上海大老板周襄理家的大小姐芙蓉就喜欢吃我们东乡的水珍果,我看你家荸荠藕都起塘了,就上你家来称几斤带去上海。李家姆妈说,真是难得,大小姐也爱吃我们乡下的粗糙东西,不要称了,阎婆你拿些去就是了。阎婆笑了,那不行的,洋钿总归是要付的。这周家的大小姐穿的是绫罗绸缎,吃的是山珍海味,要什么有什么,啥都不稀罕,但她独独爱这乡下粗糙东西,我来时千交代,万嘱咐,要我一定带回去水珍果,否则的话,让我从此别再去她家了。你说这哪能,她家是我的大主雇,家里的男女佣人几乎都是我介绍的,所以呀,我得把这事给办好,省得回去被她搓面皮。话题很快转到大小姐爱吃点心的事上,阎婆说,也怪我多事宠她,在上海经常做了苎头青团子、水米糕、梅花饺送去给她吃,哪知她吃上瘾了,连周襄理在洋人蛋糕房订做的麦淇淋蛋糕都不要吃了,经常问我要,我哪有许多功夫做,所以,这次周襄理说最好在我们东乡找个心灵手巧,年轻身体好,会做这些东乡点心的人,人品要好,手脚勤快的。这不,这事又摊我身上了。李家姆妈,你在这边村坊人头熟,有没有这样的人,你帮我打听打听,要有的话,是越快越好。去上海周襄理家包吃包住,住洋房,吃得好,睡棕绷床,水门汀地面照得见人影子,用自来水,洗衣服就在家里,风吹不着雨淋不着,不用像我们这里,洗衣淘米都要跑河埠头。最最要紧的是一年到了还有6块大洋工钱,这样的好事真是打着灯笼也找不着的。也不知有没有这个好福气的人。要有的话,我带去上海,我是做了天大的好事,她会感激我一辈子的,周襄理那边我也是做了好事,大小姐也会开心的。

阎婆婆的这一番话,在李家姆妈心里漾开了,她想这样的好事,天下哪有,是真的吗,要是真的,让二囡去多好呀,她人小主意大,手脚麻利,会厨灶的生活,做这些点心对她来说是最小的事,裹粽子、做水磨粉年糕、酿甜酒酿、做细沙羊尾哪样不会,六个小孩子,就她百伶百俐。出去吃好穿好住上海滩洋房，一年还有 6 块大洋。这样的机会不是叫别人去，应该是二囡去。要是每年有 6 块大洋，不消三年，两个儿子的亲事也不用愁了……李家姆妈越想越是好事，越想就心里越着急，只害怕这等好事被别人抢去了。但是她又不知怎么来说出口，于是一张粗糙脸皮涨红了。嘴里吱吱唔唔的。阎婆当然知道她是怎么想的，但就是不往她家二囡身上说，只是说，不知你娘家村坊有没有这样的人，这是好事，与其让别人，倒不如介绍自己家亲戚的好，一来亲戚知根知底，牢靠，二来这是好事落自己家了最好。李家姆妈你说呢。李家姆妈便讪笑了说，好事是好事，只是我娘家亲戚里没有谁家年轻女子会做这些点心，没有对路的人呀。阎婆听了，笑了说哦，那倒是，这是一定要会做点心，而且要做得好才行。这样吧，这事虽急，但也急不来，你帮我慢慢打听吧。麻烦你家二囡给我秤十斤荸荠五斤鲜藕，我带回上海去。

这时，二囡说，阎婆婆我已经帮你称好十斤荸荠十斤鲜藕，不收你钱，是我家送你的。也不用怕重不好拿，我明天一早帮你送到小火轮码头。哎唷唷，阎婆婆叫唤起来，你看你看，这个二囡真是又伶俐又体贴人呀，要是小姐身边也有你这样一个善解人意又会做点心的女孩子那有多好呀！二囡妈说，二囡倒是会做点心，别说芋头青团子、猪油细沙梅花饺、裹粽子、做水磨粉年糕，就是酿甜酒酿、做细沙羊尾也都会，只是大小姐不会看上没见过世面的乡下孩子。阎婆婆说真的是这样吗，二囡会做这些点心吗，二囡说，那阎婆婆你就不要走了，晚上我就煮一锅白粥，做一笼猪油细沙梅花饺给你尝尝，你看看我做得如何。

晚饭后，阎婆婆说，这是我吃到的最好吃的猪油细沙梅花饺。二囡你真想去上海吗，想去阎婆婆明天一早就带你坐小火轮去小海，一年回来一趟，腊月廿八回来过年，初六再去上工，包吃包住，一年六块大洋，最少做满三年。李家姆妈你和李家伯伯商量一下，定了，今天晚上就把我的荐保书签了。李家姆妈说不用和他商量，只要你不嫌弃,就这么定了。

于是第二天二囡就跟在荐婆阎婆婆的后面,踏上了去上海做娘姨的人生路,从此她就成了李娘姨,没有人记得她叫二囡。

(原载《海燕》2017年第10期)

## 写在湖上的名字

裘山山

一到湘湖,我顿感自己是个孤陋寡闻的人。作为一个出生在杭州、至今时常往返杭州的人,竟然不知道钱塘江对岸有这样一处优美的4A级景区,更不知道它有一处国家级文物保护单位,新石器时代的遗址:跨湖桥遗址。

风景区无须多说,我祖国大好河山处处是风景。但这个跨湖桥遗址却是非常难得,把我惊到了。据载,它是经过1990年、2001年和2002年的三次考古发掘出来的,发掘面积达1000平方米左右,出土有大量的陶器、骨器、木器、石器以及人工栽培水稻等文物,经碳-14测定和热释光测定,其年代在8000—7000年之间。

八千年!这应该是我听到过的最久远的人类遗址了。我甚至有些怀疑,真的吗?真的有八千年吗?八千年前,人类就在此生产生活了吗?就种稻子,养猪了吗?

除了科学考证,没人能够回答。

于是我查了一下,什么叫碳-14测定和热释光测定。前者的全称是碳-14年代测定法,又称放射性碳定年法,就是根据碳-14衰变的程度,来计算出样品的大概年代的一种测量方法。它是由美国芝加哥大学教授、加州大学伯克利分校博士威拉得·弗兰克·利比发明的,利比博士因此获得了1960年的诺贝尔化学奖。而热释光测年法,则是通过测定晶体的热释光强度和每年接受的辐射总剂量,来计算样品的年龄,测年范围介于数百年到100万年,已技术被广泛应用于考古研究。

如此,我们应该相信,跨湖桥遗址的年代已被科学证明。它早于河姆渡遗址1000年,是当下发现的浙江省境内最早的新石器时代文化遗址。这一发现,将浙江的文明史提前到了8000年前的新石器时代早期,也再次证实了长江流域也是中华文明的发源地之一。

夜晚,我坐在湘湖驿站的房间里,看着资料,暗暗咋舌。原来,在我的家乡,还有这么了不起的考古发现。

当然,我也不必汗颜,采风就是学习。每次采风我都会学到很多东西,只要有个谦虚好学的态度。

我抱着谦虚好学的态度,走进了跨湖桥遗址博物馆。博物馆就建在跨湖桥遗址的水面上,设计别致,与湘湖浑然一体。

当我一一细看那些被小心翼翼挖掘出来,并被反复考证、用科学方法鉴定过的文物时,恍如走入了另一个时空。忽地想起"惊艳了时光"这个词:那些和我们隔着几千年的陶器、石器、骨器、木器,那些牲畜的骨头化石,还有那些不可思议的没有腐烂的稻粒、茶树种,和茎枝类草药,若它们不能惊艳时光,还有谁能?

跨湖桥遗址中有数个"之最"的发现:世界上最早的漆弓,中国最早的彩陶,中国最早的玉器,中国最早的草药罐,中国最早的慢轮制陶技术,中国最早的水平锯织机……当然,最醒目的,当属那艘7500年前的独木舟:世界上最早的独木舟。

这艘独木舟由松木制作。就我不多的常识所知,松木并不是特别结实的木头,换言之,并不属于名贵木材,可它竟然七千年不腐,也许是拜那一方土地所赐,它一直被深埋在泥土之下,即使那片土地后来被海侵。

跨湖桥博物馆原馆长，曾为跨湖桥遗址发掘作出过重要贡献的施加农先生告诉我们，为了保护这艘木船，先要排除木头里的盐分，因为湘湖一带曾被海水侵蚀。将木舟用纯净水浸泡，再晾干，如此反复三次，直至木头里的盐分全部去除。但我们现在看到的"木船"，已经是薄薄黑黑的一片了，和当初发现时（从照片看）已有很大不同。显然，文物一旦见了天日，保存不是件容易的事。或者，一旦见了天日，它就有寿了，不可能万寿无疆了。

坐船在湘湖上游览，导游小叶指点远近各处为我们讲述，她已经是两个孩子的母亲了，看上去却像个年轻姑娘。湖面浩大，三万顷碧波，就是从地图上看，也是很大一块翡翠呀。放眼看去，它似乎和别的湖没有太大不同，苍翠的植被环绕着浩渺的湖水，深绿浅绿浑然一体。岸边树木繁多，柳树、松树、樟树、芙蓉，还有石榴；依水而生的是芦苇，茭白，蕨类；入水而生的是荷花，水葫芦，还有莼菜。高高低低都肆意蔓延，野性蓬勃，暗含着人所不知的秘密。

忽然心生感慨，我是无法像施加农馆长那样，对那些沉睡了几千年的东西充满热爱的。他为了这热爱，果断放弃了正当红的演员生涯，一头扎进跨湖桥遗址的数千年历史长河之中，成为一部遗址活词典。凡我们问到的任何问题，他都能滔滔不绝的细细讲解，已经是一位名副其实的文博专家。

而我作为一个写小说的人，所感兴趣的，依然是人，像施馆长这样的人，像给导游小叶这样的人，他们在湖畔长大，他们的生命会比旁人更加丰满水灵吗？

还有那些漫长岁月里与湖相伴的古人。他们被湘湖养育，他们为湘湖付出，比如杨时，比如顾冲，比如孙学思，比如魏冀。

萧山人最熟悉也是最感恩的，是杨时。这位来自福建的北宋时期的萧山县令，是最早挖掘湘湖的人。杨时上任时已年届六十，但看到百姓们苦于屡屡干旱，并没有打算混到退休了事，而是顺应民意，决心建湖解决旱情。他亲自实地勘察，广泛听取意见，最终在北宋政和二年（公元 1112 年），于城西一公里处，"以山为界，筑土为塘"，建成了一个人工大水库——湘湖。当时湖长 19 里，宽 1－6 里，西南宽，东北窄，形似葫芦。"邑人谓境之胜若潇湘然"。于是称之为"湘湖"（此说似乎有争议）。且不论名字的由来，湘湖之水的确缓解了旱情，所蓄之水可灌溉九个乡的 14 万亩稻田。"水能蓄潦容千涧，旱足分流达九乡"，这两句诗，便是后人对杨时关心农事的歌颂。

其实，杨时在做萧山县令之前，就已经很出名了，他是我们所熟知的"程门立雪"之典中的主人公。虽然他建湖的功绩远远大于虚心求学的事迹，可因为有典故流传，后人更多的记住了"程门"。好在，湘湖上有一座杨堤，可以永久纪念这位关心百姓的父母官。

不过历来都是打江山容易守江山难，水库建好后的管理问题，一直让历任萧山父母官头疼。杨时离任后，在湘湖灌溉问题上，乡与乡之间，村与村之间，因为用水不均的矛盾日益突出，经常发生诉讼乃至械斗。到南宋·绍兴二十八年（公元 1158 年），萧山县丞赵善济制定了《均水法》，规定不得私自放水用水，须按序、按量放水。又三十年后（公元 1184 年），萧山知县顾冲，又在《均水法》的基础上写下了《湘湖均水利约束记》。看资料，顾冲可真是个包公式的好干部，上任即从查处湖霸张提举占湖渔利二十年入手（绝对大案要案），全面清理了私占湘湖的积弊，然后将《湘湖均水利约束记》刻在石碑上，以示遵守。

顾冲之后，到南宋·嘉定六年（公元 1213 年），郭渊明为萧山县令，继续治理湘湖，加固湖堤，疏浚湖底。他最重要的贡献是根据当时有人在湘湖私建房屋的现象，划定了湘湖边界。据说是采纳了他 15 岁儿子的建议："黄者山土，青黎者湖土"，以此定出了湘湖东西两岸的金线（黄土）。

经过历年历代的不断完善和治理（这其间肯定不止是官员的功劳，还应该有民间乃至乡绅的贡献），湘湖越来越美丽，越来越可人。有说堪比西湖的，有说赛过西湖的。我的老乡诗人陆游，就多次来湘湖采风，留下许多诗词。"湘湖烟雨长菁丝，菰米新炊滑上匙。云散后，月斜时，潮落舟横醉不知"，短短几句，清晰地呈现出了他在那年那月的"小确幸"。

再说跨湖桥，也和一个人有关。

早年湘湖有两大姓，湖西是孙氏，湖东是吴氏。孙家出了个官叫孙学思，明朝嘉靖年间他荣升中书舍人（大概属于朝廷秘书），七品官。为了便于湖西的孙氏与湖东的吴氏两姓往来，他在湖上造了一座横穿湖面的跨湖桥。从此，湘湖被分为上湖（南湖）和下湖（北湖）。据说此桥从水利来讲是不利的，但有利于团结呀。

现在因为遗址的发现，跨湖桥的名气更大了。这个，估计孙老师绝对没想到。不过我还是很好奇，他当时已在外做官，怎么想到为了方便孙家和吴家的沟通要修一座桥呢？会不会是他们家和吴家结了亲？还是吴家有他同学好友？我猜想其中一定有故事吧。

后来看资料，果然看到了孙吴两家结亲之事。忍不住呵呵两声。

魏骥也是湘湖本土人，于明朝永乐年间中了举人。进京做官，参与了《永乐大典》的纂修工程。其后一直做官到吏部尚书，从政45年后告老还乡。77岁的他布衣粗食、克勤克俭，足穿草鞋行走乡间，而且为百姓利益秉公而行，与侵占灌区的恶势力作斗争，清退出7300多亩湖田。又主持修筑了多处塘堰，号召百姓广植杨柳保土固堤。一直到86岁还亲自挑石头加固堤防。九十多岁时，还撰写《水利事述》《水利切要》等著作，将治水经验留给后人。

不知怎么，魏骥让我想起了杨善洲。杨善洲，原云南保山地委书记，在任时清正廉洁，被百姓称为"草帽书记"，退休后主动放弃省城生活，在家乡施甸县义务植树造林22年，建成一座面积5.6万亩、价值3亿元的林场，去世前将林场无偿移交给国家。这样的人，无论身处哪个朝代，也无论是在山上还是在水边，他们的名字都不会消失。

船在湖上穿行，思绪在湖下奔涌。凝神湖水，我看到了一个又一个的名字，他们中有官员，有学者，有文人，有乡绅，还有更多更多的面目黧黑的劳动者。这成千上万个名字，形成了细细盈动的波纹，形成了水草和鱼虾，形成了浩大的碧绿的湖面。

　　如此，湘湖怎能不美。

2017，10 湘湖归来

（原载《文汇报》2017年11月16日笔会副刊）

## 冰与火之歌

裘小桦

7月9日,北欧自驾游的第25天。这天,我们在冰岛的斯奈山半岛,沿着最西部的海边,绕了一圈,穿过国家公园,回到雷克雅未克。

这一路的风光之艳丽,超乎想象。与头天维克小镇边的黑沙滩,玄武岩六棱柱及地热、间歇泉的凝重相比,龙格雷佳海蚀柱群,又是另一番妩媚。

然,正是这几种景色的混合,这几种地质颜色的混搭,我才领悟到冰岛的本意——我就是这样天生丽质,就是这样丰富多变,就这样桀骜不驯,就这样浑然天成。

你来不来,看不看,与我何干。

冰岛处于欧洲北部,位于北大西洋中部,靠近北极圈。在这个岛上可以领略到冰川、地热、冰原、雪峰、活火山、火山岩荒漠、瀑布等千姿百态的自然风光。夏季日照长,冬季日照极短。秋季和初冬可见极光。

冰岛有着欧洲较清新的空气。

——我想,去没去过冰岛,这些常识你都会有。

站在这样的景色前,很多人惊呼,这不就是世界的尽头嘛!冷艳绝美!

面对这变化多端的景色,心里真是百爪挠心——你还能更美丽吗?还能更变幻多姿吗?还有什么形态什么颜色是你没有的?

冰岛,到目前为止,还是被许多人看作荒蛮之地。要不是2008年的金融危机,要不是一个国家的债务成为世界话题,它一直会在世界的角落兀自荒蛮地美丽下去。

习惯了大自然的突变和快速更迭的冰岛人,还真不习惯自己在世界面前的角色转变。

2003年到2008年间,冰岛的三家主要银行,借了1400亿美元的贷款,这个数字相当于当年冰岛的GDP的10倍,使冰岛央行25亿美元的储备金,相形见绌。

冰岛,由此从一个极寒的美丽之岛,变成了极热的世界话题。

冰岛不委屈吗?他们的失业率从常规的2%飙升到10%。冰岛国民投资的房产、购买的汽车成为负资产,他们的家庭存款,几周内几乎化为乌有……

2009到2010年,全世界指责冰岛的口水,几乎要把这个人口密度最低的国家淹没。

国家都要破产了,还在乎世界的口水?

冰岛也因此成为世界货币基金组织30年来救助的第一个发达国家。当时,约有三分之一冰岛人打算移民海外。当时有专家悲观预期:冰岛要走出危机必将以透支国家信用与几代冰岛人的幸福为代价。

可是,他们的总统安然无恙,并且因为一再否决议会偿还国外债务的企图,而再次当选总统。

冰岛人的秉性彰显得一览无余。

很早很早以前,冰岛只是一块自然之地。没有法律,也没有宗教。

然而,历史的推进中,有人塞给他们信仰,又有人告诉他们,可以投资整个世界……

在我看来，冰岛是有委屈的。原本浑然天成的性格，我行我素的文化，偏偏被文明套上了笼头。

有人这样评价冰岛——"我们以为他们大体上是斯堪的纳维亚人——温文尔雅，希望所有人平均分享一切。但他们不是。他们身上有一种野性，就像一匹假装被驯服的马。"——迈克尔·刘易斯《名利场》。

这是不是跟冰岛的地质环境有关呢？在环境险恶、极端地区生存的人，天性会不会更像他们所生存的自然环境与地质构造——刚烈，粗糙，天然，丰富，多变，修复能力强……

有趣的是，跌到冰点的冰岛，这些年又火了。

连续五六年，冰岛的经济发展呈持续增长的势头，冰岛的人均GDP早已在全球名列前茅，据冰岛央行预测，2016年和2017年的经济增速将达到4%——这是欧元区和英国的两倍。

北京时间2017年6月1日下午，就在我们抵达冰岛之前，澳大利亚智库经济与和平研究所，发布的2017年全球和平指数报告显示，全球161个国家和地区中，冰岛蝉联最和平国家。自2008年以来，它一直处于榜首。

现在，我们站在这些绮丽的风景前，那些横卧在冰岛之上的万年冰川，那些蒸腾着热气的地热喷泉，那些或死过去或随时爆发的火山，那些日夜奔流不息的瀑布，那些在碧蓝的大西洋岸边耸立的玄武岩石柱，那些闪闪发亮的黑沙滩……

它们天生就是冰岛的一部分，天生就是要让世人惊艳的，就像冰岛人一样，不屈不挠，径自闪耀着原始的光彩。

这真是一块冰与火之地，在这里，眼看着冰岛人守着冰川、火山，朝着北大西洋上空，唱出最本色的小调——冰与火之歌。

（原载《文汇报》2017年8月18日笔会副刊）

## 1988：一段青春的旅程

瞿 炜

### 1

母亲决定让我跟着赫叔做生意。

赫叔是一个电器作坊的推销员,他愿意带着我去山东。

那一年,我十九岁。

那是我人生的第一次远行。

1988年的冬天,温州通往外埠的道路只有一条省级公路。没有铁路,更没有什么机场航班。陆上的交通繁忙而艰苦,因为山路崎岖又漫长。那时从温州出去做生意的人很多,他们卖鞋、打火机、服装、电器、阀门等。路上都是温州人。

赫叔选择走海路。那时温州码头有通往上海的长途客轮,抵达上海需要22－24小时。但是相比之下,从海上走虽然时间长,却要安逸一些。去上海的客轮名曰"民主号",这是温州海面上最大的轮船了。

穿过麻行僧街,瓯江码头上也是人山人海。

我们在码头上等了很久才买到两张去往上海的船票。

我的身上背着沉重的货物,是那种小型的电话交换机,大约有二十台,外面套着麻袋,捆得非常扎实。我的左手提九台,右手也提九台,一边的肩上再扛两台,另一边还有我的简单的行李。而那些装着交换机的皮箱,里头是硬纸板糊的,外面包着一层金色喷漆的皮革,看似漂亮,实际就是劣质的假皮箱,一不小心就会散了架。

码头上人来人往,在我看来,他们的表情大都木然而悲戚的样子。行色匆忙间,他们或下意识地抬头看看灰蒙蒙的天空,或者用疑惑的目光看着身边的旅人。没有人会相信你说的话,如果有陌生的人对你开口,那么他不是骗子,就是小偷。"你要处处小心,如果有人问你,不要告诉他实话,不要暴露自己的身份,别告诉他你从哪里来,又往何处去。"赫叔对我说。我说,那我将怎样回答他呢?沉默么?"不,你可以随便编造,比如对湖南人说,我们是上海的,对上海人说,我们是福建的。我们是运东西的,我们是工人,很多问题我们不知道,或者不了解,让他们去猜吧,他们永远也猜不到。"赫叔说。这样看起来,我们倒真像是犯罪的,是骗子,是小偷,至少是两个衣着整洁的逃犯,正如那些人所要提防的。那时候赫叔还不是有钱人,他还没有在电话交换机的贸易中发财,但很快,他将成为一个暴发户。而我似乎永远只是一个不争气的随从,就像堂·吉诃德身后的桑丘一样。

## 2

船在海上游荡着,恍若游魂。而一切对我来说都是新奇而有趣的。我在甲板上散步,海风叫我想起高尔基的燕子。而我看到的却是成群的海鸥在码头上飞翔。船渐渐地远离我居住的城市,远处则是一片灰蒙蒙的海平线。海鸥的鸣叫引来了女人的笑声,我转身看去,却是一个并不漂亮的时髦女人在船舷边上搔首弄姿,一边的情人正殷勤地为她拍照，大约是希望捕捉到海鸥的镜头。他们忘了海上的大风，忽然掀起了她红色的裙子，叫她的大腿和内裤暴露无遗。女人惊叫着，她的叫声惊飞了身后那群翻飞的海鸟。这时，我听见一个警察在那里喊："身份证！"我不知道发生了什么，警察与我有什么关系呢？我依旧欣赏着我的大海，也许我的怠慢刺激了他，警察显然有几分怒气地走到我的身边，说："叫你呢。"

"嗯？"我有些疑惑地看着他。当他查看了我的身份证后，才解释说我与一个照片上的逃犯有点像，所以查看一下。我不知道他的解释是真是假，但这一路，似乎同样的嫌疑就一直在我的身边发生，依依不舍一样。啊，我第一次的出门就是这样的景况，这究竟意味着什么呢？

海上起浪了，船开始颠簸，我感到一阵眩晕，跌跌撞撞回到舱里。我躺在床上，沉闷的舱里更是充满了难闻的气味。虽然我有过海上的经历，但那是短途的旅程，是去附近的岛上游玩，何曾有过这样漫长的海上旅行——现在我终于尝到了苦头，我才发现这次的出门将是怎样的漫长与艰辛，没有人能够帮助我。可是，更可怕的事还在等着我呢。所有的磨砺才刚刚开始。

## 3

从上海的公平码头上岸，赫叔与我扛着沉重的机器与行李挤上一辆开往上海火车站的公交车。从上海火车站，我们买了两张去往青岛的硬座票。赫叔与我坐在月台上，等待着那辆绿皮的火车缓缓进站。那是慢车，每一站都要停靠一会儿，哪怕是在荒无人烟的小站。车一路向着北方而去，我第一次看到了北方辽阔的平原。

抵达青岛的那个夜晚，好像没有月亮，在我的记忆里，是一片的宁静。奇怪的是，每当我回忆起那时经过的城市，大多是宁静的，图景似乎重叠，是重叠的宁静，全无今日的喧哗与嚣张。

我一个人走在路上——赫叔说:"去,弄点消夜回来。"我便去了。那是抵达青岛的第一个夜晚,我沿着原路,看着远处的灯火,就到了火车站,我一小时前到达的地方。冬天的青岛,在这样寒冷的深夜,只有冷清与落寞。只有火车站尚且还有一些热闹的灯火与点心铺里的炉火,渲染出温暖的图景,温暖着这座早已入眠的城市。

我一个人走在路上——我买到了一些蒸饺子。实在,除了蒸饺子,我不知道青岛人在那个寒冷的冬天还能吃到什么样的美食。那时没有出租车,便是人力的三轮车,在这样的深夜也早已歇了。更糟糕的是,我迷失在十字路口,找不到来时的路了。往左拐,就这样凭着感觉走吧,我猜想着客栈大约的方向,顺着我模糊的判断,走啊走吧。但我终于还是回到了火车站,我来到这个城市的起点。

这是我的第一次。我第一次看到了冬天的青岛午夜的街景:沿街的窗户外都悬挂着厚重的帘子,就像电影里北方的老人身上的棉袄,在夜的风里发出扑扑的声响,沉闷并且冷漠。街上少有行人,那些声响于是荡开,传之渺远一般。我开始慢慢有了些许惊恐,那惊恐在我的心头缓慢地滋长,并慢慢地咬住了我的心尖。

此时我远远地看见,街边的一处门楼前蹲着一个老人,裹着厚厚的棉袄,戴着小毡帽,两只眼睛像猫一样注视着街面。我准备向他问路,我想这守夜的老人一定能够帮助我。我向他走去,我发现他的目光正死死地盯着我这陌生的外省人,那目光像一潭死水一样。当我走近一看,才发现这并不是一位老人,而是一个衣衫褴褛的青年,蜷缩在门楼角落的阴影里。他甚至没有移动一下身子,面无表情。而他身后的门楼里,还蹲着好几个这样的人,他们的眼睛齐齐地盯着我。我才意识到,如果我不迅速逃离,就有被他们撕碎的可能。

我在青岛的第一个夜晚,就这样在寒冷的街头,绕着青岛火车站,走了整整一夜。直到一位上夜班的工人,他向我指了正确的方向。他善良的笑容一直在我的脑海里浮现,我忘不了他的帮助带给我的宽慰。

## 4

在我到达青岛后的第二天傍晚，赫叔在我的口袋里塞了两百元。赫叔带着我到了青岛火车站，为我买了一张去往济南的票。我记得那天是 12 月 21 日。赫叔说："你把这皮箱里的机器送到洛阳，那里有人已经在等你了。24 日以前，你必须回到青岛，晚了会找不到我。"我知道我只有连夜地赶路了。那时候没有手机之类的通讯设备。我把写有客栈地址和电话号码的纸条塞进口袋，怀里揣着赫叔给我的两百元钱，匆匆就出发了。我没有行李，只有这装着机器的一只皮箱和一个喝水的杯子。踏上征程的那一刻，我的脑子里一片空白，我唯一想到的就是，如果我赶不回来，赫叔会在那里等我么？

现在，我真的只有一个人了。这是我生命中最重要的第一次，我第一次孤独地走在远离故土的路上。我只有惶惑，我甚至不知道怎样从火车站的售票厅买到我必须到达的目的地的车票。

这是我第一次走进济南，那一次，济南纷乱的火车站留给我的唯一印象就是墨黑的天空。我走出车站，又走进车站，终于打听到去往洛阳方向的售票窗口，却被告知没有这趟列车。我顿时傻了眼，无助地站在熙熙攘攘的车站售票大厅里，竟不知道我该怎么办。我不能往回走，而赫叔给的期限又如此匆忙，我的口袋里只有那两百元钱，只够车票来回，与路上的饮食。我走到附近的邮局给赫叔打了一个电话，我想告诉他我怎样地陷入了困境。可是赫叔决绝地挂掉了我的电话，他只说了一句话："我也不知道，你自己看着办吧。"

我惶恐地走到火车站附近的一家旅馆，在那里歇歇脚，我想睡一觉，也许明天就有车了。可是如果我睡一觉，我就不能在 24 日赶回来了。我慌张起来。

我开始寻找机会，我观察着身边来往的人，我需要朋友。我终于找到一个与我提着一样皮箱的人，我们相视而笑。我装着随意地问他去哪里，并且装出根本不想知道他真要去哪里。事实上，他的去处与我真没有关系。然后我告诉他，我正准备去洛阳。我希望他去的与我是同一个方向。可是我很失望，他去的是我从来没有去过的地方，更不是我要去的地方。"可是，我买不到去洛阳的车票。"我装作漫不经心地说。

"去洛阳不是都有车的，但是你可以先去郑州，那里就近了。"他说。也许他早已看出我的困窘，并告诉我要学会看地图，了解铁路站点。

我非常高兴。真的，我至今都感激这位我从未真正认识的朋友，他让我学会了怎样踏出人生的第一步，我终于学会了走路，独自一个人，去欣赏人间的风景。并养成了以后每到一地都先买当地地图的习惯。我飞也似地冲向售票窗口，满心欢喜地要买一张去郑州的票。我进了车站，看着那辆绿皮的火车缓缓地停下，车门打开，一把小梯子放下来。我跳上火车，听那汽笛长鸣，只见它又缓缓地驶出车站。

我没有位置，我睡在走道上，那一夜好冷，可是我内心却满是喜悦。

## 5

从郑州抵达洛阳，已是午夜。赫叔只给了我一个送货的地址。问题是，那地址距火车站挺远。没有出租车，没有人力车，在那样的冬天的午夜，我只有靠双脚丈量着街道，一路走去，竟是连问路的人也没有。公路的两边，没有什么建筑，是空地，或者还是田地，我只记得在那空地上有一间孤零零的屋子，是个简易棚，木栅栏一样的屋壁里露着昏黄的灯光。我忽然有了希望一样，下了公路，就直直地向那简易的屋子走去。这时，富有戏剧性的是，那屋子倾斜的木门吱呀一声开了，正出来一个老头。我想他大约是半夜出来小便的，我正忐忑地想该怎样去敲他的门，而他会不会回答我的问路，现在正好，他自己出来了。我心里一阵欣喜，大声地向他招呼。

我惊诧于我的声音在那个空旷的夜里，似乎颇有厚重的穿透力，大约像一匹野狼沉闷的低吼。因为我发现，那老头惊恐地回转身，迅速地躲回了屋里，门都未曾来得及带上。我并不觉得发生了什么，他是我今夜唯一的希望，我执着地跟着他就想进门，我将半掩的门推开，伸进脑袋执拗地向他问路，并且我的一只脚已踏进了门里，我说："请问……"这时躺在床上的上了年纪的女主人发出了一声尖利的惊叫，像僵尸一样从床上坐立起来。她这一声尖叫真的吓着了我，在那个倒霉的午夜，我只有落荒而逃。逃出不远的时候，我还不时惊恐地回头张望，是否有人向我追来，将我像一头丧家的狗一样棍棒伺候。

忘了我是怎样找到那个地址的，我大约在路上走了颇久。当我把货交到那人手里，我如释重负一般，趁着夜色赶回火车站。天亮的时候，我已经在车上睡着了。我满身的污垢，躺在人家的座位底下，却很是享受。

我终于在 24 日的夜晚回到了青岛。我所有的行李只有一个玻璃水杯。我在洛阳的火车站打了满满一水杯的开水，揣在怀里，温暖我的胸口。

我在青岛大约呆了一段时间，在海滩的栈桥上拍了一张照片。我穿着母亲为我缝制的黄色呢西装，这件衣服我穿了很多年。我偶尔还淘出那张照片，看看自己从前的样子：风吹乱了我的头发，冬天的海滩上几无人迹，只有我一个人在风里走着，我不知道我的将来会是怎样，我既有迷茫，亦有憧憬。

## 6

　　旧历年底的时候,赫叔又给了我两百元钱,作为回家的路费。赫叔给了我钱之后,他就走了,他还要去别的城市转一圈,因为手头还有一些没卖出的机器,他不甘心。我已经在外头呆了数月,第一次远离家门如此长久,乡愁成了我的负担。从前在书上读到关于乡愁的篇章,心里颇不以为然,觉得那是诗人的渲染,艺术的夸张。当我自己有了这样的经验之后,我再不会对自己未曾经历的事表示轻视了。乡愁真的很沉,并且急促。现在我的内心已经没有了乡愁的愁苦,因为我似乎已经习惯了四海为家的生活,但这并不表示我没有乡愁,而且我知道,这种情怀是怎样的:正如一种苦恋,说不出的思念与哀愁。

　　我在拥挤的火车上摇摇晃晃,一路奔向南昌。在南昌下车,一时买不到去上海的火车票,我感觉自己好累。我想,反正有钱,我也不必走得那样急,我应该在这个著名的城市里走走,然后歇一晚。

　　我在火车站边上的一处客栈找了一个床铺,在地下室,房间里睡着八个人。当我进去的时候,他们都注视着我,每个人的目光中都是疲惫,都是警惕,都是仇恨,都是阴郁。我的床铺靠着门边的墙壁,墙壁上因为潮湿而发着霉,被子感觉湿冷。我后悔找了这样的床铺,但我实在不敢花钱住好的房间,因为我只有这两百元钱。我想,将就这一夜吧。我出门去边上的市场买了一只烤鸡,又买了一瓶廉价的白酒,在房间里独自大喝大嚼起来,我不仅饿了,我还想将自己灌醉,这样我就可以在没有任何知觉中度过这个夜晚,并且可以全然不顾发霉的墙壁与潮湿的被褥。

　　到上海已经是旧历的十二月廿四夜,这是大年卅的前一个礼拜,是旅人归家的期限,中国人颇看中这日子,按照旧俗,做工的人应该收工了。天上开始飘起雪花,我的口袋里只剩下九十七元。当我赶到上海公平码头，才发现那里聚集着很多焦急的人，人们在售票窗口排起长队，队伍一直排到大街上。整个售票大厅坐满了人，抱着孩子的妇人满脸的愁容。一打听，去温州的船票根本卖完了，但卖完了票的窗口还是排着很长的队伍，那些买不到票的人大约心里还存着一丝希望。而外面的街上，票贩子手里握着船票高价倒卖，票价远远超出了我手里的那点可怜的现金。

## 7

公平码头的边上有一个汽车站，那里有发往温州的客车。我以为有了希望，快步走去，可是售票的窗口依然紧闭，就像闭上的野兽的眼睛，一旦张开，就会吃了你，反而更恐怖。

我近乎绝望了。

一个与我年纪相仿的年轻人看出我要票的样子，凑近了说："要票吗？"我点头，他从口袋里摸出一张去温州的票，一刻钟后就要发车了。我顿时心跳加快，问："多少钱？"

"120元。"他说。那张票的原价是60元。

我只有摇头，我没有那么多钱。可我不愿放弃这唯一的希望。如果他真的很斩钉截铁的话，我当然没有一点办法，但我有一个优势，那就是，那是一张马上要发车的票，而愿意买这张高价票的人，似乎他不能立刻找到。

我说："便宜点，我要了。"

他不愿意，走开了。我静静地跟着他。我看他转了一圈，又空手回了。我对他说："卖给我吧。"

"那就100元。"他说。

我从口袋里把所有的钱都倒出来，我说："我只有这97元，你看。"

他想了一下，说，那就97元吧。

不，我忽然将钱紧紧握住。去温州路途遥远，要十多小时呢。那时没有高速公路，绕着群山峻岭，一路颠簸，我的身上如果毫无分文，那是要饿肚子的。

我说："你看，我就这么多钱，90元好不？剩下7元我在路上买饭吃。我们交个朋友，以后还找你要票，我经常在这路上跑。"

我说这话的时候，摆出了老江湖的样子。确实我以后还在路上跑的，确实以后我还会碰到他的，确实我还会和他做生意。

他终于同意了，我如释重负，飞跑着向车站里头奔去。跑几步后，我忽然想起，还没有问他名字呢，回头喊他："你叫什么？"

"叫我小谢吧。"他笑着说。

我记住了他的名字。

（原载《当代》2017年第5期，有删节）

## 桃 凝

沈潇潇

桃，是满树风景。

《诗经》中《桃夭》一诗，首节首句"桃之夭夭，灼灼其华"，赞叹的便是桃花的艳丽。桃的风景当然不止于花，还在于它丰硕的果和茂盛的叶，所以《桃夭》在第二、三节继续咏叹："桃之夭夭，有蕡其实"；"桃之夭夭，其叶蓁蓁"。

没有花、叶、果的桃树，其实也是一道独特风景。冬天叶落之后、春来花放之前的桃树，树色虽黯却风貌不凡，那遒劲的主干和多姿的枝杈在沉郁中蕴含锋芒，如一队队风骨铮铮、正默默积聚着力量的勇士，又如书法家泼墨在山野的一笔笔铁钩银画，其雄强恣肆之态，只有多年的老梅树干堪比。每看到桃林中那高挑的一枝，我总会联想到乐队指挥手中起奏前那根被高举起的小棍——是的，只等春风拂动，万千桃树瞬间便会奏出如岩浆喷涌般灼热奔放的乐章。

然而，人们常常忽视了桃的另一道风景——桃凝。

桃凝又称桃胶，它是桃树自然或是在外力作用下产生的伤口处分泌出的汁液。经过阳光的蒸发风干，这种粘稠的汁液会凝成半固体、固体，所以人们形象地称它为桃凝。年少时去桃园，看到桃树枝上绽出的桃凝，如晶莹透亮的甘露和珍珠，甚感新奇，挖下来捏在手里作为玩物，柔柔软软的很是惬意。那些清澈透亮的桃凝，多是新分泌出不久的。已分泌了些日子的桃凝，会呈现出浓淡不一的浅黄、暗红、咖啡色，给人以凝练典雅的感觉。而那些已呈坚硬结晶状的桃凝，就像数千年沉埋在地底的琥珀重见天日，或如那渲染着缕缕水纹、云彩的玛瑙，自有宁静尊贵的气象。

如果说桃树是一个和睦的大家庭，那么其苍劲的主干是威严的父亲，蓬勃的枝叶是慈祥的母亲，桃花、桃果、桃凝则是桃树大家庭里一大群可人的儿女。其中，缤纷的桃花是俏丽的小妹妹，累累的桃果是憨厚的小弟弟，沉静的桃凝则是桃花和桃果的大姐姐了。在桃花缤纷和桃果飘香的季节，正是桃树大家庭活力蓬勃、欣欣向荣的时节，桃凝只有少量的分泌，大姐姐从不去抢弟妹的风头。人们在欣赏桃花享用桃果的时候，几乎察觉不到桃凝的存在。

夏秋之间，桃果落完了，桃园寂静了。疲惫的桃树也留下了一身伤痛，元气顿失。这就到了桃凝分泌最旺盛的时节。作为桃树大家庭中的长女，她毫不犹豫地担当起了调理复原、重整旗鼓的责任：忙于封合、痊愈父母身上的道道伤口，忙于杀灭来袭的害虫和真菌，忙于排泄、消除旺盛代谢所产生的代谢赘余物……她默默无闻的辛勤付出，垒筑起桃树家族来年生机重现的基础。

在这个夏秋之交，我第一次知道桃凝还是一道绿色保健美食。一次偶然的发现使我在路边菜市场里买回了一斤已结晶的桃凝。回家把它浸泡在清水里，一颗颗、一团团的桃凝便慢慢地膨胀、舒展开来，像是在水中绚烂开放的花朵，几个小时后体积就膨胀了好几倍——想不到这一斤桃凝后来竟要分二三次烧煮。趁桃凝还泡在水里，我匆匆去网上一搜索，原来桃凝富含胶原蛋白、半乳糖、鼠李糖、氨基酸等，是一味润肺、活血、益气的中药和有养颜美肤、抗衰老功能的绿色保健美食。甚至还有一种神奇的说法：胃寒、胃炎患者取比黄豆粒大一点的桃凝,每日早晚嚼碎吞服一次,三十天下来,再吃凉东西胃就不会再有不适,甚至胃炎不会再犯。

桃凝有许多食法,如桃凝银耳羹、桃凝皂角米羹、桃凝水果捞等等,我做的是纯桃凝羹,为的是想品尝桃凝本真的味道。冰镇过的桃凝羹柔软稠滑、晶莹剔透。食用时我又掺入了适量的蜂蜜,它留给我味蕾的感觉真是美妙至极,直接唤起了我童年时吃木莲羹的味觉——在多年前小作《哀婉木莲羹》中,我曾回忆童年的木莲羹"晶莹透明如刚敲开壳的蛋清,又不似蛋清胶着;如一汪清水,又比水更富质地、更为润滑……看它一副柔柔的、清清亮亮的样子,真惹人怜又惹人馋"。我还夸民间手工做的木莲羹的滋味不亚于市面上的任何一款工业时代的饮品(包括我后来特意品尝工厂化生产的某品牌的木莲羹)——这句话也适用于桃凝羹。但与木莲羹的清纯相比,桃凝羹的滋味更显丰厚,因为桃凝中分明有桃花的芬芳、桃树枝叶的清香和桃果的甘甜……这些,大概就是桃凝奉献给人们的最后一道风景了。

作为一位食者,我忽然想:对于桃凝,自己多像一名残忍的杀手啊!但我知道这只是一时的矫情而已——因为桃凝对我的诱惑,犹如一切世存的美。

(原载《宁波日报》2017 年 9 月 8 日)

## 碧水蓝天寒山湖

沈晔冰

秋天的天台闷热依旧。去金满坑村的路旁栽满了桂树，泛着鹅黄几乎看不清的点点小花在葱葱的绿叶间随着轻风微微颤动，随后，便是一阵飘忽的似有若无的清香，沁人心脾。

### 一

金满坑村是天台的一个小村庄，是一个不断有新鲜事发生的山村，因为出现在墙上、地上的五颜六色的涂鸦作品，让它声名远播。

村里朴素的屋舍被小溪环绕，大部分年轻人外出打工，只有老人生活于此，简单宁静。走进村里，眼前的村庄宛如一张大画布，到处都是红红绿绿，各种涂料将村舍、溪岸、石阶等涂得五彩缤纷，就连灯柱、水泥路、瓶瓶罐罐都不漏过。既有风景画，又有花鸟画，更有大量的涂鸦画。还有当地谚语涂写的打油诗、谜语，看得人忍俊不禁。那些涂鸦画让整个村庄变得活泛起来。涂鸦者将生活的点滴融入艺术，通过涂鸦淋漓尽致地展现出来。据村民说，今后这里还将把附近寒山石径旁3000米长的岩壁和村里6000米长的道路全部变成可供创作的"画布",迎接来自四面八方的涂鸦爱好者。

## 二

午餐后,赶往此行的目的地——寒山湖。寒山湖位于天台县与磐安县交界处,旧称里石门水库,大小是杭州西湖的六倍。

在通往金满坑村的路上,我第一眼看到寒山湖,就觉得她美得让人心醉。湖中岛屿众多,湖水清澈有轻灵之性,初见寒山湖,她似乎还有些羞涩,两岸高耸的山崖间,一汪绿水安静、规矩地躲在青山的背影下。我自然想到了唐代著名高僧寒山子。相传他出身于官宦人家,多次投考不中,被迫出家,30岁后隐居于浙东天台山,长住天台寒岩幽窟中,享年100多岁。他与拾得、丰干有来往,号称"国清三隐"。寒山子是一位诗僧,隐姓埋名,出没在寒岩、明岩一带的野林山川间,戴着用桦树皮做的帽子,木屐破衲,自得其乐。他自由地在山水林泉之间行走,每每于林丛野径间得句,便随手题写在山石上、树上,最大限度地挥洒着才情。寒石山因人扬名,寒山子因山成名,寒山诗因山与人传诵,寒山湖也因寒山子云游定居至此而得名。全唐诗汇编成《寒山子诗阜》一卷,收录诗歌300余首,一册寒山诗,充满草根气息,咏赞寒石山自然风景,诉说生活哲理,启人心智。

## 三

再望寒山湖,油然而起的心旷神怡之情难以言表。"一住寒山万事休,更无杂念挂心头。"深深吸了口寒山湖的灵气。迫不及待的我们便泛舟湖上,两岸的青山伴着碧水,湖面上总是飘着一层薄薄的雾气,时浓时淡,似在仙境中穿梭。湖面波光粼粼,随着摇橹的涟漪散开去,湖水清得可以看见鱼尾嬉戏。半空中一只白鹭直冲云霄,让我们在"一行白鹭上青天"的诗行中沉醉。船只一转两转三转，仿佛置身于小三峡中，在"曲曲清溪绕山间，欢腾跳跃映白帆"的山水画幅间遐思。

寒山湖边一丛丛、一撮撮都是黄的红的秋叶，将湖边的山、山下的水染成绚丽的七彩画布。远处的拦河大坝为双曲拱坝，高74.3米，长266米，似巨龙横卧在两山之间，锁住上游万顷碧波。此时湖面上萦绕着丝丝云雾，颇是平静，也让喧嚣都市带来的烦躁和杂念渐渐平息。

再度转弯时，寒山湖也渐渐地和我们熟络起来。她展现出活泼灵动的一面，时而淙淙地唱着山歌，时而在巨石阵里和我们玩捉迷藏。一路有水，时而潺潺，时而轰鸣，一路峰回路转，一路欢歌笑语，引领我们看遍两岸层峦叠嶂、怪石嶙峋。悠悠波瀚自天边、自远山荡漾而来，把一片片清光送到身边，微波中闪射的光晕，仿佛许多精灵，载歌载舞，击掌而歌，反复吟哦。而寒山湖如同她的名字，虽然看似碎石清流，隐约间却窥见一丝丝坚韧的气息。

## 四

一晃，湖上缀满绚丽落霞，船只靠岸寒山湖码头。寒山湖度假区里，一幢幢蘑菇状的小木屋错落点缀在湖边山坡的绿林之中，如同一幅浑然天成的泼墨画。放下行李梳洗一番去湖边的大露台，面对盈盈一水，远山近水皆在一望之中，丝丝缕缕微风，贴着水面徐徐而来，撩动满湖的清波，轻拂着脸颊。我似乎听到寒山湖的喃喃絮语，那么温和，那么清静。几度浮躁的心终于安静了下来。

遥望西天，红霞绚丽，夕阳将落未落，余晖透过山峦映照湖面，琉璃般瑰丽，将树林木屋镀上一片金色；太阳沉潜云层之间，给云霞山峦描上亮亮的金边，在云隙之间，道道阳光宣泄，如飘荡的纱绸；晚霞灼灼，天地悠悠，亘古的空旷中，我仿佛看到了寒山子，或坐或卧或站或立,不失威仪,不发一语。我想,湖山中的每个人都沾染上了寒山自在的灵气。阳光斜斜的,眯着眼看远处的别墅,若有若无,仿佛隐在画中。

天色暗下来,身边路灯和每个木屋的窗口一盏盏亮了起来,水边黝黑的林子也成了火树银花。溪滩地上放了几顶帐篷,生了几堆篝火,充满浪漫和欢乐。在寒山湖畔,我们欢聚围坐,品西乡米酒,尝湖中大鱼。我们坐在林子底下的木凳上,随时可以低首倾听脚下的汩汩水声,沐浴微风,可以仰头遥望山头的星月,静影沉璧。灯光星光波光辉映,把一片片温情送到我的襟怀,又让我的情思飘向远方。抬头仰望那繁密闪亮的星星,有一颗是属于寒山子的,正如他所说:"众星罗列夜明深,岩点孤灯月未沈。"我们从都市带来的喧嚣繁华,在星月依稀之夜或霞彩弥漫之时,在寒山湖畔的一棵树、一座桥、一道菜、一处瓦房、一颗星、一首诗里宁静恬淡了。

## 五

清晨起来,寒山湖如游龙在乳白色的雾中潜藏飞腾,时隐时现,草木云雾,甚至农舍,都那么灵动。太阳升起,村庄屋顶明亮,反衬于黝黑逆光的山影里,更富神采,山水交融,异常美丽。在湖上的独木桥上行走别有风味与情调,仿若穿越置身古镇,古韵悠悠。我在这里,又好似不在这里。小桥流水人家的景象随处可见,幻想着在这里终老。一阵风吹来,我机灵了一下,想来,纵然生活有千般无奈、万般不易,我们也依然要洒脱淡然地走下去。因为生活,总是充满喜怒哀乐。

我们游走于古木成林、古道幽静的寒山石径。山,有寒石山;湖,有寒山湖;村,有寒山村。山、湖、村、路就这样互相滋养。树下积了厚厚的落叶,可以跟随寒山子的足迹切实体会他当时的心境。旁边,一丛扶疏似树、高舒垂荫的芭蕉,静静地开花,默默地结果。抬头，看辽阔明净的蓝天，点缀几朵白云，飞过一行大雁，安静祥和，生命仿佛回归了应有的澄澈和明亮。

  我站在山上看着山下的寒山湖，昨日下午初识寒山湖，觉得她是一幅足够灿烂鲜艳的水粉画；傍晚再识寒山湖，觉得她是一首灵动飘然的诗歌；今日细品寒山湖，才觉得她是一本足够厚重典雅的书卷。

         （原载《浙江日报》2017 年 11 月 19 日）

## 把油灯点亮

苏沧桑

在雨声里,水碓声并不清晰。我先是看到了它的样子,静静躺卧在南方冬天依然青绿的田野中,石桥下,芦苇岸边。溪流卷起巨大的水轮,带动碓木和碓锥一起一落,捣在青石臼里,发出"咿——呀——咚——"的声音,混合在细密急促的雨声里,像古琴声在贝多芬田园交响曲的高潮部分里泅渡,低沉缓慢的音符,不细听是听不见的,听见后,听觉便跟着它走了。古人描述的"碓声如桔槔,数十边位,原田幽谷为震",显然是很从前很从前的情景了。

若有若无的水碓声中,我与善根不期而遇。这是2017年初,江西上饶东阳乡龙溪村空无一人的村口,我从村外的农耕馆出来,打着伞走在通往村里的石头路上时,看到他也打着伞,迎面向我急急走来。

远远看见他时,我满脑子还都是农耕馆里堪称浩瀚的农具和生活用具,几百件之多,比百度歌谣里的还多:

犁杖耙耱锹锄镰,叉刮锨锤斧夯铲。
绳索套项驴安眼,驮笼驮架马骑鞍。
桶笼箱筐加水担,升斗口袋和褡裢。

刀镰麦耙荛麦秆，权杖扫帚推刮板。
扬场晒籽用木锨，石槽铡刀碨子碾。
锅碗瓢盆瓮坛罐，壶杯钵匙筷碟盘。
刀擦杖刷与风函，尺镜针锥钳镊剪。
桌椅板凳床柜案，簸箕面渠箩筐篮。
麦耧秋耩播希望，板锄露锄抢得欢。
手头家具样样全，人勤春早仓囤满。

  但是百度上找不全它们的样子，我用手机一张一张把每一件物品都拍了下来，包括菜籽、松果、玉米种，我想随时翻看无数村庄们正在远去的日常。曾经被视为神器圣物的农耕器具，正在被岁月抛弃，尽管上一秒还沾着泥土和肥料的气息，汗水或鲜血的咸味。龙溪村姓祝的村民们捐赠农具时，心里是怎么想的？舍得吗？还是无所谓？甚至因为手头有了更便利的电动工具而高兴？我想应该是后者，假如我是一个村民，或这个村民的亲人，也会高兴。

  石头路上，唯有我和他。初冬的田野像初春那么清新，大地盛开着无数绿色花朵，是一些蔬菜和一大片即将在两个月后开花的油菜。唯一的一座水碓响在石头路的左侧，然而大地上一切播种发芽、丰收加工，都已与水碓没有任何关系，它不再是工具，而是作为一道景观存在，水轮像一只巨大的眼睛，看着田野上蓬勃的农事，它成了局外人。离它不远的农耕馆，灯光下陈设的农耕器具、生活用具，也像一只只眼睛，隔着玻璃与游人、与孩子们对视。镰刀锄头已经生锈，像老人黯淡的目光，与泥土、稻谷再也无缘了，像绝大多数村庄一样，再也听不到水牛背上的牧笛了。

  他花白的头发很短很齐，也很硬朗，像他的身板。他大约六七十多岁，中等个子，古铜色的皮肤，端庄的五官，气质不像一个农民。我抬头看看他，他也看看我，又低头走。即将碰面时，我又抬起头看了他一眼，发现他也抬头看了我一眼，我笑了，他也笑了。

此时，薄暮已经笼罩村庄，应该是做晚饭的时辰了，匆匆往村外走的老人，是去农耕馆吗？他去干什么呢？

擦身而过时，我说：老人家，你好！

他马上说：你好你好！

天都快黑了，你去哪儿呀？

我到农耕馆去，我要去锁门。我去锁了门，再到祝家祠堂给你们讲解。

在田埂上，我们停下来攀谈了几句。我刚刚恋恋不舍离开的农耕馆，和他果然有关系，他是看门人兼讲解员。他叫祝兴华，七十多了，是村里唯一的管理员，负责祝家祠堂、文昌阁、江浙社、农耕馆这四个地方。每个月五百元工资。他干过农活，教过书，当过铁道工，染过布，老了回了村里。他还有一个名字叫"善根"，是奶妈取的。

我也就是帮帮忙的。没有人管了，年轻人都出去了，就剩下老人家了。

那些农具有你家捐的吗？

有啊，那个装线的箩筐就是我捐的，我祖母用过的。那个书箱，是我太公用过的，他乾隆年间考上过进士。其他都是一百多个村里人捐的。

你每天都要来吗？周末不休息吗？

每天都要来，不来不行的。

老伴呢？

老伴在家烧饭，我工作还没完成，不能回家。

他的语气里，有捧着烫手山芋扔不得的焦急无奈，又明显有一份自豪。

与他道别后，我沿着溪流往村里走，水碓声在我身后渐渐消失。自汉朝起，南方北方，几乎所有有水的村庄都会有水碓声，加工粮食，碾纸浆、捣药、香料、矿石，夜深人静时，水碓房的油灯下，总是晃动着一个个劳作的身影。不久前，我去过千年纸乡温州泽雅，看到竹林间掩映着四个连在一起的水碓，是人们用来捣竹浆造纸的。水碓房里席地坐着一位白发老人，溪水在长满青苔的水轮间跳跃，汩汩有声，飞散的水珠在阳光下叮咚作响，水碓轻捣着石臼里的竹片，发出"咿——呀——咚——"的声音，山谷里回荡着无限诗情画意。然而那位老人只是在展示，而不是生产。此刻，我脚下的东阳曾是三省交界加工粮油的首选地，集舂磨碾榨功能为一体的大型水碓方圆百里首屈一指。而此时，石臼里并没有作料，近听，就能听清一声声空捣声，粗粝，坚硬，像一个空巢老人冬夜里的干咳，听起来有点痛。

　　一个金黄色的大草垛，立在农耕馆外，应该是刚刚收割后的稻草堆成的。刚才，我把整个身子都靠了上去，果然闻到了浓浓的湿湿的稻草香，那一秒，我觉得回到了记忆深处的村庄、想象中的村庄。龙溪村以血缘关系聚族而居，自古诗书继世、耕读传家。一个古老的村庄，一座桥，一条溪，半面断墙，一棵樟树，一个草垛，一大片油菜，两间青砖灰瓦的矮屋，一个美轮美奂的祝氏宗祠，一个气势不凡的文昌阁，一个仍然萦绕着喧哗声的江浙社，一个静谧的观音阁，田野间响彻着水碓声声，人们的血脉里浸染着翰墨书香，这是我梦想中的桃花源的模样。

　　可是，我不想怀旧。真的。假如我是一个农家妇女，像善根媳妇那样地道的农家媳妇，我为什么要怀旧呢？如果回到从前的从前，我和大多数女人一样，天没亮就得起床，蓬头垢面，挑水烧火做饭，忍着饥寒将谷子挑到村外的水碓房碾米，顶着烈日扛着笨拙的农具去田里劳作。上树采摘的皂角怎么都洗不尽衣服上的油垢，头发里长着虱子，没有擦脸油，甚至没有手纸，要在爬着蛆的粪坑上排泄，忍着蚊蝇叮咬。一场微不足道的小病就会轻易夺走自己或亲人的生命，怀胎生子更是过鬼门关。没有动车飞机手机微信，丈夫、孩子出远门了，思念很痛很长很绝望，而不是远隔万里也能随时视频、语音。任何一个极细微的享受，比如洗个热水澡，都要付出繁重的劳作。

在遥远的美洲，生长着一种外表极美的箭毒蛙，只有指甲那么大的母蛙担心蝌蚪在快干涸的水洼里死去，会将蝌蚪背在背上，开始史诗般的迁移。它从水洼出发，爬行一公里后攀爬到一棵大树上，找到凤梨植物叶子形成的完美的小水池，把蝌蚪放下，又回去背第二只蝌蚪，直到将六只蝌蚪一一安放在不同的小水池里。没有食物，它向水里排一个未受精的卵作为食物，隔几天就回来排一个。日日夜夜，它在马拉松式的漫漫长路上奋力攀爬，废寝忘食，让我想起自古以来乡野中的一代代母亲，如同箭毒母蛙一样，在无比艰辛的漫漫时光里攀爬，花容月貌迅速枯萎，脊背早早弯曲，指甲里总是藏着黑黑的泥垢……都说从前慢从前好，其实错的不是现代科技的进步，而是人心不古——忘本，贪欲，不耐心，不实诚，不再信奉一分耕耘一分收获。

水碓声在身后消失的一霎，我听到了一个乡野女子如释重负的叹息。每一个农人，都希望日子是轻快的，美美的，也想住高楼、装空调、开轿车、去旅游，有什么义务为我们城里人保留贫穷落后？保留所谓的诗意呢？时光的钟摆亘古不变，叫我们安常处顺，不必为一些注定消逝的事物伤感，并非只有通过水碓声，人才能接得上地气，记得住乡愁。有时，只需把心里搁置已久的油灯擦一擦，点亮。

2017年的第一场雨里，我与善根挥手告别，去跟同伴们汇合。善根说，快点跟上他们哦，村子很大的，不要迷路了。

从前所有的村庄外都响彻着水碓声，假如我是一个迷路的人，顺着水碓声，就一定能找到农家。坐在竹篱茅舍前，喝着他们递过来的粗茶时，一定能听到鸡犬相闻，听到"咿——呀——咚——"的水碓声，多么美好。但我也只是试着想象一下而已，我不想农人们回到所谓的美好。因为他们是我自古以来的亲人。

（原载《人民日报》2017年2月5日大地副刊）

## 我那把吹奏过骊歌的小号

苏 敏

我不知道是不是所有的物件都是有命运的。比如说，我的那把小号。

从某种意义上讲，我这样的一把小号，与其他的一把普通小号并没有什么两样。但是，总在某些时候，我会特别地留恋和怀念它，如同思念一个深爱的亲人一样。它的号嘴上，留下过我火热的唇印；它的铜管上，留下过我热气腾腾的汗水；它圆圆的喇叭孔里，飘响过我吐出的一个个或长或短或高或低的音符。

我至今还记得，我两手紧握着它，用我柔软的嘴唇紧贴着它那坚硬的号嘴，在山野间，在河流旁，在村庄的某条小路上，或在一望无际的平原上，高一声低一声演奏的场景。我演奏的乐曲，时而欢快，时而哀愁，时而明亮，时而灰暗。那些调子，在漆黑的夜空中，在凄冷的月色里，或在温暖的阳光下，于空气中随风飘荡，悠长、缥缈，然后化为虚空，飘向我不知道的地方，抑或是飘进某些人的耳朵，和地底下那些我们不曾见到的地方。

我曾经用它为一些乡村的逝者们吹过骊歌，为他们送过在这个世上最后的一程。在我嘹亮、悲伤、凄楚、哀婉的乐曲声里，他们走完这苟且卑微的一生,潦草匆忙的一生,辛苦忙碌的一生。我想,我的号声奏响的时候,大概是这些乡村亡魂们一辈子最荣光的时刻。在他们活着时,从来不可能会有人专门为他们演奏一场这样的交响。只有到这一天,只有当走上奈何桥的时候,才会有锣鼓为其喧嚣、唢呐为其婉转、鼓乐为其齐鸣。这些闹哄哄的响声,给他们的一生,画上一个句号。响声一停,这个世上,便不会再有他们的音讯。

在乡下,人死后,大都会请鼓乐队。鼓乐队浩浩荡荡一群人,少则六个,多则八个、十个、十几个,他们当中,有打鼓的,打镲的,有演奏各种铜管乐的,其中,便有像我这样吹奏小号的。小号手在鼓乐队中扮演着重要的角色,负责整个乐曲主旋律的演奏。小号手演奏的水平,体现一支鼓乐队的演奏水准。鼓乐队一般会穿着统一的服装,戴着统一的帽子,在长长的送葬队伍中,他们拨打着手中的家伙,吹奏着口中的各种铜管。这些或急促或舒缓的调子,让送葬的氛围更显悲凉,让这种生离死别更显悲伤。

我一开始学吹奏小号,并不是想着要去给死者演奏的。死亡,对于年轻的我来讲,总觉得是一件不太吉利、也很遥远的事情,能躲得远点便尽量远点。但是,多少年过去,我现在总算知道,这个世上,总会每天有人要死去。有些是到了生命的尽头寿终正寝,有些则死于非命,而有些是则是屈死或者是冤死。而死亡,本应是一件上天注定的事情,可有时候不是。

刚进师范的时候,父亲郑重地将那把跟了他二十几年的二胡亲手交给我。父亲将那把二胡亲手交给我的时候,我从他那浑浊的眼里,似乎看到了一种极其复杂的情感。这种复杂的眼神里,大概有对儿子无限的希冀和期望;也或许是这把二胡跟了他太久,想必,他们之间,早已有了手足一般的情感吧?

我终究是让我的父亲大失所望。那把二胡一直被我搁在墙头上,落满了灰尘和蛛网。偶尔望它一眼的时候,我好像总能听到,那断了一截的琴弦在乌黑的琴杆旁叹息,那松塌斑驳的蛇皮在布满裂纹的琴筒上叹息。那叹息声里，似乎有我父亲长吁短叹的失望——这门他引以为荣的手艺，终究要在他这个不争气的儿子手里失传。

我有我自己的爱好。进师范不久，我便迷上了小号。每当我听到宿舍楼底下高年级的学生将一把小号吹得激昂高亢的时候，我总想象着，我手握一支精致的小号，紧绷嘴唇，让一口气息在丹田里生发，在胸腔里扩展，在气管里迸发，在小号那弯弯曲曲的铜管里回肠，在圆圆的喇叭孔里恢弘嘹亮、余音绕梁。我似乎还能看到，在校园里的某个地方，有那么一两个我心爱的姑娘，正眯着眼在我的号声里陶醉。我想，那习习的晚风一定把我悠扬的号声捎了过去，她一定知道，我悦耳的号声里，有如水的柔情，似火的蜜意。

练习小号并不是一件很容易的事情，除了受条件限制，我买不起一把小号之外，那时，并没有一个专业的老师可以指导。凭着对小号的痴迷，和那一点点来自于体内最原始的音乐细胞，我反复揣摩和摸索小号的演奏技巧。我对着镜子练习自己的唇形，在寒冷的冬天练习自己的指法，练得厉害的时候，我两唇肿胀，连饭也不能吃。

我经常在晚自习后，拿着一把小号，独自一个人，来到学校对面的荒山上练习。空无一人的山岗，略显荒凉，尤其在夜间，凉飕飕的晚风吹来，让人一阵一阵地起鸡皮疙瘩。不过，那时的月色明亮。清冷的月光，透过矮小的丛林，映射在丛生的杂草上。杂草深处，是一座座隆起的坟包。其中一些坟包上，还残存着一两张褪了色的纸钱。偶尔跑过的一两只松鼠，让纸钱晃动起来，林间的月色更加清冷和凄凉。

我并不感到害怕。有时候，我倚着一棵树；有时候，我倚着一块墓碑，练习起小号来。若是现在，我大概已经没有当年这样的勇气和胆魄了。我想，那些被我踩在脚下的逝者们，自从我在这清冷凄凉的月色里，高一声低一声，长一句短一句吹奏乐曲时，他们大抵可以了却这条通往永眠路上那一点点的遗憾吧？只是，我不知道，我那样夹生的演奏，是否曾经吵过他们，扰过他们沉睡安静的梦，让他们在黄泉之下不得安稳。而我，只要有一天没有前去练习，那个晚上总一定会心神不宁，觉得缺了点什么。

这样的练习，我一直坚持了大概半年左右。很快，我便掌握了小号基本的演奏技巧。当我拿着那把锈迹斑斑的小号，开始在校园里演奏的时候，很多人都不敢相信。同学们都说，真是出鬼了，没听你练过，竟然能吹出个3456来。我不知道，这个世上，是不是有鬼，那些坟地里是否有鬼？但是，我的确已经能吹3456。在学校举行的元旦晚会上，我还曾经为一个胖乎乎的女生伴奏过，她的声音和我的小号一样，高亢亮丽，清澈透人。不仅如此，后来不断有同学找我，让我教他们吹奏小号。

毕业后，我的女友，也是我现在的妻子（想必，当年她应该被我的号声迷倒过吧？），她跟我一起去两百多里的市里，花了将近三个月的工资，给我买了一把小号。我一直记得，打开包装时，那把小号闪烁着亮丽的光芒，像是一道幸福的闪电，我不禁热泪盈眶起来。我知道，这是一把真正属于我自己的小号。在乡下教书那段枯燥乏味的日子里，这把小号，陪我度过了一个个寂寞枯燥的夜晚。

学校附近的一支鼓乐队找上门来，让我去参加他们的鼓乐队，跟他们一起外出拉活，去给那些死去的人吹奏骊歌。这支鼓乐队，大多是一些半路出家的乐手，比起他们，我的小号演奏，多少是沾了一点学院派的腥味儿，水准自然显得更为专业一些。我算是一个禁不住诱惑的人，没有让他们三顾茅庐，我便欣欣然答应。

在乡下，一些有钱的人家，喜欢摆排场，在办丧事的时候，他们往往会请两支鼓乐队。两只鼓乐队，一前一后，吹吹打打，好不热闹。这样一来，送葬的队伍便显得声势浩大，而那种旷野之上的悲凉也就更为强烈。

但这样一来，鼓乐队演奏的好坏，便有了比较。他们把我请去的目的，自然是为了给他们撑面子，长威风，彰显乐队的实力。假如我们要算作是支乐队的话，我绝对算得上主乐手一类重要的角色。记得有次在给一户人家送葬演奏的时候，队伍里有人提议，要我们两班鼓乐队比赛一下，看谁吹得更好听，更能让死者的儿子儿媳伤心多流一些眼泪。人群中，开始有人响应，甚至有人还鼓起掌来。那一刻，我知道，这将是一场决定荣誉，也将决定今后两支鼓乐队业务的一场比赛，双方谁也不敢怠慢。

自然而然，我被首当其冲推了出来，作为与对方一较高低的乐手。我瞧了一眼对方被推推搡搡上来的小号手，是一个中年男子，微胖，头发邋遢，嘴边长满络腮胡须，古铜一般的脸，似乎好久没有洗过。他手中的小号，早已锈迹斑斑，想必，他也为不少的亡魂吹奏过吧？

只是等我的号声一起，对方的中年男子便自动放弃了比赛。我至今还记得，他放弃比赛的那一刻，他那张刻满沧桑的脸，那厚厚的没有多少血色的嘴唇，还有嘴唇旁那簇浓密茂盛的胡须；他复杂的神情里，有一丝的羞涩，一丝的不安，又有一丝的敬佩。可无论我今天搜肠刮肚，却怎么也想不起当时演奏的曲目。我想，那一定是惊天地泣鬼神的那种，一定是催人飙泪无比煽情的那种吧？在死者家属哀婉凄楚的嚎啕声里，在那些叼着纸烟露着黄牙的嘴喊出的喝彩声里，我虚荣的内心得到了前所未有的满足。那应该是我吹奏小号以来，得到最高的肯定和赞赏吧？那天，我吹得格外卖力，整场葬礼中，我几乎演奏了所有的拿手曲目。

鼓乐队里，我的名声大振。

只不过，我并不能真正理解死亡，也并不理解失去一个亲人那种悲从心来的无助和忧伤。现在看来，那时的我，把别人的死亡，当成是我所在鼓乐队的一场狂欢，当成是我一份赚外快的行当，甚至用来借以满足我的虚荣。我坐在黑漆漆的棺材旁，站在发黄的挽帐下，或者是走在长长的送葬队伍中，高一声低一声，长一句短一句地吹奏着，任凭披麻戴孝的人们嚎啕哭泣，我从来都不动声色，从来都是无动于衷,没有一点点的忧伤。在主人安排的丧宴上,我开始学着鼓乐队的同伴们,抽烟吃肉,喝酒猜拳,谈笑风生,计划着下一场送葬的事情。对于我来讲,死亡是一件遥不可及的事情。——那时的我,是那么的年轻。

可没过多久,我被查出白血病。到医院的时候,医生既不开药,也不打针,他们甚至连我的病床前也懒得来。后来,听弟弟说,医生当时找到他,让他尽早把我拉回去,免得到时候"人财两空"。——我没想到,死神便这样从天而降,而且是那样的迅雷不及掩耳。

或许是因为我给太多的亡魂吹奏过小号,我为他们通往那条未知的路上演奏过众多华丽凄楚的骊歌;或许他们在另一个地方希望我还能继续演奏下去,为更多的亡魂送上他们在这个世界上最后的一曲,他们一定在另一个地方极力地劝阻死神,让上天最终给我留下了这条小命。我苟且地活了下来。

我的那把小号还在。它静静地挂在墙角上,浑身长满斑驳的绿色铜锈,在惨白的日光灯下,影子被扭曲拉长,无力地贴在墙上,早已失去了往日的色泽和光亮,我有时便总免不了要叹息起来。父亲的叹息声似乎比我更多,我似乎经常在深夜里隐隐约约听到,那沉重无奈的叹息声从他破旧的门缝里钻出来。这些深夜里的长吁短叹,出卖了父亲白天佯装的镇定。抬头,墙角的小号,沉默不语,依旧静静地瑟缩着。倏地,悲从心来。眼前顿时飘来,乡村葬礼上那一双双无助和悲伤的眼神来。

我想,只要我那一口气息还在,我便一定还能吹奏出那些或是激昂、或是悲伤、或是婉转、或是哀愁的乐曲来。在那些寂静的深夜里,我似乎总能听到有一种虚无缥缈的声音,从遥远的地方悠悠而来,在父亲的叹息声中,它默默地激励和鼓舞着我。

家人再也不让我吹奏小号了。在他们看来,或许便是那些被我吹奏过骊歌的亡魂正缠着我。父亲从一些神婆那里得到启示,拆屋,上庙，修理祖坟，到处给我烧香和烧纸钱，想借此恳求那些亡魂绕过我一命。

而除此之外，演奏小号需要十足的中气。而那时的我，每天躺在病床上，气若游丝，早就不足以能将一支小号吹响了。每当我看着那把在墙上落满灰尘和蛛网的小号时，总会忍不住流出眼泪来。我是多么熟悉它啊，就像熟悉我的每一寸肌肤每一块骨骼一样。我知道，哪一句气息该强一点，哪一句气息该弱一点，哪一句节奏该快一点，哪一句节奏该慢一点，哪些地方要吐音，哪些地方要颤音。可是，我不能再吹奏它了，我只能眼睁睁地看着它，看着它继续长满绿色的铜锈，继续落满灰尘和蛛网。我想，我的那把小号，它也一定在那里黯然神伤，或者独自泪流吧？

妻子几次要把它贱卖给别人，但都我被阻止了。这样的一把小号，它不仅陪我度过了那么多的青春年少时光，它更是送走了一个又一个亡魂。在我的心里，它远已不是一把简单普通的小号了。那些管壁的凹陷处，或许就是一个逝去的生命在我的小号上留下的痕迹；那些斑驳的铜锈，或许就是那些逝去的亡魂给我为其演奏颁发的奖章。或许没有人知道，这把小号给我带来过些什么；或许没有人知道，它让我更深刻地理解和领悟"死亡"这个谁也不愿提及的词语。尽管那时，我已经吹不动它了，但我的耳边经常会响起那些被我演奏过的音符和乐曲。这样的一把小号，在很多时候，是我对这个世界和另一个世界发出声音的重要途径。这些虚无缥缈得早已无踪无影的号声里，有我青春的宣言，豪迈的热血，懵懂的情感；也有我对逝者的哀悼，对亡魂的祈祷，和对生命脆弱的叹息。

再过了些年，我身体开始恢复，又重新拿起了小号。只不过，那以前的流畅和感觉却找不回来了，手中的小号，再也不像从前那样听我使唤了。一晃，我快近不惑之年。这把小号，在岁月的长河和生命的光阴里，它陪着我一起，经历着风雨，见证着疼痛，陪着我一起慢慢变老。

终于有一天，这把小号不能再发出声响来。任凭我拆下所有的号键和管子，涂满各种的润滑油，它也不能发出声音来。一个曾经如此熟悉的物件，突然间失去它原本的功能，那种无法言语的悲伤，犹如一个自己心爱的人突然变成了哑巴，更像是一个最亲的人突然在你面前闭上双眼挤出最后的一滴眼泪再也没有醒来，无尽的悲凉顷刻间排山倒海袭来。

直到现在，我也不能回想起那把小号为何会突然这样。也可能是被我那一帮淘气的学生给损坏掉的；也可能是它寿终正寝，到了该去和那些亡魂见面的时候。它与我的缘分，这一生，已然终了。

后来，我没有再去买一把小号。我不知是缺少一些勇气，还是别的什么。我害怕要去面对另外一把崭新的小号。我不知道，另外一把小号又将是一种怎样的结局？至此，我想，可能这一生，我已不会再有这样的一把小号了。

两年前，奶奶去世的时候，家人也请了鼓乐队。我把他们的小号拿了过来。我坐在奶奶的灵位前，断断续续、呜呜呀呀地吹着，吹着我断断续续、呜呜呀呀的哀愁和忧伤。

——那是我为奶奶在这个世上演奏的最后的一首骊歌。

（原载《西部》2017年第4期）

## "斜"的美丽

孙银标

不管是谁，只要去意大利旅游，几乎没有不去比萨的。这是因为，比萨塔的名气实在太大了，它不仅是比萨城的标志，也是意大利的标志之一。但令人感叹的是，比萨塔的名气，并不是因为它屹立在比萨古城内历史悠久的教堂广场上，也不是因为它古朴而秀巧堪称罗马式建筑的范本，恰恰是因为它是"斜"的，它以"斜而不倒"名震天下。

假如没有这个"斜"字，每年就不可能有 80 多万游客慕名来到比萨塔下，惊叹它"斜"的意外，欣赏它"斜"的身姿，品味它"斜"的美丽，探究它"斜"的启示。

确实，"斜"是一种美丽，而且是一种异乎寻常的美。由于在日常生活中我们接触得最多的是"直"，对周围事物要求得最多的也是"直"，对世间万物赞美得最多的同样是"直"，所以我们往往习惯于以"直"作为审美的基本标准，如果在"直"的思维中突然闯入一缕"斜"的身影，那就会涌现出一种别样的生动，给人一种全新的感受。

在读古诗词的时候就是这样，一个"斜"字就能把你带入一种异常优美的意境。"绿树村边合,青山郭外斜。"这是唐代诗人孟浩然《过故人庄》中的两句。诗句里的一个"斜"字,就将村外的青山和缓横斜的神态活灵活现地点化了出来,再加上前一句形容村边绿树浓密的那个"合"字,便生动地描绘出了一幅葱茏清新的山村风景画。在这里,这个"斜"字起了一种画龙点睛的作用。又如唐代王维的田园诗《渭川田家》中"斜光照墟落,穷巷牛羊归"两句,勾画出的是一幅非常安逸祥和的画面:夕阳的余晖斜斜地映照着静悄悄的村落,归圈的牛羊慢悠悠地走在小巷深处。在这里,最迷人的是西天的那缕缕"斜光",最精致的则是那一个"斜"字,它"斜"出了一片朦胧飘浮的暮色,给了人一种暖巢宜归的安谧。可以说,这幅画面的美就美在这个"斜"字。在其它的文学作品尤其是古诗词里,因"斜"而生动的例子比比皆是。如斜风、斜阳、斜面、斜坡、斜线、斜角、斜视、斜靠等等,这些词语所表达的事物、所营造的意境、所传达的美感,都是"直"所不能的。

"斜"是一种美丽,而且是一种别开生面的美。在"直"的世界里,"斜"的出现就能打破简单划一的沉闷,生长出灵动和生机。这在美术创作,尤其在中国画创作中显得更为突出。

简洁地说,中国画就是水墨线条的组合。在欣赏中国画作品时我们会发现,无论是大师的佳作还是无名氏的习作,无论是山水画、人物画还是花鸟画,基本上都是用曲线和斜线表达的,其中尤其少不了一个"斜"字,甚至可以说无"斜"不成画。譬如:画山水,"坡坡横斜染苍绿";画人物,"雕栏斜倚盼君来";画梅花,"疏影横斜水清浅";画春燕,"轻翅斜飞戏新风",等等。这个"斜",在这里所起的作用,就是生动画面,丰富意境,感奋情趣,使这幅画因"斜"而别开生面,不落俗套,给人一种有别于寻常的美的享受。如果你在学绘画,那对"斜"的功用更会有深切的体会。像画梅花,一旦枝杆画得过于平实、齐整、僵直,指导老师就会跟你说:"来,在这里斜上几枝,破了它!"当几条斜斜的枝条一添加,你就会发现，整幅画面因此而灵动了许多，幽雅了不少。很明显，"斜"在这里对"直"起了很好的补救与完善作用，由此焕发出来的是一种意想不到的新鲜美。

"斜"是一种美丽，而且是一种超凡脱俗的美。在千篇一律以"直"为基调的视野里，如果突然出现了"斜"的身姿，就会给人出其不意的惊喜。

在日常生活中，这样的情况很多。像城市里的建筑物，方方正正火柴盒一般，给人的感觉就是呆板、沉闷、压抑。如果它的屋顶是斜坡形的，或者它墙体上的装饰是斜线型的，那就会使人感到生动、轻松，给人一种流畅活泼的美。像桥梁，我们平时看到的一般都是平坦笔直的大桥，如果出差在外突然看到一座斜拉式或者斜撑式的大桥，就会觉得很新鲜、很别致，便会从中品味出一种的不同凡响的美丽。连走路也一样，如果长时间走在宽阔而笔直的大道上，人就会感到厌倦、疲乏，走着走着如果前方突然出现了一面斜坡或一段弯道，就会使人眼睛一亮，心底里涌起一种新鲜感，这个斜坡和弯道给人带来的就是一种意外的甚至是想入非非的美。还有人本身也是这样。倘若大家都笔直地站立着，而其中一人则是斜斜地靠着，他给人的印象便是出格，假如这是一幅照片，这个人所显示的就是一种别具一格的美，这幅照片也会因此而生动不少。也许正是这个原因，所以在画家、摄影家的作品里，凡是时尚美女、新潮小伙，从来都没有站得笔直的，各种姿势的摆弄始终都沾着一个"斜"字。这样的作品所抒发的就是一种悠闲的美、自在的美、新颖的美。"斜"，正是这种美的灵魂。

"斜"的美丽，在现实生活中无处不在。这种超乎常态的另类美，是人的潜在意识、智慧和才能的一种外化形态。

（原载《浙江散文》2017 年第 4 期）

## "幸福列车"通鲁家

汪 群

沿着"安吉大道"一直往东行,在没到游乐园的地方,我有意识地将方向盘往西打了转。此时,我担心四岁的外孙女发现不去游乐园会一下子闹哄起来。嗨,她偏偏没有拒绝。

没有围墙的大自然乐园无遮无拦、无边无际,有山有水有石,有鱼有虾有青蛙。观花草、摘野果;摸螺蛳、钓黄鳝;听蝉儿鸣、赏蝴蝶飞;闻鸟鸣声、猜植物名。一年四季,漫山漫坡郁郁葱葱,仅仅是一株竹子,就可以展开:拗野笋、寻鞭笋、掘冬笋。还可以在缓坡、平原上,采桑果、找蓝莓、摘黄花梨;打板栗、摇山核桃、选"一叶一芽"的白茶。

山边都是错落有致的一幢幢红顶、蓝顶、白墙、黄墙的农家小洋房,熠熠生辉。往前不远处,我们遇到的却是一个丁字路口。我第二次有意识地开进了一条小巧而精致的柏油马路,干干净净,路面虽然不宽,但车辆可以交会。

穿过一个个转弯抹角,我发现"前有火车轨道,请您注意通行"的指示牌,顿生迷茫:交通闭塞的山旮旯里,还会有穿过村庄的火车通行?

忽然，外孙女在车里高兴地嚷着："小火车小火车！"

哦，"鲁家村火车站"——也就是"阿鲁阿家"号小火车。此时，我想起早些年，鲁家村开起的第一家农家乐，就叫"鲁妈妈餐馆"。当时我问店主，为何取这个名字。她回答："我家不姓鲁，鲁家村就是我们共同的家，开一家'鲁妈妈餐馆'，这样就叫得更响亮啦！"

"呜呜呜——"一辆"红黄蓝"相间的小火车，在我们不远处徐徐驶过。我们才知道，这里就是鲁家村通往全村十八个家庭农场的小火车"枢纽总站"。

小外孙女一骨碌下了轿车，跑向火车站，把我们甩得远远的。我们只得拼命地追赶她。

"葡萄隧道"盘根错节的藤蔓上，一串串紫紫的、青青的葡萄就在眼前晃来摇去。外孙女说："我要吃葡萄！"担任列车长的陈姓姑娘听到后，手持喇叭说："旅客朋友们，前面就有一个停靠站，为大家提供摘葡萄、尝葡萄的体验项目。"采葡萄，买葡萄，尝葡萄，让游客们自由挑选。外孙女在一根藤蔓的跟脚边采摘了一小串水葡萄，连忙吆喝着"卖葡萄咯，卖葡萄！"

小火车串连起了十八个家庭农场，村子里数百户农家，都盘踞在小火车弯弯曲曲的沿线铁轨旁边，错落有致。一家家、一户户，如同居住在"花果山"的迷宫，别有洞天。

"呜呜呜"的声音靠近了，农家人就像是要见到莅临的"外宾"一样，在阳台上、操场里笑脸相迎各地的游客，吆喝着自家的农字号特产：老南瓜、番薯粉、野笋干、辣椒酱、山核桃、葵花籽、花生仁、银杏果……五花八门，应有尽有。

在一家冯姓的农家门口，外孙女看见了挂在竹竿上金灿灿、大大小小的"宝葫芦"。她拉着外婆的手蹦蹦跳跳起来，唱着动画片《葫芦娃》的主题曲："葫芦娃，葫芦娃，一根藤上七朵花，风吹雨打，都不怕。"她说："我要把两个宝葫芦，都挂在外婆家的客厅里。"

每个"家庭农场"都有一个停靠站,让游客可以像在城市里逛商场一样,一家一家跑、一户一户看,如"桃柳农场""竹园农场""药材农场""野山茶农场""野猪林农场""花海世界农场"等等,游客们逛得不亦乐乎。

要说"蔬菜农场"里最亮眼的景色,便是"荷塘夏色"。百亩荷花被山坡间青青的翠竹相拥、怀抱着。外孙女拉着我们的手,走在一座通向荷塘深处的木架构桥上,两边的荷叶随风摆动,亲昵着衣袖、裤管,像是深情地欢迎我们的到来。

一朵朵粉红的荷花,一个个滴翠的莲蓬,争先恐后、恰到好处地从碧波与荷叶间跳跃出来,清新脱俗,满目生辉。我们抓住机会给小外孙女多拍几张照,但小外孙女偏要拿过手机给外公外婆拍照。我们在幼小的外孙女面前,怎不动容?心情也像花枝招展的朵朵荷花一样,美滋滋、乐陶陶。

走过"荷塘夏色",一畦畦、一垄垄,全都是五颜六色开着花、结着果的新鲜菜蔬。有匍匐地面上的西瓜、甜瓜、南瓜、冬瓜;有长在枝干上的秋葵、茄子、番茄;还有藏在土壤里的番薯、萝卜、马铃薯、山药等等。

炊烟袅袅,不少游客围在垒起的一个个农家小土灶,柴火噼里啪啦地燃烧着,一显身手,翻炒着刚刚采摘下来的菜蔬。纯正的菜籽油香味随风而来,让肚子也跟着咕咕地叫起来,外孙女嚷着也要在这里用午餐。我们和其他的游客一样忙碌起来,准备油米酱醋。时鲜的菜蔬就在面前的院子里,伸手可得。农场主说,在这里用餐,我们省去了进城销售的全部费用,只收一些必要的成本费。

鲁家村虽然离城市偏僻一点,但把一万余亩低丘缓坡看成是全村百姓发家致富的"聚宝盆"。如今,开辟的十八个家庭农场,采用"公司+村+农场(农户)"的模式,引入第三方经营平台,成立旅游公司。村里占股份49%,公司占股份51%。同时,吸引早年在大市场闯荡过的经营能人，回到村里一展身手。左伟伟，原来是"养猪大户"，现在是"野猪林农场"场主，农场开设"垂钓""山地越野"等项目，经营得风生水起。全村农户每年因土地流转而产生的收益为八千元，许多村民在农场上班，每户又能得到村集体经济分红。全村已从原先纯农业的经济薄弱村，一跃成为一、三产比翼齐飞的旅游强村，彻底甩掉了全县出了名的"贫困村"帽子，村庄环境卫生评比也获得了全县第一。

鲁家村是一个经营"金山银山"的"大花园"，成为"望得见山、看得见水、记得住乡愁"的美丽胜地。

当我们离开鲁家村时，小外孙女脱口而出："外公外婆，我们下次再来时，我也要当一回小火车上的小导游！"

（原载《人民日报》2017年10月2日大地副刊）

## 被遗忘的赛金花

王楚健

乙未年"秋老虎"肆虐的一个下午,我出了清凉的北京地铁站,在菜市口大街与陶然亭路交叉的十字路口等了等绿灯,便不顾毒日的炙烤,急匆匆赶往陶然亭公园。

以清代名亭陶然亭得名的公园,不亚于现存的皇家园林,但是我无意于园内的草木葱茏,楼阁参差;也无意于林间名亭荟萃,清泉流韵;更无意于湖面莲花曼妙,轻舟荡漾……只想弥补多次来北京的未遂心愿,凭吊一位与京城的一段历史有着紧密联系的传奇人物——赛金花。

穿行在临湖的石径,成排的柳树上秋蝉聒噪声不绝,不禁想像一百多年前"庚子国难"时乱纷纷的社会景象,脑海里浮现许多电影镜头似的碎片:同样是立秋时闷热的那些日子里,狼烟遍地,"精于骑射"的清朝军队和"刀枪不入"的义和团被洋枪洋炮击溃,慈禧太后挟持光绪皇帝仓皇出逃,八国联军攻入京城,奸淫掳掠无恶不作,生灵涂炭。乱世之中,力挽狂澜的却是赛金花这位精通德语的青楼女子,她来到八国联军总司令、德军元帅瓦德西面前,力劝整肃军纪,游说休战议和,拯救了苍生。时人对赛金花褒贬不一,褒扬者追捧其为"议和人臣赛二爷"、"护国娘娘";贬低者则深挖其"老底",津津乐道于花边新闻,说她原为烟花柳巷雏妓,被状元洪钧赎身当了小妾,随夫出使欧洲时勾搭上瓦德西,夫亡后再度为妓,恰好赶上这场鸳梦重温的"床上救国"戏而已——曾朴的小说名著《孽海花》就是一例。

临湖石径的尽头,那人群密集的地方,是一片正在举行恐龙科普文化展的小树林,许多仿真恐龙声嘶力竭地吼叫着,吸引了人们争相合影。打听赛金花墓的所在,接连问了几位年轻人,他们都不知道赛金花为何许人。

东湖畔,一位垂钓的大爷告诉我,赛金花的墓,原本斜对着陶然亭,可惜"文革"中红卫兵不允许"为妓女树碑立传",捣毁了墓,只剩下散落的墓碑被存放在慈悲庵里。

聊起在陶然亭建墓的来历,大爷娓娓道来。"庚子国难"以后,清政府与八国联军签订了最丧权辱国的《辛丑条约》。洋人罢兵,"老佛爷"回到朝堂,乱哄哄的论功行赏却没有赛金花的份。相反,两年后赛金花因"虐婢案"吃尽官司,随后渐渐淡出人们的视野。1936年的寒冬,一个孤老太太裹着破棉被在北京居仁里小胡同静悄悄地离世,人们这才发现她就是差不多被遗忘的赛金花。文人墨客对这位曾经名噪一时的人物最终穷愁潦倒地死去,极具同情,争相作挽联,发表纪念文章,著名剧作家夏衍当年创作了话剧《赛金花》,王莹出演女主角一举成名,连影后胡蝶都想在银幕上扮演赛金花。在好心人的筹划下,社会各界人士捐了棺材和丧葬费用,慈悲庵的和尚捐赠墓地一方,"出殡之日,虽雨后道路泥泞,但沿途摆设路祭者,络绎不绝"。赛金花的墓建得豪华别致,墓碑为中国石公司镌赠的黑色大理石,由前清遗老喻长霖撰额,潘毓桂撰文,吴炳麟手书;墓旁还有记述赛金花生平的三块石刻:书画大师张大千所绘《彩云图》,一代诗宗樊增祥作的长篇叙事诗《彩云曲》和《彩云后曲》。聊到此处,大爷唠叨着,这些可都是珍贵的文物啊,本该好好保存的。

从陶然桥往西进入湖心岛,两旁绿草萋萋,荷叶田田,莲花妍妍,近处可见一座外墙缠满爬山虎的高台,其上古木森然,楼阁数间,一块匾额上赫然题着"陶然亭"三字,那便是我要寻访之处了。人们常说的陶然亭,其实并非真正的亭子,而是慈悲庵内西侧的三间敞轩。拾级而上,来到一棵充满沧桑的老槐树下,抬头就见慈悲庵的山门。

可是,踏遍所有的陈列室搜寻,只见图文并茂的专题展览众多,却不见了赛金花的墓碑、石刻。我很不甘心,向一位女管理员询问,她沉吟了片刻说,可能就是公共厕所旁边地上那一堆吧。

我心存诧异,顺着她所指,试探着去寻找,真的发现了重叠堆放着,在太阳底下暴晒的诸多石碑、石匾。一块高约两米的黑色大理石墓碑,被底座压在下面,只露出局部,我拂了拂上面的落叶与灰尘,只见碑额上清晰地露出阳文篆书"姑胥赵灵飞之墓表"及行书"丁丑孟陬,八一叟长霖"。光绪乙未科榜眼喻长霖是台州乡贤,其书法丰腴圆润,雍容华贵,我一眼便能认定无疑,碑上所称"赵灵飞"正是赛金花的原名。

紧接着,发现旁边散落着的,竟是张大千名作《彩云图》的碑刻。《彩云图》取自赛金花曾用过的艺名傅彩云,碑长1.7米,图中赛金花如九天玄女腾云驾雾而来,飘逸灵动,旁有书法名家张伯英的典型的魏体楷体大字"樊山词翰",结构严谨,恪守法度。"樊山词翰"并非是为张大千《彩云图》的题词,而是给樊增祥(别字樊山)作品《彩云曲》所做的引首,且从字面上可以直接看懂,这是赞美樊增祥文采斐然。诚然,进士出身的樊增祥是我国近代文学史上一位不可多得的高产诗人,一生中创作诗词三万余首,并著有上百万言的骈文,其中长诗《彩云曲》、《后彩云曲》堪称代表作之一,将赛金花传奇的一生描绘得酣畅淋漓,一时风靡全国,以致被誉为清版《长恨歌》,成为千古绝唱。

可惜的是，我遍寻不见《彩云曲》、《后彩云曲》石刻。继而又发现一块张伯英落款的碑刻，这是他为慈悲庵住持德昆所写行书《都门纪胜碑》，记叙慈悲庵重新修葺的经过，并对古迹的兴衰与保护颇多感慨，字体流畅自然、活泼灵巧、布局得体，错落有致。叠在其右的，还有一块断成三截的碑，由于文字模糊，分辨不清。紧挨着的，有两块汉白玉碑刻《兰竹图》，行草龙飞凤舞，画面颇具文人风骨，那是民国兰石画家彭八百作品。而与赛金花墓碑并排卧在底部的，是另一块硕大的墨玉墓碑，刻着辛亥元老、著名书法家于右任的草书，龙飞凤舞，可读出"康心孚先生之墓"等字迹。

落叶覆盖的地上，还有一块相对偏小的石匾，细细辨认，是清末民初国学大师陈尔锡的草书"皆大欢喜"石刻，原是陶然亭南房方丈室的门额，不知咋地也被搁置在这里。我怔怔地立在现场，搞不懂这"皆大欢喜"四字究竟是讽刺了眼前的场景，还是讥笑了我深感悲哀的情绪。我好不容易定了定神，却终究想不明白，这么长的岁月，这么大的都市，这么大的公园，还有慈悲庵的大慈大悲，为什么就容纳不下这几块石碑、石匾呢？

想起比利时首都布鲁塞尔的中心广场，有一尊撒尿男孩的铜像，那是为了纪念一位名叫于连的孩子，用一泡尿浇灭了敌人点燃的炸药导火线，拯救了全城的历史。小英雄的铜像矗立至今已有四百年了，是游客必访的著名景点，而赛金花同样拯救过一座城市，难道只因的个人"成分"问题，做事出发点存在争议，注定要被世人遗忘？被历史遗忘吗？

历史是一面多棱镜，想要全面理解须从多重视角来审视。自古英雄不问出身，在中华民族遭受列强凌辱的年代，真豪杰严重匮乏，卑躬屈膝的跳梁小丑倒层出不穷，一个弱女子在国家危亡之际，尚能挺身而出，不正是另一版本的"花木兰"吗？上世纪三十年代初，北大教授刘半农采访晚年赛金花时，赛金花欣然留墨迹"国家是人人的国家，救国是人人的本分"，足以让无数七尺须眉汗颜。

不知过了多久,听见慈悲庵的保安催促要下班关门了。于是,我朝石堆拜了三拜,悻悻地作别。

此时,夕阳的余晖洒落在湖水与树林中,金黄金黄的,增添了几分怀旧的色彩。无意中发现湖边生长着几株彼岸花,妖艳地绽放着,那触目惊心的赤红,如火,如血,如荼。佛家语:开到荼蘼花事了,只剩下开在遗忘前生的彼岸之花。它是传说生长在冥界三途河边的引魂之花,花香有魔力,能唤起死者生前的记忆。赛金花如果有后世,不知是否来过陶然亭?若来过,看到墓毁碑弃,不知会作何感想?

公园里倦鸟纷纷归林,游人渐渐散去,中华名亭园的竹林深处飘来昆曲练唱声,像是《牡丹亭·游园惊梦》的唱词,一字一句百转千回:"原来姹紫嫣红开遍,以这般都付与断井颓垣。良辰美景奈何天,赏心乐事谁家院?朝飞暮卷,云霞翠轩,雨丝风片,烟波画船。锦屏人忒看的这韶光贱……"

悲凉的曲调与哀怨的唱词,像一支利箭射穿了我的心房,在我打了一个寒颤之时,它似乎又掠过树梢,掠过屋顶,射向晚霞绚烂的天际,可能要去穿越过往的时空。

(原载《大地文学》卷四十)

## 六月，六月

王 丰

家乡把整个夏天都叫成六月，叫法是：六月里。

六月里很热，也很闹。

田地里，稻谷、苞芦、番薯、桑叶闹着生长；山头间松树、柏树、香樟、合欢伸开手和脚。

六月里的早上更闹。

窗外，麻雀、燕子，还有长尾的沙鹊，天麻麻亮就在树枝间、天空上欢唱起来。它们一路唱过去，一路唱过去。

最闹的是知了（蝉）。清早和傍晚在高高低低、各种各样的树上一个劲地叫，叫得人有些烦。但它们不叫得让你烦，这还算六月里吗？

想起六月里牧（放）牛，想起六月里割稻子来。

六月里，一放暑假，生产队就安排我们几个孩子牧牛。

牛有四头：老黄牛、八角头、姆牛壳，还有一头大黑牛。

四头牛性格各异。老黄牛忠厚朴实；八角头好斗贪吃（偷吃庄稼）；姆牛壳活泼乱跳；大黑牛寡言稳健。

每个暑假，我都牧（放）八角头。八角头有好斗贪吃的毛病，但它一下田耕耘,就慢慢耕,慢慢耕,总是那么耕去。田耕完了,又牵到后山去牧(放),耕了田的八角头老实多了,不斗不贪吃,到山上,老老实实啃一气草,躺到松树下嚼、嚼、嚼。身上的泥丸一块一块粘着毛,像癞痢,一块一块抖动着。

八角头突然就老了,比老黄牛老得快,耕不动田了。

耕不动田了,生产队报公社批准,杀了卖肉,给生产队增点收入。

牛杂留下。牛杂炖大铁锅里,牛杂的香气飘逸在老祠堂里,老祠堂里到处是八角头的身子。一家一家分一碗牛杂,牛杂香,牛杂很香,我吃到嘴里,鼻子酸,双眼紧,总想哭。

牛耕田,不赶上山牧(放)了,我们又去割稻子。

割稻子的日子是六月里最热的时候,热得全身烫手。

一个大人领着,一丘田数数几路(排)稻,按人头平分。分好了开始割,弯腰一个劲朝前割。那个上进心是,谁割出头(割完分到的稻子)谁就是英雄。英雄会得到队长的表扬,在傍晚的铁皮广播筒里,队长中气十足地表扬,自己高兴,家里人高兴。

割稻用沙几(弯的有锯齿的小镰刀),沙几锋锐,不小心会把左手指头割了,大都是,割了指头,弄点田里的野草放嘴里咬咬,按上去继续割。生产队里有一个女孩,小时候生了病,走路晃晃摇摇像小脚(旧社会妇女缠绕过的脚),头脑也不太灵便,分稻都少分几路给她。她总是割自己的手指头,一丘田割下来,手指头血淋淋的。我帮她割一些,她会从衣裳袋里摸出来一点炒黄豆、炒苞芦籽塞给我。她自己,我没见她吃过。

后来,后来吧,初中二年级没读完就嫁到江西去了,父母收了人家几百块钞票。

她嫁了,我总想着一个问题,听人家说,江西的田很多很多,有田的地方稻子肯定也多。

她会去割稻子吗?要是去割稻子,手指头割进去也多了,我有

六月，六月

些替她当心。

　　我们已经几十年没见过了，一年，一年，又一年，年年有六月，有六月就有稻子，不知她还割不割手指头？甚念。

(原载《杭州日报》2017 年 8 月 11 日)

## 文 旦

王 寒

霜降时节，果子熟了。霜降真是个好时节，好多果子都成熟于这个节气，南宋本土诗人戴昺的"果熟霜前树，鱼肥雨后溪"句，就很有秋天那种充实、喜庆的味道。

文旦三月现毫，四月含苞，七月结果，它现毫于乍暖还寒的时节，收获于霜降前后。谷雨前后，文旦开花，乳白色的花瓣，厚实含蓄，羞答答地藏在翠叶之下。文旦开起花来，有争先恐后的劲头，密密实实的，立夏前后，果农要为文旦树疏蕾，每一撮枝干上，挑出养份最足的花蕾留着，其余的悉数摘去，这样养分集中，能保证文旦的品质。果园里，果农手摘刀剪，白花立时委地。疏蕾后，果农用毛笔蘸着瓶中花粉，点施于文旦花的花蕊之中，简直比画家泼墨挥毫还要潇洒，这般景致，富有江南风情。

江南的女子，旧时用木槿叶子洗发，还用木槿花煎水洗脸，台州一些地方，把木槿花称之为洋皂花。也有用文旦花洗发的，《南方草木札记》的作者、散文家朱千华就说，桂乡女子用文旦花洗发，洗了后，满头青丝，轻柔顺滑。我没有试过，不敢忘言，但用此花洗头，想来满头青丝，必定带有柚花的清香。

## 文 旦

霜降一到，丰收在望，可以采摘文旦了。果子经过霜打，甜分更足。一只只青黄的文旦，累累地垂挂着，一棵树上，七七八八会挂上百来只文旦，有时一根纤细的枝条上，就垂吊着两三只硕果，风一吹，似要掉下来的样子，让人着实替它捏了把汗，它似高明的杂技演员一样，晃动得颤颤巍巍，却把树枝抓得牢牢的。

新鲜的文旦，十分喜人，它吸收了一春一夏的阳光雨露，浑圆饱满。绿色的外皮，带着新鲜的金黄，像佳人正当盛年的风采，又似怀孕的少妇一样充实。中国四大名柚，是柚类的四大名旦，而玉环文旦则是其中的花魁。旧时，沪、杭店家出售文旦，多标明"楚门文旦"，以示出身名门。一方水土，出一方人，长一方花，也育一方果，作家车前子说：北方的地气浑然，浑得不无麻木，行个两三百里，杏子李子枣子的味道并没有多少变化，语言也大致相同。而到了南方，尤其是江南，地气顿时变得敏感，具体为事物为语言，等等就千差万别。车前子纳闷：无锡与苏州只隔了半小时的路程，无锡就能出上好的水蜜桃，而苏州为何就出不了？

文旦尝曾不是这样呢？文旦长在玉环的大地上，结出的果子风味就特别佳，放别地，味道就寡淡。不过，话说起来，早年的玉环文旦没有这般风头，那时它还是土里吧唧的土种柚子，当地人称之为土栾。这土栾，皮厚囊小，不是酸涩，就是发苦，不堪食用，它生于乡野，无人搭理，直到遇上福建柚子，情投意合，一番嫁接，你中有我，我中有你，结成一段金玉良缘，也成就了这一南方佳果。

文旦的名字，有点特别，在戏曲中，旦指的女性。我喜欢刨根问底，好探个究竟，问当地的朋友，文旦的起名是否跟戏剧中的旦角有什么瓜葛。一问，好像还真有这么回事，玉环文旦是由一唱戏的花旦从福建带来的，播种于楚门龙岩山外张村一带。为了纪念这位美丽的旦角，遂以文旦命名。

柚类中出名的不少，不过，公认品质最好的还是玉环文旦，玉环文旦瓤肉脆嫩，酸甜可口，"中华第一柚"不是浪得虚名的。台州民间，凡秋冬佳节阖家团聚，少不了文旦，因为象征团圆与美满。霜降时节摘下的文旦，放之室内，香可盈室，闻着这舒爽的清香，恍惚间，还以为自己是在秋天的文旦园呢。文旦有个好处，极耐贮藏，是天然的水果罐头，可藏至翌年四月，这个时候的文旦，外表看上去，好像有点人老珠黄，果皮也因失了水分，变得皱巴巴的，但果肉依旧清香脆嫩。

玉环人善饮，他们的酒量真是吓人，我好几个朋友，号称千杯不醉的，到了玉环，都被玉环人放倒。酒醉后拿什么解酒呢？文旦瓤肉。除了解酒，小孩子积食，大人会把文旦皮切丝，煮成茶给孩子饮用。在各种水果中，文旦的皮算是最厚实的了，别嫌弃它皮厚，文旦的果皮可以做成茶饮。我最喜欢喝的柚子蜂蜜茶，就是用柚子皮和蜂蜜做的，甜中带酸，好喝极了。

除了做茶饮，文旦的果皮还可做菜，与鸭子焖烧，清香可口。还有一道菜，名叫柚皮扣，也是用文旦皮做的——把文旦的果皮，切成小块后，配以五花肉，加调料烹制，味道清鲜异常。不过，我更喜欢的是玉环文旦露，多文艺的名字啊，一听就是江南的美食，这道甜点在央视的《欢乐中国行》中露过脸，两位骨感的佳人董卿和萧亚轩，品尝了现做的"玉环文旦露"，直道味道赞。这个玉环文旦露，是以文旦壳为盛器，把文旦果肉撕成粒，用泡开的兰香子、西米和蒸熟的木瓜粒，勾芡装入，酸中有甜，甜中有酸，着实是秋天的好滋味呢。

（原载《台州日报》2017 年 11 月 19 日）

## 月亮是村庄的眼

王加兵

八月的村庄，没什么可堆放的，只好堆几朵积雨云。一朵一朵地堆，高过村外青黑的白杨林，高过铁路边入云的移动通讯塔。待傍晚那班隆隆的高铁飞驰而过，哗的一声，云垛就塌了。前一秒太阳，后一秒雨点，然后天空就干净了，润湿，清爽，蓝汪汪的。

干净的乡野漫溢草木的香，青蒿的，莲花的，水菖蒲的，水汽一样湿，月光一样凉。水稻正拔穗扬花。傍晚过了时辰，看不见细白的花蕊"晾花信"，但闭上眼，微风起伏的稻田间，一朵白花正孕育一粒米香，一滴雨珠将润泽一季好梦。

干净了，月亮就来了。村庄把整个天空献给月亮，附带各家串风的前门与后窗。人的村庄是平面的，门户与心扉无阴影地敞开。月亮高高在上，头顶之上，乡野之上。雨后的月亮，水灵灵，白而且嫩。月亮是村庄清澈的眼，她的目光随意进出，把村庄照得清清白白。

村庄的腿不追赶时间，月亮一来，夜就到了。夜来得早，村人的梦也开始得早。乡里夜长，梦多，个个饱满，把夜空撑得鼓鼓的。人在月色里是羞怯的，鸟雀一样，蜷缩着柔软的身体，栖在月亮的梦影里。干净的夜晚,魂驰梦想,再勤劳的村人也不愿从梦里醒来。加班是城里人发明的词汇。夜晚的白猫抓不抓老鼠,夜晚的水稻收不收浆,都与他们无关。村人侍弄田地一个火热的白天,月亮补偿他一个清凉的夜梦。

而田野的梦是生长。八月的荷尔蒙正旺,稻穗挺举青春的旗帜,棉铃暴露青涩的肚皮,虫子们疯狂地爱恋鸣叫。加肥,加水,加餐,为孕育,大家正加油。虫子们一夜无眠,守着低矮的草丛唱,莎莎,织,织,织,良辰美景,去赴月光之约,去喊破喉咙,寻一场烟火的生死之恋。月亮不会收走草尖上的露珠,露珠是她馈赠虫子们恋爱的礼物。

月亮是村庄的眼,她要守护村庄的大梦,还要照亮乡野疯狂的滋长,像八月的奶奶,摇蒲扇,拍蚊虫,慈怜地看护乡野之上的孩子。夜路上,月亮歪着头,浅浅地笑,俯身把整片乡野都揽入怀中。芸芸众生,都是月亮的孩子。村庄的孩子太多,有的在做梦,有的已入土。月亮的身后张望着许多亮闪闪的眼,一颗,两颗,三颗……谁也数不尽的星。村庄深蓝的夜空为什么缀着那么多的星?奶奶说,村里人的祖先都住在星星上。月亮看着人间,也照见老去的路。

有风从南边杨树林悄悄地来。哗哗,哗哗,一片叶拍响另一片叶,一棵树推醒另一棵树。村外无人,杨树一家在月亮的目光里乘凉,乐呵。斑鸠,田鸡,土狗,蛐蛐,癞蛤蟆,黄鼠狼,人模人样地赶着夜色,来自己喜欢的池塘、稻田、土墙、沟渠,各赶各的夜场。唧唧,咕咕,呱呱,瞿瞿,吱吱,会开口的,没见闲着。土狗在花生地里啦啦啦地拉提琴,哼小调,乐此不疲地挖洞,吃嫩草。土狗不是狗,它土,且丑陋。沟渠里的癞蛤蟆总是自卑,蛙,蛙,蛙,想趾高气扬地呱呱几嗓,鼓捣出的竟然是青蛙的蛙。卑微的长相,长期啮咬着一只蛤蟆羞涩的心。月光之下,大家都是这个村庄的住户,做梦的做梦,发声的发声。猫头鹰清高,离群索居,飘忽无声，自诩是村庄的精灵。可一张嘴，像哭又像笑，吓得小伙伴们东躲西藏，公推它做黑暗的幽灵。还是童稚的萤火虫好，闪着荧光，慢悠悠地飞，闲逸地游走在童话的世界。村庄的夜空不空，风忙碌着，在其中穿梭。

乡野本没有路，走的人多了，就成了人路；走的牛多了，就成了牛路。更多时候是草走的草路。农忙时，路是人的。农闲了，路还是草的。牛筋，车前，白茅，益母，青蒿，红蓼，都长腿会走路。它们的腿潜伏在潮湿的土里，躲过村人粗糙的脚板，乘着夜色，收复自己的领地。月亮不只照见父亲的三亩田，田野也不只为父亲一辈子的劳作滋长。白鹭清高自守，守着父亲的稻田，捕鱼虾，捉青虫。麻雀，喜鹊，比父亲更勤快，飞在镰刀的前面，一粒一粒地搬运自己的谷子。父亲的秋收过后，田地依旧丰盈。落地的稻谷要发芽，枯黄的稻茬又返青。村里的黄狗黑狗都叫草狗，它们在秋后枯黄的稻茬地赛跑，跳跃，无缘无故地恋爱。

月亮看得见，田地，不只是人的。父亲在稻田薅草，水在稻田流淌，虫子们在稻田齐声合唱。父亲收割香糯的粳米，虫子收割绿色的爱情。

月亮不进城。城的灯火足够亮，红的，绿的，紫的，黄的，粉的。城的楼房足够高，十楼，二十楼，三十楼。露台紧锁，窗扉紧闭，城里人说，那背后有不容窥视的隐私。月亮假装看不见，城市那遮遮掩掩的不眠夜。人世的孤寂不在乡野，而在人群。月亮不参与变革，她只管将喧闹的世界融入深邃辽阔的平静。

黑黑的男人，皮肤里藏着灼烧的太阳。黑黑的女人，梦里有汪水漾的月亮。我们的双腿拒绝土地时，我们的目光抛弃乡村时，记着摸摸自己的胃，何曾离开它们。没有荒芜的田野，只有荒凉的村庄。老迈的村庄，早已失去血色，因有月光的映照，才完整地拥有了土地。

隆隆隆，又一列从城市穿越村庄的高铁，正击碎一帘盈盈的白月光。我朝寂静的田野唱"月亮出来亮汪汪亮汪汪——",我无意再吓唬它们,只想用人的方式唱快乐的歌。走夜路,本可以像虫子一样放声歌唱。而身边的池塘,哗啦啦地水花四溅,几只野鸭夺路逃窜。短暂的惊讶,酝酿着空旷里热烈的嘲笑。起初是鼓噪的蛙,然后是蝈蝈,然后是半睡半醒的斑鸠,哇,瞿,咕,三更半夜的,不去人的梦里躺着,跑这虫草的世界卖弄。它们的嘲笑,我也假装没看见。撩起短裤,哗哗哗,下了一场月光雨。在田野上撒尿,是件恣意挥洒的事。而蚊子不乐意,嗅着人臭味直刺过来。夜晚是它们的,我不该从村庄的夜梦里醒来,莫名地闯入。

月亮睁着眼,都看见了,没说话,只露着白牙浅浅地笑。

(原载《嘉兴日报》2017 年 8 月 22 日)

# 一兜鞑靼花

王秋珍

一直很喜欢尼采的那句话："白昼的光，如何能够了解夜晚黑暗的深度呢？"

熏风，不知什么时候从背后吹来，猛然发现，春天已在屋檐下解开衣襟，露出了胸脯上起伏的鸟语花香。想咧开嘴笑，却发现根本没有声音，嘴巴和两腮的肌肉一起僵住了。原本季节是无知无觉的，人的心意放进去，就有了别样的意味。可是，我的心意在哪里呢？

我是一个不受老天眷顾的人。就像托尔斯泰笔下的鞑靼花，"长在尘土飞扬的灰色大道旁。她有三个枝丫：一枝被切断，上头吊着一朵沾满浆的小白花。另一枝也被折断，上面溅满污泥，断茎压在泥里。第三枝耷拉在一旁，也因落满尘土而发黑。"

因为肾炎，爱弟带着对生活的无限眷恋离我们而去，同时也带走了一家人的欢乐。工作的压力、家庭的负担，像春蚕咀嚼桑叶一般，嘈嘈切切地啃噬着我的健康。有位医生曾惊异地说："年纪轻轻，怎么成十不全了？"在奔波了医院多年后，我的心日益冷却。

我是教师，我爱我的事业，十分地爱。可是，我不得不辜负我的学生。很多时候，我不写一个粉笔字，因为我的右臂无法上举；很多时候，我坐着上课，因为我的腰又酸又痛；炎炎烈日，学生们因为我的耳朵和喉咙关掉了所有的电风扇……

如果说白天的忙碌与喧嚣多少能麻木我的感觉，那么，夜晚便是一部晦涩的写真集了。

一个晚上，我要起来小解十来回；肚子上压了一大堆东西，却还是痛；两只耳朵像个工地，那嗡嗡嗡、沙沙沙的声音简直要将脑袋炸开……

帕斯卡尔说："人不过是一根苇草，是自然界最脆弱的东西。"人活着，既要忍受生活的荒凉与炙烤，又该忍受生离死别，忍受种种身心的侵蚀。我茫茫然，不知生存的意义在何方。那一段日子，流泪成了我最最常用的表达方式。

明朝庄元臣在《叔苴子·内篇》中说："心不求睡者，不得睡；心求睡者，亦不得睡；唯忘睡者，睡斯美矣。"我无法达到"忘睡"的境界。伴着隆隆的声响，思绪像细沙穿透了时空。往事，成了舟下的涟漪，一圈圈地漾开。

为了我，家里订了多份报纸，只上过两年学的父亲总是细心地将有关信息剪下，交给我。我的台玻璃下，光治疗神经性耳鸣的小纸条就有8张。蹄髈、鸽子、乌骨鸡、葛根、枸杞叶、车前子……一样样地买，一天天地吃。一回回地抱着希望，一次次地失望而止。专家的话更是给我下了判决书。"治不好的，自己想开点。"我相信这是真的。20年了，20年的不停聒噪，不断发痛，能有幸还我一点点宁静吗？我理解了贝多芬的暴躁脾气。一个无法倾听天籁又执着于音乐的人怎会有温和的性情？

然而，我那病痛缠身的双亲没有放弃努力。只要听说有什么秘方、偏方总要一试。听人说，台葱、蚯蚓能治。他们就极认真地去找。一个村庄，居然只有一户人家的门台上有台葱。为了爬上那一小片天地，父亲扭伤了脚脖子。后来，父亲每年都自己种台葱，整整一畦。虽然他明明知道,一次只需半根大葱。也许,那密密麻麻、绿绿亮亮生长的就是他们的希望啊。

我知道,有些往事是永远也无法随着时间的推移而变为笑话的。若偏要拿来当笑话说,只能让笑的眼泪更苦。

又是一夜无眠。

晨起,蓦然发现父亲的皱纹已爬满了整张脸,母亲的行动更加迟缓了。为了我,他们离开了朝夕相伴的土地,面对小城的高楼铁门无所适从。幼时丧母,老年丧子,他们经历的,是怎样困苦的人生啊。然而,他们将坚强一点点地渗透在生活习惯里,顺境逆境泰然地坚守着自我。

父亲看着我红肿的眼、呆愣愣的神情,像看穿了我的心思:"你一直很出色。你是我们的骄傲。不管怎样,我们只要你快乐地生活。"

知女莫如父啊。在生活的晦涩里,我曾心灰意冷。是双亲给了我依靠的港湾,给了我生活的信心。

佛在菩提树下大彻大悟,我在生活中茅塞顿开。

相同是生活,不同是人生。人既已无法抗拒黑暗走向黑暗的命运,理当好好珍惜生命的白昼。那兜靰鞡花是不幸的,但她"依旧顽强地活下去,枝叶间开了一朵小花,火红耀眼"。

我相信,我也会开出火红火红的花。

(原载《教师博览》2017年第10期)

## 窗外的世界

王微微

许多年以前,我对介绍所的阿婆说:妈妈腿风湿,孩子要择区近校,在这个住宅区,我急需一间一楼或二楼的屋子。介绍所的阿婆盯着我看了好一会儿,爽朗地说,好!

就这样,简单粉饰后,我搬进了17幢201。

据说,这是一幢干部楼,整个市区停电,这里也保证灯火通明。这是不是传说中的权力?权力这个东西,离我很遥远,我不知道它是什么东东。可是,当介绍所的阿婆说出这句话的时候,我不敢保证,当时没有一点点的心动。反正,我在这里住了许多年。与权力沾亲带故。

一

卧室窗外,是一个小道坦,相当于内部小型停车库,一推窗,我便可以与我的"小蓝"面对面。刚搬进来那几年,我车技不太好,停车却是很方便。这几年,车辆猛增,车技也略见长,在这个小道坦里,我照样伸缩自如。不管周末假日或是半夜三更,我总能找到停车的地方，比起周围那几幢楼房，只能把车停在大马路上，车位停满了，任你车技再好，也只能讪讪掉头，这楼，就是别具一格的天堂了。当时建小区时，只有摩托车自行车停车库，根本不会考虑到汽车停车库。如此看来，这干部楼，的确比较深谋远虑了。我选择楼房的意义，也就有了深远。

道坦前面是一个微型公园，园子里花花草草，树荫浓密。蘑菇造型的亭台，树根造型的圆桌圆凳，中间有一个黄色的有线电视机顶盒，右角边还有一台银灰色高压变压器。每天清晨推开窗的时候，我总会多看几眼变压器。我是电厂工人，看到这些带有负荷的金属，感觉特别亲切。那些裸露的电线，缠绕成一根粗粗的麻花辫，从我的窗前，大模大样，穿行摇摆而过。麻花辫上有时忽地飞来一群小麻雀，它们叽叽喳喳，交头接耳，麻花辫就成了一条跃动的五线谱。隔一条几步之距的小马路，是一座粉红色的幼儿园，那些天使般的声音，稚声稚气，时不时结盟闯进我渐渐褪色的童年。

我的楼上楼下，住着好几位离退休后的老人。话说"抬头不见低头见"，视线原因，我特别关注一楼的两位老人家。春天，他们相互依偎着坐在蘑菇底下，闲聊看花下棋；夏天，他们在树荫底下，乘凉，闭目养神；秋天，她总是先搬出一张藤椅，拿出一个大红色的靠背放在藤椅上，然后再进屋把他搀扶出来。那个火红的靠背，如火红的枫叶，悬挂在枝头，含蓄饱满，隐忍挣扎，不时地给我视觉与心灵的冲撞。又恍如天边滚滚的晚霞，被云潮一点一点搁退向远方；冬季，他们都不太出来，只有在午后的时候，太阳把小庭院预热好了，风也躲在太阳背后，不再出声，她才把他扶到轮椅上，慢慢推进庭院里。而这个时候，我正站在店堂里，为生计忙得焦头烂额，很少站在窗前看风景。

我的窗户从来不装防盗网，它裸露胸怀，坦坦荡荡。它们，他们，推窗可见，都在我视线十几米的范围内，既是我物质生活的一部分，又是我思想驰骋的窗口，还是时不时地让我滋生诗情画意的土壤。

## 二

刚开始搬入这幢楼,楼上楼下,楼里楼外是相当的热闹。特别是逢年过节的时候,各种高中低档车子一辆接一辆,挤满楼下小道坦。楼道里响起一连串爷爷奶奶外公外婆稚声稚气的童声,或是阿爸阿妈亲亲热热的呼喊,这种气氛一直延续到某一个节日结束。

但是,接连这几年,楼里安静了许多。窗下的小道坦突然会不声不响地挂起塑料雨棚或白幔。这一端缠绕在我阳台的不锈钢花架上,那一端延伸到公园,两根绳子瞬间就能牵出一个静默的小灵堂。一朵朵几无血色毫无生气的花,开始拉帮结派,围成一个严严密密的花海重洋,像一堵密不透风的墙。墙里头那位老爷爷,或是老奶奶,被这死花重重包裹埋葬,从此,楼道里没了她(他)的招呼与声响。

那几天,我的心,也会溺得慌,走不出围墙。那些没有生命的白色的纸花,像一道道刀刃上冷冷的寒光,刺入我的心脏,干扰我呼吸的通畅。我把窗帘严严拉上,一天,两天,好几天……早出晚归,我幽灵般在楼道上出没。我不敢贴近楼道那肮脏模糊的墙壁,我不敢碰触楼梯那被抚摸成油光乌亮的手扶,我三行两步,凌空行走,"嘭"地一声,闪入房内,虚脱蜷缩在门后。长吁一口气,我开始诅咒藏在心里面那些胆小鬼,包括那些阴暗里腐烂的气息。

有时,却又忍不住偷偷掀开窗帘的一角。我需要一个往外看的窗口——没有窗户,我是活不下去的。我看到灵堂庄严而静默,我看到那棵树站得笔直而清明,我看到阳光正伸长手臂,抚摸我的脸。

## 三

　　这个女人穿着一件桔红色的外衣，绿色的裤子，像是秋天里一枚青黄不接的树叶。树叶有两种选择，要么活着，承载阳光雨露、春暖夏凉的重托，要么死去，纷纷扬扬坠尘土。坠落的树叶叫落叶。落叶也有很多种，有的被框入镜里，嵌入时光的隧道；有的被插入书中，成为精神的分水岭；而有的，只能腐烂成泥土。我忘了我是怎么和这一枚树叶在时空中邂逅的。清晨，我推开窗，忽然，鼻子钻入叶子腐烂的气息，眼睛遇见那个臃肿粗暴的行为，耳朵听到几句私心窃窃的言语：讨厌！挡我的路！给你点颜色瞧瞧！

　　声音与动作在清晨空气中的传播速度是一样的——因为语言与动作同时到达我脑里。我看到白光一闪，一个透明垃圾袋恶心地蹦上"小蓝"的副驾前。说它透明，是因为我能清清楚楚地看到垃圾袋里五颜六色的尴尬。

　　白光闪过的瞬间，我听到"小蓝"尖锐地尖叫，痛苦地呻吟，委屈地求绕：莫！莫！莫！……

　　抗议无效！

　　情况突变，让我突然散失了言语的功能，我不知道怎么助"小蓝"一臂之力。哎哎哎，喂……喂……喂……言语在牙齿间磕磕碰碰，最后吐出的是一连串不成章节的字句。

　　没想到这样语无伦次的颤音已把她吓得够惨！看来，她与我一样，都是新手，对突发的事情缺少应急应变的能力。我看到她表情非常地尴尬，眼光迅速从一楼扫荡到七楼，又从七楼横扫到一楼。她肯定是要找一找声音的发源地，她肯定是想知道，是谁发现了一枚树叶的堕落。她当然看不到纱窗里的我，因为我一慌乱，便打不开纱窗，一直站在纱窗的背面。

　　从此，我的窗外增添了一道战战兢兢的风景；从此，我行驶自己停车权利的时候,便不能坦坦荡荡了;从此,这幢干部楼便失去了干部的意义。

我把车钥匙交给隔壁的洗车工,我让他帮"小蓝"多清洁几遍。可那块丑陋,他却怎么也清洗不洁净。每次坐上"小蓝",总会瞥见右角有一块恶心的痕迹。于是,我开着车,眼睛尽量保持往前看。我已目不斜视好几年。

(原载《安徽文学》2017年第3期)

## 心灵的呼唤

王向阳

我生长在江南水乡浦江的一户木匠人家。"学会一门手艺,抵过三石田地",这句家乡俗语意思是说:手艺人凭技术和力气吃饭,虽不能大富大贵,但也不至于饿肚皮,日子总比种田地的农民好过一些。在我的童年时代,大伯、二伯和爹爹都是老木匠,四位堂兄还是新木匠,一门两代七木匠。说来惭愧,作为木匠的儿子,我从小目睹木匠的酸甜苦辣,对乡村工匠自有一种与生俱来的感情。"龙生龙,凤生凤,老鼠生来会打洞",假如不是后来考上大学,我很可能成为家里的第八个木匠。

20 世纪 70 年代初,当我开始记事的时候,家乡还是一个半自给自足的传统乡村,除了拖拉机、抽水机和碾米机外,很少有现代工业文明的影子。与老百姓衣食住行密切相关的生活用品,除了少数由供销社凭票供应的酱油、食盐、糕点、糖果、火柴、煤油、肥皂、洋布等以外,多数要依靠各行各业的乡村工匠加工生产。譬如采石头的石匠,造房子的泥水匠,做家具的木匠,箍木桶的桶匠,锯木板的解匠,雕图案的花匠,做油漆的漆匠,编竹器的篾匠,打铁器的铁匠,铸铜器的铜匠,打壶瓶的镴匠,打喷壶的白铁匠,打金银的银匠，弹棉絮的弹匠，染布匹的染匠，做砖瓦的瓦匠，编蓑衣的棕匠……不一而足，应有尽有。

这些乡村工匠平日里走家串户，上门服务，既满足了老百姓的生活需求，也满足了小孩子的求知欲望。每当他们来到村里，小孩子便尾随其后，东张西望，趣味盎然，自始至终不愿离开半步。每当他们干完活离开村庄的时候，我的心里总有一种怅然若失的感觉。

年过不惑，客居他乡，思乡与怀旧情绪一日浓似一日，化为水样的乡愁，常常令我魂牵梦萦。这时候，童年时代镌刻在我脑海里的乡村工匠的印象，时时闪过，形诸笔端，化为文字，写成《篾匠》《箍桶匠》《剃头匠》等十来篇文章，收入散文集《六零后记忆》。意犹未尽，之后又写了《木匠》《錾字》《修钢笔》等十多篇文章，收入散文集《乡愁中国》。

驱使我提笔撰写《手艺：渐行渐远的江南老行当》一书的原因，除了心中那份浓得化不开的乡愁，还有一种抢救乡土文化的使命感和责任感。早在2011年，我看到《走在草根文史的抢救路上》一文中这样记载：得知热心乡土文化的江东放先生正在搜集整理家乡各行各业的行话，正想去拜访老篾匠木牛师傅，不料老人家前一天驾鹤西去，因此发出一声长叹："我们来迟了！"这令我感同身受。记得2013年正月初二，我采访了唱道情的盲艺人郑生兴，当年5月他就去世了；不久，我采访了郑宅工艺厂的老厂长郑修牛，次年他也仙逝了；此后，我采访了接生婆郑仙钗，次年她也辞世了。今年正月初二，当我想跟一位79岁的老棕匠联系时，才知他几天前已"走"了。天有不测风云，人有旦夕祸福，尤其是那些已经风烛残年的老手艺人，随时都有"油尽灯枯"的可能，悄悄地把一肚子的人生故事带走。

与其坐而论道，不如起而行之。2016年，在我离家30年之际，趁着双休日，暂离都市，回归那片生我养我的土地，面对面地采访60余个老行当的手艺人，记录整理他们的人生故事，丰富我的童年记忆。在采访过程中,虽然时时都有"我们来迟了"的感觉,不过仍然收获了许多精彩的故事,集为《手艺:渐行渐远的江南老行当》一书,聊以自慰。

在写作过程中,也遇见不少预料不到的困难。对我来讲,第一个困难是阅历不够。我虽然读了18年有字之书,但读社会这本无字之书还很不够,阅历还很苍白。文章越写越多,越写越细,便越觉得受生活阅历的局限,记忆是有限的,需要汇集众人的智慧,补充采访。第二个困难是采访不便。我在杭州工作,离家120公里,虽然通高速铁路和高速公路,但回家采访还是感觉颇为不便。对老手艺人来讲,第一个困难是找人不易。八九十岁还健在的老手艺人不多了,六七十岁的手艺人往往阅历不够,未必懂得传统的工艺和规矩。第二个困难是他们大多不善言辞。家贫出艺,很多手艺人读书少,文化程度低,会做不会说。

我写的不是一部老手艺的科技史,而是老手艺人的生活史,写他们人生的酸甜苦辣和悲欢离合。因此,有关技术的内容,一笔带过;有关规矩的内容,适当兼顾;有关人生的故事,尽量详写。同时,兼顾文章的趣味性、通俗性和真实性,希望写成一部血肉丰满、骨肉停匀的老手艺、老行当的记录史。

——趣味性。写散文也好,写新闻也罢,无非是多讲故事,讲好故事,娓娓而谈,引人入胜。记得小时候,每到夏夜乘凉,我总是缠着大人讲故事;大人呢,就请说书先生来说书,也是讲故事。

——通俗性。众所周知,唐代著名诗人白居易有为老妪吟诗的习惯,我时时以他为榜样,少用成语,多用俗语,避免半文不白的文风。我大学里学的是古典文献专业,读研究生期间学的是汉语史专业,不少知根知底的老朋友怕我的书中满是"之乎者也",等到展卷阅读,他们才发现满篇都是俗语、俚语、谚语,相当惊讶。

——真实性。这本散文集的素材,来自个人记忆、长辈讲述、现场采访三个方面。个人记忆是基础,有了直观的感受。长辈讲述是补充,我父亲一辈子走家串户,见多识广,回家以后,喜欢给我们讲述在东家的所见所闻,我们从中受益匪浅。现场采访是完善,老手艺人口述的亲身经历,极好地充实和丰富了我的童年记忆。

读者可以把《手艺:渐行渐远的江南老行当》当作历史读物来看,它似乎比历史著作生动一点;也可以作为文学读物来读,它似乎又比文学著作充实一点。

(原载《光明日报》2017年11月23日)

# 笋煮干菜

王征宇

> 乌干菜白米饭就是当年激励寒门学子凤凰涅槃的伟大载体和满满动力
>
> ——作者题记

## 一

谷雨之后,草木葱绿,万物生长,最是一年生长季。江南,开始收获春天的物产,比如春茶,比如春笋。有一日,受到自小学就在一起的闺蜜的一盒礼物,还没拆启,已闻到一股熟悉的味道,醇香中混合着阳光和泥土的芳香。这种土土的味道,绍兴人自小闻过,一辈子难忘。

这就是笋煮干菜的味道。打开闺蜜的礼物,里面是四包笋煮干菜,两包写着"淡点",两包写着"咸点"。这是她亲手晒制的干菜。闺蜜在电话那头自豪地说,花了整整四五天时间,才算完工。然后,她的劳动成果派送各位亲友,装缸落瓮,成为各家的一道常菜或配菜,可以享用个一年半载。其实,像闺蜜这样自己动手晒笋煮干菜的城里人已经不多，大多数人会去市场或商店选购。但是买来的总不如自己做的。收到这份春天的特殊礼物，我在电话这头不停地谢谢，心里除了感动还是感动。

在谷雨之前，绍兴人会自己动手制作，也是很多绍兴人保留至今的家庭活动。特别是在农村，房前屋后，农家小院甚至道路两旁，一竹匾一竹匾的笋煮干菜在阳光下摆开阵势，一时间，空气里弥漫着春笋和芥菜在阳光下被蒸发了水分之后的浓郁味道。而这居然也是绍兴春天的一道独特风景。

笋煮干菜在绍兴又被叫做乌干菜或者梅干菜，作为一份地道的绍兴土特产，受到绍兴及周边地区百姓的热捧，特别是上海人来绍兴旅游，都不忘带上一份梅干菜。据考证，原先绍兴府治下的余姚、萧山也很盛行。而在金华的东阳，梅干菜又叫博士菜，贫穷的东阳学子就是吃梅干菜造就了数量众多的博士群，梅干菜在当地还美其名曰："博士菜"。

## 二

在传统的绍兴菜系中，一般都离不开酱、腌、晒、霉等几种手法，比如鱼干，比如腊肠，比如酱肉，这是在没有食品保鲜技术的情况下，历代绍兴人积累而成的民间智慧，无意间，给绍兴传统菜系中创造了独一无二的风味。

晒笋煮干菜，看似一个普通的过程，其实要做到色香味俱佳，并不简单。

晒笋煮干菜的第一步，是选上好的基础原材料。首选是菜，可选用大叶芥、细叶芥等，也可以用没有抽苔的油菜和白菜作原料。油菜晒出来的叫油菜干，农家有时会选用几种菜一起晒。芥菜往往在清明前后收割，已是饱吸了天地之精华。

收割以后，先要清洗。在农家，每家少则几百斤、多则上千斤，全靠手工在河里或小溪里清洗，洗完后，须晾干。那时，乡村院落前挂满了芥菜，大多用晒衣服的三足形竹晾架，中间搁一支长长的竹杆，一小捆一小捆地晾晒，直到这些鲜绿的芥菜被晾去水份。这之后有个特殊的闷黄过程，这个过程就是把芥菜堆放在一起，所以又叫堆黄，芥菜的颜色由青变黄。闷黄是关系到干菜色泽金黄、口感醇香的关键步骤，有经验的农家比较善于掌握它的时间长短，时间短了不够香，时间长了不够鲜。

接着就是把芥菜切成小段，放上盐，用手揉捏，之后倒进缸里用盐腌，然后须用石头一层一层地压紧，这腌菜的石头，也需挑选得干净、光滑和平整，这样过个五至七天，中间会有水和气泡从腌缸里冒出来，不用担心，那是芥菜由鲜变咸，渍出水份的过程。然后，这一食材备用。

## 三

接下来轮到另一个主角出场了，就是春笋。春笋是山地馈赠给江南人上好的美味。立春以后出土的笋，统称为春笋，各种各样的吃法，让鲜嫩可口的春笋成为春季里必不可少的菜品。但是只有当春笋遇上干菜，才是这个春天里最长久的一桩"婚配"。

晒笋煮干菜之前，采挖春笋也是一件趣事。据说，清明前挖出来的笋用来晒干菜，会更鲜嫩。曾经受朋友之邀，去书法之乡兰亭挖笋，像模像样地扛个锄头上到半山，看见一个头顶刚冒泡的笋宝宝，就迫不及待地一锄下去，结果只砍掉了一个嫩头，气得我猛力挖掘，它就是深深扎根底下，直到把它挖得遍体伤痕还是没有全部挖出。挖笋其实不只是体力活，还要巧用劲，才会挖得又好又快，山里的老农一个上午就能挖上几百斤。

用来煮干菜的春笋叫毛笋或雷笋，乘着它刚断气，剥了笋壳，露出它洁白的身体。这鲜嫩多汁的身体正是笋煮干菜鲜香无比的终极秘密。

笋切成块状或丝状，放进大锅里煮，笋煮到六七分熟，然后启腌缸，倒入腌好的芥菜一起煮，搅和一下，煮的时候不要放太多的水，也不要煮太久，并根据个人的口味决定咸淡的程度。待两种食材充分混合入味，你中有我，我中有你，就可以起锅了。

湿漉漉的笋煮干菜浑身绽放着鲜香，被放到竹匾里开始"日光浴"。这时最好是大晴天，春日里和煦的阳光下，笋和干菜的味道互相渗透互相纠缠，恰如武侠小说里描绘高手过招的意境，那味道甚至会引诱路过的游客，情不自禁地想要品尝一下这农家刚出锅的美味佳肴。

通常来讲，二十斤左右的芥菜方能制作一斤干菜，十五斤左右的笋才能晒制出一斤笋干。看似简单的劳动其实非常不易。

乘着大好晴天，晒两到三天，这款笋煮干菜就算完成了。新鲜的笋煮干菜浑身散发着阳光的温度和芳香。笋煮干菜的成品最好放入干净的缸或甏，那种泥土做成的器皿能保持干菜的色香味持久度少打折扣，有的陈年老干菜泡汤，甚至是夏天里治痄夏等病症的土方，其功效尤同云南之陈年普洱茶。

## 四

笋煮干菜的吃法有好几种。第一种当然是干菜毗猪肉。

干菜毗猪肉是绍兴的一道传统名菜，已被列入国字号菜谱之一。据传说这是由徐渭首创。明代大才子徐渭的晚年可说是穷困潦倒的，当时山阴城内大乘弄口新开一家肉铺，店主请徐文长书写招牌，招牌写好后，店主便以一方五花猪肉相酬。徐文长正数月不知肉滋味，十分高兴，急忙回家烧煮，可惜身无分文，连买盐和酱油的钱都没有。他突然想起家里还有一甏陈年老干菜，便用干菜蒸煮五花肉，不料其味独特，香飘左邻右舍，引来众人仿效。从此，便在民间传了开来。

干菜毗猪肉讲究焖烧入味，蒸制酥糯。五花肉须先清洗，用酱油腌制一下，味道更佳，毗猪肉的过程中讲究猪肉一层层叠放，和干菜相间隔。口感喜欢带点甜味的，放少许糖。之后便是开大火焖蒸，约三十分钟后出锅。出锅的干菜毗猪肉口感香酥绵糯，油而不腻，色泽红润油亮，颇有田园风味。这道菜其实正是凭借了笋煮干菜对五花肉中脂油的充分吸收和调和，成为荤素菜搭档中的绝配。上世纪七十年代，这道菜曾经作为国宴中的佳肴，被周恩来总理推荐给外宾。

笋煮干菜的第二种吃法是做汤底料。特别在盛夏六月，出汗较多的人们需要补充盐分，喝干菜汤无疑是不错的选择。干菜汤中放上丝瓜或葫芦、河虾、鞭笋是绍兴人夏天最常用一道菜汤，其汤色清亮，青白红三色相间，清淡可口，吃了生津、发汗、解渴。鞭笋则是夏日里竹园对普罗大众的又一奉献。

当然，笋煮干菜的做法还有很多，比如干菜炒四季豆，比如梅干菜扣肉，再比如干菜蒸犭茶（读作"昂桑"Ang Sang），还有干菜蒸鱼头、干菜蒸鳗鱼、干菜蒸乌鱼等多种吃法。干菜是中和蛋白质和脂肪含量较高荤菜的绝佳配菜，也是去腥味和膻味的百搭高手。

## 五

其实在绍兴，梅干菜是伴随着一代人的成长，尤其是50后、60后甚至70后的农村学子，吃梅干菜求学，已成为那一代人的共同记忆。很多人是背着一袋梅干菜，翻山越岭，去镇里或城里的初、高中求学，这一袋梅干菜，基本上就是他（或她）半个月的下饭菜，条件稍好的才偶尔在学校食堂打一份新鲜小菜。等到70、80后求学的年代，生活才有所改善。我从小生活在柯桥镇上，对此没有多少体会，可我亲眼见过我的同学就是这么吃过来的。

那些年在柯桥中学上学,有一天中午没回家,想去食堂蹭一位住校女同学的中饭,当我看到她乐呵呵地把两个蒸好的铝饭盒取过来时,我还以为里面是什么美味,一打开,竟是一盒米饭,一盒梅干菜。干菜上浇一点菜油,经过蒸煮,不光颜色乌黑发亮,还散发着阵阵扑鼻的香味。这就是传说中的乌干菜白米饭。我咽了一下口水,最后还是推脱了一下回家吃饭去了。这位女同学后来考上了一所名校。直到现在我都认为,乌干菜白米饭就是当年激励寒门学子凤凰涅槃的伟大载体和满满动力。

(原载《新华每日电讯》"草地周刊"2017年6月23日)

## 李白的月亮

蔚 蓝

### 【长安一片月】

那时,长安还是长安。

春风得意马疾蹄。骑马的人,峨冠博带,青丝如瀑,故乡的月如玉盘悬挂在山冈。从蜀中出发,一路向北,向北。月色多么明亮,映照着秦岭的苍茫松林,映亮了终南经年的积雪,渭河之水波光闪闪,一路映照到长安。

那时,长安水边多丽人。

曲江池的水波清鉴见人,木芍药一路满天涯。曼妙的歌声在坊间流淌,胡姬的旋舞在木叶楼台间翩翩,大雁塔的钟声回响在晚风里,大明宫的月亮悬挂在檐头,琉璃流光溢彩,灯火辉煌。谁人在弹奏忧伤的琵琶?春露湿了青衫。又有谁一曲《霓裳羽衣曲》?长袖飘飘。

那时,长安一片月。

秋天,骑马人打马去远方,扬尘如云雾升起,长安城没在一片迷蒙的月色里。长安那么高,宫阙峨嵋在缥缈的云端。长安那么凉,打湿了流离人的寒衫。长安那么远,多年了,再也找不到回去的路。

## 【花间一壶酒】

月光可酿酒。

佐料:

唐朝的秋月。此季的月光,清澈如流水,闪烁若流星。有秋霜的清冽与甘甜,兼有人间的悲欢与温凉。

秋花几簇,素淡的菊、木芙蓉为上品。花满枝头或落英缤纷,散落于旷野之间,月明之夜,缀满清秋的寒露。

秋树几株,立于天穹,不可多,不可密,疏密有致,几枚残叶悬于枝梢。月光可以倾洒,月影可以婆娑,也可供那枚月亮在枝头小憩。

陶壶一把,须拙朴老旧,刻满光阴的尺度,却不失风雅,可映照溶溶之月。

着青衫的疯癫诗人仅一枚,不可再多。身影顾长,对影成三人,孤寂时,可以陪诗人作伴呓语。若配有晓风几束,吹来秋野芬芳,偶有秋虫平仄平仄的鸣唱,则风味更佳。

酿造条件:

须唐朝,一千多年的时光才能酿出古典的韵味。还有唐朝深邃的天空与辽远的原野才可酿出此酒的敦厚与绵长。再择一宁静之地,远离喧嚣,草木森森,山高路远,可保酒的纯粹与洁净。置一个晴朗的秋夜,须天空乌蓝,不着一丝尘埃。鸟语初歇,寂寂人定初。温度在10—20度之间,湿度50%左右。春夏之夜过于繁华,酿造不出月光之酒的清冽,冬晚过于清寒、枯冷,少了月光之酒的醇厚丰实。酿造人着一身青衫,必要时蓄三千白发。

酿造过程:

待夜幕降临，于百花之间，一壶置天地之中。待清风吹拂，花香四溢，疯疯癫癫酿酒人，长袖飘忽，影随身动，于花间，长歌一曲，其声凄婉，舞影绰绰，其形缥缈。是时，月照中天，月华倾斜而下，清越有声，风吹树响，月波浩荡，覆于壶间，佳醇醉人，酒初酿成。

饮用方法：

酒置壶间，不可随意取用，置于无形之处，须用光阴发酵，三秋太短，一生不长。人世蹉跎，流涉于天地之间，待华发苍然，行走于旷野之中，形单影只，忆往昔，独怆然而涕下。月满长空，影随身动，花开四野，浪游人，长歌当哭，伫立于野，方可享壶中月光之酒。饮之，清风扑面，忧戚渐消。饮之，人间已远，不知日月。人生夫复几何？

购买方式：

寻遍世界各地商场酒肆，搜尽淘宝、京东、当当、亚马逊，却不见踪迹，竟已成人间绝品。唯存一诗借以回味：

花间一壶酒，独酌无相亲。举杯邀明月，对影成三人。月既不解饮，影徒随我身。暂伴月将影，行乐须及春。我歌月徘徊，我舞影零乱。醒时同交欢，醉后各分散。永结无情游，相期邈云汉。

## 【秋蒲一枝花】

秋蒲是一枝花。

蜿蜒如秋天一样漫长的秋蒲河是屹曲的花茎，苍茫的石楠、女贞是风中飘荡的枝叶。月明之夜，月亮，这枚巨大美丽的白色花朵，盛开在秋蒲河的尽头，映照着苍苍茫茫的人间。渔歌响起，白鹭低飞，山猿哀哀，远山渺渺，流云依依。着青衫的古怪诗人，在河畔一遍遍梳洗忧伤的长发。三千丈的白发涨满河川。

秋蒲还是一枝花吗？

月亮盛开在河流的尽头，秋天一样漫长的秋蒲河水千年一样地曲折流淌，石楠、女贞故人一样依依立在岸旁。猿鸣已远，渔歌已逝，三千丈霜发的古怪诗人又去了哪里？长安还是扬州？洛阳还是襄樊？

落英纷纷，河滩寂寂。

## 【桃花潭水深千尺】

秋蒲有月，西江有月，洞庭有月，关山也有月，三百多枚月亮映照在唐代的天空，怎么找不到桃花潭的月呢？

只是，那夜的酒香遮蔽了月色，汪伦的情谊温暖了流浪天涯的落魄诗人。风尘而来，饥肠漉漉，秋衫正薄。桃花潭的秋水倒映秋天江南明净的天空、云朵，倒映着萧萧斑斓的秋树，也倒映着诗人修长的身影、斑驳的白发。

江南的酒真是好酒，汪伦真是个好客的人。收割后的田野堆满金黄的草垛，夕阳缓缓落下去了，堕在秋天苍蓝的山冈，酒香四溢在喧闹的庭院。那是秋天新收的稻米而酿，散发着新谷与田野的芬芳，一朵紫蓝的朝颜花，闭合在木窗上，灰色的瓦片落满秋天的黄叶。晚风从远野之处吹来，月亮升起来了，在桃花潭水的深处，又大又圆，把潭水映衬得银光闪闪，森森的树林山冈也沐浴在一片灿烂的月华之中。溶溶的月光也照亮了村庄、屋舍，倾洒着诗人醉后酣睡的沧桑面庞。故乡多么遥远，长安那么漫长，华发已苍然，不如在这他乡的千山之外沉醉，不知归途，纵然是场梦，也是好的。

## 【两枚月亮】

一枚只悬挂在辋川，远离尘嚣。在公元七世纪的那个秋天，孤独的诗人在此结庐而居，这枚月亮开始升起在辋川苍蓝的夜空。空山、松林、流水、阵风、秋花、鸟语、柴扉、青苔、春涧……多么寂静啊。因有了这枚月亮,于是一切便生动明艳起来。

另一枚在天地间流浪,不停地流浪,近四十年的光阴。由蜀中至长安,从洛阳到襄樊,经潇湘下江南,一路照亮了那些漫漫亘古如斯的黑夜,也把远方的故园照亮。陪伴月亮的人,青丝已被月华染成芦白,故园已老。

它们各自在自己的天空,永不相交,却互相映衬、默契,明亮着唐朝的夜空。

761年的一天,辋川的月亮落下去了,堕在静寂的空山之间。那些春山、秋花、松林、流水、阵风、鸟语、柴扉、青苔、春涧……也一同消殒在空山之间,恍若一个梦。而存于人间的只是它们的形骸。

也许觉得过于孤单。随后,另一颗月亮,于762年那个秋夜,也沉寂在当涂那条秋天的河流中。故园依在,却等不回那个远行的人。

从此,天空复归寂寞。

一千多年了。

(原载《浙江散文》2017年第4期)

## 岭上多白云

吴建明

老家的窗开得并不高,可那时候却只能站在凳上踮起脚尖,才勉强看得到窗外的那方天地,也正是那一方小的可怜的天地,不停地诱惑自己,诱惑自己快些长大,以至于自己把它当作了生命中的桃花源。后来,渐渐知道,窗外天地之大远非趴在窗口所能想象的,它很大、它很复杂!

豪墅岭这三个字似乎带有一点草莽之气,更有人说带有一丝匪气,而我的家就在这豪墅岭上,真如此,我便是"绿林中人"了。浙江中部小城——浦江的这条岭,此前一直叫王市岭,直到近年查对浦江县志、谱牒后才恢复为原名。相对于"王市岭"这个中性的名字,我更愿意接受"豪墅岭"这三个字,那怕被人戏称为"绿林中人",因为后面这三个字还是带有许多遐想空间的。这条豪墅岭,虽名字仅见于县志、谱牒,却是浦江交通的重要通道,甚至可称得上险要关隘。此处,距义乌、诸暨境仅有两公里路程,是通往省城的必经之路。在民国初期,限于条件,在这两山中间修的小公路,坡很陡峭,但进出县境的人流、车流却很大,以至于数次拓宽、平坡,后来我岭上的家便无处可觅了。当然,这些都是题外话,现已经慢慢被自己淡忘了，但当年家门口所看到的、想到的东西却不时从心底泛起。

当年的家在岭上的北侧，屋后是层层向上的梯地，再往上就是长满马尾松的豪墅山；门前的公路两侧则有两排大榆树，家门前便是岭的顶部，公路到岭上后向右拐了一个弯，便向西北方向蜿蜒过去了。公路对面西侧是一片连绵的山，往西南延伸出去十几公里，与义乌的山连在了一起。小时候感觉门前的山都没有屋后的山高，后来才知是错觉；东南侧则是一个扇形的开口，自近及远依次是梯田、池塘、村落。各种各样的树见缝插针，长在地头、池塘边、村落周围，高低不一，姿态各异。

岭上的春天似乎来得特别早，往往在不知不觉中，屋前屋后，山脚地头，樱花、桃花、李花、梨花逐渐占满了枝点。岭上仅有的两、三户人家一时完全淹没在花丛中了。老家小而简陋，每当花开季节，是自己最不愿呆在家里的时候，尤其喜欢长时间站在细雨春风中，听任雨丝和着花瓣，从身边飞过，那情景同电影镜头里一样，很是唯美。岭上的花期并不比其他地方长，盛放之后便开始飘零起来，在一阵阵风中，花儿像雨一般随风而去，如诗一般，那一份凄美直到今天还让人难以忘怀。也正由于这一度度的缤纷落英，让人感知到生命的脆弱和短暂，并由此思考起生命的意义来。眼前的一切当时已告诉自己，生命的意义在于存在时的价值，所有的去与留都无需不舍和感伤，如春天一样，既能悄无声息地来，也会悄无声息地走，它的价值只在这过程之中。

暮春三月，枝头上新叶慢慢长了出来，嫩绿、嫩绿的，并带有细细的绒毛，过不了几天，整个豪墅岭便换了新装。这一段时间，雨水也慢慢地多了起来，经常三天两头地下雨，阳光是难见到的。雨水落在地上，地面饱和后缓缓地沿着低处流淌下来，弄得岭上到处都是水，连出去走几步都很不方便。此时的岭上，除了雨声、风声及早晚两度的鸟叫声外，只有公路上来往的汽车、拖拉机的马达声、喇叭声了。这个时候，自己就慢慢退回了家去，但不会再趴在那窗口上，看小的不起眼的那方天地了。

不知在什么时候起，雨停了下来，天终于放晴了。鸟叫声格外清脆，声声入耳，显得比此前更为撩人。这时，是没有理由不出门的。一步迈出去，迎面而来全是青翠之色，各种轻重的绿色，密密地编织着眼前的一切，绿色形态放肆到没有给其他颜色任何生存空间。家门前一百米处，有一方池塘，池塘边有一丘环绕池塘的梯田，而在此田塍上只有一颗孤立的树，我一直认为它长的很突兀。在那一年的春天，这个感觉尤其强烈。由于它的突兀，免不了多了些关注。这一颗树，叶子虽翠绿欲滴，并不是很茂盛，过了一段时间，竟在绿色中出现星星般的红色。再过几天，那星星般的红色在不停地扩张，直至将那本绿色的树染成绯红色。岭上此时，一眼望去，在地毯一般的绿色中，那一树绯红，显得很突兀、很不合时宜。尤其到了傍晚，暮色上来后，群山都暗了下去，我再从门口望那颗孤零零的树，望着那一树寂寞中绽放的绯红，有一种幽幽的痛！

云悄悄从山脚升起，不久便弥漫开来。近处的家、树，远处的梯田、池塘、村庄，轻轻地被包了进去。刚开始时，是薄薄的一层，后来渐渐厚了起来，将整个豪墅岭笼罩在飘渺的世界中，包括那一树寂寞中盛开的花。这时候，天愈加暗了。那几年，云与雾是区分不开的，只觉得那时的它，白的有些凄迷、有些清冷，几乎感觉不到一点点温度。我那个小小的家，这时也早成为了云的一部分，哪怕把家里的灯全点起来，照得最远也不过数米远，更何况灯火是不稳定的，它高高低低、长长短短不停地跳动着，慢慢地，眼前的一切都变得虚幻了起来。

若干年后的今天，在北京的书房中，漫无目的地抽到了一本书，也漫无目的地翻到了一首诗，一首南北朝陶弘景的诗：山中何所有，岭上多白云。只可自怡悦，不堪持赠君。读了以后，不禁回想起当年豪墅岭上的那段岁月，还有那一树寂寞之花。是的，岭上的家是小而简陋的，岭上的鸟声、山泉声是清而无邪的，岭上的白云是不邀而自来的。而我此时，除了读几行文字外，很是慵懒，真不知道还有多少东西值得若干年后再去回忆……

（原载《浙江日报》2017年4月16日）

## 母亲，点亮一盏爱的心灯

吴 芸

"妈——，您啥时把门牙补一下？"当我又一次提醒时，母亲露出了缺了一颗门牙的笑容。在她心里，永远装的是他人，"日行一善"的信念令她总把自己的事一拖再拖。

在我近四十年的生命里，母亲给我最大的印象就是"慈悲，博爱"。她常对我说：老吾老及人之老，幼吾幼及人之幼。我曾许多次陪她一起去往乡村敬老院和城市孤儿院。当我们把大家一起捐助的物资送给孤寡老人时，有些老者激动地用枯瘦的双手直抹眼泪，有些则含混不清地一直嘟哝着："谢谢！谢谢！"那时，母亲还会俯下身子去拥抱行动不便的老人，并在他们的耳边大声说："我就是你们的孩子！我来看你们！"我望见那些孤独老人脸上瞬间绽放了世上最美的笑容。据说，有一位年近九旬的老爷子，在我们离开的午后竟面带微笑地去往天堂了。

"老小孩"的笑容给我们带来一丝世间的温暖，那么不少残疾儿童伸出小手，嚷着："抱抱我！抱抱我！"的呼声令我们内心涌起阵阵说不尽的酸楚。每次，母亲都会弯下腰，抱起每一个渴望被爱抚的孤儿院的小朋友。每一次从孤儿院回家，她都会不停捶着腰。我默默给她按摩时，从她的眼神里读懂了她对那些不幸孩子的无限怜爱之情。

平日里，她的目光总会落在那些不被关注群体的身上。有些故事，来自亲友口中，有些场景则是我亲眼目睹。在我家十字街头，前些年一直坐着一位耄耋之年的乞丐。他与其它乞讨者不一样，只是摆了一个碗，只是淡定地望着行色匆匆的路人。每次路过他面前，我们总会在他的碗里放些硬币。有时，母亲索性买两个热乎乎的包子，直接送给他品尝。有一天，母亲激动地说："那位老乞丐得知她的皮包被小偷偷了，他竟颤颤抖抖地从衣服口袋里拿出一个存单说，你们城里人不能兜里没钱，这里面有他乞讨半年的积蓄200元，你先拿去吧！"我闻之，颇感惊讶。在那年大雪来临前，母亲送给他新的棉衣棉裤与被子。那一年之后，老乞丐再也没有回来了。有时路过那个街口，我的脑海还会浮现带着慈祥笑容的老乞丐与母亲亲切对话的画面！另一则故事，来自母亲好友的转述：有一天，他们中午结伴去公园散步。我母亲发现临湖的亭子里睡着一位有些酒气的拾荒者。她担心那人翻一个身，估计就会有溺水危险。于是，母亲把他给喊醒了。原来拾荒者三个月前与他的母亲大吵一架后，赌气出走。因为没有特长，所以他只能在外面捡饮料瓶为生。母亲得知拾荒者也在牵挂他的母亲而没钱买火车票后，立即慷慨解囊。那人当时就激动地扑通给我母亲磕了个头。离开时，他还一步三回头地与他们挥手告别。我听说后，与母亲提及此事时，她只平静地说："每个人在这个世界都会遇见困难，举手之劳，何足挂齿？"

在母亲的家里，还有一道十余年不变的风景——小鸟的免费餐厅。每天清晨，天蒙蒙亮，小鸟清脆的鸣叫声，打破了晨曦的宁静。"小鸟——，小鸟——，吃饭喽！"母亲撒米的声音从厨房传来。唧唧——，唧唧唧——，围墙边一排高大水杉树上的小鸟们三五成群地飞来了。笃笃——，笃笃笃——，装有保笼的窗台上响起了争相啄米的热闹声。"喝点水吧——"母亲又把一碟水放在了外面。刚出生不久的鸟宝宝，抖着蓬松的羽毛，张大了嘴。老鸟则忙着给它们喂食。小鸟吃完了，快乐地拍着翅膀，飞走了；又一群小鸟叽叽喳喳地飞来了，忙着低头吃早餐……见此情景，我常与母亲打趣道："小鸟的免费餐厅，可是忙得要翻桌喽！"老母笑言："一代又一代的小鸟喜欢来这里，我就开心！楼上的好心邻居也放米，但它们却不敢去吃。它们都成了我的朋友了！"她的一席话，勾起了我的回忆。在人人"谈非典色变"的时候，小区里，几只小鸟宝宝因误食毒老鼠的大米，奄奄一息。母亲发现后，把它们小心翼翼地捧回来，双手合掌，默默祈祷。遗憾的是，鸟宝宝救不活了。她心痛地把它们埋在了大树底下，希望它们的灵魂得以安息。从此，母亲便在窗台上撒大米，希望可以用这种方式"放养"小鸟。麻雀、画眉、相思鸟，还有许多我不知名字的漂亮小鸟都来母亲家做过客。

母亲对素不相识之人，对幼小生命都有如此古道热肠，那么对我的爱更是无处不在。无论是下暴雪的日子，无论是台风猛烈得连雨伞都无法撑开的日子，她都会与父亲一起搭乘来回近五六个小时的公交车来探望我与她幼小的外孙。我曾在朋友圈写道：在这世上，即使是枪林弹雨，都会来看我的，估计就是我的母亲了！这条留言，引发了许多亲友的共鸣。在我今年正月突发耳聋后，母亲更是与我形影不离。在一个忽然刮大风的傍晚，我与她正走在街上。母亲见虚弱的我虽然穿了厚厚的棉衣还在瑟瑟发抖，她竟然把她的棉衣脱了，一下披在了我的身上。那瞬间，我感到她对我无私的爱溢满全身。我想起了这十年间，我从政府部门毅然辞职而从事自由写作的艰辛历程中，唯有她是始终支持与给我鼓掌最多的亲人！在灵魂深处，我视她如我的知己！

又一个春天来了,我们当地媒体又发起了沙漠捐种"梭梭"的倡议。母亲与我第七个年头走进了报社的捐助办公室。她对我说:"希望沙漠早日变绿洲,让爱世代传递!"我仿佛听见了她热爱地球生命共同体的怦怦心跳声。

母亲在这个苍茫大地间,就这样用无数朴素的爱心故事,不经意间给我点亮了一盏温暖世间的爱的心灯!

(原载《中国文化报》2017 年 4 月 6 日)

## 木头人自述

谢宝光

我已经老了,村里的孩子喜欢叫我老木匠,城里来的人则一律尊称我为老馆长。其实,老木匠和老馆长说的都是一个意思。一个人老了,赢得别人出于礼节的一些尊重,而不是他有多大的作为。我这一生平平淡淡,守着一座岛、一片屋檐、一张床,与木头、树根们比邻而居,过着一种恒定的无色的生活。有人干脆戏称我为木头人,我也不羞不恼。我这一辈子没有什么大的成就,但也没有拖累任何人。因此,他们叫我什么都好,只要有人愿意搭理我这个老头。我从未离开过秀山岛,也不知道外面的世界长什么样,我只知道每天清早从院子里出来,门前那些山的轮廓还在,不远处大海的浪卷也在,我的世界就是完整的,没有漏洞的。它们一个沉默,一个终年不安地咆哮,我的平静的一生因此显得波澜壮阔。

每天,是一只公鸡把我叫醒的,它的声音十分纤弱,整个村子只有我能听见。鸡叫三遍之后,满屋子的鹰呀蛇呀马呀梅花鹿呀,也都跟着醒了,它们不是被鸡叫醒的,而是被我的脚步声唤醒的。它们听到门咿呀一声,连美梦都懒得做了,立马起身,一个个精神抖擞,嘶鸣起来,保持着昂扬充沛的姿态,整个屋子顿时成了一个热闹的驯兽场。这里面,就数梅花鹿块头最大,叫得最欢快,它站在一块废弃的木桩上,前腿曲躬,眼睛发亮,一看见我,兴奋地要扑过来,四十多年了,每天都是这样。可它忘了,我今年都七十岁了呀,骨架松了,手臂肌肉也萎缩了,哪能接得住它这凌空一抱?我赶紧使了个严厉的眼色,说:"站好!"它一愣,有点委屈地望着我,然后乖乖地退了回去。其他动物瞧见这一幕,也都立即噤声,缩回到自己位置上,一个个面面相觑,像一群被老师严正警告的小学生。这时候,我忽然感到一阵不知何来的悲凉,好像全身被像冰凉的雨水打湿了一样,我的语气也跟着打了个激灵,是啊,多少年了,我什么时候凶过这些小家伙?

  我这一生没有交过几个朋友,除了老伴,唯一能说说话的就是它们了。我的一生都在和它们说话。我爱和它们说话。它们是兽,却比人更洞悉人性,知道什么该说,什么不该说。它们知道很多人因为说了不该说的话而离开了海岛,再也没能回来。还有的,则也无法离开这座岛了。现在,这些人已经被彻底遗忘了。仿佛压根就没有存在过。只有海风偶尔掠过高高的树梢,带来他们微弱的消息。很多年前了,我记得有一段时间,岛上造坟的频率忽然莫名加快了,村里的泥瓦匠不够用,人们便自行拿着铁锹锄镐,找到一处偏僻的山坡就霍霍地凿起来,他们没日没夜地凿呀凿,树也摇晃,山也摇晃,整个海岛陷入了地动山摇的不安中。没有人知道发生了什么,人们只顾着干活,没有工夫去质疑反抗什么。那时候岛上没有通电,到了晚上,人们擎着火把上山,獐群吓得四处逃窜,它们从未在夜晚见过如此凶猛又茂密的火光,连夜空都被烧出了一个个洞。在岛上,造坟是一件比造房子更慎重与庄严的事,人们相信,只有坟挖得足够深,灵魂才有安栖之地。于是他们扬起锄镐,挥汗如雨,土里的树根被一丛丛斩断,露出皙白粘湿的肉色。你一定想象不到,他们挥舞的锄头在多大程度上改写了我的命运。

  那时我还是一个无业青年,经常无所事事,一天到晚在岛上四处游荡,在苞米地里无聊地穿来穿去。其实说无业可能不太恰当,准确地说,我是失业了。我失业的原因是有一年一纸禁令砍伐树木的行政命令下到海岛上,海岛上的人多以捕鱼为业,许多人对这一命令不以为意。它的影响只波及到岛上少数几个木匠身上,我不幸就是其中之一,通告上那些条款好像就是为我们这个古老行当量身定做的。这个消息是我母亲告诉我的。她告诉我的时候嘴里呼呼喘着粗气,以至于我都没有反应过来她到底说了什么。我记得那天我正在屋子里埋头打磨一张板凳,刨花洒落一地,蓬松松的,打着卷儿,特别好看。我一边用墨线比划着板凳的平整度,一边歪着头欣赏这些刨花。我总觉得,它们并不是多余的木屑,而是一朵朵长在木头里的花,那么神秘而自在地开放着。有时候盯着它们看久了,神经就会有点亢奋,觉得自己压根就不是在制作家具,而是在不断帮助那些木头里的花朵们开放,获得自由。那天下午,我正陶醉在自己浪漫的想象里,母亲急匆匆推门进来,说你别刨了,以后也都别刨了。她说话的时候,汗水像蚯蚓一样正顺着她的颈脖子往下爬。

从那天起,我就告别了刨花与木头,成了一名无业青年。我不知道该干点什么,我又能干点什么。十五岁起,我就跟村里的师傅学艺,一把砖块式的刨刀整天在手里转来转去,转了三年,我就从一个学徒工成长为一名木匠能手,在岛上获得了响当当的名声。有一天,我挎着木箱在村子里正走着,忽然听到背后有人喊:董刨!董刨!我没有回头,继续走着。可那叫喊声因为始终找不到一个落脚点,一直不依不饶,在我脑袋后面飘着。董刨!董刨!我停了下来,环顾左右,除了喊我的那人,也没看到别人。董刨是谁?我姓董没错,但我从来没听过村里有个叫董刨的人。他说往哪看,叫你呢。谁?你!董刨!就这样,我出门的时候还是董布,回到家就成了一个叫董刨的陌生人。他说:"一个搞木匠活的,叫什么董布,又不是裁缝!"谢天谢地,我在那天听到了"裁缝"这个词,否则我终其一生都是一个木匠。我当然还是一个木匠,但却是一个懂裁缝的木匠。木匠只是手艺，手艺可以糊口，却不能带来创造的快感。裁缝当然也是手艺，但把裁缝的手艺与灵感用在木匠活上就不一样了。我相信木头里肯定藏有我没有发现的东西，是什么，我一时还说不清楚。但我确信，木头所能拼凑的绝不仅仅是板凳、桌子、床、书架、茶几、稻谷风车等等之类的东西，它们一定还有别的更为广阔的生长方向，只是被遮掩了，就像那些花藏在木头里，从无人知晓。是刨刀发现了它们，解放了它们。哦，董刨！是的，直到那人喊了我一声董刨，我才第一次真正意识到董布的存在。我感到自己也像刨花一样被解放了。

那把二胡就是我被解放的标志。现在，只要你走进秀山岛圆墩村的兰秀博物馆，就能看见它。和墙上那些字画、老照片不一样，二胡不是一件展品，如果你有兴趣，完全可以从柜子里取出来，二泉映月、赛马、昭君出塞……只要你会拉，一切随意。在你眼里，这把二胡只是一件普普通通的乐器，音色有点哑、浑，琴筒上的漆也掉了，但对于我，丝弦之间吐纳的却是我一生的荣辱与悲哀。它是我在二十多岁的时候自己动手做的。那时候我已经开始对打造桌椅丧失了兴趣，我想我这辈子不能就这样浪费在这些流水线式的工序上。那几年，岛上一半以上的家具都是从我这输出的，有时在家里正睡着午觉呢，窗外谁扯嗓子喊了一声董刨，我就知道，又有人来叫我去打家具了。我很不耐烦地应了一声，倒头去续刚才的美梦，但梦早一溜烟没影了。空荡荡的下午，我有点无所适从，想起了村里的一个瞎子，每天太阳要落山的点，他就一个人拎着把二胡，在溪边一棵老樟树下自拉自唱，不知道拉的什么曲，没人问，他也不说，就那么拉着，弦音颤颤，眨眼天就黑了。隔着不清不白的月色，我隐约感觉到他嘴角的抽动。没有出声。也许出了声，但被二胡的曲子盖去了。每天如此。那些年，我就坐在他的泣诉般的二胡声里，渐渐被夜色包围了。

他的状态打动了我，也打动了我手里的刨刀。它和我一样，早已腻烦了那些高桌子低板凳的日子，琢磨着换一种活法。是的，我们都盯上了那把二胡，同时又犯难了，这可远远超出我们能力的范畴。二胡是外来物，岛上还没有人做过，我们也没有可供借鉴的经验。后来我想，这二胡也是木头做的，我是木匠，怎么就做不了？跟平常打家具一样，我在图纸上给二胡做了一道道减法，把它分解成一个个独立的零件——琴筒、琴皮、琴杆、琴轴、琴弓……这样，我要面对的就不再是一个抽象的二胡，而是一个个具体的零件，这就好办了。所有跟木头有关的部件都容易解决，最麻烦的是琴皮和弓毛，一个要蟒蛇皮，一个要马尾，这两样材料都是岛上弄不到的。于是，我就退而求其次，用了蛇皮和牛尾。蛇是我从山上捕来的，为此脚踝差点被咬，好在我反应快，脚一台，它刚好从我鞋底下嗖的滑了过去。所有材料齐全了，我就开始做加法了，没多久，一把质地粗糙但有模有样的二胡就这样在我手里诞生了。可是，我还没来得及高兴，一个意外的消息就传到了我耳朵里——就在这一天，那个拉二胡的瞎子忽然去世了，他是一个鳏夫，没有亲人子嗣，走得也就悄无声息。从此，樟树下再没有了咿咿呀呀的二胡声，那首他每天重复的曲子也像广陵散一样，成了一曲绝唱。后来，每到傍晚，我常常一个人拎着自制的二胡去到那棵樟树下，坐在瞎子曾经坐过的石头上，我想象着他拉二胡的样子，回忆着那低徊空洞的旋律，拉动琴弦，拙劣地模仿着。很快，夜色暗了下来，我感觉自己变成了那个瞎子。

这把二胡一直保存到现在。

这些年，我已经很少去拉它了，因为只要我一扶住琴杆，拉动弓弦，往事就会潮水般涌来。而那往事里的人，除了瞎子，还有我已故的父亲。每次，我弦刚拉响，他就出现我眼前，用奇怪的眼神看着我，从他的眼睛里，我看到了密集晃动的人影，以及许多扭曲的一张一合的嘴巴，我不知道他们在说什么，显然和我父亲有关。他们背对窗户站着，正午的光线照射进来，把他们涂抹得只剩下黑乎乎的轮廓，我看不清他们的脸。他们说完，就把我父亲带走了，再也没有回来。那一年，我三岁。这些晃动的人影与扭曲的嘴巴，是我最初的记忆。我后来成为一名木匠多少和这个记忆有关，这样我就可以避开人群，避开别人的嘴巴，一生只对手中的木头负责。民国时期，我的父亲是这座岛屿的管理者，就在这栋清朝末年的房子里办公，七十多年后，我也成了这栋房子的管理者，我待在父亲曾经待过的房子里，看着整饬一新的墙壁和屋瓦，感叹着世事的变迁与轮回。我至今不知道父亲去了哪里，葬在何处，兴许就在岛上的哪个山头。那些年，每每问起母亲，她都是眼一红，头一撇，就走开了，躲在角落里叹气，我也就不问了。

  那天下午母亲喘着粗气把我从一堆木头刨花里解放出来后，我就成了一名彻底的无业游民。海滩、苞米地、无人的山头，是我经常出没的地方。一天里的大部分时间我都在岛上四处浪荡。我怀念我的木头，怀念我的刨刀，现在因为岛上禁止砍伐树木，它已经派不上用场。它跟我一样成了无业游民。这样的状态一直持续了三年，直到岛上忽然刮起了造坟的浪潮。虽然活在岛上，但我不知道发生了什么，总之每隔一段时间就有人死去，而且这个间隔越来越短，有时在同一天就要走掉好几个人。吹唢击钹都免了，人们已经见惯不怪，排队拎着工具上山，到了晚上就擎着火把，我闲着无聊，就跟过去看热闹。我的父亲也许就在山上。我不知道他在哪个山头，那么任何一个山头都有可能是他的落脚之地。我围在人群边，看他们挥着锄头和铁锹，挖呀铲呀，身上沾满了泥渍，汗水浸湿了他们的衣服，忽然，锄头嵌进了一块树根里。他们停了下来。那是一块硕大的树根，样子很怪，一个底座上面各种分叉，有点像什么，但又说不上来。他们把它挖出来，当作垃圾扔在一边。看到木头，作为木匠的职业热情瞬间在我身上复苏了，是啊，我有多久没有摸过木头了，看到它被遗弃，无人在意，我就把它抱回了家。我知道一定有什么东西藏在这块树根里面，就像花朵藏在木头里一样。现在，它正等着一双手去解放它。看着这块树根,我想到了父亲,也许他就住在里面,正张望着我,呼唤着我。我相信父亲的灵魂就寄居在这块枯掉的树根里面,不,不止这一块,还有更多的,它们在山上、在海滩边、在荒无人烟的村落、在猪圈牛棚、在新挖出的坟洞里,在岛上的任何一个角落,此刻,我的父亲忽然变得无所不在了。而我也因此获得了崭新的人生方向,身披无业游民的身份,继续浪荡在岛上的每个地方,寻找任何一块废弃的无人关注的树根,那里面,既有我的父亲,也有着无穷无尽的未知的生命。

我像刨刀解放木头里的花朵一样,解放着蛰伏在树根里的一个个隐秘的生命。

四十年后,当你走进这座海岛上的兰秀博物馆,你会看到各式各样的根雕作品,那些鸡呀鹰呀蛇呀马呀梅花鹿呀,看似安静地立着,其实是在没完没了地欢腾、打闹。当你竖着耳朵,踅身穿过那条鸡鸣鹰啸马嘶蛇吟鹿叫的甬道,你就会知道,我的庸常寡淡的一生充满了怎样的不可言说的快乐。

(原载《散文》2017 年第 12 期)

# 秀山语境

谢鲁渤

三江和兰山是往返舟山本岛与秀山岛的两座轮渡码头,但你还是更愿意管它们叫西码头和小兰山码头。三江码头已挪了位置,不在西码头原址,兰山码头虽然仍是小兰山码头的老地方,但听说很快也要动一动了,心里就是变不过来。因此从上岛那一刻起,你就像是有两个自己同时抵达,一个在跟随着集体的活动,一个却固执地想要随心游走。

集体活动的秀山正当时令。蓝天碧海,七月流火。阳光,沙滩,海浪,但凡夏日岛上所应有的一切元素,皆在其间。哪怕不见歌中所唱的"仙人掌和一位老船长",你也知道秀山在提供诸如海钓、快闪、烧烤等多种体验之外,还更有趣味独特的滑泥,可谓招牌。何况于你而言,应接不暇的节奏之余,根本就没有时间"坐在门前的矮墙上一遍遍回想"。即便有些项目,譬如滑泥,出于年龄和体力的考虑并不参与,但吹着薄暮的海风,从平台上远眺那一大片滩涂,你脑子里想到的,依旧是在这个岛上,究竟有多少令人诧异的创意,还有哪些你所不知的丰沛资源如秀北湿地公园那样被整治开发。你和秀山有过关系吗?你熟悉她吗?你的一个自己对另一个自己的发问,似乎总也没个确切的回答。

在兰山码头上岛的时候,手机上恰好弹出一条广告,叫做"休闲的时光玩什么"。展开一看,推介的是某水乡古镇的一家酒吧,名为花开那年。不知道酒吧能有什么好玩的,但你还是在花开那年的后面,搞笑似地接了一句,谓之花开那年,心游此时。酸是酸了点,但说此次你来秀山,已是做了"心游"的打算,倒也不假。你知道自己是要跟随集体活动的,比不得自由行,既然身不由己,那就不妨偶尔魂不守舍,见机走走神吧。

花开那年。那年是哪年呢?开的又是什么花呢?你在秀山的第一次走神,是当天下午,徒步秀东海滨栈道的行途中。此地植被茂密,草木森森,一路上芦苇摇曳,葛藤缠脚,越走,时光就越往十年前的那个八月去了。走神的结果,是召回了时间地点的相似,忘了留意路标牌上指示的去处是什么地方。只记得一高一低的两座观海平台,高处的筑有凉亭,低处的有人在海钓。两处的印象是否全然确切,似也不敢肯定,因其时其境,皆呈飘忽之态。但低处的平台上有海钓人不会有错。是三、四个青年男子,你还问了其中一人,说是从甘肃来,乃岛上外资造船企业常石集团的员工。不过和那人说话时,很可能你也是心不在焉的。你注意的是钓竿左下方的不远处,山体和乱礁结合部显露出的一个坑道口。四四方方的口子,很规整,平台的护栏一直延至其上端,右侧有石阶,似可往下去,但你没去。据说是已封闭了,看似口子开着,却进不去。

于是就走神得愈发放肆,恍惚自己其实已置身坑道。坑道是军事设施,但你有那时的军人身份,不碍通行。坑道里黑黢黢的,稍一走动,就仿佛出现在了另一个口子。出口不像进处那么的方正,是呲牙咧嘴的原始样貌,近旁还潜伏着暗堡似的一座圆墩,为夜间岗哨所设。这个圆墩后来在归途上你果真是见到了,已然布满苔痕,可并没有发现挨着的一个坑道口。你是怎么出来的呢?圆墩附近的坑道是个弹药库,与海边的那个坑道,应该并不相通。圆墩帮你再次确定是十年前的那个八月。你先是在一大片荒草丛中迷了路,后来发现了草丛中冒出一堆乱石,走近了一看,竟是坍塌掉的连队厕所。接下去就好找了。操场、小礼堂、伙房、连部的一排平屋,以及阅览室、水井,水井边通往炮阵地的石阶,均渐次现形。伙房外墙上的"为人民服务"几个大字犹在,平屋的连长指导员房间里,像是关养着禽类,发出叽叽咕咕的低鸣。除此,四外寂静得连一丝风声都没有。那是你在秀山与旧时光的最后相遇。回到通向三礁沙滩的林中栈道时,你打开印制精美的手绘秀山地图,又走回到了五年前,在那时的沙滩上,远远的旧时光里,已是别墅满山了。现在,对照标注在地图上的海景房产,你一时确定不了连队驻地上的那一片,是金沙湾,还是星海绿苑。

     一声熄灯号,吹来了
     别墅满山
     与八五加农炮一起被裁减的
     营房、阵地、连长
     司号兵,和海防前线
     睡了,逐梦而去
     多么好的沙滩,潮汐
     和九子这个地名
     别墅也有番号
     业主与驻军换防了……

距离三礁沙滩最近的海景房产谓之爱琴海,名字虽说洋气,与附近颇接地气的"秀山郎客栈"倒是挺般配。据说"长白女子秀山郎"的本意,并非如现时的字面表达。但那是文史研究者的事,老百姓还是一直这么沿用下来了。两者摆放在一处的浪漫,很是丰满了爱琴海边的三礁风情街。民间文体形态的快闪表演,参与者虽也是有些年纪的人群，却不像"广场舞"、"暴走团"那般招惹是非。响动是很大的，闲静也考虑到了，近旁就另有所谓沙滩书吧，一间四周透明的玻璃房。或许一般的旅游者并不会进来翻书，但秀山乡书记李仲仪的意思是，哪怕只有三两个人来，该有的也都要想到。

而安排给集体活动的书吧体验，倒是促使了你的再一次走神。透过玻璃墙面望出去，三礁沙滩和潮水相拥的景致，像是用墙外那芦苇的笔画出来的。画风硬朗，与这块沙滩的质地很是相近。听说三礁的沙滩素有铁板沙之称，连汽车也能在上面行驶，那个叫陈万和的安徽兵就把解放牌开过来了，紧贴着水边拍照。没想到潮水暗涨，车轮很快陷入沙中，怎么也发动不了。眼看就要酿成事故，幸得村民们闻讯赶来，用松枝柴捆铺垫后奋力助推，方才躲过一劫。这是当年岛上仅有的一辆汽车，前来帮忙救车的十几个村民，也都是清一色当年的秀山郎。眼下的岛上，各种车辆来来往往的，秀山郎却大多外出，难得一见了。在沿街一户人家的门前，有位老汉，红脸白发，光膀子伏靠在护栏网上，饶有兴味地观看快闪表演。他或许就是那些秀山郎中的一个吧？你没有问他，只和另一位妇女聊了几句，姓吴，72岁。她不仅记得沙滩抢险的事，还依旧照老习惯称九子的驻军为三小队，说是经常去营区的水井"汏被头"。言谈中还带出了许多好听且熟悉的地名：小欢喜、南沙头、桃子竹跳……

相对滨海的三礁区域，南浦或可谓秀山的内陆。它的环境不像三礁这么变化巨大，至少在五年前，司机陈万和的宿舍和车库还在。你和陈曾同住一屋，隔壁是电影组的工作间。这一排房甚至连外观都没怎么变，只是围起了院墙，住了人家。房屋左侧坡地上那株老樟树，更是毫无意外地长在原处。许多年了，留在你记忆里的秀山，其实多半就是这棵给周边民居以蔽日荫凉的老樟树。几乎从上岛的第一天起，你就格外注意到了它的存在，很有一种亲近感，好像它是前世就栽种在这个岛上的同一个你，它的根须是你的从前，它的枝叶是你的后来。尽管你和这棵大树之间并没有发生过什么故事，但在相处的几年里，朝夕为伴，却各自生长，表现出的都是最简单的形式。走神在五年前，你顺着这棵树往下走，就又站在了"秀山营"营部的院中，但那里已经是一个铁匠铺了。而实际上身处南浦的这天黄昏，你所见却是常石集团的会所。建筑精致，草坪油绿，也有三两株大树，罩着供人休闲的桌椅，且另辟了仿旧柴门、曲径通幽。因无任何的参照物可寻访，你其实并不认同这里就是南浦。但有张坚所著《兰秀文化》一书，却明确写明了，这家常石集团会所，就是从前南浦影剧院的旧址。

据张坚说，南浦影剧院是拆了厉氏大祠堂建造的。从时间上看，其时你已离开秀山，但不知何故，在南浦的几年里，你也并未见过这座拆除前的大祠堂。印象中的厉氏古旧，基本都在北浦。秀山三大姓，谓之厉、樊、童，其中以厉族最为显赫。你过去的一知半解，不单是对厉氏家族，当然也包括了整个秀山的历史文化。这次在北浦的兰秀博物馆转了一圈，好歹算是稍稍补了补课。作为一家私人性质的博物馆，馆内的几个板块，除以"兰秀帮"为主题的秀山海运史，和以厉氏为代表的秀山三大姓之家族文化外，其余收藏大多与馆长童布端的个人爱好相关。你以为可将此馆视作由童署名的、关于秀山的一部个人专著，尽管另外已有《兰秀文化》、《兰秀厉氏三百年》等更为专业的书籍，但它的直观性毕竟别具一格，让来者上了秀山岛，不仅有地方好玩，而且有文史可读。你读过的北浦那条老街，只怕残片也就剩下这博物馆的门墙了。还有几句诗：……海一高兴就起了大风/我和一位叫盛的兄弟/听风抵足而眠。诗题《夏天和盛去秀山》。哪一年你想不起来了，但诗集是1994年的版本。没错，那晚酒后投宿的房间，就是踏着月光，从这样一扇类似的墙门进去的，却是更高，更大，更旧。

中国叫秀山的地方很多。重庆有秀山县，云南通海有秀山镇，安徽怀宁有秀山乡；通海的秀山是滇南名胜，云南石屏的秀山寺乃千年古刹，都在内陆；悬水海上的秀山，只有这一处。据说苏东坡也曾来过,凭据是他的诗中有"兰山摇动秀山舞,小白桃花半吞吐"两句,出自《送冯判官之昌国》。因此诗在明天启《舟山志》及后来的历代志书,如康熙志、光绪志、民国志,乃至1992年的《舟山市志》和1994年的《定海县志》中,确有辑录,均署名苏轼,所以基本已成秀山岛内岛外广泛传播的东坡名句。但也有研究者提出质疑,说此诗未见于《苏东坡全集》,却又可在元代张宪的《玉笥集》中找到,遂以乾隆年间的《四库全书》为证,判定其实际作者应为张宪,文字亦纠误为"兰山摇荡秀山舞,小白桃花半红吐"。你觉得奇怪的是,无论作者是苏轼,还是张宪,这首诗的全篇究竟是怎样的,却始终未见有研究者拿出来展示。

其实苏东坡究竟是否到过秀山,都无所谓。秀山可玩,玩得路子宽了,就玩出个现在的滑泥主题公园,扬起了"中国泥岛"的名声;秀山可读,读得内容往深里去了,想必也会别有洞天。而且可读之秀山,历史固然是一面,现实同样也是一面。离开秀山没几天,得知今年的海泥狂欢季开幕了,李仲仪书记在其"美好时光"的微信上发的图片旁写道:白天海泥上狂欢,晚上沙滩数星星。让你想起在九子沙滩的那天晚上认识的一个"秀山郎"樊静峰。小伙子30岁,之前在外做事,有了自己的家和新房。前不久刚回来,助其堂哥料理岛上的业务,也就是他微信中归纳的"篝火、烧烤、舞台"。小樊在外多年,始终牵挂秀山,几乎每次回来,都会在微信上晒他的船票,再添上一句:回秀山去了!尤其是去年的12月2日,大约就是决定回来工作的当天,他写道:终于回秀山了,还是秀山好,舒坦!四天后,就又一次展示了船票。樊在秀山是大姓,小樊对这座岛屿的喜爱,恐有其家族的基因,但也不乏个人元素。他除了喜欢看军事、悬疑和八卦类的小说,还有关于中国古代,"具有怀念意义的书"。可见他对秀山的喜爱就带有"读"的成分,而他在秀山的工作,则在营造一个好的娱乐氛围,吸引更多的游客来"玩"。和樊静峰的结识,在你和秀山之间,像是多了一条韧带。

虽说曾为早年秀山驻军的一员，但你对在这个岛上部署兵力的军事意图，内心还是时有不解的。事实上即使在当时，几个当兵的私下里就有过议论，尤其是一个热衷军事、渴望打仗的军队干部子弟，说来更是头头是道，议论的话题也正是由他挑起。其基本观点是，像秀山这样的一个岛，根本不是个打仗的地方。秀山部队是哪一年撤销的，你不清楚，只记得退役后第一次上岛，和现在的岱山作家协会主席李国平碰面时（他当年在秀山邮政所工作），已经没有驻军了。但是在你的秀山语境里，谁都听得出来，无论什么样的话题，都已经摆脱不了军人词汇了。

部队撤销多年后的秀山岛，海景房产接二连三的秀山岛，滑泥之魅堪称一绝的秀山岛，渔家风情摇曳生姿的秀山岛，海洋文化潮汐般年复一年的秀山岛，这样的一座可玩可读，越"来"越好的秀山岛，对你来说，是否也还是仍旧具有军人气息的秀山岛呢？

（原载《浙江散文》2017年第4期）

## 老木匠桑伯

徐惠林

这会儿,在陈西村陶子树家的东厢房里,60多岁的木匠桑伯正使劲刨着榆木床腿。沿着锋利的刨刀,木片胶卷般打起卷儿,木屑如虫豸飞舞,沉香弥漫开来。桑伯眯起眼,不时躬身察看新拉下的墨绳痕迹。

"这榆木是好料,少说有20年了。"桑伯接过陶子树递来的香烟,用袖口擦了把满胡碴的汗珠子。

"从山里女婿那里拉来的。桑伯,我就信你的手艺。"同辈人陶子树递过红红的烟头。

"我这手艺,卖给识货的。"桑伯用手摩挲着床腿,"我就不信,我这功夫就赶不上城里那一捶就破的组合家具。"他叼着烟,继续他的活计。一双紧握刨子四十载的老手,青筋凸起,仍是那样有劲。

要说陶家的木工活,还是桑伯的儿子桑果给联系来的。桑果这独苗是桑伯40岁时才得的,看看桑伯床底下被废弃的各类木玩具,就可知道他是多么疼爱自己的儿子。儿子大了,娘死得早,虽能体谅父亲对木工活的感情,甚至能背出父亲当年拜师求艺的苦经,可就是不肯"接班"。桑果大前年高考落了榜,不肯再念书,在水城撑起了н家具店。只是经营的家具可不是桑伯的"作品",都是些新潮样式的,为此,桑伯的心闷闷的。那天桑果告知父亲,陶家的二儿子要结婚,他爸主张做套厚实、经久耐用的老式家具。桑伯第二天一早就挑起了木匠担。快一个月没活了,那斧头快锈了,刨子早就犯了痒。

煦阳从窗外投射进来,桑伯一口气刨好了4条大床木腿,写字台的台面也被刨得锃亮锃亮。

"啧啧,这活——"陶子树又递过一支香烟,目光含着赞叹,"不瞒桑伯,我本想让二小子跟你学艺,可他小子心野,也跑到水城去搞什么快餐了。唉,没这福气呵。"

"没人跟我桑伯学,这活就烂了不成?"淡灰色的烟从桑伯的嘴角喷了出来。

午饭的菜很丰盛,桑伯破例在中午喝了些酒,越喝脸越红,越喝言语越少。陶子树越喝话越多——

"我说桑伯,这年月真有些不对劲了,就说我这理发的活,村里也只剩下几个老伙计肯请我伺候。现在上八府那些补锅匠连个影儿都见不着了,我家那口大锅都漏半个月了。听说洪村的箍桶匠张土根上月把担子扔进了苕溪里,到水城去摆水果摊了……"

桑伯不言语,只当听友。他吃了半碗饭,又马上操起了家伙。借着酒力,刨子、斧头运转飞快。

少顷,桑伯开始木床雕花。深深浅浅,左左右右,柔时如抚儿头发,利时似快刀斩麻。在粗糙的手里,那小小的雕刀宛如游动的泥鳅。汗水从他深蓝的外衣里渗透出来。此刻就要雕那朵院内的老梅了,桑伯几乎憋住了呼吸,眼睛深处闪动着一种异样温和、慈爱的柔情。在雕完那朵梅花抽刀时,刀口划进了桑伯的手指,一串滚圆的血珠落下,梅花被染得鲜红。桑伯忘了疼痛,痴迷地盯着血珠在梅蕊上绽开,一行泪水溢出眼眶。

桑伯生病那天正赶上他66岁大寿。一个星期前他忙完了陶家的活,回到家里,当晚就病了。一连几天胸闷、喘气,不思茶饭,且头不时胀痛。桑果从水城赶了回来,隔壁郑家村未过门的儿媳水妹也赶来照料。祝寿宴没摆成,桑果叫了辆面包车,陪父亲到水城医院诊治。体检结果:一切正常。

第二天一早,桑果、水妹陪桑伯乘车回桑家湾。桑果嘀咕着父亲的病因:"爸这阵子干得太累了。"

"让爸别干木工活了,家里又不缺钱花。"水妹再次提出建议。桑果连忙摇头:"当心爸在后面听见。"

"可能是陶子树那二小子干的缺德事让爸知道了,给气的。他嫌爸做的家具太老套,前天又进城买了套组合式的。"桑果靠近水妹的耳朵,低声地说。

今年的春天似乎提前到来,村口的榆树已满枝新芽。生活仍像那门前的溪水,时缓时急地淌着。桑伯毅然作出了决定,要把那套营生的家伙扔进火灶,被儿子苦苦请求才作罢。

午后的阳光很有点暖意,桑伯细眯着眼睛,稳稳地坐在新楼的后院里。他的头发较以前,白了很多。那只贴紧老人的新靠椅,散发出一种宁静幽香的气息。这只檀木靠椅,是他病愈后,用他藏了10多年的木料,打制的唯一留给自己的作品。

(原载《山西日报》2017 年 2 月 8 日)

## 京 腔

徐贤林

　　碧桓公走了，他是清唱了一个通宵的京腔走的，七十九年的人生居然以这样的尾声谢幕，颇有些浪漫的味道。

　　我在前年腊月最后一次见到碧桓公。我回乡过年，在村口三官亭遇见他，他先与我打招呼，而我竟然认不出他，他变化太大，须眉皆白，长寿眉覆盖了眼睑，两耳悬坠，很有些汉罗相，惟宏亮的嗓音未变，——我与他至少十年未曾谋面。他欠了欠身从美人靠上站起来，高大的身躯明显佝偻。这位在我心目中我村最可爱和蔼的老头真的衰老了。

　　从我记事起，就知道碧桓公是我村鹤立鸡群般的人物，他身材高大因而膂力大，曾从后半山将两块石头稳稳挑到村口，好事者将两块石头一过秤，竟然超过六百斤！从后山到村口起码有四里路且多陡岭。他嗓门极高被人戏称为高音喇叭，但为人和善，他一直在村里当干部。我对他印象最深刻的是破四旧时的一些动作，他领着一班人挨家挨户搜老物件和书籍字画，又指挥那班人将这些东西一担担挑到老宗祠，我们一路远远跟着，心中充满敬畏……碧桓公领着那班人来到我家搜，我父母不在家，他们楼上楼下捣腾片刻，没有搜到任何老物件，见我远远站着，碧桓公大着嗓门问我：你爸妈将东西藏哪啦？我仿佛接到一个无法抗拒的指令，乖乖领着他们到我家仅有几件老物件藏匿处——因为我目睹母亲将这些东西小心翼翼藏到一处极不易发现的屋旮旯。碧桓公看了看我，我发现他的目光中有责备。焚烧这些老物件的场面有点惊心动魄，宗祠道坦里燃起一堆熊熊大火，竹木器皿噼啪作响，旧书灰烬四处纷飞，一巨幅祖先老容图在火焰中倏地自己竖挂空中，图中人像在烈焰之中呲牙裂嘴仿佛呈极端痛苦状……这一幕于是永远铭刻我心中，至今历历在目。

碧桓公不参与敲凿老屋屋檐和墙壁上的戏曲人物构件，也不到庙宇毁泥塑木雕神像，他只远远看着，望着他们扛着抬着昔时无限庄严的神像，然后将它们一具具投掷进村口的水潭之中，眼中有无奈情绪。破四旧进行得轰轰烈烈，这也是我们小孩子最兴奋的时期，庙宇里令我们望而生畏的神像没有了，在那里捉迷藏就安心多了，不过，我们有好几年时间里不敢在那口水潭里嬉水。大人们就不这样想，我就听到多位老太婆聚在一起口中念"罪过"诅咒那些捣毁神像的人。一天中午，一幕令我无法想象的事出现了，村口响起铜锣声，有人边敲锣过高声叫，我徐碧桓搞迷信私藏神像，现在游街示众。这个声音是碧桓公的声音。我跑过去看热闹，只见碧桓公身着道冠道服前胸挂着一樽香樟木雕刻的小神像，边敲锣边高声叫喝，后面跟着几百人，里面有好几位公社里的同志。整个游街过程碧桓公双目无神，那叫喝也有点机械。我纳闷：带队破四旧的碧桓公咋会私藏神像呢？

碧桓公的故事往前溯是别人告诉我的。大统时期，重新区划村界，碧桓公为头将一片近百亩水田划给邻村档溪村，又将孤山村的近两百亩旱地划过来，被我村里人私下骂了好长一段时间。公开当然不敢骂，他是干部膂力又大，谁是对手？与洋山村划山界时出了一点状况，洋山村村民本大多系我村大户的佃户，自己没有土地和山场，土改时分到一些田地，却无一寸山场，逢大统良机，这些几代人无山场的佃户后代岂能放过？于是便出现山场纠纷，碧桓公带着村里的百多位青壮年到纠纷山场进行半武力评理。山民彪悍，评理中发生互相推搡，洋山人越聚越多，碧桓公见势不妙，大吼一声：你们门前湾殿扎牢，我到村里召集人。然后撒腿向山下狂奔。他的举动无疑是最明显的撤退令，百多位青壮年见状几乎同时夺路而逃……这一场景至今还被洋山人当作笑谈。此事使碧桓公在我村的威望大打折扣，原来人高马大膂力超人的他胆魄却不大。其实是他的心和善。村里人一盘点，碧桓公从来没有与他人发生过口争和纷争呢。

　　有些故事是他自己对别人说的。碧桓公也就一普通农民，只不过身材与膂力比别人高大一点罢了。他中年时跟人学做石头匠，他蛮力大，细活一般般，粗活一顶三。一次在乐清虹桥做工，他顶着烈日挥汗如雨在工地翻着巨石块，一过路人站着看良久，突然叫：本家，太阳太烈，歇会儿喝口水抽根烟。碧桓公也正口干难熬，趁机歇手。两人在附近的一个小店里喝水闲聊，路人自称姓王，见碧桓公头戴有"王白石"字样的竹笠，自是本家了，于是打招呼。王姓路人便是临村人，这次邂逅使他们成为好友，在虹桥做工期间，碧桓公晚上常到他家喝个小酒。当然后来他也知道碧桓姓徐不姓王，"王白石"乃"碧"拆开。碧桓公与这位乐清朋友成为至交。村里人听他说了这个故事后，都说碧桓公骗吃骗喝也是高手。他偶尔听到后也就一笑置之。他说，我在外地是有许多朋友的。我就想，人高马大高嗓门的碧桓公内心肯定细腻，他很善于社交。

　　土地承包到户后，农村里清闲多了。我村经常请戏班唱戏，碧桓公充当了"为头"的角色，全村人大多喜欢越剧，可碧桓公偏偏爱听京戏。京腔一开唱台下观众稀稀拉拉，村民埋怨碧桓公，大家喜欢越剧你怎么拉来一个京剧团。他不愠不火，只说京剧味浓。久而久之，我村村民慢慢喜欢上京腔，一演戏便是京剧当头，这与周边村庄大相径庭。演社戏时有个仪式很隆重,就是请水口殿庙主和徐氏祖宗到台前看戏,这个仪式雷打不动由碧桓公主司,望着他那虔诚的神态,诱发人们对远古的遐思……

一个小插曲迫使步入老年的碧桓公背井离乡。十年前的深秋,他到后半山焚烧地坎备耕,不慎山火蔓延到山林,山火越烧越旺,他见扑灭无望,跑回家对老伴吩咐几句,携带简单的行囊潜逃到温州城底……直至他须眉皆白回村时已过去整整十年时间,这令村里人唏嘘不已。其实当年林业公安并不刻意将他缉拿归案。他向村民自述:这十年时间里,他在温州三洋水乡的十几座庙观间来回穿梭,帮庙观打理事务,不拿工钱只求温饱,认识了无数善男信女,庙观里演社戏和灵经开唱是他最快乐的时光,在那里乐不思蜀,这十年没有白过啊。

碧桓公称预知自己大限到来的日子时辰,多次对村里人说过,村里人自然付之一笑,你又没得道怎知大限?他也不争辩只是笑笑。那天早晨,他来到村口三官亭,亭里坐着十几位老人。碧桓公严肃地告诉他们,我明天早上5时到7时要走了,老朋友不要忘了来送我一程啊。然后一脸平和哼着京腔沿村路而行,除了身材佝偻外步履一切如常。他沿着绕村道路走了一圈与百多位村民一一打过招呼,回到家里,吩咐老伴准备香汤沐浴,这些香料皆由他自己先前备好。老伴边烧火边抽泣,他制止道,这是好事如何悲泣?在外地和市区经商的四个子女陆续回家,他们都接到父亲的电话,均以为父亲说笑或者他与母亲闹别扭。到家后见父亲有说有笑,哪有半点大限将至之状?

碧桓公自己沐浴完毕,自己穿戴好寿衣。夜幕降临时,将自己锁进卧室,室内亮着大瓦特灯。一个人的京腔清唱开始了,唱腔清越嘹亮,或浑厚或悲切。前来围观的人越来越多。凌晨三时多,碧桓公的中气依旧十足,期间稍作停歇,清唱声又起……约摸六时许,碧桓公高叫一声:我走啦。此后室内寂静无声。碧桓公真的走了。

碧桓公的数十位亲友验看了他的遗容后一致认为，他是正常去世，无任何外力迹象。我想，一个和善慈祥老人不会打逛语吧？

而他选择清唱京腔离世，是否向人们暗喻：人生如戏？

(原载《温州人》2017 年第 8 期)

## 尚田的七彩时光

袁 敏

声名如雷贯耳的浙江奉化,因了一个王朝的背影,似乎从来就没有落寞凄惶过。溪口武岭门的老树绿荫如冠,流经蒋宅门前的剡溪蜿蜒清澈,雪窦寺的瀑布飞流直下,丰镐房的历史烟云经久不散……这一切都引得南来北往的游人蜂拥而至。

然而,倘若你走溪口后挥挥手就和奉化说再见,那你实在是错过了离此不远的一处绝妙的灵秀之地,也与你原本可能会拥有的一段七彩时光,不经意间失之交臂。

唐朝著名诗人李白曾在其名篇《梦游天姥吟留别》中写下这样的句子:我欲因之梦吴越,一夜飞度镜湖月。湖月照我影,送我至剡溪。

我们无法考证,诗人为什么对一条名不见经传,在江南水网几乎比比皆是的普通河流剡溪如此一往情深,不仅因之入梦,更在梦中飞度,在湖月映照下行至剡溪。但我们完全有理由猜测和揣度,剡溪两岸必有如画美景,才会让诗人如此魂牵梦萦。

我也曾数次到过奉化溪口,却从来不知从溪口沿着剡溪朝西南方向行进二十多公里,隐藏着一个名叫尚田的美丽小镇,它像一颗天然的多棱角的宝石，在灿烂的阳光下折射出不同的色泽，虽清平柔和，却明艳动人。

尚田的南山因何而名，我不得而知，但我们踏上南山的一刹那，东晋诗人陶渊明的诗句却下意识地跳了出来：采菊东篱下，悠然见南山。

南山的绿，绿得幽静沉稳，远山近岭的墨绿上覆盖着一层轻纱般的薄雾，湿漉漉的，水气渗进绿去，沉稳的墨绿中便有了轻盈的嫩绿。

南山茶场便坐落在这片墨绿和嫩绿交织的翡翠中。山上松竹成林，杂花遍野，最是白白粉粉的樱花撩人心肺，丝丝缕缕的沁香在浓浓淡淡的绿中流淌，那漫山遍野的茶树，就不动声色地把山的精气、竹的色泽、花的甜香都吸进自己的魂灵儿里去了。

天刚下过雨，茶山上的一蓬蓬茶丛，像被水洗过似的十分清亮。也许是为了让我们了解明前茶的珍贵，又或许是想让我们体味采茶的乐趣，茶场主人给我们每个人都发了一个红色的塑料小筐，小筐上有黑色的腰带和搭扣，很容易就能系在腰上。虽然这和我心目中采茶女的竹篓风情相去甚远，但那份鲜红在绿丛中的悦动，却让我尝试采茶的野趣的同时，被这份色彩对比的美丽打动。

一棵茶树能供采摘的茶叶很少，符合采摘明前茶苛刻的要求，绿中带黄的两瓣一芽嫩叶更是凤毛麟角。当我学着采茶女的模样，用拇指和食指掐下那黄中泛绿的嫩芽时，只觉得茶叶的汁水凉丝丝地沁人皮肤，茶的清香就顺着指尖滑落到心底里去了。

此时你再抬头远眺，采茶女的斗笠在绿色的茶海中时隐时现地晃动，犹如金黄的小舢板随风飘荡，周大风的《采茶舞曲》像一缕清溪穿绿而来，那份惬意，让你真正体味到"问君何能尔？心远地自偏"是怎么样的一种意境。

傍晚时分，我们每个人都兴奋地带着自己好不容易采摘的二三两鲜茶叶，来到茶场的炒茶车间。那里有着庞大的炒茶机，但大家似乎对倚在墙角的一排传统手工炒茶的铁锅更感兴趣。热情的茶场主人看出了我们这拨文人的偏好，找来熟练的炒茶工为我们表演手工炒茶技艺。炒茶工让我们先把采来的鲜茶叶摊晾在大大的竹匾上，驱散潮湿的水汽，按道理这样的摊晾须在六小时以上，阴雨天时间要更长，但主人为了让我们品尝到自己采摘的明前新茶，压缩了摊晾的时间，提前炒茶。

当一杯杯青绿的南山茶端到我们面前，茶叶在透明的玻璃杯中缓缓舒展身姿，绽开一朵朵绿中带黄的嫩芽，闻一闻，清香扑鼻；抿一口，甘冽鲜醇，青山绿水被岁月酿成了茶的灵魂，茶又带着岁月的风霜在杯中绿袖长舞。美，就这样带着岁月的风霜流淌进我们的心里。

尚田素有"中国草莓第一镇"的美誉，摘草莓也是我觉得最浪漫的事情，既赏心悦目，又大饱口福。比起采茶、晾茶、炒茶、泡茶、最后才能喝茶，这样一个漫长的过程，摘草莓能现摘现吃，这更让人开怀。

种草莓的大棚像温暖的花房，走进大棚，便觉有清冽的甜香扑面而来。翠嫩的鲜叶像挤挤挨挨的绿伞，绿伞下，鲜红的草莓则像一盏盏红灯笼垂挂下来。这里的草莓个头很均匀，肉质很饱满，细长的绿茎给鲜红的草莓增添了几许妩媚和情致，让你觉得不忍下嘴。犹豫片刻，终究抵挡不住美色的诱惑，一口咬下去，汁水四溢，满嘴鲜甜，那种美妙的感觉，是你去水果店或农贸市场买一篮草莓回家吃，绝对享受不到的。

我一边兴奋地摘着草莓，一边瞅着草莓上新鲜欲滴的毛刺，心想，毕竟能来这里采摘草莓的游客还是有限，如何将这些娇嫩的草莓快速运送出去，让更多的人也能品尝到尚田鲜果的美味，又尽可能地保证草莓的品相与口感，这恐怕是一个不小的难题。

没想到，当我们拎着摘满草莓的小筐走出大棚，不远处的街面上，一块鲜红的店面招牌匾额赫然出现在我们眼前：阿里巴巴旗下·农村淘宝，底下有网址 cun.taobao.com，旁边还有一个巨大醒目的二维码。

招牌下面的淘宝小店门面不大，一个身穿玫红长款呢子马甲的年轻女子正握着手机打电话，我留心听了一下，她正在和外地的水果批发商联系发货事宜，语速很快，口气透着干练决断，那股自信满满的神情，那副指挥若定的架势，根本不像一个村姑，完全是一个见过世面的职业白领范儿。

和她一交谈，才知道这位时尚美女名叫宋小赞，其实是这里土生土长的村民，却又是走出乡村，读过大学，熟悉网络，与时俱进的大数据时代的一代新农民。

小赞指着门外刚采摘下来的新鲜草莓告诉我，这批草莓将在当天快递至北京。虽然要经过长途运输，但有特制盒子包装，草莓损坏率很小。以前因为草莓保鲜技术很难解决，所以只能在江浙沪范围销售。今年开始自制可用于快递的草莓保鲜盒，并与顺丰快递战略合作，当天寄出的草莓，次日便可抵达北上广，甚至东北、海南等地。不仅扩大了销路，而且价格也有了提升，莓农的收入就上去了。尝到甜头的宋小赞不光推广草莓，她又将村里的其它土特产在自己的微信公众号上图文并茂地展示宣传，水蜜桃、春笋、农家雪里蕻、梅干菜……一批批地走出尚田小镇，销往天南海北。

如今，宋小赞已经是尚田镇的淘宝网红，她不仅把自己的淘宝店经营得红红火火，还在镇政府的带领下，帮助邻村的村民们建立了几十家淘宝店，把新型的销售模式推广到家家户户，原来不被外界熟识的尚田乡村农产品，如今插上了互联网的翅膀，飞向中国的四面八方。

如果说南山茶的绿，草莓镇的红，还不足以体现尚田的七彩时光，那么王家岭的流光溢彩一定会让你脑洞大开，惊叹不已！

其实，尚田镇王家岭村原是一个旅游资源短缺、经济基础薄弱、特色景观也乏善可陈的普通小山村。尚田镇政府为推动美丽乡村建设，动脑筋，想办法。带领村民们开辟了一条与众不同的民宿发展之路。

这个小村的民居分布高低错落，邻里之间的巷陌曲里拐弯，小孩子若在里面捉迷藏，还真有点进入迷魂阵的感觉。最让人突发奇想，觉得可以大做文章的是，村里几乎每一座民居都有着整块大面积的白墙，有人提议，能不能在这些白墙上做文章，画上最新最美，能吸引孩子们停留脚步的动漫图画，留住了孩子，也就留住了家长。特色民宿加上这个村子里富有野趣特色的乡间美食，说不定真能走出一条与众不同的新型民宿发展的路子。

袁吉伟是一个土生土长的乡野画家，他并没有受过正规的美术科班训练，但他灵气四射，创意无穷。受镇政府邀请，他担任了王家岭民居墙画的主创。经过一段时间的思考、外出考察，和不断的设计、绘制，由袁吉伟领衔，带着年轻大学生创作团队创作的几十幅3D动漫作品，在王家岭村遍墙开花，呈现出一派童趣盎然，美仑奇幻的景象。

破壁而出的长颈鹿、憨态可掬的卡通熊、神勇酷毙的蜘蛛侠、机灵活泼的小喜鹊……

但我更喜欢，更觉得有温情和亲和力的，还是那些溢散着民间乡土气息和旧时光的生活场景：两枝竹丫杈架着一根竹竿，晒着一条蓝色印花蜡染床单和一床红底白花的被子，民俗的热烈喜气在墙上荡漾开来；斑驳的老墙上爬满藤蔓绿萝，老母鸡带着一群小鸡仔在墙角下惬意地散步；新婚燕尔人家，大红喜字透出欢欣，黑瓦白墙上洞开一扇蓝色的木质窗扉，窗台上鲜花盛开，一只黑猫安详地俯卧着，让你体悟到宁静祥和的日子其实就在自己的身旁……

当然，更能开发孩子飞扬的想象力的，是一些极具奇思妙想的原生态呈现：譬如墙上一个泥灰脱落的小洞，添上寥寥数笔的绿色枝叶，小洞就被注入了生命，犹如一朵生长出花瓣的雏菊；一排老式的军用球鞋，画上几个躯干，特像著名儿童文学作家张天翼的经典童话故事《大林和小林》中的人物形象，一个个鞋口，像一张张正在演出童声小组唱的大嘴，既夸张，又幽默，特别有喜感……

层出不穷的3D动漫形象，让这座沉寂了多年的王家岭小村庄蓦然间鲜活灵动起来，一面面墙上的一幅幅画作，在一个村庄里既独立，又相连地完美呈现，巧妙地将画家的艺术构思与村里的地形地貌、房屋结构与外墙上的3D动画结合起来融为一景，这真是具有实验意义的艺术创造，这样别具一格的创造，将小村变成了充满缤纷色彩的童话世界，让众多慕名而来的游客，有了一种对生活，对艺术，完全别样的乡间民宿体验。

尚田美，美在七彩时光！

（原载《浙江散文》2017年第2期）

## 寻找采茶姑娘

杨静龙

一

烘炒茶叶的机器声响了一夜，刚刚停歇下来，隔壁的女人们就起来了。毛竹床大统铺的吱嘎声，自来水落在塑料脸盆里的声音，蒸笼里馒头热气腾腾的甜香，把山村彻底搅醒了。

其实，这个浙西北的小山村几天来就没有真正入睡过。

细雨淅淅沥沥下着，东方的天空露出一丝曙白。女人们开始吃早饭，一手大馒头，一手白菜肉丝汤，一边吃一边叽叽喳喳说话，闽赣皖三种口音，互相都能听个半懂。

一群麻雀从香樟树上飞起来，低低地绕一个圈，又落在樟树上，鸟的羽毛和叫声都是湿漉漉的。茶场主阿贵夫妇抱着两摞一次性雨衣走过来，"领雨衣喽，"女主人普通话里带着明显的浙西北山地口音，"领好雨衣上山采茶喽……"

一阵纷乱后，响起小声抱怨。因为雨衣的数量不够，许多人没有领到。但抱怨很快就结束了，自己手脚慢，又能怪谁呢？有人找到了斗笠，有人找到了塑料布，或者两人拼一身，一个穿上衣一个穿下裤，随手拿起一只塑料袋套在头上，就出了门。

少摘一篓鲜叶就少一篓的工钱，那么点细雨算得了什么，说不定一会就歇了。

## 二

一直都想写一个关于白茶的小说。

朋友说，你来吧，到我这儿住几天体验体验生活。

朋友是城里一个诗人，白茶山下租了一块地，造了几间平房，前后两进，一道长廊，一堵邻家砖墙，围成一个四合小院。小院里种些瓜果蔬菜，红红绿绿的，一派生机。而所谓邻家，便是当年生产队的养猪场，现在改成了茶场。几间炒茶车间，几间大统铺宿舍，煮猪食的偏屋成了食堂，平时空着，静得可以写诗，每到春茶采摘季节，热闹得像个集市。

我去的时候，正是采摘清明茶的忙碌时节。成群结队的外地妇女，操着不同的口音，像一群候鸟，从安徽、江西、福建，甚至河南、贵州而来，一夜之间就把山村挤得满满的。村里村外，山上山下，到处都是她们背着茶篓的身影和叽叽喳喳的方言。

茶场主阿贵四十多岁，中等个子，红脸膛。晚上朋友叫他一起喝酒，他就过来了。席间我说清明三天节假，都在这里过了。他一听，立即就笑了，说："杨作家，你就和三百个采茶女同吃同住同采茶吧，一定能够体验出生活来。"嗞地呷一口酒，嘻嘻笑道："不过，杨作家你不要指望能遇到年轻漂亮的姑娘，来的都是中老年妇女……"

我知道阿贵是个风趣的人，就问采茶姑娘都到哪里去了。他不假思索，说："年轻人哪瞧得上几元鲜叶钱呀，采茶姑娘都留在歌曲里了。"

就说起工钱来了。阿贵的茶场以前做过包天,做一天给一天工钱,采摘的鲜叶模样儿漂亮齐整,但做不出效益来,就和村里其他茶场一样做包工了。

摘一斤鲜叶二十到三十元,熟练的女工半天能采三四斤,手脚慢的,一天摘不了二斤鲜叶子。这是清明前的价,过了清明,茶叶的价格不一样了,采摘鲜叶的价格也会调整,还要低一些……

我问道:"一斤鲜叶,得有多少颗芽叶呀?"

阿贵愣了一下,"一芽一叶是一颗,一芽二叶也是一颗,分量不一样的。毛估估得上万颗吧……"

朋友在一旁自言自语,"采茶女工真的很辛苦啊……"

## 三

茶山的颜色是被采茶女点亮的。

春天的雨下下停停,雨还没停妥当,太阳就出来了。白茶山上到处都是采茶女忙碌的身影,领队的女工用电子小喇叭高声喊着:"散开,大家都散开来,不要挤在一堆。"采茶女脱掉了身上的一次性雨衣,红衣绿裤,像一群彩色的大鸟,散落在一片青绿的茶丛之中。

"啪嗒啪嗒……"采摘鲜叶的轻微声响连成一片。

阿贵送茶叶去了。每天中午时分,当第一批鲜叶送到茶场,炒茶师傅就上班了,他们打开机器烘炒茶叶,一直干到第二天凌晨。阿贵把炒好的茶叶按等级装入几十只大麻袋,早早地开车运往十几公里外的茶叶市场,茶山和采茶女就交给她那漂亮的老婆来管理。

采茶女来自四面八方,一个地方形成一个小群体,各有一个负责人,其实就是小包工头,都是一些精明能干的中年妇女。她们召集三五十人,或百十来人,包一辆二辆大巴车,从家乡浩浩荡荡开到茶场。浙西北白茶采区里那些茶场主都是她们长年打交道的,采摘鲜叶的价格、食宿待遇、缴不缴采茶女工临时保险等等，她们摸得一清二楚，而茶场主们也了解她们底细，干起活来大家都放心。小工头一般按采摘的鲜叶向采茶女们抽头，每斤抽三元五元不等，茶场主不干涉，她们也不愿意说。因为都是老乡带老乡，好商好量，从未因抽头多少而发生争吵的。

　　阿贵老婆给小工头们划分了各自采茶区域，待三百多个采茶女四面散开之后，她开始教我如何采茶。鲜叶是不能用手指甲采摘的，那样会伤枝茎，芽叶根部也会损伤，当时发现不了，用水一泡，叶根会发暗发黑，就卖不上价了。她做着示范，说："喏，这样，这样……"用拇指二指的指肚轻轻掐住嫩芽儿，往上一挑，一朵一芽一叶的茶芽就落在她纤巧的手心里。

　　东边茶山上传来黄梅戏的唱声。不用说，那肯定是一群来自安徽的采茶女，一个唱女音，一个学男声，唱得真好。不一会儿，西边山坡上小工头的电子喇叭也响了起来，是越剧"十八里相送"……

## 四

　　黄昏时分，茶场前排起长长几行队伍。

　　女工们在给采摘的鲜叶过秤，小工头在一旁记帐，过完秤的鲜叶在几只巨大的篾筐里摊开来，几个检查的师傅时不时发出"大了""叶子大了"的提示。这是指把茶叶采老了，一个芽带二片叶三片叶了，叶柄也长了。那样的茶叶品相差，卖不起价格，标准的好茶是一芽一叶。"大了"的鲜叶被降低了收购的等级，女工们虽然心疼，但看一眼篾筐里自己采摘的鲜叶，也无话可说，默默往宿舍里走去。走几步，回头问小工头："记上了吗？"小工头头也没抬，大声回答："记上了，张桂花，三斤六两……"

　　队伍里传来女工响亮的咳嗽声，捂住了嘴巴，咳嗽声还是持续不断地传来。阿贵夫妇闻声从炒茶车间里走出来,吩咐领队的小工头马上派人去村里买感冒药。见我站在一边看女工们过秤,阿贵走了过来。

"感冒传染开来就不好了,"阿贵说,"既影响劳力又污染鲜叶。"

过一会,阿贵说:"明天你起个大早吧,跟我一起去送茶叶,顺便你也了解一下茶叶市场的情况。"

## 五

这是一个政府支持引导与茶农自发组织相结合形成的白茶市场,坐落在浙北山城安吉县一个名叫溪龙的集镇上。每年春茶时节,集市上人头攒拥,茶商、茶农、茶场主,还有成群结队的采茶女,把白茶市场挤得水泄不通。

阿贵开着卸完了货的面包车从熙熙攘攘的人群中好不容易钻了出来,来到集镇外面的公路上。公路边三三两两,都是背着茶篓的人群,在一个十字路口,十几个女人正在等着他。

这将是阿贵新招收的采茶女。

当面包车来到这群女人面前,阿贵突然轻轻叫了一声:"采茶姑娘!"抬头望去,来来往往的土灰色的人群当中,一件红色的衣服跳了出来。

一个年轻的姑娘,娉娉婷婷地站在十几个采茶女中间。

在回茶场的路上,我不免多看了几眼那位年轻的姑娘。姑娘仰起脸来,冲我腼腆地笑了笑,她的脸色显得略微有点苍白。

面包车行驶在雨后的乡村土路上,颠簸得厉害。十几个采茶女在人货混装的车厢里半蹲半坐,有人晕车了,开始呕吐。姑娘似乎在强忍着,但终于也哇的一声吐了起来……

三天之后，我离开茶场，和朋友一起返回城里。

过了两天，阿贵打来电话，笑嘻嘻说："杨作家我要告诉你两件事，第一件是我弄清楚了，标准一斤白茶六万多颗芽叶，一斤鲜叶一万五六千颗，每采摘一颗二厘多工钱。"

"第二件事，"阿贵收住笑声，说，"有采茶女问起你了，说那个高个子的作家回去了吗？让他好好地写写我们啊……"

我一直都想写一个浙西北白茶的故事，写一写茶场主，写一写那些采茶女，可两年多过去了，迟迟没有动笔。

（原载《文学报》2017 年 1 月 12 日）

## 去了一趟岱山

杨 邪

岱山是舟山市下面的一个县,位于浙江东北部海域,下辖舟山群岛中部的近四百个岛屿。

小时候,有关舟山群岛,我听到过最多的并非如今尽人皆知的普陀山,而是沈家门。沈家门在舟山岛,那个年代人称"小上海",是一座繁华的渔港。于长辈们的口中,我得出的印象是:从宁波到沈家门,要坐轮船,要大费周章。当年,我出门做生意的二叔,有一次遇上台风,就被困在那中途抛锚的轮船上一两天,弄得掐着日子盼他归家的家人们人心惶惶,后来他绘声绘色讲述自己在海上亲历的大风大浪,在我眼里仿佛凯旋的英雄……

今非昔比,现在,从我所在的温岭去岱山,只分两步:第一步,从温岭坐高铁去宁波,一个小时零几分钟;第二步,从宁波坐大巴去岱山,两个小时多一点点。值得一提的是第一步与第二步的衔接——从宁波站下高铁,走出地面,抬头就是汽车南站,简直是无缝对接,人性化到家了。

到岱山,我是来看风景的,但我又不仅仅是来看风景的,甚至,岱山之行,我可以完全过滤掉绝大部分风景。

舟山群岛是容易台风肆虐的地方。岱山呢，显然不能独善其身，而且由于岱山岛面积不及舟山岛的四分之一，相对地势更简单，它所遭受的摧残应该更甚。可到了岱山，真是出乎我意料——车行驶在岱山岛街区，我眼中的景象与普通内陆城市街区别无二致，只是街上人流、车流稀疏一些罢了，但这种稀疏，恰恰让人放松、舒心，感觉上，这是个怡然自得的小城，一切都有条不紊。那么，备受台风蹂躏的痕迹呢？

我们来自四面八方的一行人汇聚一起，坐落一室，岱山的朋友们在案头摆上葡萄、西瓜，端上花生，沏了绿茶或红茶。有朋自远方来，地主的热情原本在情理之中，可岱山是海岛，葡萄西瓜之类娇滴滴的瓜果，真是难为了他们！花生也是啊，不是炒花生而是拿新鲜花生水煮后又晒干的那种，得多麻烦？绿茶红茶倒好办，然而沏茶的淡水呢，莫非动用了海水淡化工程？太奢侈了，也让客人们太不好意思了！

可是，我的不好意思只在内心保持了不到一分钟。

因为对于西瓜，我起码算得上是半个行家，我一看瓜瓤就惊讶了。

"这西瓜太好了，绝对是纯天然的！"我情不自禁嚷起来。

"是啊，这是我们岱山的沙地西瓜，不喷激素也不喷农药的！"有位朋友自豪地回答。

我连忙尝了尝，我尝到了从前在农村生活的时候自家院子里西瓜的味道。

接续着，岱山人的自豪感由此一发而不可收！

他们说一定要尝尝葡萄，这些葡萄是岱山本地的葡萄，有机葡萄。

他们说这花生采用的是本地沙地花生，加上本地晒的海盐煮熟，然后放烈日下晒干的，可以直接食用。

他们说，这绿茶与红茶都是本地茶园的产品，好茶不一定非得西湖龙井，至于淡水，岱山有几座水库，一般每年的降雨收集起来就足够生活用水了……

岱山的朋友中，有一位的微信昵称叫作"在岛上"，趁着间隙，我好奇地打开他的个人相册，简直让我嫉妒不已——"庭院之李子成熟收获了"这几个字下面就是图片，硕大的李子，诱人地三三两两挂在枝头；我一天天倒着翻下去，花卉略过，光是瓜果就有蓝莓、海棠果、无花果、吊瓜、山楂、白枣、苹果、开心果、柠檬、石榴、梨、火棘果、富贵果、长寿果、桑葚、猕猴桃、柑橘、橙子……

我问"在岛上"："怎么会有这么多的瓜果？都是你家的？"

"对呀，你看，我都加了'庭院之'三个字嘛！"他说。

是啊，我注意到了。然而岱山与我所在的温岭，经纬度都差不了多少，凭什么岱山有这么多瓜果？

我说："怎么会有苹果呢？"

在我的概念里，苹果的产地一般都在黄河流域。

"在岛上"说："当然有啦，我们家的苹果都快成熟了！我还种了荔枝呢！"

"荔枝？荔枝也有？"

我简直要惊呼了！怎么会有荔枝？荔枝最有名的产地是岭南，最北边的产地起码也得是福建了，浙江怎么会有荔枝，而且是在浙江东北部？

"对呀！不骗你，荔枝长得很好呢！""在岛上"说，"因为我们岱山比较特殊，属于亚热带海洋性季风气候！"

"在岛上"一脸的得意。他的微信采用"在岛上"这个昵称，我好像有理由怀疑他是在炫耀自己了！

在岱山，风景可以故意略去，而海鲜则是重中之重，倘若回避，显然属于恶意了。

我们一行人在"鹿栏晴沙"漫步沙滩时，感慨于它的与众不同

——沙子居然接近黑色,特别细密,而且赤脚踩下去,竟然没有脚印。马上,有位岱山的朋友眉飞色舞,说这里的沙滩上可以直接开车,轮胎不会凹陷。不过,我们当中有人对于混浊的海水感到困惑,并且举了岱山北边的嵊泗列岛为例,说那边的海水是蔚蓝的。没想到,这个貌似让人尴尬的问题,一旦解开,竟是惊喜——岱山的朋友又来了自豪感,他说,海水混浊是地理位置的缘故,因为岱山正好处于长江入海口、钱塘江入海口,泥沙涌动,但恰恰由于这个因素,这一带海域成了鱼类活跃的场所,所以名为岱衢渔场,是中国最大的渔场舟山渔场的重要组成部分,是中国东海的一座"活鱼库"。

对于岱山海域因何混浊又因何吸引鱼类的这个说法,那位朋友的解释未必全面准确,例如崇明岛附近的洪流如何拐向,例如他省略了暖流寒流以及海底地形等等,但岱山海域的得天独厚,是毋庸置疑的了。

当晚我们在一个农庄晚餐,品尝了各种时令果蔬,而名目繁多的海鲜,更是让我们大开眼界。

我所在的温岭是一座三面临海的海滨小城,我几乎每天都在享用着当地美味的海鲜,每一回到了杭州,即便是最著名的大排档的海鲜,都是被我嗤之以鼻的,因为那些海鲜,其鲜美程度,根本无法与温岭的媲美。但面对岱山的海鲜,我还是不由得汗颜——比如有一盆最普通的鱼叫水潺,我夹了一筷,其白净、细腻、鲜嫩,堪称完美!

恐怕是刻意安排吧,第二天中午,我们在一个山庄午餐,那些琳琅满目的海鲜,竟然比前一晚更繁多。岱山的朋友一一介绍每一种的名称与特点,还顺带介绍它们在海洋里的生活习性,以至于连我都像是一个从未见过海鲜的人,哑口无言,而末了主人还抱歉,说是正值休渔期,大部分鱼类只能来自海钓的成果,招待得不够周全。这像是抱歉吗?太不像了,但时间确实是在休渔期,这抱歉确实又是真诚的呀！接着的晚餐，我们转战海鲜夜排档。夜排档人头攒动，挤得满满当当的，是另一种亲切的氛围，而海鲜又是另一番景象了——面对桌上层出不穷的海鲜，那种味蕾彻底绽放的幸福感，简直让人晕晕乎乎了！

岱山有一个耐人寻味的现象，那就是它的博物馆。

在岱山县城，有七座博物馆。这是中国博物馆最多的一个县城。由于时间限制，我们一行人只来得及参观了中国海洋渔业博物馆和中国灯塔博物馆。海洋资源是人类得以高质量生存的保障。而灯塔，仿佛是一个象征——在漫长的时光长河里，人类需要它指明方向。

其他五座博物馆中，我以为，最富有创意的当是中国台风博物馆，它应该是一部自然灾害史和人类与自然的搏斗史吧！而最让我好奇的当是中国盐业博物馆——我们的车有一次经过该博物馆边上，我目睹它的整个建筑，是几粒盐的结晶体的形状。人类"煮海""晒海"的历史是相当悠久的，想必这个博物馆是意义非凡的了！

这么多博物馆的存在，说明岱山是一个特别在意记忆并且愿意小心翼翼保存记忆的地方！有意识地做到这一点，岱山是多么难得！

岱山，如此淡定、安详。

岱山人，如此自足、自豪。

但匆匆离开岱山的时候，我听到了一声叹息——朋友说，今后岱山还要建造跨海大桥，轮渡很快将取消，而唯一的遗憾是，岱山的人口是负增长的，这是因为，岱山本土的少年、青年，他们出去求学，然后绝大部分都不回岱山了！

"是吗？"我愣怔了一下，立刻又意味深长地笑了。

"年轻人，当然向往的是外面的大千世界，尤其是光怪陆离的城市！但是，当他们经过了世事与时光的历练，当他们终于学会让自己静下心来，恐怕他们就会想到岱山回到岱山的！"我几乎脱口而出。

岱山的一位朋友最后送我至车站，握手离别之际，面对他，有一个尴尬猛然显现。

　　我说:"希望以后有机会你能够来温岭——"

　　话说了半句,说不下去了,我发现在岱山遇到了难题。幸亏我有一点点的幽默,我佯装恼怒地一挥手——

　　"不对!你来温岭干什么?难道是看海?难道是为了品尝海鲜?算了吧,你就不要出来了!"

(原载《人民日报》2017年2月15日大地副刊)

## 袁鹰来信

杨新元

今年7月,杭城酷暑难耐,摄氏40度的高温天连续十多天都不降。俗话说,"心静自然凉",为了打发这难捱的高温时光,我索性翻出往年的资料整理起来,欲在故纸堆里寻觅一份清凉。退休以来,我一直忙忙碌碌,很多资料从办公室搬回家后,就一直堆在书房里没有好好整理。

此刻,一个白色有点泛黄、寄自北京朝阳区金台西路2号院31楼3单元302室的信封,引起了我的注意。打开一看,是人民日报文艺部原主任、著名作家、茅盾文学奖评委袁鹰先生2013年寄来的一封信。信不长,且录之:"新元兄:正值盛夏,杭州又是四大热都之一,气温超过摄氏40度,未知起居可安好?现在给你送去一份清凉剂,权当消夏之用。这份内部小报,就留在兄处作纪念吧。祝体笔共健,阖府安康!袁鹰拜上 七月三十日"。屈指算来,这封珍贵的来信放置至今,已有4年时间。

袁鹰先生是我十分敬仰的老作家,一生著作等身,待人又十分谦和、实在。记得2003年,我们浙江日报《钱塘周末》改版。作为周末部主任,我对副刊《钱塘江》的改版也十分用心。为了提高副刊的品位，我专门带编辑赴京向各位名家约稿。那一次，在著名作家张抗抗、周明的帮助约请下，我们在北京娃哈哈大酒店请大家吃一个便饭。晚上，当夜幕张开黑色的羽翼笼罩京城时，娃哈哈大酒店来了当今中国文坛的一批文学大咖，从维熙、韩小蕙、舒乙、柳萌、邱华栋、吴泰昌、孙郁、邓友梅、雷抒雁、王宗仁、叶延滨，袁鹰先生那晚也拨冗来了，从维熙笑称，作协开会也到不了这么齐。

也许都是搞报纸副刊的，我与袁鹰先生虽然初次相见，却一见如故，谈得十分融洽，相见恨晚。此后，袁鹰先生笔耕不辍，经常有大作在我们钱塘江副刊的"名家特稿"栏目中发表。平时，我们也经常通通电话，互相问候。每次到北京出差，我总要抽出时间去看望袁鹰先生。而新改版的《钱塘周末》，也得到了中宣部阅评小组的好评：称改版后的钱塘周末"三雅三气"：儒雅高雅典雅，大气灵气率气。这批文学大家不断为我们的副刊赐稿，的确为我们这张报纸增色不少。当然，这都是后话。

袁鹰先生所说的清凉剂，是指他随信附寄上的一张《社内生活》，这是由人民日报机关党委主办的内部刊物，出版时间是 2013 年 7 月 29 日。就在这一期的报眼位置上，由人民日报文艺部发的一条消息十分醒目，眉题是：人民日报刊发漫笔《成功与习惯》，主标题为：习近平阅读后推荐此文。

文章说，"7 月 22 日，人民日报副刊'大地漫笔'栏目刊发浙江作者杨新元撰写的《成功与习惯》一文，正在武汉考察的中共中央总书记、国家主席、中央军委主席习近平阅读此文后，将文章推荐给湖北省委书记李鸿忠。"此文以一个小故事揭示了坚持对于成功的重要意义。《湖北日报》于 23 日一版全文转载并加了编者按。编者按说，人民日报 24 版"大地漫笔"栏目刊发文章《成功与习惯》，以一个小故事揭示了习惯对于成功的重要意义：习惯，就是简单事情矢志不渝的坚持；习惯，就是面向目标水滴石穿的累积。好的作风，就是好的习惯。7 月 23 日，社长张研农在文艺部呈报的《习近平向湖北省委书记推荐本报副刊一篇漫笔》一文上作出批示,指出,"一篇小漫笔,说出一个实道理。副刊大有可为,讲好人生故事,滋养民族素质。"

老实说,没有袁鹰先生的来信,我还不知道习总书记对我的一篇文章作了推荐。看到来信,心情十分激动,真像袁鹰先生说的,是大热天中的一份清凉剂。我知道,这篇不满800字的漫笔,刊登在人民日报第24版的左下角,是一篇真正的"豆腐干"文章,如果不仔细看,一般都不会注意到。而习总书记不仅认真看了,还向湖北省委书记李鸿忠作了推荐。第二天的湖北日报一版右上角,《成功与习惯》一文加框、加编者按突出处理,全文刊出。

我从1976年进浙江日报当记者,在整整40多年的记者生涯中,写了数千篇的新闻稿件,出版了散文集《多彩人生》、《新元散文》、《网眼里的目光》、《经济漫谈》、《媒眼看世界》、《走读人间》,长篇报告文学《国药传人》等多部文学著作,许多作品在全国、全省获奖。但是,作品得到党的总书记、国家主席的批示和推荐,还是第一次。在全省新闻界、文学界,这种事情以前也没有听说过。

浙江日报报业集团领导高海浩得知此事后,十分重视。8月10日,《浙江日报》第一版,在"钱塘论坛"栏目中,全文转载了《成功与习惯》一文。8月15日,《浙报大家庭》(浙江日报报业集团机关党委主办)一版头条,以"用一个小故事,说一个大道理,习近平向湖北省委书记推荐浙报记者文章"为题,介绍了习总书记对文章的批示。同版还转发了人民日报《社内生活》的文章和《成功与习惯》全文。当时,浙报大家庭的记者采访我,让我谈谈写这篇稿件的初衷,我说,就是要在我们的干部队伍中,倡导一种干任何工作都坚持不懈的好习惯,培养一种在平凡的工作中作出不平凡事迹的好作风。

8月28日,《报刊文摘》全文转载《成功与习惯》。

10月15日,浙江省作家协会主办的《浙江作协信息》,以"用一个小故事,说一个大道理。习近平总书记推荐我省作家杨新元《成功与习惯》一文"为题,对此事作了专题介绍,并全文转发了《成功与习惯》。这一期的作协信息,得到了多位省委领导的批示。

一时间,"习惯,就是简单事情矢志不渝的坚持;习惯,就是面向目标水滴石穿的累积。好的作风,就是好的习惯",成为浙江省各级干部在工作中自觉坚持的行为准则。而作为《成功与习惯》的作者,我也把习总书记的推荐,作为自己努力写作的动力。在搞好本职工作的同时,坚持笔耕不辍。这些年,我先后在《人民日报》副刊上发表了《从楚王失弓说开去》、《净土与净气》、《少些斯文扫地》、《毕飞宇下棋的联想》、《岁月的力量能穿透岁月》等散文、随笔。其中,《净土与净气》、《少些斯文扫地》、《责任的力量能穿透岁月》等文章发表后,先后有多家报纸转载、几十家网站转发。

塞·约翰生说:"成大事不在于力量的大小,而在于能坚持多久。"而海格门斯顿告诉我们:"努力不懈的人,会在人们失败的地方获得成功。"我想,我们每一个人,能力有大小,职务有高低,然而,只要养成坚持的好习惯,就能在自己平凡的工作岗位上,做出不平凡的业绩来。许许多多的优秀人物,都已经用自己的行为证明了这一点。

在《成功与习惯》一文中,我写道,简单的动作重复做,简单的话重复说,心中有成功的梦,每天向成功前进一点点,这就是成功秘诀。或许,在相当长的时间里,我们还看不到努力的效果,然而,当一点点积累到一定程度时,成功就降临了。所以,成功其实很容易。就是先养成成功的习惯!养成成功的好习惯,是每一个人应该努力践行的准则。

让我们心怀成功的梦想,养成良好的习惯,每天向成功前进一点点吧。

(原载《浙江散文》2017年第4期)

## 岩画有味贺兰山

杨菊三

看到了千年之前的那轮明月,在贺兰山,一幅幅岩画的最高处。

牵着我走进这座历史名山的,是岳飞的那首《满江红》。一句"踏遍贺兰山缺",让多少人梦思魂绕?今天,我终于怀着一颗虔诚之心,跪拜在她的面前。

擦去了苍凉之尘的贺兰山,在我的面前,其形其影不再恍惚,它就在银川平原一旁巍然地耸立着。那山站得很高,悉数是石的铺排,石的放浪,石的呲牙咧嘴,什么嵯峨啦、嶙峋啦、峥嵘啦……只要是与山石相关的词汇,全用得进去。山上不见一棵迎客的树,也不见开出一朵完整的花,就连琐琐碎碎的草,也难以见到一芽半叶。不知道这是不是大西北的专利?我曾去过甘肃的河西走廊和新疆的吐鲁番盆地,其两旁就是这种山势,多是"钢筋"和"肋骨",多是不毛之地,让人由不得地感到荒蛮、凶险、无望。

贺兰山纵横500里,南北走向,虽则平地而起,却又高入云天,默默地对着辽阔的原野,折扇般地徐徐展开,一个个山弯也由此泻出半溪碧泉,一缕清风。豁口两边,依然是崖的耸峙,壁的峭立,那些林林总总的岩画就集聚在群岩之上。

画，挂得不高，跑得不远，大都撒在山道两旁。犬牙交错的岩石尖利的多，圆通的少，小块的多，大幅的少，独占鳌头的岩画就在这方寸之地纵横捭阖了。有人说，这是旧石器时代的遗存，也有人说，这是新铜器时期的创意，但以世界顶尖的专家学者鉴定，其上限最起码也沾有四五千年的风霜了。

贺兰山真是一块风水宝地，它脚探银川平原，背襟腾格里沙漠，前前后后都有自己的一方天地，往往来来都有自己的车水马龙，那画也就自然而然地注入了北方民族生活生产生存的多种元素。有马驰原野的奔突，有鹿鸣幽谷的纵情，有牛羊觅草的安恬，有虎狼追猎的勇猛。

这些画大多比较简洁，一般皆是一图一题，一事一幅，稀有连环式的和组合式的。而且大多是写生的，纪实的，具象的。这固然与"石纸"的局促有关，还与史前先民的思维定式联通。

画在山口，阳光最先照到，也最让人一目了然。有的是凿上去的，有的是刻上去的，有的干脆是磨出来的，线条流畅，手法自然，题材一般都与生活有关，与生产有缘，与玩乐相染，还有战争的画面，狩猎的画面，但大多是寥寥数笔，比较简洁，比较粗犷。也许是时代太过久远，也许是光阴太过无情，有一些已经影影绰绰地辨不出子丑寅卯了，也有风剥雨蚀的破损。画在山脚，距地不过十来米，是一种很人性化的高度。我一幅一幅地看过去，自认自己在读历史，是在汲取史前的文化学养，故而兴致很浓。最具"规模"的要数"太阳神"那幅岩画了，它不但有竹匾那么大，还别出心裁地悬在距地25米高的山崖上，我们中的好几个人抬头看了看都走过去了，我却不肯放过这次难得的机遇，沿着一条宽不盈尺的羊肠小道，一步一叩地攀了上去，零距离地膜拜了这尊真佛。

冷兵器时代的这块土地应该是不寂寞的，大家都要来争来夺，金戈铁马的呼啸声比山还高；这里又是天然的游牧场，牛儿羊儿马儿都喜欢跑到此地吃草；这里还是商贾行旅南来北往的交通要塞，马帮驼铃的悦耳之声传得老远。

这里常有驻守的将士，寂寞难耐之时，或许就会在石崖上刻一匹马，凿一辆车，遥寄给家乡的妻儿；这里常有游牧的氏族，清闲无聊之间，或许就会在石岩上凿一群羊，刻一群牛，表达六畜兴旺的深意；土著人客家人兴之所至，都会在这里描上几笔，让精神渲泄和文化消费不再成为个人的专利。

我总以为，这些文化符号是有很高含金量的，且不说是四五千年的文化积淀，单是它的题材、风格、技法，就能捉见史前先民生活生产生存的各种信息，从一滴水中，窥视中华民族的源远流长，文明古国的博大精深。

山上无木，沟底有树。我们刚进山时也看到过硕大的两列，颇像彬彬有礼的迎宾小姐。它们枝干扭曲，树皮皴裂，均是杨柳，怕有几百上千年的生命历程，而今依然活得很有信心，精气神十足。

有溪从山里流出，水很浅，却是异常的清澈。我追了它一段路，终因岩画消逝而作罢。溪在我们的家乡非常多见，但贺兰山岩画却在整个中国也是独树一帜的。我就又去到溪的那边品味另一组岩画。

其实这些岩画的题材是差不多的，但内容在各个朝代和各种民族中就有许多变化。有从单纯到复杂的，有从片面到全面的，包罗了原始氏族部落自然崇拜、生殖崇拜、图腾崇拜、祖先崇拜几乎所有的文化万象，不啻是一个探究中国人类文化史、宗教史、原始艺术史的宝库。

是贺兰山的庇护，使得这些古老的文化碎片得以一代一代地保存下来；又是贺兰山的抬举，让这些祖先的瑰宝得以一帧一帧地传播开去。

往回走的路上，有人提议到不远处的韩美林艺术馆去看看，不想众人的眼界顿时大开，作品之巨之多之美不消说，那字那画的每一个笔法，竟是悉数从岩画中脱胎而来，又深化开去，想是这个韩美林，功夫真是到家！

（原载《湖州日报》2017年6月21日）

## 外婆的澎湖湾

叶龙虎

乘坐螺旋桨的老式小飞机，从高雄到澎湖，飞行时间不到半小时。机场很小，如同一个小小的汽车站，从下飞机到出站还不到10分钟。

眼前是贝壳沙与珊瑚礁碎片组成的白色沙滩，在海岸勾勒出一湾美丽的弧线。海水在阳光下显得格外的蓝，广阔无垠，微风吹动白云，白云仿佛飘进了我儿时的梦境。忽然，耳边响起了一曲曾经风靡海峡两岸大街小巷的歌："阳光、沙滩、海浪、仙人掌，还有一位老船长……"队伍中，一位美女团友的歌声，将我的思绪也带进了过去的年代……

黄昏时分，导游带我们走进笃行十村。小村位于马公古城的小西门外，紧紧依着澎湖湾的海岸，自古就是军事要塞。据说这一带曾是清代守军的校场，一度又驻扎过日本侵略军的一个炮兵大队。光复后，军营的房屋和军事设施由马公要塞司令部接收。如今，沿海岸仍有非常时期的碉堡、防空洞之类的设施，不过荒废已久，防空洞的门口已被疯长的杂草阻塞。显然，澎湖已经远离了"炮弹"和"坑道"。现在的笃行十村，由澎湖县政府作为历史建筑保存，并被规划为"眷村文化园区"。村口矗立着一块巨石,剖面涂着红色,刻有"勿忘在莒"四个白色的大字,在夕阳下格外醒目。这四个字是蒋先生题的,出自《吕氏春秋》,大概是告诫来自五湖四海的眷村人,别忘记自己是炎黄子孙。

眷村是特殊年代的产物。笃行十村是台湾最早的眷村。当年,台湾当局为了安排从大陆撤离的国军将士及其眷属,在军营附近修建了许多房屋,这种村落被称为眷村。

作为一种记忆,眷村见证了"外省人"从临时居住到落地生根的整个过程。那时候,国军将士谁也没有打算长期住下去,他们相信蒋先生的豪言壮语,以为回大陆是指日可待的,所以眷村的居民大多不购置不动产,即使添置必需的家具也是选择最廉价的。直到上世纪60年代之后,随着军人的退役,眷村才慢慢衰落,居民们陆续迁徙到澎湖岛内各地和台湾的本岛。

著名歌星张雨生和潘安邦是在笃行十村长大的。我们参观了他们的旧居。张宅的房子很小,一家四口,只有一个卧房,因为雨生的父亲只是一名士官。据说当年兄弟俩睡上下铺,他们的父母只能打地铺。张雨生的父亲是嘉兴人,生活中保留了江浙一带的习惯,1971年,全村第一台彩色电视机就出现在他家,给了小雨生小小的骄傲。如今,隔壁的几间士官宿舍也一并辟为"张雨生故事馆",陈列了张雨生的成长历程和他的唱片。墙上的资料告诉我,张父原本打算起名"澎生",意为生在澎湖。可是出生时,难得见雨的澎湖岛竟接连下了一个星期的大雨,便临时起意改为"雨生"。

出张宅拐一个弯便是潘宅了,如今是"潘安邦纪念馆"。潘宅面朝海滩,不过,现在已不能直接下海滩了,沿海岸围着蛇笼(铁丝网),据说下边有一个海军基地。潘安邦的父亲时为少将,住的是独栋建筑,有客厅、餐厅和廊道,室内有卫浴,院子门口还有矮墙围着的菜园。潘安邦的外婆当时住在潘宅照料小外孙,所以客厅里的陈列,除了潘安邦的音乐作品,还有与外婆的许多生活照。童年的潘安邦喜欢画画，贴在墙上的那些图画——"童年的故事"，落款是"小邦"。

潘宅的大门外有一段咾咕石砌筑的矮墙，墙上有祖孙俩看海的塑像。外婆坐在矮墙上，两条腿自然下垂，悬空着仿佛还在晃动，眼睛却慈爱地看着趴在一边的小安邦。这是《外婆的澎湖湾》中温馨的场景。"晚风轻拂澎湖湾，白浪逐沙滩，没有椰林缀斜阳，只是一片海蓝蓝，坐在门前的矮墙上，一遍遍怀想……"我相信，所有到过这里的人，一定会为小安邦与外婆的故事而感动；我更相信，每个人肯定都会联想起自己的童年、自己的外婆、自己的故乡。这是《外婆的澎湖湾》的魅力所在，歌曲的乡土情怀牵动着一代又一代人的心。

站在塑像前，我眼前模糊了，恍惚间出现了我外婆的影子。多少年过去了，外婆的音容笑貌，包括吃饭时她挟过来的菜、出门时跟在后头絮絮叨叨的叮嘱、"咯咯……"的唤鸡声、外婆家后门口修剪得整整齐齐的冬青树，都还清晰地烙在我的记忆中。很庆幸，我有一个给我童年温暖的外婆。

"摇啊摇，摇到外婆桥……"从古到今，外婆就是故乡、温暖的代名词。澎湖真的很庆幸，因为有了潘安邦，从此它不仅仅有夕阳下白浪逐沙滩的美景，还有许许多多中国人藏在心中的暖暖的乡土情怀。

（原载《余姚日报》2017年1月11日）

## 心中的乌镇

叶文玲

秋光如金时想起乌镇,是乌镇桐乡那一片铺天漫地的菊海,承载着我情思的小船;春雨如酥时想起乌镇,是乌镇古戏台旁的每一块街石,令我遥想它那逝去年代的缩影;想起乌镇,我仿佛总在听它叙说上一个世纪的衷肠,想起乌镇,最令我缅怀的亲切而又具体的一个名字就是茅盾先生。

无缘得识生前的鲁迅,而在表达由衷的崇敬时,我满怀激情地写过《我在那时见过您》;两次有幸得见茅公并亲聆过他的教诲,我却至今没有开写,并不是怠惰,更非出于轻慢,就像人对最宝贵的珍藏总不轻易示人一样,在纪念先生逝世20周年的今天,打开这只往事的宝箧,我好像才有了历经沧桑的从容。

记得是23年前(1977年),一封融和着主办者——《人民文学》编辑部美好心意的请柬,在灿烂秋光中飞到了郑州,飞到了当时还是"工人业余作者"的我手中。揣着这真正来自文学的召唤的平生第一份请柬,惊喜莫名的我,在被喻为"春回大地"的当时,尽管心潮激荡,却根本不可能想象将要出席的是一场怎样的盛典,也根本不可能想象我将在这个会上遇到什么人。

不可能想象的人和事，像从天降落的星辰骤然而至。

开这个会（名称是"短篇小说座谈会"）的地点在远东饭店，记得是虎坊桥附近。小小的饭厅，自始至终的清淡伙食，两人一间的住舍；作为会场的房子，好像也是饭店临时归整出来的而非正规的会议室，一切的一切，都带着"劫后"初复的匆忙和简朴，但这一切，都没妨碍与会者那种"解放"的欢欣，没妨碍在听说将要与会的那些名字时所生的再度震惊和惊喜莫名。

我的同室茹志鹃，是当时与会的仅有的女作家。我对《百合花》和其作者的钦仰由来已久，而茹志鹃对茅公由衷的敬仰和感佩，自然也与《百合花》以及它后来所遭遇的一切相关。故而，当她讲这个会将由光未然——当时出任《人民文学》主编的张光年亲自主持、文坛大师茅盾先生可能也与会祝贺时，我简直有点不大相信自己的耳朵了。

要知道，在五十年代的初中语文课本中，我曾经象仰望天上星宿一样仰视鲁迅茅盾这两位文坛泰斗的名字，我从未敢设想过能够亲见和亲聆茅盾先生教诲这样的荣幸，如果说那历时三天的会议中有什么"花絮"，那么，我与另一位同样幸运的青年业余作者（陕西的邹志安——可惜他在九十年代初英年早逝）因激动而失眠、因紧张而发言口吃，便都是最真实的"花絮"之一。

会议开始第一天，主持人宣布茅盾先生因为目疾和健康的原因，来不了会上，但茅盾先生非常重视和关注这个会议，他向与会的作家亲切问候，并撰写了稿子作书面发言……果然，而后在报导这个具有特殊意义的会议消息时，《人民日报》、《光明日报》都以显著的版面和篇幅隆重推出，而茅盾先生亲笔撰写的《老兵的希望》更似炽烈的火把，点燃了人们对新时期繁荣文学创作的热烈希望和信心百倍的期待。

没承想，会议结束时又有消息传来：茅盾先生要来与会议的参加者合影！

那是又一个兴奋和匆忙的时刻，那天，所有的与会作家（20来人）和《人民文学》编辑部及会议工作人员全体到场，当穿着深灰色对襟布衫挂着一柄手杖的茅盾先生在大家中间坐下时，站在他身后的我，彼时虽然感受着梦境般的幸遇，却丝毫没有那种参见伟人的紧张，倒像过年节时和大家庭的家长照一张"全家福"似的，十分温馨平静。

这种"常态"式的心情，自然是由于茅盾先生和大家招呼时那平和亲切的声调，那极其家常而又慈和的态度，还有那身家常的对襟布衫和那柄普通的手杖，都使我有如见父辈的自然和亲切。就在那一刻，我分外感知了什么是大师风范，长者胸襟；什么是秋月澹面，温风如酒……

这张窄长的有着五十余人合影的照片，和过去年月的珍撷一样，从此为我特别珍藏。

1977年10月在脑海中的"珍撷"自然还有许多：在会议中聆听的那些声泪俱下的发言；在会终游览香山时一位老编辑送我而被夹藏在日记本中的那片红叶……如今，多数发言者和送红叶者都已作古，我们敬仰的茅公也早已英灵在天，但是，那天照相的人和情景，却成为不凋的风景，永远鲜活在我的记忆中。

1977年10月的这些日子，成为我文学创作旅程中的祝福和祥瑞。此后我的创作一发而不可收，次年冬天，当全国性的儿童文学创作会议召开时，我又有幸成为参加者，而会议中的又一次令人兴奋的"高潮"是：我们被获允去茅公府上探望。

当众多的儿童文学作家们喜悦而又急切地来到茅公所居的院门时，带队者怕人数过多而太惊扰茅公，便特地让金近先生、陈模同志、还有湖南的金振林和我，代表大家去问候茅公并和他合影。

就这样，我们四人来到茅公的小客厅，因为谨记着"时间要抓紧，别累着老人"的告诫，我心里又一次紧张起来，那小小的客厅是什么布置什么模样都没有看仔细，只记得茅盾先生依然是一身中式棉布裤褂,一口教我听来语调轻轻而又十分亲切的乡音,虽然彼时我并没有到过桐乡,但我认定那是融和着绵绵的吴侬软语的桐乡口音……

时至今日,我无法忆起茅公当时的原话,但仍旧记得他所讲的大意。他以十分抱歉的神情说自己患白内障多年,目力已经很差了,(知情者事先就告诉我们说茅公戴了眼镜的视力也只有零点几……)所以尽管看你们来了很高兴,但我却看不清你们的模样,得知你们开这个会很高兴,但我也无法看你们发表的文章,真是抱歉……

最后,当然是语意深长的勉励,茅公勉励大家要常写多写,为全国儿童多写好文章,最后,又让我们将他的问候传递给大家……

当我们四人按照安排依在茅公身边照了相后,我这才注意到,在我们身后的那面墙上,有一帧尺幅不小的照片,事后我才知道那是先生夫人和他的爱女;而墙角窗后的一张小小书案上,摞着一叠先生在看的书刊和文稿,最上边,放着新近的一期《人民文学》……

此时,原先在院子里静候的众多作家们,竟一窝蜂地涌入室内,连这次会见的安排者也无奈地被挤在一边,而被大家蜂拥在中间的茅公,虽然被热情得忘却礼貌的作家们拥挤得几无回身之隙,却一点没有责怪的意思而依然宽容地向大家微笑。

1978年冬天的这个探望的情景,同样是我心中最珍贵的记忆,1978年冬天我们四人与茅公的这张照片在后来的年月里几经转折,十分荣幸地被留在了茅盾故居的纪念室里。

而今,追溯如这样可触摸的回忆,就该是1980年了。那一年,到北京中国作协文学讲习所学习的我,发表了短篇小说《心香》,被转载在由茅公亲题刊名的《小说选刊》创刊号上,荣获了1980年的全国优秀短篇小说奖。朋友们曾评说这篇小说是我创作的"里程碑式"的标志,可我更明白那当然也是有幸沐浴了大师恩泽的结果。

若干年后,当我回归浙江并能有幸去乌镇拜谒先生的故居时,当一同参观的友人偶而认出了1978年的这张照片时,短暂而荣幸的往事联翩来至心头,记忆的涟漪犹似桐乡的菊海,如雪似浪地涌起,在凝视着"目力不好"的先生的双瞳时,我总觉得先生仍是那样慈爱地注视着我们,耳畔就会缭绕起他那乡音温和的话语。

是的,因为那话语不仅有乡音的魅力,对我们这一代更有着感召的魅力;因为那话语蕴含无穷,因为那话语,永远嘹亮着中国文坛这位赤诚的"老兵的希望"……

(选自叶文玲散文集《长相忆》,大象出版社2017年10月版)

## 母亲的婚事

尤慧莲

母亲 1927 年生人，15 岁结的婚。

母亲是坐花轿去的夫家，有仪式感的，以致后来的几十年里，母亲跟我们讲起来，总是会用"算"字，"算坐轿的""算用花轿来抬的"，言外之意，虽然不是很情愿，但对方打肿脸充了回胖子，可见很重视，也给小小的新娘些许安慰。

说母亲的婚事，先要说姨妈的婚事。母亲的出生地是大港头镇李木坑村，有个大她七八岁的姐姐，13 岁就嫁到 15 里路外的大坑头村，应该算童养媳。姨妈受尽了婆婆的虐待，据说上桌吃饭的经历只有一次，即跟送亲的娘家人一起吃的那顿。除此，就是坐在灶膛吃点剩饭剩菜。晚上，蜷曲在婆婆的床里（没有公公），动不动被扭被掐。婆婆拿她当丫头使唤，拳打脚踢是家常。我外公外婆得知消息后赶去评理，那婆婆自知理亏，看见亲家的身影出现在村口，就领着儿子逃到山上躲起来，等亲家走后再回家。外公外婆一点办法都没有。嫁出去的女儿又不能领回来。小小的姨妈被折磨得发育不良，身高也永远停留在 13 岁的光景。外婆心痛之余，发誓要把小女儿（我母亲）养大，好好呵护，决不让两个女儿都受苦。

按照外婆的意思，小女儿一定要"带大"再出嫁，母亲的潜意识里就有了在娘家待到十七八岁，甚至二十岁的奢侈想法。然而14岁的她就没了娘，一年后外公就把她嫁出去了。懂事孝顺的她体谅外公的不易，只好答应。

关于这门亲事，是有故事的。那年我母亲才8岁。所在的李木坑村的村口有座大王殿，因为破损严重需要修缮，而经费来源就是殿后的一株大松树。村里人开了价钱也有了买主，但大松树距离大王殿太近，弄不好就会砸到大王殿。如何才能砍倒大树而不损伤大王殿呢？李木坑人不敢轻举妄动，于是商定去15里路外的横坑村请能人。据说此人是木匠，点子多，非常聪明，一定会有办法的。没有金钢钻不揽瓷器活，果然，这位能工巧匠就答应了。他应邀来到李木坑，制作了固定大树的绞车（雷公绞），指导村民编了竹篾，作当牵引的绳索。经过严密的核算，加上大伙精诚合作，终于大功告成，大松树倒地而大王殿未损丝毫，村民大喜。但在此过程中，因为惯性作用，雷公绞手柄反弹，大功臣受伤了，脚背断了筋骨。众人立马将他抬到我外公居住的大屋。略懂医药的我外公赶紧采来草药给他敷上。他的伤情得到控制，但必须继续留在大屋养伤若干天。

是的，此人正是我爷爷。

我爷爷出生于大港头镇横坑村，六个兄弟两个姐妹，排行老五。虽家贫上不起学，但生性聪明好动，心灵手巧，竟无师自通，十四五岁就会做木桶做桌椅，制作的水轮桶非常精巧。一天，小山村的木匠师傅路过横坑村，看到路边山涧里的玩具水轮桶，虽只有面盆般大小，但十分精致，还能随着水流在转动。甚是欣喜，就问出自谁的手。村民回答是个十几岁的孩子。木匠师傅啧啧称奇，请人唤回在山上放牛的孩子，一看果然机灵，便心生欢喜，问是否愿意跟去学做木匠，回答说好的，便跟了去。过了年把时间，师傅就放这匹小马驹自由驰骋去了。

据我分析，爷爷的青少年时期应该是顺畅的，小小年纪就有手艺，吃喝不愁。也是因此吧，从大港头开始要走 15 里上岭的横坑村人，居然能娶上碧湖西乡大地方的女子，善良贤淑的我奶奶为妻。

我奶奶碧湖概头村人，小爷爷 8 岁。我奶奶怎么会嫁给我爷爷已无从考证，我猜测，爷爷出来做手艺，来到概头，或者干脆就到了奶奶的娘家，奶奶的父母见小伙子手艺不错，于是……

结了婚的爷爷奶奶却是悲情多欢颜少。痛苦来自生育和抚养孩子。可怜的我奶奶在 36 年的生命里，共生育了 12 胎，生出来就没用的，养了几个月或几年夭折的共 10 个。奶奶几乎是整日整月甚至整年伤心落泪，以致哭瞎了双眼，最后死于难产。奶奶人走了，还有一个 4 岁的女儿整日坐在凳子上，患的是软骨病，不会走路不会站立，一年后夭折了。爷爷奶奶最后留下来的只有我姑姑和我父亲。

爷爷被李木坑人请来砍树时，我奶奶走了已经一年，姑姑早已出嫁，15 岁的我父亲励志苦读在村里的私塾。

我爷爷为了李木坑村受了伤，我外公尽心为我爷爷治伤，两人聊来聊去发现还是同龄人，关系就又近了一步。

爷爷养伤期间，山下玉溪村一妇女因为家庭遭遇变故，到李木坑村挨家挨户乞讨求助，躺在堂屋竹椅上的爷爷听说后，倾囊相助，那妇女感激不尽，并说日后一定会还钱报恩。爷爷说，这点钱快拿去救急吧，还钱一事不用挂在心上，日后有则还，没有就算了。虽然我不富有，但知道做人平安健康最重要。你看这次，被砸的幸亏是脚，若是头就没命了。钱财是身外之物啊。

外公看在眼里记在心上，对这个善良豁达的聪明木匠越发敬重起来。

外公的人品更是有口皆碑，帮起人来一定是尽心尽力。在他的精心照料下，爷爷的伤终于痊愈，可以在规定的时间赶回家做了三观斋（佛事，村里很重视，每户轮流做东，那年轮到我爷爷），对外公更是感恩戴德，同时还在心里打起了小九九：与这样的人做儿女亲家真是极好的。于是悄悄打听起外公的女儿来。当他看见那个斯斯文文的8岁女孩灵巧地在协助家人臼米时,喜欢得不得了,就告诉我外公,他的独子年方十五,聪明好学,如令女未有婚约,两家可否结为秦晋之好?外公深知外婆的心思,要养大女儿再说婚事,况且对方儿子又大了七岁,要人家等这么多年也不妥当,就没有答应。爷爷可是真执着,说那就先不提。两个人便当朋友,走动起来。

到了我母亲11岁父亲18岁那年,爷爷又来了,并说能不能先订个婚,什么时候结婚由你们家决定。外公还是没答应,可心里是有些松动的,便悄悄托人来到横坑村打听。得到的结果是:这个小鬼不错,知书达理,孝敬长辈,爱护小辈,他妈妈去世时他才14岁,还有个4岁的患病妹妹都是他带着的,一年后才没用了。真不容易,是村里最好的后生啊!

对于这个横坑村最优秀的青年,外公是满意的。如此这般一说,外婆听说对方人品好,横坑村也不用吃番薯丝(我母亲喉咙细,咽不下粗粗的番薯丝),这家里又没有恶婆婆(外婆实在是怕了大坑头那个亲家母),心想女儿嫁过去应该不会受苦,也就同意了,只是强调结婚大事必须等女儿养大再说。爷爷满口答应。

爷爷其实也挺不容易,奶奶没了,姑姑出嫁了,家里只有父子两个相依为命,没有女人的家不像家。此时我父亲已经18岁,爷爷就想早一天娶个儿媳妇回家,可看准了外公这个好人生的好女儿,只能等人家长大再说了。

几岁算养大呀?18岁吗?爷爷盘算着,等到那丫头18岁还得等7年啊!真是漫长的日子。

可世事多变,三年后,外公家出了伤心事。那年,20岁的小舅舅由于逃避拉壮丁,东躲西藏,受了风寒,并日渐严重,最后不治身亡,51岁的外婆气急攻心,不久也撒手人寰,实现不了把我母亲带大的愿望。悲痛之余,外公权衡再三,接受了爷爷的建议,次年,15岁的我母亲就出嫁了。

爷爷家不富裕,奶奶生育那么多,夭折那么多,当时的人思想落后，到处求神拜佛，还愿请菩萨，爷爷空有一身本事，也无心在外赚钱；爷爷最看不惯财主人家对穷人的欺凌，为了争口气，就给儿子上学，并给他做了一套体面的衣服，因为只有一套，只好洗了赶紧放锅里烘干再穿。父亲也争气，读一年跳一级，三年时间就高小毕业了。母亲嫁过去时，父亲已经在邻村上庄教书。对于婚事，父子俩尽量要办体面些，便租用了轿子，风风光光地抬我母亲回家。

  遥想当年，俊秀挺拔的父亲穿着长衫迎接新娘，画面应该是美的；母亲虽然在头年刚失去了两个亲人，还不舍得离开家，但外公已经决定了，乖巧懂事的她也不可能反抗；再说是坐着花轿去，要嫁的人还是个教书先生，心里也是有些安慰的吧。

（原载《处州晚报》2017 年 7 月 16 日）

## 遂昌的春

俞宸亭

我一点都不隐瞒钟情遂昌"九山半水半分田"的大山情结,如果因此得个"仁者乐山"的名儿,也会心安理得地受用下来。

遂昌的景点相距都不近,村落也并不相依,南尖岩的险峻,神龙谷的灵秀,含晖洞的幽隐,高坪乡的花事,西畈乡的版画,黄沙腰的老屋,让我一次次停歇下漫游的脚步,一次次沉醉在大山里"意欲归而心不忍归耶"。

去的几次,都是春雨连绵,浸润得山岭更是青葱滴翠。走的路不是石板路就是弹石路,非常合我幽谷访春的心意。拾级而上,石子并不柔和地与你的脚丫子"摩梭"着,让你真实感受了路的绵延,却不会让你有雨天滑倒在地的尴尬。看来,先辈,总是由那些有"先见之明"的长者组成的,他们在筚路蓝缕之时,早就以他们的睿智明慧将过去的天堑变为了今日的通途。

汽车在盘山公路上一路盘旋着,就在我觉得路差不多要与云天接壤的时候,南尖岩的山顶到了。山上的人多得出乎我的意料,"长枪短炮"的摄影师们是这里的主流部队,猛一看,我还以为是美国丛林电影里一群历险者正整装待发呢。山上的梯田看过去还是有些壮观的，我暗自思忖，如果能添些色彩，将四时之景纷呈梯田，江山也就更是"如此多娇"了。

山上多是峭壁，天柱双峰拔地而起，雄姿巍然。山花斜刺里穿出来，正走得战战兢兢，忽然瞥见崖上隔不多远就有一个小铜环，仅容一手相扣，心里大大赞叹匠心独具。

崖上还有个耸立的石台，当地人说是许愿台。老友跃将上去，做合掌闭眼端身止语态，我笑说，不如称为禅台。自台上俯瞰而下，只见山势岹峣，树木茂盛。黄花漫漫，翠竹珊珊，真是"游人去后无消息，留得云山到老看"。而我也每年攀上石台，定格一张端坐的照片。一年一年，记录自己的青年到中年。

行走在山野里的人，想是也多了些平日难见的幽默。擦身而过的伛偻老者，仔细一瞧，原来至多不过中年光景，拖一根树枝当成拐棍，故作颤巍状，惹得前后左右的人忍俊不禁。

神龙谷仿佛在海平线以下，车子停在路边，我们沿着磴道而下。峡谷幽长，峰如发髻，岭如眉黛，"神龙见首不见尾"在这里演绎成了瀑布的飞流直下难觅踪影，云就在你寻觅水声的当儿从眼前飘动，不自禁抓一把，生怕它从指缝里溜走了。手撷白云和过眼云烟同一时间展现在你面前，"才下眉头，却上心头"瞬时转为欢色，溢满了我们的心田。

水下的绿草亮泽油顺，从山崖漂移至水底，不知是绿草将一湖的清水染绿，还是碧水把一岁的枯荣沁春。顽石上的青苔已老，苍绿在这里已有了完美的诠释。

春雨，这"幸福的毛毛雨"几乎是一刻不消停地下着，淅淅沥沥，和着水声的叮叮咚咚，在静谧的谷中宛转奏响。我一任雨飘落在身上脸上，头发湿湿地挂在额上，倒添了份粗服乱发的憨态来。

含晖洞带给我的欣喜就不仅是几株迎客松的远远邀约了。就像名字里的隐喻，这个几乎已是纯粹天成的景区还是暗合古典园林的障景手法的。进入景区的路程差不多有一里路的光景，路上种的那些豌豆让我们这些游子生了偷吃的念头，捡些个嫩嫩的豆荚，撕开来，里面小小的豆子犹如露珠儿，倒进嘴里，轻轻地咬一下，豆汁盈满了口舌，那份香甜糯滑像是亲吻婴儿，妙不可言。

山间石径旁的巨石独自横卧着，那摩刻的"石船"二字，我看来更像是"石胎"。大树盘根错节着，繁茂的枝叶从它的背后伸展开来，仿佛一张大大的船帆。大树盘根错节着，当年，高人想必在此静心禅悟，身心是否随着这石船乘风千里了呢？含晖与灵泉上下相连，咫尺双洞，各臻殊胜。灵泉洞的对联有个异体字，雨字头下面是三个弓字，书家的夫君故意考问我这是什么字，一时语塞，但既在灵泉当是"灵"字，灵光一现，果真猜对。公孙树之称的银杏和不老树之称的罗汉松各自挺立着，古代文人画常有老者山中对弈的景象，这两位"树公公"是不是也常常博弈一番呢？看着这洞洞相连，山势逶迤，林表纷秀，此地也就更有了瓜瓞连绵的气势了，真可谓"尘外烟萝客，相寻入远林"。

下山的时候，山蛙鸣笛般地叫起来，夫君戏谑一句，它们可是在叫"亭儿亭儿"？我一记绝杀的目光，引来同伴们的哈哈大笑。

路过山寨子的时候，刚好石练十番的乐队走过，摄影师们简直如天兵天将般从四面八方冲出来，闪光灯的抢眼照亮了雨日有些灰暗的天色。乐师多是庄稼老汉，服饰鲜艳得很，与满头的白发、满脸的皱纹相映衬，倒生出古乐的久远来。据说这古乐不仅与道家音乐有关，还与"梨园祖师"唐玄宗有关呢。说真的，细细品味，这古乐还真能听出些"霓裳羽衣"的调调来。

村里的祠堂是我们每站必到的，先人的牌位在堂中竖立着，楹联匾额上的文句和字体制式多工整规例，也总能看见几尊寿棺静默在梁板上，却并不会让你生就恐惧之心。牛腿和窗棂上的图案多是清末或民国初年的，繁复中透些乡土的朴野。总有几个乡人在祠堂里闲聊着，看着我们的神情也并不讶异，自顾着他们的家长里短。

高坪的杜鹃用"灿若云锦"来形容也觉得还不够妥帖些，或许

## 遂昌的春

用花甸子这样的大手笔，才能勉强形容漫山遍野的杜鹃带给你的震撼。花开得还是有些章法的，山下的杜鹃怯生生的，走几步，看到一两株掩映在松树枝下或者柳杉丛中。山中央，则成了片生状，层叠着，和着天上翻卷的白云，转身之间，就会与花撞个满怀。近了山顶，山上的雾气时而迷漫开来，那花儿若隐若现，似乎都动将起来，让你疑是身在琼台，沾点仙家之气了。花抖开了甸子的大裙摆，以艳红、明黄、粉紫、嫩白占领了你的眼球。止不住"待到山花烂漫时，她在丛中笑"的诱惑，不知谋杀了多少菲林。

"春风放胆来梳柳，夜雨瞒人去润花"，春天像个顽皮的小孩，又像个灵秀的仙女，我们仿佛看见地里都会有些蠕动，夜里都能听见竹子拔节的声响。两三天的时间，寸把长的小草突然长到了十几厘米高，野花还是花骨朵，开出了一串串、一溜溜、一脉脉紫色、黄色、蓝色、白色、粉色的花儿。鸟儿时不时在你眼前掠过，虫子结束了冬眠，又欢欢喜喜地走上了觅食的征途。

春天袭击了你的沉静，走路时，想学春风里的燕子，轻轻地跳一跳；相聚时，想学山里的小鸟，美美地唱一唱；独坐时，想学盛开着的花朵，"咯咯"地笑一笑。一路过来，触一触细嫩的小草，又惹一惹吐青的枝条，春也在我们的心里撒着欢儿了。

绿在这里成了典型的配角，花下的绿，树上的绿，石缝里钻出来的绿，最最心生怜惜的是匍匐在地上的那些绿，小小的叶子，呈爱心状，呈鸡蛋形，呈几何图案，柔姿纷纷，不由你不躲闪着步履，生怕一个不小心踩痛了它，有细细袅袅的声音会传递它的娇嗔。而黑亮亮的牛是这里一道经年不绝的风景。当地人说，高坪的牛春耕后并不返村，而是全部赶到山顶放养着。忽而"哞"的一声低吼，好像对你宣告，它才是这片伊甸园的"主人"。山顶的土壤果然像黑芝麻那样油光锃亮，特别的肥沃，也由此，完全可以颠覆"鲜花插在牛粪上"这句有贬义成分的话来。高坪的杜鹃如此活色生香，想必靠的就是这些牛粪的滋养，"红花终要牛粪护"了。

做酒的却在巷子深处,酒糟红红的散堆在地上,说是像木屑也不为怪的。而清醇的白酒,一滴一滴地流入早就备好的容器里,看来真似琼浆玉液。酒香充盈着整条巷子,我们都也有些酒酣陶然,脚步不知不觉飘飘游游。

茶园的兴盛也是遂昌春日的胜景了。田塍边,山脚下,宅院旁,到处是茶香弥漫。采茶的大多是农妇,并不见着一身影视片里所放的蓝印花布,只是寻常打扮,但背篓里的茶叶却是鲜亮嫩绿,忍不住会伸手拈一枚细细摩看。手痒痒起来,蹂躏起三两张新叶,一股清香钻入鼻息,呼吸也愿意在此停顿。随便走入哪一户农家,泡制出来的茶叶都不失"色香味形"四绝。最可清赏的,就是"龙谷丽人",单是那名儿取的,是否也渴望一亲芳泽呢?

写遂昌的春,总是不会忘怀"劝农节",不会忘记夫君撰写的《班春祭文》,而在那几天里走村串户,在妙高、石练、大柘等20个乡镇,几乎所有与原生态有关的吃、住、行、游、购、娱,都让人惊奇称道,流连忘返。

而无论是走在街上,行在山里,见到的每一个山人,都是由衷的笑脸。陪同的小潘告诉我们,这是遂昌一直以来开展的"微笑行动",要求每一个县民,看到每一个外地来遂昌的游人,都要言常含笑。所谓"言常含笑,先意问讯。所为事业,终不中息"。这样的古训已化成了遂昌人的日常行为,植根在遂昌人的心里。

遂昌的春天,也如春花,也如春雨,开放着,滋润着,在所有人的心里,甜甜的。

(原载浙江新闻客户端2017年5月18日)

## 答案在风中飘荡

余晓叶

  学校走廊外的草地上不知何时开了一树玉兰花,白得低调,香气却是极吸引人。从走廊上经过时闻到那热烈的香,才知冬天,似是又过去了。
  一晃高中已两年,匆匆又春天。回首那些被我们无情耗费的岁月,它们存在的意义是什么呢?仿佛除了供我们浪费之外一文不值,又仿佛是注定要走过的路途。回头看,答案在风中飘荡。
  走出医院,外面下着小雨。街上的行人瑟缩着手脚,匆匆而过。我牵住妈妈的手,她的手是冷的。
  妈妈在这样的凄风苦雨中,已足足奔走了六个多月了。
  从小我一直以为妈妈是柔弱的。她在外婆家排行最小,在大姨舅舅们的呵护下长大。体重不足百斤,肩不能挑手不能提,遇到事爱哭。
  然而真正遇到大事,我才发现,妈妈的坚强无人能比。
  那是去年暑假,某个寻常的日子。前一秒我正在声乐老师家,沉浸在音乐里,下一秒的一个电话却让我一颗心直往下跌。电瓶车没有多少电了,街上的人也很多,可我仍是不管不顾地一路疾行至医院。爸爸突发脑溢血，往常那个一见我就伸出大手轻拍我的头的男人，在我最希望他对我伸出手时，却只是躺在床上大口喘气，双眼紧闭。

我的大脑空白着，旁边是哭得快要瘫软的妈妈。下意识地告诉自己，不能哭，我伸手揽住妈妈，像以前的爸爸那样。看着柔弱的她，我的心底划过一丝叹息。

可就是这样一个女人，颤抖着手，在医生"有可能下不来手术台"的冰冷话语中，在手术告知书上签了字，在往后爸爸一次又一次面对死神时拉回他。

时至今日，爸爸仍躺在病床上，不同的是有了微弱的意识，会含糊不清地说话，回报妈妈的是她的半头白发。前些天妈妈染了发，回家兴高采烈地要我看："看起来终于年轻了一点了！"我忽的想起儿时的一天，爸爸接我放学回家，我缠着他要找妈妈，他却是宠溺地一笑："妈妈在理发店做发型呢，是不是很臭美？"

不禁想起一句歌词：一个男人要走过多少条路，才能被称为一个男人。妈妈只是个柔弱的女人，却在走过那么多坎坷后，真正成为了一个勇敢的人。

记得去年国庆的天气不太好，我待在杭州的三天，一直阴雨绵绵。爸爸转入了浙一医院，我便趁假期去看望他。走进病房，看到的是骨瘦如柴的爸爸被妈妈和护工抬着擦洗身体，他安静地躺着，眼里没有神采，像个任人摆布的木偶。

我戴上口罩，只是笑着和他说话，说家里的狗又溜出去玩了，只是爸爸不在，我费了好大的力气才把它捉回家；说连日暴雨，家里的水管裂了，却没有爸爸去修；说外公外婆搬到我们家住了，外婆烧的菜没有爸爸烧的好吃……我没有擦随着我说话而掉下的眼泪，看着它们一滴一滴地渗入爸爸的被子里。我看到妈妈别过头去，看到护工阿姨红了眼眶……我也静静地转过头，没有再看床上的爸爸。

"是啊一个人能转头多少次，假装他只是没看见。"

往事一桩一桩，撞击着我的心房。年幼时妈妈工作忙，我便常常与爸爸两个人在家。爸爸下班时天总是黑的，我也饿得肚子咕咕叫。恰好有亲戚送来一袋冷冻的鸡翅，很合小孩子的口味，好像爸爸的救兵。于是每天下班回家，爸爸的第一件事变成了在微波炉里热两个鸡翅给我。加热完后家里总是充斥着香气，每次我都风卷残云般地吃完，爸爸一边烧饭一边笑着看着我。15岁那年随爸爸去旅行，在一家店里吃到老板做的鸡翅，据说是招牌菜。爸爸咬了一口，出神地说："这味道，真像当年我给你热的鸡翅。只是那时候你都不留一口给我，哈哈。"

十五岁的我只是红了眼眶，十七岁的我却是落下泪来。我摸摸病床上爸爸剃完了头发的头："起来啦，我们去吃鸡翅吧。"

爸爸的手指轻轻、轻轻地动了一下。

从八月到现在，已过去大半年的时间。妈妈每天为爸爸擦身子，抹药油，活动筋骨，爸爸虽只有一点微弱的意识，却也能自己动动手脚。前些日子我去看他，走到他床前，他的眼睛倏忽瞪大，喉咙里发出几个模糊的音节："叶，叶……"

我的眼泪猝不及防地掉下来。妈妈激动地抱着爸爸："刚才说了什么？再说一遍好不好？"爸爸没有再说话，只是紧紧握着妈妈的手。我走到窗前，天气很好，天空终究比从前要蓝上一些。

"一个人要抬头多少次，才能够看见天空。"

少了爸爸的庇护，独自走过了这么些日子，才知晓岁月的答案。每一段岁月都不曾被浪费，它们只是安安稳稳地存在于这个世界上，等你走过，在无形之中为你刻上成熟的印记，在笑与泪中让人们活得更加坚定。

只愿答案不再在风中飘荡，而是深刻地扎根在心灵的土壤里。

（原载《瓯江文化》2017年第2期）

## 松阳探秘

张抗抗

位于浙西南丽水崇山峻岭、瓯江上游的松阳县古村落,其保存完好的明清乡土文化"非物质"遗存,被学界惊呼为活态的"古典中国"。它像一块刚被发现的璞玉,散发出岩层深处的气息。

曾经有幸来过松阳的艺术家,不惜以最美的文字和书法绘画,赞誉松阳前世的功德:山坳里隐藏的上百个明清时代古村落,层层错落的农舍犹如阶梯式延展的金色小布达拉宫,呈现出千年前的质朴安详风貌;村村皆有奇巧格局和隐秘来历,以风水布局的古村落,在雾气迷茫的高山之巅瓯江上游,形成一座座"中国最美村庄"群落,《中国地理杂志》誉其为"最后的江南秘境"。如今全县已有71个古村被列入了"中国传统村落名录";松阳境内森林覆盖率达78%的松树香樟红豆杉枫香树竹林苍郁繁茂,小青瓦黄泥夯土墙的老村被参天大树层层环抱;松古盆地的茶园四季翠绿,春来漫山杜鹃红遍,秋至金色稻浪起伏,红豆火柿披挂……西屏老镇的深巷戏楼传出铿锵的松阳高腔、黄家大院百寿厅独具匠心的木雕工艺、闽派客家的传统民居寺庙宗祠古桥驿道,上千份保存完好族谱契约账本家书……还有松阳史上声名显赫的数位宗师、英才留下的著述与诗句。

好一个"养在深山人未识"的千年松阳，如今，它正被人们惊喜解读。

夜宿四都乡"云端觅境"，木质平台上望得见山下古城隐约闪烁的灯火，头顶夜空的繁星低垂伸手可及，睡鸟呢喃秋虫絮语，思绪纷扰萦绕。自东汉建制延绵至今一千八百年的松阳县，经久不衰的农耕烟火气息及诗书传家的良好风俗，在历年的战乱动荡中得以幸存。松阳浑朴古雅的前世，已在后世的代代传承中得以记载。那么，松阳的今生何在？我所面对的今日松阳，它健旺蓬勃而又恬淡安逸谦虚的今生，定然有一把更为精准的解读密钥。

松阳九月，连续多日晴阳高悬，从平原到山地皆无云无雾无遮无拦，犹如羞涩的女郎扯去了隔世的面纱，露出阳光灿烂的笑容，让我们把松阳看得更为清楚透彻：

古镇——西屏镇最繁华热闹的老街，总长度两千米，是浙江省目前保存最为完整的明清商业街区，也是松阳历朝历代十里八乡农商的交易场地。街巷格局自然舒展，骨架形似"美"字，故有人称之为"美人街"。泥木建构的二层作坊式建筑，如今整体风均貌与"从前"惊人一致：理发店杂货铺弹棉花铺草药铺钉秤铺米店邮局布店鞋店茶叶店照相馆面馆饭馆小吃店……呈现在我们面前的不是"仿古"的街，而是一条条货真价实的老街：旧日斑驳的门板、旧时坚固的木头桌櫈，笃悠悠敞开门店迎客，家常的炉火上手工烘制的月饼热气腾腾满街飘香，"煨盐鸡"、"×××面""沙擂"等松阳特色食物，据说都是"小时候的味道"。丈宽有余的石板路面，厚重而沉稳，踩下去似有历史的回声从脚底下传来。长街在古时两边镶嵌卵石，中间由一条条尺宽的条石竖拼而成。上世纪八十年代，这条古街的石条路改铺成水泥路，古镇风情因此被严重损坏。政府主持修缮老街，水泥路被复原为旧日的街巷格局，只将昔日竖排的细条石换成了横排的青石板，青石板都是旧的，来自各地拆除废弃的老街老桥，松阳人不嫌重，一块块如数搬来，拼出了这条以旧换旧宽敞平坦的新老街，看上去天衣无缝浑然一体。两年前，中国文物保护基金会发起了"拯救老屋行动"，松阳县在全国率先推行。街两边陈旧松垮的百年老屋店肆，到了"抢救"的年龄，但不再大拆大建，只把锈蚀蛀空的房梁按原样更换，门窗亦修旧如旧。本着"有人住在里面房子才能活"的原则，尽可能保留了原住户前店后宅的结构。修缮过程中，又植入了针灸、装裱、麻梁黄米果等传统业态。若是房主确需对老屋大动干戈进行改建，图纸必须由有关责任部门严格把关，屋檐窗扇的款式、外观的油漆颜色都有讲究，须改得和老街的房屋风格协调一致才好。本地和邻县的古建师傅和老工匠有了用武之地，几年下来，如此一梁一椽一柱一门地渐进替换，水电管网全线改造，老街的"里子"变得妥帖安全，"面子"仍如从前那般朴素和谐。如此不求虚假繁荣的"里子工程"所费的耐心气力和工夫，或可造一条崭新的长街？松阳人一丝不苟采用这种舍易求难费时费工的修补性抢救，只为让老街成为一条名副其实、活着的"美人街"。居然见到两家打铁铺，"原生态"的铁锤铁夹手风箱老虎灶一应俱全，就连刚刚加工好的铁制农具都还带着炉火的温度。松阳史上一直是浙西南粮仓，改革开放后，农业个体经济勃兴，传统农具需求量激增；2000年前后，正是松阳松香行业发展的繁荣时期，松阳人外出采松脂的大量刀具，多在县城这条老街的打铁铺打造。那是令人无限怀念的打铁业黄金时光。有人说，古镇之美，美在"胚子"里，老镇不是用来欣赏、而是用来"使用"的。

　　古村——近年来，有关村庄的诉说，大多与凋敝、衰退、破败相关，是令人心痛的离乡与远别。一直以来，我对于那些"政绩工程"使然的"新农村建设"亦有云雾般的疑问：城镇化建设中的"破坏性建设"和"建设性破坏"都比岁月的损耗具有更大的破坏性。如若农民都进楼房居住，随之而来的传统农耕生活方式的改变与解体，是否将意味着地球某些文明形态的衰减或消失？

然而，松阳不。松阳需要重新激活自己的身份证，证明自己是"这一个"而非"那一个"。松阳人说，古村落是历史留给松阳的财富，不能任其退化消亡。松阳自有松阳的优势，好山水好空气，田园牧歌式的生活方式，是后工业时代的稀缺品。如果对村庄进行保护性的"活化利用"，发展乡村旅游，吸引更多城市人来山村的"天然氧吧"度假休闲，不仅空置的农舍可得以利用，为村民带来的经济收入，更重要的是，传统农耕文明样态或有可能得以存续。

松阳的山上山下，渐渐出现了外来者的身影。古村落中有了农家乐，餐桌上农家自产的新鲜土菜大受游客欢迎。有了餐饮还需住宿，农舍简陋的生活条件急需改造。那些具有理想情怀的年轻创客，设计师摄影师工程师投资人，修路改电引水排污宽带入户，只短短几年时间，"过云山居""云上平田""酉田花开""云端觅境""松泰大院"，一家家散落于各村各寨的"民宿"已成气候。那些城里来的年轻人，把村里空置已久行将坍塌的破旧老屋租过来，依照村里农舍同色的黄泥墙黛瓦屋顶，依山傍势重新设计改建，夯土墙被保留，木结构仍是本色，外观看上去依旧是老房子的样式。门前用砂石铺就的景观阳台摆满花木，花丛里白日看云雾、听鸟鸣，夜里眺月色、观星星。弃置的昔日牛棚改成了时尚的咖啡馆，漏风的柴屋改成了敞亮的餐厅。屋后一节节竹筒引下清清山泉水，饮用与怡情一带两便。家家民宿的装修风格各有不同，就连室内陈设的小细节也不含糊，门窗桌凳吧台灯罩挂钩垃圾筒一直到牙刷梳子，大多用竹木定制的环保用品。民宿的外观一眼看去"五千年"，一步走进里面"五星级"。平田村三面环山，整个村庄形似凤凰。"云上平田"的老板是回归松阳的"乡贤"江斌龙，几年前他一口气租用了平田村28幢老屋，政府帮他邀请了清华、哈佛等四所大学的专家指导规划设计改造。然而，在不破坏旧农舍群的情况下进行改建，施工难度还是超出了预想。屋顶椽子墙壁窗户，这里那里，动一动都有讲究。浙西南不缺能工巧匠和吃苦耐劳的乡民，但将图纸变成实体，需要多方合作的共建精神。一面墙一根柱一个屋顶，讨论，争吵，拆掉，再建。施工团队、乡干部、业主、乡民之间不断磨合沟通，设计师与工匠渐渐达成了默契。村民渐渐懂得，祖祖辈辈生活的老村，那些池塘水井晒谷场米舂，都是家传的宝贝，村民们开始有了古村落自我保护意识。终有一日，平田村石阶起伏的村巷里，建成了一大片多功能综合民宿，"爷爷家青年旅社"、四合院餐厅、茶吧咖啡吧会议室、小型农耕博物馆齐聚。"艺术家工作室"引进了扎染文创手工项目，研发茶染产品，赋予松阳的茶叶有更多文化价值，还让村民参与其中、请游客亲手体验扎染工艺。松阳民宿是物质与非物质的双重表达，那一座座恢复了青春活力的年轻老房子！松阳证明了自己"是谁"。

松阳的传统古镇古村，在灼热的阳光下苏醒复活。拯救古村落行动，具有了前世的根茎与今生花果的必然关联。松阳本土作家鲁晓敏等一批中青年干部，血液里流淌着故乡的文化基因，他们是松阳历史文化的传播者，也是复兴之路最忠实的记录者和书写者。

松阳的秘诀还有什么？

创客——叶大宝是"云上平田"民宿的经营者之一，漂亮姑娘一身红裙黑发飘逸，2014年放弃了杭州的工作回到平田，已在山里待了三年。她从不会看图纸到学会看图纸并做软装设计，从被蚊虫叮咬到双脚发肿到现在不怕山里的任何虫子；从一个"傻白甜"的女孩成为一个"被太阳晒到入骨"的"黑村姑"，可谓成功"逆袭"。她的回答令我欣慰：2016年我们成立了农产品公司，鼓励村民建合作社，开垦荒废了十几年的大荒田，种植四都优质萝卜，让村民在家门口就可以就业。我们还成立了"云上平田青年之家"，吸引更多青年人加入我们的团队。我刚来的时候，村里老人脸上写满了忧郁，如今满脸笑容，你就可知道村庄的变化了。这几年古村正在慢慢恢复元气，村民对我们特别亲，常常送来萝卜玉米鸡蛋什么的。我常问自己，青春是什么？在"云上平田"，我才觉得自己真正长大成人，青春不是用来挥霍而是用来奋斗的……

还曾遇见好几位大宝这样的青年创业者。其中"云端秘境"的老白，又一位从城市走向乡村的"逆袭者"，他是杭州人，每周一必乘坐高铁到丽水转赴松阳山里"上班"，周五回杭州陪伴家中年幼的孩子，一年的时间，一半给杭州，一半给了松阳。老白淡淡说，在松阳可以做很多事情。

在石仓看过新落成的"契约博物馆"，记住了建筑师徐甜甜的名字。契约馆造型扁平方正，有如一层层多年珍藏的厚重契约，墙体的褐色石材与周边的黄泥山地十分融洽，馆内有一道雨帘自屋顶倾泻而下，水珠四溅细雨潺潺，是江南民宅天井的意像。徐甜甜毕业于清华，后入哈佛城市设计学院深造，归国后已成功地设计过多处个性化的建筑，在国内外多次获奖。她为"云上平田"设计的农耕博物馆，将村口几栋破损严重的夯土村舍，改造成为新的村民中心，在原有坡屋顶上开了天窗，顶光增加了屋内亮与暗的层次感，改善了夯土房阴暗的光环境，又避免了过多开窗对房屋立面观感的破坏。她设计的大木山骑行茶园的竹林剧场，巧用江南竹林搭台借景。独立茶室的外观取自农舍造型，内墙使用朴素无华的清水混凝土。圆型景窗外是湖水和茶园，光线通过圆洞形成慢慢交汇的光圈投影。徐甜甜的作品善用天光，自然光的光影明暗在变化之中，空间张弛有度。还有位于兴村的"红糖工坊"，红糖工坊包括休闲体验区、甘蔗堆放区和传统红糖加工区，选用了轻钢和红砖这两种当地最常见的建材。加工区中有六个灶台和三十六口锅。环绕这三个区块的线性走廊，是红糖生产的环形看台和参观线，游客能清楚看见松阳历史上用传统方法熬制红糖的过程，柴草燃烧正旺，"掌勺"的老师傅把黏稠的糖浆拉成一道"布匹"……我见到徐甜甜那一日，她正陪着德国专家前来松阳参观考察"红糖工坊"，这座立身于偏僻乡村，以现代建筑语言呈现传统家庭手工业工艺的作品，已经引起了国际建筑业的关注和好评。松阳给了徐甜甜舒展长袖的大舞台，也许哪天她会设计一座丁丁当当作响的打铁铺？那些古老的驿站危桥，也在等待更多有才华的建筑师到来。

说不尽松阳的今生。一个负责任的政府，使它具有了巨大的虹吸效应。松阳的新乡贤、生态移民、产业移民、从城市回归故里的村民，为松阳带来了新的生命力和浓郁的现代气息。乡村旅游来料加工电子商务互联网+……在松阳充满了沧桑感的古旧中，有多少新的因素在生长呢？

松阳今生的繁盛和魅力，密钥在于"修复"。修复古村落修复文化修复人心，在修补中"寻找与替换"。修复松阳，是历史使命的导向而非"任务"导向，那是一场永远不会落幕的发现之旅。

回望松阳县城边上那座秀美的"独山"，真是一个意味深长的地名。

（原载《人民日报海外版》2017年11月25日华文作品副刊）

## 拓碑记

张巧慧

这几年在艺术馆工作,有了机缘学椎搨之术。所谓椎搨,又称"拓"或"椎榻",就是将纸平覆于金石器物,捶击或刷字口,再用拓包上色,以摹印其形状和上面的文字、图像等。所得即称拓片,多为朱墨两色。我有女人习气,偏爱朱拓。但朱拓常用于拓砖或拓纹样,拓碑通常还是用墨拓。

拓片,是古代的复制品,用时下的话说,是一种文化衍生物。宋代金石学兴起之后,拓片就成了金石研究的要物和文人间互赠的雅礼,恰到好处地从坚硬与沉默中取出柔软,柔软又不带脂粉气。接触金石碑刻,才知欧阳修不仅会写诗词,还是金石学开创者;李清照的词写得好,女人如我者常会沉浸在词意中顾影自怜,殊不知她和丈夫赵明诚被誉为金石学的代表人物之一,所编《金石录》,辑集夏商周至隋唐五代,钟鼎铭文款识、碑铭、墓志皆有所涉。我存有一套线装影印本,作者署名为赵明诚。手指触到"宋"字,微凹,邈远的时间深处会有古老的东西微微松动。

学拓工,似有附庸风雅之嫌,但也颇有收益。结交了一群拓友,双休日常跟着拓友们四处访碑拓碑,荒郊、野寺、宗祠,有时甚至是在一个纺织厂或废弃的杂货间中找到老碑。若是长假,则自驾小车拖夫携女往外省寻访。

访碑拓碑之事,古已有之。明末清初的学者中,已有通过访碑来录取碑文,或手抄,或椎搨。有的不仅访拓,还记访碑日记和画访碑图。中国石刻发展史主要有汉碑、魏碑、唐碑三阶段。碑林集中而公认最具影响力的当属陕西西安碑林与山东孔庙碑林。较之数量,西安碑林更多,以唐碑为主;若论名碑,曲阜孔庙亦不逊色,以汉魏碑刻为重。多年前去西安时,对书法尚未痴迷,碑林中一过,走马观花般。依稀记得有《石台孝经》,唐玄宗李隆基作序、注解并书,太子李亨(唐肃宗)篆额。四面刻字,隶书工整丰腴,雕刻颇为华丽。也见到《曹全碑》,笔画圆润含和而内蕴精气,属汉隶精品。碑林博物馆内有唐代诸多名碑,如初唐虞世南、唐四家颜真卿、柳公权、褚遂良、欧阳询等皆有作品存藏。后来听说其中有高僧怀仁从王羲之墨迹中集字所得《大唐三藏圣教序碑》,再现右军秀逸的书风,唐太宗作序、唐高宗作记,又有玄奘写的心经。可惜我当时眼拙无知。

这两年效古人,携小女访碑。去了山东曲阜孔庙碑林,又去洛阳龙门石窟看《龙门二十品》以及河北正定隆兴寺寻《龙藏寺碑》,虽浮光掠影,也算粗粗领略了汉碑魏碑隋碑的一二风姿。

曲阜孔庙,读书人绕不过的地方。孔庙中碑刻众多,书法精美,构成足够的美学引力。前有露天碑群,北廊下有石刻,数以千计的历代碑石在不同的时间支流中支持一种哲学主张。大成殿前,一对夫妻正谆谆教导孩子磕头跪拜。我们略迟了迟步子,侧身走过去。御碑亭计十三座,南八北五,亭内存有唐至民国碑刻五十余块,多为皇帝对孔子追谥加封、拜庙新祭、派官致祭和整修庙宇的记录。这些碑,无论从哪个方向看,都有一种俯视感,暗含着一种教化。

一个人,身后有这么多皇帝褒奖,这么多碑亭刻石,以"立"的方式影响中国文化几千年。每座碑亭前后都有不倒的桧柏。川流不息的人群从这个碑亭走向另一个碑亭，头顶上，是交错的檐角，上翘，笃定。有秋虫在高处鸣叫，叫声很尖，很固执。

　　问了才知重要的汉魏碑刻已移至陈列馆，穿过孔府后花园就到了。观了《史晨碑》《乙瑛碑》《孔宙碑》《礼器碑》《张猛龙碑》……几乎都是中国书法史上的重器。《史晨碑》的古朴，《乙瑛碑》的俊美，《礼器碑》的端庄沉雄，合称孔庙三名碑。尤其是《礼器碑》，素来被业界认为学汉隶最宜由此碑入手。《张猛龙碑》则被誉为"魏碑第一"，开初唐楷书之门户。

　　小女很快理解了碑的结构，完整的碑包括碑额、碑身与碑趺，碑身又分阳、阴和碑侧。《史晨碑》有前后，却没有碑额。而适才在十三碑亭的碑大多有碑趺，以龙的儿子赑屃驮碑，形状似龟，她喃喃自语着大概因为那是御碑排场大吧。继而她又发现碑有圆首方首之分，少数还是尖的，即圭首碑。陈列馆工作细致，碑刻边上均有文字说明，小女又总结说汉碑大部分在碑额处有个圆孔，称为"穿"，还有圆弧形的弦痕，称为"晕"。比如《孔宙碑》就是碑圆首有穿。《孔宙碑》是颂文，碑文价值并不大，但书法精美。中国七零后一代在小时候大概都读过"孔融让梨"的故事，孔宙就是孔融之父。由此，我观《孔宙碑》似乎也多了几分亲切。可惜唐代之前善书者多不以书名，大部分汉魏碑刻不知书者姓名。难得孩子兴致勃勃，她还趁工作人员不注意，伸手越过栅栏摸了好几块碑。

　　提及魏碑，不可不访洛阳《龙门二十品》，虽是民间匠人所刻的摩崖石刻，但用刀率性有别趣。康有为曾在《广艺舟双楫》称龙门石刻"皆雄峻伟茂，极意发宕，方笔之极规也"。据说当年周恩来总理在龙门石窟看到《龙门二十品》的拓本，大为惊艳，可惜随身所带钱物不够，又不肯收受赠与，遗憾失之交臂。值国庆长假，我们从浙江慈溪出发，车行两千里，足足三十多小时，因堵车还在服务区中耽搁一晚，好歹抵洛阳。拥挤在古阳洞口，据介绍其内有十九品，另有一品在慈香窑。隔着栅栏，顺着导游指的方向看，距离远，加之洞窟内光线不足，只见影影绰绰，无论如何也看不清，诚如女儿所言：咫尺天涯！石窟景区出口处的一面墙上有《龙门二十品》的放大制作，读之，内容均为造像记，多歌颂北魏孝文帝或为祈福祛灾超度而开龛造像。我曾在广州大自在山房友人处看到过原拓，端庄大方，刚劲质朴，是典型的魏碑体。然那回是初访，恐失礼，未及细观，寻思着再找时机携女儿上广州看。

隋朝虽短，书法碑刻甚多。被誉为"隋碑第一"的《龙藏寺碑》也值得一看。去年秋，离开山东即驱车往河北，恰有青春诗会的同学居石家庄，热情做向导，往正定县隆兴寺寻碑。碑亭小，就在院子里。阳光极好，古木参天。我们读了几块宋碑之后才找到，书体上的高古便立见分明。《龙藏寺碑》依然带有北魏的朴拙，虽是楷书不失隶意，为南北朝与初唐的过渡风格，记载了隆兴寺的始建，被誉为"此六朝集成之碑，非独为隋碑第一也。"阳光斜射，在碑上拉出深深浅浅的光影，那些文字历千年虽有风化，却依然可读可辨。小女在碑前拍照，阳光也在她身上拉出了深深浅浅的光影。

名碑虽好，到底只能过过眼瘾。如今人们文保意识增强，有价值的碑基本已被保护隔离，"可远观而不可亵玩焉"，摸都摸不到，别提拓了。故拓碑基本是在慈溪本地。备了一大堆工具，白芨粉、棕刷、棕帚、拓包、墨汁、朱砂、连史纸……装备很是齐全。网购的拓包不够考究，常常使用一次就吸墨发硬，便四处请教拓友，自己动手做，外用一层丝绸使拓面细腻，里面加一层棉布略加吸水，中间夹一个光盘使布面平整，最里面则是用保鲜膜封存的药用棉絮使之柔软有弹性。自己制作的拓包合乎手感，上墨时就比较得心应手。为了练手，还网购了一小块翻新的刻石，又在石膏上雕字作模型。但每种石质皆有各自不同的特性，拓碑时的分寸把握也不尽相同。闭门家中的模拟实验到底是纸上谈兵。

恰博物馆的友人有意寻访县境内历代老碑，欲拓而集之，以备地方文史研究。我便跟着乱跑。慈城是慈溪老县城所在地，遗迹甚多,不乏碑刻。我们请当地人带路。车子穿过略显狭窄的老街,两侧梧桐已有些年头,半掩着沿街二楼的窗户。地上有落叶,不时被风吹动。街很小,迎面若有来车,交会时必得小心翼翼。如此开一段,转入更小的刘家弄,至一个新旧参半的门楼。停车过天井,看到一老祠堂,宽敞,可以摆下十余桌。屋外写着省级文物保护单位,里面已挪作小五金厂的车间。有尖锐的切割声,金属的撞击声。电风扇哗哗地转,冲床不时爆出刺眼的光芒。

石碑在屋角,近两米高,砌在墙里,成为一堵墙略微凸出的部分。碑前堆着生锈的铁桶,装着金属的纤维袋,边上倚靠着一堆长短不一的铁棒。

一件件搬掉堆在碑前的杂物,一块嘉庆九年的告示碑显露出来。内容涉及保产免役,碑脚部分因杂物侵蚀和地气潮湿,已臻模糊。先用棉布清洗,再用白芨水覆上宣纸,然后耐心等待至将干未干。这火候全仗拓碑人的经验,眼观,手触,是机器不能替代的。等待的一段时间便与工人们聊天,问他们的收入,问老板的经营,问这老屋的故事。关于此碑,他们知之甚少,只说南大教授也曾来拓过此碑,语言中略带自豪。

屋里拓碑,宣纸干得慢,等了许久,纸面才慢慢泛出白来。接着才能用棕帚刷字口。拓工一般都配有大小两把刷子。大鬃刷是一个硬毛鞋刷套上棉布做的袋罩子,大面积敲拍时使用。小棕帚用来刷细节。这两年拓的碑多,棕帚的切口已磨得极其光滑齐整。

工人们围观一阵觉得无趣,便散去,坐回各自的位置,继续制造螺丝钉。一枚又一枚钉子被定型、冷却,扔到一盒钉子里面。机杼声里,拓碑的节奏略有点慢,一下一下像是敲着谁的骨头,像是与谁过招。金属很硬,宣纸很薄,一边是初级的工业文明,一边是式微的传统文化,充满着对立、穿越与并置的幻觉色彩。

蓦然想到海枯石烂这个词语。著名的先秦石鼓文,有的石鼓已没有字痕复归原石状态。秦始皇曾在峄山、泰山、琅琊山、芝罘山、碣石、会稽山等多处留下刻石。除泰山刻石残存数字，其余几处原石均已被毁。想到毁这个字，心中一紧。

我们把宣纸揭下来，工人们又迅速把原先的杂物堆满石碑之前。我回头时，看到那块碑露出碑额，竟像是个溺水的人。

而我们是一群往井里打捞星子的人。

自然也有不顺利的时候。浒山街道，一马姓家中，有块明代陈雍的圣旨德寿枋，总不给拓。其实这碑非他家祖传，是早些年没人管的时候，马家人瞧这石板还不错，似乎又与皇帝有些关系，找了人拉回家去。也不知该感谢他这一点模糊的人文意识，还是一己私欲，碑得以保存。博物馆的同志通过社区数次联系户主，与他讲文物普查意义所在，保证不伤害到石碑，总算同意了。匆匆赶去，马家大娘监工，国明兄出手，清洗、覆纸、刷纸，上墨……上墨也得分几次。先用干墨轻拍一遍打底，不能过重，否则容易漏墨。

第二层墨色上去，字口已基本显露出来。马家大娘却满脸不悦：这比照片还清晰，你拓回去，我的碑还有什么价值！连声安慰她，说拓片只是复制信息，碑才是真正的文物。适逢她儿子回家，一看就火冒三丈，连声质问谁干的？社区干部解释无效，讲好话分香烟，他也不接，满脸通红，扬着手臂像要揍人，恼怒地说，要拓就把这碑买了去，二十万，一分不少！说完，走到碑前，把即将完工的宣纸"刷"一下撕下来了……

那天晚上几个人破例喝了点酒。后来听说次日马大娘就病了。又据说这家媳妇一直未育，儿子脾气大也是有原因的，真是家家有本难念的经。

除了拓碑，也拓佛经，寺院也跑了好几个。保国寺有唐经幢，拓友曾去拓过三套，搭了架子耗时近一月，惹得保国寺的女馆员老大不高兴。古镇鸣鹤普明寺有段塔铭，记录民国时期，该寺的当家和尚为人义诊而生闲话，决然挥刀自宫，原文是持刀割势血流如注。后年老坐化，肉身封于荷花缸内，三年不腐，状若熟睡，僧徒不忍焚化，连缸葬于塔中，并嘱人刻碑于塔基以记。这是民国二十二年有记载的僧人轶事。亦真亦幻，亦正亦野，读来不胜唏嘘。这背后，有佛教，有民间，有庞大的约束和牺牲。

拓碑中也时有趣事。观海卫镇戎氏宗祠翻修整出一块碑来，把上面的石灰清理掉，惊喜发现落款处居然是：山阴吴隐刻。即把西泠印社的几位老先生吸引来了。吴隐虽是西泠印社的创始人之一，如此完整的手迹社中也不多见。不料等老先生们赶到，乡人已把碑砌入新修的墙体，还罩上玻璃，不能再拓，只能望碑兴叹拍照合影了。

再比如在耕养草堂拓得青石碑匾一块，曰：不波。取古井不波之意，喻指自己心境沉寂，不会因外界影响而波动情感。碑匾上附有一段井边小记，一个叫仄园的清人勒字，大意是隐退至此，置一小园，重浚了老井，以庄子之语自勉。如此，但凡我心有不平时，便学说一句"不波"，颇有自我宽慰和解嘲的意味。

访碑至青山、古镇、祠庙、伽蓝之迹，儒释道、宗族民生、闲情志趣，咸有涉及。古时传统，旧时风物，这些碑立在现实主义的场景之中，把线性的时光并置在一起，把不同的主张和规则立在那里，把牢固性立在那里。我码着这些文字，明明是中国式审美情怀，又刻意制造着塌陷。我的一只手上是拓片，一只手上是手机；一只脚上是高跟鞋，一只脚上是绣花鞋，说不出谁更坚硬，谁更合脚。我们一边往前走，一边回头看。

看到碑立在那里。

石头是会烂掉的，但碑不倒。我身上有刻过的痕迹，你也是这世界的其中一张拓片。

（原载《散文选刊》选刊版2017年第2期）

## 如何有教养地应对怀疑

张林华

媒体人肖家鑫在《学会有教养地怀疑》一文主张：读书时"不明白、说不清、有疑问的可以先放一放，仔细思量后再发表意见也不迟"。有的放矢，考虑成熟再发声，本来就是常识，然而真正做到却似乎不易。"读书切戒在慌忙，涵泳工夫兴味长"，南宋教育家陆九渊曾有这样的诗句，其重点还在后两句："未晓不妨权放过，切身须要急思量"，说的就是这个道理。事实上，"戒慌忙、切思量"的道理岂限于读书领域？

有怀疑，自然就有被怀疑，由此我想到事情的另一面，那就是，被怀疑者，面对他人怀疑时的应对态度，似乎更体现一个人的教养。

这当然首先在于，被怀疑总是一件不爽的事，尤其是当出于各种各样的原因，一时无法向人解释清楚时，特别考验被怀疑者的承受力与自控力，笼统地说就是教养。让时间说话，让事实说话，是最有说服力的，可是要做到真的好难。而且，与怀疑而言，被怀疑通常处于一种被动应付状态。怀疑者可以站在制高点上，预先准备角度力度，先发制人，先声夺人，甚至排山倒海，气势如虹，而被怀疑者则完全不具备这种优势，仓促应战，不及细考，甚至猝不及防,狼狈上马,处于守势,特别容易忙中出错,应对失措。这个时候,正是"教养"不可缺位之处。

在战功卓著的老将廉颇面前,文官蔺相如就是个弱势的被怀疑者。从"完璧归赵",到"渑池之会",蔺相如表现出色,官拜上卿,居然越级于廉颇之上。老将军因此很不服气,于是,数次寻衅滋事,羞辱蔺相如。蔺相如心知肚明,以国家利益为重,或托病不上朝,或借道回避,以免跟廉颇正面冲突。直到廉颇有一天警觉悔悟,脱下战袍,背上荆条,到蔺相如门上请罪。从此两人冰释前嫌,文武同心,协力保国,此为青史著名的"将相和"。

蔺相如忍辱负重、深明大义的言行举止,正是在被怀疑时"有教养"的生动注脚。蔺相如自然懂得,人立于世,被怀疑,其实是一种常态的道理。难得的是他还懂得,什么是出离意气用事式的非理性思辨的偏见,和冲动、偏激的表达。

何谓有"教养"?我的理解,就是讲道理、懂节制、有责任心。如康德所说,"要有勇气运用你自己的理智",重事实,讲逻辑,善于坚持自己的观点;重情义,讲分寸,能换位思考体谅他人;守底线,有担当,对自己的言行负责。唯有如此,方可称作有"教养"。

有教养地被怀疑,这既是自身涵养的体现,也是对他人的一种尊重。让非出于恶意的怀疑者能够体面地、在引导下有教养地下台阶,也是被怀疑者了不起的一种教养。

尤记得年少时拜读英国作家简·奥斯汀小说的某个情节:一位仆人无端被指责,一怒之下冲到主人的房间,朝着女主人大发脾气,女主人完全不知内情,无法解释清楚,一时目瞪口呆,气得浑身发抖,却到底也没有说出那句很容易冲口而出的"滚出去",沉默半天,只是愤愤地说出一句"我希望独自一人待一会",算是表达了自己的极端义愤与不齿。仆人一通情绪发泄完毕,才骤然醒悟错怪了主人,想到主人的宽容,愈发心生感激之情。这大概就是所谓贵族夫人,懂得维护自己的尊严,并且懂得尊重别人的尊严。张口就骂,抬手就打，与教养差之千里。

我曾经著文荐读一本童话书《当世界年纪还小的时候》（湖北少儿 2006 年版）。书里的那些童话故事，都短小精悍，文字干净清爽，充盈着美丽的灵感。且看一则：

"洋葱、萝卜和西红柿，不相信世界上有南瓜这种东西，它们认为那是一种空想。南瓜不说话，默默地成长着。"

全文就这么两句，初次阅读，还以为刚开了个头呢。好在短小，就再读几遍。这就渐渐看出点意思来了。洋葱、萝卜和西红柿的共同特征是个头差不多。彼此在一起，你看看我，我看看你，半斤对八两，谁也不比谁弱，却谁也强不到哪里去。久而久之，思维成定势，以为世界上所有的事物就应该这么点体量，不相信还会有比它们更大的东西了。南瓜的态度呢？倒是很有趣，很有风度，很有见地。它不委屈、不赌气、不申辩，顾自自由地存在，认真地生活，健康地成长。事实胜于雄辩嘛！况且，来日方长，何必争一日之长短呢？再深想下去，这何尝不是浮世间做人的道理呢？我想，其实人人都可以以此故事来比照一下的：一事当前，自己是那自以为是的萝卜、洋葱和西红柿呢，还是那既有主见又有涵养的南瓜？颇有讲究呢！

如何有教养地怀疑，以及如何有教养地应对怀疑这门课，没有人有可以逃课的理由。

（原载《南方周末》2017 年 5 月 30 日）

## 匍匐的生命

张嘉丽

　　我们常常被某一种生物所吸引，吸引的瞬间，有时并不分那些生物为何物，为哪个域、界、门、纲、科、属。总之，那个瞬间，我们被吸引了。它们或动物，或植物，或藻类，或蕨类，或哺乳，或爬行。吸引的瞬间，我们像中了邪一样，某根兴奋的神经会被莫名地挑起，然后被某种生物身上的某个元素所吸引。被吸引的或者是它的颜色，或者是它的个性，或者是它的气味，或者是它的功能，或者是它的形象和姿态。倘若世间有千百种喜欢，就有千百种吸引。

　　那天，我坐在山上的溪边休息，突然看到岩石上生长着一片片茂密的植物，忍不住跳到石头上去观察它们。那些茎叶多汁的植物生长在水边的石头上，郁郁葱葱，整齐美观。仔细观察，它们的叶片或针形，或卵形，或线状长圆形，互相对生，极富生机。那些叶片在春日光影的照射下，宛如碧绿的翡翠，偶尔几株叶片上点缀着红晕，显得柔情万千。

　　虽然它们极不起眼，细看之后，会发现这些极不起眼的草竟也淡雅秀丽。它们优雅而又自在的生存，它们的优雅活像一朵朵盛开的水莲花，或上升或直立迤逦而生，然后绕过岩石匍匐前行。

我被这种植物前行的姿态所吸引。它们紧贴着岩石生长,匍匐前行的姿态即是行走的姿态,它们的姿态是那么低调。我想象着匍匐的姿势,那是一种以腹部贴地,向前缓慢爬行的前进姿势。

当然,前进的方式有多种,或走、或跑、或跳。如果让我们选择行走的方式,忙的时候,我们多半会选择轻快的步伐,大步流星,或健步如飞;闲的时候,我们多半会选择闲逛的方式,溜溜达达,或闲云漫步。倘若没有卧倒的必要,即便因着某种原因步履艰难,我们也决不选择匍匐前进。那种像虫、蛇、龟一样以腹部贴地缓慢爬行的姿势,决不是我们愿意干的。因为,我们的骨子里认为但凡有点儿骨头的人,都会觉得那是一种低级的前进方式,那样的姿势不仅会磨损我们的肚皮,还会折断我们僵硬的头颈。

可是,这种我叫不上名字的植物却以这种匍匐前进的方式生长。我看着它,就只能想到匍匐的生命。

从这种植物的身上,我联想着,匍匐难道真是一种低级的前进方式吗?或许未必。站得高低,都应有各自的好处与角度。倘若我们站得高,就可以看得远,站得高,才可以俯视低处。倘若我们站得低,就可以看得清,站得低,才可以仰望高处。

俯视会比仰望优越吗?未必。当我们俯视的时候,因看得远,往往也会目空一切,当一叶障目的时候,往往会错过许多不该错过的风景。当我们仰望的时候,因高昂着头,我们会觉得自己低下和卑微,真的低下和卑微吗?也未必。人只有在对某物、某人或某事怀有敬慕、敬仰之心,才会产生向往之情,才会为着某种目标而追求、奋斗。我们是在目空一切的时候收获多呢,还是怀着敬仰的心收获多呢?既然仰望并不比俯视的收获少,那么,我们为什么一定要站在高处去俯视一切呢?当然,我们也可以在不同的时间、地点、高度去观察一切。那么,我们不是也可以交换视角吗,为什么又会有那么多的人一定要站在高处,去俯视一切呢?

当我对这个问题产生疑问的时候,我开始关注这种在水边生长的极不起眼的植物。当翻遍书架上所有关于植物的书后，终于找到了它的名字——佛甲草。

  佛甲草为景天科景天属多年生草本植物。因其形态类似人的指甲，便有了佛甲草的称呼。这是一种多浆型植物，它的叶、茎表皮的角质层都具有超常的防水分蒸发特性，其耐旱时间可长达 1 个月，即使在夏季干旱的屋顶上也无需浇水。佛甲草有一定的观赏性，既可作为盆栽欣赏，也可用于屋顶绿化。它还具有清热、消肿、解毒效果。可用于治疗咽喉肿痛、烫伤、蛇伤、痢疾等。

  在了解了这种植物的性情之后，我开始对它更加关注起来。之后才发现，实际我的"百草园"中早已养了不同品种的佛甲草。我所养的佛甲草也不尽相同，它们的叶片有圆，有尖，有大，有小，而且形状各异，有的如玫瑰，有的似莲花，有的像丝竹，个个清新俏丽，盛放的时候，它们的枝头会开满金黄色的小花，那些花在草叶间闪烁，十分耀眼。长久以来，我只管养它，却不知它的来处。直到在山间发现它的其中一个品种时，才忽然发现，我喜欢这种匍匐的生命，喜欢它的坚韧，无论你怎样折腾，它都有不死的精神。除了坚强，此草身上还有一种低调的美，那是一种自然而纯粹的美，就像人类的文明底线，不容亵渎。

（原载《安徽文学》2017 年 11 期）

## 剑桥的诗韵书香

张绍光

从伦敦去剑桥的路上,导游李德先生充满深情地说:"昨晚,我手抄了徐志摩的《再别康桥》,请一位志愿者朗诵。"车内一时无人响应,我自告奋勇地走上前,当一回"志愿者",不看文稿,从容不迫地将这首诗背诵了一遍。博得一片掌声。我对旅友说,徐志摩是我崇拜的偶像。70多年前,他从伦敦回国,临行时,满怀眷恋地向康桥告别:"悄悄的我走了,正如我悄悄的来。我挥一挥衣袖,不带走一片云彩……",他把康桥当作自己的知心朋友,向它作最后的回眸,才匆匆踏上归途。诗句写得何等从容,何等潇洒。在康桥求学的莘莘学子,几乎没有不知道这首诗的。今天重游康桥,无限感慨。刚才朗读他的作品,借此表达自己的感受。

李德先生听了,幽默地说,徐志摩是"再别康桥",你是"重游康桥"。他特地送我一枚盖有邮戳的"首日封"邮票,作为纪念。

康桥是剑桥的别名。距伦敦56公里。它和牛津、哈佛并称世界上三座"大学城"。剑桥大学建于1209年,它不像国内的那种独门独院的大学。由大大小小的31所学院组成,散落在风景秀丽的剑河两岸,彼此独立,相互竞争。它没有校门,没有围墙,只有在办公大楼上方，看到学校的标志图案。如果要进某个学院参观，游客必须另外付费。每天清晨，总能见到学生们骑着自行车匆匆赶路，也能见到本地居民闲适轻松地生活。大学融入了城市的各个角落，整个城市也就是一座大学。

剑桥不大，人口不过 10 万，街市比不上伦敦繁华，但它那古朴的风格、优美的景色以及浓郁的学术气息，吸引了远道而来的客人。特别是弯弯曲曲的剑河，在学院之间蜿蜒穿过，为这座充满书香气息的小城增添几分柔情。

李德先生首先带我们坐船游览。他说，到了剑桥，主要就看大学、剑河和河上形形色色的桥。坐上平底小船，欣赏大学城两岸风光，是剑桥旅游的特色项目。早在 1702 年就已兴起的这项传统活动，在当地叫做"撑篙"。徐志摩在诗里也曾这样描写："寻梦？撑一支长篙，向青草更青处漫溯。满载一船星辉，在星辉斑斓里放歌……"

剑河大约二丈多宽，河水清澈而平静，河面上游船来往穿梭，两岸是碧绿的草地和古老的建筑，垂柳在阳光下闪烁，鲜花在春风中绽放。此时，我的脑里又跃出徐志摩的诗句："那河畔的金柳，是夕阳中的新娘。波光里的艳影，在我的心头荡漾……"，有一种走进画卷的感觉。

我们的导游知识渊博，娓娓道来，往往引人入胜。每经过一座桥，他就给我们讲述一段故事。

"克莱尔桥"是剑河上最古老的桥，至今已有 370 年。这座三孔石桥的两边栏杆各有对称的 7 个石球，当地人称之为"地球仪"。李德先生指着左边护栏第二个球说，这个球被切掉了八分之一。原来是雕刻师完工后，因为拿不到应付的工钱，一怒之下，故意破坏，留下残缺，以泄私愤。走近端详，果真如此。是真是假，无从考证。"数学桥"是牛顿根据"力学原理"镶嵌而成的桥梁，整座桥不用一枚钉，显得高贵古雅。每逢雨天，木桥散发出浓郁的檀木香味。

单孔平跨的"国王桥",精巧别致,连接着校舍和后院,给人以清幽神秘之感觉。"高潮桥"造型奇特,桥高坡陡。

确实,每一座凌空而架的桥,风格各异,它们倒影在清澈的河水中,深藏着那些尘封的往事。

剑桥的自然风光固然迷人,但它的人文景观更令人倾心。在这座大学城里徜徉,我听到许多熟悉的名字,看到许多伟人的画像,深深体会到培根"知识就是力量"这句至理名言的深刻内涵。

剑桥有30多个学院,近60个学科,剑河两岸洋溢着浓浓的书香。其中最为著名的是三一学院、国王学院和圣约翰学院。

三一学院是亨利八世于1540年创办的。无论是学术成就,还是经济实力和办学规模,在剑桥大学现有的学院中均名列前茅。大门入口处有亨利八世的雕像,令人不解的是,威严的国王左手托着一个带有十字架的金色圆球,右手却举着一根椅子腿。李德先生介绍,原先,亨利八世右手中握的是一根象征王权的金色手杖,雕像竣工不久,不知是哪位调皮的学生,悄悄地爬上去,把手杖抽出来,用现在的这根椅子腿取而代之。我笑着问:"既然如此,为何不更换?"李先生回答:"英国人的风格就是顺其自然,何况这传说符合他们幽默的性格。"

无独有偶,三一学院阮恩图书馆的屋顶上,有四座雕刻的人像,分别象征着神学、法学、物理学和数学。据说,1770年,这所学院的院长戴着传统的假发,有一些学生攀上屋顶,给四座雕像也戴上假发,一直到现在。

三一学院的草坪上有一棵苹果树,相传牛顿在树下读书时,看到苹果落地,从而发现了"万有引力定律",继而又创立了微积分学,奠定了力学的基础,被誉为"历来最伟大的天才"。

据介绍,三一学院曾出过5位英国首相,2位英国国王,还有许多世界著名的政治家都从这里毕业,走向政坛,如新加坡前总理李光耀、印度前总理尼赫鲁、巴基斯坦前总理贝·布托……从1901年至今，三一学院已拥有包括物理、化学、医学等领域在内 63 位诺贝尔奖的得主，这是其他任何大学望尘莫及的。科学家牛顿、哲学家罗素、散文家培根、诗人拜伦、小说家萨克利……都是三一学院的骄子。在学院的食堂里，正中挂着亨利八世的巨幅画像，两侧依次悬挂着"三一"名人油画像，他们为"三一"赢得了荣誉，"三一"也永远铭记他们的功勋。

圣约翰学院与三一学院仅一墙之隔，是剑桥最古老、最大的学院之一，建筑群十分壮观，还包括 5 个庭院。这是 1511 年由玛格丽特·标福得夫人遗赠而建立的。学院有两座横跨剑河的桥最为著名。一座叫厨房桥，另一座就是叹息桥。后者由白色石材砌成，因一些学生失意或失恋时在此叹息流泪，然后跳河自尽而得名，现已封闭成廊桥。桥上有哥特式的尖顶，十分别致，学生们戏谑地称它为"结婚蛋糕"。

国王学院由亨利六世于 1441 年创办，最初只有 1 名院长和 70 名学生，它是专门为亨利六世的伊顿公学的毕业生而建立的学院，不收其他学生。为了显示国王的雄厚财力，学院建立之初就追求宏伟壮观的建筑，最著名的当属国王学院礼拜堂。这座垂直的哥特式建筑已成为整个剑桥的标志和荣耀。它那精美的雕刻、高耸的塔尖和拱形的屋顶令人赞叹不已。25 扇彩色的玻璃窗绘制着圣经故事，是中世纪遗留下来的艺术精品。学院左侧的灰白色的大厦是剑桥学生举行毕业典礼的地方，每年要举办 7 次，给那些学业有成的学子戴上"博士帽"，这是人生中辉煌的时刻，通常还邀请学生的父母及亲朋好友参加庆典。

圣凯瑟琳学院是亚历山德拉·凯瑟琳于 1473 年创建的。她曾被判处死刑，要被钉死在一个轮子形状的十字架上。然而，当她的身体碰到那只十字架时，轮子却奇迹般地断裂了。因此，轮子便成了凯瑟琳的吉祥物。这就是学院大门上那个金黄色轮子图案的由来。

聆听着李德先生叙述每座学院显赫的历史和传奇的人物，置身于古老的建筑和迷人的风景里,思古之情油然而生,不由对这座大学城的神奇魅力充满向往,对剑桥人那种生生不息、孜孜不倦地追求真理的精神和意志,感到由衷的钦佩和敬重。

能够到剑桥大学深造的人是十分荣幸的。如果在30多所院校中历史最悠久的三一学院或国王学院住上一两年,更是一种资格,一种荣耀。因此,剑桥历来是全世界学子向往的地方。虽然,我辈此生与剑桥无缘,但是,能够到这座知识与花园之城走一趟,体味它的诗韵书香,心灵深处也激起阵阵涟漪。临别时,我不经意间看到静静躺在草丛里的石碑,上面刻有徐志摩《再别康桥》的诗句,不由轻吟起来:

> 但我不能放歌,
> 悄悄是别离的笙箫;
> 夏虫也为我沉默,
> 沉默是今晚的康桥。

(原载《中国建材报》2017年9月9日)

# 赫德的中国岁月

赵柏田

十年前,我开始与赫德相遇。我生活的这座城市宁波,一百五十年前有一个外国人居住区,狭长的河湾边,一字儿排着码头、英领馆和教堂(这座著名的天主教堂在 2014 年夏天的一场大火中被烧成了一个空架子)。1854 年,19 岁的北爱尔兰人赫德就是在这里开始他长达半个世纪的中国生活。此前,在关注十九世纪中叶以降东部口岸城市的外来者时,我已注意到了这个维多利亚时代英国青年在中国的传奇经历。在现代性降临前夜的中国政坛,时时出没着这个人的身影:光光的脑门,穿着双排扣大衣,一副心事重重的模样。就像在上海外滩曾经竖立过又被捣毁的那个铜像一样。

存在另一个赫德——与公众所知的那个老成持重的不同。当年,这个贝尔法斯特女王大学的优等生刚到中国时,是何等青涩,又野心勃勃。最初这个家境贫寒的英国小镇青年是抱着去东方传播上帝福音的念头来到中国的,但他自己也没有想到,他会踏入神秘、诡异的清廷仕途,并一步步登上了大清海关总税务司的高位,且执掌海关权柄长达四十五年,为此,他不得不关闭了另一个方向上欲望的阀门。

这个人到死也是一个充满欲望的人,情欲,权力欲,此起彼伏。他整个的青年时代都是在与情欲做着斗争。开始时,情欲的暗潮总要把他淹没("色欲是对我最大的诱惑"),到后来,激情似乎已经耗尽,他远离了那些女性,而权力成了他的春药。

2005年前后,我一直在试图走近这个人——找来他的两大卷日记、他与忠诚的下属兼朋友金登干的函电录《中国海关密档》、曾在海关供职的美国人马士的《中华帝国对外交往史》,还有1866年春天与他一起踏上访英旅程的帝国下层官员斌椿、张德彝等人在《乘槎笔记》、《航海述奇》里对他猎奇式的描写。这个人一生的轮廓清晰了起来:一个孤独者;长于内省的工作狂;忠诚的丈夫与狠心的父亲。

他与船家女子Ayaou阿瑶的共同生活,就是起自于领事馆小湾旁(当时英国人都这样称呼那片河湾)的那排平屋。起初,她只是情欲的一个容器,共同生活中,她身上东方女子特有的柔顺品性也吸引了他。她陪了他七年,从宁波,到广州,再到上海,并为他生下了三个孩子,大女儿安娜,两个儿子赫伯特和阿瑟。这个殖民地情爱故事终归要结束,当他在1866年——当时他已登上大清海关总税务司的要位——率领近代中国第一个海外观光使团(即史家习称的"斌椿使团")前往欧洲时,他把这三个孩子送到英国一个监护人家里,而自己则迎娶了一个门当户对的英国小镇医生的女儿赫丝特,并在短暂的度假后带到北京充任他的总司夫人。

随后出现在公众眼里的赫德,已是一个谨慎圆通、没有道德瑕疵的帝国高级官员形象。他按照维多利亚时代的道德要求、也按照中国官场的私德要求重新塑造了自己。他把自己完全地献给了海关,把海关建设成了正日益走向衰败的帝国的最具现代化的一个部门。至于私生活方面,在北京的社交圈里,除了偶尔绅士地向女性献献殷勤,他已成了公认的没有绯闻的人。但他还是会抑制不住地流露对阿瑶这个女人的思念。

尽管出于爱惜羽毛，他删改了早年的日记，对自认为荒诞不经的经历多有涂饰，但顺着没有清除干净的蛛丝马迹，还是能发现他对那个被他抛弃的中国女子的爱和悔意，延续了他半个多世纪对中国的复杂情感。或许可以这么说，因为这个女子，他爱上了中国，中国给了他权力，他改变了中国。

就像《中国岁月》这本书里所披露的那样，与阿瑶所生的三个私生子让赫德在以后的日子里陷入了尴尬境地，一方面，尽管他竭力瞒着妻子，但纸包不住火；另一方面，他刻意不与私生子见面，按照自己的愿望设计他们今后的生活道路，但孩子们长大后他已无力掩饰真相。他们曾不止一次流露出要到中国来寻找生身之母的想法。

《中国岁月》的作者玛丽·蒂芬，曾经是一个研究农业问题的社会经济学者，当她退休后反观自己家族，发现自己竟然幸运地降生在一个有故事的家族里。她的外祖父曾经服务于赫德领导下的中国海关，她母亲出生在山东烟台。当她找到母亲卡拉尔家族三代女性在数十年的时间跨度里与赫德千丝万缕的交情故事时，她进入了一个家族史与社会史交叉的独特书写空间。

作为卡拉尔家族第四代到过中国的女性，一个训练有素的历史学者（她是在剑桥大学读的历史本科），她利用家族文件、档案材料、日记和书信，完整还原了卡拉尔家族那些气质非凡的女性与大清海关税务司赫德的私人交往故事，使原本复杂的赫德形象更显丰富、更有人情味，也在一个更加广阔的维度上呈现出了维多利亚时代（包括海外殖民地）的各种男女关系。

被称作赫德"红颜知己"的卡拉尔家族的第一代女性是玛丽·蒂芬的曾祖母艾玛·桑普森，一个来自德文郡的女子，她和第三任丈夫桑普森（一个领事治安官，也是一个植物学家，中文名谭顺）结婚后于1854年来到中国，三年后，因"亚罗号"事件导致英法联军攻陷广州城，一个军方三人委员会掌管了广州城，从宁波调来出任委员会秘书一职的赫德,就此开始了与她一家长达半世纪的交往。赫德在中国官场日渐位高权重,对她一家多有照顾。

第二代的艾玛·卡拉尔,十九世纪七十年代中期曾暂住赫德北京的家里,当时赫德正是内外交困的时候,赫德骑墙难下,他的妻子赫丝特不时给他添堵,三个私生子女让他不堪负担,他和赫丝特婚生的三个子女艾薇、布鲁斯、诺丽也都不省心。卡拉尔小姐这个青春女子的到来(另外还有一位是税务司吉罗福的夫人),成了这个四十岁的男子抑郁生活中难得的一缕亮色。他赞美她们的裙子漂亮,有时还会做"怪梦",梦见与她们亲吻,尽管倾慕不时有所流露,但那段时间赫德的日记中丝毫看不到对她们的勾引,而只是引以为朋友后亲密的内心表白,还有在一个老男人心里激起的周而复始的情感与责任感的搏斗,他最后终归明白,"喜爱并不等于情爱"。

艾玛·桑普森的儿子吉姆·卡拉尔(中文名贾雅格)在赫德关照下也进入中国海关,先在广州海关包腊处任职,后又担任赫德秘书。贾雅格的妻子弗朗西斯定期给赫德写信,视之如父。他们的女儿凯瑟琳·凯特——玛丽·蒂芬的姨妈——从一个小女生开始就与赫德保持着通信往来,她称他"教父"。赫德写给这些年轻女孩的信中,谈天气、谈郊游、谈学校生活,有时也谈他的工作苦恼,语气轻松自如,偶作调侃,完全不同于他给同时代人留下的刻板印象。

贾雅格死后,卡拉尔一家回了英国,这一家的女人们继续与赫德保持着通信。生活的拮据,与母国的疏离感,使她们愈加怀念在东方的生活。赫德的复信是她们的最大安慰,直到1911年,回国后的赫德在白金汉郡的一处乡间别墅去世,曲终人散。

赫德在海关总税务司任上的四十五年,有人读作晚清中国的一部官场指南。他的野心,时或纠结,却又总是踩在时代正确的节点上,又被人读作一部成功的职场宝典。而其人对于中国的真正意义,乃在于他是中国现代性转型的重要推动者,一个影响了中国近半个世纪的外来者。他就像一个走钢丝者游走在东西方两个大国间,两边都是深渊，一脚踏空就会万劫不复，是以他的人生成了一种"骑墙"式的人生，不断地去调和、去弥合、去装裱，而在婚姻和家庭生活中，他也一直是一个裱糊匠。

当他的心灵被孤独的荒草淹没，当他因早年的情欲放任独饮生活这杯苦酒，对这个位高权重者来说，惟有两样"鸦片"差堪安慰，那就是工作和女性。工作犹有竟时，而他所遭遇的那些平凡而优雅的女性，正是他灰暗人生中的永恒明亮，这也是他与卡拉尔家族的女性保持长达三代友谊的秘密。

（原载《新京报》2017年5月6日）

## 糕老虎

赵 霞

还是在冬天里,年关将近的时候,拉开了搡年糕的序幕。

村子里用作轧米的加工厂给腾出来,砌起两个巨大的灶台,灶肚直接开在墙上。各家各户把秋天里伐下晒干的一捆捆柴担到灶边。填火的人红通着脸,举起长而大的叉子,叉住绑柴捆的粗藤条,将整捆的柴送入灶肚。热气氤氲的大灶边,满排着一箩箩浸过水的白米,米中央立个小盅,盅底盛两勺菜油。看不清灶头忙碌的男人的模样,却见他一手拽过一箩米,嘿一声擎起来,都倒进灶上的大蒸笼里,看看蒸得透了,再嘿一声举起蒸笼,把米饭都灌进一旁机器的大漏斗里。

从机器的另一头轧出了白花花的米糕,这米糕被飞快地运到对面房间,腾进另一个机器的大漏斗里。漏斗后头拖着长长的传输带,上面卧行着的细白长条,整整绕屋大半圈,正是刚制出的年糕。传输带的转角,一个妇女一手缓缓摇动旋转的刀片,一下一下,将长长的年糕均匀切分,另一手捏个小刷子,往刀片上刷油润滑。那竹箩里的小盅菜油,派的正是这个用场。末了收尾的,是一个大竹匾和一群快手的女人,她们围在传输带的尽头,从上面迅速捡起滚烫的年糕,扔到后头的竹匾里。

这个时刻,我们这些小孩子等了许久,只待女人们一声招呼,大家便一拥而上,纷纷去翻晾竹匾里的年糕。这是为的不让热年糕粘在竹匾上。这个活计大多是自愿的,也受到大人们欢迎。待到年糕晾凉,女人们再接上来,将它们一横一坚地码成整齐的方垛,装进一边的箩筐里。

而我们也得到了工作的嘉奖,那是大人们塞给的一把年糕。大伙儿携着战果,冲到后山矮矮的小坡上,用石块垒起简陋的小灶,点火煨年糕吃。煨熟的年糕散出迷人的焦香,掏起来,剥去焦黑的炭皮,几口下了肚。我们便揩揩手指,跑到山下,继续去翻年糕。年糕场一开就是好几天,这是全村小孩聚会的好时机,大人们忙着担米、挑柴、排号、收糕,由得我们在后山上胡作非为。

但最难忘的还是糕老虎。那是整个年糕季里最叫我们着迷的东西。米糕新出蒸笼,便是做糕老虎的大显身手的时候。一团滚烫的米糕在他们手里来回握几下,捏几下,一个生动的糕老虎出来了。糕老虎的样子各式各样,都是乡村熟悉的动物,鸡、鸭、狗、猪、牛、羊,做得最精美的却是老虎。糕老虎的得名大概也从这里来。

做糕老虎的往往是村里一两个巧手的年老男人,年糕场的力气活用不上他们,但这不妨碍他们成为整个场子的焦点。小孩子不用说,围着他使劲仰脖子,大人们也会被拖来,央他给自家孩子做上一个。糕老虎不卖钱,只是一项自愿的消遣,做糕老虎的却不马虎,他们从山里掐来殷红的珠果,揉出颜料,给手里的糕老虎上色。染色后的糕老虎喜气洋洋地串在竹筷上,经风一吹,米糕的皮子紧绷成光洁的皮面,几乎要闪闪地发出光来。

我多想要这一个这样的糕老虎啊。可是围着看糕老虎的人真多,我总也挤不进去。只看见一个个大人小孩从圈里面走出来,手里举着神气的糕老虎,另一些大人小孩又迫不及待地挤进去。终于等到人群稀落下来,于是着着忙忙上前,嗐,做糕老虎的也早已不见了。

有一回差点得到一个糕老虎。那是在年糕场的壁角，意外撞着一位正在捏糕老虎的。此时人们正围着前一个做糕老虎的抢得热闹，没顾上新来了一位。大概因为我瞧得认真，他一高兴，说："这个捏了给你。"然而，糕老虎还没捏成，早已围上来一大堆人，眼花缭乱中，我的糕老虎不知到谁手里去了。

糕老虎的手艺由来已久。听母亲讲，那时的搡年糕才真叫做搡年糕。场子一开，大灶一起，空敞的平屋里热气漫布。屋中央摆开一座石倒臼，一甑米糕倒进去，搡年糕的男人打着赤膊，双手举起沉重的石头掼碓，朝着倒臼里狠狠搡下，再用力提起。这人对面又候着一人，此刻看准时机，两手往旁边水盆立即一插，将蘸水的双掌再飞快往米糕团上一抹，下一搡已然落下。米糕团抹了水，便不会粘在石碓上。这样一起一落，一搡一抹，糕团渐渐坚实缩小。搡得越多，做出的年糕韧劲十足，口感越佳。但这活计也最费力，一般人使上十余记，就得换人。这样的年糕场上，家里有膀阔力大的年轻后生，最足引以为傲。至于做糕老虎的，倒是不大起眼的点缀了。

听着这迷人的景象，没有得到糕老虎的事，好像也不那么算回事了。但母亲又说，好像记得有一回，央乌巷门的寿老鸹给我做过一个糕老虎。寿老鸹是绰号，老人名中带个寿字，说话跟老鸹似的，调子又响又长，他的孙子和我同岁。我怎么一点儿不记得了？

（原载《文汇报》2017年1月27日笔会副刊）

## 悲歌为谁而吟唱

赵宗彪

如果让我去一个孤岛，只能带一本书，我肯定选择《史记》。因为《史记》中，跃动着足以让人类自豪的人的精神，闪耀着高贵的人性的光辉，让人不忍、不甘、不愿当奴隶。

在书中无论是帝王、士人，还是贩夫走卒，一个个都有着不可屈服的尊严和斗志。为了理想，他们一往无前在奋斗，为了践诺，一掷千金，为了尊严，可以牺牲生命。《史记》最让人激动的，永远是人，一个个生动活泼的人，有着高贵的心灵，不屈的精神，充沛的豪情。胜利的英雄们固然能够赢得鲜花和荣耀，但是失败的英雄，依然光彩照人，命运之神即使没有眷顾，不能实现自己的理想，依然没有失去人的魅力。

《史记》是中华文明前三千年的一个总结，呈现给我们的，是一个健康的、阳刚的、豪迈的青年，正举着一把青铜剑，呼啸着在华北平原上自由地奔跑。他是忍渴逐日的夸父，是不息填海的精卫，是上下问天的屈原，是易水送别的荆轲，是义不帝秦的仲连，是勾践，是伍员，是田横，是李广……《史记》中的所有人，都是悲剧中的英雄。司马迁以悲天悯人的情怀，写出了人类的困境：在命运面前,有些人可能是幸运者,但是,不论你的所谓功业是成功还是失败,在死亡这个最后归宿面前,没有一个人可以例外。

死亡是人类最伟大的创造,也是所有生命都拥有的最终宿命。在这个巨大的悲剧面前,所有的人都无法逃遁。在司马迁的眼里,刘邦和项羽都是位列本纪的伟大英雄,但是,在死亡面前,同样只能吟唱悲歌。

在结束秦政之后的争霸战中,刘邦和项羽从战友最后变成了敌人。垓下之战,楚汉相争的胜负大局已定。面对失败的局面,项羽的表现,让两千年以后的我们依然唏嘘不已。

> 项王军壁垓下,兵少食尽,汉军及诸侯兵围之数重。夜,闻汉军四面皆楚歌,项王乃大惊曰:"汉皆已得楚乎?是何楚人之多也?"项王则夜起,饮帐中,有美人名虞,常幸从;骏马名骓,常骑之。于是项王乃悲歌慷慨,自为诗曰:"力拔山兮气盖世,时不利兮骓不逝。骓不逝兮可奈何,虞兮虞兮奈若何!"歌数阕,美人和之。项王泣数行下,左右皆泣,莫能仰视。

检验一个男人是否有真性情,看他对女人和弱者的态度可知。无情未必真豪杰,项羽之所以让宋代的女诗人李清照也称之为"人杰",可能与此有关。项羽死时,年仅三十一岁。

作为贵族,项羽有名的歌唱就这一次。他的悲歌,是在死亡面前,为了一个女人而唱。刘邦却有两次。

刘邦开创了一个平民通过努力奋斗,也可以统治世界的新时代。他的第一次歌唱是在衣锦还乡之后,唱的是"大风起兮云飞扬,威加海内兮归故乡,安得猛士兮守四方。"

但是,在项羽死后七年,他有着与老对手一样的困境:面对即将到来的死亡,和心爱的女人一起唱起最后的悲歌。

刘邦的皇后是吕雉,他们的长子刘盈,已被立为太子。刘邦后来又宠幸了一个妃子叫戚夫人，生了一个儿子叫如意，封为赵王。爱母及子，刘邦的晚年，一直在为易太子的事，与大臣们、皇后外戚斗智斗勇，想将自己的皇位传给赵王如意。大臣们之所以反对，是因为嫡长传位是流传了两千多年的光荣革命传统，稳定压倒一切，这个老规矩不能破。外戚们的反对，是切身利益所系，如果太子易人，荣华富贵可能变成人头落地。吕雉、吕泽姐弟在张良的帮助下，终于巩固了太子地位。面对着自己的失败，虽然贵为皇帝，刘邦也无可奈何。

刘邦知道自己来日无多，伤心地对最心爱的戚夫人说："我想换掉太子，但是，太子已有这四个人的辅佐，羽翼已成，我已动不了了。以后的事情，只有吕后能作主了。"知道吕后手段的戚夫人哭泣不已。刘邦说"你为我作楚舞，我为你唱楚歌吧！"刘邦唱道："鸿鹄高飞，一举千里。羽翮已就，横绝四海。横绝四海，又可奈何？虽有矰缴，尚安所施？"已经风烛残年的老皇帝，面对着无情的岁月，当年在老家唱大风歌的豪情壮志，早已一去不复返了。

刘邦和戚夫人反复歌舞，戚夫人已经泣不成声，当年的胜利英雄，再也无法忍受如此悲怆的场面，只得匆匆离去。

六十二岁的末路英雄，充溢心头的，除了悲凉，还是悲凉。无论是什么英雄，最后面对的，是都要死去的宿命。刘邦可曾想起，自己和老对手项羽当年的垓下悲歌，怎么如此地相似——

项羽明白，在自己战败之后，等待虞姬的战俘命运将会是什么。他最后放不下的，不是功业，而是女人。《史记》没有写虞姬的下场，根据其他史书的记载，虞姬为了让项羽能安心突围，是在项羽的吟唱楚歌之后，自刎于帐下。

知妻莫若夫。吕后"为人刚毅"，在紧紧配合刘邦剿灭功臣上厥功至伟，是个心狠手辣之人。刘邦之所以悲伤，是因为他知道，在自己死后，最喜欢的女人和儿子面对吕后这种角色时，将会是什么结局。

刘邦死后，他一直想废却未能如愿的十六岁太子刘盈即位，是为孝惠帝。惠帝倒是一个宽厚之人，知道吕后的心思，对自己的弟弟赵王如意呵护有加。但是，最后，十四岁的小王子还是被报复心非常重的吕后乘隙毒死。而更显吕后残忍的是，她对戚夫人的迫害，到了人神共愤的地步：将她的情敌戚夫人砍断四肢，刺瞎了眼睛，熏聋了耳朵，吃了哑药，然后将她丢在厕所里，称之为"人彘"。过了几天，她还不解恨，特地叫亲生儿子孝惠皇帝去看。皇帝看到这样一堆肉体不知何物，一问，才知道原来是美丽的戚夫人，乃大哭，被吓出了大病，从此不理朝政。

吕后在刘邦死后，事实上开创了她自己的吕家时代，专权汉政达十五年，但是，她的这些做法，并没有给吕家带来利益。在她死后，迎来的，是老臣们对吕氏家族的大屠杀。如果刘邦地下有灵，会有何种反应？悲乎、喜乎？如果刘邦和项羽地下相逢，各自说起自己心爱女人的最后下场，又不知会作何对话？

他们该不会一起再唱楚歌了吧。

（原载《台州商人》2017年第1期）

## 雪子敲打着瓦片

郑春霞

在一片鞭炮声中，会有一种冷冽和静宁。穿越着瓦片与瓦片之间，静悄悄的，会有一刹那一刹那的无声世界。在并不太黑的夜中，瓦片会有剪影。厚厚的，重重的，是雨的乐器。也是雪子的乐器。现在天上真下着雪子呢。我比雪子早几天抵达故乡的老屋。

刚来的那一天，我们走到田野去。羽绒服穿不住，早脱了，换上了短衫和短裙。田垄里，一寸一寸的小野花，都开了的呢。有些半开半合，有些全然盛开。最是那一垄油菜花，分明地黄艳艳着。盛开到七八分了的。这不是清明景象么？植物都不认得节气了么？只是气候仿佛，便都一时刹不住了，开怀了。空气中浮游着的满是暖晴的味道。个别蜜蜂也嗡嗡嗡地来应景。水库旁梅枝斜倚，临水照花。我不愿走近去看梅花，逼真逼真的，逼着眼睛，也逼着嗅觉。像这样，远远的，清清的，作一个略有些虚幻的背景，安心也安静。

没想才过了几天呢，就下了雪子。敲在瓦片上，将瓦片敲成了重金属。我颇喜夏日的急雨，冬日的雪子。多么急匆匆，慌乱无主，无处可去似的。怯生生又冒冒失失的，像毛躁的小孩子。但它又那么威武，从天而降。就像天兵天将。十万火急。干脆、利落，做得出来动静。雪子不多见，也不多听了。在江南，雪都少。没下几颗雪子，就下成雪了。雪，轻飘飘的，无声无息，它跟瓦片构不成声音。构成的是图景。雪下在瓦片上，瓦片不是乐器，是容器。一碗一碗的瓦片盛出那样洁如玉屑的雪。

而这里的雪子却下了那么长的时间。我不指望它下成雪，它也下不成雪了。天气预报已然告知，明天是多云。没想到，这过年边的天气跨度相当猛烈。我就来听它的声。坐下来，安安静静的。它的声音，其实是清越的。如果是敲在其他的东西上，不会有那么好听。玻璃窗啦，水泥地啦，墙体啦，都不那么好。只有瓦片，它有弧度，会有回音。空空的，有清响。像棰子敲着木鱼，木槌敲着洪钟，鼓棒敲着鼓，都是一种般配。雨到底是液体，就是急雨也如是。但雪子是固体，它比雨有分量，一粒雪子也比一滴雨体积小，就更显得浓缩，有力度。这样地敲在瓦片上，是一串串的一簇簇的，一嘟哝一嘟哝的声响。而这儿是瓦片连着瓦片，雪子连着雪子，把我的双耳装满。

像这样的小镇，你知道的。我曾经一度嫌它吵闹，杂乱，无秩序。现在我知道它有它自己的秩序。只是每个人都在寻找着跟自己匹配的秩序。并不是它不好，它有它的好。它有这样一片木结构的老房子，供我来听一听雪子敲打着瓦片的声音。一年来个一两次，一次住个七八天。我得到的算是多的了。

二十岁以前我生活在这里。除了去过一趟上海，几趟临海，就哪儿都没有去过。二十年，我生活在县城海游，寒暑假去外婆家，一个叫做高枧的村庄。除了这两个地方，我也哪儿都没有去过。在我心里，故乡基本上等同于两个学校，两条路。第一个学校是海游一小，第二个学校是三门中学。第一条路是我家通往海游一小的路。第二条路是我家通往三门中学的路。第一条路走了五年，一年级走到五年级。第二条路走了七年，初一走到高三，高二读了两年。

二十岁读了大学之后，我就走了。我没有带走什么，当然也留不下什么。我想就这么多了吧，我和故乡，如清风与流水，桃蕊与柳絮，有过相视而笑，亦是两不相牵。我想，这样就很好。

当然，我的双亲还在这里，父母两边的家族都在这里。还有长眠地下的祖先。过年和清明，我总要来一来。但我真没把它当做故乡。我把心灵的故乡安放在另外的处所，或许并不是现实中的空间，而是心的角落。它或者就是杭州，或者是以杭州为底子的一种心灵处所。所以，这个地方，对我来说，是生活过二十年的地方，是我的出生地。况且，不到三个小时就回来了，说是故乡真是矫情了些。跟很多其他事物一样，我愿意尽量把它看得简单一点，不去过多纠缠。

是啊，"故"不就是过去的意思么？过去的就过去了。偶尔回头看看，也有略微的感叹。但我想，感叹是多余的。哪一个人不曾有过刹那当时的石破天惊、刻骨镂心？又何必一惊一乍，恍惚离奇呢？任谁的青春都不过是一场游园惊梦啊。那么，就让那一些都随风逝去吧。我曾经写过的日记，曾经收过的信件、情书，全不当了一回事。在某一个富有交接意味的日子，统统地细读了、翻看了、烧了。两清了。

然后我轻松上路，单纯而快乐。不是打起那十二分的精神，又怎么能应付得了眼面前的生活。这么密密匝匝团团转的日子，怎么容得下偶尔分心地切切回顾？啊，我们不是戏台上水袖长舞、顾盼流飞的卿卿佳人，我们生活在这样的急急如律令的时代节奏之中的呀。

然而，你也知道，任怎样的滔滔洪流都无法洗刷殆尽我内心的点点痴情的呀。于是，当我走过海游街的时候，我还是想起了你的。我的小学同桌，我的中学班主任，我的语文老师和数学老师们。当我为弟弟的婚事采买喜糖的时候，一抬头发现，卖糖的即是我的小学同学。那一颗糖剥开来，放进我嘴里的时候，我们彼此都因为生疏而不断找话题。当我加入班级 QQ 群，所有的记忆在第一时间复活,烧成灰烬都算不了数。当我路过那条路的转弯深处,一下子听到有人喊我同学的名字。过了好久,才发现这名字是从自己的嘴里喊出来的。而这个名字,我已经几十年没有听到过了。小时候,她家就住在这里,现在不知嫁在何方,过得怎么样。那时候,她家门前的小喇叭花开得那么繁盛,她的粉色裙子那么文气,她的爸爸妈妈说起话来总是细声细气。我和另外一个同学总喜欢赖在她家里,有吃不完的大白兔奶糖和看不完的小人书。我们三个人好到不行,一定要用特殊的方式来表白一下。后来只好学了连环画里的"桃园三结义",我们在她家义结金兰。找了她奶奶拜佛的香炉,插了三支香,跪下去,多么真心地喊着:"不求同年同月同日生,但求同年同月同日死。"我喊出来的名字是"文旎"。

二十年,每一天都在发生着跟我有关的事情。二十年,每一件跟我有关的事情,都发生在这里。那么,逃无所逃了。虽然我早已经进入第二个二十年,但没有这第一个二十年,又怎么会有我的第二个二十年?于是,故乡的意义在所难免。

故乡的意义还埋藏在我的抽屉里。那么多同学写给我的明信片、贺卡,过生日的时候,大家送的各种各样的礼物。甚至是小时候我做的布手工,我的葫芦形状的塑料水壶,还有挂在门背后的那么多年前我用红丝线串起的一个乌龟壳。我是拿它来当装饰品的。小学的成绩单,初中的成绩单,高中的成绩单,都一本一本整齐地排放着,每一个老师的签名历历在目。

直到翻到了老师写给我的新年祝福。让我好好想想。当是十六岁的最后一天,在三门中学读高一。翻到这张卡片的时候,我并没有惊奇,就好像昨天刚收到一样。正面的那一朵百合花洁白而多姿,反面老师的字那么美雅耐看。写着的祝福语也是熟悉如昨,只要给我第一句,我都能背下来。"为十七岁的郑春霞祝福!只要懂得珍惜,肯去努力,花季便不会离你而去。只要你张开双臂,世界便会向你走来。为明天的郑春霞祝福!"1991年12月30日,那一天,我定是有着感动和感激的。我也定是下了某种决心的。中间隔了那么许多年啊，而有一些东西依然在那儿。就这样，静静的，在那儿。

故乡，我想是这样，爱与不爱都不要紧了，它是你的，就是你的。当然，它再也不会属于你了，哪怕你重新回归，也只不过是过客。但我多么多么稀罕这雪子这瓦片，让我年年有得听，有得见。我也是故乡的瓦片啊，记得住却盛不下这一碗乡愁。

(原载《西湖》2017年第9期)

# 八月之光在蜀地

郑亚洪

## 1. 重庆，分为两半的城市

我对四川了解很少。一位叫彼得·海斯勒的美国记者写了本关于重庆涪陵的书《江城》，从四川回来我迫不及待地买下来读，我很久没有这么痛快淋漓地阅读了，如果说写红色中国《大地》的赛珍珠因政治口味而获诺奖，那么写《江城》的海斯勒则以他诚恳的眼光和擅长思索的理性精神将显微镜对准了长江——渐渐拉至涪陵，重庆，四川，中国。涪陵在长江大坝建成前成为了重庆市的一个区，离江北国际机场还有百多公里路。

东经110度，刚垂直经过直辖市重庆。重庆，山城，巴山"火炉"，高温38°。离重庆一千七百多公里的东部县城乐清城南呈祥路、勤政路上广布着一间间重庆火锅，白晃晃的灯光下，麻辣烫、酸菜鱼，重庆小姐，四川话，软软的带尾音，把盛夏搅拌得更为火热、滚烫。十多年后，重庆小姐南移了，这个区域随之向城关以南移推过去。山城像一只巨大的铁锚，一头扎进长江里，一头扔进嘉陵江，东北面微微上翘的重庆港朝天门码头，码头对面，长江南岸区，蒋介石官邸，黄山 23 号。山城西面，歌乐山烈士墓，白公馆，磁器口。重庆，被分为两半的城市——战时陪都，红泛区。

重庆江北机场。从 T2 航站楼出来坐上 3 号轻轨，去往市区鹅岭公园。他们说重庆女人漂亮，重庆女人在轻轨里，我有意观察她们，初到异地，认为当地女人漂亮，你换了一种眼光看，产生"漂亮的"感觉。重庆女人皮肤比沿海的要黑，装束也要落后个五六年，经过刻意打扮要好看些，说浓重的重庆话（我到四川后发现四川话很好听懂，一种用第三声说出抑扬顿挫来的普通话，重庆话略难懂）。重庆女人到沿海一带做小姐的很多，她们来自重庆，重庆很远，靠近长江，给人神秘感。重庆女人成为小姐的代名词，不管漂亮不漂亮，四个词叠加起来是有那么点感觉的：重——庆——女——人。我的视线转移到轻轨外面，轻轨大部分时间在离地面几十米高的空中运转，窗外时不时地有高楼从山脚或半山腰升起，车过渝澳大桥嘉陵江段，盘旋交叉的轻轨路段从江面上升起，重庆人称为"现代吊脚楼"。在我的想象里，重庆的吊脚楼漆黑一片、泥泞不堪，做苦力的"棒棒军"身负重荷在朝天门码头上上下下。重庆轻轨抹掉了上下山城的苦恼，在地铁里感受不到外面火炉的炙烤，我们到达市区时太阳快要落山了。

朝天门码头。长江浑浊，流水缓慢。在两江交汇处，江面宽阔，十几首轮船停在江水中央，有客船、夜游船，它们是缩小版的江上重庆，"满天红——两江游"、"江上明月清风"、"巴蜀"、"重庆游"。重庆游三峡，从朝天门码头出发，"东方大帝"、"凯娅号"、"维多利亚 5 号"，巨大的豪华游轮装载着满舱的游客从码头出发驶往宜昌。在码头上看到一则轮船公司公告：如遇长江汛期或枯水期，为考虑安全，海事局可能不允许大型游轮停靠重庆港或宜昌港。上水可能中转至茅坪港，终点停靠涪陵或者丰都，汽车送至重庆；下水可能中转至丰都或涪陵，终点停靠茅坪港，汽车送至宜昌。重庆、茅坪、涪陵、丰都、宜昌几个城市连接起来了长江三峡，大坝给中国带来更多的是灾难而不是福利。从高高的码头沿着石阶走下去，码头石阶经改造后平坦好走路，赤裸着黝黑上身的棒棒军，三三两两，从江面上收工回来，邻近黄昏正是他们的闲散时光。从码头到江面垂直距离有几十米高度，防波堤做得非常牢固，坚固的水泥钢筋依然抵挡不住长江洪峰，堤坝做得越高越牢固越反映出人类对洪水的畏惧心理。朝天门码头对岸是重庆歌剧院，九个巨大的钢筋玻璃墙构架像一个"门"字形，坚硬、冷漠的外表对应着长江和嘉陵江。一对小情侣坐在离江面很近的堤坝上，长江水就在他们下面流淌，女的坐在男的大腿上，他们怀抱在一起，热烈地吻着，他们面对滔滔洪水突然有了情欲，翻滚的长江水完全属于他们，臣服于他们的情欲。

在洪崖洞（巴渝特色吊脚楼）吃重庆火锅，从一家酒店里面上去很多级台阶（酒店里冷气充足），爬到一家面朝嘉陵江名叫61度的重庆火锅。在南方只有到了很冷的冬天才吃火锅，在重庆夏天一定要吃一吃火锅，而且要吃重庆火锅，跟他们的潮湿地域有关。红红的辣椒在翻滚的汤里沉浮，菜子油碟、蒜末、干辣椒粉、毛血旺、鲜毛肚、鲜鸭肠、耗儿鱼、羊肉片。最新鲜的菜叫毛血旺，其实是鸭血，三个字：毛——血——旺，排列在一起唤醒了吃的热情，被暑气逼得快蔫了的人又活了过来，冰镇啤酒大口灌下去，毛血旺和辣香从火锅里捞上来，再喝下一大口冰啤酒，夏天在火锅、辣味、冰镇的三重夹击下达到了高潮，而我们会忘了，我们在长江的一条支流上吃晚饭。

磁器口。瓷和器，很古旧的词语，与镇上颜色暗调子蛮搭配：木头为褐色，墙壁为平整的雪白，用木条格成方格子。一位站在"童家院子"里梳头发的女人说，这条巷子里房子为清代建筑。所有的巷子都有台阶向上升高，房子悬空在街上。长江在磁器口下面，长江洪水一年年来，磁器口巷子一年年抬升，高过洪峰。上午八点钟的磁器口是安静的,古镇上的商铺店门大多数还没有开,有小部分开了,"巴村人传统小吃"、"手工糍粑"、"鲜花椒辣椒"、"陈昌银麻花"、"老街小吃"。我坐在一家磁器口本地人开的小店里,喝了一碗冰稀粥,配一碗辣粉。店主是一位戴眼镜、三十多男子,店里另一位是他妈妈,我喝的冰粥出自他妈妈之手。一位中年男子用元气十足的重庆话叫卖着老鼠药蟑螂药,因为他来得太早了,街上就他一个人的声音,很有味的重庆话一遍又一遍地回荡。磁器口古镇上有无数条狭窄的巷子通往长江,从龙隐门下去,到下面的码头,长江水位下降到安全线以下,磁器口长江水上安装着无数个测水标尺,用大写字母 E 警示着一级一级的洪峰,最高处写着 190M,长江两岸的建筑必须要高于这个尺度,否则要面临洪水灭顶之灾。人类的欲望在洪水消退后露出来,码头上摆满了茶座、各色小吃如胖娃手工粉、烤猪腿等。几个游客趴在码头栏杆上眺望水位下降后的长江,像我一样好奇地打量着长江。他们在想像长江在一次最大的洪峰来到瓷器口会是怎么样子,他们站立的地方成为长江浪底,比他们高出几十米的开着茶座的码头被淹掉,比码头高出很多米的龙隐门也被淹掉,洪水一直逼到了磁器口街道早上我喝冰粥的小店门口(2010 年 7 月 19 日,长江洪峰到达磁器口高达 185M)。这条江现在是安全的,接受着从磁器口古镇里排出来的污水废水。九点钟以后大批游客到来,街道两旁商铺大开,安静的磁器口一下子卷入了商业浪潮里——而我们将离去,在一股热浪中乘坐 1 号轻轨去往重庆火车站。地铁口有人拦住我们,企图说服我们去看渣滓洞和白公馆,当初国民党关押共产党的拘捕所。那人说不去渣滓洞相当于没来重庆,当然是生意人的说法。下午一点钟的火车不允许我们多做停留,到了重庆火车站取票,傻了眼,我竟然预订了 3 号去成都的票,买了三张过期的动车票,只好再去售票厅重新购买下午五点的火车票。重庆客运站就在火车站对面,相隔一个广场那么大的距离,正午的热度让我不敢离开有冷气的饭店,出来几步就有被太阳烤化掉的危险，重庆到成都汽车少说也有四五个小时。在火车站吃过中饭，离火车发站还有五个多小时，我独自一人坐上1号轻轨去白公馆。这就是我要描述的一趟荒诞不堪的重庆之旅，我现在是像倒着回去的一盒磁带，在刚刚一个小时前来过的地铁站上重来一次：两路口、鹅岭、大坪、石油路、高庙村、歇台子、沙坪坝、杨公桥、烈士墓，而且这是一趟毫无意义的路，在白公馆什么也没看成，除了一个叫做"香山别墅"的公馆外，炎热难当的重庆暑气（歌乐山上丛林密布）将我赶进了开往烈士墓的公交车冷气里：西南政法、四川外大、烈士墓小学，名字又倒了一次，跳上1号地铁，到重庆火车站与她们会合。

## 2. 岷江

岷江发源于岷山南麓松潘县与九寨沟县相交的弓杠岭，由西北往东南方向流淌一千二百公里，最后在宜宾注入长江。车过映秀镇我才注意起岷江来，映秀镇在2008年汶川地震时受损严重，2008年在电视里看见映秀镇的废墟，我在一则音乐笔记里写下了"映秀"，与它一同写下的还有"汶川、都江堰、绵阳"，我与真实的映秀相隔还有一玻璃车的距离，从车窗里眺望它们：什邡市、绵虒镇，它们同处汶川地震带上，岷江夹岸的山在地震中震裂，至今伤痕累累，好像被人用刀任意宰割，山上植被少得可怜，赤裸裸的岩石、砂、土灰，只要来一场大雨可能就会引发泥石流，堵塞岷江，冲塌高速公路。大巴车在山谷间行驶，与咆哮而下的岷江相距仅数米，与强地震相隔又是那么的遥远，汶川地震后岷江边上迅速造起了新市镇、新村落，在汽车里丝毫感觉不到地震的惨烈，印在新墙上的一条条红色标语抹掉了当年的痛楚，"重庆火锅"、"湖底鲢鱼头"一个个招摇字牌夺去了视觉，"某某援建"高楼拔地而起。车到汶川，大禹治水的巨大雕塑立在路中央，他们迫不及待在汶川树立一个新偶像，他们抓住了大禹,向世人推出新偶像,他们根本无视咆哮穿过汶川的岷江,不要说是强地震,一场大洪水泥石流就冲垮所有的新房子(2013年7月,一次特大泥石流冲毁汶川八千多户人家)。过汶川后高速公路结束,汽车贴着岷江继续北上,进入阿坝藏族自治州茂县,茂县生活着羌族,他们居住在大烟囱模样的石头碉楼里,每座碉楼高十几米,它们有绝对的笔直高度,省去了装饰与弯曲,正面开有枪眼大小的窗户,与碉楼的巨大相比,这些窗户可以忽略不计,羌族就生活在炮楼里面,碉楼外面安装了楼梯,没有护手,直上直下,很能显示一个男人的胆魄。从茂县开往松潘,羌族的碉楼渐渐向藏式民居过渡,路旁卖牦牛肉的多了起来,妻子买了烤熟的牦牛肉,说吃了牦牛肉能抗高原反应,我一闻到牦牛肉就有种想吐的感觉,尽管这样,我还是撮了一块牦牛肉放进嘴里嚼。松潘县城以北的川主寺镇,有三条分叉的公路,一条往东进入黄龙,一条往北继续九寨沟,第三条西北方向通向若尔盖大草原。汽车拥堵在九寨沟段。一千三百多年前,松赞干布遣军二十多万与唐朝大军作战于川主寺下。

## 3. 诺日朗

> 我是金黄色的树
> 收获黄金的树
> 热情的挑逗来自深渊
> 毫不理睬周围怯懦者的箴言
> 直到我的波涛把它充满
>
> ——杨炼《诺日朗·黄金树》

诺日朗瀑布在三沟交汇点上:树正沟、则查哇沟、日则沟,三沟交汇成字母Y,围绕瀑布延伸开来有诺日朗服务中心、诺日朗宾馆、诺日朗中转站,这里有个大转盘,所有的客车在此调头,北上或南下出沟。我从犀牛海里出来,步行走完长达两千一百米的栈道,抵达诺日朗服务中心。一名游客迷了路,他指着路牌上的"诺日朗240m"问我怎么走。我告诉他,路牌上写的是诺日朗瀑布呀,你往前再走240米就到了。这位仁兄体力消耗得差不多了,不愿意再走一步,虽然诺日朗瀑布就在眼皮底下,都不能让他心动。在九寨沟你看完了诸多海子、瀑布群、险滩,多一个少一个其实差不多,但我自告奋勇地为他指出,诺日朗值得你一看,哪怕你走得精疲力竭,诺日朗就是你的下一个目标。我这样说完之后,感觉很得意。我只比他早一日看完了诺日朗瀑布,还有瀑布前面的一棵老松树。这可是棵著名的松树,读过《朦胧诗选》的人都知道诗人杨炼的《诺日朗》,诗歌里"金黄色的树"指的就是瀑布前的大松树,"金黄色"是诗人附加的,实际上它是一棵老松树,离诺日朗瀑布最近的一棵树,在瀑布旁边成年累月吸收水汽,树皮呈灰白色,诗人不愿意写"灰白"或"苍白"的树,他写壮丽的"金黄色",诗人是独裁者,词语是专制主义,诗歌《诺日朗》那么专制地植入你,不容你怀疑,无论你有没有来过九寨沟,那棵树都是永恒的黄金树。如果撕开羞答答的文化纱布,杨炼的诗歌是一首情色诗,"直到我的波涛把它充满"。在过去三十多年里杨炼被诗歌界奉为一枚叛逆者来赞颂,这个神显然比常人更具有七情六欲,直到你来过九寨沟,看过这瀑布、这树。

(原载《散文》2016年第10期,有删节)

## 稻田里的等待

周华诚

稻子们高傲地昂着头，稻穗挺立，捏一捏其中的一颗两颗三颗，依然是轻飘柔软，里面空空如也。天气渐渐转凉，本来稻子该是灌浆的时候了，再不灌浆，很可能意味着收成不佳。隔着一条田埂，邻家的杂交稻一丛丛的稻穗已经低下了头，清清爽爽，散开了谷粒，显得低调而又成熟，相比之下，我们的稻田就令人焦虑不已，像是没心没肺的浪荡少年。

周一那天，父亲问我："我们的水稻不会灌浆，稻穗不低头，我担心可能没有产量。"

不会灌浆，对稻子来说，是一件严重的事情。好几亩稻田，如果都是空秕，这一年花在上面的汗水和心血都会白费。我想了半天，想不出什么言辞来宽慰父亲，只好说："没有关系，我们就顺其自然吧，好好观察记录它的生长，就可以了。收成的事，也急不来，能收多少是多少。"

在种田这件事情上，我的经验是苍白的。我拿着稻子的照片，去请教水稻研究所的专家。专家说，问题不大——看起来，水稻才刚开过花，还没有到散粒的时候。

吃了一颗定心丸，我便也这样安慰父亲。父亲说："那好的，只能等了。"

接下来，父亲每天都会去田间察看，并用手机拍下照片发给我。到周三，父亲终于又忍不住了，问我："邻居家的杂交水稻已经垂下头，颗粒饱满，我把他们的谷粒掰开看了，浆水很多。我们的水稻还依然直立。开花的时间，我们的水稻还比他们要早两天，但我们的还没有浆……我担心，如同去年的黑糯稻。"

去年我们试种了一点新品种的黑糯稻，不知是缺乏种植经验还是品种原因，也是灌浆不良，最后半亩田的水稻收割起来，只得了二十来斤稻谷。因是试种，面积不大，但说起来，总归是不成功的例子，而汗水与辛劳的损失，就无从计算了。

周四清晨，父亲又去田间拍了照片，问我："你觉得，有变化吗？"

我看了十几分钟。虽然稀稀拉拉有几株稻穗已开始散粒低头，可大多数依旧故我，真像青春期里，那些不知轻重的孩子，只会执拗地挺着脖子，恨不得给他一下子。

"好像，还是差不多。"我过了好一会儿，弱弱答道。

沉默好久，我觉得有必要再说一些什么。今年的品种是我定的，我不能让父亲担心太多。我一字一句地斟酌："爸爸放宽心，我们静观其变吧。对于我们来说，这样的风险和变化，或许会是一种更大的收获。"

这样的话，是我真实的想法，但对于父亲，能算得一种安慰吗？即便算得，这安慰也是空洞的。而且我还没有预计到，这对于父亲信心是否有打击，一个种了一辈子田的农民，有什么会比自己田里没有收成更令人沮丧的呢？

但我又不能问。好在，父亲过了一会儿，还是回复我："好的。"

几天来，我居然开始默默祈祷。

和庄稼待久了，在田野待久了，开始有点迷信，或祈祷，希望丰收，因为知道有一些力量，是人力所不及的。农人常常觉得无力，因他所面对的是自然，自然是神秘的，也是无法预料的。比如干旱、洪涝、虫害、病害，以及其他农人眼里始料未及的状况，或许都会

稻田里的等待

轮番出现。一群蝗虫，或许能让一片稻田颗粒无收；一场稻瘟，也会让连片水稻一夜焦枯。此外，稻子发棵多不多，开花好不好，授粉佳不佳，几乎都得听天由命——农人们在这些事情上，能够介入的程度相当有限。

我常常觉得，草木自有草木福，且由它们去吧。种田种久了，人的狂妄的自信心是会低下来的。低下来，得听稻子的话，听天的话。

我记得年幼的时光里，多少次陪着父亲母亲一起，守在田埂上，守护涓涓细流流进自家田畈；也曾拿着脸盆，在小小一方池塘里舀水入渠，为久旱的稻田送去甘露。当然更不会忘记，农忙时节割稻和插秧，怎样地挥汗如雨，累到像一条只会伸出舌头喘气的中华田园犬。然而，也正是在这样的劳作里，人变得敬畏。种田人常常不明白，这世上有些人的不可一世，是从哪里来的。

面对一块稻田，我和父亲都有变化。父亲慢慢理解我，知道我们期待的收成，其实不只是稻谷。劳作本身，即是收获。即使是一把空稻，对我来说，也是意义非凡的。我们每一次的尝试和创新，所需要承受的失败风险，不正是其应有之义吗？时间长了，种了一辈子水稻的父亲，终于慢慢学会用新的眼光来看待这一切。

会低头的水稻才有收成，今日我们离开城市回到水稻田，低下头，也是在用另一种眼光看待脚下的世界与生活。我们这一季的水稻品种，是沈博士研制的新品，一种长粒粳稻，与我们故乡南方历来种植的籼稻很不一样，首先生长时间就不一样——这也便是为什么，一埂之隔的邻居家的水稻已经散粒结实，而我们的稻穗还带着稻花，仍执拗直立——当然，我们是后来才知道这一点，因为时间一天天过去，我们家的水稻田的稻穗，终于也日渐一日地低下头来，慢慢地显出成熟与内敛。

秋天快到了，我们就在这样的时光里，耐心等待稻子成熟。

（原载《人民日报》2017年9月13日大地副刊）

## 伫立古轩亭口

周 飞

穿过纷纷扰扰的细雨，躲开喧哗繁杂的商铺，我走近绍兴闹市区的古轩亭口。只见汉白玉塑就的鉴湖女侠秋瑾默默地立于晨光之中，素面朝天，目如秋水，长裙曳地，丰仪飘然，周遭一无点缀，惟有秋瑾革命烈士纪念碑高耸于川流不息的解放路正中央，路边有牌坊标示：古轩亭口。

我的眼前浮现起110年前，血雨腥风的那个春夏之交。

是日，曙色未破，晨曦惨淡，正是黎明前黑暗浓重的时刻，伤痕累累的秋瑾被双臂背缚，脚锁重镣，她傲然地挺胸抬头，从容不迫地走向这里——古轩亭口。一身白衫沾满血迹在晨风中狂舞，喷火的双眼直视着武装到牙齿的清兵，面对刽子手提着的那柄明晃晃的砍刀，秋瑾竟然连眼睛都不眨一下。就在那冰凉的刀锋逼近她的头颅时，她依然淡淡地微笑着，秋瑾绝然相信，此刻的微笑是平生笑得最好的一次……她用自己的一腔热血写下了最后一首诗篇，实现了生前"粉身碎骨寻常事，但愿牺牲报国家"的誓言。绍兴古轩亭口，从此因鉴湖女侠秋瑾而名扬四方。

历史永远地刻下了这一天，1907年7月15日，中国近代民主革命杰出的爱国英雄、中国妇女解放运动的先驱秋瑾英勇就义于绍兴古轩亭口，时年32岁。

在那个翻天覆地的变革时代，风云际会，英雄辈出，但秋瑾绝对称得上是中国近代史上无可替代的女英烈、一个顶天立地的奇女子。柳亚子先生有诗为证"已拼侠骨成孤注，赢得英名震四方"（《吊鉴湖秋女士》）。

从我记事起，就从长辈们的口口相传中，获知了鉴湖女侠点点滴滴的故事。稍长，读到鲁迅先生的小说《药》，更为浸染女侠鲜血的"人血馒头"而痛哭。是啊，秋瑾的英勇壮举，一直流传在其故乡绍兴人民的心中，巾帼英雄的美名伟业，早已化为中华民族挺拔的脊梁，成为后人高山仰止的精神支柱。

此刻，当我伫立古轩亭口，再次瞻仰鉴湖女侠雕像，细细抚摸秋瑾革命烈士纪念碑的灰色石栏，默念着碑上滚烫如血的纪念文字，心中仍不免一次次地设问：一个6岁就被缠足的旧时代封建女性，却钗环典质只身东渡日本求学，她经历过怎样的人身际遇？一位儿女双全的年轻母亲，却义无反顾地投身会遭砍头杀身的革命事业，她跋涉过怎样的心路历程？

我去了古轩亭口往南一箭之遥的"和畅堂"秋瑾故居。庭院清幽，寂无人声，厅堂里桌椅井然，仿佛秋瑾刚送走志同道合的友人。而从她的卧室里则传出慷慨的吟诗声："一度相逢一度思，最多情处最情痴。孤山林下三千树，耐得寒霜是此枝。"

我去了古轩亭口往西北一箭之遥的"大通学堂"，此处是秋瑾亲手创办培养革命战士的练武学堂，武馆木架上插着锃亮的一排刀枪，寒气逼人。清廷重重的黑暗帘幕，不正是被它们一一挑穿？锋利的枪尖刀口，虽经岁月磨砺，却永不卷刃。忽听得从课堂里响起了鉴湖女侠铿锵的吟诗声"休言女子非英物，夜夜龙泉壁上鸣！""拼将十万头颅血，须把乾坤力挽回"。

我去了古轩亭口往西一箭之遥的府山"风雨亭"，此亭乃故乡人民为纪念鉴湖女侠而建,亭名出自于秋瑾就义时所写的那句名诗:"秋雨秋风愁煞人"。秋雨泻泪,秋风凄切,正如国难当头,生灵涂炭。秋瑾悲天悯人,临刑前提笔在逼迫她的"招供书"上写下了这七个字,谁不为之动容?!

诗词言志。我终于在秋瑾的诗词中寻到一些答案。青少年时代的秋瑾就在古诗词方面有着很深的造诣。她7岁读诗,11岁便开始做诗填词,"常常捧着杜少陵、辛弃疾诗集,吟哦不已"(陈德和郑云山《秋瑾评传》),16岁时的秋瑾,即有"女才子之称"。从上世纪五十年代上海古籍出版社出版的《秋瑾集》中,我有幸读到鉴湖女侠遗留的170多首诗词作品。秋瑾诗词多为即兴而作,从她早期的咏花明志、感时伤怀诗词中,我能感受到她心灵深处有一颗种子在悸动、勃发,于孤独中流露出坚忍不拔、苦苦求索、追寻理想的情愫。

"身不得,男儿列;心却比,男儿烈……"我最喜欢鉴湖女侠这几句掷地有声的诗句,同为女子的我,能真切体会到她不堪忍受现实生活、只愿报效国家的心境。

时代风云激荡,世事久历艰危,加上婚姻不幸,终于使秋瑾舍弃封建仕官家庭,只身东渡扶桑。她眼里的"今天"总是"独一无二"的,"今天"和所有的"昨天"一样,在秋瑾眼里,并非只是在书桌前偶尔抬起头发现窗外的景致有感而发,而是她目睹战争、社会的黑暗动荡,毅然投身革命,抒发壮烈情怀……当我读到秋瑾参加革命之后创作的《宝剑歌》、《剑歌》、《宝剑诗》、《红毛刀歌》等诗作,终于明白她为何不断地歌咏刀剑,强调英勇战斗,自我牺牲去警醒世人,"誓将死里求生路,世界和平赖武装。"这些诗分明早已为秋瑾的豪侠性格和杀身成仁的英雄气概做出了诠释。

是啊,你曾锦衣罗衫,你曾男装洋服;你曾拈花微笑,你曾弹铗当歌。你扬眉剑出鞘,且歌且舞;你诗性如泉涌,文采飞扬。你还豪饮海量,击掌相向;你更策马飞奔,驰骋沙场……我似乎看见你的坐骑身后扬起的飞尘和那尘土后长衫绅士们惊诧的目光。一百多年前，反帝反封建的口号尚在胎腹，你就击剑而起，带头打破三从四德的封建束缚，这在一个有着两千多年封建制度的传统国家，这样一位女子该是何等的惊世骇俗！又是何等的侠骨忠肠！

  曾几何时，历史发展嬗变的必然与个人性格遭遇的偶然，在秋瑾身上交织碰撞，迸发出夺目的一炬之火。随着时光流转，浮云消散，秋瑾特立独行的女侠风范，惊天地、泣鬼神的人格魅力，在穿越了岁月风雨、时代变迁之后，至今越发鲜活生动、光彩照人。

  当我一首又一首吟诵着秋瑾的诗词，响起了周恩来的教诲"勿忘鉴湖女侠之遗风，望为我越东女儿争光！"我相信，鉴湖女侠的精神，必将激励一代又一代的后之来者。

  伟哉秋瑾，巾帼英豪！继承遗志，吾辈不忘！

（原载《新华每日电讯》2017 年 8 月 25 日"草地"副刊）

## 梅花织带

周吉敏

水碓坑,一个"脸"朝西的小村。村名藏起了旧事——在明朝到上世纪九十年代的时光里挨家挨户手工做纸这件营生。

上午,村庄与太阳隔岸相望。特别是冬日,自然的丰茂褪去,小村就凛然地裸着。正午,阳光才摸进村来,像电影的慢镜头推进,每处细节都慢慢呈现,产生另外一种审美来。

——阳光从瓦背上流泻下来。我看到流动的痕迹,听到滴落的声音,跟雨声一样好。光是音符。光也是水,在院子三分之二以外处形成一条静谧而温暖的河流。

"河流"是一个空间,犹如一幅画的画框。而绘画的内容是一位织带的农妇。我看她,就像看一幅画。

——坐在竹椅上的她,没在阳光里,头发闪着银光,像鱼儿在水里。她的一双手,像鳍,帮助她在水中活动。而这双手的活动范围只在一个矩形木框上。

——这是一个平面的矩形木框,大约长六十厘米,宽十四厘米。木框两条长边的内侧有槽,是中间那根木条上下活动的轨道。一头的宽边有一方形的孔,中间的木条从中穿过。推动木条的力来源于木条一端的把手。木框通体发着荸荠紫的光，是手和线与它长期摩擦出来的属于这个木框的光阴。

我如此笨拙，简直在捡拾语言的废弃物，我实在难以描绘这种只有几根木条组成的工具——织带架。这种完全服从手的工具，直白到没有任何可以描述的繁复缛节。但我从这个简单的工具里看到一双手。是手让工具成为忠实单一的仆人。

织带架的一边顶在院墙上，陷进厚厚的苍苔；一边顶在农妇的肚子上，陷进柔软的肚皮。来自丹田的力仿佛使这个狭长的木框悬浮于空气中。而蓝白两色棉线，绷紧在木框的上下两边，像谱线，被一双手编排出听不见的音乐。

此时，音乐是图景——"梅花"开了，一朵，两朵，三朵——一米长的带子上，最后会开满八朵梅花。其实，梅花是在一双像老梅干的手上开出来的。这双手像安排节候农事一样安排着梅花开放那些前前后后琐碎的事：带边是"两双"（四条）棉线，带眉是"四双"棉线，中间的花纹是"二十双"棉线。这多么像播种，这个土坑里放几颗，那个土坑放几颗。"带刀"像一张椭圆形的树叶，配合手，拉，勾，压，点，这打理线与线的关系就像一把锄头侍弄庄稼。手的再生功能也表现在它以"提土旁"与好多的字结伴，生成"打""提""担""拍"等新的字，也是新的图景。这是一双手的伟大吧！

而不可见的线是光。图案也是光的踪迹——那些被树枝，或者云朵遮挡的，被水面折射的光，也被这一双手编织——那是"梅花"影子。

我的眼睛肯定拦截了一些东西，在场和不在场的事物只被我部分地框了进来。在这个过程中，我惊叹于一位农家妇女身体里携带着的艺术直觉。我甚至可以确定这艺术的直觉来源于她那柔软的腹部——是孕育生命的腹部把天生的艺术能量通过织带架源源不断传导上来。织带的几何图案，让任何一个几何学家或者擅长于透视的西画家也自叹不如吧!

农妇的艺术自觉培植于博大的自然和自身需要,这也是人类工艺起源的两个因素——不用于交易,只为了满足自身需要而创造,就像把树叶当器物,用苇叶编草席,这是人类的智慧。在机械和电脑凌驾于手工之上今天,消失的从不可见变为显而易见的就是"人类的智慧",或许这里可阐释为人类原始的灵光。这四个词在今天仿佛也成了非物质文化遗产,已然指向遥远的造物之初。

这副画面上的内容是可见的,当我进入它的空间后,却给我打开了多重的世界。这多么神妙。我清楚地看到:不用于交易的山野民众的工艺,总是在微小的事物上构建着意义——这是形而上。

织带是一块藏蓝的长方形土布的系带,这块布叫"围身",带子就叫"围身带"了。围在身上除了保护衣服不易磨损,还可用作背娃娃的包巾,仿若少数民族的小背篓。

土布"围身",在带子上动了繁密的心思。以"梅花"图案最为常见,也有"五世其昌"、"福禄寿喜"、"天长地久"等文字图案。这些文字指向词的本身,犹如创造之物投射到创造者身上——她们渴望的世界。这仅有的装饰,附在身体上,成为象征意义的符号。

太阳在屋后山梁上那株老树的枝桠上挂着,织带架上的带子已开出两朵"梅花",第三朵已开了一半。蓝白棉线交织出的图案,犹如雪中墨梅,骨子老得很。

一条织带暗示着时光的流逝。织一条常见的"梅花带",需要一天的时间,而织一条"文字带"需要一周时间。而我这个有着"梅花带"记忆的人,看到了另一种时间的流逝——从前,当下,今后。我们都有一双内在之眼,收集、整理、保存消失的东西,然后在某次视觉的经验中重新归来。这是怀旧,其实也是启示。看一副画如此,看眼前的一条织带也是如此。

于我,在"梅花带"的第一朵梅花里,我看见我的祖母把围身围在衣服的第四颗纽扣处,两手把带子拉到腰后打个结,而围身的下摆一直铺到脚跟,走起路来,鼓着风"蓬蓬"地响着。双手仿佛永远没空的祖母,再也没有一只手伸出来牵我,我只能拉着围身,跟在她身边,从老屋到山野,或者到纸槽里捞纸。直到哭了,祖母才放下手中的活,解下围身朝我走来。围身从我后背裹过来,开着梅花的带子从我手臂下穿过,然后她背朝我蹲下来,长长的带子越过她的肩头,交叉于胸前,而后穿过又臂下,拉到后面我的脚弯处,打一个结,最后直起腰站起来。我已经贴在了祖母的背上了,小小的身体随着祖母的身体一起一伏捞纸,暖暖的,像在摇篮里,不知什么时候睡着了。

　　第二朵梅花里,我的祖母像老梅树上的一朵花瓣,随风化泥而去。那条"围身"搭在老屋那张落满灰尘的椅子的靠背上。有一次,我回到老屋拿起这条"围身",手一拉带子,"梅花"随即寸寸成灰。此时,村里已没有人织"梅花带",那些善织的老人都像花儿一样凋落了。

　　而这朵还没有织完的半开的梅花,是眼前织带的农妇——林秀凤,她今年六十五岁,夏天从城里回乡下住。一座七间老屋,只有她与老伴住,冷清得连苍蝇都不光顾。两位老人也不下田,也不做纸,闲不住了就从楼阁里找出织带架,买来纱线,慢慢的,慢慢的,在一朵梅花里打发时光。这时的梅花比往日开得慢了一个节候。

　　林秀凤已织好了三条"梅花带"。她说,都被外路人买走了,一条一百五十元钱。

　　"梅花带"在即将遗落前夕显出另一种价值来。

　　此刻,太阳落下去了。我一直描述的这幅画的内容开始模糊不清,最后消失不可见——一切埋藏在黑暗里,如白雪覆盖大地。

　　给黑夜以雪的款待。雪里的梅花还会一直开吗?——在这东海一隅的山坳里。

(原载《文汇报》2017 年 12 月 2 日笔会副刊)

## 岁暮天寒忆烤鸭

周维强

大约30多年前,我还在北京念大学,小舅舅出差来北京,带了我去和平门外全聚德吃烤鸭。记得那时刚出炉的烤鸭端上来,片成片儿,皮酥肉嫩,油亮而色如琥珀,蘸了酱,夹上京葱,裹了春饼,一咬一口香。那时年少,胃口好,美美的吃了一个烤鸭,居然意犹未尽。

因为意犹未尽,所以后来一直思念着,至今记忆犹新。这或许也可作为俗谚"少吃多滋味"的一个例证?

北京烤鸭,向来以前门外肉市的全聚德和前门外鲜鱼口的便宜坊为著名,后来生意好,就在王府井、和平门外陆续开出了分号。便宜坊开业于1855年,清咸丰五年。便宜坊烤鸭是鸭子放在炉内,关上炉门闷烤。全聚德开业于1873年,清同治十二年。全聚德则另辟路径,以明炉烤鸭。据说,闷炉烤鸭,其肉鲜嫩,明炉烤鸭,其味香酥,两种做法都可烤出美味,但前者一炉只能烤五六只,后者做法一炉能烤二三十只。味道都美,异曲同工,效益却是大不同。所以改进了制作工艺的全聚德后来居上。

予生也晚,没有遇上两店全盛,明炉闷炉,我们全都没有能够赶上，我们吃的是电烤的北京烤鸭。文学家、学问家聂绀弩先生是既吃过柴火烤的烤鸭，也吃过电炉烤的烤鸭，所以有比较，有鉴别。据和聂绀弩先生在上世纪 50 年代和 70 年代末两次一起品尝过北京烤鸭的周绍良先生的回忆，聂绀弩先生对 70 年代末的电炉子烤鸭颇不以为然，而盛赞 50 年代的便宜坊烤鸭。聂先生对周绍良说那个电烤的鸭子，是"大众化的、普及的"，还说"什么'大众化'，什么'普及'，全是在骗人，只有偷工减料是真的，骗那些没有吃过烤鸭的人"。我相信聂先生辨味的精细。周绍良，世家子弟，精研文史，也是见过世面的。他俩一个说，一个记，说者有意，记者有心，必有共鸣。只是我想，或明炉，或闷烤，木材固有香味；用电烤，或者也有能够把得住烤制温度的优胜。

我没有吃过老全聚德、老便宜坊的烤鸭，无从比较，不可信口雌黄。但从上世纪 80 年代到本世纪，前后数次在和平门外和前门的两家全聚德吃烤鸭的经验，还是感到愉快的。尤其最近的一次，大概是 2004 年夏天，我和孩子和太太游北京，在前门古色古香的全聚德，点了烤鸭，师傅推着车子到我们桌前，把烤得红里透亮的鸭子，片好了鸭肉，装上盘子，放到我们桌上，最后剩下的鸭架子，则推车进厨房做了鸭汤再端出来。一家人食指大动，大快朵颐。我想，人类的生活环境在发生着变化，物质生活的材料也因此相应的发生着变化。其变化的开始也不一定尽善，但人总有聪明才智不断地作改进。我们已经回不到清代的全聚德、清代的便宜坊，甚至也回不到上世纪 50 年代了。生活的环境变化了，食材变化了，烹制的样式也变化了，但能不能做得鲜美，服务质量能不能尽如人意，这些个我相信人还是有聪敏有办法的。所谓殊途同归，所谓异曲同工。似乎没有必要因为变化而唱挽歌。人类的由来已久的文明传统是不会由着人类生活向着"粗鄙化"一途径直走去的。

上世纪 90 年代，杭州的延安路上开过一家北京烤鸭店，未几就关了门。也许那时杭州人的舌尖还不适应北京烤鸭？我记得久居北京的周作人就吃不惯烤鸭，他在一篇随笔《鸡鸭与鹅》里说，便宜坊烤鸭"脆索索的烤焦的皮，蘸上甜酱加大葱，有什么好吃的"。羊羔虽美，众口难调；萝卜白菜，各有所爱，也是正常。但人的口味也是会变化的。前两年全聚德在杭州又开了分号，至今还在营业。这或许表明北京烤鸭在杭州的餐饮里也渐渐立定了脚跟，融入了杭州的饮食文化？

北京烤鸭，顾名思义，总是源出北京。前些天偶然读到薛冰讲南京的随笔集《家住六朝烟水间》，才知北京烤鸭是从南京北上的。薛冰也是"据说"，据说烤鸭最初出产南京，明代永乐年间王朝迁都北京，才被带到了新都城。而此后，南京人不但从不和北京人争烤鸭发明权，还索性就不再做烤鸭，而另谋咸板鸭、盐水鸭了。聊备一说。

记得30年前在和平门外全聚德吃了烤鸭后，在黄裳的一部随笔集《珠还记幸》里读到《东单日记》，里面写到一个老画师，傍晚到王府井一家饭店，问清还有一份烤鸭没有卖出，于是安心落座，等着烤鸭，边喝啤酒，边和邻座的黄裳大谈绘事。每读到这儿，忍不住垂涎津津了。今日天寒，忽然想念起烤鸭。若掌灯时分，室外寒气凛冽，屋内温暖如春，或全家围坐，或师友雅集，温酒一壶，烤鸭助谈，该如何惬意啊。

（原载《光明日报》2017年1月6日）

# 富阳这张纸

邹 园

## 一

作坊是老式砖楼,墙体潮迹斑驳,因放各种传统造纸装置而显拥挤、简陋。让人想起早先乡间产房,陈旧,凌乱,不那么敞亮,且蕴有某种痛感。我想,这是元书纸的娩出地。生命的降生,意味着挣扎。

元书纸,富阳自宋代起名扬天下的经典品牌。利用江南取之不尽的毛竹资源,是历代富阳工匠的智慧结晶。

"京都状元富阳纸,十件元书考进士"。一件,就是八千张,十件,八万张。学养功名就是这样用纸喂出来。当然,人类历史的灿烂文化也是同法哺养。

一张纸的祖先,千年后徐徐展现。

竹园砍下毛竹(当年的嫩毛竹)——削皮甩打发酵洗涤后截成五等分——缚成20斤左右小捆——在灰浆池中用石灰水腌过——在皮镬旁堆放十多个小时用石灰附着均匀——移入皮镬按层竖列,依次加高，注入清水加热连续烧煮五昼夜——取出重新缚扎纸料放入清水中8－15天以免灰尘爆结竹料上。——前后用掼跌法用力去除腐质，使纤维纯净——8次翻滩漂洗后起滩，放入桶内用液体淋浸，任其发酵七八昼夜——投送料池，漂洗洁净，放出污水更换清水浸泡10－15天。直至水色转红变黑，则纤维渐达霉烂柔软如棉，随时可取做造纸之用。

请原谅我冗长的叙述。如果我连叙述都嫌累烦，那么一根毛竹成为一张纸的炼狱般历程又将何堪？天将降纸于世，必先断其筋骨，削其肌肤，卸其脉络，熬煎其汁，淬炼甩跌……这叙述哪怕疏漏一个环节，我都愧对历经千年的元书纸！

至此，我方知踏入作坊产生的痛感源自何处。

读读这些后续工序：沤、煮、捣、抄、焙……哪一个字，是可以发音轻浮，淡写轻描，随意吟哼的？

就说这个"抄"字。造纸中技术难度最大的一道工序。它讲究"入水浅，出水缓"。

浅，才能让纸浆纤维匀细浮于纸槽平面，免去纸张粗糙，做到厚薄均匀。

缓，是纸槽出水的最佳拿捏技巧。完成这一动作的要领，在于操作者弯腰和提捞的角度。轻到什么程度，缓在什么方位，全仗着腰肌和臂力的分寸感。

我试了一下。100多斤的纸槽工具拿在手里，翻进水里捞（纸浆）上来。什么分寸角度啊，我压根就提不起来。不堪重负半途而废。

我问师傅，这动作你一天做几次？

回答：3500次。

且不论在最寒冷的冬季，双手被冷水浸泡得僵冷麻木，也不说常年的水质腐蚀侵害皮肤。经年累月，从不间断。

弯腰，是个很具仪式感的姿势。可用于膜拜，感恩，祝福。眼前它与元书纸操作动作相仿，更像是祈愿。

元书纸目前面临生产场地减少，工作环境落后，利润微薄，后继乏人，购买者少等困境。尽管富阳元书纸工艺，已被国务院列为国家非物质文化遗产名录，但竹纸文化的传承，不啻是一场远路迢迢、步履维艰的文化朝圣。

纸作坊那躬身起伏的造型，像极了朝圣路上风餐露宿三步一拜一叩首的虔诚身影。

朴实的工匠说不出传承、膜拜这样的词语。他们的理解很朴实：重要文献没有好纸记载是流传不下去的。一张普通纸几十年后就成了粉末，而富阳的元书纸，是要传千年的，我们一定要做一张和古时一样好的纸。

2016年岁末这一刻，我在湖源乡新二村这小小的造纸作坊，看见这位已经做了29年元书纸的李文龙师傅，面对纸槽，面对着岁月，面对遥无边际的元书纸之路，在一次次义无反顾，竭尽全力，向着3500的数目，弯腰，弯腰，弯腰。

我愧恧不安。

作为文学爱好者，在文学探寻之路上，我何曾如此谦卑躬身？洋洋洒洒挥毫涂抹之间，我何曾珍惜过笔下纸——被砍被削，截段成片，捣成泥，搅成糊，熬成浆，浸冰水，烤焙笼……的这张纸！

我还有什么资格，在这纸上称颂"不朽盛世，经国大业"，诠释"世事洞明，人情练达"？或无病呻吟，孤芳自赏，忸怩作态，浮艳于世？

敬仰文化，先须敬纸。

元书纸。淡米色，柔如棉，纸面毛茸，帘纹明显。竹香缱绻，清芬暗逸。凝视久矣，恍觉纸间有身姿如弓，形影迷离，倏尔消失。

夜灯下，铺平这张元书纸。满目玉白，一纸沧海。

## 二

看过元书纸的第二天。来到永安山滑翔训练基地。

这回，富阳赐我一页"巨纸"。让我藉以滑翔伞，在此起飞，去空中蘸云为墨，书写心绪。

飞机谁都坐过，可机舱外面谁坐过？滑翔可补这一课。而永安山是那么理想的滑翔场地。在这风景秀美有"浙江小庐山"之称的开阔地带，不虑年龄，不忌胆怯，我想飞。

手机铃响，家人问归期，我说此刻不归。我要去一趟天上。听着就像要去一趟超市。

教练帮我系上滑翔安全装置，然后指挥一阵紧跑。借助惯性腾空扶摇直上。片刻后，已在空中。

一种初到人世的感觉。首先惊异的是，周围那一世界的人呢？

怎么只听见自己的呼吸？风总该有吧！但是没有。风也就在人间耍耍威风，干些推倒房屋，拔起大树，卷走广告牌的营生。在这高阔的云天，风再狂傲也只是泥牛入海。文学作品描写人在高处总是让"呼呼的风声灌满双耳"。其实那是公式化概念。世间很多公用的东西都旧了。

那种宽广，静谧和安然，还有与地面的距离感，逍遥感，奇异感在提醒，平生第一次，我的脚踏踏实实踩在了天上。

在这"纸上"，我怎么书写？

教练说，许多人到空中摆POS，高喊，唱歌，大笑，因为做回"天上秀"不容易。有的事先准备好动作台词，连自拍杆的角度都定得精确无误。

我笑了。我只想轻松不想受累，只想盘旋不想盘算。如果机变灵活到连天都算计，那我去天上干什么？

摆个POS"拥抱"天空？一伸双臂就明白。螳臂挡车已被嗤笑，蚁臂拥天更是离奇。从来都是天宇拥抱人类，倾洒阳光雨露养育人间。面对浩瀚天穹飘渺云海，人类哪有资格让天公投怀送抱！

向天呼喊？有些话没机会跟人说，想跟天说，也是常理。但是，跟天诉说，还用得着语言？遁入云端，叩响天门，心有其意，苍天有知。天光云波间，天韵如梵音。妙雅清澈，飘逸回荡。这天籁之美，岂是杂念俗举小呼大喊所能企及！

视野在哪？除了一望无际什么都看不见。在无垠面前，平时那点视野真不算什么！所谓目光高远，犀利，那是离苍茫太远。苍茫这个词，就好在让你失重，失聪，失方位感。不再自觉魁梧高大，掷地有声。人在天边，微如粒尘，淡若点芥，轻似鸿毛。

曾无数次描绘晴空万里，阳光灿烂，还有流云飞鸟，雷鸣闪电，雨幕雪帘。晨霭晚霞……

虚妄得很。都不及云天无痕，尽得风流。

天的宏观不在于描绘。这世界最不缺的就是描绘。

真正的伟岸，在于大象无形。大音希声。这八个字，今天总算读准发音。永安山的一页天空，足够我书写此生对大自然的敬畏，敬仰。

## 三

出产好纸的地方，书写天赋与生俱来。

我来到富阳市江滨西大道159号"公望美术馆"，那是富阳的文化大手笔和艺术殿堂。

路过展厅时，我面对一个细节。一堵布满竹节形状的墙体。那灰色墙面清晰却又朦胧，貌似粗犷实为精致。枝枝节节那么具体。甚至连竹身的疵点斑色，鞘节边的疤痕细缝，都那么逼真。

仿佛置身在山里，在风中，在溪边，在村头。墙体幻化成乡村的竹海。春夏新绿繁茂，秋冬清寒无边。雨中的修竹润雅秀洁，下雪了，满园纯白晶莹而丰厚……还有很远的山乡，那里的长河，桑园，土屋，水车，春日黄昏的炊烟袅袅，牧牛晚归，池塘夜月，檐下飞燕……

我忍不住把手按在那些竹节上。那是水泥的结构。但建筑师的真诚骤然可触。我相信这句话，建筑是有温暖生命的。

建筑师王澍，我记不住他长长一串的头衔。但记得他的别称——建筑界"狂人"。

作为艺术家的王澍，"狂"之天性，与他的艺术真诚一样，都是浑然天成。对俗世浮华的睨世傲物，与心甘情愿低伏于尘埃的精神境界本为同宗。他最醉心于收集拆迁现场数以亿万的旧砖瓦，任由工匠将各种荒凉重新打理，以幽深而醒目的黑色，青灰，土黄，砖红……砌进他那些绝美的建筑。于是，某一天，他听见游客说，瞧，那块砖跟我家的院墙砖一个样。

这种艺术真诚，站在"竹墙"边的我们，看懂了。

建筑师只有和天地、自然、日月、星辰结为至亲，和泥土、竹木、人间、烟火同属一伙，他的作品才会不朽。正如世界建筑"诺贝尔"普利兹克奖评委会主席的评价，王澍作品"扎根于其历史背景"，"永不过时"。

人们看懂了王澍。而王澍，看懂了600多年前的黄公望。

当年黄公望为画《富春山居图》，光是搜集素材就耗时达数年之久，足显他对艺术创造的意象经营之真诚与勤勉。他的构思绝不急于求成，而是长时间沉潜反复，从容含玩。学者胡晓明先生认为："某种意义上，黄公望五十之后才展开的绘画生涯，其实正是为了解决他生命中不可化解的冲突的一种抉择。他用笔墨唤醒山水的灵魂。不只是笔墨的层次，或行笔的变化，而更是笔墨唤回的'生命'，让每一块石头与水波都活起来的生命感。"（《从严子陵到黄公望：富春江的文化意象》）

站在公望美术馆的坡形大屋顶，如身在波浪起伏的富春江边。

那灰色的屋面就是绵延的江流，那镶嵌其中的砖红色，就是江面倒映的片片晚霞……它与自然背景的高天、淡云、飞鸟、树影相融为一幅大美大雅的现代水墨。六百多年前黄公望笔下的"山清、水清、史悠、境幽"的意境，从此汩汩注入现代艺术奔腾不息的长河。

很多年前的一天，在北京刚开完会的王澍，从电梯口一出来，有两位来人拦住他。王澍一愣。

他们来自富阳。请求设计一个美术馆。以最好的形式，来安放黄公望，安放富春江。知道获普利兹克奖之后的王澍非常忙，邀请像雪片一样飞到他这里。两人只能在北京采取"盯人"战术——在王澍开会的那个会议室边上的电梯旁，一等就是几天。

富阳人在纸上书写隽永，总是先让笔管灌满激情和真诚。他们成功了。

很多年后，王澍对人说，那一刻，他感动了。

如今的富阳公望美术馆，已成为国内一流的艺术藏馆。成为富阳现代历史文化最漂亮的一笔书写。

深冬。我在富春江边黄叶飘拂中漫步。深感丙申年的日子如同一张纸，铺开不久又将卷起。平时总觉自己在纸上划这划那，其实，在时光这架奔涌流泻的印刷机下，很多时候的书写只是空白。

富阳告诫我，纸，装载书写，不装载空白。

所以，他们装载纸寿千年这四个字，那么小心翼翼。尽心尽力。从无半点差池。

（原载《人民日报》2017 年 2 月 6 日大地副刊）

# 我见青山多妩媚

## ——《2017 浙江散文精选》编后记

这应该不是全部,但八十几位作家的作品,以他们丰富多姿的人生、视角和写法,应该可以代表浙江散文 2017 年的创作近况了。

边读边记,拉拉杂杂。

## 1

集子里的作品,全部姓"浙",为方便起见,按姓氏的拼音排列,从 A 到 Z,这分几种情况。

一种,是主体,浙江人,生活在浙江,写的是浙江,也写浙江以外,中国,外国;

一种,浙江籍,生在浙江,工作居住在别省,如张抗抗、裘山山、吴建明等;

一种,外省籍,没有落户浙江,但在浙江工作,如蔚蓝、陈德根等。

前面说了,浙江这么大,四千六百多万人,浙江人在外省,数不清,外省人在浙江,更数不清,这里,只是自己投稿的部分作家作品,并不代表全部,遗珠肯定很多。

## 2

这就有了主题,抒写浙江的山水风光人文历史,浙江元素,占了大头。

即便写浙江,那也是题材多样。

山水风光。如张抗抗的《松阳探秘》,裘山山的《写在湖上的名字》,袁敏的《尚田的七彩时光》,曹凌云的《走进瓯江的时光深处》,草白的《入雁山的几种方式》,陈博君的《长兴的色彩》,邹园的《富阳这张纸》,杨邪的《去了一趟岱山》,汪群的《"幸福列车"通鲁家》等等,都经亲历者的身份,将浙江的山水,以个性独特的文字,抒发得淋漓酣畅。

历史人文。如马叙的《苦涩的空气里仍有着谜一样的事物》,赵柏田的《赫德的中国岁月》,范军的《汤显祖,一个知县的万历二十一年》,陈富强的《春秋列国之大越》,鲁晓敏的《横樟,包氏遗风今犹在》,古兰月的《笠翁一梦月升辉》,都纵横古今,兼涉国外,将浙江和与浙江有关的历史和人物,深度挖掘,从而体现浙江深厚的历史人文底蕴。

更多的作品,是在浙江的山水人文中融入个性化的记忆和体验。如叶文玲的《心中的乌镇》,黄亚洲的《鸟雀与微风在我身边来去》,张巧慧的《拓碑记》,潘江涛的《梦里乡愁一碗米》,写人,写事,写物,写自己的真实体验,真正的是叫我如何不想她。

写自身,写亲情,写独特的时代,写疼痛的记忆,依然是浙江散文作家创作的主要题材之一。如瞿炜的《1988,一段青春的旅程》,林漱砚的《心》,苏敏的《我那把吹奏过骊歌的小号》,方向明的《陪床日记》等,都写得极富感染力,我的心随着他们不动声色的细节叙述,也拎得紧紧的。我们还收到一位高二学生余晓叶的自荐稿,文字简炼而老成,她的《答案在风中飘荡》,我相信,这是她椎心彻骨的体验,父亲的病,实乃一场不幸,然而却是一副让她迅速成长的猛药。

## 3

乡愁是永恒。

海飞的《乡愁是被大风吹散的月光》,吴建明的《岭上多白云》,赖赛飞的《海水荡漾》,刘从进的《荒芜与存在》,干亚群的《空缺》,复达的《鱼群去哪了》,柴薪的《苍茫二记》,叶龙虎的《外婆的澎湖湾》,周吉敏的《梅花织带》等等,都从不同的侧面,描写了不同程度的个人乡愁体验。从某种角度说,无数个体相加,就成了当今的集体记忆,我们就是在不断寻找和辨识乡愁中向前迈进的。

经济发达,农业依然重要,故而,对土地的眷恋也是古老乡愁的延伸话题,不少作家写出了新意,如周华诚的《稻田里的等待》,水稻田里的父亲,那种日复一日的揪心和焦急,不仅仅是心疼粮食,应该是农民和土地与生俱来血肉情感的活灵体现。

## 4

祖国山河任我行,浙江作家写浙江以外的山山水水,同样表现出不凡的实力。苏沧桑的《把油灯点亮》,一如她以往一贯的文风,美丽而咂摸有后味;帕蒂古丽的《大梁坡再系列》,写她的故乡,那生她养她的血地,别样的风情,别样的人文;郑亚洪的《八月之光在蜀地》,叙述则如行云流水,一路行,一路看,给人以充实的愉悦之感。

当然,也有好多人去国外,去剑桥(张绍光),去冰岛(裘小桦),去古巴(刘文起),异域的星空下,那些别样的文明,形式虽有不同,却同样展现的是人类智慧的伟大创造,常常而让人留连忘返。

## 5

一些作家,则通过短小的篇章,表达了丰富的思想。说实话,我很喜欢这些文章,既短小,又耐看,内涵丰富。

张林华的《如何有教养地应对怀疑》、戴柏葱的《设置与体制》、宁白的《心灯》、连中福的《葬蜂》、杨新元的《袁鹰来信》、王丰的《六月,六月》等,角度新颖,事例引人,都给人悦读后的无限思索。

## 6

有相当多的作品,都极为耐读,我自己也在编辑、审校过程中学到了不少。有超越规矩和经验的文字打动我,如海飞写乡愁的文字,大胆破界,物我两忘,古今交汇,亦庄亦谐,尽情挥洒,让人爱不释手;有尘封湮没的事实打动我,如龙游作者陈德荣的《命运多舛,诗树长青》,写尽了沙牧先生一生的悲苦,沙牧的人生,其实是一个时代的悲剧;有独特的人生经验打动我,如瞿炜的作品,那种近乎可笑而笨拙的人生历练,真实而宝贵,相信他一辈子受用,否则不会有如此的切肤之文。更有多者都处理得极为妥帖的作品,不一一举例,这一切,足见广大作家的用心。

## 7

都说散文没门槛,也都说散文的门槛高,关于散文写作,纵有千条万条,各人各说道,但我依然坚持有文、有思、有趣的三原则,好文字,有情怀,相信会打动所有的读者。

写作者也没有身份可言,没有高贵和低贱之分,只有文字的好坏,情怀的高低,如蔚蓝的《李白的月亮》、陈德根的《对门坡》,这两位在浙江打工的作者,都是通过他们优美而富于思想的文字,传递出独特的人生体验。

## 8

辛稼轩有诗：我见青山多妩媚，料青山见我应如是。

这个"青山"，可以指代浙江美丽的山水人文、深厚的历史，每个作家，都深爱着浙江这片土地，都会尽情地抒发着自己的感情，但我以为辛诗后一句更重要：青山为什么也同样喜欢你呢？青山爱你，只是你的一厢情愿，你只有将她写得鲜活，写出灵肉，写出"这一个"，那样，你才会和青山融为一体。

## 9

期待2018，能看到更多有鲜明印记的作品。

是的，你的印记。

戊戌初春<br>杭州壹庐